# 이븐 바투타 여행기

1

رحلة
ابن بطوطة

이븐 바투타의 초상이 그려진 모로코 우표

성지 메카를 향한 순례자들의 행렬(1885년)

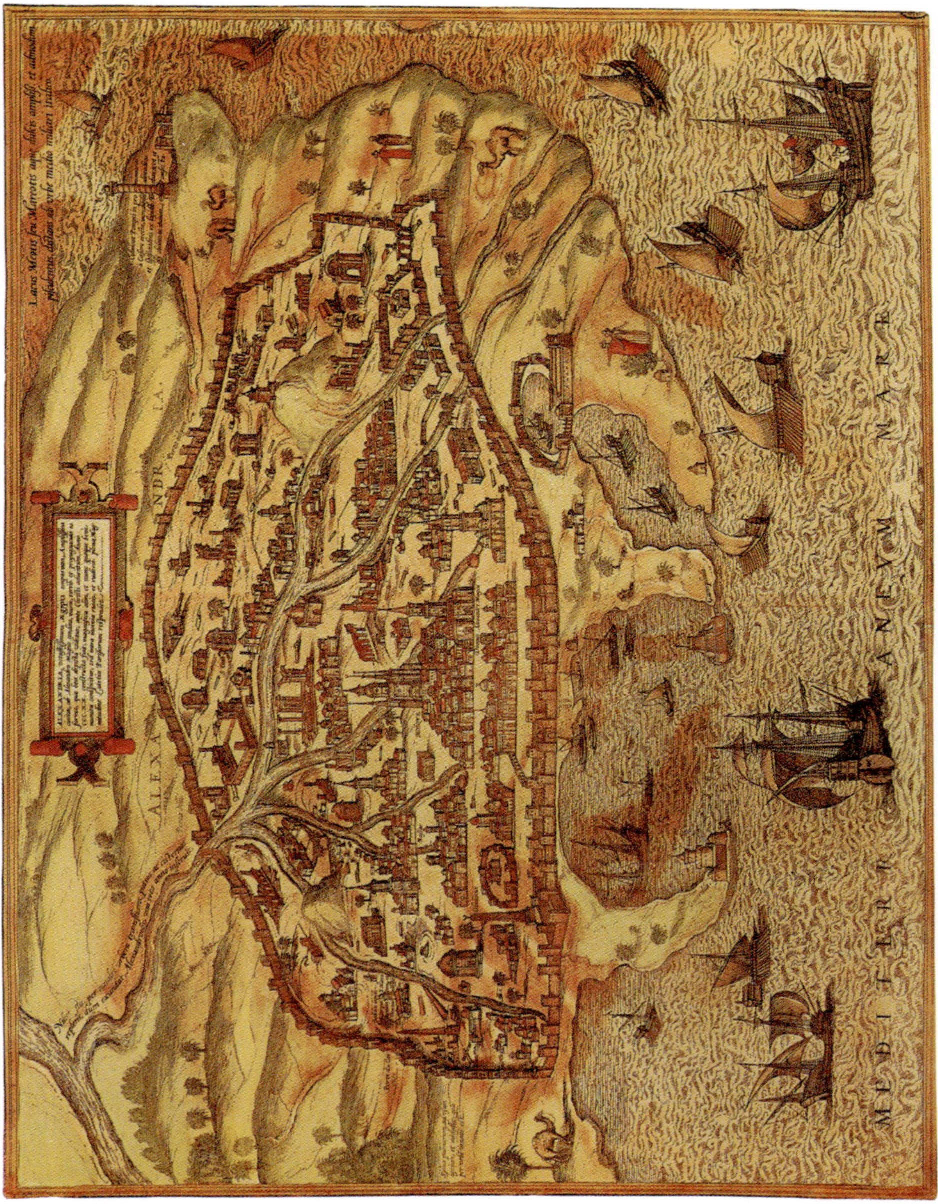


중세의 알렉산드리아 지도

알렉산드리아와 파루스 섬을 잇는 제방에 서 있던 파루스 등대는 세계 모든 등대의 원조로 신비로운 위용을 자랑했다. 중세 유럽인들이 그린 파루스 등대 판화(위)와 상상도(아래 왼쪽). 상상 복원한 파루스 등대(아래 오른쪽).

이슬람 경전 『꾸란』의 펼친 모습. 유일신 알라의 말을 적은 것이라 해서
번역이 금지되어 있다가 12세기부터 라틴어 번역이 시작되었다.

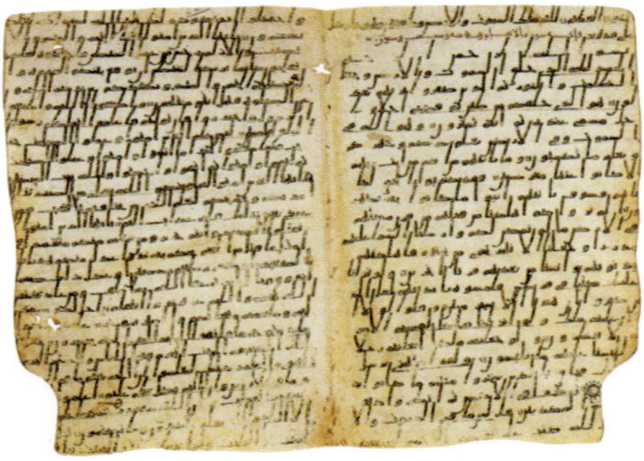

8세기의 『꾸란』 필사본

9세기 중반의 필사본

성지 메카의 변천도

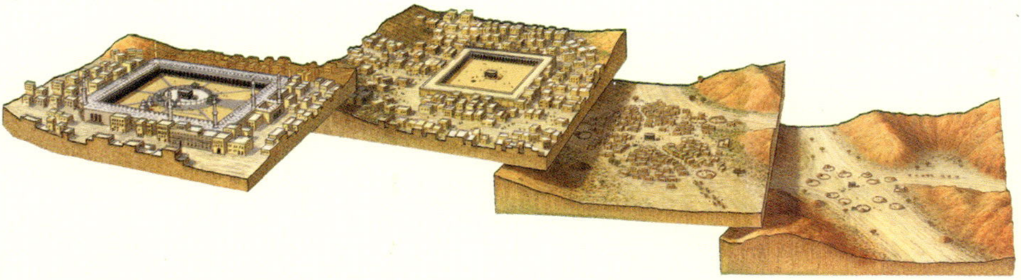

| 1326년 11월 | 710년 | 610년 | 470년 |
|---|---|---|---|
| 이븐 바투타가 방문했을 당시의 메카 | 도시로 성장한 메카시 | 히즈라(성천) 12년 전의 메카 | 촌락의 모습을 한 메카 |

오늘날의 메카 대모스크에 운집한 사람들. 중앙에 보이는 검은 건축물이 이슬람교도 제1의 성소 카아바 신전이다. 전세계 이슬람교도들이 매일 이 방향을 향해 예배한다. 왼쪽은 카아바 신전 동쪽의 검은 돌 휘장.

레바논의 바알벡 신전 모습. 고대그리스 시대 헬리오펠리스(태양의 도시)로 알려진 곳으로
이슬람통치기 아랍양식의 건축물이 세워졌다.

13세기의 이슬람 도자기와 타일 문양.
바빌로니아나 페르시아 성벽의 문, 이슬람의 사원 건축에 많이 이용되었고 독특한 문양이 인상적이다.

殊 邦 遍 踏 奇 聞 寶 錄

여러 지방과 여로의 기사이적을 본 자의 진귀한 기록

# 이븐 바투타 여행기

## 1

이븐 바투타 지음 | 정수일 역주

창비

# 옮긴이 서문

여행기는 내용의 사실성과 서술의 생동성으로 말미암아 역사 속에서 오래도록 깊은 여운을 남기는 기록물이다. 특히 그것이 미지의 세계에 대한 탐험적 성격이 짙은 작품일 경우, 그 학문적 가치는 가위(可謂) 기념비적이라 할 수 있다. 그리하여 여행가들은 승위섭험(乘危涉險)으로 이땅의 구석구석을 누비면서 보고 들은 것을 기록으로 엮어내고, 후세인들은 그것을 재현하고 고구(考究)하여 인류 공유의 소중한 유산으로 보존하는 것이다.

이 여행기는 중세의 세계적 대여행가이며 탐험가인 이븐 바투타(Ibn Baṭūṭah, 1304. 2. 24 ~1368)가 30년간(1325. 6. 14~1354. 1 ; A. H. 725. 7. 2~754. 12) 아시아·아프리카·유럽의 3대륙 10만 km를 종횡무진 두루 편력하면서 직접 보고 들은 것을 연대기 형식으로 기술한 현지 견문록이다. 원제는 『여러 지방의 기사(奇事)와 여러 여로(旅路)의 이적(異蹟)을 목격한 자의 보록(寶錄)』(*Tuḥfatu'd Nuẓẓār fī Gharāibi'l Amṣār wa 'Ajāibi'l Asfār*)이나 일반적으로 『이븐 바투타 여행기』(*Riḥlatu Ibn Baṭūṭah*)로 알려져 있다. 옮긴이는 원제의 역명(譯名)을 『수방편답기문보록(殊邦遍踏奇聞寶錄)』으로 축약하였다.

27년간의 아시아와 유럽 여행을 마치고 한창 아프리카 내륙을 여행하고 있던 이븐 바투타에게 특사를 급파해 수도 파스(Fās, 모로코의 고도)로 소환한 마리니야조(al-Marīniyah) 쑬퇀(군주) 아부 아난(Abū 'Anān)은 재상 아부 압둘라 알 와톼씨(Abū 'Abdu'l Lah al-Waṭāsī)의 제의에 따라 이븐 바투타에게 여행기를 집필하도록 유시(諭示)를 내렸다. 유시를 받은 이븐 바투타는 여행기 집필에 잠심몰두(潛心沒頭)하여 귀향 후 2년도 채 못되는 1355년 12월 9일(A. H. 756. 12. 3)에 드디어 집필을 마쳤다. 지금은 소실되어 전해지지 않지만 이븐 바투타가 직접 집필한 그 여행기가 바로 『이븐 바투타 여행기』의 원본이자 진본(眞本)인 것이다. 그러나 "가급적 언사를 다듬고 윤색하여 그 뜻을 명확히 살리라"는 쑬퇀의 교지를 받은, 시인이며 당대의 명문장가인 이븐 주자이 알 칼비(Ibn Juzayī al-Kalbī)는 1356년 2월(A. H. 757. 2), 그 여행기 원본에 대한 약 3개월간의 요약·필사작업을 마쳤다. 오늘날 알려진 이른바 『이븐 바투타 여행기』는 이븐 바투타가 직접 쓴 원본이 아니라, 이븐 주자이가 필사한 이 요약본인 것이다. 따라서 대부분의 선행 연구자들이 이븐 바투타가 구술(口述)한 것을 이븐 주자이가 필사한 것이 현행 여행기라는 주장은 분명히 사실과는 다른 오견으로서, 바로잡아야 마땅하다.[1]

1. 이븐 주자이가 이 여행기 「서문」에서는 여행기 원본을 다듬으라는 쑬퇀의 교지를 받았다고 하나 「발문(跋文)」에서는 그 교지 수행 여부에 관해서는 전혀 언급이 없고, 다만 이븐 바투타가 "기술한 것을 요약하였다"고만 쓰고 있다. 이와 더불어 이븐 주자이의 「서문」과 「발문」의 문체를 전반적인 여행기 문체와 비교하면 문장기법에서 확연한 차이점을 발견하게 되며, 또한 여행기에서 보다시피 이븐 바투타는 시문(詩文)까지 자작하는 수준의 어학적·수사학적 문장실력을 구비하고 있어 그의 문장에 대한 가미 윤색은 별로 필요없었을 것이다. 게다가 이븐 주자이가 원본에 손을 댔다면 그 기간은 불과 3개월뿐으로, 이 짧은 기간에 그 방대한 양의 여행기 원문을 '다듬고 윤색'한다는 것은 시간적으로도 불가능에 가까운 일이다.

이러한 몇가지 점들을 감안할 때 현존 여행기는 이븐 바투타의 원본에 대한 이븐 주자이의 요약본일 뿐, 구술필사본은 아님을 확언할 수 있다. 얼마나 어떻게 요약했는가는 원본이 소실되었기 때문에 가늠할 수 없다. 따라서 *Ibn Battūta: Travels in Asia and Africa 1325~54* (London: Routledge & Keganpaul 1929, 11면)와 『シルクロード事典』 イブン=バットゥタ 항(前嶋信次·加藤九祚 공저, 芙蓉書房 1993, 334면), 『揷圖解說

이 여행기의 저자 이븐 바투타의 본명은 아부 압둘라 무함마드 븐 압둘라 븐 무함마드 븐 이브라힘 알 라와티(Abū Abdu'l Lāh Muḥammad Ibn Abdu'l Lāh Ibn Muḥammad Ibn Ibrāhīm al-Lawātī)로서, 1304년 2월 24일(A. H. 703. 7. 17) 현 모로코왕국 서북단에 위치한 국제무역항인 퇀자(Ṭanjah, 탕헤르)에서 베르베르계의 라와타(Lawātah)부족 가문에서 출생하였다. 30년간의 여행과정을 제외하고는 그의 생애에 관해서 별로 알려진 바가 없다. 본인은 물론 사촌도 안달루쓰(al-Andalus, 현 스페인)에서 법관(qāḍī)을 지냈다는 사실로 미루어볼 때 가정은 명문사족에 속한다고 할 수 있다.

유년기에는 전통적인 이슬람교육을 받아 독실한 무슬림으로 성장하다가 22세의 젊은 나이에 혈혈단신으로 성지순례와 이슬람 동방세계(al-Mashriq) 탐구의 대장정에 나섰다. 여행중 내내 그는 이슬람세계 각지의 종교계 명사들과 샤이흐(al-Shaykh)의 신분으로 접촉하고 예우를 받았다. 인도 델리와 몰디브제도에서는 법관을 역임했고, 델리 쑬퇀의 특사로 중국 원(元) 나라 순제(順帝)에게 파견되기도 하였다. 귀향 후 1368(1369?)년 타계할 때까지도 줄곧 법관을 지냈다. 지금 퇀자시에는 그의 고거(故居)를 기리는 '이븐 바투타 거리'가 있다.

이븐 바투타는 철두철미 이슬람문화 속에서 훈육(薰育)된 샤이흐이자 법관으로서 모든 사물의 가치기준을 이슬람교의 교리와 규범에 두고 고찰·판단했으며, 여행중 네 차례나 성지 메카를 순례하였다. 여행하면서 위험에 부딪칠 때마다 알라의 구제를 기원하여 이슬람 경전 『꾸란』의 '이흘라스'(Sūratu'l Ikhlāṣ) 장을 10만 번이나 염송하고, 여행중에도 이슬람 성전(聖戰, al-Jihād)에 자원, 출전하기도 하였다. 이러한 돈독한 신앙심과 더불어

中西關係史年表』 伊本·白圖泰游記 항(黃時鑒 主編, 浙江人民出版社 1994, 289면) 등 이븐 바투타의 여행 관련기사에서 이븐 주자이가 그의 구술을 필사한 것이 현행 여행기라는 주장은 사실무근의 오류라 하지 않을 수 없다. 이러한 오류는 영문 초역본(339면)에서 보다시피 이븐 주자이가 아랍어 발문에 명시한 '기술'(記述, taqyīd)을 '구술'(imlā', dictation)로 오역한 데서 기인한 것이라 판단된다.

그는 강인한 의지와 용감한 기상, 남다른 모험심의 소유자였다. 상상을 초월하는 간고한 여건 속에서 숱한 죽음의 고비를 기적적으로 넘기면서 추호의 동요나 후퇴도 없이 오로지 미지의 세계에 대한 탐구의 일념으로 일로매진함으로써 희세의 대여행가, 대탐험가의 전형을 여실히 보여주었다. 그는 명실상부하게 인류가 배출한 가장 위대한 여행가이며 탐험가이다.[2]

이 희대의 여행가가 세계 주유의 대장정에 오르게 된 당초의 동기는 무슬림의 5대 종교의무의 하나인 메카 성지순례를 결행하면서, 이를 계기로 동방 이슬람세계에 관한 지식을 탐구하려는 것이었다. 그는 동방여행기간(1325~49) 중에도 아무리 먼길도 마다하지 않고 네 차례나 메카를 찾아 순례함으로써 소기의 첫째 목적을 달성하였다. 이와 더불어 이슬람문명의 발원지이고 개화지인 동방 이슬람세계는 구지욕(求知慾)에 불타던 그에게 있어서는 선망과 탐구의 대상이 아닐 수 없었다. 그리하여 여행기에서 보다시피 그는 멀리 인도에서까지도 이슬람 명소와 명인들이라면 빠짐없이 찾아가고, 당대 각지 이슬람문명의 전개상을 다각적으로 기술하고 있다. 이러한 과정에서 그는 여행과 탐험의 묘미를 터득하고 경험을 축적하면서 그 지평을 부단히 넓혀나갔다. 급기야는 카스피해 북부나 인도, 중국, 아프

2. 1997년 미국의 『라이프』(*Life*)는 인류의 지난 천년을 만든 위인 1백 명을 순위별로 선정했는데, 그중 여행가로는 이븐 바투타와 마르코 폴로(Marco Polo, 1254~1324) 두 사람이 들어 있다. 그러나 순위상으로는 이븐 바투타가 44위로 49인 마르코 폴로를 단연 앞선다. 마르코 폴로의 실제 여행기간(23년간, 그중 17년간은 중국 한곳에 체류)이나 노정, 여행지 그리고 여행기(『동방견문록』)의 분량 등을 이븐 바투타의 그것과 비교해보면 대비가 안될 정도이다. 마르코 폴로의 여행은 아시아대륙의 특정지역에만 국한한 일회성 여행에 불과하고 탐험성은 거의 없으며, 여행기도 그가 옥중에서 구술한 것을 다른 사람이 필사한 것이다.

유럽의 연구자들은 흔히 마르코 폴로를 '저광도'(低光度, low magnitude)의 하찮은 뭇별(기타 여행자들을 지칭함) 속에서 우뚝 솟아 빛을 발하는 '영월'(盈月, full orb)에 비유한다. 그러나 이제 문자 그대로 괴교괴기(怪巧瑰琦)한 『이븐 바투타 여행기』를 독파하고 나면 폴로를 '영월'이라 부르는 것은 한낱 '예술적 윤색'에 불과하며, 차라리 이븐 바투타를 영월에 비유하는 것이 사실적 조영(照影)이라는 독후감에 젖을 것이다.

리카 내륙 등 수많은 이교도 지역을 두루 방문하고 세계적인 여행가·탐험가로서의 견문과 소견을 실사구시하게 피력하고 있다.

이븐 바투타가 이슬람세계를 중심으로 3대륙 각지를 여행한 14세기 전반은 3대륙을 아우른 이슬람세계가 여전히 세계 중심세력의 하나로 기능하는 가운데, 이슬람의 다극화(多極化)가 추진되던 시기다. 1258년 압바쓰조 이슬람통일제국이 멸망한 후 이슬람세계에는 동방의 일한국(Il Khān, 1258~1353)과 서방의 맘루크조(Mamlūk, 1250~1517) 그리고 이베리아반도의 나스르조(Naṣr, 1230~1492)를 비롯한 지역적 중심세력이 형성됨으로써 구래의 통일적 이슬람세계에는 다중심적(多中心的) 다극화 현상이 나타났다. 그 결과 이슬람문명의 토착화와 이에 따른 이슬람문명의 지역적 특성이 가시화되기 시작하였다. 이슬람세계와 문화의 이러한 새로운 변화추세는 이븐 바투타의 탐구심과 호기심을 더욱 불러일으켰던 것이다.

이러한 이슬람문명의 다극화·지역화 과정에서 이슬람교의 포교에 선도적 역할을 한 것이 이른바 수피즘(Ṣufism, al-Taṣawwuf), 즉 신비주의 교단이다. 이븐 바투타가 여행기간중 도처에서 만나는 이른바 '자위야'(al-Zāwiyah)는 바로 수피즘들의 수행도장인 것이다. 이들은 이슬람세계에 하나의 거대한 포교망을 형성하여 교세 확장에 앞장서고 있었다. 그들이 운영하는 '자위야'는 수행과 포교활동의 거점인 동시에 무슬림 여행자들의 숙관(宿館)이자 보급기지이기도 하였다. 도처선화당(到處宣化堂)격인 이러한 '자위야'의 존재는 이븐 바투타의 여행을 실현 가능케 한 현실적 요인의 하나였다.

이와 함께 이븐 바투타가 미증유의 대탐험을 성공리에 단행할 수 있었던 또다른 요인은 세계에 관한 선배 아랍-무슬림들의 축적된 지식이다. 10세기를 전후한 이슬람문명의 전성기에 많은 아랍-무슬림 학자와 여행가, 상인들은 세계 방방곡곡을 누비면서 현지 견문기 등 귀중한 기록들을 많이 남겨놓았다. 이와같은 기록, 특히 여행 관련기록은 이븐 바투타의 여행에 참고서와 길잡이 역할을 하였다.

또한 이븐 바투타가 혈혈단신으로 30년간 3대륙 각지를 주유할 수 있었던 간과할 수 없는 객관적 요인 중 하나는 이슬람 특유의 '형제애'(兄弟愛, Ikhwah)이다. 종교적 기본이념에서 나타나는 특색이 기독교는 박애이고 불교는 자비라면, 이슬람교는 형제애다. 전세계 무슬림은 혈통과 지위 여하에 관계 없이 모두가 형제라는 것이 무슬림들간의 기본적 인간관계이다. 이 여행기의 곳곳에서 발견하다시피, 특히 샤이흐와 법관의 신분으로 이슬람세계를 편력하는 이븐 바투타에게 있어 '형제애적' 환대와 협조, 성원은 숙식이나 여비, 안내, 호송 등 제반 여행여건의 조성을 십분 가능케 하였다.

이러한 시대적 배경과 여건 속에서 장장 30년간 이어진 이븐 바투타의 세계적 대여행과 탐험의 전과정은 크게 세 부분으로 이루어져 있다. 첫째 부분은 25년간의 동행(東行, 아시아)이고, 둘째 부분은 2년간의 북행(北行, 유럽)이며, 셋째 부분은 3년간의 남행(南行, 아프리카)이다.

첫째 부분인 동행은 고향 퇀자를 출발해 북아프리카·서아시아·중앙아시아·인도·동남아시아를 거쳐 중국 한 발리끄(북경)까지의 왕복여행이다.

둘째 부분인 북행은 수도 파스를 출발해 지브롤터 해협을 건너 당시 이베리아 반도의 마지막 이슬람왕조인 나스르조 수도 그라나다까지 갔다가 귀향한 후 이어 모로코의 남부 도시 마라케시를 에돌아 파스로 돌아오는 여행이다.

셋째 부분인 남행은 파스에서 남하해 사하라 사막을 횡단, 내륙 아프리카까지의 왕복여행으로서 사상 초유의 여행이다.

이븐 바투타는 이렇게 3대륙 여러 지역을 역방하면서 직접 보고 들은 기사이적(奇事異蹟)을 총 502문단으로 구성된 여행기 속에 담았는데, 그 내용은 문자 그대로 삼라만상이다. 우선 이슬람과 관련해서는 성소와 명소, 법관을 비롯한 명사들, 각종 종교의식과 명절행사, 사원과 자위야의 건축양식 및 운영방식, 금식과 자카트 등 종교의무 수행상황, 여러 교파의 실태, 무슬림과 비무슬림(이교도) 간의 관계, 부분적인 문화접변(接變) 현상과 지역성 등 이슬람교와 이슬람문명 전반에 관해 세심하게 관찰하고 나름의 판단을 곁들여 기술하고 있다.

다음으로 정치생활 일반에 관해서는 쑬퇀의 계위관계와 가문, 잔인과 관용의 이중성을 지닌 쑬퇀들의 통치행태, 쑬퇀이나 아미르(장관, 수장)들의 치적과 하사(下賜)관행, 위정자들간의 갈등과 상잔, 궁정 규모와 궁중의 의례행사, 쑬퇀을 비롯한 위정자들의 신앙관계, 관리 임용과 책봉, 징세와 관세제도, 각종 행정시책, 수도를 비롯한 주요 도시들의 규모와 건축 및 시장현황 등을 상황에 따라 때로는 간략하게, 때로는 지루하리만큼 장황하게 언급하고 있다.

또한 사회·경제생활 면에서는 각종 매매행위와 교환관계 및 상술, 대내외 교역품, 물가지표와 통화제도 및 환율, 다양한 의식주 관습, 지역 특유의 동식물과 농작물, 수륙 교통수단의 준비·제작과 이용, 도정(道程)과 도로상황, 관혼상제의 관행, 예법, 민간요법, 특이한 폐습과 악습 등을 생동감있게 전함으로써 귀중한 문화인류학적 사료로 평가받고 있다.

끝으로 여행기 전편에 걸쳐 주로 전해들은 고사나 전설, 영험(靈驗)이나 기적에 관한 이야기가 계기에 따라 간헐적으로 삽입되어 있다. 읽다보면 황당무계한 점이 없지 않아 여러 언어로의 초역본(抄譯本)에서는 이러한 내용을 대체로 삭제해버리고 있다. 그러나 깊이 음미해보면 여기에는 여느 고사나 전설과 마찬가지로 일정한 의미가 담겨 있는 것이다. 특히 '바라카'(al-barakah, 길상吉祥·영복營福)에 의한 영험이나 기적에 대한 시사는 여행기 저변에 적이 깔려 있어 흡사 기복신앙을 연상케 할 때가 있다. 이것은 당시 성행한 수피즘의 기복관(祈福觀)을 반영한 것이라고 볼 수 있다. 그렇지만 한편으로 이러한 고사나 전설, 영험이나 기적에 관한 이야기는 대표적인 여행문학작품으로서의 이 여행기의 문학성을 한층 높여주고 그 내용을 풍부하고 다양하게 해주는 소재라고 할 수 있다.

이렇게 한 시대를 살아가는 인류의 다종다양한 생활상을 동서남북 종횡으로 엮은 이븐 바투타의 여행기는 한마디로 인류가 공유할 귀중한 유산으로서 중요한 의의를 갖는다. 그 의의는 우선 중세 인문지리학 자료의 보고(寶庫)로서 학문적 연구가치가 높다는 데 있다. 아직까지 이 여행기처럼 중세 동·서양인들의 서로 다른 생활상과 자연지리적 환경을 포괄적으로 기술한 기록물은 발견되지 않고 있다. 특히 내륙 아프리카에 관한 여행기록과 무려 4개 장을 할애한 이슬람 투글루끄조(Tughluq, 1320~1424) 시대의 인도관련 기술은 사상 초유의 것이다. 아울러 이 여행기는 중세 이슬람문명을 이해하는 데 하나의 지침서로 정평이 나 있을 뿐만 아니라, 당대의 수많은 실존 명사들을 정확히 소개하고 있다는 점에서 '인물사전'이라는 평가까지 받고 있다. 요컨대 이 여행기는 중세 연구에 있어 높은 사료적 가치를 지니며 중세의 실상을 재현해주는 현상제(現像劑)라고 할 수 있다.

다음으로 그 의의는 중세 동서교류상을 입증해주는 소중한 문헌이라는 데 있다. 원래 여행기, 특히 이질 문명간의 여행기는 그 자체가 일종의 정신문명 교류의 표상이고 촉진제다. 이븐 바투타의 여행기는 당대 동서교류의 대동맥인 씰크로드의 오아시스 육로와 해로 그리고 대상(隊商) 등을 통한 육·해상 교역 등 동서교류의 제반 실상을 선명하게 전해준다. 특히 도정(道程)이나 도로상황, 여행지의 생활상 등에 관한 구체적인 정보를 담고 있다는 점에서 손색 없는 '여행 안내서'라는 평가도 함께 받고 있다.

끝으로 그 의의는 여행문학의 좌표를 세운 수작이라는 데 있다. 이 여행기에서는 여행문학 고유의 사실성과 생동성 그리고 지식 전달의 특색이 명확하게 부각되고, 여행문학으로서의 작품성도 돋보이며 수사학적 언어 표현도 적절함으로써 명실공히 아랍-이슬람 여행문학의 대표작이라고 할 수 있다.

인류의 여행사와 탐험사에 그야말로 명수죽백(名垂竹帛)할 이 보록(寶錄)도 세진(世塵) 속에 묻혀 4백여 년간 잊혀져오다가 1808년 아랍 탐험가

씨첸(Seetzen)에 의해 처음으로 그 필사본이 발견되어 세인의 주목을 끌기 시작하였다. 그후 몇개국어로 번역됨에 따라 이 여행기에 관한 연구가 점차 심화되었다. 원문의 난해함 때문에 구미 선진국에서조차 완역은 좀처럼 시도되지 못하였다. 최초의 번역본은 영국의 쌔뮤얼 리(Samuel Lee)가 1829년 런던에서 출간한 영문 초역본(抄譯本)이다. 그후 프랑스의 데프레메리(C. Defrémery)와 쌍귀네띠(B. R. Sanguinetti)가 알제리에서 발견된 여행기 전문 필사본을 프랑스어로 완역하였다. 『이븐 바투타 여행기』(*Voyages d'Ibn Batoutah*)라는 제하의 이 완역본(完譯本)은 전4권(아랍어 원문 첨부)으로 1853~58년에 빠리에서 출간되었다. 그후 영국의 깁(Gibb)은 1929년 영문 초역본을 내놓은 데 이어 4권으로 된 완역을 시도하다가 제3권까지 번역하고는 사망했기 때문에 1958년부터 1971년 사이에 번역된 3권이 우선 출간되었다. 그러다가 베킹엄(C. F. Beckingham)이 번역을 이어받아 1994년에 제 4권을 출간함으로써 드디어 전4권으로 된 영역본이 나왔다. 이와같이 프랑스어와 영어 완역본은 5년과 36년이란 세월이 걸려 각각 2명의 역자에 의해 완결되었다. 중국에서는 1985년 마금붕(馬金鵬)의 초역본 『이본 백도태 유기』(伊本 · 白圖泰游記, 원명 『이역기유승람 異域奇游勝覽』)가 나왔으며, 일본에서는 1953년 마에지마 신지(前嶋信次)의 초역본 『イブン バットゥータ=三大陸周遊記』(전문의 1/3 분량)이 상재(上梓)되었다. 지금까지 이 여행기는 약 15개 언어로 번역 · 출간되었다.

옮긴이는 이 여행기의 중요성과 각종 초역본들에서 공히 드러난 여러 폐단을 감안하여 아랍어 원전(이븐 주자이의 요약필사본)을 저본(底本)으로 삼았다. 이 저본이 1987년 레바논 베이루트의 다룰 쿠투빌 일미야(Dāru'l Kutubi'l 'Ilmiyah, 과학서적 출판사)가 간행한 『이븐 바투타 여행기』(*Riḥalatu Ibn Baṭūṭah*, Ṭalāl Ḥarb 주석)이다. 이 한글 번역본에서 총 16장 128절에 이르는 장·절 설정은 저본 그대로이며, 두 권으로 나눈 것은 분량을 참작한 옮긴이의 소치(所致)다.

이 귀중한 기록을 번역함에 있어 옮긴이는 완역의 최대치를 도모하고자 부심(腐心)하였다. 그리하여 뜻 전달을 위주로 한 의역보다는 원전의 구성에 충실한 직역(直譯)에 무게를 실었다. '충실하면 아름답지 않고, 아름다우면 충실하지 않다'라는 번역의 역설적 웅변 앞에서 옮긴이는 주저없이 '조금은 아름답지 않더라도 충실한 편'을 택하였다. '충실하면서도 아름다운 것', 그러한 진선진미(盡善盡美)의 완벽을 기하기에는 역부족인 옮긴이로서는 이렇게 하는 것이야말로 완벽의 최대치에 근접하는 지름길이라고 여겨서였다.

흔히들 아랍어 문장 특유의 찬미나 기원의 삽입구문(예컨대 대상을 거명한 바로 뒤에 삽입하는 '그에게 평화를' '그에게 알라의 영총을' 하는 등의 구문)은 한낱 무의미한 관행어쯤으로 치부하여 번역에서 무시해버린다. 그러나 옮긴이는 적어도 내심으로는 일언반구의 결락(缺落)도 없는 완역을 기한다는 취지에서뿐만 아니라, 바로 그런 삽입구문이야말로 아랍어 문장 특유의 개성이고 저자의 내재적 심성의 표현이라는 데서, 좀 번거롭기는 하지만 있는 그대로 모두 옮겼다.

또한 완역이란 문자의 충실한 번역과 함께 내용의 충실한 전달도 뜻한다는 옮긴이의 소신에 따라 내용 이해를 위한 주석을 가급적 많이 붙이려고 애썼다. 지금으로부터 6,7백년 전 이야기, 그것도 이질적인 문명인들에 관한 이야기라서 내용이 생소함은 물론이거니와, 글 속에 숨쉬는 문화·심리적 함의마저도 주석을 덧붙여 일러주지 않으면 쉬이, 그리고 제대로 이해할 수 없기 때문이다. 그리하여 주석에 각별히 신경을 썼는데, 고유명사와 문물 등에 관한 주석은 저본과 기타 초역본들을 참고했으나, 이슬람문명 일반에 관한 다양한 주석은 주로 옮긴이의 짧은 식견의 소산이다.

번역하면서 가끔 낯선 한자어를 혼용한 것은 고전 아랍어와의 대역성(對譯性)을 고려해서인 면도 있지만, 한편 한자어도 우리의 귀중한 문화유산으로서 계승하고 활용해야 한다는 옮긴이 나름의 소신에 따른 것임을 밝히는 바이다. 그리고 아랍어의 고유명사(지명·인명·고유사항) 등을 우리말로 음사(音寫)함에 있어서는 아랍어 원발음에 충실함을 원칙으로 했으나 관용적으로 널리 쓰이고 있는 경우에는 그에 따랐다. 이에 대해서는 일러두기를 따로 붙였다.

이븐 바투타의 복잡다단한 여행과정을 이해하기 쉽게 각각의 장마다 그 내용에 따른 여행노선 세부도(細部圖) 총 25매를 만들어 덧붙였다. 그리고 장장 30년간 10만 km의 전 여행노정을 일목요연하게 파악할 수 있도록 2권 끝에는 '이븐 바투타 여행로 전도(全圖)'를 실었고, 이븐 바투타 여행의 거룩함을 비교·시사하기 위해 마르코 폴로 여행로와의 비교 전도도 만들어 첨부하였다.

1년 9개월간의 각고를 나름대로 이겨내고 마침내 이 진귀한 기록을 우리말로 옮겨놓을 수 있게 된 것은 동연제위(同硯諸位)의 따뜻한 배념와 격려, 번역작업에 일조하고자 참고용 영문 초역본을 우송해준 후학 이인섭(李仁燮) 박사와 여기 실린 귀한 화보들을 제공해준 '시공테크' 박진호(朴鎭浩) 주임의 고마운 성원, 가권(家眷)의 헌신적인 옥바라지, 특히 여행기의 아랍어 저본을 멀리 싸우디아라비아에서 구해보내면서 이븐 바투타의 여행길을 함께 밟아보기로 약속해놓고 비명에 간 후학 노택호(盧澤鎬) 씨(압둘라)──그의 명복을 빌면서──의 영원토록 잊을 수 없는 믿음과 정성, 이 모든 것이 하나로 응집됨으로써 비로소 가능하였던 것이다. 이들 모두의 혜려에 깊이 감사하며, 미흡하나마 이 결과물로 삼가 그에 보답코자 하는 바이다.

아랍어 원전을 우리말로 옮겨서 출판하는 일은 아직 생소하다. 이 어려운 작업을 선뜻 제의하고 기꺼이 출판을 맡아주신 창작과비평사 백낙청 선생님을 비롯해 최원식 주간님, 고세현 사장님, 김이구 편집국장님께 깊은 고마움을 표하는 바이다. 특히 낯선 아랍어 자모와 영어 및 한글표기법과 씨름하면서 편집을 꼼꼼히 해준 실무진의 노고에 감사와 더불어 위로의 말씀을 드리는 바이다.

이제 우리는 번역분야에서도 남들과 눈높이를 견주어야 한다는 시대적 사명감에 새삼 가슴벅차다.

2001년 8월 24일

역주자 정수일 씀

1권

## 차례

# 2권

차례

## 일러두기

1. 이 책의 아랍어 고유명사와 그밖의 모든 인명·지명·고유명사의 로마자-한글 표기는 가급적 아랍어 발음에 가깝게 음사하는 것을 원칙으로 하여 옮긴이가 정리한 일러두기 6항의 음가 표기법에 준해 표기한다. 다만, 널리 알려져 통용되는 몇몇 고유명사 및 지명의 표기는 관용에 따른다(메카, 메디나, 다마스쿠스, 이집트, 알렉산드리아, 카이로, 바스라, 바그다드, 바레인, 콘스탄티노플, 델리, 무슬림 등).
2. 아랍어의 로마자 표기에서 사용한 부가기호는 다음과 같다.
   **원순음 표시를 위한 아랫점** ح→ḥ ص→ṣ ض→ḍ ط→ṭ ظ→ẓ
   **장음 표기를 위한 윗선** ā / ī / ū
   **홑따옴표**(’) 두 명사가 결합할 때: Sulṭānu’l Maghrib(마그리브의 쑬퇀)
   어미의 자음 함자(ء): qadā’(사법)
   **홑따옴표**(‘) 자음 아인(ع)의 표기: ‘a / ‘i / ‘o / ‘(어미)
3. 아랍어의 정관사(ال)는 로마자로 ‘al-’이라 표기한다. 한글에서는 뒤에 아랍어의 태음자음이 올 경우 ‘ㄹ’이나 ‘알’로, 태양자음이 올 경우 ‘ㅅ’이나 ‘앗’으로 표기한다.
4. 아랍어 어미가 자음 ل(l) / م(m) / ن(n)인 경우(예: 나빌, 쌀림, 하싼) 한글에서는 받침으로, 기타의 경우(예: 마스지드, 할라브, 나비그)에서는 모음 ‘ㅡ’를 붙여 표기한다.
5. 겹자음은 로마자로는 그대로 표기하고, 한글에서는 ‘ㅅ’받침을 붙여쓴다(예: Kuttāb 쿳타브 / sunnah 쑷나).
6. 아랍어 자음-로마자-한글의 음가표기는 아래와 같다.

| 아랍어 | 로마자 | 한글 | 아랍어 | 로마자 | 한글 | 아랍어 | 로마자 | 한글 | 아랍어 | 로마자 | 한글 |
|---|---|---|---|---|---|---|---|---|---|---|---|
| ا | *a* | ㅇ | ذ | *dh* | ㅈ | ظ | ẓ | 좌 | ن | *n* | ㄴ |
| ب | *b* | ㅂ | ر | *r* | ㄹ | ع | ‘ | ㅇ | ه | *h* | ㅎ |
| ت | *t* | ㅌ | ز | *z* | ㅈ | غ | *gh* | ㄱ | و | *w* | 와 |
| ث | *th* | ㅅ | س | *s* | ㅆ | ف | *f* | ㅍ | ى | *y* | 야 |
| ج | *j* | ㅈ | ش | *sh* | 샤 | ق | *q* | ㄲ | ء | ’ | ㅇ |
| ح | ḥ | ㅎ | ص | ṣ | 쏴 | ك | *k* | ㅋ | | | |
| خ | *kh* | ㅎ | ض | ḍ | 돠 | ل | *l* | ㄹ | | | |
| د | *d* | ㄷ | ط | ṭ | 톼 | م | *m* | ㅁ | | | |

# 이븐 주자이 서문

# 이븐 주자이[1] 서문

샤이흐[2]이고 법학자이며 덕망있는 현명한 학자, 선량한 수행자, 알라[3]의 옴라순례[4] 대표, 종교의 영광, 만유(萬有)의 화육자(化育者)인 알라에게만

1. 이븐 주자이(Ibn Juzayī)의 본명은 무함마드 븐 무함마드 븐 아흐마드인데, 일명 이븐 주자이 알 칼비, 혹은 아부 압둘라라고도 한다. 그는 안달루쓰(현 스페인)의 가르나타(Gharnaṭa)에서 출생하여 그곳에서 궁정시인으로 봉직했고 마그리브(현 모로코)에 이주하였다. 파스(Fās)에서 할리파 아부 아난 알 마리니의 비서에 서임되어 봉행하다가 1356년에 사망하였다. 그는 당대의 시인이며 명문장가로서 1355년에 할리파의 명에 따라 이븐 바투타가 그의 여행에 관해 구술한 것을 초사·정리하여 책으로 엮었다. 그의 저서로는 『가르나타역사』가 있다.
2. 샤이흐(Shaykh)는 아랍어 단어로 '노인' '늙은이' '장로'란 뜻인데, 종교적·행정적 전칭(全稱)으로 전의되었다. 즉 이슬람교에서 올라마('Olamā, 이슬람 종교학자)를 비롯해 종교적으로 권위와 신망이 있는 사람에 대한 존칭으로 사용된다. '샤이흐 알 이슬람'(Shaykh al-Islam)은 이슬람교 이맘(Imām) 중에서도 중망(衆望)이 있는 이맘에 해당한다. 행정조직이나 집단의 장을 지칭하여 관직명으로 사용하기도 한다.
3. 아랍어로 '알라'(Allāh), 페르시아어로 '후다이'(Khudāi), 중국어로 '안랍(安拉)' '진주(眞主)' '주재(主宰)'는 이슬람교 유일신의 전칭이다. 어원적으로는 아랍어에서 신을 의미하는 'ilāh'에 정관사 'al'을 첨가하여 'al-ilāh'(신)가 된 것인데, 그것이 동화되어 'Allāh'가 되었다. 알라의 속성에 근거한 알라의 명칭(미명)으로는 '알 라흐만'(al-Rahmān, 자비로운자) '알 말리크'(al-Malik, 존왕) '알 할리끄'(al-Khāliq, 창조자) 등 99가지가 있다.
4. 옴라('Omrah) 순례란 매해 이슬람력 12월 8~10일 사이에 진행되는 정식 메카 성지순례 이외의 다른 시기에 근행하는 메카 성지순례를 일컫는다. 순례의식으로는 정식 순례

의지하는 여행자인 아부 압둘라 무함마드 븐 압둘라 븐 무함마드 이븐 이브라힘 알 라와티[5] 알 퇀지[6], 세칭 이븐 바투타——그에게 알라의 자비와 영총, 영예를, 아민[7]——가 구술하였다.

알라께 삼가 찬미를 보내나니, 알라께서는 그대의 종들이 활보할 수 있도록 대지를 정지(整地)하고, 대지로 하여금 그들이 생성하고 귀의(歸依)[8]하며 부활하는 3대륙[9]이 되게 하시었다. 또 그 전능(全能)으로 대지를 드넓혀 종들의 요람이 되게 하고, 고산준령이 대지 속에 우뚝 서도록 하였으며, 대지 위에는 아스라한 무주창궁(無柱蒼穹)이 펼쳐지게 하시었다. 또한 뭇별들을 어두운 육지와 바다를 밝게 비추는 향도성으로 떠오르게 하고, 영월(盈月)이 빛을 발하게 하였으며, 태양이 마냥 등불로 빛나게 하시었다. 그리고는 하늘에서 비를 내리어 대지에 생기가 감돌게 하고, 거기서 온갖 과실을 가꾸고 갖가지 식물을 키우게 하였으며, 꿀같이 단 대하와 소금같이 짠 대양의 물꼬를 트시었다. 그리고 또한 시은(施恩)으로 짐승[10]을 길들이고, 산같이 우람한 기기를 작동하여 거친 황야를 주름잡고 격랑을 헤가르도록 하시었다.

우리의 성사(聖嗣)[11]이며 주상(主上)이신 무함마드[12]께 가호가 있기를

의식 중의 각종 수계(守戒)와 퇘와프(카아바신전의 7회 영회), 싸이(쇄파산과 마르와산 사이의 7회 왕복) 세 가지만 행한다.

5. 알 라와티(al-Lawāti)는 북아프리카 베르베르계의 한 부족인 라와타(Lawātah) 출신이란 뜻이다.
6. 알 퇀지(al-Ṭanji)는 현 모로코의 북방 항구도시 퇀자(Ṭanjah, 탕헤르) 출신이란 뜻이다.
7. 아민(āmīn)은 '나의 기구(祈求)를 수락하옵소서'란 뜻이다.
8. 귀의란 아랍어 단어 '이아다'(i'ādah, 복원·회복·재개·반복)에서 전의한 이슬람교의 한 신조로서, 사후에 주 알라께로 돌아간다는 뜻이다. 이와 함께 일반적으로 종교적 개종도 의미한다.
9. 아시아·유럽·아프리카로서 이른바 '구세계'이다. 당시는 다른 대륙이 아직 미지의 상태였다.
10. 여기서의 '짐승'은 아랍어로 '나암'(na'm, 복수는 아나암anā'm)인데, 주로 낙타·소·양을 가리킨다.
11. 성사란 아랍어 '싸이드'(sayyd)의 역어인데, 그 원의는 '주인' '수령' '신사' '선생' 등이나,

알라께 기도하나니, 그이는 인류에게 정경대도(正經大道)를 밝히시었기에 그의 향도의 빛은 그토록 휘황찬란하다. 알라께서는 만민에 대한 자비로 그이를 파견하셨고, 제성(諸聖)을 위해 그이를 선택하시었다. 그이가 보검으로 다신교도(多信敎徒)[13]들을 여지없이 취체(取締)하니, 사람들은 무리지어 알라의 종교에 모여들어왔다. 알라께서는 눈부신 기적으로 그이를 뒷받침하나니, 그이는 굳은 믿음으로 무생물을 말하게 하고, 설교로 부란백골(腐爛白骨)을 회생시키고, 지첨(指尖)에서 샘물이 용솟음치게 하시었다. ……알라께서는 도반(徒伴)으로서, 권속(眷屬)으로서, 처실(妻室)로서 그이를 따른 모든 영광스러운 사람들을 반기나니, 그들은 신앙의 거룩한 창을 높이 치켜들고 온갖 사마왜도(邪魔歪度)를 무릅쓰고 적과의 성전에서 그이를 성원하고 결백한 신조로 그이를 옹위하였다. 그리고 그들은 히즈라(Hijrah)[14]와 지원, 그리고 엄호[15]를 아끼지 않음으로써 그들의 고귀한 직분을 어김없이 수행하고, 그이를 위해 알라의 보우를 소리 높이 외치면서 활활 타오르는 거센 불길 속으로 돌진하였고, 죽음의 바다로 용감히 뛰어들

무슬림들에게는 이슬람 교조 무함마드의 후예라는 뜻으로 '성사'나 '성예(聖裔)'에 해당한다.

12. 무함마드(Muhammad, 570~632경)는 이슬람교의 '예언자'(Nabi', 선지자)이며 '알라의 사자'(使者, Rasūlu'l lāh)이다. 이슬람교의 신학이론으로 보면 이슬람교란 만물의 존재와 더불어 본래부터 있어왔으며, 모든 것이 알라에 의해서만 창조되고 주재되기 때문에 후출(後出)한 인간인 무함마드는 결코 이슬람교를 '창시'한 '교조'가 될 수 없다. 따라서 그를 이슬람교의 '교조'나 '창시자'라고 하는 것은 비이슬람교적인 오칭이다.
13. 다신교도란 아랍어로는 '무슈리크'(mushrik)로 주로 우상숭배자들을 지칭한다. 초기 유일신교인 이슬람교를 전파하는 데 가장 큰 신앙적 장애가 바로 이 우상숭배였다.
14. 무함마드가 622년 9월 22일(24일?) 메카에서의 박해를 피해 신도 70여명과 함께 메카에서 북방 500km 지점에 있는 야스리브(Yathrib, 현 메디나)로 천이(遷移)한 것을 말한다. 초기 이슬람사에서 중요한 의의가 있는 이 천이를 '히즈라', 즉 '성천(聖遷)'이라고 하며, 이 성천에 동행한 자를 '무하지르'(Muhājir, 성천자)라고 한다.
15. 여기서의 '지원'과 '엄호'란 메디나에 성천한 무슬림들을 물심양면으로 지원하여 안착시키고 보호해준 사실을 말하는데, 이러한 지원자들을 이슬람사에서는 '안솨르'(Anṣār, 성문보사聖門輔士)라고 한다. 이들은 성천자들과 더불어 초기 이슬람교의 주역들이었다.

었다.

우리의 주상이신 이맘[16]이고 할리파[17]이며, 신자들의 수령,[18] 만유 화육자의 수임자(受任者), 알라를 위한 성전자(聖戰者), 알라의 승리를 위한 찬조자, 정통할리파[19]의 득도한 성예(聖裔)이신 아부 아난[20] 파리스께 세인으로 하여금 환락을 누리게 하는 성원과 난세를 치유하는 운기(運氣)를 하사하시기를 알라께 삼가 기구하는 바이다. 또한 알라께서 사인(邪人)이나 빈자(貧者) 모두를 치지도외(置之度外)하지 않는 용단과 아량을 그이께 하사하여 그이로 하여금 법검(法劍)과 은우(恩佑)로 만난을 극복하도록 하시기를 또한 기구하는 바이다.

모든 이성과 합리성 그리고 전승(傳承)에 의해, 성전(聖戰)하고 수탁(受託)된, 그러한 지존의 파스[21] 힐라파(계위)[22]야말로 범물(凡物)을 아우르는

16. 이맘(Imām)은 아랍어 단어로 그 원뜻은 '인도자' '수령'이지만 이슬람교에서는 전의되어 일반적으로 예배를 비롯한 종교행사를 주관하거나 무슬림 집단을 지도하는 사람을 지칭한다. 그 구체적 경우는 다음과 같다. ① 금요일 예배를 비롯한 집단예배의 인도자다. 사원마다 전속 이맘이 있는데, 그들은 여타 종교에서와 같은 성직자는 아니다. ② 쑨니파에서는 할리파와 동의어로 사용한다. ③ 쉬아파에서는 최고 지도자로서 제4대 정통할리파인 알리('Alī)와 그 지위를 계승한 그의 후예들을 지칭한다. ④ 일반적으로 학식이나 덕망이 있는 학자나 지도자에 대한 존칭이다. 중국에서는 '아홍'(阿訇, Ahung)이라고 한다.

17. 할리파(Khalīfah)의 아랍어 원의는 '계위자' '후계자'로서 이슬람사에서는 무함마드의 위업을 계승한 정교합일(政敎合一)의 이슬람국가 최고통치자를 일컫는다.

18. 아랍어로는 '아미르 알 무어민'(Amīr al-mu'min)인데, '아미르'는 '왕자' '친왕' '수령' '사령관' '지휘관'이란 뜻이고, '알 무어민'은 '신자들'(복수)이란 뜻이다. 따라서 이 둘이 합해져 '신자들의 수령'이란 복합어를 구성하는데, 보통 할리파의 별칭으로 사용된다.

19. 무함마드 사후 그를 계위한 아부 바크르(632~34)·오마르(634~44)·오스만(644~56)·알리(656~61)의 4대 칼리파를 말한다.

20. 아부 아난(Abū 'Anān, 1348~?? 재위)의 본명은 파리스 븐 알리 븐 오스만 븐 야아꾸브 알 마리니인데, 세칭 아부 아난이라고 한다. 모로코에 건립된 마리니야왕국의 할리파로서 용맹한 기사이자 법학자이며 시인이기도 하였다.

21. 파스(Fās, 페스Fés)는 마리니야왕국의 수도였으며, 현존 모로코의 고도로서 이슬람문화 유지가 많이 남아 있다.

22. 힐라파(Khilāfah)는 아랍어의 '계위' '계승'이란 뜻으로 이슬람사에서는 할리파들로 이어지는 계위제도를 말한다. 본문에서는 할리파, 즉 '계위자'와 혼용하고 있다.

알라의 존영(尊影)이며, 알라에 대한 순종을 위해서는 필히 정비되어야 할 결속의 속대(束帶)라는 것이 이미 판명되었다. 그럴진대 그 할리파는 병든 종교를 치유하고, 뽑아든 적의 검을 도로 집어넣게 하고, 부패한 세상을 개혁하고, 침체된 학계를 진작하고, 효순지도(孝順之道)를 밝히고, 요동하던 대지를 진정시키고, 사라져간 미풍을 되살리고, 거들먹거리던 온갖 불의의 추상(醜相)을 몰각(沒却)시키고, 솟구치는 역란(逆亂)의 불길을 식멸(熄滅)하고, 군림하던 폭군들을 제거하고, 건성(虔誠)의 기둥 위에 진리의 누각을 일으켜 세웠으며, 그리고 가장 경건하였기에 알라의 수탁을 견지할 수 있었다.

우리의 할리파께서는 하늘가 쌍둥이자리 분기점에서 대관(戴冠)한 숭고한 존엄, 천상은하(天上銀河)에 끝자락이 닿은 지상의 영광, 시간이 흐를수록 생채(生彩)를 더해가는 행운, 신념을 한량없이 두텁게 하는 정의, 구름에서 금은보화를 걸러내는 강개함, 밀운(密雲)같이 많은 진주보석을 간직한 전능(全能), 승승장구하는 무한의 승세(勝勢), 전취(戰取)한 제국으로부터의 지지, 법검으로 비난을 앞지르는 용단, 실망케 하지 않는 관용, 원수들의 잠행구(潛行口)마다를 봉쇄하는 결단성, 내분이 일기 전에 형국(形局)을 제압하는 의지, 과실(過失)에서 화과(花果)를 따내는 포용성, 사랑으로 마음과 마음을 이어주는 친화력, 암담한 난제에 해결의 불빛을 비쳐주는 탁식(卓識), 유익하고 성실한 선행과 당당한 치적, 이 모든 것을 한몸에 겸유구전(兼有俱全)하고 계시다.

할리파의 성도(聖都)는 중망지소(衆望之所)이고, 장부(壯夫)들의 정력적인 활동무대이며, 대덕군자(大德君子)들의 천거지다. 뿐만 아니라 불안한 자의 안식처이고 결식자의 구제처로서 오랫동안 그들을 위해 최선의 봉사를 하고 있다. 그리하여 그곳으로 학자들은 마냥 반드러운 반석 위에 쏟아지는 폭우처럼 밀려들었고, 문인들은 흡사 경주하듯 앞을 다투어 모여들었으며, 지성인들 또한 그곳 성역을 참배하였다. 그리고 여행자들은 성도의 숭고한 뜻을 탐구코자 찾아오고, 세궁민(細窮民)들은 그 품속에서 보호를 받았으며, 제왕(諸王)들은 성문에 시립(侍立)하여 성우(聖佑)를 기구하였다. 이리하여 이 도시는 세계의 중심축이 되었으며, 단연 그 덕분에 지자(知者)와 무지자(無知者)의 이지적 표상(理智的 表像)은 균등해졌고, 그 탁월한 공적으로 인하여 모든 무슬림들은 쾌복(快復)되고, 또한 그 훌륭하고 원만한 선행으로 인하여 모든 교화자들의 언변은 일층 세련되었다.

곳곳에서 방울져 떨어진 낙수가 일렁이는 대하에 흘러들어가듯 할리파궁의 성문(聖門)에 온 사람들 중에는 이븐 바투타로 알려진 샤이흐이자 법학자이고, 신망있고 성실한 여행가이며, 대지의 방방곡곡을 종횡무진 범유(汎游)한 아부 압둘라 무함마드 븐 압둘라 무함마드 븐 이브라힘 알 라와티[23]가 있는데, 그가 동방 제국에서는 샴숫 딘으로 알려지고 있다. 그는 호한(浩瀚)한 대지를 두루 편력하고 수방이역(殊邦異域)을 발섭(跋涉)하였으며 제민족의 분파와 아랍인 및 외방인들의 연혁을 탐구하였다. 그리고는 거룩한 이 성도에 여행 지팡이를 내동댕이쳤는데(정주를 뜻함—옮긴이), 그것은 그가 이 성도야말로 무부여지(無復餘地)의 고매한 특색을 지니고 있는 것을 잘 알고 있기 때문이었다. 그는 동방 여러 곳을 편력하고는 마침내 마그리브[24]의 영월승천지(盈月昇天地)로 귀소(歸巢)하였다. 마치 벌흙 속에서 사금을 가려내듯, 그는 설 자리와 만물에 대한 장고의 선택을 거쳐 과시

23. 아랍인들의 성명표기법은 일반적으로 본인명-부친명-조부명-부족명 순으로 하는데, 이 책에서 보다시피 종전에는 인명과 인명 사이에 '븐'(혹은 '이븐'), 즉 '아들'이란 글자를 넣어 '누구의 아들 누구'라는 식으로 명기하였으나 지금은 대체로 '아들'이란 글자는 생략한다. 그리고 유명인을 비롯한 일부 사람들은 이런 식 외에 출생지를 위주로 '… 출생지의 아들'이란 별칭(혹은 아칭)을 사용하기도 한다. 또한 '아부', 즉 '아버지'라는 글자를 첨가하여 '… 의 아버지'라는 식의 별칭도 간혹 사용한다.
24. 마그리브(al-Maghrib)의 아랍어 원의는 '해지는 곳'으로서 '서방' '서쪽'을 뜻한다. 이슬람 사회에서는 대체로 이집트 동쪽의 이슬람세계는 '마슈리끄'(al-Mashriq, '해뜨는 곳' '동방' '동부')라고 하며, 이에 대비해 그 서쪽은 '마그리브'라고 한다. 그러나 오늘날에는 '마그리브'가 '모로코'란 고유명사로 정착되었다.

따를 법한 곳만을 따르기로 하고, 마침내 여러 곳 중에서 오로지 이 도시만을 택한 것이다.

그는 극진한 환대와 과분한 몽은(蒙恩) 속에서 고진왕사(苦盡往事)를 잊고, 더이상의 유랑을 단념하였을 뿐만 아니라, 남의 칭도(稱道)를 오히려 묘시(藐視)하면서 그 나름대로의 몽상을 실현하였다. 급기야 그는 그토록 친숙해진 행려(行旅)를 체념하고 기나긴 발섭 끝에 비로소 기름진 목장을 향유하게 되었다. 할리파의 교지(敎旨)에 이르기를 "그가 이역을 여행하면서 목격한 것과 기억하고 있는 기문(奇聞), 회오(會晤)한 제왕들 그리고 기타 고명한 학자들과 청렴한 찬조자들에 관해 일일이 기술하도록 할지어다"라고 하였다. 그리하여 이븐 바투타는 그간 눈여겨보고 난 근거있는 기사이적(奇事異蹟)들을 흥미진진하게 구술하였다.

할리파께서는 보조(寶祚)의 시위(侍衛)이며 헌성충신(獻誠忠臣)인 소신(小臣) 무함마드 븐 주자이 알 칼비——할리파를 위해 봉행(奉行)하고 그 은총에 감사하도록 알라께 기원하나이다——에게 샤이크 아부 압둘라가 구술한 것을, 그 유용성과 의도는 그대로 보전하되, 가급적 언사는 다듬고 윤색하여 그 뜻을 명확히 살림으로써 이 기담을 기꺼이 감상하고 마치 조개 속에서 진주를 캐내듯 큰 효과를 얻을 수 있는 서책으로 엮으라는 어명을 내리시었다. 소신은 어명을 받들고 그 수행을 위해 알라의 가호하에 감히 어명의 용천(湧泉)을 시음(始飮)하기에 이르렀다.

본인은 샤이흐 압둘라가 사용한 언사의 원의에 충실하면서도 함의를 명백히 전달하고자 하였다. 그의 말을 그대로 인용하는 경우에는 될수록 그 원의뿐만 아니라 파생적인 의미마저도 소홀히하지 않았다. 그가 전한 모든 이야기와 소식들을 그대로 낱낱이 전하였지만, 그것의 사실 여부에 관해서는 구기실(究其實)하거나 고증은 하지 않았다. 비록 그는 이러한 사실들의 정확성을 인증함에 있어서 가장 정당한 방법을 취하였지만, 일부 언사에서 감지되다시피 이례적인 것이 없지는 않다. 그는 최상의 정확성을 기하기 위해 지명이나 인명의 음독(音讀)은 모음부호나 점으로 명기하였다.[25] 본인은 외국 명칭에 관해서는 가급적으로 주해를 가했는바, 그것은 외국어니 만치 사람들에게 쉬이 혼동을 일으키며, 외국어의 난맥(亂脈)을 푸는 데서는 상용규칙이 다르기 때문이다. 원컨대, 주상——알라의 지지가 있기를[26]——께서 저의 이러한 소지(素志)를 은우(恩遇)하고 미흡함을 관유(寬宥)해 주시기를 희원하는 바이다. 실로 주상의 관인대도(寬仁大度)는 불언가지(不言可知)의 미덕이며, 소루관용(疏漏寬容)은 가신지사(可信之事)이나이다. 알라시여 항시 주상께 상승(常勝)과 강성이 함께 있도록 하고 확고한 지지와 성원을 보내소서.

25. 아랍어문자는 표음문자이기는 하나 자음과 모음의 결합으로 문자가 이루어지는 기타 표음문자들과는 달리 28개 자모 전체는 자음이며, 자음 위에 붙는 모음부호가 모음을 대신하여 문자를 음독하게 된다. 그리고 아랍어 자모 중 몇개는 상하에 찍는 점의 개수(1~3개)에 의해 서로 구별되는데, 고대에는 이러한 점을 생략하거나, 또는 동서 아랍세계에서 그 가점(加點) 표기법에 차이가 있어 혼동이 발생하기도 하였다. 이븐 바투타는 지명이나 인명 등 고유명사 음독에 정확성을 기하기 위해 모음부호와 점을 정확히 표기하였다.
26. 아랍어의 문장기법상 선지자 무함마드를 비롯해 할리파나 유명인사는 물론, 일반인이라도 필자의 뜻에 따라서 기원문이나 찬양문 등을 이름 뒤에 중간삽입하는 것이 통례이다.

제1장

# 이집트

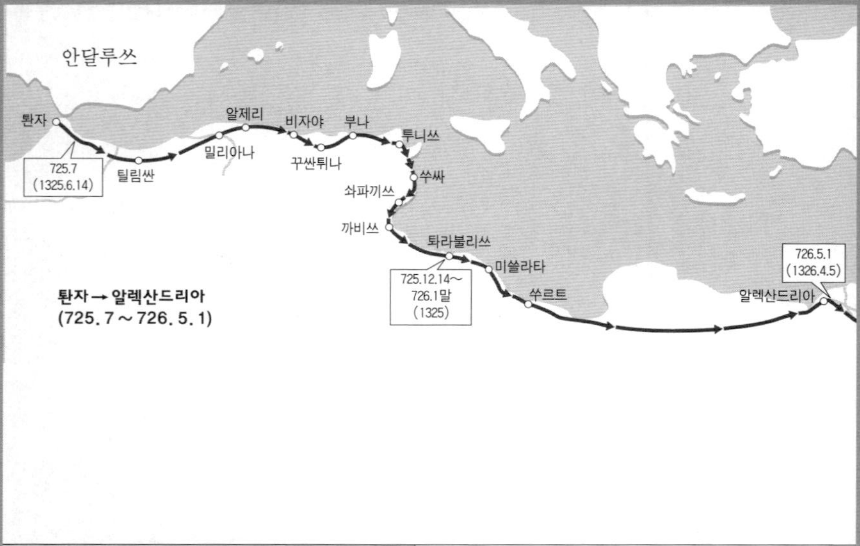

안달루쓰
퇀자
725.7 (1325.6.14)
틸림싼
밀리아나
알제리
비자야
꾸싼튀나
부나
투니쓰
쑤싸
솨파끼쓰
까비쓰
톼라불리쓰
725.12.14~ 726.1말 (1325)
미쓸라타
쑤르트
726.5.1 (1326.4.5)
알렉산드리아
퇀자 → 알렉산드리아
(725. 7 ~ 726. 5. 1)


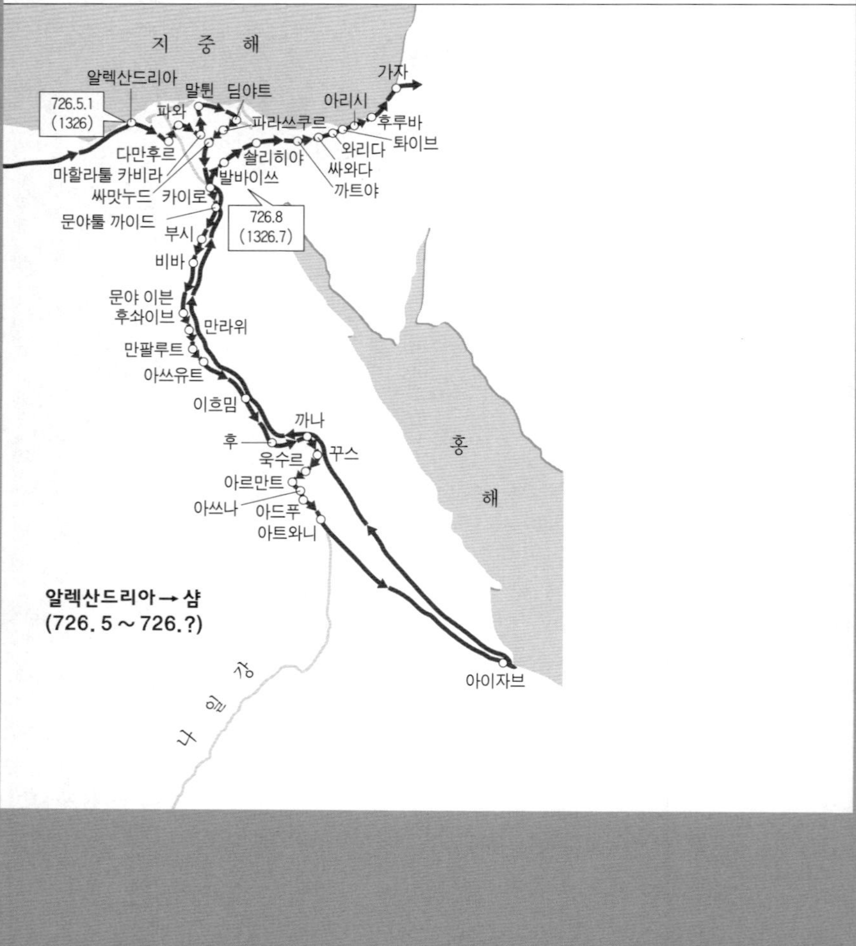

지 중 해
알렉산드리아
726.5.1 (1326)
말퇸
딤야트
파와
파라쓰쿠르
가자
아리시
후루바
톼이브
와리다
다만후르
마할라툴 카비라
쌀리히야
싸와다
까트야
발바이쓰
싸맛누드
카이로
문야툴 까이드
726.8 (1326.7)
부시
비바
문야 이븐 후솨이브
만라위
만팔루트
아쓰유트
이흐밈
까나
후
욱수르
꾸스
아르만트
아쓰나
아드푸
아트와니
홍
해
아이자브
알렉산드리아 → 샴
(726. 5 ~ 726.?)
나 일 강

# 제1장 이집트

## 1. 톼자에서 알렉산드리아까지

내가 카아바를 순례[1]하고 사자(使者)[2]——그에게 지고의 평화가 있기를——의 성묘(聖墓)[3]를 참배하기 위해 고향 톼자[4](Ṭanjah, 탕헤르)를 떠난 것은 725년(A. H.[5], 1325) 7월 2일 목요일이었다. 나는 가슴 깊이 간직한 순례의

1. 카아바(Ka'bah)는 메카의 금사(禁寺, 마쓰지둘 하람 al-Masjidu'l Ḥarām)의 중정(中庭)에 있는 석전(石殿)으로서 '알라의 집'(Baitu'l lāh)이라고도 한다. 남북 길이 12m, 동서 너비 10m, 높이 15m의 입방체 석괴다. 이슬람교에서는 가장 신성한 곳으로서 무슬림들은 어느 곳에서나 이 석전의 방향을 향해 예배를 근행하며 성지순례도 이 석전 주위를 도는 의식으로 시작한다. 따라서 카아바 참배가 곧 성지순례를 뜻한다고 말할 수 있다.
2. 알라가 보낸 사람이란 뜻으로 이슬람 교조 무함마드를 지칭한다. 아랍어로는 '라쑬 라'(Rasūlu'l lāh) 혹은 줄여서 '라쑬'(al-Rasūl)이라고도 한다.
3. 이슬람 교조 무함마드의 묘소로서 메디나시의 성사(聖寺, 마쓰지둘 나비 al-Masjidu'l Nabi') 내에 안치되어 있다.
4. 현 모로코의 서북단에 위치한 항구도시이며, 대서양에서 지중해로 통하는 관문이다.
5. 이 책에서 사용되는 연대(연월일)는 히즈라력, 즉 이슬람력에 준한 연대다. 이 번역서에서는 해당하는 서력 연대를 괄호 안에 기입하였다. 이슬람력은 교조 무함마드가 메카에서 메디나로 천이(遷移, 히즈라 Hijrah, 즉 성천 聖遷)한 해를 원년으로 삼는다. 라틴어로는 '안노 헤지라이'(Anno Hegirae, 약칭 A. H.)라고 한다. 무함마드가 메디나에 도착한

굳은 의지와 성지에 대한 애틋한 그리움으로 친한 길동무 하나 없이 혈혈단신으로 장도에 올랐다. 여행길에는 대체로 무언가를 타고 다녔다. 나는 남녀노소, 사랑하는 사람들의 곁을 떠나 마치 새가 둥지를 떠나듯 고국과 석별하였다. 그때 양친은 아직 생전이어서 나는 그분들과 헤어지는 아픔을 가까스로 참아야만 했다. 그분들이 겪은 그 별한(別恨)은 나 역시 마찬가지였다. 그때 내 나이는 갓 22살이었다.[6]

내가 떠날 때는 선정(善政)을 이어받고 선행으로 명망이 높으며, 덕행으로 치세를 수놓고, 친화와 정의 속에 보세만민(普世萬民)을 안락토록 한 신자들의 수령이고 종교의 찬조자이며, 만유 화육자를 위한 성전자(聖戰者)인 신성한 이맘 아부 싸이드 시대였다. 그의 선친은 우리의 주상이고, 신자들의 수령이며, 종교의 찬조자이신 신성한 이맘 아부 유쑤프[7] 븐 압둘 핫끄[8]인데, 그의 옹골찬 의지로 다신교의 예봉을 꺾고, 그의 결단성으로 불신[9]의 불길을 진화하고, 그의 증언으로 십자가의 맹신을 무마하고, 그의 충정어린 성전[10]으로 신념이 더욱 거룩해졌다. 항시 그에게 만족하시고, 그의 성묘에 상서로운 감로감우(甘露甘雨)를 내리시고, 이슬람과 무슬림들을

날짜는 서기 622년 9월 22일이나, 당시 아랍력의 정월 초하루는 그해 7월 16일이었기 때문에 이슬람력의 원년 1월 1일은 이 7월 16일이다. 이슬람력은 태음력(太陰曆)으로서 1년은 12개월이며 매월은 29~30일이고 윤달은 없다.

6. 이븐 바투타는 이슬람력 703년 7월 17일 월요일에 환자에서 출생하였다.
7. 아부 유쑤프(Abū Yūsuf, ??~685)는 베르베르족 출신으로서 여러 차례 스페인에 출정하고 무왁히둔조(Muwaḥḥidūn)를 격파(674)한 용장이다.
8. 븐 압둘 핫끄(Bin 'Abdu'l Ḥaqq)는 마리니야조(Marīniyah, 현 모로코 지역)의 창건자이다.
9. '불신(不信)'이란 아랍어의 '쿠프르'(Kufr)로서 일반적으로 유일신 알라를 신봉하지 않는 것을 뜻한다.
10. 성전(聖戰)이란 이슬람교 고유의 성전, 즉 '지하드'(jihād)의 역어다. '지하드'란 아랍어의 원의는 '노력' '분투'다. 그러나 이슬람교의 종교적 함의로서의 '지하드'는 한마디로 이슬람세계(Dāru'l Islām)의 확대나 방어를 위한 노력과 분투 내지는 전쟁을 말한다. 지하드는 모든 무슬림의 신성한 의무이며, 그 수행이 장려된다. 따라서 라틴어 계통의 '성전'(영어의 Holy War, 프랑스어의 Guerre Sainte 등)과는 그 개념이 다르다.

위해 그에게 최상의 보상을 하사하시고, 보조(寶祚)가 심판의 날[11]까지 세세상전(世世相傳)하기를 알라께 삼가 기원하는 바이다.

나는 틸림싼(Tilimsān) 시[12]에 도착하였다. 당시 이 도시의 쑬퇀[13]은 아부 타슈퓐 압둘라 븐 무사 븐 오스만 븐 야그무르 아싼 븐 지얀[14]이었다. 나는 거기에서 우연히 이프리끼야(Ifrīqiya)[15]의 왕 아부 야하이[16]——알라께서 그에게 자비를——의 두 사절을 만났다. 한 사람은 투니쓰(Tūnis) 시의 혼인전담법관인 아부 압둘라 무함마드 븐 아비 바크르 븐 알리 븐 이브라힘 앗 나프자위이고, 다른 한 사람은 경건한 샤이흐이자 마흐디야(al-Mahdiya)[17] 해안의 한 농촌 출신인 아부 압둘라 무함마드 븐 후싸인 븐 압둘라 알 까르시야 앗 자비디야인데, 그는 40살 남짓의 대덕(大德)이었다. 내가 틸림싼에 도착한 바로 그날 이 두 사절은 이곳을 떠나고 말았다. 형제들[18]이 나더러 그들과 함께 떠나라고 하였으나, 지존의 알라께서는 그것을

11. 심판의 날(Yaumu'd Dīn)이란 곧 부활의 날이다. 이날 모든 사자들이 부활하여 심판장에 나와 알라의 심판을 받는다. 선악공과(善惡功過)에 따라 낙원과 지옥에로의 길이 판결된다.
12. 틸림싼은 현 모로코의 도시로서 신·구지역으로 이루어져 있다. 신지역이 타프라즈트(Tāfrazt)이고, 구지역이 아까디르(Aqādīr)다.
13. 쑬퇀(Sulṭān)이란 11세기 이후에 주로 쑨니파 이슬람제국에서의 군주를 지칭한다. 그 대표적인 예가 오스만제국 최고통치자로서의 쑬퇀이다. 이에 반해 이란과 같은 쉬아파 이슬람제국에서는 군주를 '샤'(Shāh)라고 한다.
14. 아부 타슈퓐(Abū Tāshfīn, 재위 1318~48)은 틸림싼과 그 주변 지역 및 알제리 변방까지 통치한 쑬퇀이다. 선왕을 모살하고 왕위를 찬탈(718)한 그는 부화방탕하였다. 1325년에는 튀니지에 대한 진공을 발동한 바 있다. 무와히딘조 쑬퇀 아부 하싼 알 마리니와의 교전중 피살되었다.
15. 오늘의 알제리와 튀니지 일원을 말한다.
16. 아부 야하이(Abū Yaḥai)는 튀니지에 건국된 하프쉬야조(Hafṣiyah)의 제11대 쑬퇀이다.
17. 이프리끼야의 한 섬으로, 개척자인 마흐디 아흐마드(al-Mahdī Aḥmad)의 이름을 따서 명명하였다고 한다. 이 섬의 모양은 팔목이 달린 손바닥과 비슷하다고 한다.
18. 형제(아후 akhū, 복수는 이흐완 ikhwān)란 무슬림들간의 상호 칭호다. 불교가 자비를 기독교가 박애를 종교적 이념으로 한다면, 이슬람교에서는 그것이 바로 형제애다. 따라서 이슬람교 신자(무슬림)들은 서로를 형제라고 믿으면서 서로를 그렇게 부른다.

마다하셨다. 나는 개인용무로 틸림싼에 사흘간 묵고 나서 그들의 뒤를 밟아 떠났다.

내가 밀리아나(Miliānah)시[19]에 이르러서야 그들을 따라잡았다. 그러나 때마침 혹서라서 이 두 법학자는 그만 병에 걸리고 말았다. 그래서 우리는 그곳에 열흘이나 머물게 되었다. 법관의 병세가 점점 심해져 갔지만 어쩔 수없이 우리는 길을 떠났다. 밀리아나로부터 불과 몇 밀(mil)[20] 떨어진 곳에 있는 한 물가에서 또 사흘을 보내야만 했다.

나흘째 되는 날 아침, 앓던 법관은 끝내 숨을 거두고 말았다. 고인의 아들 아부 톼이브와 그의 동료 아부 압둘라 앗 자비디야는 밀리아나로 되돌아가서 그곳에 사자를 안장했다. 나는 거기서 그들과 헤어진 후 튀니지 상인들과 동행했다. 그들 중에는 핫즈[21] 마쓰오드 븐 알 문타쉬르와 핫즈 알 아둘리 그리고 무함마드 븐 앗 하자르란 사람이 있었다.

우리는 알제(al-Jazāir) 시에 도착하여 교외에서 며칠 묵다가 샤이크 아부 압둘라와 작고한 법관의 아들이 당도하자 함께 잔(al-Zān, 떡갈나무) 산의 수림지로 향발하였다.

얼마 안가서 비자야(Bijāyah)시[22]에 다다랐다. 샤이크 아부 압둘라는 시 법관[23]인 아부 압둘라 앗 자와위의 집에, 그리고 작고한 법관의 아들 아부 톼이브는 법학자 아부 압둘라 알 무퐛시르의 집에 각각 유숙하였다. 당시

19. 이프리끼야의 변방도시로서 원래는 로마의 고도였다.
20. 아랍어로 '밀'(mil)이라고 하는데, 영어의 '마일'(mile)이다. 1밀은 약 1,609m에 해당한다.
21. 핫즈(ḥājj)는 무슬림의 5대 종교 의무의 하나인 성지순례(ḥajj)를 수행한 남자에 대한 경칭이다. 여자는 '핫자'(ḥājjah)라고 한다. 성지순례는 무슬림들이 평생을 두고 한번은 꼭 수행해야 하는 가장 어려운 종교적 의무이기 때문에 그 수행은 최대의 영예로써 존경을 받는다. 그리하여 핫즈(핫자)는 최고의 경칭으로서 모든 칭호에 선행한다.
22. 이프리끼야와 마그리브 사이의 해안도시로서 산기슭에 있다.
23. 법관(法官)이란 아랍어로 '까뒤'(qāḍī)인데 세속사회의 법관과는 달리 이슬람사회의 사법관을 말한다. 8세기 우마위야조 시대부터 무슬림들의 사회조직체 내에 등장한 이 까뒤는 이슬람 제도의 정착과 공고화, 이슬람교법의 수립과 집행 등 전반적인 이슬람 사회의 발전에 지대한 역할을 해왔다.

비자야 시장은 시종(侍從) 출신의 아부 압둘라 무함마드 븐 사이드 앗 나쓰였다. 이곳에서 앞에 언급한 바와 같이 밀리아나로부터 함께 온 튀니지 상인 무함마드 븐 앗 하자르가 그만 불시에 운명하였다. 그는 3천 디나르[24] 어치의 황금을 유산으로 남겨놓으면서 이븐 하디다라는 알제리인더러 그 유산을 튀니지에 있는 상속인에게 전해달라고 부탁하였다. 그런데 그 소문이 어떻게 시장인 븐 사이드 앗 나쓰의 귀에 들어갔는지 그는 이븐 하디다의 손에서 그 금품을 무턱대고 빼앗아갔다. 이것이 내가 처음으로 목격한 무왓히둔조(al-Muwaḥḥidūn)[25] 벼슬아치들의 비리다.

공교롭게도 비자야에 도착했을 때 나는 그만 열병에 걸리고 말았다. 아부 압둘라 앗 자바디는 나보고 병이 나을 때까지 그곳에 머물러 있으라고 권했다. 그렇지만 나는 사양하면서 "어차피 죽어야 할 운명이라면(원문은 '지존의 알라께서 죽음을 판결하셨다면'이다 —옮긴이) 히자즈[26] 땅으로 가는 길에서 눈을 감지요"라고 말했다. 그러자 그는 "기왕 그렇게 결심하셨다면 가축(말)과 무거운 짐은 팔아버리시지요. 제가 가축 한 마리와 천막[27] 하나를 기꺼이 빌려드릴 테니 될수록 가벼운 짐으로 우리를 따라오십시오. 왜냐하

24. 디나르(dinār)는 이슬람세계에서 사용한 금화(金貨)의 단위다. 최초의 디나르는 우마위야조의 할리파 압둘 말리크(재위 685~705) 시대에 다마스쿠스에서 주조하였다. 당시의 순도는 96~98%이고 중량은 4.25g으로서 은화(銀貨)의 단위인 디르함(dirham)과의 환산율은 1디나르가 10디르함이었다. 지금도 일부 아랍 국가에서는 디나르를 통화단위로 사용하고 있다.
25. 무왓히둔은 유일신론(唯一神論, al-Tauḥid)자들이란 뜻으로서 본래는 유일신론을 주장한 무함마드 븐 타우마즈트(Muhammad bin Taumajt)가 이끈 하나의 정치·종교운동이었다. 그의 뒤를 이어 군총사령관인 압둘 무어민 븐 알리('Abdu'l Mu'min bin 'Alī)가 무라비툰조(al-Murābitūn)를 타도하고 무왓히둔조(1130~1269)를 세웠다. 이 왕조는 베르베르인이 세운 왕조로서 북아프리카와 스페인의 근 절반을 통치하다가 마리니(Marīni)인들에게 멸망되었다.
26. 히자즈(al-Ḥijāz)는 싸우디아라비아의 한 주(州)로서 아라비아반도의 서북부에서 홍해에 임한 지대이다. 면적은 약 40만㎢로서 그곳에 성지 메카와 메디나가 있다. 그리하여 히자즈는 이슬람 성지의 상징으로 쓰인다.
27. 히바(khibā)라고 일컫는 천막인데, 보통 사막에서 두세 개의 기둥을 세워 가죽이나 털천으로 가설하는 천막을 말한다.

면 도중에 토민(al-'Arab)들의 기습이 걱정되거든요"라고 응수하는 것이었다. 그래서 나는 그의 말대로 하였다. 그——알라께서 그에게 복을 하사하시기를——는 약속한 대로 나에게 다 빌려주었다. 이것이 내가 히자즈를 향하면서 받은 첫 천은(天恩)이었다.

우리의 발걸음은 꾸싼튀나(Qusanṭīnah)시[28]로 이어졌다. 우리는 교외에서 노숙하였다. 그런데 한밤중에 갑자기 큰비가 내려 할 수 없이 천막에서 뛰쳐나와 인근 민가로 옮겼다. 다음날 시장이 우리를 만나주었다. 그는 아부 하싼이라는 덕망있는 명문가 출신이다. 시장은 비에 젖어 지저분해진 내 옷을 보자 당장 가속을 시켜 씻도록 하는 것이었다. 내 머리쓰개(ihrām)[29]도 허름한 것이어서 그는 바알라바크(Ba'labak)[30]산 머리쓰개로 바꿔주고는 머리쓰개 한 끝자락에 금화 두 디나르를 감싸주었다. 이것은 내가 받은 첫 시주물이었다.

이어 우리의 여행 도착지는 부나(Būnah)시[31]였다. 우리는 시내에 머물면서 그곳에서 며칠을 보냈다. 노상 안전이 걱정되어 함께 온 상인들과는 거기서 헤어지고 나서 우리는 한껏 갈길을 다그쳤다.

도중에 나는 또 열병에 걸렸다. 몸은 지쳤으나 겁이 나서 말에서 내려 걸을 수는 없기에 말등에서 떨어지지 않게 머리쓰개로 몸을 안장에 단단히 잡아매었다. 이런 상태로 일행은 투니쓰시에 당도하였다. 사람들은 뛰쳐나와 샤이크 아부 압둘라와 법관 아부 압둘라 앗 나프자위의 아들 아부 톼이브를 반겨 맞으면서 서로 인사를 주고받았다. 그런데 누구 하나 나에게 인사하는 사람은 없었다. 그도 그럴 것이 나하곤 모두가 생면부지(生面不知)이니까. 나는 서러운 눈물을 걷잡을 수가 없어 끝내 흐느끼고 말았다. 그러

28. 이프리끼야의 변경에 있는 도시(현 콘스탄틴Constantine)로서 거기에 세 개의 강이 흐르고 있어 배가 운항한다.
29. 이흐람은 안달루쓰나 마그리브의 원주민들이 쓰는 일종의 머리쓰개이다.
30. 고대 로마인들이 건설한 레바논 북부의 고도로서 옛부터 직물생산이 유명하다.
31. 오늘날의 아나바('Anābah)이다.

자 내 사정을 측은히 여긴 성지순례자들이 다가와 인사를 건네면서 친절을 베풀었다. 그들과 다정스럽게 이야기를 나누는 사이 어느새 시내에 들어왔다.

나는 쿠투비인(al-Kutubiīn) 마드라싸(학당)에 여장을 풀었다. 내가 입성했을 때의 튀니지 쑬퇀은 쑬퇀 아부 야하이 이븐 쑬퇀 아부 지크리야 야하이 이븐 쑬퇀 아부 이쓰하끄 이브라힘 이븐 쑬퇀 아부 지크리야 야하이 븐 압둘 와히드 븐 아부 하프쓰(재위 1318~46)——알라께서 그에게 자비를——였다. 당시 투니쓰에는 일군의 석학[32]들이 있었다. 그들 중에는 최고법관인 아부 압둘라 무함마드가 있는데, 그는 역시 최고법관이었던 아부 압바쓰 아흐마드 븐 무함마드 븐 하싼 븐 무함마드 안솨리 알 하즈라지의 자제분이다. 알 하즈라지는 원래 발란씨(al-Balansī) 출신이나 튀니지로 귀화했으며, 그가 바로 이븐 가마즈(Ibn al-Ghamāz)다. 석학들 가운데는 5개국의 법관을 두루 역임한 바 있는 설교사(說教師)[33] 아부 이쓰하끄 이브라힘 븐 후싸인 븐 알리 븐 압둘 라피아와 역시 법관을 지낸 바 있는 법학자 아부 알리 오마르 븐 알리 븐 까다흐 알 하와리가 있다. 후자는 관행적으로 매주 금요일 집단예배[34]가 끝나면 꼭 자이투나(al-Zaitūnah) 대사원의 기둥에 기대어

32. 여기서의 석학은 대학자란 뜻인데 '학자들'이란 아랍어로 '올라마'('Olamā)라고 한다. 이것은 '알림'('ālim)의 복수형이다. '올라마'란 이슬람학자들로서 이슬람사회에서는 하나의 종교적 지도층을 이룬다. 따라서 보통 복수형(올라마)을 쓰고 있다. '올라마'란 학문('ilem)을 소유한 사람들이란 뜻으로, 이 학문은 일반적인 학문지식이 아니라 이슬람의 종교지식을 말한다. 이러한 학문지식을 소유한 '올라마'에는 법관·법학자·이맘·설교사·독경사 등 주로 종교지도자들이 망라됨으로써 전통적 이슬람사회에서 '올라마'의 역할은 대단히 중요하다.

33. 설교사란 아랍어로 '하튀브'(al-Khaṭīb)인데, 어의는 '연설자' '강연자'이나 이슬람교에서는 예배시 설교하는 사람을 지칭한다. 하튀브에는 종교지식뿐만 아니라 언술도 능란한 전문적 하튀브가 있는가 하면, 이맘을 비롯해 임시로 설교에 임하는 사람도 있다.

34. 집단예배는 금요예배(Ṣalātu'l Jum'ah), 즉 매주 금요일 사원에 모여서 집단적으로 근행하는 예배를 말한다. 금요일 집단예배는 교조 무함마드가 서기 622년 9월 메카에서 메디나로 성천한 후 첫 금요일에 교외에서 수행한 신자들과 함께 예배를 한 데서 유래했다. 이때부터 금요일을 공식휴일로 정해 오늘에까지 이르고 있다. 금요일 집단예배

앉아서는 사람들에게 교리에 관한 질문을 받는데, 40문제만 받아 답하고서는 곧 자리를 뜨곤 한다.

나는 투니쓰에서 피트르절[35]을 맞아 예배지에 갔다. 사람들은 너나없이 가장 멋진 차림새와 꾸밈새를 하고 가절을 경축하고 있다. 쑬퇀 아부 야하이는 말을 타고 예배지에 도착했는데, 그의 친속과 궁신시종(宮臣侍從)들은 특이한 대형을 지어 걸어서 뒤따라왔다. 예배를 근행하고 설교가 끝나자 사람들은 저마다 귀가하였다. 얼마 후 이프리끼야의 아주 강직한 이끄니비야(Iqnibiya)[36] 출신의 샤이흐 아부 야꾸브 앗 쑤씨가 성지순례단 단장으로 임명되었다. 그리고 그들은 나를 순례단의 법관으로 추대했다. 우리 일행은 11월 말에 투니쓰를 떠나서는 해안로를 취하였다.

며칠 후 우리는 쑤싸(Sūsah)[37] 읍에 도착했다. 쑤싸는 작지만 아담한 읍으로서 해안에 있다. 거기서 투니쓰까지의 거리는 40마일이다.

다음으로 도착한 곳은 쏴파끼쓰(Ṣafāqis) 시[38]이다. 교외에 이맘 아부 하싼 알 라흐미[39]의 묘소가 있는데, 그는 말리키야파[40] 이맘으로서 『숙고』의

는 낮예배로서 적어도 4명 이상이 모여야 근행한다. 일반적으로 집단예배를 근행하는 사원을 '자미아'(al-Jāmi', 대사원)라고 하며, 그외 평일에 개별적으로 예배를 근행하는 사원을 '마쓰지드'(al-Masjid)라고 부른다.

35. 피트르절('Idu'l Fiṭr)은 이슬람의 2대 명절의 하나다. '피트르'란 아랍어로 '금식재'(禁食齋)의 파재(破齋)란 뜻으로서 피트르절은 파재절이란 말이다. 무슬림들은 해마다 이슬람력 9월 한달을 금식(禁食, 쏴움 ṣaum)하고 나서 10월 1일부터 3일간 이 명절을 치른다. 원래 명절 첫날에 무슬림들의 5대 종교 의무의 하나인 자카트(Jakāt, 희사, 구빈세)를 납부하게 되어 있다. 중국어로는 개재절(開齋節)이라고 한다.
36. 지중해 연안의 까르톼지나(Qarṭājinah) 시 가까이에 있는 성채(城砦) 이름이다.
37. 현 튀니지의 큰 도시로서 옛부터 직물업이 발달하여 '쑤싸포'는 질 좋은 천으로 널리 알려져 있다.
38. 이프리끼야의 해안도시로서 성벽과 궁전, 등대, 여관 등이 즐비하고 감람수(자이툰 Zaitūn)가 무성한 고장이다.
39. 본명은 알리 븐 무함마드 알 리브기이며, 말리키야파 법학자이다. 문학과 성훈학(聖訓學, 'Ilmu'l Ḥadith)에 조예가 깊으며, 대표적 저서로 『숙고』(熟考, *al-Tabaṣṣurah*)란 말리키야파 법학서가 있다.
40. 말리키야파(al-Mālikiyah)는 이슬람 정통파인 쑨니파(Sunni)의 4대 법학파의 일파다.

저자다.[41]

이어 우리는 까비쓰(Qābis) 시[42]에 이르러 시내에 투숙하였다. 연일 비가 내리는 바람에 그곳에서 열흘이나 체재하게 되었다.[43] 까비쓰를 떠나서는 퇴라불리쓰(Ṭarābulis, 현 트리폴리Tripoli)로 향하였다. 도중 몇 구간은 백여 명의 기수들이 우리를 수행하였다. 마침 일행 중에 몇몇 궁수(弓手)가 끼여 있어 토인들이 지레 겁에 질린지라 별고 없이 안전하였다. 실로 알라께서는 우리를 보우하셨다. 도중에 우리는 아드하절[44]을 맞았다.

일명 '성훈파(聖訓派)'라고도 한다. 창시자는 8세기의 말리크 븐 아나쓰(Mālik Ibn Anas, 713~95)다. 이 파는 이슬람의 교법이나 법학을 『꾸란』경이나 메디나(al-Madīnah)의 관습법, 특히 무함마드의 언행과 묵시록(默示錄)인 성훈에 의존할 것을 주장한다. 새로운 교법의 제정에 있어서는 법학자들에 의한 합의일치제(合議一致制, al-Ijmā') 원칙을 채택한다. 초기에는 싸우디아라비아반도(al-Ḥijāz)와 이라크(al-Baṣrah)에서 성행했으나, 압바쓰조 이후에는 북아프리카와 스페인, 이집트, 바레인 등지에서 유행되었다.

41. 이 책의 필사자인 이븐 주자이는 솨파끼쓰에 관한 두 시인의 상반된 묘사를 다음과 같이 인용하고 있다. 우선 알리 븐 하비브 타누히('Alī bin Ḥabīb al-Tanūkhi)는 이렇게 읊었다.

관개수 흐르는 솨파끼쓰엔, 공방(工房)과 사원이 있고/항만 가까이엔 높이 솟은 숭엄한 궁정 있네./찾아온 이에게 이 땅은, 어서 오라 반기네./이 땅은 마냥 일렁이는 바다처럼, 약동하네.

이에 반해 걸출한 문학가인 아부 압둘라 무함마드 븐 아비 타밈(Abū Abdu'l lāh Muhammad bin Abī Tamīm)은 이렇게 읊고 있다.

주민의 삶에 기쁨 없는 솨파끼쓰, 큰 비 내려도 관개 안되고/더구나 찾아온 자는 룸인과 원주민들의 침해만 당하기 일쑤인 곳./얼마나 많은 길 잃은 자 겁탈당하고, 뱃사람들 잡히고 피해봤던가./주민들의 빈천함을 목격한 바다, 가까이만 해도 피하누나.

42. 퇴라불리쓰와 솨파끼쓰 사이에 있는 도시로서 큰 석벽과 참호로 에워싸여 있다. 시내에는 대추야자수와 화원, 수도가 있으며 공기가 대단히 맑다. 아랍어로 '까비쓰'란 횃불을 든 사람이란 뜻이다.

43. 이븐 주자이는 까비쓰에 관한 어느 시인의 시구를 이렇게 인용하고 있다.

까비쓰의 모래 바닷가, 아름다운 밤 한없이 그립구나/그밤 회상할 땐 내 심장이 치켜든 횃불처럼 타오르누나.

44. 아드하절('Idu'l Aḍḥā)은 피트르절과 함께 이슬람의 2대 명절의 하나다. '아드하'란 아랍어로 '희생물' '제물'이란 뜻으로서 아드하절이란 희생절이란 말이다. 매해 성지순례가 끝난 이슬람력 12월 10일이 바로 이 명절이 시작되는 날인데, 보통 3일 이상 쉰다. 교조 무함마드가 메디나에 성천한 다음해인 서기 623년에 이 명절을 제정하여 지금에

아드하절 나흘 후에 우리는 드디어 돠라불리쓰시에 도착하여 그곳에 얼마간 체류하였다. 나는 솨파끼쓰에서 한 독실한 튀니지인의 딸과 약혼하고서는, 여기 돠라불리쓰에서 방사(房事)를 하였다. 그리곤 726년(1325) 1월 말경에 가속과 함께 그곳을 떠났다. 일군의 용맹한 사람들이 나와 동행하였는데, 그들은 깃발을 추켜들고 보무도 당당히 선도하였다. 그러나 떠나자마자 날씨가 추운데다 비까지 내려 일행은 그만 돠라불리쓰에 잠시 눌러앉고 말았다.

그후 그곳을 떠나 도중에 미쓸라타(Mislātah)와 미쓰라타(Misrātah), 그리고 쑤르트(Surt) 시에 들렀다. 거기서 토인들이 몇차례 우리에게 범접해 왔으나 역부족이어서 결국 우리를 해치려던 기도는 무산되고 말았다. 그후에 우리는 수림 속을 뚫고 바르쉬스(Barṣīṣ) 수도원을 지나 꿉바 쌀람(Qubbah Salām)에 이르렀다. 그곳에서 우리는 돠라불루쓰에서 뒤에 처졌다가 어느새 앞서갔던 사람들을 따라잡았다. 그런데 그곳에서 나와 장인 사이에 언짢은 일로 말썽이 생겨 그만 그의 딸과 파경하지 않을 수 없었다. 그리고 나서 파스(Fās)의 한 학사(學士)[45]의 딸과 재혼하고 자아피야(al-Zaʻāfiyah) 시[46]에서 그녀와 방사한 후 날을 잡아 피로연을 베풀어 일행을 초대하였다.

이른다. 희생물은 낙타, 소, 양인데, 양이 가장 보편적이다. 본래는 양은 한 사람당 한 마리, 낙타와 소는 7명당 한 마리씩 잡기로 되었으나, 지금은 그렇지 못하고 보통 집집마다 양 한 마리 정도를 잡는다. 잡은 고기의 1/3은 본인이 쓰고, 1/3은 가까운 사람들에게, 나머지 1/3은 어려운 사람들과 나누게 되어 있다. 이 명절의 연원에 관한 전설에 의하면, 알라가 선지자 이브라힘(Ibrāhīm, 즉 아브라함)의 충정을 실험하기 위해 꿈에 그의 아들 이쓰마일(Ismāīl)을 제물로 바칠 것을 명한다. 이브라힘 부자는 그 명에 순종하여 집행하려고 할 때 하늘에서 검은 머리의 숫양이 내려와 대신 희생되었다고 한다. 그래서 희생은 알라에 대한 순종의 표시로 간주한다.

45. 학사(學士)란 이슬람학문을 전공하는 소장 법학자들로서 당시 무와히둔조에서는 국비로 그들을 양성했다. 그들은 주로 무와히둔운동의 창시자인 타우마즈트의 저서를 연찬한다(이 장 주25 참고).

46. 현 리비아의 쑤르트(Surt) 시 근처에 있는 도시다.

## 2. 알렉산드리아시

5월 1일 우리는 알렉산드리아시[47]——알라의 가호가 있기를——에 도착했다. 이곳은 놀랍게도 천연적인 지형구조상 사색지지(四塞之地)의 양항이다. 그리하여 도시의 발전과 요새화가 가능했으며 승속양세(僧俗兩世)의 공적을 공히 이룩할 수가 있었다. 도시의 부호(富戶)들은 중후하고, 그 덕행은 또한 가상하다. 건물들은 웅장하면서도 정교하다. 이 도시야말로 그 숭고함과 장엄함, 그 황홀경의 아름다움에서 단연 독보적이고, 동서의 중간 지점에 자리하기에 모든 선행가품(善行佳品)의 집산지이다. 따라서 모든 기사(奇事)는 거기에서 은현(隱現)하고, 모든 가화(佳話)는 거기에서 끝마무리를 짓곤 한다. 종래 사람들은 이곳을 묘사함에서 과장도 마다하지 않았으며 그 기적을 엮음에서는 기담도 피하지 않았다. 이에 관심 있는 사람은 아부 오바이드가 저서 『도로지』(道路志, *al-Masālik*)[48]에서 기술한 바를 일독하면 그 가당함을 가히 가늠할 수 있다.

알렉산드리아시에는 성문이 네 개 있다. 즉 마그리브로 가는 길이 시작되는 싸드라(al-Sadrah) 문과 라쉬드(Rashīd) 문, 바흐르(al-Bahr, 바다) 문, 그리고 금요일에만 사람들의 출문 성묘를 위해 여닫는 아흐돠르(al-Akhḍar, 녹색) 문이다. 시에는 또한 큰 항구가 있는데, 인도의 카울람(Kaulam, 현 퀼론Quilon) 항과 깔리꾸트(Qālīqūt, 현 캘리컷) 항, 터키의 쑤르

47. 알렉산드리아(Alexandria)는 아랍어로는 '이쓰칸다리야'(al-Iskandariyah)라고 한다. 지중해 연안, 나일강 하구 삼각주의 서편에 위치한 이 도시는 기원전 4세기 마케도니아왕 알렉산더가 동방원정을 단행하면서 건설하였다고 전해오며 로마제국 시대에 대단한 번영을 이룩하였다. 현재 이집트의 제2 대도시이며 지중해의 주요 무역항의 하나이다.

48. 이 책은 안달루쓰(스페인) 출신인 아부 오바이둘라 이븐 압둘 아지즈 알 바크리(1040~94)의 저서 『제도로 및 제국지』(諸道路 및 諸國志, *al-Masālik wa'l Mamālik*)로 추측된다. 저자는 역사가이며 지리학자, 문학가이기도 한데, 식물학에도 조예가 있었다.

다끄(Surdāq)에 있는 카파르(al-Kafār, 현 제노세Genoese—옮긴이) 항 그리고 중국의 자이툰(al-Zaitūn) 항[49]을 제외하고, 나는 일찍이 세상에서 이렇게 큰 항구를 본 적이 없다. 이 항구들에 관해서는 뒤에서 일일이 언급할 것이다.

항구 쪽에서 파루스 등대로 가보았더니 등대의 한쪽 벽은 이미 무너져버렸다. 등대는 하늘 높이 솟은 방형건물로서 문은 지상에 나 있다. 문 앞에는 문높이의 건물 한 채가 있는데, 그 사이에는 나무판을 가로질러놓아 문으로 통하게 하였다. 나무판만 치우면 속수무책이다. 문 안에는 등대지기가 앉을 자리가 하나 있고 등대 내부에는 방이 꽤 많다. 등대 내 통로의 너비는 9쉬브르[50]이고, 벽 두께는 10쉬브르이며, 등대 네 변의 너비는 각각 140쉬브르에 달한다. 등대는 높은 언덕 위에 서 있는데, 시내까지의 거리는 1파르싸흐[51]다. 등대는 삼면이 바다로 에워싸인 길쭉한 육지에 세워져 있고, 바다는 성벽에 잇닿아 있다. 그래서 육지에 있는 이 등대로 가려면 시내 쪽에서 가야만 한다. 등대와 연결된 지대가 바로 알렉산드리아시의 전속 묘역이다. 750년(1349)에 내가 마그리브로 돌아가는 길에 이 등대에 다시 한번 들렀더니, 등대는 이미 폐허가 되어 들어갈 수도, 문까지 오를 수도 없었다. 나쉬르왕[52]이 그 맞은편에 같은 모양의 등대를 세우려고 기공은 했으나 그의 사망으로 완공은 못했다.

49. 자이툰은 중국 복건성(福建省) 천주(泉州)를 지칭한다. 중국 최초의 대외무역항의 하나이며, 당·송(唐·宋) 시대에 아랍인과 페르시아인들이 거주하고 있었다. 전설에 의하면, 교조 무함마드가 3, 4명의 현자(賢子)를 이곳에 파견하여 포교했다고 한다. 지금 교외의 영산(靈山)에 이현묘(二賢墓)가 있다. 북송(北宋) 때(1009) 천주청진사(泉州淸眞寺, 아랍어로 아스하브al-Aṣhāb)라는 사원이 건립되었으며, 또한 많은 이슬람 관련 석각(石刻) 유물이 출토되기도 했다(후술의 현지 여행기 참고).
50. 쉬브르(shibr)는 엄지손가락 끝과 새끼손가락 끝 사이의 거리로서 약 22.5cm이다.
51. 파르싸흐(farsakh)는 거리의 단위로서 약 6.24km에 해당한다.
52. 나쉬르(al-Nāṣir)왕의 본명은 무함마드 븐 깔라운 븐 압둘라 앗 나쉬르이며, 일명 아부 파트흐라고도 한다. 깔라우니야조(al-Qalāūniyah)의 쑬퇀으로 32년간 집권하였다.

이 도시의 기물괴상(奇物怪狀)의 하나가 시외에 있는 싸와리(al-Sawārī) 석주(石柱)[53]라는 거대한 대리석 기둥이다. 이 석주는 대추야자수가 우거진 숲 한가운데 있는데, 나무들 사이에 우뚝 솟아 있다. 석주는 정교하게 다듬은 통돌로서 굉장히 큰 방형석 평대 위에 놓여 있다. 도대체 그러한 석주가 어떻게 그곳에 세워졌는지 도무지 알길이 없고, 또 누가 세웠는지도 확인된 바가 없다.[54]

내가 알렉산드리아에 도착했을 당시의 시집정관(Amīr)은 쌀라흐 딘이었다. 그때 거기에는 폐출(廢黜)된 이프리끼야 쑬퇀도 와 있었다. 그가 바로 라흐야니[55]로 알려진 지크리야 아부 야하이 븐 아흐마드 이븐 아비 하프쓰다. 나쉬르왕은 그를 알렉산드리아의 쑬퇀궁에 기거하도록 하고는 매일 1백 디르함[56]씩 사급했다. 이 쑬퇀은 압둘 와히드, 미스리, 이쓰칸다리의 세

53. 싸와리 석주는 이집트 남부 아쓰완(Aswān)에서 채취한 자색 화강암을 다듬어 만든 돌기둥으로서 높이 28.85m, 최대 직경이 2.628m, 무게가 약 550.492t이나 된다. 그리스어 명문이 새겨진 공적비로서 후기 로마시대에 쎄라피스(Serapis) 신전 곁에 세워진 것으로 추측된다.

54. 알렉산드리아의 싸와리 석주에 관해 이븐 주자이는 다음과 같이 기술하고 있다. "여행을 다녀온 몇몇 샤이흐는 나에게 이야기하기를 알렉산드리아에 사는 한 궁수(弓手)가 활과 화살을 가지고 이 석주의 꼭대기에 올라가서 붙박인 듯 앉아 있었다. 이 소문이 퍼지자 많은 사람들이 구경하려고 몰려들었다. 모두들 의아해했지만 그 꾀임수 내막을 알지 못했다. 내가 보기에는 그가 무언가에 불안한 자가 아니면, 무엇인가 추구하는 자로서 소기의 목적을 달성하기 위해 이렇게 괴상한 짓을 한 것 같다. 그럼, 어떤 묘수를 써서 그 높은 데로 올라갔을까? 그는 한 끝이 단단한 끈과 연결된 긴 실을 화살에 매어 석주 꼭대기 너머로 쏘아 맞은편에 떨어지도록 하였다. 실이 석주 꼭대기에 걸치자 그 실을 당겨서 실에 연결된 끈이 바로 석주 꼭대기 한가운데 놓이도록 하고는 그 한 끝을 한쪽 땅에 동여매었다. 그런 후 다른 쪽에서 줄을 타고 올라가서 꼭대기에 딱 틀고 앉았다. 그리고 나서는 끈을 치워버려 누구도 따라하지 못하게 하였다. 그러니 사람들은 그의 이러한 깜짝수를 알 리가 없고, 모두들 신기하게 여길 수밖에 없었다."

55. 라흐야니(al-Lahyānī)는 튀니지의 하프쉬야조(al-Ḥafṣiyah)의 왕으로서 680년(1281)에 즉위하였는데, 폐출되었다가 711년에 재등극하였다. 그러나 아부 바크르 븐 야히의 모반으로 튀니지를 떠나 717년에 까비쓰에 도착한 후 다시 돠라불루쓰를 거쳐 알렉산드리아에 와 만년을 보내다가 727년에 서거하였다.

56. 이슬람세계의 은화(銀貨) 단위로서 1디르함의 은 함량은 2.97g이 표준이다. 금화인 디나르와의 환산율은 1디나르가 10디르함으로 규정되어 있었으나, 시대와 지역에 따

아들과 근시(近侍) 아부 자크리야 븐 야아꾸브 그리고 재상 아부 압둘라 이븐 야씬과 함께 기거했다. 쑬퇀 라흐야니와 아들 이쓰칸다리는 알렉산드리아에서 서거하고, 아들 미스리는 그냥 그곳에 남아 있었다.[57] 아들 압둘 와히드는 안달루쓰[58]와 마그리브, 이프리끼야 등 여러 곳을 전전하다가 자르바(Jarbah) 섬[59]에서 사망하였다.

알렉산드리아의 학자들 가운데는 법관이며 언어학자인 아마둣 딘 알 칸디가 있다. 그는 보통사람과는 달리 유별난 터번(이마마)[60]을 쓰고 있다. 나는 동서양 어디서도 그렇게 큰 터번을 본 적이 없다. 하루는 미흐라브[61] 앞

라 그 비율은 달랐다. 본래 은화는 사산조 페르시아의 통화였는데, 우마위야조 제5대 할리파 압둘 말리크(재위 685~705) 시대에 그것을 모조하여 이슬람 관련 명문을 새긴 은화를 주조·발행하였다. 따라서 이라크를 비롯한 동아랍 지역과 페르시아에서는 은화가, 시리아와 이집트 등 구비잔띤제국 치하의 서아랍 지역에서는 금화가 주조·유통되었다.

57. 라흐야니의 두 아들에 관해 이븐 주자이는 다음과 같이 기술하고 있다. "참, 이상하게도 라흐야니의 두 아들인 이쓰칸다리(al-Iskandarī)와 미스리(Miṣrī)의 이름에서 풍기는 징조가 꼭 현실로 맞아떨어졌다. 이쓰칸다리는 알렉산드리아에서 죽었고, 미스리는 미스르국(이집트)에 속한 알렉산드리아에서 장수하였다."

58. 안달루쓰(al-Andalus)란 초기에는 무슬림들의 이베리아반도에 대한 통칭이었으나, 후기에는 이 반도에 있는 그들의 영지(領地)에 대한 전칭으로 되었다. '안달루쓰'란 단어는 이베리아반도의 반달족 국가인 반달리씨아(Vandalicia)에서 유래되었다. 8세기 초부터 15세기말까지(711~1492) 약 8세기에 걸친 이베리아반도의 안달루쓰 시대는 이슬람사의 한 구성부분이다.

59. 까비쓰시 부근에 있는 섬으로서 베르베르인들이 거주하고 있으며, 수려한 화원이 많이 있다.

60. 터번은 아랍어로 '이마마'('imāmah)라고 하는데, 아랍인들이 착용하는 일종의 머릿수건이다. 보통은 모자를 쓰고 그 위에 감아서 땀을 닦는 역할을 한다. 감는 모양은 여러 가지며, 흔히 종파나 가문, 왕조나 직능에 따라 색깔이 달라진다. 예컨대, 압바쓰조 때는 검정색, 파퇴미야조 때는 흰색, 교조 무함마드의 후손들은 붉은색 이마마를 착용했다. 이마마를 두른 사람을 '무암맘'(mu'mmam)이라고 하는데, 근자에는 전통보수의 상징처럼 되고 있다.

61. 미흐라브(miḥrāb)란 이슬람 사원의 예배실에서 메카를 향한 벽에 뚫은 벽감(壁龕)을 말한다. 일반적으로 아치형이며 자재와 단장에 신경을 쓴다. 예배 때 이맘이 바로 그 앞에 서서 예배를 인도한다. 초기에는 메카 방향표시로 나무판을 세워놓고 예배를 하다가 8세기초 메디나 아미르 오마르 이븐 압둘 아지즈가 성사(聖寺, 즉 교조 무함마드

에 앉아 있는 그를 보았는데, 그가 쓴 터번이 어찌나 크던지 미흐라브를 거의 다 꽉 채우고 있었다. 학자들 중에는 또 파흐룻 딘 븐 리기가 있다. 그 역시 현지의 법관이면서 고명한 학자다. 전하는 바에 의하면, 법관 븐 리기의 할아버지는 리가(Rīghah)[62] 출신으로서 학문을 연구하다가 히자즈로 갔다. 그러다가 어느날 저녁에 홀연히 알렉산드리아에 당도하였다. 그는 청빈한 학인(學人)으로서 무슨 길조(吉兆)가 들려와야 성안에 들어가겠다고 결심하였다. 모두가 성안으로 들어갈 때까지 그는 성문 가까이에 우두커니 앉아 있었다. 문 닫을 시간이 다 되어서도 그만이 홀로 남아 있었다. 그가 꾸물대는 것을 보고 부아가 난 수문졸(守門卒)이 쓴웃음을 지으면서 "법관 나으리, 어서 들어가시지요"라고 말하자 그는 "그래 법관, 인샬라!"[63](알라께서 원하신다면 들어가지—옮긴이)고 한마디 응수하고는 들어갔다.

알렉산드리아에서 그는 마드라싸[64]에 들어가 학문에 잠심몰두(潛心沒頭)하고 현인(賢人)의 길을 걸었다. 그리하여 명성이 높아지고 그의 수행과 건성(虔誠)이 널리 알려졌다. 그에 관한 이러한 소문이 이집트 국왕에게도 전해졌다. 때마침 알렉산드리아 법관이 사망하였다. 당시 그곳에는 많은 법학자와 학자들이 몰려 있어, 모두들 법관 자리를 넘겨다보고 있었다. 그러나 파흐룻 딘만은 그렇지가 않았다. 마침내 이집트 쑬퇀은 법계의 대부

사) 내 예배실 벽을 뚫어 방향표시를 한 때부터 벽감 형식을 취했다.

62. 마그리브의 유명한 하마드(Hamād) 성채(城砦, 요새) 부근 지역이다.

63. '인샬라'(In Shā'l Lāh)는 '알라께서 원하신다면'이라는 아랍어 문구로서 어떤 기대라든가 축원, 허용 등을 표시할 때 쓰는 관용구다. 무슬림들의 일상생활에서 가장 흔하게 쓰는 말로서 진인사대천명(盡人事待天命)의 '대천명'과 뉘앙스가 비슷하다.

64. 마드라싸(al-madrasah)는 이슬람사회에서 '울라마'(학자들)를 양성하는 학당(學堂)으로 일종의 교육기관이다. 11세기부터 개설되기 시작한 이 마드라싸에서의 교과목은 이슬람법학을 중심으로 한 『꾸란』경 관련학·성훈학(聖訓學)·신학·시학(詩學)·언어학이 위주이고, 간혹 이른바 외래학문인 철학·수학·천문학·의학 등의 과목도 교육한다. 큰 사원에 부설되는 경우가 많으며, 학생들은 장학금을 받고, 운영비는 주로 종교기금(auqāf)으로 충당한다. 교육기간은 학자 양성이 목적이기 때문에 10~20년이란 비교적 긴 시간을 요한다.

격인 그를 선임하여 그에게 역참(驛站)을 통해 급히 수임장(授任狀)을 보냈다.

수임(受任)한 그는 사람들에게 "소송이 있으면 곧바로 제기하도록 하라"고 시종에게 명하고는 소송자들 속에 앉아서 소송을 직접 처리하곤 했다. 그러자 법학자들을 비롯한 일군의 모의꾼들이 한집에 모여서는 그더러 결코 통상법(通常法)을 어길 수는 없다고 훼방하면서 사람들이 그를 좋아하지 않는다는 트집을 잡아 쑬톼의 수임 철회에 관해 모의하였다. 마침 참석자 중에 용한 점성가 한 사람이 있었는데, 그는 모의자들에게 말하기를 "그렇게들 하지 마시오. 제가 그의 임직에 관해 점서(占筮)를 내렸는데, 물비소시(勿秘昭示)한바, 그는 40년간 재직할 것입니다. 그러니 철회 같은 생각은 아예 그만두십시오"라고 하였다. 미상불 후사(後事)는 그 점성가의 말 그대로였다. 재임중 파흐룻 딘은 공정하고 청렴한 법관으로 널리 알려졌다. 이 도시의 학자들 중에는 또한 법관 와지홋 딘 앗 솬하지가 있다. 그는 학문과 덕망으로 유명하다. 그밖에 샴쑷 딘 이븐 빈트 타니씨도 중망있는 명사이다.

알렉산드리아의 유위지사(有爲之士) 중에는 알라의 총애를 받는 성덕군자(成德君子)의 한 사람인 샤이크 아부 압둘라 알 파씨가 있다. 예배 끝에 그가 문안사(問安詞)를 염송(念誦)[65]하면 일제히 그에게 문안사로 화답하는 것을 듣곤 할 정도로 그는 경건한 선사(善士)다. 또다른 유위지사로서는 학자이고 수행자[66]이며 『묵시가』(默示家, *al-Mukāshafāt*)의 저자인 겸허하

65. 이슬람교에서는 예배할 때 예배가 끝나면 앉아서 머리를 좌우로 돌리면서 문안사(問安詞)를 염송한다. 때로는 악수도 나누면서 서로 문안사로 화답한다.

66. 이슬람교에서의 수행(修行, 쇄라 ṣalāh)은 이슬람신비주의의 출현 결과이자 그 구현 방도이다. 수행자는 아랍어로 '쇌리흐'(al-ṣāliḥ)라고 한다. 수행의 목적은 무아(無我)의 경지에 이르러 알라와의 융합체험(融合體驗)을 얻는 것이다. 이 목적을 달성하기 위해서는 부단한 『꾸란』경 송독과 예배, 기도(두아 du'ā'), 염송(지크르 dhikr), 그리고 속세의 고행(苦行)과 금욕(禁慾)을 통하여 ① 참회와 회심, ② 율법 준수, ③ 은둔과 독

고 경건한 이맘 할리파가 있다. 그의 문도 중 믿을 만한 인사가 다음과 같은 이야기를 들려주었다. "샤이크 할리파가 꿈속에서 사자(라쑬라)——그에게 평화가 있기를——를 친견했는데, 그는 '할리파, 나를 찾아오게!'라고 한마디 하였다. 그래서 샤이크는 성지 메디나(al-Madīnah)로 가서 성사(聖寺)[67]를 찾았다. 그는 평화문(Babu'd Salām)[68]으로 들어가서 성사에 인사하고 사자——그에게 평화가 있기를——에게도 문안을 드렸다. 그리고 나서는 성사의 기둥에 기대어 앉아서는 머리를 두 무릎 위에 얹었다. 수행자들은 이것을 '타즈이끄'(al-tazyīq)라고 한다. 이윽고 머리를 들어보니 난데없이 앞에는 빵 네 개와 우유 한 병, 대추야자 한 접시가 놓여 있는 것이 아닌가. 그는 도반들과 이 음식을 나눠먹었다. 할리파는 알렉산드리아에 돌아와서 그해에는 성지순례를 하지 않았다."

같은 명사들 중에는 역시 학자이고 수행자이며 경건하고 겸허한 이맘 부

서, ④ 청빈과 금욕, ⑤ 마음과의 싸움, ⑥ 알라에 대한 절대적 믿음이란 여섯 가지 도정(道程, 혹은 단계)을 거쳐야 한다. 수행자는 도사(導師, 무르쉬드 murshid, 혹은 샤이흐 shaikh)의 지도하에 이 도정을 하나하나 밟아나가야 한다. 수행행위는 13세기 이븐 아라비가 신비주의를 이슬람의 범신론적 사상으로 정립한 후부터 이슬람세계에 널리 퍼졌다.

67. 교조 무함마드가 메디나에 성천한 후 세운 사원의 터전 위에 그를 기리기 위해 증축한 사원을 말한다. '마쓰지드 나비'(al-Masjidu'l Nabi', 선지자의 사원) 또는 '메디나 성사'라고 부르는 이 사원은 본래 서기 622년 9월 무함마드가 메카에서 메디나로 이천한 직후 나무로 엉성하게 지은 초라한 작은 사원이었다. 그러나 생전에 확충하여 서거할 때는 부지가 2,475m²로 확대되었다. 1848년 오스만제국의 쑬퇀 압둘 마지드(Abdu'l Majid) 재위시 12년간의 확충·재건을 통해 현재의 사원 골격을 갖추었다. 그러다가 1955년 싸우디아라비아 정부가 재차 확충·보수한 결과 오늘날 그 부지면적은 무려 16,326m²에 달하고 있다. 5기의 첨탑(尖塔, 그중 2기의 높이는 70m)과 5개의 대문에 706주의 방주(方柱), 689개의 아치를 갖춘 장엄하고 화려한 대사원으로 변모하였다. 사 내에 무함마드(동남 모퉁이)와 제1·2대 정통할리파인 아부 바크르(Abū Bakr)와 오마르('Omar) 그리고 무함마드의 딸 파튀마(Fāṭimah)의 능묘가 있다.

68. 메디나의 성사에 달린 5대문 가운데 서쪽문이다. 서쪽에 이 평화문과 자비문(慈悲門, 라하마 Babu'l Raḥamah)이, 북쪽에 영광문(榮光門, Babu'd Sharaf), 동쪽에 여성문(女性門, 니싸 Babu'd Nisā')과 가브리엘문(Babu'l Ghabriel)이 있다.

르한 딘이 있는데, 그는 피벽(跛躄)이지만 대덕 중의 한 명이다. 내가 알렉산드리아에 체류할 때 그를 만나서 사흘간 그의 수접(酬接)을 받았다. 어느 날 그한테로 가니 그는 "보아하니, 자네는 여러 나라를 여행하고 돌아보기를 좋아하는 것 같네"라고 말하는 것이었다. 그래서 나는 "예, 좋아합니다"라고 대답하였다. 그때까지만 해도 나는 인도나 중국 같은 먼 나라에 가볼 생각은 없었다. 그는 이어 말하기를 "인샬라, 자네는 꼭 한번 인도에 있는 파리둣 딘과 씬드(al-Sind)[69]에 있는 루크눗 딘 지그리야 그리고 중국에 있는 부르하눗 딘 등 내 형제들을 찾아보게. 그들을 만나면 내 인사를 전해주게"라고 하였다. 나는 그의 말에 퍽 흥미를 느껴서 그곳에 가보기로 하였다. 그 후의 이야기지만 나는 두루 돌아다니다가 이맘 부르한 딘이 말한 그 세 분을 만나 그의 인사를 전해드렸다. 이맘과 작별할 때 그가 나에게 신의(贐儀)로 준 은화(디르함)는 별로 쓸 곳이 없어서 계속 간직하고 있다가 그만 바다에서 인도 이교도들에게 소지품과 함께 몽땅 빼앗기고 말았다.

또 이러한 선사들 중에는 하바쉬(al-Ḥabashi, 아비시니아, 현 에티오피아) 출신의 호걸다운 샤이흐 야꾸트가 있다. 그는 아부 압바쓰 알 무르씨의 문하생이다. 그런데 아부 압바쓰는 유명한 대덕고작(大德高爵) 아부 하싼 앗 샤질리의 문하생——그에게 알라의 보우가 있기를——이다. 샤이흐 야꾸트가 그의 스승인 샤이흐 아부 압바쓰 알 무르씨로부터 들은 바에 의하면 아부 하싼은 해마다 성지순례를 다녀오는데, 상이집트를 통하는 길을 택하곤 하였다. 7월에 메카에 당도해서는 순례가 끝나기 바쁘게 성묘를 참배한다. 그리곤 대통로로 귀국한다. 마지막으로 순례의 길을 떠나던 해에 그는 시종에게 "곡괭이와 광주리, 염용(殮用) 향로 그리고 기타 사체 처리품들을 가지고 떠나라"라고 하였다. 그러자 시종이 "주인님, 그것은 왜지요?"라고 물었다. 그는 "호마이스라(Ḥomaithrā)에서 알게 될 거야"라며 한마디로 말

69. 씬드는 인도를 말하나, 때로는 인더스강을 지칭하기도 한다.

문을 막았다.

호마이스라는 상이집트의 이자브('Īidhāb) 사막 가운데 있다. 그곳에는 물맛이 찝질하고 씁쓰레하여 마실 수 없는 샘이 하나 있으며, 하이에나[70]가 우글거린다. 두 사람이 호마이스라에 도착하자 샤이흐 아부 하싼은 전신세정(全身洗淨)[71]을 하고 나서 두 번 궤배(跪拜)하고 마지막 고배(叩拜)[72]를 할 때 슬며시 영면하였다. 사체는 그곳에 안장하였다. 내가 그의 묘소를 참배했는데 묘비에는 그의 이름과 하싼 븐 알리——알라께서 그에게 영총을——와 직결되는 가보(家譜)가 명기되어 있었다. 앞에 언급한 바와 같이 그는 해마다 상이집트와 홍해를 거쳐서 순례를 하곤 하였다. 그는 배에 타기만 하면 자기 제멋대로 편집한 바다 관련 『꾸란』 경문을 매일같이 염송하곤 하는데, 그의 제자들은 오늘까지도 그것을 그대로 본받아 염송하고 있다.

내가 메카——알라께서 영광을——에 체재할 때인 727년(1326)에 알렉산드리아시에서 일어난 다음과 같은 사변을 전해들었다. 즉 무슬림들과 기독교 상인들 사이에 어쩌다가 분쟁이 발생하였다. 그때 이 시의 집정관은 쿠르키라는 사람이었는데, 그는 룸인(Rūm)[73]들을 편애하였다. 그래서

70. 하이에나(hyena, hyaena, 아랍어로 돠바 ḍab')는 아프리카의 사막지대에 사는 야생동물로 성격이 포악하며, 죽은(썩은) 짐승고기를 즐긴다.

71. 전신세정(全身洗淨)이란 이슬람교에서 예배를 비롯한 종교의식을 거행할 때 사전에 전신을 깨끗이 씻는 것을 말한다. 이슬람교에서는 불결(不潔, 나자쓰 najas)을 지양하고 정결(淨潔, 톼하라 ṭahārah)을 매우 중시한다. 그리하여 각종 종교의식, 특히 예배를 근행할 때에는 몸을 정결하게 하는 것을 교의로 의무화하고 있다. 그런데 이 정결에는 전신세정과 부분세정(部分洗淨, 우두 Wuḍū') 두 가지가 있다. '구쓸'(Ghusl, 전신세정)은 아랍어로 '씻음' '목욕'이란 뜻으로서 전신세정은 남성의 사정(射精), 여성의 월경, 남녀성교 등 불결을 씻어버리기 위하여 전신을 깨끗이 목욕한다는 말이다.

72. 궤배(rak'ah)와 고배(sajdah)는 이슬람교에서 예배하는 동작이다. 궤배는 무릎을 꿇는 것이고, 고배는 허리를 굽혀 머리를 숙이는 예배동작이다.

73. 아랍에 살고 있는 고대 로마제국의 후예들을 지칭한다. 그들 대부분은 그리스·로마계의 아리안족이며 기독교 신봉자들이다.

이 집정관은 무슬림들을 두 옹성(甕城) 사이에 모이도록 하고는 처벌코자 성문을 잠가버렸다. 무슬림들은 이에 크게 불만하고 격노하여 성문을 깨부수고 집정관 관저로 우르르 몰려갔다. 그러자 그는 언덕바지에 의지해 무슬림들의 내습을 막아싸우면서 비둘기를 띄워 나쉬르왕에게 사태를 전했다. 왕은 곧 자말리란 사령관을 파견하였다. 이어 투간이란 또다른 사령관을 파견했는데, 그는 마음이 어지간히 독한 폭군으로 종교를 갖고 있다고는 하는데 태양을 숭배한다고들 한다. 사령관들은 입성하자마자 쿠박의 자제들과 같은 명사 유지들과 거상(巨商)들을 마구 잡아가두고 숱한 재화를 앗아갔다. 법관 아마둣 딘의 목에는 쇠칼(일종의 형구—옮긴이)을 채우기까지 하였다. 그것도 모자라 36명의 무고한 주민을 살해해서는 바로 금요일날 사체를 두 토막씩 잘라서 두 줄로 걸어놓고 시중(示衆)하기까지하였다.

사람들은 여느 때와 마찬가지로 예배를 마치고 성묘를 가려는데, 이러한 육살참상을 보고서는 모두가 비분강개하지 않을 수 없었다. 이러한 참상을 당한 사람들 가운데 이븐 라와하란 한 호상이 있었다. 그에게는 무기를 장만해둔 대청 하나가 있었다. 일단 위험이나 싸움이 발생하는 등 유사시에는 1,2백 명을 족히 무장시킬 수 있는 무기를 저장하고 있었다. 사실 시내에는 많은 시민들이 이와 유사한 대청들을 가지고 있었다. 그런데 '구설자 멸신지부'(口舌者 滅身之斧, 입과 혀는 몸을 죽게 하는 도끼이다—옮긴이)라, 이븐 라와하는 그만 혀를 잘못 놀려 이 두 사령관에 이르기를 "이 도시에 대해서는 제가 보증합니다. 여기에서 일어나는 모든 일은 제 소관입니다. 제가 군사와 군속의 봉급을 감당할 수 있음을 감히 쑬퇀에게 약속드립니다"라고 하였다. 그러자 이 두 사령관은 그의 말을 즉시 부정하면서 "네놈이 쑬퇀에 반역하려는 거지" 하고는 단박에 죽여버렸다. 사실 그—알라께서 그에게 자비를—의 진의는 쑬퇀에 대한 충언(忠言)과 봉사의 표백이었는데, 충언역이(忠言逆耳)런가, 그것이 도리어 죽음을 자초하고 말았다.

내가 알렉산드리아에 머물 때, 세상을 등지고 은거하여 수행하는 샤이흐 아부 압둘라 알 무르쉬디에 관해 들은 바가 있다. 그는 대구도자의 한 사람으로서 문야 바니 무르쉬드(Munyah Banī Murshid)에 은거하고 있었는데, 그곳에 그의 자위야(Zāwiyah)[74]가 있었다. 거기서 그는 시중꾼이나 도반 한 명 없이 홀몸으로 독거하고 있었다. 그렇지만 왕자들이나 대신들이 가끔 그를 예방하는가 하면, 매일같이 각계 대표들이 그를 찾아오곤 하였다. 그럴 때면 그는 으레 그들에게 식사 대접을 한다. 제철이 아닌데도 각자가 원하는 대로 음식이면 음식, 과실이면 과실, 당과류면 당과류를 먹을 수 가 있었다. 그런데 법학자들이 찾아와서 설교를 간청하기만 하면 곧잘 피해서 자리를 뜨곤 하였다. 이 모든 일은 비일비재로 일어나 널리 알려진 사실이다. 나쉬르왕도 몇 차례 그가 있는 곳으로 행차한 바 있다.

## 3. 알렉산드리아에서 마할라툴 카비라까지

나는 알렉산드리아시를 떠나 이 샤이흐──알라께서 그가 우리에게 이로움을 주도록 하시기를──한테로 향발하였다. 우선 파루자(Farūjah) 부락에 당도하였다. 이곳은 알렉산드리아시로부터 반나절 거리에 있다. 부락은 꽤 큰 편으로써 법관과 촌장, 검찰관이 따로 있고 부락민 모두는 성품이 상냥하고 호쾌하다. 나는 법관 솨핏 딘과 설교사 파흐룻 딘 그리고 무바라크(일명 자인 딘)라는 유지와 동행하였다. 나는 압둘 와하브라는 독실하고 지체 높은 사람의 집에 머물렀다. 감찰관 자인 딘 븐 와이즈는 나를 초대한 자

74. 이슬람 신비주의자들이 은거하여 수행하는 장소다. '자위야'란 아랍어로 '구석' '모퉁이' '각'이란 뜻으로서 수행자들이 편벽한 곳에 은둔하여 수행하는 곳으로 그 뜻이 변하였다. 그런데 그 기능은 다양하여 수행자들의 도장일 뿐만 아니라, 올라마(학자들)들의 연찬장이기도 하고, 자선장이기도 하다. 일명 '작은 사원'이라고도 한다. 이븐 바투타의 시대(14세기)에는 이슬람세계 도처에 이러한 수행장으로서의 자위야가 성행하였다.

리에서 내 고향과 그곳에서의 세수(稅收) 상황에 관해 물어왔다. 세수가 금화로 1,200디나르쯤 된다고 하니 그는 짐짓 의아해 하면서 "이 부락을 보셨지요. 이 부락의 세수는 금화 72,000디나르나 됩니다"라고 나에게 하소연하는 것이었다. 이집트의 모든 자산은 국고에 속해 있기 때문에 세수가 높을 수밖에 없다.

나는 이 부락을 떠나서 다만후르(Damanhūr) 시에 도착하였다. 다만후르는 큰 도시로서 세목(稅目)도 다양하고 선행미덕도 많이 전해오고 있다. 이 도시는 호반(湖畔) 성시들의 모성(母城)이며, 행정의 중심지이다. 당시 이 도시의 법관은 샤피이야파(Shāfi'iyah)[75] 법학자인 파크룻 딘 븐 미쓰킨이다. 후일 그는 앞에서 이야기된 무슬림들과 기독교 상인들 간에 발생한 분쟁 때문에 아마듯 딘 알 칸디가 해임되자 알렉산드리아 법관으로 전보되었다. 믿을 만한 인사의 말에 의하면 븐 미쓰킨은 은화 25,000디르함(금화로 환산하면 1,000디나르)을 주고 이 법관직을 매입했다고 한다.

이어 나는 파와(Fawā)[76] 시로 갔다. 이 도시는 경색이 뛰어난 곳으로 잘 알려져 있다. 많은 화원과 더불어 마음에 드는 점을 많이 갖고 있는 도시다. 거기에 이 고장의 현인이며 명류인 저명한 샤이크 아부 나자의 묘소가 있다. 내가 만나러 가는 샤이흐 아부 압둘라 알 무르쉬디의 은거지가 바로 이 도시의 부근에 있는데, 만(灣) 하나가 묘소와 은거지를 갈라놓고 있다. 나는 시내를 뚫고 나와 신시(申時)예배[77] 이전에 은거지에 도착하였다.

75. 이슬람교의 쑨니파 4대 법학파의 일파로서 8세기말, 9세기초 팔레스타인 출신의 무함마드 븐 이드리스 앗 샤피이(767~820)에 의해 창시되었다. 이 파는 법원(法源, 우쑬 usūl)의 순서는 의당 『꾸란』경, 성훈(聖訓), 합의(合議, 이즈마 al-Ijmā'), 유추(類推, 끼야쓰 al-qiyās)의 순이어야 하며, 아라비아반도의 전통관습과 이슬람교법을 준수해야 한다고 주장하면서도 지역적 특성과 시류도 고려해서 입법해야 한다는 융통성을 보이고 있다. 그래서 일명 '절충파(折衷派)'라고도 한다. 아라비아반도와 이라크·이란·이집트와 동아프리카, 인도와 동남아시아·중국의 신강성(新疆省) 등지에 성행하고 있다.

76. 파와(현 푸아 Fua)는 나일강 강안에 자리한 도시로서 지중해와 5~6파르싸흐(31.2~37.44km) 떨어진 곳에 있다. 대추야자수가 많다.

내가 샤이흐에게 인사를 올릴 때 시종부(侍從府)의 왕자 사이풋 딘 얄말라크가 그와 함께 있었다. 다들 그를 왕이라고 했으나 그것은 오인이었다. 왕자는 군사들과 함께 자위야 밖에 주둔하고 있었다. 내가 샤이흐——알라께서 그에게 자비를——한테로 들어서자 그는 자리에서 일어나 다가오면서 나를 꼭 끌어안았다. 그리곤 음식을 가져와서 권하는 것이었다. 그는 검정색 털 줏바(jubbah)[78]를 입고 있었다. 내가 신시예배에 가니 샤이크는 나더러 예배를 인도[79]하라면서 예배에 온 사람들을 일일이 나에게 소개하였다. 내가 잠자리에 들자고 하니 그는 나에게 "이 옥상 평대 위에 올라가 자게"라고 권하였다. 한창 무더울 때라 나는 왕자에게 "비쓰밀라!(알라의 이름으로!—옮긴이)"[80]라고 한마디 건넸다. 그러자 그는 "우리 모두는 제 나름의 분수가 있게 마련이거든"라고 대답하는 것이었다. 평대에 올라가니 거기에는 삿자리, 가죽깔개, 부분세정[81]용기, 물병,[82] 물잔 등이 각각 하나씩 놓여 있었다. 나는 거기서 곤히 잠들었다.

그날밤 평대에서 자면서 나는 몽경(夢境)에 들었다. 몽중에 나는 큰 새

77. 신시(申時)예배(아스르, Ṣalātu'l 'Aṣr)는 무슬림들의 매일 다섯 번의 예배 중 세번째 예배로서 해가 중천에서 서쪽으로 45도 기울어질 때부터 해가 지기 전까지의 시간대, 즉 신시(申時, 오후 3~5시, 혹은 포시 晡時)에 근행하는 예배다.
78. 아랍인들의 민족의상으로서 헐렁한 통겉옷이다.
79. 이슬람사원에는 예배를 책임지고 인도하며 사원 내 종교업무를 관장하는 사람, 즉 이맘이 전직(專職)으로 고정되어 있다. 그러나 유능한 교직자나 외래인이 예배에 동참하면 예우 차원에서 그에게 예배를 인도하도록 위촉할 수도 있다.
80. '비쓰밀라!'(Bismil Lāh!)는 '알라의 이름으로'라는 뜻으로서 아랍 무슬림을 비롯해 모든 무슬림들이 의지나 욕망, 응함이나 고마움을 표현할 때 흔히 쓰는 일종의 관용어다.
81. 부분세정(Wuḍū')은 이슬람교에서 예배를 비롯한 종교의식을 거행할 때 사전에 신체의 일부만을 깨끗이 하는 것을 말한다. '우두'(Wuḍū')는 아랍어로 '깨끗함'이란 뜻으로서 부분세정은 전신세정의 전제하에 대소변·방귀·출혈·구토·성교 등 불결을 깨끗이 하기 위하여 신체의 일부만을 씻는 것을 말한다. 씻는 순서는 두 손—대소변처—입안(양치질)—콧속—얼굴—두 팔굽—귓속—두 발의 순이다. 모든 곳을 3번씩 씻는다.
82. 이집트인들의 고유한 물병인데, '줏라'(jurrah)라고 한다. 황토로 만든 잘룩한 병에 음료수를 담아 밤새 창가에 올려놓으면 물이 차가워진다.

의 날개에 올라타고 끼블라(al-Qiblah)[83]를 향해 훨훨 날고 있었다. 예멘 쪽으로 향해 날다가 동쪽으로, 그리곤 남쪽으로 방향을 바꾼다. 다시 휑하니 동쪽으로 날다가 푸르죽죽한 땅에 내려앉자 나는 그곳에 버려진다. 잠에서 깨어난 나는 꿈이 하도 이상해서 속으로 "풍문처럼 용한 이 샤이흐가 내 꿈을 해몽한다면……" 하고 되뇌었다. 아침예배[84] 때가 되자 샤이흐는 나더러 또 예배를 인도하라고 하였다. 예배가 끝나자 얄말라크 왕자가 샤이흐한테 와서 작별인사를 하고는 곧바로 떠났다. 거기에 있던 방문객들도 왕자를 떠나보내고 나서는 모두가 흩어졌다. 샤이흐는 그들 모두에게 자그마한 과자 몇개씩을 쥐어주었다.

아침 염송을 마치자 샤이흐가 불러서 간밤의 몽사(夢事)를 묻기에 자초지종을 이야기하였더니, 그는 이렇게 예언하였다. "앞으로 자네가 성지순례를 하고 선지자——그에게 평화가 있기를——를 배견(拜見)하게 될걸세. 그리고 나서는 예멘과 이라크, 터키 그리고 인도까지를 두루 돌아볼걸세. 인도에서는 오랫동안 체류하면서 딜샤드란 인도인을 만나게 되며, 어려울 때 그가 자네를 구제해줄 걸세." 샤이크는 노자로 과자와 은화를 내게 주었다. 나는 그에게 고별인사를 하고 길을 떠났다. 그와 헤어진 후 여로에는 내내 좋은 일만 있었으니, 분명 그로부터의 몽은(蒙恩)이었겠지. 내가 만난 수많은 사람들 가운데서 이 샤이흐와 같은 사람은 오직 한 분뿐으로 인도땅에서 만난 현인 무함마드 무와라흐다.

다음으로 나흐라리야(al-Naḥrāryah) 시에 다다랐다. 집집마다 마당이 훤칠하게 넓으며 건물은 새로이 짓고 장터도 참 볼 만하다. 시장은 사아디라

83. 무슬림들의 예배하는 방향이란 뜻이다. 교조 무함마드가 메디나에 도착한 직후에는 끼블라를 이스라엘의 예루살렘 방향으로 정하였다가 서기 624년 2월에 메카의 카아바 석전으로 방향을 바꾼 것이 지금에 이르고 있다. 사원 내에 있는 미흐라브(벽감)는 바로 이 끼블라를 향해 설치되어 있다.

84. 아침예배(파즈르, Ṣalātu'l Fajr)는 무슬림들의 매일 5회 예배 중 첫 예배로서 여명과 일출 전 시간대에 근행한다.

는 지체 높은 사람인데, 그의 아들은 후술하겠지만 인도 왕궁에 봉직하고 있었다. 시의 법관은 말리키야파 거장의 한 사람인 솨드룻 딘 쑬라이만이다. 그는 국왕 나쉬르를 대표해 이라크에 출사(出使)하고 서부지역 법관을 역임한 바도 있다. 용모가 준수하고 신색이 좋았다. 시의 설교사 샤라풋 딘 앗 싸카위는 수행자다.

여기로부터 아브야르(Abyār) 시[85]에 갔다. 이곳은 고도이지만 향기가 그윽하고 사원이 많으며 아주 아름답다. 나흐라리야에서 가까운데, 그 사이로 나일강이 흐른다. 아브야르에서는 예쁜 옷가지들이 많이 봉제되어 샴[86]이나 이라크, 이집트 등지에서 호가로 팔린다. 그러나 이상하게도 가까이에 있는 나흐라리야 시민들은 이 아브야르산 옷을 별로 알아주지 않고 즐기지도 않는다. 아브야르시 법관인 샤피이야파의 앗줏 딘 알 마리지를 만났는데, 그는 천성이 착하고 덕망이 높은 사람이다. 한번은 루크바일(Yaumu'l Rukbah)[87]날을 그와 함께 보냈다. 그들은 금식월(禁食月, Ramaḍān)[88] 때 초승달을 관망하는 날을 이렇게 부른다. 이날의 의식을 보면, 우선 전시의

85. 카이로와 알렉산드리아 사이를 흐르는 나일강 상의 바니 나스르(Banī Naṣr) 섬에 있다.
86. 샴(al-Shām)은 역사적 용어로서는 시리아를 지칭하는 것인데, 그 범위는 오늘의 시리아·레바논·요르단·팔레스타인(이스라엘)을 포괄한다.
87. 루크바일이란 이슬람교에서 금식월의 시작과 끝남을 결정하기 위해 밤중에 초승달을 확인하는 날이다. 즉 매해 이슬람력 9월에 진행되는 금식(禁食, ṣaum)은 초하룻날 밤에 초승달이 뜬 것을 보고서야 시작하며, 한달간의 금식월이 끝나는 9월말이나 10월 초하룻날에는 다시 초승달을 보고서야 금식을 끝낸다.
88. 금식월은 무슬림들의 5대 신앙 의무의 하나인 금식을 근행하는 재월(齋月)로서 이슬람력 9월(라마돤Ramaḍān)이다. 그래서 보통 금식월을 '라마돤'이라고 한다. 이 재월 기간에는 일출부터 일몰까지의 낮 시간에는 일체 음식을 먹거나 마실 수 없으며 흡연이나 성교, 다툼 등도 금지된다. 단 어린이나 노약자·환자·임신부·유모·여행자·전투원 등은 재계(齋戒)를 잠시 미룰 수 있으며, 후에 여건이 조성되는 대로 보충 근행하는 것을 원칙으로 한다. 금식은 교조 무함마드가 메디나에 이천한 다음해(서기 623)부터 실행하기 시작하였다. 금식의 효험에 관해서는 인고(忍苦)하는 의지, 빈자에 대한 자비심, 무슬림들 간의 연대의식과 평등감, 종교 의무에 대한 신앙심 함양 등 여러가지를 들고 있다. 심지어 생리적으로 신진대사를 촉진하는 효험도 있다고 한다.

법학자들과 유지들이 8월 29일 신시(申時) 이후에 법관의 댁에 모인다. 의표(儀表)가 당당한 의전관이 문 어귀에 서 있다. 내빈이 도착하면 의전관이 그를 맞이해 안내하면서 "비쓰밀라, 모모 '딘'[89] 어른께서 왕림하셨습니다"라고 외친다. 이 외침을 들은 법관과 내빈들은 일제히 일어나서 그를 맞는다. 그러면 의전장은 그를 적격한 자리에 착석시킨다.

전원이 도착하면 법관과 내빈들 모두는 말을 타고 떠나는데, 남녀노소 할 것 없이 전 시민이 그 뒤를 따른다. 행렬은 시외에 있는 붕긋한 곳까지 이르는데, 그곳이 바로 초승달 관망지다. 땅바닥에는 주단이나 깔개가 쭉 깔려 있다. 법관과 그 일행은 그 위에 내려서 초승달을 지켜본다. 그리곤 저녁예배를 근행하고 나서 저마다 손에 촛불이나 횃불, 초롱 따위를 들고 돌아온다. 시내 상가들도 일제히 촛불을 밝히고 있다. 사람들은 법관을 따라 그의 저택까지 와서는 헤어진다. 해마다 이런 행사를 치른다.

그리고 나서 나는 마할라툴 카비라(al-Maḥalltu'l Kabīrah)시[90]로 향했다. 이 도시는 요지로서 고적도 찬연하고 인구도 많으며 명실상부한 선행가품(善行佳品)의 집결처다. 그래서 이 도시에는 고등법관[91]과 고등행정관이 상주하고 있다. 내가 이곳에 도착했을 때의 고등법관은 시에서 2파르싸흐 떨어진 화원별장에서 앓고 있었다. 그가 바로 앗줏 딘 븐 아슈마린이다. 나는 말리키야파의 튀니지 출신이며 그의 대리인인 법학자 아부 까심 븐 바눈과 마누프(Manūf) 지역 법관인 샤라풋 딘 앗 다미리와 함께 병문안을 가서 하루 묵었다. 그가 수행자들에 관해 이러저러한 이야기를 통해 마할라

89. '딘'(Dīn)은 아랍어로 '종교'란 뜻인데, 주로 이슬람교를 지칭한다. 이 책에서 보다시피 당시에는 인명에 '… 딘'이란 이름을 사용하는 것이 다반사다. 지금도 인명에 간혹 사용한다.

90. 마할라툴 카비라시는 다끌라(Daqla), 아불 하이삼(Abu'l Haitham), 마누프(Manūf), 샤르끼윤(Sharqiyūn) 등 여러 읍이 모여 이루어진 집성도시다.

91. 고등법관(Qāḍi'l Quḍāh)이란 법관들 가운데서 경륜이 있는 법관으로서 그들의 수장(首長) 격이다.

툴 카비라로부터 하루 거리에 부르루쓰(al-Burlus)[92]와 나쓰타루(Nastarū)[93]라고 하는 수행자들의 고장이 있는데, 거기에 묵시가(默示家)인 샤이크 마르주끄의 묘소가 있다는 것을 들었다.

## 4. 마할라툴 카비라에서 카이로까지

나는 그 고장으로 가서 샤이흐 마르주끄의 자위야에 기거했다. 그곳에는 야자나무와 과실, 바닷새 그리고 부리(al-būrī)[94]라는 물고기 등이 풍족하며, 말틴(Malṭīn)[95]이라는 도시가 있다. 이 도시는 나일강물과 바닷물이 합쳐서 이루어진 팃니쓰(Tinnīs) 호[96] 호반에 있다. 나쓰타루가 바로 그 가까이에 있다. 그곳에서 나는 수행자인 샤이흐 샴쑷 딘 알 깔라위의 자위야에 머물렀다. 원래 팃니쓰 하면 크고 이름난 고장이었으나 지금은 폐허가 되었다.[97]

이곳에서부터 모래톱을 거쳐 딤야트(Dimyāṭ)시[98]에 당도했다. 이 도시는 부지가 넓고 과실이 다종다양하며 구획 정리가 특이하고 나름대로 좋다는

92. 나일강 강안에 있는 읍으로서 알렉산드리아 방면의 지중해에 가깝다. 거기에 12명의 쇄하바(al-Ṣaḥābah, 성문도반)가 있었다고 전한다.
93. 딤야트와 알렉산드리아 사이에 있는 섬으로서 어업은 가능하나 천연식수가 없다.
94. 숭어의 일종으로서 지중해와 대서양에 많이 서식한다. 이집트의 부라(Būrāh)에서 많이 잡히므로 그 지명을 따서 명명하였다.
95. 오늘의 발튐(Balṭīm)이다.
96. 팃니쓰호는 파르마(al-Farmā)와 딤야트 사이에 있는 큰 호수인데, 평상시에는 염수(鹽水)이다가 겨울이 되면 나일강과 서풍의 영향으로 담수(淡水)로 변한다.
97. 이븐 주자이는 팃니쓰 출신의 시인 아부 파트흐 븐 와키아(Abu'l Fatḥ bin Wakī')가 고향 팃니쓰만을 묘사한 다음과 같은 시구를 인용하고 있다.
    어서 부어다오, 해안은 일렁이고, 바람은 갈대잎을 휘감네/바람은 마냥 훈훈한 정 담아 불어오고, 비단결 같은 물결엔 감로수 쏟아지네/대기는 향긋한 의상에 감싸이고, 번개는 금으로 그 의상에 수놓았네.
98. 팃니쓰와 카이로 사이에 있는 고도로서 옛부터 공기가 맑고 면직업으로 유명하다.

것은 다 갖추고 있는 성싶다. 일부 사람들은 이 도시의 명칭 기법(記法)에서 첫 글자를 가점(加點)한 '지'(dhi)자로 읽는데, 이맘 아부 무함마드 압둘라 븐 알리 알 라샤튀도 그렇게 발음하였다. 그러나 '종교의 영광'(Sharafu'd dīn)이고 석학(allāmah)이며 성훈학[99]의 권위인 이맘 아부 무함마드 압둘 무어민 븐 할라프 앗 딤야티는 불가점(不加點)한 '디'(di)로 발음함으로써 라샤튀 등과는 발음법이 달랐다. 기왕 고향의 명칭일진대, 후자가 가장 잘 알고 있다고 봐야 할 것이다.

딤야트는 나일강 강안에 있다. 강 기슭에 늘어선 인가에서는 곧잘 물통으로 강물을 퍼올리고 있으며, 많은 집들은 계단을 설치해 강가를 오르내리고 있다. 이곳에는 바나나 나무가 많은데, 바나나는 배에 실려 미스르(Miṣr, 현 카이로)[100]까지 운반된다. 양은 밤낮으로 놓아 기른다. 그래서 딤야트에서는 "성벽이 곧 당과(糖菓)이며, 수호견(守護犬)은 양이다"(무성한 바나나 나무가 곧 성벽을 이루고, 양이 곧 수호견 노릇을 한다는 뜻—옮긴이)라는 속담이 있다. 누구든 일단 시내에 들어가기만 하면 시장의 인장이 찍힌 허가증 없이는 돌아나올 수가 없다. 어떤 사람은 관인이 찍힌 종이쪽지를 성문지기에 내보이는가 하면, 또 어떤 사람은 심지어 팔에 인장을 찍어서 내보내기도

99. 성훈학이란 성훈(하디스al-Ḥadīth)을 연구하는 학문을 말한다. 성훈이란 이슬람 교조 무함마드가 생전에 포교하면서 행한 언행과 묵인(默認)한 언행을 총칭한다. 따라서 성훈에는 무함마드의 언론을 제자나 친지들이 들은 것을 타인에게 전한 '언어성훈'과 그의 행위를 제자나 친지들이 직접 본 것을 타인에게 전한 '행위성훈' 그리고 무함마드가 제자들의 언행을 묵인한 것이 후세에 전해진 '묵인성훈' 세 가지가 있다. 성훈은 『꾸란』 버금가는 법원(法源)이다. 성훈을 연구하는 성훈학은 이슬람교법에서의 성훈의 지위, 성훈의 진실성과 신뢰성, 성훈의 분류, 성훈의 전술계보(傳述系譜), 성훈의 집록(輯錄)방법, 성훈술어 해석 등의 내용을 포함한다. 서기 7세기 중엽부터 성훈학 연구가 시작된 후 약 2세기를 거쳐 학문으로 정립되었다. 성훈학을 연구하는 학자를 무핫디스(al-Muhaddith)라고 한다. 부하리(al-Bukhāri, 810~70)를 비롯한 6대 성훈학자가 가장 유명하다.

100. 근세 이전에는 주로 나라로서의 이집트를 지칭하였으나, 수도인 카이로(Cairo)를 가리키기도 하였다. 이 책에서의 '미스르'는 주로 카이로를 말한다. 그러나 현대에 이르러서는 엄연히 구분하여 이집트만을 전칭(專稱)한다.

한다.

이곳에는 굉장히 살찐 바닷새들이 많으며 물소젖은 맛깔스러움이 일품이다. 이곳에서 나는 부리(būrī, 숭어의 일종)는 샴이나 룸(al-Rūm)[101] 지방 그리고 미스르에 반출된다. 시외에는 두 바다[102]와 나일강 사이에 바르자흐(al-Barzakh)란 섬이 있는데, 거기에 사원과 자위야가 각각 하나씩 있다. 이 자위야에서 이븐 꾸플이라고 하는 샤이흐를 만나서 금요일 밤에 그한테로 갔다. 마침 일군의 고행(苦行)[103] 수행자들이 그와 자리를 같이하고 있었다. 그들은 철야로 예배하고 독경하고 염송하는 것이었다.

지금의 딤야트는 새로 건설된 도시다. 구성(舊城)은 쏼리흐왕(수도왕) 치세시 유럽인들에 의해 파괴되었다.[104] 깔란다리(Qalandari) 교파의 교주인 샤이흐 자말룻 딘 앗 싸위의 자위야가 바로 이곳에 있다. 이 교파의 성원들은 수염과 눈썹을 깎는다. 당시 이 자위야에는 샤이흐 파트흐 타크루리가 기거하고 있었다. 샤이흐 자말룻 딘 앗 싸위가 수염과 눈썹을 깎게 된 연고에 관해서는 이렇게 전해지고 있다. 본래 그는 용모가 준수하고 얼굴도 잘 생겼었다. 그래서 싸와(Sāwah)[105] 출신의 한 여인이 그에게 그만 반해버렸다. 그녀는 그에게 구애 편지질을 하는가 하면 가는 길을 막아서서는 아양

101. 여기에서의 룸지방이란 룸인들이 거주하는 소아시아(현 터키)지방을 가리킨다.
102. 두 바다란 지중해와 홍해를 의미한다.
103. 본래 아랍어에서 '수행자(修行者)'를 '나씨크'(nāsik)나 '쏼리흐'(ṣāliḥ)라고 하는데, 이곳을 비롯해 이 책의 여러 군데서 저자는 '파끼르'(faqīr), 즉 '빈자(貧者)'란 단어를 쓰고 있다. 이것은 힌두교나 불교에서의 고행(苦行)이나 탁발승(托鉢僧) 등의 개념에서 영향을 받은 것으로 사료된다.
104. 수도왕(修道王), 즉 수도를 행한 이 왕의 본명은 무함마드 븐 아비 바크르 븐 아유브(Muhammad bin Abī Bakr bin Ayūb)이며, 이집트 아유브조(1169~1250) 제7대 왕으로서 재위기간은 637~47년(1239~49)이다. 그의 치세 때 유럽인들이 딤야트를 강점하였다. 일설에는 유럽인들이 이 도시를 파괴한 것이 아니라, 이집트인들이 1250년에 유럽인들의 재귀(再歸)를 우려하여 파괴하였다고 한다.
105. 리이(al-Riī)와 함잔(Hāmdhan) 사이에 있는 도시로서 몽골군이 617년(1220)에 이 도시를 강점·파괴하였다.

을 떨기도 하였다. 그러나 샤이흐는 거절하고 좀처럼 아랑곳하지 않았다.

이제 더이상 별수가 없다고 생각한 그녀는 노파로 가장하고 그가 사원으로 가는 길가의 한 집 앞에 막아서 있었다. 그녀의 손에는 우편 인장이 찍힌 편지 한 장이 쥐어져 있었다. 자말룻 딘이 앞을 지나가자 "선생님, 글을 읽으실 줄 아시지요?"라고 말을 걸었다. "예!"라고 그가 대답하자 그녀는 "편지는 내 아들이 보내온 것인데 나에게 좀 읽어주실 수 없겠어요?"라고 물어왔다. "물론 읽어드릴 수 있지요"라고 대답하면서 편지봉투를 뜯자, 그녀는 다시 "선생님, 내 아들에게는 처가 있는데, 그녀가 지금 이 집 복도에 있으니, 미안하지만 그애가 들을 수 있도록 두 문 사이에 서서 좀 읽어주십시오"라고 부탁하였다. 자말룻 딘은 "그렇게 하지요"라고 선뜻 대답하였다. 그가 두 문 사이에 서자 노파는 문을 걸어잠그고는 가면을 벗어던지면서 그에게 막 안기는 것이었다. 그리곤 막무가내로 집안에 끌고 들어가면서 연신 집적거렸다. 자말룻 딘은 별로 신통한 탈출구가 없음을 알고 그녀에게 "내가 당신이 바라는 대로 할 테니 화장실이나 알려주시오"라고 능청스레 말하자 그녀는 곧 알려주었다. 그는 물을 떠가지고 들어가서 마침 가지고 있던 새 면도칼로 금세 수염과 눈썹을 말끔히 밀어버리고는 그녀에게로 나왔다. 그러자 그 꼴이 너무나 흉측스럽게 보여 그녀는 그가 한 짓을 크게 나무라면서 당장 나가라고 호통을 치는 것이었다. 알라께서는 이렇게 그를 보우하셨다.

그후 자말룻 딘은 평생을 이 모양새로 지냈다. 그래서 그를 따르는 사람들은 머리카락과 수염 그리고 눈썹을 모두 밀어버렸다.

샤이흐 싸위가 딤야트시에 와서는 시의 공동묘지에 우거하였다고 한다. 당시 시의 법관은 이븐 아미드란 사람이었는데, 어느날 한 명사의 장례식에 왔다가 묘지에서 샤이흐를 우연히 만났다. 법관이 "당신은 참 희한한 샤이흐군요"라고 말을 건네자, 그는 "당신은 참 무지 무례한 법관이구먼. 하기야 노새를 타고 묘 사이를 거닐고 있으니깐 하는 소리요. 죽은 사람의 신성함도 산 사람의 신성함과 꼭 같다는 것쯤은 알아야 할 것 아니요"라고 되받아 넘겼다. 다시 법관이 "더욱 엄중한 문제는 당신이 수염을 깎아없앤 일이지요"라고 하자, "나를 두고 하는 소리오?"라고 한마디 응수하고서는 큰소리로 무언가 외치는 것이었다. 그리고 나서 머리를 치켜들자 그의 얼굴에는 금세 검은 수염이 더부룩하였다. 법관과 수행원들은 너무나 의아한 나머지 노새에서 내려 그에게로 다가갔다.

이윽고 그가 다시 한번 무언가 외치자 얼굴에는 보기 좋은 흰 수염이 달려 있었다. 또다시 세번째로 외치면서 머리를 들자 수염은 온데간데없어지고 원상태 그대로 되었다. 이쯤 되자 법관은 그의 손에 입맞춤하고 그를 사사(師事)하기로 작심하였다. 그래서 그에게 훌륭한 자위야를 지어주고 샤이흐가 타계할 때까지 평생 그와 함께 지냈다. 샤이흐는 이 자위야에 매장되었다. 법관은 임종에 이르자 샤이흐 사위를 참배하러 오는 모든 참배객들이 자기의 묘를 밟고 들어갈 수 있도록 바로 그 자위야 문앞에 매장해달라는 유촉을 남겼다.

딤야트의 교외에는 샤톼(Shaṭā)라는 참배소가 있다. 그곳은 길상(吉祥, barakah)의 표징으로서 이집트인들은 해마다 정기적으로 참배하곤 한다. 시외의 화원 속에는 또한 문야(al-Munyah)라는 명소가 있는데, 여기에는 고명한 샤이흐 이븐 누아만이 은거하고 있다. 나는 그의 은거처를 찾아가서 하룻밤을 묵었다. 내가 이 도시에 체류할 때의 시장은 선덕(善德)을 겸비한 무하씨니였다. 그는 나일강변에 마드라싸 하나를 세웠다. 나는 그곳에 며칠간 묵으면서 그와의 우정을 돈독히하였다.

여기에서 간 곳은 파라쓰쿠르(Fāraskūr)시[106]다. 이 시는 나일강 강안에 자리하고 있는데, 나는 교외에 머물렀다. 그런데 뜻밖에도 딤야트 시장 무하씨니가 파견한 기사가 여기까지 나를 뒤좇아왔다. 그는 나를 보자 "시장

106. 딤야트 부근에 있는 마을이다.

님께서 안부를 물으셨습니다. 당신의 향방을 아시고는 이렇게 노자를 보내셨습니다"라고 말하였다. 그러면서 시장—알라께서 그에게 보상을—이 나에게 보낸 은화(디르함) 뭉치를 넘겨주었다.

이어 나는 아슈무눌 룸만(Ashmūnu'l Rummān)시[107]에 들렀다. 이곳은 석류(石榴, rummān)의 성산지이기 때문에 도시 이름이 여기에서 연유되었다. 석류는 미스르까지 실려간다. 이 도시는 꽤 큰 고도로서 나일강의 한 물굽이가에 있다. 여기에는 나무다리가 하나 있어 배들이 정박할 수 있다. 그러나 일단 신시(申時)예배 때가 되면 이 다리가 걷혀 배들이 드나들 수 있다. 이 도시에 고등법관과 고등행정관이 상주하고 있다.

다음으로 도착한 곳이 싸맛누드(Samannūd) 시[108]이다. 이 도시 역시 나일강 강안에 있어 배들이 북적거리고 장터가 볼 만하다. 이곳에서 마할라툴 카비라까지는 3파르싸흐의 거리다.

여기로부터 배를 타고 나일강을 소항(遡航)하여 카이로에 이르는데, 양안에는 도회지와 고을들이 정연하게 늘어서 있다. 승객들은 식량을 휴대할 필요가 없다. 왜냐하면 강안에 내리고 싶으면 내려서 부분세정도 하고, 예배도 드리며, 식품도 구입할 수 있기 때문이다. 장터는 알렉산드리아에서 카이로까지, 또 카이로에서 상이집트의 아쓰완(Aswān)[109]까지 즐비하게 이어져 있다.

107. 상이집트 하부에 있는 고도인데, 나일강 서안에 있다. 개척자인 아슈문 븐 미스르 븐 누흐(Ashmūn bin Miṣr bin Nūḥ)의 이름을 따서 지었다.
108. 딤야트에서 카이로로 오는 방향에 있는 도시로서 나일강 강안에 있다.
109. 상이집트 끝자락에 있는 큰 도시로서 옛부터 대추야자가 유명하다. 지금은 유명한 아쓰완댐이 건설되어 있다.

## 5. 카이로시

나는 드디어 카이로시에 도착하였다. 카이로는 이 나라의 어머니 도시로서 '말뚝의 파라오'[110]가 있던 고도다. 부지는 넓고 땅은 기름지다. 건물은 수없이 많으며 오롯하고 산뜻한 경색이 극치에 달한다. 여기는 수출입품의 집산지이며, 약자와 강자 모두의 안거지(安居地)다. 또한 여기서는 학자와 무학자(無學者), 엄숙한 자와 해학적인 자, 온후한 자와 미련한 자, 비천한 자와 존귀한 자, 고상한 자와 영예로운 자, 무명인과 유명인, 이들 모두가 서로 병존공생하고 있다. 문자 그대로 사람들로 물결친다. 그 넓디넓은 곳도, 그 풍족한 곳도, 그들에게는 못내 좁고 부족해보인다. 젊은이들은 내내 부지런히 일하고, 향도의 뭇별은 행운의 성좌(星座)를 떠나지 않는다.

카이로[111]는 여러 민족을 타승하고, 그 제왕들은 아랍이나 외국의 수뇌들을 제압하였다. 정말로 엄청나게 중요한 나일강이 그 고유의 몽은(蒙恩)으로 하여 이땅에 더이상 비를 뿌릴 필요가 없게 되었다. 국토의 너비는 부지런히 걷는 사람의 한달 여정이다. 어딜 가나 사람들은 너그럽고, 낯선 사람에 대해선 자못 친절하다.[112]

카이로에는 낙타로 물장사하는 물장수가 1만 2천 명이고, 관개수 물장수는 무려 3만 명이나 된다고 한다. 그리고 나일강에는 관민용(官民用) 각종

110. 고대 이집트의 전제왕 파라오를 '말뚝의 파라오'라고 하는 까닭에는 두 가지 설이 있다. 하나는 그들이 군대나 천막과 함께 말뚝(watad)을 많이 가지고 있었기 때문이고, 다른 하나는 그들이 사람을 처벌할 때 땅에 박은 네 개의 말뚝에 결박해놓고 처형했기 때문이라는 설이다.

111. 카이로는 아랍어로 '까히라'(al-Qāhirah)라고 하는데, 그것은 '제압자' '승리자'라는 뜻이다.

112. 이븐 주자이는 카이로에 관한 한 시인의 다음과 같은 시구를 인용하고 있다.
맹세컨대 혜안에겐 미스르(이집트)의 미스르(카이로)는 이승의 낙원이어니/그 어린이들은 선동선녀이고, 그 샘물과 화원은 천당이며, 그 나일강은 선하(仙河)여라.

선박 3만 6천 척이 위로는 상이집트로, 아래로는 알렉산드리아와 딤야트까지 오르내리면서 여러가지 재물과 기재를 실어나른다고 한다. 카이로를 마주한 나일강 강안에는 라우돠(al-Rauḍah)[113]란 곳이 있는데, 이곳은 유람지로서 수려한 화원들이 많다. 카이로 사람들은 쾌활하고 낙천적이며 놀기를 즐긴다. 한번은 나쉬르 국왕의 손 골절상이 쾌유되었다고 하여 한바탕 즐기는 장면을 본 일이 있는데, 상인들은 시장을 울긋불긋하게 단장하고 상점에는 갖가지 장식품과 비단옷을 걸어놓았다. 이런 일이 며칠간 계속되는 것이었다.

오마르 븐 아쓰[114] 사원은 존엄성 있는 사원으로서 규모가 크고 유명하여 여기서 금요예배[115]가 근행된다. 사원 앞에는 동쪽에서 서쪽으로 빠지는 길이 있다. 사원 동쪽에는 이맘 아부 압둘라 앗 샤피이가 연찬하던 자위야가 있다. 카이로 시내에는 마드라싸가 하도 많아 그 수효를 헤아릴 수가 없다. 두 궁전 사이의 만수르 깔라운[116] 왕릉 가까이에 병원 하나가 있는데, 그 병원이 갖고 있는 이점에 관해서는 이루다 형언할 수가 없다. 병원은 헤아릴 수 없이 많은 시설과 약품을 갖추고 있으며 하루 수입만도 1천 디나르나 된다고 한다.

카이로에는 많은 자위야가 있는데, '하니까'(Khāniqah, 복수는 하와니끄 Khawāniq)라고 부른다. 아미르들은 앞을 다투어 이러한 수행처를 세우고 있다. 각 하니까는 수행자들이 소속된 종파에 전속되어 있다. 수행자들의

113. 라우돠란 아랍어로 '목장' '화원'이란 뜻이다.
114. 오마르 븐 아쓰('Omar bin al-'Ās, 574~663)는 정통할리파 시대에 이슬람군을 이끌고 이집트를 정복한 사람이다.
115. 매주 금요일 정오에 모여서 집단적으로 근행하는 예배다. 부녀·어린이·환자를 제외한 모든 성년남자는 의무적으로 참석해야 한다. 이맘이 예배를 인도하는데, 예배에 앞서 설교(Khuṭbah)가 있다.
116. 만수르 깔라운(al-Manṣūr Qalāūn)은 이집트와 샴을 망라한 깔라우니야조(al-Qalāūniyah)의 왕으로 재위기간(A.H. 678~89, 1279~90)에 몽골의 침략군을 격퇴하였다.

대부분은 외래인이며 수피즘[117]으로 지덕을 갖춘 사람들이다. 각 하니까에는 샤이흐와 문지기가 한 사람씩 있으며, 그들의 생활질서는 특이하다.

그들의 식사습관은 아침에 배식원이 와서 수행자 각자가 선호하는 식단을 주문받는다. 식사는 한데 모여 하는데, 매 사람에게 빵 하나와 국 한 그릇을 각자의 전용 식기에 담아준다. 식기는 절대로 더불어 쓰지 않으며 식사는 하루에 두 끼씩 한다. 그들에게는 겨울옷과 여름옷 두 벌과 일인당 월급으로 20~30디르함이 지급된다. 또한 매주 금요일 밤에는 당과류와 빨래비누, 목욕비, 등유(燈油) 등도 지급된다. 이것은 독신자들에 한해서이고, 기혼자들에게는 하니까가 따로 있다.

수행자들은 반드시 매일 5배(拜)[118]에 참석하고 하니까에서 잠자며 모임은 그 안에 있는 꿉바[119](돔식 천장—옮긴이) 바로 밑에서 해야 한다. 관행상

117. 수피즘(Ṣufizm)은 이슬람신비주의를 말하며 아랍어로는 '수피야'(al-Ṣufiyah) 혹은 '타쏴우프'(al-taṣawwuf)라고 한다. 그 신자를 '수피유'(al-ṣufiyu) 혹은 '무타쏴위프'(al-mutaṣawwif)라고 한다. 어원에 관한 통설은 수행하는 신자들이 양털, 즉 수프(ṣūf)로 짠 거친 천으로 의상을 만들어 입고 다닌 데서 유래되었다는 것이다. 수피즘은 7세기 말, 8세기초에 당시 우마위야조 사회에서 성행한 사치풍조에 대한 반동으로 출현하여 8세기 중엽에 이르러 신플라톤주의와 기독교 및 인도사상의 영향을 받아 점차 하나의 신비주의적 파벌을 형성하기 시작하였다. 11세기에 안싸리(al-Ansāri)가 신비주의(神秘主義)를 이슬람교의 정통교리에 접목시킨 후 13세기 이븐 아라비(Ibn al-'Arabi)가 범신론적(汎神論的) 사상체계로 집대성하였다. 12세기부터 까드리(al-Qadrī), 리파이(al-Rifā'ī), 샤즈리(al-Shādhrī) 등 개인을 중심으로 한 교단이 형성되어 각자 특유의 교단명이나 상설기구와 조직을 갖추고 광범위한 이슬람세계에서 활동하기 시작하였다. 따라서 수피즘은 통일된 교단이나 교리를 가지고 있지 않았다. 그러나 그들의 공통된 주장은 독경·염송·예배·명상 그리고 고행과 금욕 등 수행과정에 6가지 도정(道程)을 거쳐 '무아(無我)'의 경지에서 알라와 '융합'한다는 것이다(이 장 주 66의 수행내용 참고).

118. 5배(拜)는 무슬림들이 매일 근행하는 5회 예배를 말한다. 5배는 621년 7월 27일(태음력) 밤 사자 무함마드가 승천(昇天, mi'arāj)했을 때 알라가 명한 것이며, 따라서 『꾸란』(30장 17~18절)에는 그 근행시각이 규정되어 있다. 5배는 아침예배·정오예배·신시예배·저녁예배·밤예배의 다섯 가지 예배다.

119. 꿉바(Qubbah)는 원형지붕(돔)이란 뜻인데, 이슬람사원은 모두가 이러한 원형지붕의 구조물이다.

매 사람마다 예배용 방석이 따로 있다. 새벽예배 때는 '개경장(開經章)'과 '말리크장' '얌장'[120]을 독송한다. 이어 『꾸란』[121] 분책을 저마다 한권씩 가져다가 독송하고 나서는 염송을 계속한다. 이어 송독사(誦讀師)가 동방 아랍인들 식으로 독경한다. 신시예배 후에도 이와같이 한다.

신입자의 관행을 보면 우선 하니까의 문에 도착하면 일단 허리를 질끈 동여맨 채 어깨에는 예배용 방석을 걸치고 오른손에는 지팡이를, 왼손에는 주전자를 들고 서 있다. 그러면 문지기가 그의 도착을 하니까 사령(使令)에게 알린다. 사령은 그에게 어디에서 왔으며 도중에 어느 하니까에 묵었고 그 하니까의 샤이흐는 누구인가 등을 캐묻는다. 대답이 진실인 것 같으면 곧 하니까 안으로 안내하여서는 신분에 어울리는 자리에 그 예배용 방석을 깔아놓도록 한다. 그리고 나서 세정소(洗淨所)[122]로 안내하면 거기에서 부

120. 개경장(Ummu'l Qurān)이란 『꾸란』 총 114장(章) 중의 첫 장으로서 예배시 반드시 인용되는 장이다. '말리크장'(Sūratu'l Malik)은 제67장이고, '얌장'(Yam)은 제78장이다.

121. 『꾸란』(al-Qurān)은 이슬람교의 경전이다. '꾸란'이란 아랍어 동사 '읽다'(qara')의 동명사로서 '읽기'라는 뜻이다. 『꾸란』은 교조 무함마드가 서기 610~32년까지 22년간 천사(天使) 가브리엘(아랍어로 가브릴 Ghabrīl)을 통해 알라로부터 받은 계시(啓示)의 모음집이다. 무함마드가 간간히 받은 계시들이 문하제자나 신자들에 의해 암송되었거나 가죽·석판·짐승뼈·야자수잎 등에 기록된 것을 정통할리파 시대의 제3대 할리파 오스만('Othmān, 재위 644~56) 치세시 수집·정리하여 권(卷)과 장절(章節)을 구분하고 정본(正本)으로 집대성하였다. 이 최초의 정본을 '오스만정본' 또는 '무스하프'(al-Muṣḥaf)라고 한다. 전서는 30권 114장으로 구성되어 있으며, 절수와 어휘수에 관해서는 여러 설이 있는데, 통설에 의하면 6,236절에 77,934개 어휘를 포함하고 있다. 전서는 계시의 시기와 장소에 따라 '메카편'과 '메디나편'으로 나뉜다. '메카편'은 총 86장으로 전장수의 2/3를 차지한다. 매 장의 절문(節文)은 모두가 비교적 짧으며 내용은 주로 알라의 유일성, 무함마드가 알라의 사자라는 등 이슬람교의 기본신앙과 교리에 관한 것이다. 이에 비해 '메디나편'은 모두 28장으로 전 장수의 1/3에 불과하나 매 장의 절문은 비교적 길며 내용은 사회생활의 각 방면에 관한 이슬람적인 율법과 의례 등이 기본이다. 장의 배열은 대체로 긴 것이 앞에, 짧은 것이 뒤에 오는 순으로 되어 있다. 『꾸란』은 이슬람교의 종교적 신앙과 교리 및 율법(al-Sharī'ah)의 근원일 뿐만 아니라, 아랍어 어문학의 모체이기도 하다. 전문은 각운(脚韻)을 띤 산문시(散文詩)로서 『꾸란』이란 명명이 뜻한 대로 송독에 알맞게 문장이 짜여 있다.

122. 세정(퇴하라 al-Ṭahārah)이란 이슬람교에서 예배를 비롯한 종교행사 전에 몸을 깨끗이 하는 종교적 의례다. '퇴하라'는 아랍어로 '청결' '순결' '깨끗함'이란 뜻으로서 종교

분세정을 말끔히 하고 방석에 돌아와서 요대를 풀고 2배(拜)를 한다. 그제서야 샤이흐와 그 자리에 있는 사람들과 일일이 악수를 나누고 함께 예배에 참석하게 된다. 그리고 금요일이 되면 봉사원이 수행자들의 방석을 모두 모아가지고 사원에 가서 깔아놓는다. 그들은 샤이흐와 함께 집단적으로 사원에 가서 각자의 방석을 깔고 예배를 근행한다. 예배가 끝나면 통례대로 『꾸란』을 독송하고는 역시 샤이흐와 함께 모여서 하니까에 돌아온다.

카이로에는 심원한 기복(祈福)적 의미를 간직하고 있는 묘역(墓域)이 하나 있다. 꾸르투비(al-Qurṭubī)[123] 같은 사람들은 그 공덕에 관해 누누이 언급하고 있다. 하기야 그 묘역은 알라께서 지상낙원의 한 꽃동산으로 마련해주신 무깟탐(al-Muqaṭṭam)[124] 산에 자리하고 있기에 그러하다. 거기에 우아한 돔식 능을 축조해 마치 저택과 같이 사방은 벽으로 둘러쌌다. 실제로 방 몇 칸을 따로 지어 송독사들로 하여금 주야로 그 낭랑한 목소리로 독경하도록 하고 있다. 개중에는 아예 묘 곁에 하니까나 마드라싸를 짓는 사람도 있다. 매주 금요일 밤이면 어른들은 애들이나 아내 등 가속을 대동하고 묘역에 나와서는 그곳에 마련된 식료품 시장을 두루 돌아보기도 한다.

여기에 있는 중요한 참배성소의 하나는 참수(斬首)된 후싸인 븐 알리[125]

행사로서는 '세정'이라고 말할 수 있다. 세정에는 전신을 깨끗이 씻는 전신세정(이 장 주 71 참고)과 신체의 일부만을 깨끗이 씻는 부분세정(이 장 주81 참고), 그리고 대체세정(代替洗淨)이 있다. 대체세정(타얌문 al-Tayammun)은 정상적인 방법으로 전신세정이나 부분세정을 할 수 없을 경우 하는 세정을 말한다. 대체방법으로는 깨끗한 흙이나 모래, 돌 등으로 세정해야 할 곳을 문지르는 것이다. 대체세정은 물이 1.5㎞ 밖에 있어서 취수가 곤란한 경우, 적과의 대치상태에서 용수가 불가능한 경우, 수원이 부족하여 음료수밖에 공급할 수 없는 경우, 취수용기가 없는 경우, 수온이 낮아 이용에 부당한 경우, 병으로 인해 용수가 불가한 경우 등에 해당된다.

123. 꾸르투비의 본명은 무함마드 븐 아흐마드(Muhammad bin Aḥmad, ??~1272)다. 그는 꾸르투바(Qurṭubah) 출신으로 카이로에 이주한 유명한 꾸란 주석학자다.

124. 카이로 근교에 있는 산이다.

125. 후싸인 븐 알리(al-Ḥusain bin 'Alī)는 정통할리파의 제4대 할리파 알리의 아들로서 우마위야조(al-Umawiyah) 2대 할리파 야지드(Yazīd)에게 살해되었다.

—알리와 하싼 두 분께 평화가 있기를—의 두부(頭部)가 안장된 묘소다. 이 묘소에는 수행자들을 위한 웅장한 하니까가 하나 있는데, 은환(銀環)과 은박으로 치장한 문이 이색적이다. 정말로 존숭(尊崇)할 만한 명소다. 이 묘역에는 또한 하싼 안와르 븐 알리 븐 후싸인 븐 알리—이들 모두에게 평화가 있기를—의 딸인 나피싸[126]의 묘소도 있다. 그녀는 선교에 경건하였고 신앙에 독실하였다. 그녀의 묘소는 구조가 단아하고 일광이 충족하여 그 곁에 수행자들이 용의주도하게 세운 하니까가 하나 있다. 거기에는 또한 이맘 아부 압둘라 무함마드 븐 이드리씨 앗 샤피이—그에게 알라의 영총을—의 묘소도 있다. 여기에도 또한 수행자들을 위해 세운 웅장한 하니까가 하나 있는데, 그 유명한 돔식 천장은 신기할 정도로 정교하고 구조가 이채로우며 그 정밀함과 장중함이란 가위 극치라 하겠다. 너비만도 30여 완척(腕尺)[127]에 달한다.

이 묘역에는 헤아릴 수 없이 많은 학자들과 수행자들의 묘가 있다. 뿐만 아니라 여기에는 또한 많은 성문도반(聖門徒伴)[128]과 고금의 선구자들—그들 모두에게 알라의 영총을—의 묘소가 있다. 그들로는 예컨대 압둘 라흐만 븐 까심, 아슈하브 븐 압둘 아지즈, 아드바그 븐 파르즈, 이브니 압둘 하킴, 아부 까심 븐 샤아반, 아부 무함마드 압둘 와하브 등이다. 그러나 그들의 묘소는 이 묘역에서 별로 눈에 띄지 않는다. 특별히 유념해야 겨우 알아

126. 나피싸(Nafisah, 762~824)는 정통할리파의 제4대 할리파인 알리의 고손녀로서 꾸란 주석학이나 성훈학에 정통하여 이맘 샤피이(al-Shāfi'ī, 샤피이야파 창시자) 같은 대학자도 그녀에게서 수강하였다고 한다.

127. 완척(dhirā')이란 팔굽에서 중지 끝까지의 길이로 1완척은 약 0.58m다.

128. 성문도반(쏴하바 al-Ṣaḥābah)이란 사자 무함마드의 도반 제자들을 지칭한다. '쏴하바'란 아랍어로 '동료'란 뜻이다. 성훈학에 의하면 성문도반은 이슬람교 입교 시기와 기여도 및 전승관계에 따라 12급으로 나눈다. 그중 무함마드 생전에 함께 활동한 4대 할리파를 비롯해 무함마드를 따라 메카에서 메디나로 이천한 '무하지룬'(al-Muhājirūn, 성천자들 聖遷者)과 메디나에서 그를 지지성원한 '안쏴르'(al-Anṣār, 성문보사들 聖門輔士)를 망라한 이른바 수급(首級) 성문도반만도 10여만에 달한다.

볼 수가 있다. 단 샤피이——그에게 알라의 영총을——만은 생전과 사후에 그 자신과 문하제자 및 지우들의 노력에 의해 널리 알려지게 되었다. 그래서 그를 두고 하는 시금석 같은 말이 있다.

노력은 먼 것을 가까이하고, 닫힌 문을 열어제친다.

미스르의 나일강이야말로 지상의 그 어느 강보다도 감미롭고, 연안 지역이 넓으며 주는 혜택이 많다. 양안에는 도시와 마을들이 즐비하게 늘어서 있다. 이 세상 어디에도 이에 비견되는 곳은 없다. 우리는 나일강처럼 강물에만 의존해서 농사를 짓는 경우를 더는 알지 못하고 있다. 지상에서 나일강을 빼고는 가위 바다라고 할 만한 강은 더이상 없다. 알라께서 말씀하시기를 "그대가 만일 그를 걱정한다면 얌(yam) 속에 던져버려라"[129]고 하셨다. 이렇게 알라께서는 나일강을 '얌', 즉 바다라고 칭하셨다.[130] 정통 성훈(聖訓)에 의하면 알라의 사자(라쑬라)——그에게 평화가 있기를——가 이쓰라(al-Isrā')[131] 밤에 궁천극지(窮天極地)에 이르렀을 때 거기에는 4대강이 있는데, 두 강은 겉으로 흐르는 강이고, 다른 두 강은 속으로 흐르는 강이다. 이에 관해 천사 가브리엘[132]——그에게 평화가 있기를——에게 물었

129. 『꾸란』 28장 7절에 나오는 경문인데 원문은 다음과 같다. "내가 모세의 어머니에게 계시하기를 '그애를 젖 먹이시오. 그대가 만일 그를 걱정한다면 얌 속에 던져버리시오. 두려워하지 말지어다! 슬퍼하지 말지어다! 내가 그를 다시 그대의 품으로 돌려보내겠으니……'" 여기에서의 '얌'은 바다이며, 이 바다는 곧 나일강이다.

130. '얌'은 아랍어로 '바다'란 고어인데, 고대 이집트인들은 나일강이 하도 폭이 넓어 한정된 지리지식에서 나일강을 간혹 '바다'로 칭하거나 비유하기도 하였다.

131. 사자 무함마드의 야행승천(夜行昇天)을 말한다. 『꾸란』(17장 1절)의 소전(所傳)에 의하면 서기 621년 7월 27일(태음력) 밤에 무함마드는 천사 가브리엘의 안내를 받아 날개 달린 천마(天馬, 바라끄Barāq)를 타고 메카의 금사(禁寺)를 떠나 예루살렘(al-Quds)의 원사(遠寺, al-Masjidu'l Aqṣā)를 거쳐 승천하였다가 당일 여명 전에 돌아왔다고 한다. 이 무함마드의 승천을 '미아라즈'(al-Mi'rāj, '사다리'란 뜻)라고 한다. 이슬람에서는 이 날을 명절로 기념하고 있다.

더니, 그는 "속으로 흐르는 강은 천국에 있고, 겉으로 흐르는 강은 바로 나일강과 유프라테스강이다"라고 대답하였다. 성훈에는 또한 나일강, 유프라테스강, 싸이훈(Saiḥūn) 강,[133] 지훈(Jīḥūn) 강[134]은 모두가 천국에 있는 강이라고 한다. 지상에 있는 모든 강과는 달리 나일강은 남에서 북으로 흐른다. 게다가 더 이상한 것은 날씨가 무더워서 여느 강들은 물이 줄어 말라버릴 때, 나일강만은 도리어 물이 불고, 반대로 여느 강들이 물이 불어 범람할 때 나일강만은 물이 준다. 씬드(al-Sind) 강[135]이 이와 비슷한데, 이에 관해서는 후술하겠다.

나일강은 6월부터 물이 불기 시작하는데, 그 수위가 16완척만 되면 쑬퇀(국가)의 지조(地租)는 전액 징수되며, 여기에 1완척만 더 높아지면 그해는 따놓은 대풍년이다. 만일 18완척에 이르면 그해 농사는 망쳐버리고 역병(疫病)이 만연한다. 그런가하면 16완척에서 1완척이 낮아지면 쑬퇀의 지조는 삭감되고 2완척 낮아지면 사람들이 물고생을 하고 큰 재난이 닥치는 것이다.[136]

나일강은 세계 5대 강의 하나이다. 5대 강이란 나일강과 유프라테스강, 티그리스강, 싸이훈강, 지훈강이다. 이 5대 강과 유사한 또다른 5대 강이 있다. 그것은 우선 반즈 아브(Banj Āb) 강[137]이라는 씬드강과 칸크(al-Kank)

132. 이슬람교의 4대 천사(天使) 중 한 천사로서 알라의 계시를 사자 무함마드에게 전하는 역할을 담당하였다.
133. 중앙아시아의 싸마르깐드(Samarqand)를 지나서 하잔다(Khajandah) 부근을 흐르는 강이다.
134. 하와리즘(Khawārizm)의 후라싼(Khurasān) 계곡을 흐르는 큰 강, 즉 아무다리아이다.
135. 인더스강이다.
136. 옛부터 나일강은 이집트 농업의 흉풍(凶豊)을 좌우한다. 강물이 적당히 범람하면 비옥한 퇴적물을 강안 지대에 펼쳐주기 때문에 풍작을 이룬다. 그렇지 않고 수위가 낮아서 범람이 없으면 이러한 퇴적물의 결핍은 물론, 관개하기도 어렵기 때문에 흉작을 가져오게 마련이다.
137. 인도 서북부의 반즈 아브지방을 흐르는 강, 즉 5하(河)를 지칭한다.

강[138]이라는 인도강인데, 후자는 성하(聖河)로서 인도인들이 참배하며 사체를 화장해서는 그 잿가루를 이 강에 뿌린다. 이 강은 낙원에서 발원한다고 한다. 세번째도 역시 인도의 준(al-Jūn) 강[139]이고, 네번째는 까프자끄(Qafjaq) 사막을 흐르는 이틸(Itil) 강[140]인데, 그 강안에 싸라(al-Sarā) 시[141]가 있다.

마지막으로 하톼(al-Khaṭā)[142] 지방에 있는 싸루(al-Sarū) 강[143]이다. 이 강의 강안에 바로 한 발리끄(Khān Bāliq) 시[144]가 있으며 거기로부터 한싸(al-Khansā) 시[145]를 지나 자이툰(al-Zaitūn) 시[146]로 흘러들어가는데, 이곳은 모두가 중국땅이다. 이 강들에 관해서는 적소에서 언급될 것이다. 인샬라.

나일강은 카이로를 얼마쯤 지나서는 세 갈래로 갈라진다. 어느 갈래의 물길도 겨울이나 여름을 막론하고 배 없이는 건널 수가 없다. 그리고 강기슭 곳곳에는 주민들이 이용하는 강만(江灣)이 있는데, 물이 불어나면 이 강만에 물이 꽉 들어차서 인접 농토로 범람하기 일쑤다.

피라미드와 신전(barābī)[147]이야말로 세세년년 이어내려오는 기적이다. 이러한 구조물의 내용과 시원 등에 관해서는 실로 의론이 분분하다. 사람

138. 인도의 갠지스강이다.
139. 인도의 밈나(Mimna) 강이다.
140. 아랄해 북부를 흐르는 볼가강이다.
141. 아랄해에 유입하는 볼가강의 하구 동쪽에 있는 도시이다.
142. 하톼는 북중국 지방이라고 하는데 확인할 수 없다. '카사이'(cathay, 카세이, 즉 거란契丹)를 지칭하는 것이 아닌가 생각된다.
143. 중국의 황하(黃河)다.
144. 원(元)대의 대도(大都) 북경(北京)을 지칭하는데, 이것은 몽골어 '한팔리'(汗八里)의 음사로 보인다.
145. 중국의 항주(杭州)다. 송(宋)대에 항주를 '행재'(行在)라고 얼마간 지칭하였는데, 한사는 그 음사이다.
146. 중국의 천주(泉州)인데, 싸루강(황하)이 이 도시로 흘러들어간다는 것은 오류다.
147. 바라비(barābī)란 이집트의 끼브튀야(al-Qibṭiyah)로 '묘당'(廟堂)이란 뜻이다.

들은 대홍수 전에 일어난 일에 관한 모든 지식은 후누즈(al-Khunūj)라는 상이집트에 처음으로 정착한 헤르메스(Hermes)[148]로부터 얻은 것이며, 그 헤르메쓰가 바로 선성(先聖) 이드리쓰──그에게 평화를──라고 한다.

그는 최초로 천체의 운행과 천상의 본원(本源)에 관해 이야기하고 묘우를 처음으로 지어 지고의 알라를 숭앙하였다. 그는 사람들에게 홍수의 도래를 경고하면서 학문과 각종 기예(技藝)의 소실을 우려하여 피라미드와 신전을 짓고 거기에 모든 창조품과 기구들을 그려놓았을 뿐만 아니라, 학문 분야까지도 묘사해놓음으로써 영세상존(永世常存)토록 하였다.

한때 이집트에서 학문과 권력의 중심지는 푸쓰타트(al-Fusṭāt)[149]에서 한 역참(驛站) 거리에 있는 마누프(Manūf) 시[150]였다고 한다. 알렉산드리아가 건설되자 사람들이 마누프로 몰려듦으로써 이슬람이 들어올 때까지 이곳이 학문과 권력의 중심지가 되었다. 오마르 븐 아쓰──그에게 알라의 영총을──가 푸쓰타트시의 건설을 설계하였으며, 이 도시는 오늘까지도 이집트의 한 중진(重鎭)이다.

피라미드는 단단한 돌을 쪼아 만든 구조물로서 아아하게 높고 둥그스름하며 밑변이 넓고 윗변은 좁아서 흡사 원추(圓錐) 모양이다.[151] 문도 없어서 도대체 어떻게 만들어졌는지 알길이 없다. 피라미드에 관한 이야기로는 대홍수 전에 이집트의 한 왕이 악몽을 꾸었는데, 몽중에 그를 위협하면서

148. 학예(學藝)·상업·변론을 관장하는 그리스의 신이다.

149. 푸쓰타트는 그리스어로 '포싸뚬'(phossatum), 라틴어로 '파싸이암'(Fassaiam)인데, '천막' '병영'이란 뜻이다. 오마르 븐 아쓰가 이슬람군을 이끌고 이집트를 정복, 현 카이로에 이르러 천막을 치고 살았다. 그후 그를 따라온 병사들과 아랍인들이 부근에 같은 천막을 치고 집거(集居)하였다. 그리하여 건설된 도시가 오늘의 카이로다. 따라서 일반적으로 푸쓰타트는 현 카이로의 고명으로 간주하나, 그 실제 위치는 현 카이로의 남쪽 교외다.

150. 마누프의 고명은 함파쓰(Ḥampas)인데, 역사가 유구한 고읍(古邑)이다.

151. 피라미드의 형태는 여러가지가 있다. 가장 보편적인 것이 4면 3각의 각추형(角錐形)이고, 사다리꼴도 있다. 그러나 원추형은 별로 없다.

나일강 서쪽에 피라미드를 지어 그 속에 학문과 제왕의 시구(屍軀)를 보존해야 한다는 무시무시한 꿈을 꾸었다. 그래서 왕은 점성가들에게 피라미드를 지은 후 그러한 보존실을 뚫을 수 있을까라고 물었다. 점성가들은 왼쪽 편으로 뚫을 수 있을 것이라고 진언하면서 뚫을 곳과 뚫는 데 드는 비용을 산정했다. 그러자 왕은 뚫는 데 드는 비용만큼의 돈을 그곳에 비축해두라고 하명하였다. 시공을 다그쳐 드디어 60년 만에 준공하였다. 피라미드에는 이러한 명문이 씌어 있었다. "우리는 이 피라미드를 60년에 걸쳐 축조하였다. 파괴가 건설보다 쉽다고 하지만, 그 누군가 감히 이 피라미드를 파괴하려 한다면 600년은 족히 걸릴 것이다."

신자들의 수령인 마어문[152]이 할리파에 등극하였을 때 이 피라미드를 헐어버리려고 하였다. 그러자 이집트 샤이흐들은 제발 그러지 말라고 권유하였다. 그러나 할리파는 막무가내로 북켠을 열어보라고 엄명하였다. 그리하여 벽면에 불을 지르고 초를 뿌리면서 만자니끄(manjanīq)[153]를 마구 쏘아댔다. 마침내 작은 구멍이 뚫렸는데, 그것이 오늘날까지 남아 있다. 그런데 구멍 맞은편에서 전폐(錢幣) 뭉치를 발견했다. 할리파는 그 전폐의 무게를 달아보라고 한 다음, 이 구멍을 뚫는 데 든 비용을 산출하니 신통히도 두 액수가 일치하였다. 이에 그는 대경실색하지 않을 수 없었다. 이때 벽의 두께가 20완척이나 됨을 알아냈다.

## 6. 카이로의 명사들

내가 카이로에 들렀을 때의 쑬퇀은 나쉬르 아부 파트흐 무함마드 븐 만

152. 마어문(Ma'mūn, 786~833, 재위 813~33)은 압바쓰조 이슬람제국의 제7대 할리파이다.
153. 돌멩이를 튀겨서 쏘는 쇠뇌다. 즉 아랍식 석탄자(石彈子)다.

수르 싸이풋 딘 깔라운 앗 쏼리히 왕이었다. 원래 깔라운은 '알피이'(al-Alfiy)[154]로 알려진 사람이었다. 왜냐하면 그는 쏼리흐왕이 금화 1천 디나르를 들여 사온 사람이기 때문이다. 그의 본향은 까프자끄다. 나쉬르왕——그에게 알라의 자비를——은 덕릉망존(德隆望尊)한 성왕이었다. 그것은 그가 양대 성지[155]를 위해 헌신봉사한 선행만으로도 가히 그럴 만하다. 그가 매해 자진하는 선행으로는 의지할 곳이 없거나 처지가 어려운 성지순례자들, 또는 이집트나 샴을 통해 성지로 가는 도중 낙오되었거나 지친 사람들에게 양식과 음료수를 가득 실은 낙타를 보내곤 하였다. 그는 또한 카이로의 교외에 있는 싸르야끼스(Saryāqiṣ)[156]에 자위야를 세우기도 하였다.

그러나 신자들의 수령, 종교의 찬조자, 빈자와 약자들의 지주(支柱), 알라의 지상(地上) 할리파, 성전으로 종교적 공덕과 의무를 다하는 우리의 주상 아부 아난[157]——알라께서 그에게 지지와 성원을 주시고 그로 하여금 만사형통하도록 하시기를——이 성 백도(聖 白都)——알라께서 수호해주시기를——의 교외에 건설한 자위야는 그 정밀성과 건축술 그리고 석고 조각면에서 단연 견줄 만한 대상이 없는바, 마슈리끄(동방—옮긴이)인들의 재간으로는 결코 그렇게 할 수가 없다. 아부 아난——그에게 알라의 지지를——께서 자국 내에 세운 수많은 마드라싸와 병원, 자위야——그의 영존과 더불어 알라의 수호와 보우가 있기를——에 관해서는 뒤에 서술할 것이다.

이집트의 아미르들로는 우선 나쉬르왕의 시종신(侍從臣)인 부크투무르가 있는데, 그는 후일 왕에게 독살되었다. 이 일에 관해서는 후술할 것이다. 다음은 총독인 아르군 두다르로서 지위는 부크투무르에 버금간다. 그 다음으로 속칭 '녹완두(綠碗豆)'[158]로 알려진 투슈트다. 그는 걸출한 아미르 중

154. 알피이는 아랍어의 '천'이란 단어 '알프'(alf)에서 파생된 관계형용사다.
155. 양대 성지란 메카와 메디나 두 곳을 말한다.
156. 카이로 근교에 있는 자그마한 읍이다.
157. 아부 아난에 관해서는 이븐 주자이 서문의 주20 참고.
158. 여기에서 말하는 '녹완두'란 푸른 완두인데, 그것은 이집트의 특산물인 힘마쓰

의 한 사람으로서 고아들에게 옷가지와 용돈을 제공하는 등 많은 솨다까(ṣadaqah)[159]를 행했을 뿐만 아니라, 고아들에게 『꾸란』을 가르치는 사람들에게는 봉사비까지 지불하였다. 그는 하라피시(al-Harāfish)[160]들에게 많은 선행을 베풀었다. 이들 '하라피시'는 당당한 권세가들이면서도, 한편 황당무계한 짓을 불사하는 사람들로 이루어진 큰 집단이다. 한번은 나쉬르왕이 투슈트를 구금한 적이 있었다. 그러자 이 하라피시 수천 명이 성보(城堡)[161] 밑에 운집하여 이구동성으로 "망할 절름발이(나쉬르왕을 지칭-옮긴이)여, 어서 투슈트를 내놓으라!"고 함성을 질러댔다. 그바람에 왕은 그를 내놓았다. 다시 한번 왕이 그를 구금하였더니, 이번에는 고아들이 똑같은 행동을 하기에 그만 또 풀어주고 말았다.

아미르들 중에는 주말리라는 나쉬르왕의 재상과 바드룻 딘 븐 바바 그리고 카라크(al-Karak)의 대표 자말룻 딘이 있다. 그밖에도 투끄주두무르(두무르는 터키어로 '철'이란 뜻)와 바하디르 히자지, 까우순, 바슈투크 등의 인물들이 있다. 이들 모두는 앞을 다투어 선행을 베풀고 사원과 자위야를 건립하였다. 특히 그들 중 왕군의 감군(監軍)이자 왕의 사사(司事)인 파흐룻 딘 알 까흐튀는 본래가 끼브트족(al-Qibṭ)[162]의 기독교도였으나 이슬람으로 개종한 후에는 독실한 이슬람교 신자가 되었다. 그는 실로 덕륭망존한 사람이다. 그는 나쉬르왕으로부터 가장 높은 관직을 사여받은 한 사람으로서 실로 박시적선(博施積善)하였다.

그는 저녁 무렵이면 늘 나일강 강가에 있는 자택 홀에 앉아 있다. 바로

(ḥimmas)다. 걸쭉한 가루반죽을 만들어 빵에 발라먹는다.

159. 솨다까는 아랍어로 '희사' '보시' '기부'란 뜻으로서 이슬람교에서는 선행(善行, 이흐산 iḥsān)에 속한다. 그 목적은 고아나 구차한 사람 내지는 여행자들에 대한 구제에 있다. 수시로 액수에 제한 없이 자발적으로 사원에 납부한다. 『꾸란』에 의하면 솨다까를 하는 자는 두 배의 보상을 받는다고 한다(2장 215절과 261절).

160. 하라피시란 사회의 하층인들로서 빈민·고아·무의탁자 등이 포함된다.

161. 성보(al-Qal'ah)란 카이로의 성곽으로서 산 위에 있으며, 그 안에 대사원이 있다.

162. 이집트의 한 소수민족인데, 옛부터 기독교를 신봉하며 지금도 여전하다.

집 옆에 사원이 있다. 해가 지면 곧 바로 사원에 가서 저녁예배를 하고는 다시 제자리에 돌아온다. 그는 저녁상을 마주할 때라도 누구든 찾아오는 것을 마다하지 않는다. 누가 무엇이 필요하다고 말만 하면 즉시 해결해준다. 또 누가 솨다까를 부탁하면 바드룻 딘이라는 시종(그의 실명은 루어루어)을 시켜 그를 집 밖으로 데리고 나가게 한다. 거기에는 창고가 있는데, 그 속에 있는 돈주머니에서 요구하는 것만큼 꺼내준다. 그맘때면 으레 법학자들이 그에게 와서는 그의 면전에서 '부하리서(al-Bukhārī)'[163]를 송독하곤 한다. 마지막 밤예배[164]를 마치고 나서야 사람들은 흩어진다

내가 카이로에 들어갔을 때, 법관 중에서는 샤피이야파 고등법관이 지위가 제일 높고 권한도 가장 컸다. 카이로 내의 법관 취임이나 사임의 권한은 그가 쥐고 있다. 그가 바로 법관이자 이맘이며 학자인 바드룻 딘 븐 자마아다. 지금은 그의 아들 잇즈 딘이 그 자리를 차지하고 있다. 법관들 중에는 말리키야파 고등법관인 이맘이며 수행자인 타끼 딘 알 아흐나이와 하나피야파(al-Ḥanafiyah)[165] 고등법관인 이맘이며 학자인 샴쑷 딘 알 하리리가 있다. 후자는 어찌나 기세가 등등하고 괴팍한지 아무런 비난도 먹혀들지 않으며 관헌들은 누구나 다 그를 두려워한다. 내가 들은 바에 의하면 어느

163. 부하리의 본명은 무함마드 븐 이쓰마일(Muhammad bin Ismāīl, 809~69)로 이슬람 성훈학의 거벽(巨擘)이다. 그는 선지자 무함마드의 성훈을 수집하기 위하여 이슬람세계 각지를 탐방하면서 약 60만 편의 성훈을 채록·수집하였다. 그것에서 취사 선택하여 유명한 『정훈집』(正訓集, 솨히흐 *al-Jāmi'o'l Ṣaḥīh*)을 찬술하였다. 여기에서의 '부하리서'란 바로 이 『정훈집』을 말한다.

164. 밤예배(Ṣalātu'l 아샤 'Ashā')란 5배 중 마지막 예배로서 땅거미가 진 후부터 새벽 사이의 시간대에 근행한다.

165. 하나피야파는 이슬람의 정통 쑨니파의 4대 법학파의 일파로서 가장 오래된 학파이며, 그 창시자는 쿠파(al-Kufah) 출신의 누아만 븐 사비트 아부 하니파(al-Nu'amān bin al-Thābit Abū Ḥanīfah, 699~767)다. 이 파는 교법을 제정함에 있어서 『꾸란』에 엄격히 의존하되 성훈은 신중하게 인용하며, 새로운 법규 채택에서는 합의(合議, al-ijmā')와 유추(類推, al-qiyās)제를 운용할 것을 주장한다. 하나피야파는 압바쓰조 이슬람제국시에는 할리파에 대한 지지를 선언함으로써 관방학파로 인정되었다. 그리하여 이집트·시리아·이라크·터키·아프가니스탄·인도·중국 등 광범위한 지역에 전파되었다.

날 나쉬르왕까지도 좌중에서 "짐은 아무도 두렵지 않은데, 샴숫 딘 알 하리리만은 두렵다네"라고 말하였다고 한다. 그밖에 한발리야파(al-Ḥanbaliyah)[166] 고등법관도 있는데, 지금은 그저 그를 앗줏 딘이라고 부르던 일밖에는 기억이 안난다.

나쉬르왕——그에게 알라의 자비를——은 정좌해서 비리를 심리하는데, 매주 월요일과 목욕일에 소송을 접수한다. 네 파의 법관들이 왕의 좌측에 앉아서 그를 향해 관련 소송장을 읽으면 왕은 소송자를 심문할 법관을 지명한다.[167] 우리의 주상이며 믿는 자들의 수령이신 나쉬룻 딘——그에게 알라의 지지를——은 미증유의 정도(正道)를 걸음으로써 최상의 정의와 겸덕(謙德)을 보여주고 있으며 친히 소송자를 심문하고 공정한 판결을 내리신다. 알라께서는 그만이 그러한 판결을 내리시게 하나니, 그에게 영생이 있기를 알라께 기구하는 바이다.

위의 법관들의 서열을 보면 상석에 샤피이야파 법관이, 차석에 하나피야파 법관이, 다음으로 말리키야파 법관과 한발리야파 법관 순으로 착석한다. 샴숫 딘 알 하리리가 사망하자 부르하눗 딘 압둘 핫끄 알 하나피가 그 후임자로 되었다. 아미르들은 왕에게 말리키야파 법관이 의당 그보다 상석이어야 한다고 간언하면서 본래 구례(舊例)는 그러하였다고 주장하였다. 즉 이전에 말리키야파 법관 자인 븐 마흘루프의 서열은 샤피이야 법관 타끼 딘 븐 다끼끄 아이드의 다음에 왔다는 것이다. 그러자 나쉬르왕은 그렇게 하라고 하명하였다. 하나피야파 법관이 이 일을 알게 되자 일종의 수모라고

166. 한발리야파는 이슬람의 정통 쑨니파의 4대 법학파의 일파로서 창시자는 바그다드 태생의 아흐마드 븐 한발(Aḥmad bin Ḥanbal, 780~855)이다. 이 파는 오로지 『꾸란』과 성훈에 준거해서만 교법을 규정할 것을 주장하면서 법규 채택에서 개인의 견해를 반대하고 합의나 유추제를 소홀히 한다. 지나친 경직성을 고수하는 학파로서 할리파나 기타 법학파들의 불만을 야기했다. 그 분포지는 이라크·시리아·이집트·싸우디아라비아 등의 지역이다.

167. 소송자나 피의자가 4대 법학파의 어느 한 파에 소속되거나, 그 영향하에 있게 되므로 법정 심리는 4대파의 법관이 동시에 배석하여 자파의 심리를 담당한다.

여겨 행사에 불참하였다. 왕이 그의 불참을 고깝게 여기고 그 이유를 알아보고는 곧 출석을 명했다. 그가 왕 앞에 나타나자 시종관(侍從官)은 그의 손을 잡아서 쑬퇀(왕)이 명한 대로 말리키야파 법관 다음에 착석시켰다. 그 후부터 서열이 이대로 정해져 내려왔다.

미스르의 학자와 명류로는 당대 현학(玄學)의 태두인 샴숫 딘 알 아스바하니[168]와 말리키야파의 샤라풋 딘 앗 자와위, 쏼리흐(al-Ṣāliḥ) 대사원의 부고등법관인 부르하눗 딘 이븐 빈트 샤지리, 현학자인 루크눗 딘 븐 까우바아 앗 투니씨, 샤피이야파의 대가인 샴숫 딘 븐 아들란, 대법학자인 바하웃 딘 븐 아낄, 문법학 권위인 아시룻 딘 아부 하얀 무함마드 븐 유쑤프 븐 하얀 알 가르나퇴, 수행자인 샤이크 바드룻 딘 압둘라 알 마누피, 부르하눗 딘 앗 쏴파끼씨가 있다. 또 까와뭇 딘 알 카르마니가 있는데, 그는 아즈하르(al-Azhar) 대사원[169] 옥상에 우거하고 있다. 여러 법학자들과 독경사들이 그를 사사(師事)하고 그에게서 각종 학문을 수강하며, 그는 또 그들에게 여러 교파에 관해 강술(講述)하고 있다. 그는 거친 털로 짠 겉옷[170]에 검정색 털 터번을 머리에 두르고 있다. 그리곤 늘 신시예배가 끝나면 동행자 없이 홀로 경관이 좋은 유람지를 산책하곤 한다.

그밖에 명류들로는 성예(聖裔)[171]인 샴숫 딘 이븐 빈트 쏴히브 타줏 딘 이븐 하나, 룸 지방의 아끄쏴라(Aqṣarā) 출신으로서 싸르야끼스에 거주하

168. 샴숫 딘 알 아스바하니(Shamsu'd Din al-Aṣbahānī)는 아스바하니(Aṣbahānī) 출신으로서 저명한 꾸란 주석학자다. 대표적인 저서로 『주석학』(註釋學, *al-Tafsīr*)이 있다.
169. 아즈하르 대사원(al-Jāmi'o'l Azhar)은 서기 970~72년 기간에 파퇴미야(al-Faṭimiyah) 왕조가 수도 카이로를 증축하면서 건조한 대사원이다. 12세기에 '아즈하르 대학'으로 개명하였으나 사원은 그대로 운영되고 있다. 5만 명을 동시에 수용할 수 있으며 5기의 첨탑(尖塔, 미어자나 mi'adhanah)과 실내의 석주(石柱) 그리고 끼블라(벽감)의 건축술이 뛰어나다. 5기의 첨탑 중 2기는 맘룩조 시대에, 3기는 오스만제국 시대에 건조한 것이다.
170. 아바('abā')는 아랍인들이 즐겨 입는 모직 겉옷이다.
171. 샤리프(Sharīf)란 '고귀한' '영광스러운'이란 아랍어 단어의 원의에서 '성예', 즉 '선지자 무함마드의 후예' 또는 '귀족'이란 뜻으로 전의되었다.

는 이집트의 수석 독경사인 마즈둣 딘 알 아끄솨라, 바스라(al-Baṣrah)에서 3일 여정 거리에 있는 하와야자(al-Ḥawāyazā) 출신의 샤이흐 자말룻 딘 알 후와이자이, 대수행자이며 이집트의 성예수장(聖裔首長)인 존경하는 바드룻 딘 알 후싸이니, 국고총감이며 샤피이야파 이맘의 숙당(塾堂) 강사인 마즈둣 딘 븐 하라미, 대법학자로서 권세가 대단한 국가검찰총관 나즈뭇 딘 앗 사흐라티 등이 있다.

마흐말일(Yaumu'l Maḥmal)[172]은 낙타행진의 날이자 명절이다. 이날 행사 진행은 다음과 같다. 앞에서 언급한 4대 교파의 법관들과 국고총관, 검찰총관은 낙타를 타고 참여한다. 그들과 함께 유명 법학자들과 각계 수장들, 아문(衙門)요인들도 낙타를 타고 일제히 나쉬르왕 궁정이 있는 성문까지 간다. 거기서 카아바로 보내는 유막(帷幕)을 실은 낙타교자(轎子), 즉 마흐말이 등장한다. 그 앞에는 그해 성지순례차 히자즈로 파견되는 아미르가 서 있다. 그의 옆에는 수행 병사들과 낙타를 먹일 물 운반꾼들이 늘어서 있다. 남녀노소 할 것 없이 수많은 사람들이 모여들어서는 위에 말한 고관명사들과 함께 교자를 따라 카이로 시내를 일주한다. 선두에는 낙타몰이꾼들이 도타곡(導駝曲)을 연신 부르며 나아간다. 이 행사는 7월(이슬람력)에 치러지는데, 그렇게 함으로써 알라께서 그의 노복들의 심중에 성지순례의 뜻을 심어주고, 의지를 가다듬게 하며, 연모와 충동을 불러일으키게 한다. 그

172. 마흐말이란 메카의 금사(禁寺) 내에 있는 카아바 석전에 씌우는 유막(帷幕)을 실은 낙타 교자(轎子)를 말한다. 마흐말일은 성지순례단과 함께 이 교자를 메카로 떠나보내는 날이다. 본래 카아바 석전에는 이슬람 이전에도 씌우개를 덮는 관행이 있었는데, 당시는 주로 대추야자수 잎이나 보통직물로 씌우개를 만들었다. 서기 630년 무함마드가 메카에 입성한 후에는 유막을 예멘산의 줄무늬천으로 제작하였다. 그러다가 4대 정통 할리파 시대에는 이집트산 아마천으로 제작하기도 하였다. 18세기말 이집트의 국왕에 등극한 무함마드 알리(Muhammad 'Alī, 1769~1849)는 유막 제작비는 이집트가 전액 부담한다고 선언하였다. 그러나 19세기말 싸우디아라비아 국왕 압둘라 아지즈 쑤오드(Abdu'l lāh 'Azīz al-Su'od, 1880~1953)는 유막을 싸우디아라비아에서 제작한다고 선포한 후 1927년 메카에 전문 유막제작공장을 세웠다. 매해 성지순례 기간에 유막을 새 것으로 교체한다.

러면 사람들은 곧 순례 준비에 들어간다.

## 7. 카이로에서 아쓰유트[173]까지

나는 카이로를 떠나서 상이집트 길을 따라 성 히자즈로 향발하였다. 길 떠난 첫날밤은 솨히브 타즛 딘 븐 하나가 다이룻 틘(Dairu'd Ṭīn)에 지은 객정(客亭)에서 보냈다. 객정은 아주 호화스럽게 지었으며, 거기에는 진귀한 유품들이 소장되어 있다. 그중에는 사자(使者)──그에게 평화가 있기를──께서 쓰시던 나무쟁반과 눈약을 찍어넣는 작은 꼬챙이, 신발 수리용 송곳, 신자들의 수령이신 알리 븐 아비 톼리브[174]──그에게 알라의 영총을──친필의 『꾸란』 초본 등 유품이 있다. 솨히브는 10만 디르함을 주고 이 귀중하고 성스러운 유품들을 구입하였다고 한다. 그는 이 객정을 짓고 오가는 사람들에게 식사를 대접하며 이 성품(聖品)의 관리원에게는 급여를 톡톡히 준다. 알라께서는 그의 이러한 적성(赤誠)이 늘 효험을 발하도록 해 주시 옵소서.

이 객정을 떠난 후 문야툴 까이드(Munyatu'l Qāid)[175]를 지났다. 이곳은 나일강 강안에 있는 작은 읍이다.

그 다음에는 부시(Būsh) 시에 이르렀다. 여기는 이집트 최대의 아마 산지이다. 아마는 이곳에서 이집트 각지와 이프리끼야까지 반출된다.

부시를 떠나서 얼마 안 가 달라스(Dalāṣ) 시에 도착하였다. 앞에서 이야

173. 아쓰유트(Asyūṭ)는 카이로에서 상이집트(카이로 이남 지역)로 가는 길에 있는 첫 큰 도시로서 나일강 서안에 있다. 옛부터 양귀비(khashkhāsh) 재배로 유명한 고장이다.

174. 알리 븐 아비 톼리브(Alī bin Abī Ṭālib, 약 600~61)은 정통할리파 시대의 제4대 할리파(재위 656~61)다.

175. 현 바니 쑤와이프(Banī Suwaif) 섬의 부시(Būsh) 북방, 나일강 서안에 있다. 아마 재배로 유명한 곳이다.

기한 곳과 마찬가지로 이 도시에도 역시 아마가 많으며, 이집트 각지와 이프리끼야에 수출된다. 여기로부터 비바(Bibā) 시로 갔다.

비바에 이어 도착한 곳이 바흐나싸(al-Bahnasā) 시다. 큰 도시로서 화원도 많으며 질 좋은 털옷을 만든다. 여기서 내가 만난 이로는 시 법관이며 학자인 샤라풋 딘이다. 그는 마음씨 좋고 유덕(有德)한 사람이다. 또 수행자인 샤이크 아부 바크르 알 아즈미도 만났는데, 그한테 있으면서 후대를 받았다.

바흐나싸에 들른 다음 문야 이븐 후솨이브(Munyah Ibn Khuṣaib)[176] 시로 갔다. 나일강변에 건설된 이 도시는 공간과 부지가 상당히 넓은 도시다. 상이집트에서는 유수의 도시임에는 틀림이 없다. 이곳에는 많은 학당과 유적, 자위야와 사원이 있다. 그 옛날, 이집트는 이곳이 있기에 그토록 풍요로울 수가 있었다. 전하는 바에 의하면 압바쓰조의 한 할리파[177]——이들 할리파들에게 알라의 영총을——는 왠지 이집트 사람들을 괘씸하게 여겼다. 그래서 그들에게 수치를 안겨주고 골탕을 먹이기 위해서 가장 비천하고 가장 무능력한 노복 한 사람을 보내 다스리게 하겠다고 작정했다. 이 가장 비천한 사람은 다름아닌 목욕탕 화부인 후솨이브였다. 할리파는 그를 화부일에서 손을 떼게 하고 이집트의 치자(治者)로 임명했다. 그러면서 그는 틀림없이 그가 이집트 사람들을 못살게 굴고, 큰 해를 입힐 것이라고 생각했다. 왜냐하면 그는 사족(士族) 출신이 아니기 때문이다.

그러나 후솨이브는 이집트에 부임하여 뜻밖에도 선정을 베풀고 박시제중(博施濟衆)하여 그 명성이 일시에 회자하였다. 그러자 할리파의 친지를 비롯해 여러 사람이 그를 찾아뵈었다. 그럴때면 그는 으레 그들에게 후사(厚賜)하였고, 그들 모두는 그의 후대에 감사하면서 바그다드로 돌아가곤

176. 문야 이븐 후솨이브는 현 미나(al-Mīnā) 시다.
177. 압바쓰조 이슬람제국(751~1258)의 제7대 할리파 마어문(al-Ma'mūn, 재위 813~33)이다.

하였다. 언젠가는 할리파의 한 친족(압바쓰 가문)이 한동안 보이지 않다가 나타나자, 할리파가 그간의 부재 사연을 캐물었다. 그는 후솨이브한테 다녀왔다고 하면서 그가 준 선물에 관해 이야기하는데, 정말로 후한 선물이었다. 듣고 있던 할리파는 왈칵 화를 내며 후솨이브의 두 눈을 도려내라고 호통쳤다. 그리곤 당장 그를 이집트로부터 바그다드로 소환해서는 거리로 내쫓아버렸다.

체포령이 내렸을 때 후솨이브는 어디에고 피신할 수가 없었다. 그가 지니고 있는 것이란 귀중한 보석 하나뿐이었는데, 그것을 감추고 있다가 밤이 되자 몰래 옷 속에 넣고 박아버렸다. 그는 두 눈이 도려진 채 바그다드의 거리에 내동댕이처졌다. 한 시인이 그의 곁을 지나다가 "여보게, 후솨이브, 나는 당신을 찬양하는 시 한 수를 지어가지고 당신을 보러 일부러 바그다드에서 이집트로 갔었는데, 공교롭게도 당신은 이미 그곳을 떠났더군. 아무튼 그 시를 들어주기 바라네"라고 말을 건넸다. 그러자 후솨이브는 "보다시피, 내가 주제넘게 이꼴로 어떻게 들어준다는 말이요"라고 대답하였다. 이에 시인이 다시 이렇게 화답했다. "나는 그저 들어주기만 바라네. 보상은 이미 할 대로 많이 했으니깐——알라께서 당신에게 복을 주시기를." "그럼, 그렇게 하시지요"라고 후솨이브는 응했다. 그러자 시인이 "후덕한[178] 당신과 이 이집트, 용솟음치나니 모두가 바다여라"고 한수 읊었다.

시인이 다 읊고 나자 후솨이브는 그에게 "이 옷 실밥을 좀 뜯어주시오"라고 요청했다. 시인은 요청대로 했다. "이 보석을 가져가시오"라는 후솨이브의 말에 시인은 사양하였으나 기어이 가져가라는 것이었다. 시인은 할 수 없이 그 보석을 받아들고는 보석상들한테로 갔다. 그들에게 내보이자 "이것은 오로지 할리파에게나 걸맞은 보석입니다"라고 입을 모으고는 할리파에게 이 사실을 품고(稟告)하였다. 할리파는 시인을 불러다가 보석에 관해 하

178. 시인은 후솨이브(Khuṣaib)란 인명과 같은 어원에서 파생된 유사음 '하쉬브'(khaṣīb, '비옥한' '후덕한')란 어휘를 대응시켰다. 어형상으로 '후솨이브'는 '하쉬브'의 축소형이다.

문(下問)하였다. 시인은 사연을 아뢰었다. 그러자 할리파는 후솨이브에게 한 자신의 처사에 대해 사뭇 후회하면서 친견코자 데려오라고 하였다. 할리파는 후솨이브에게 후사하고 그의 소원을 들어주기로 하였다. 후솨이브가 문야(al-Munyah)를 하사해주었으면 하자, 할리파는 흔쾌히 그렇게 하도록 하였다. 후솨이브는 세상을 뜰 때까지 문야에서 살았다. 사후 대가 끊길 때까지 후손들이 줄곧 그 유산을 물려받았다.

내가 문야에 들렀을 때, 이 도시의 법관은 말리키야파의 파흐룻 딘 앗 누와이리이고, 시장은 선량하고 인자한 샴숫 딘이었다. 하루는 그곳 목욕탕에 갔는데, 욕객들이 치부(恥部)를 가리지 않는 것을 봤다. 나는 참말로 난처했다. 그래서 시장에게 가서 이 사실을 통보했더니, 시장은 나더러 떠나지 말라고 해놓고는 목욕탕 주인들을 불러오도록 하는 것이었다. 그리곤 그들과 약정하기를 한 사람이라도 앞치마를 두르지 않고 목욕탕에 들어올 경우에는 그들을 문책하겠다고 엄포를 놓았다. 시장은 그들에게 이 점을 거듭 강조하였다.[179] 그후 나는 그곳을 떠났다.

나는 문야 이븐 후솨이브에서 만라위(Manlawī)로 갔다. 이곳은 나일강에서 2마일 떨어진 자그마한 읍이다. 이곳 법관은 샤피이야파 법학자인 샤라풋 딘 앗 다미리다. 고관들은 모두가 바니 파딜이란 가문 출신이다. 그중 한 사람이 순 사재를 털어서 사원 한 채를 세웠다. 이 읍에는 11개소의 제당소(製糖所)가 있다. 그들의 관행으로는 수행자가 제당소에 들어가는 것을 막지 않는다. 수행자는 따뜻한 빵을 들고 와서는 당즙을 끓이는 가마 속에 집어넣는다. 좀 있다가 꺼내면 당즙이 제법 흠뻑 묻어 있다. 그러면 수행자는 그것을 들고 가버린다.

만라위를 떠나서는 만팔루트(Manfalūt) 시에 이르렀다. 나일강 강안에 자리한 이 도시는 공기가 좋고 건물이 우아하며 바라카(al-barakah)[180]로

179. 이슬람에서는 남자의 경우 배꼽에서 무릎까지를 치부(恥部)로 간주하여 남들이 보지 못하도록 가려야 한다.

유명하다. 이 도시 사람들이 나에게 다음과 같은 이야기를 들려주었다. 즉 나쉬르왕——그에게 알라의 자비를——이 금사(禁寺)[181]——알라께서 영광과 찬미를 더해주기를——를 위해 정교하고 단아한 큰 강단(講壇)[182]을 제작하도록 하명하였다. 완공되자, 또 그것을 나일강과 짓다(Jiddah) 해[183]를 거쳐 메카(Makkah)[184]——알라께서 영광을 주시기를——에 운송하라고 명

180. 바라카란 아랍어 단어의 어의는 '축복' '길상'이나, 신학에서는 알라가 예언자나 성인들에게 부여한 초인간적인 능력을 말한다. 특히 이슬람신비주의(수피즘)에서는 이러한 능력은 생존시뿐만 아니라, 사후에도 여전히 존재한다고 믿는다. 무함마드 같은 성인들의 묘비나 유물, 유체(遺體)에 이러한 능력, 즉 바라카가 있으며, 따라서 그러한 능력과의 접촉을 통해 신비의 기적적인 효험을 얻을 수 있다고 생각한다.

181. 금사란 이슬람의 성지 메카의 중심부에 있는 이슬람 제1의 신성한 사원이다. 이슬람 이전에도 이곳은 노천 예배장소였다. 그러나 구조물이라곤 카아바 석전뿐이었다. 무함마드 생전에 이곳을 금구(禁區)로 선포하였다. 즉 비무슬림의 진입과 수렵·살생·싸움질 등을 금지시켰다. 이로부터 금사(禁寺)란 이름이 유래되었다. 638년에 4대 정통할리파의 제2대인 오마르('Omar)가 사원 부지를 확대하여 주위에 담을 쌓았고, 646년 제3대인 오스만('Othmān)이 확장과 함께 낭하의 처마를 증수하였다. 756년 압바쓰조 이슬람제국의 제2대 할리파 만수르(al-Manṣūr)가 다시 확장하면서 황금장식과 각종 조각을 가미하고 첫 첨탑(mi'dhanah)을 세웠다. 그후에도 계속 이러한 식으로 확충하고 증수하여 현재 사원의 총 면적은 무려 18만$m^2$에 이르며 50만 명이 동시에 예배를 할 수 있다. 주위에는 64개의 입구가 있는데, 그중 주요한 대문으로 3개가 있다. 이 3대문의 양측에 각각 높이 92m의 첨탑이 세워져 있으며, 주위에 892주의 대리석 기둥과 500여 개의 돔이 있다.

182. 강단(講壇)이란 사원 내의 예배실 우측에 설치하는 설교단인데, 아랍어로 민바르(al-minbar)라고 한다. 대체로 목재로 만드는데 6개의 계단과 손 짚을 난간으로 구성되어 있다. 집단예배시 설교사가 올라서서 설교할 때 강단으로 사용한다. 629년에 메디나의 한 목공이 무함마드를 위해 이러한 강단을 제작하였는데, 그것이 기원이 되어 모든 사원에는 그 설치가 필수이다.

183. 짓다해란 홍해를 일컫는다. 홍해의 동쪽에 메카로의 입구인 항구도시 짓다가 있다.

184. 메카는 무함마드의 탄생지이고 이슬람교의 발원지이며, 무슬림들의 성지순례지다. 거기에 이슬람교 제1의 신성한 사원 금사(禁寺)가 있어서 명실상부하게 이슬람세계의 제1대 성지다. 시 중심에는 카아바 석전을 포함한 금사가 있고, 주변에는 성지순례 의식과 관련된 행사지와 무함마드의 유적지들이 있다. 메카(Makkah, 맛카)란 아랍어로 '흡입'이란 뜻인데, 이것은 목마른 사막인들이 금사 내에 있는 잠잠(Zamzam)이란 샘물을 들이마신다는 데서 유래되었다고 한다. 아라비아반도의 서쪽에 홍해를 따라 남북으로 뻗은 산맥의 협곡에 위치한 이 도시는 항시 건조하고 고온이다. 연평균 강우량은 157.2㎜(1966~70)에 불과하며, 여름 기온은 최저가 섭씨 32도, 최고가 40도, 겨울에도

을 내렸다.

이 강단을 선적한 배가 만팔루트에 이르러 그곳 대사원과 면대(面對)하게 되자 배는 순풍에도 불구하고 갑자기 멈춰서 항진하지를 않는다. 사람들은 너무나 의아해 했다. 그들이 며칠을 지켜봤으나 배는 끝내 움직이질 않는다. 할 수 없이 이 사실을 나쉬르왕──그에게 알라의 자비를──에게 품고하자, 왕은 이 강단을 만팔루트의 대사원 내에 안치하라고 다시 하명하였고, 결국 그렇게 하였다. 나는 그곳에서 그 강단을 보았다. 이 도시에서는 밀에서 추출하여 제조한 꿀 비슷한 니다(al-nīdā)라는 것을 전국 시장에 출매하고 있었다.

만팔루트로부터 간 곳은 아쓰유트(Asyūṭ) 시다. 아쓰유트는 고결한 도시로서 시장도 번창하다. 이 도시의 법관은 '재고소진(在庫消盡)'이란 별명으로 유명한 샤라풋 딘 븐 압둘 라힘이다. 원래 이집트나 샴 지방의 법관들은 과객(過客)들을 위해 얼마간의 종교기금(auqāf)[185]이나 희사금(al-ṣadaqah)을 항시 손에 쥐고 있다. 그래서 수행자는 어느 도시에나 이르면 일단 그곳 법관에게로 찾아간다. 그러면 법관은 필요한 것만큼 꺼내준다. 그러나 이 도시의 법관은 수행자가 찾아가기만 하면 입버릇처럼 "재고소진

최저 온도가 15도이다. 인구는 약 37만(1974) 명이며, 해마다 50~200만 명의 성지순례자들이 운집한다.

185. 아우까프(auqāf, 와끄프waqf의 복수)란 이슬람법에서 종교기금을 말한다. 와끄프는 아랍어로 '정지(停止)'란 뜻인데, 소유권 이전(移轉)의 정지를 의미한다. 보통 복수 '아우까프'를 사용하는데, 이슬람법에서는 종교사업이나 자선사업에 쓰이는 부동산이나 자금을 말한다. 아우까프에는 크게 두 가지가 있다. 하나는 단체나 개인이 사원이나 마드라싸·병원·고아원 등에 기증하는 부동산이나 자금인데, 이것을 자선기금(auqāfu'l khair)이라고 한다. 다른 하나는 개인이 자손 앞으로 신탁하는 부동산이나 자금인데, 이것을 가속기금(auqāfu'l ahl)이라고 한다. 이러한 종교기금의 소유권문제에 관하여 하나피야파는 소유권은 원주(原主)에 속하고, 다만 그 수익만이 공유라고 주장한다. 그러나 대부분의 법학자들은 소유권은 무슬림들에게 있으며 변경이나 이전은 불가하다고 인정한다. 지금 대부분의 이슬람 나라에는 아우까프를 관장하는 전문 정부기관이 설치되어 있다.

이요"라는 한마디만 뱉는다. 말인즉 걷어들인 재정이 바닥 나 아무것도 남은 것이 없어서 줄 것이 없다는 뜻이다. 그래서 그 말이 그의 별명으로 굳어져버렸다. 이 도시의 덕망있는 샤이흐 중에는 수행자 시하붓 딘 이븐 솨야그가 있는데, 나는 그의 자위야에 초대받은 바가 있다.

## 8. 아쓰유트에서 홍해 그리고 샴까지

아쓰유트로부터 이흐밈(Ikhmīm) 시[186]에 갔다. 고풍 건물에 신기하기만 한 큰 도시다. 여기에 도시의 이름을 따온 이흐밈 신전이 있다. 신전은 석축 건물로서 내부에는 아직까지 해독할 수 없는 상고이집트인들의 조각과 글씨가 있으며 일월성신(日月星辰)의 그림도 있다. 이 신전은 견우성(牽牛星)이 천갈궁(天蠍宮) 위치에 있을 때 지었다고 한다. 이 신전 내에는 또한 동물들과 기타 여러가지 물체의 그림이 있는데, 사람마다 나름대로의 황당무계한 해석을 가하고 있어 도저히 납득이 안 간다.

이전에 이곳에 모두들 설교사라고 부르는 사람이 한 명 있었는데, 그는 신전을 허물어서 그 돌로 마드라싸를 짓도록 하였다. 그는 이름있는 자산가였다. 그를 시기하는 사람들은 그가 이 신전에 매달리더니 횡재(橫財)하였다고 비꼬아댔다. 나는 이 도시에 있을 때 샤이크 아부 압바쓰 븐 압둘 좌히르의 자위야에 묵었다. 그의 조부 압둘 좌히르의 묘가 바로 이곳에 있다. 샤이흐에게는 나쉬룻 딘과 마즈둣 딘 그리고 와히둣 딘이란 세 형제가 있었다. 그들은 금요예배가 끝나면 늘 한자리에 모인다. 누룻 딘이라는 설교사와 그의 자식들, 시 법관인 법학자 무흐리스와 기타 몇몇 시민들도 자리

186. 상이집트의 나일강 강안에 있는 읍으로서 신기한 일이 많이 일어나는 곳으로 유명하다. 예컨대 서쪽에 나지막한 산이 하나 있는데, 조용히 귀를 기울이면 그곳에서 물이 졸졸 흐르는 소리나 사람의 말소리 같은 것이 들린다고 한다.

를 같이한다. 그들은 신시예배 때까지 함께 『꾸란』을 송독하고 알라를 반복 염송한다. 예배를 마친 후 '카흐프장'[187]을 송독하고는 헤어진다.

이흐밈을 떠나서는 후(Hū) 시에 도착했는데, 이곳은 나일강 강안에 있는 큰 도시다. 나는 타낏 딘 븐 싸라즈 마드라싸에 기숙하였다. 나는 이곳 사람들이 매일 아침예배 후에는 『꾸란』 한 단락[188]과 샤이흐 아부 하싼 앗 샤질리의 기도문[189] 그리고 바흐르(al-Baḥr) 단락을 송독하는 것을 보았다. 이 도시에는 대수행자인 성예 아부 무함마드 압둘라 알 후쓰니가 살고 있다. 찾아뵙고 문안드리기 위해 그를 방문하였다. 그는 나더러 어디로 가는 길인가고 물었다. 짓다를 거쳐 '금가(禁家)'[190]에 순례하러 가는 길이라고 대답하였다. 그러자 그는 "지금은 그렇게 할 수 없으니 돌아가시지요. 첫 순례길이니만치 샴로를 통해 가시요"라고 권하는 것이었다. 그러나 나는 그와 작별하고 나서 그의 말대로 하지 않았다. 나는 걷고 걸어서 아이자브('Aidāb)에 도착하였다. 그러나 여기서부터는 더이상 여행할 수가 없었다. 할 수 없이 카이로로 다시 돌아와서 샴으로 향하였다. 이렇게 나의 첫 순례는 그 성예——그에게 알라의 복리를——가 알려준 대로 샴 길로 이어졌다.

우선 이른 곳이 까나(Qanā) 읍이다. 자그마한 고장이지만 시가는 꽤 아담하다. 이곳에 성예선현이며 수행자이고 기이한 영험(靈驗)과 유명한 덕망의 소유자인 압둘 라힘 알 까나위[191]——그에게 알라의 자비를——의 묘가 있다. 나는 싸이피야(al-Saifiyah) 마드라싸에서 그의 손자 시하붓 딘 아

187. '카흐프장'은 『꾸란』 제18장이다.
188. 『꾸란』의 단락이란 송독하기 위하여 『꾸란』 전문을 60개 단락(히즈브 ḥizb)으로 나눈 것을 말한다.
189. 여기에서의 기도문(아우라드 aurād)이란 예배 후 『꾸란』 경문 중에서 필요한 장절을 선택하여 송독하는 기도문을 말한다.
190. 메카의 금사 내에 있는 카아바 석전을 말한다. 아랍어로는 '바이툴 하람'(al-Baitu'l Ḥarām, '금지되는 집'이란 뜻)이다. 일명 '알라의 집'(Baitu'l lāh)이라고도 한다.
191. 그는 마그리브 출신의 수행자로서 메카에서 7년간 연찬한 후 이곳 깟나에 정주하고 있다. 유일신론에 관한 다수의 논저를 발표하였다.

흐마드를 만나봤다.

이곳을 출발해 꾸스(Qūṣ) 시에 도착하였다. 큰 도시로서 물산도 넉넉하다. 화원은 녹음이 우거지고 시가는 우아하다. 사원이 많고 마드라싸도 흔하다. 여기는 상이집트 집정관들의 기거지다. 교외에는 샤이흐 시하붓 딘 븐 압둘 가파르 자위야와 아프람 자위야가 있는데, 매해 금식월이면 전문 수행자들이 으레 여기에 모여든다. 이 도시의 학자로는 법관인 자말룻 딘 븐 싸디드가 있다. 설교사 파트훗 딘 븐 다끼끄 아이드는 구변이 능란한 선변가(善辯家)로서 나는 금사(禁寺)의 설교사 바하웃 딘 앗 퇴브리와 후와리즘(Khuwārizm)시[192]의 설교사 후싸뭇 딘 앗 샤뒤비 말고는 그이와 같은 선변가를 본 일이 없다. 뒤의 두 분에 관해서는 후술할 것이다. 학자들 중에는 또한 법학자이며 말리키야파 마드라싸의 교사인 바하웃 딘 압둘 아지즈와 고루(高樓)의 자위야를 가지고 있는 법학자 부르하눗 딘 이브라힘 알 안달루씨가 있다.

이어 나는 욱수르(al-Uqṣur)시[193]에 도착하였다. 작기는 하지만 아담하다. 여기에는 독실한 수행자인 아부 히자즈 알 욱수리의 묘와 그 위에 자위야 한 채가 있다.

욱수르로부터 이른 곳은 아르만트(Armant)란 작은 도시이다. 나일강 강안에 자리한 이 도시에는 많은 화원이 있다. 법관의 접대를 받았는데, 그의 이름은 그만 잊어버렸다.

이 도시로부터 아쓰나(Asnā) 시로 갔다. 큰 도시로서 거리는 넓고 물산은 굉장하다. 자위야와 마드라싸, 사원이 많고 훌륭한 시장과 갖가지 화초원도 있다. 법관은 고등법관인 샤하붓 딘 븐 미쓰킨이다. 그는 나를 친히 후

192. 후와리즘(혹은 하와리즘 Khawārizm)은 중앙아시아의 아주 번창한 도시다. '후와르'(khuwār)는 '고기', '리즘'(rizm)은 '땔나무'란 뜻으로서 주민들이 이 두 가지를 많이 사용한 데서 지명이 유래되었다고 한다.

193. 상이집트 중간에 있는 고도인데, 이곳에는 고대 이집트 신전과 벽화를 비롯한 유명한 유물들이 많이 남아 있다.

대했을 뿐만 아니라, 대리인들에게 일일이 서한을 보내 나를 잘 접대하도록 하였다. 이 도시의 명류들로는 수행자인 샤이흐 누룻 딘 알리와 역시 수행자인 샤이흐 압둘 와히드 알 미크나씨가 있다. 후자는 당시 바꾸쓰(Baqūs) 자위야의 주지였다.

아쓰나로부터 여행은 아드푸(Adfū)시[194]로 이어졌다. 두 도시 사이의 노정은 일주야의 사막길이다. 이곳에서 나일강을 건너 아트와니(al-ʻAṭwānī)시에 도착하였다.

아트와니시로부터 우리는 낙타를 빌려 타고 다김(Daghīm)족이라는 일군의 원주민들과 함께 무인지경의 사막을 여행하였다. 다행히 연도는 안전하였다. 도중에 우리는 알라의 총애를 받는 아부 하싼 앗 샤질리의 묘가 있는 호마이스라(Ḥomaithrā)에서 하룻밤을 묵었다. 그의 덕행에 관해선 이미 언급한 바 있으며 그는 바로 이곳에서 타계하였다. 이곳에는 하이에나가 득실거린다. 그날밤 우리는 밤새도록 그놈들과 싸워야 했다. 그런데도 어느새 내 행낭에 달려들어서 그속에 있는 식량자루를 찢고 대추야자[195] 한 주머니를 그대로 물고 달아났다. 아침에 깨어나서야 발견했는데, 자루는 갈기갈기 찢기고 그 속에 있던 물건은 거의 먹어치웠다.

여기서부터 장장 15일간 걸어서 아이자브시에 도착하였다. 큰 도시인데 물고기와 우유는 흔하나 농산물과 대추야자는 상이집트로부터 가져온다. 주민은 부자(al-Bujāh) 족으로서 피부는 검실검실하다. 그들은 누런 천으로 몸을 가리고 머리에는 수건을 질끈 동여매는데, 그 수건 너비는 한 우스바아(uṣbaʻ)[196]나 된다. 여자는 유산 승계권이 없다. 그들은 낙타젖을 마시며 마하리(al-mahāri)종 낙타[197]를 타고 다니는데, 솨흐브(ṣahb)라고 한다.

194. 상이집트 말단에 있는 도시로서 아쓰완과 꾸스 사이에 있다. 대추야자나무가 무성한 고장이다.

195. 대추야자에는 발흐(balḥ)란 익지 않은 열매와 탐르(tamr)란 익은 열매를 가공한 것이 있다. 탐르는 가공방식에 따라 모양과 색, 맛이 다르며, 옛날에는 사막민들의 주식이었다.

이 도시의 3분의 1은 나쉬르왕이, 3분의 2는 부자족 왕이 소유하고 있다. 부자족 왕은 하다라비라고 한다. 아이자브시에는 길상(吉祥, 바라카)으로 유명한 까쓰톨라니의 이름을 딴 사원이 하나 있다. 나는 까쓰톨라니를 만나 길상을 기원하였다. 이곳에는 수행자인 샤이흐 무싸와 고령의 샤이흐 무함마드 마라키시가 살고 있다. 후자는 마라키시왕 무르타뒤[198]의 아들이라고 하는데, 그 나이가 이미 95세나 된다. 우리가 이곳에 도착했을 때 부자족 쑬톼 하다라비는 한창 터키인들[199]과 싸우고 있었다. 그 결과 선박은 죄다 부서지고 터키인들은 쑬톼의 공격 앞에서 줄행랑을 치고 있었다. 그래서 우리는 바닷길을 단념할 수밖에 없었다. 휴대하던 식량도 팔아버리고 우리에게 낙타를 빌려준 그 원주민 일행과 함께 도로 상이집트로 돌아오고 말았다.

우리가 돌아온 곳은 앞에서 이미 말한 꾸스이다. 여기서부터는 나일강의 순류에 몸을 실었다. 강물이 불어나는 시기라 여드레 만에 카이로에 당도하였다. 거기서 하룻밤을 묵고 곧장 샴 지방으로 향발하였다. 때는 726년(1325) 8월 중순이다. 처음으로 이른 곳이 발바이쓰(Balbais)시[200]다. 큰 도시로서 화원도 많았으나, 여기서는 별로 언급할 만한 사람을 만난 일은 없다.

얼마후 쏼리히야(al-Ṣāliḥiyah)에 도착하였다. 이제 여기서부터는 사막에 들어서는 셈인데, 도중에 싸와다(al-Sawādah), 와리다(al-Wāridah), 퇴이브(al-Ṭaib), 아리시(al-'Arīsh), 후루바(al-Khurūbah) 같은 고장에는 숙박지가

196. 이집트에서 사용하는 길이의 단위로서 1우스바아는 3.12㎝에 해당한다.
197. 마하리는 싸우디아라비아의 한 지명인데, 이곳에서 나는 낙타를 '천리낙타'라고 한다. 그래서 마하리는 우량종 낙타를 뜻한다.
198. 무루타뒤(al-Murtaḍī)의 본명은 옴르 븐 이쓰하끄('Omr bin Isḥāq)다. 현 모로코의 마라키시(Marākish)에 정도한 무왓히둔조의 왕(재위 1248~66)이다.
199. 여기서의 터키인들이란 노예왕조의 관원들을 지칭한다.
200. 카이로(Fusṭāṭ)에서 10파르싸흐(1파르싸흐=6.24㎞) 떨어진 샴(현 시리아)으로 가는 길목에 있다.

있어 투숙할 수 있었다. 숙박지마다에는 '한'(Khān)이라는 주막집이 있다. 여행자들은 가축과 함께 여기에 유숙한다. 한마다 바깥에는 음료수용 무자위가 있고 점포도 있어 여행자나 가축에 필요한 물건들을 구입할 수가 있다.

숙박지로서 유명한 곳은 까트야(Qaṭyā)[201]다. 거기에서 장사꾼들은 자카트(Zakāt)[202]와 귀중품세를 납부하는데, 검색이 여간 엄하지 않다. 거기에는 관서(官署)와 세무관, 사사(司事), 공증인들이 상주하고 있다. 일당 세수액(稅收額)만도 황금 1천 디나르에 달한다. 이집트 당국의 허가증 없이는 그 누구도 샴에, 마찬가지로 샴 당국의 허가증 없이는 그 누구도 이집트에 들어 갈 수가 없다. 이것은 재산을 보호하고 이라크 밀정들의 침투를 막기 위해서다. 연도의 안전은 원주민들이 책임지도록 하고 있다.

밤이 되면 그들은 모래를 싹싹 쓸어서 아무 흔적도 남지 않게 한다. 다음날 아침 아미르가 와보고 모래 위에 흔적이 조금만 나 있어도 흔적을 남긴 자를 곧 잡아들이라고 한다. 그러면 찾아떠난 원주민들에게 그 자는 영락없이 걸려든다. 아미르 앞에 끌려오면 아미르는 내키는 대로 처벌해버린다.

201. 이집트 경내의 사막 한가운데 있는 읍으로서 파르마(al-Farmā)에서 가깝다. 집들은 모두 야자수 가지나 잎을 엮어 지었고 우물은 염기가 있다.

202. 자카트는 무슬림들이 수행해야 할 5주(柱, 즉 의무)의 세번째 항으로서 희사(喜捨)나 종교세에 가까운 개념이다. '자카트'는 아랍어로 '순결'이란 뜻으로서 무슬림들의 모든 재부는 이 자카트를 납부한 후에라야 '순결'하다는 데서 연유한 말이다. 이슬람 초기에는 고아나 빈민들에 대한 구제용 희사로 자발적이었으나, 무함마드가 메디나에 성천한 다음해(623)부터는 종교적 의무로 규정하였다. 무슬림들이 통화·가축·과실·곡물·상품·매장자산(광산 등) 같은 재부를 1년 이상 소유하면 반드시 일정한 비율의 자카트를 종교적 의무로 수행해야 한다. 납부율은 구체적 대상에 따라 다르다. 예컨대 일반 무슬림들은 연간 수입의 2.5%, 곡물인 경우 천수답이나 관개답이면 10%, 그 외는 5%, 매장자산은 20% 등이다. 자카트는 어려운 순례자·걸식자·빈민·채무 환급 불능자·성전자·어려운 여행자·새 입교자·자카트의 관리자 등의 구제에만 사용된다. 사원이나 학교 건설 등에는 사용할 수 없다. 이와같이 대체로 빈곤한 자들에 대한 구제에 주로 쓰인다. 그래서 혹자는 자카트를 '구빈세(救貧稅)'라고도 이름하는데, 이것은 기독교의 구빈세와는 크게 다르다.

내가 그곳에 들렀을 때의 아미르는 앗줏 딘 우쓰타줏다르 까마리였는데, 그는 훌륭한 아미르로서 나를 제법 잘 대우해주고 동행자 모두에게 순순히 통과를 허용하였다. 그의 수하에 압둘 잘릴이라는 마그리브 출신의 기금관리원이 있었다. 그는 마그리브인이라서 마그리브 나라들에 관해 잘 알고 있었다. 그래서 일행 중 누가 마그리브인이며, 또 마그리브 지방에서 왔는가고 물었다. 그것은 혼잡을 피하기 위해서이다. 왜냐하면 마그리브인들이 까트야를 통과하는 데는 별 무리가 없기 때문이다.

제2장

# 샴

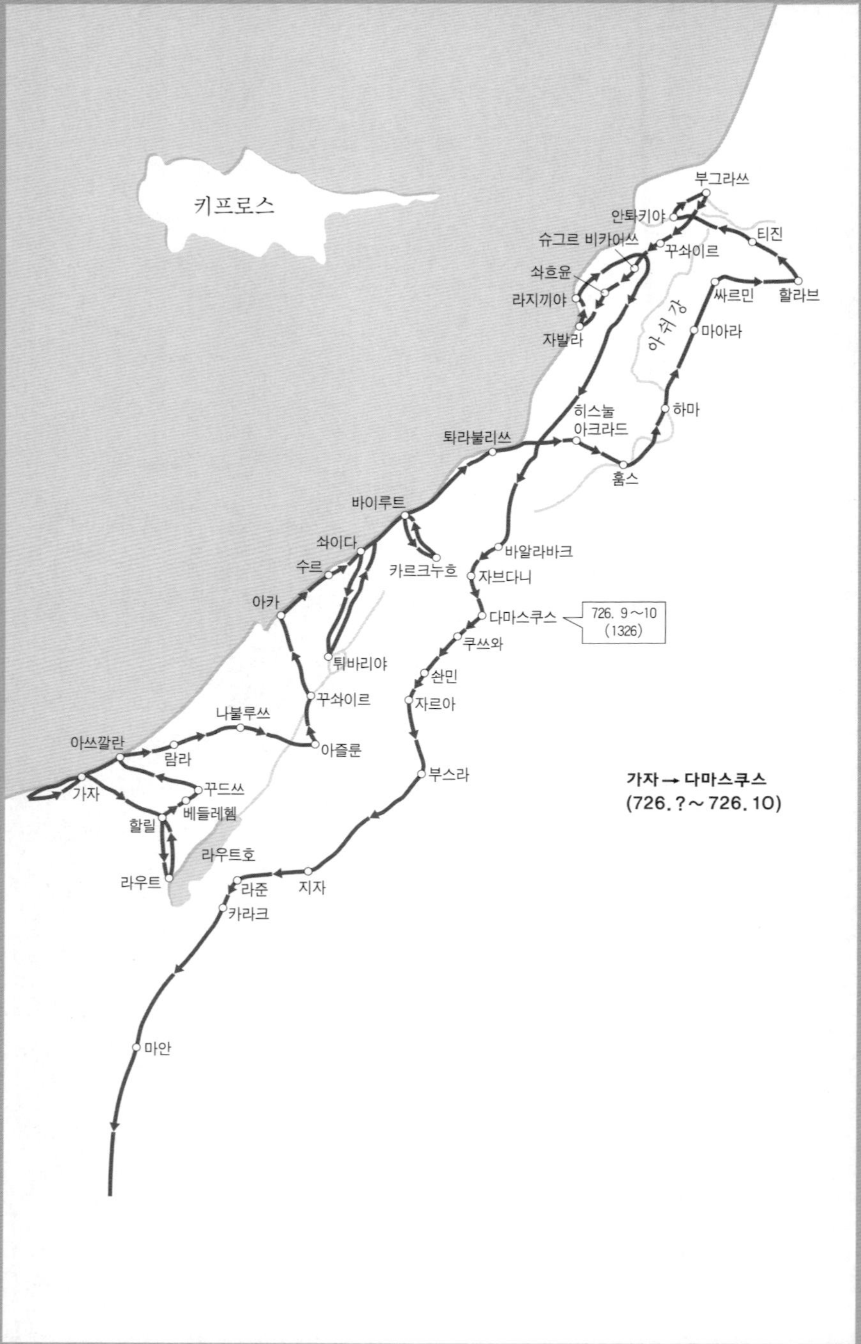

키프로스
부그라쓰
안톼키야
티진
슈그르 비카어쓰
꾸쇄이르
쇄흐윤
라지끼야
싸르민
할라브
자발라
아쉬 강
마아라
하마
히스눌
아크라드
퇴라불리쓰
훔스
바이루트
쇄이다
바알라바크
수르
카르크누흐
자브다니
아카
다마스쿠스
726. 9～10
(1326)
쿠쓰와
튀바리야
쇄민
꾸쇄이르
자르아
나불루쓰
아쓰깔란
아즐룬
람라
부스라
꾸드쓰
가자
베들레헴
할릴
라우트호
라우트
지자
라준
카라크
마안
**가자 → 다마스쿠스**
**(726.?～726.10)**

# 제2장 샴

## 1. 가자에서 꾸드쓰와 아쓰깔란까지

우리의 여로는 가자(Ghazah) 시까지 이어졌다. 이집트에서 오면 여기가 바로 첫 샴땅이다. 시가는 구획이 정연하고 건물들이 많으며 상가도 훌륭하다. 사원도 여러 개이고 성벽도 둘러 있다. 원래 이곳에는 장려한 대사원이 하나 있었다. 지금 금요예배를 근행하는 사원은 유명한 아미르 자윌리(al-Jāwilī)가 세운 것인데, 건물이 우아하고 건축술이 정교하며 강단(al-mibar)은 흰 대리석으로 만들어졌다. 가자의 법관은 바드룻 딘 앗 살하티 알 하우라니이며, 교사(教師, mudarris)[1]는 일뭇 딘 쌀림이다. 쌀림의 자제들은 모두가 이 도시의 대덕고관들인데, 그중에는 꾸드쓰(al-Quds)[2]의 법

1. 사원이나 마드라싸 등에서 이슬람을 가르치는 사람을 지칭한다. 대체로 유능한 이맘이나 학자들이 담당한다.
2. 오늘의 예루살렘(Jerusalem)이다. '꾸드쓰'는 아랍어로 '성지(聖地)'란 뜻이며, '예루살렘'은 히브리어로 '평화의 성(城)'이란 뜻이다. 이슬람에서는 꾸드쓰를 제3성지로 간주한다. 왜냐하면 그곳에 선지자 무함마드가 승천한 원사(遠寺, 아끄솨 al-Masjidu'l Aqṣā) 등 초기 이슬람관련 유적이 있기 때문이다(무함마드의 승천에 관해서는 1장 주131 참고). 일

관 샴숫 딘이 있다.

가자를 떠나서 할릴(al-Khalīl) 시——우리의 선지자께 평화가 있기를——에 도착하였다. 비록 계곡의 복판에 자리한 작은 도시이지만, 중요하고 찬란하며 경색이 수려하고 기문(奇聞)이 자자한 도시다. 시내에 있는 사원은 건축이 단아하고 섬밀(纖密)하며 우뚝 솟아 있다. 잘 다듬은 돌로 지었는데, 한 구석에 있는 돌덩이 하나의 길이가 37샤브르(shabr, 1shabr = 22.5 cm)나 된다. 전설에 의하면 선지자 쑬라이만(Sulaimān)——그에게 평화를——이 정령(精靈)[3]에게 명령해 이 사원을 지었다고 한다. 사원 내에는 존귀한 성동(聖洞)이 있는데, 그 속에 이브라힘(Ibrāhīm, 아브라함), 이쓰하끄(Isḥāq), 야아꾸브(Ya'qūb, 야곱)——우리의 선지자와 이들 모두에게 알라의 축복을——의 묘소가 있다. 그 맞은편에는 그들 가속의 묘 3기가 있다.

강단의 오른편에는 끼브라(벽감) 벽에 잇닿아 있는 공간이 있는데, 이곳으로부터 아주 정교하게 만든 대리석 계단을 따라 좁은 통로로 내려가면 대리석을 깐 공지에 이른다. 여기에 3기의 묘 도상(圖像)이 있다. 이 도상은 묘들과 가지런히 놓여 있다고 한다. 본래는 그 성동으로 들어가는 통로가 따로 있었는데, 지금은 막아버렸다. 나는 이 공지에 여러번 내려갔었다. 학자들은 알리 븐 자아파르 알 라지의 저서를 인용하여 그곳에 틀림없이 이 세 성인의 묘소가 있다는 것을 입증하고 있다. 그 저서란 『이브라힘과 이쓰하끄, 야아꾸브의 삼묘실존(三墓實存)에 관한 충언(忠言)』이다. 라지의 주장은 아부 하리라[4]의 전언에 준거하고 있다. 아부 하리라는 "라쑬라

명 '신성한 집'(al-Baitu'l Muqaddas)이라고도 한다.

3. 이슬람에서의 정령(精靈, 짓누al-Jīnnu)이란 인간과 활동공간을 같이하면서 인간에게 작용하는 알라의 피조물인 혼령(魂靈)을 말한다. 정령은 불길로 창조(『꾸란』 15장 27절)되며 인간에 대하여 사탄과 같이 해악을 행할 수도 있고, 선행을 베풀 수도 있다. 해악정령은 심판의 날에 불지옥에 떨어진다(『꾸란』 6장 128절). 정령이 붙은 사람을 '마즈눈' (al-majnūn), 즉 '신들린 사람'이라고 한다. 탁월한 시인이나 웅변가·가수·점성가·설교사 같은 사람들을 '신들린 사람'으로 보는 견해도 있다.

4. 아부 하리라(Abū Harīrah)의 본명은 압둘 라흐만 븐 솨흐르 앗 다우시다. 이슬람력 7년

——그에게 평화를——가 이르기를 '내가 야행(夜行)하여 꾸드쓰로 갈 때[5] 가브리엘 천사는 나를 데리고 이브라힘의 묘소를 지나면서 나더러 여기가 바로 이브라힘의 묘이니, 내려서 2배(拜)하라고 하였다. 이어 베들레헴(Bait Laḥm)[6]을 지날 때는 여기서 바로 당신의 형제인 예수[7]——그에게 평화를——가 탄생하였으니 내려서 2배하라고 하였다. 그리고선 나를 현석(玄石)이 있는 데로 데리고 갔다. ……(성훈 중)'라고 전언하였다"고 하였다.

나는 이곳에서 독실한 수행자이고 명망있는 이맘이며 고령인 설교사이자 교사인 부르하눗 딘 알 자아바리를 만났을 때, 이 할릴 묘——그에게 평화를——의 진실성 여부에 관해 그에게 물어봤다. 그랬더니 그가 하는 말이 "내가 만난 학자들은 모두가 이 묘소들이 이브라힘과 이쓰하끄, 야아꾸브 및 그들의 가속묘임은 정확무오하다고 하더군. 이단자가 아니고서야 비방하는 자가 없지. 이것은 세세상전(世世相傳)해 오는 일이라 의심할 바가 없거든"라고 하는 것이었다. 전하는 바에 의하면, 이맘 한 분이 이 성동에 들어가 싸라[8] 묘 앞에 서 있는데, 마침 한 늙은이가 들어오길래 "어느 묘가 이브라힘의 묘인가요?"라고 물었더니, 그 노인은 다들 알고 있는 그 묘를 가리키며 알려주었다. 이윽고 한 청년이 들어오길래 또 물었더니 그 청년도 같은 묘를 가리키는 것이었다. 다시 한 소년에게 물었더니 그 역시 꼭 같

(628)에 이슬람교에 입교하여 성훈을 가장 많이 암송한 성문도반이다.

5. 선지자 무함마드의 야행승천(夜行昇天)에 관해서는 1장 주131 참고.
6. 예루살렘의 남쪽 약 8㎞ 지점에 있는 예수의 탄생지인 베들레헴(Bethlehem)을 아랍어로는 '바이트 라흠'(Bait Laḥm)이라고 하는데, '고기의 집'이란 뜻이다.
7. 이슬람에서는 예수('Īsa)를 하느님의 아들로 보지 않고 '마르얌의 아들'('Īsa Ibn Maryam)로 보는데, 알라가 동정녀 마르얌에게 정령을 불어넣어 잉태·탄생케 하였다고 인정한다. 『꾸란』에서는 예수를 선지자(al-Nabi'), 사자(使者), 메시아(al-Masiḥ), 알라의 노복('Abdu'l Lāh) 등으로 칭한다. 특히 예수를 포함한 선지자(『꾸란』 중에는 26명)들에 대한 믿음을 하나의 신조로 규정하고 있다. 예수의 죽음에 관해서는 유태인들이 그 자신을 직접 십자가에 매달아죽인 것이 아니라, 그와 비슷한 사람을 대사(代死)시켰다고 주장한다. 따라서 알라가 선지자인 그를 곁으로 불러올렸다고 믿는다.
8. 싸라(Sārah)는 이브라힘(아브라함) 처의 이름이다.

은 대답이었다. 그러자 이 법학자 이맘은 "증명컨대 이 묘가 이브라힘의 묘임에는 정말 틀림없구나"라고 말하면서 사원에 들어가 예배를 올리고는 다음날 그곳을 떠났다. 이 사원 안에는 또 유쑤프(Yūsuf)——그에게 평화를——의 묘도 있다.

이 할릴의 성소 동쪽에 라우트(Lauṭ)——그에게 평화를——의 묘가 있다. 장소는 높은 구릉지대인데, 여기서 샴 계곡을 한눈으로 부감할 수 있다. 묘역에는 잘 지은 몇 칸짜리 건물인데 그중 흰색으로 칠한 아담한 방에 이 묘가 있다. 묘위에 유막(帷幕) 같은 것은 없다. 거기가 바로 라우트(Lauṭ) 호[9]의 언저리이다. 호수 물은 되게 짜다. 이곳은 라우트족의 본향이라고 한다.

라우트묘 곁에 바로 야낀(al-Yaqīn) 사원이 있다. 이 사원은 높은 언덕바지에 있는데, 유달리 환하고 밝다. 이웃이라곤 관리원이 사는 집 한 채밖에 없다. 사원에 들어가는 문 가까이에 움푹 파인 곳이 있는데, 바닥은 단단한 돌을 깔고 벽에는 벽감(미흐라브) 모양을 해놓았다. 겨우 한 사람이 예배할 수 있는 공간이다. 전하는 바에 의하면, 이브라힘이 이곳에서 꿇어앉아 라우트족의 멸망에 대해 지고한 알라께 감사한 다음 자리를 옮겨 땅위에 잠깐 주저앉아 있었다고 한다.

이 사원 가까이에 동굴 하나가 있는데, 그 속에 후싸인 븐 알리[10]의 딸 파퇴마——두 분께 평화를——의 묘가 있다. 분묘의 위 아래에 대리석 묘비가 두 개 있는데, 한 비에는 멋진 글씨로 이렇게 새겨져 있다. "대자대비하신 알라의 이름으로[11] 알라께 존엄과 영존(永存)이 있으소서, 알라는 만물

9. 라우트호란 사해(死海)를 말한다.

10. 후싸인 븐 알리(al-Ḥusain bin Alī, ??~680)는 제4대 정통할리파 알리와 무함마드의 딸 파퇴마 사이에서 난 차남으로서 쉬아파의 제3대 이맘이다. 형 하싼이 피살된 후 쉬아파의 수령으로서 우마위야조의 할리파 계위를 반대하여 약 200명의 가솔과 추종자들을 인솔하고 메니다에서 이라크의 쿳파(Kuffah)로 가다가 쿳파 서북쪽의 카르발라(al-Karbalah)에서 우마위야조 군사에 포위되어 61년 1월 10일(680. 10. 10) 피살되었다. 이곳에 매장되었으며, 그후 이곳은 오늘까지도 쉬아파의 순례성지로 되고 있다.

11. "대자대비하신 알라의 이름으로"(Bismi'l Lāh al-Raḥmāni'l Raḥīm)라는 관용어는 알라

의 소유자이시다. 알라께서 창조하신 만물인들 그 소진(消盡)은 불가피할진대, 라쑬라는 그 좋은 귀감이다. 이곳은 쌀마의 현모(賢母)이시며 후싸인——그에게 알라의 영총을——의 영애(令愛)인 파튀마의 묘소다." 다른 묘비에는 또 "이집트의 조각가 무함마드 븐 아비 싸흘 제작"이라고 하고는 다음과 같은 시구가 새겨져 있다.

> 내 마음속 깊이에 자리해온 그대, 토석(土石)의 유택에 안거하나니,
> 아, 가장 빛나는 향도성의 딸, 파튀마[12]의 손녀 파튀마의 묘소여,
> 아, 믿음과 경건, 정결과 보우(保佑)만으로 가득한 성스러운 묘소여.

이 도시에서 나는 꾸드쓰로 향발하였다. 도중에 유니쓰(Yūnis)[13]——그에게 평화를——의 묘소를 참배하였는데, 거기에는 큰 건물과 사원이 함께 있었다.

그리고 예수——그에게 평화를——의 탄생지인 베들레헴도 방문하였다. 여기에는 야자수 그루터기가 아직 남아 있고 건물도 많다. 기독교인들은 이곳을 최대한 숭앙하며 내객도 반가히 맞이한다.

드디어 우리 일행은 공덕으로 보아 세번째 성사(聖寺)가 있는 꾸드쓰——알라께서 영광을——에 도착하였다. 이곳은 라쑬라——그에게 평화를

에 대한 일종의 경칭으로서 '타쓰미야'(Tasmiyah, 호칭·명명이란 뜻)라고 한다. 『꾸란』은 9장을 제외하고 모든 장(총 114장)이 이 관용어로 시작되며, 경전 송독이나 설교·강연·식사·가축도살 등의 행동 전에는 반드시 이 관용어(Bismi'l Lāh로 약칭 가능)를 쓴다.

12. 여기에서의 파튀마(Fāṭimah)는 선지자 무함마드의 딸이고, 뒤의 파튀마는 그의 외손녀이다.

13. 유니쓰에 관해 다음과 같은 전설이 전해지고 있다. 그가 니누위(Ninūwī)에 있을 때, 동족들에게 우상숭배를 버리고 알라를 믿으라고 권하였다. 그러나 그들이 믿지 않기에 그들과 헤어져서는 분을 참지 못한 나머지 그만 바다에 뛰어들었다. 마침 고래가 그를 삼켜버렸다. 그는 고래의 뱃속에서 알라의 영감을 받아 자신의 헛됨을 자성하고 알라께 구원을 기구하였다. 그러자 고래는 그를 뱃속에서 토해내 해안가에 내려놓았다. 그가 자기 부족에게로 돌아왔을 때 부족민들은 이미 이슬람교의 신자가 되어 있었다.

—가 야행승천(夜行昇天)한 곳이다. 도시는 꽤 큰데, 돌조각으로 장식을 하여 사뭇 화려하다. 성군(聖君)인 쏼라훗 딘 븐 아유브[14]왕—이슬람을 위해 그에게 알라의 축복을—이 이 도시를 정복할 때, 일부 성벽이 파괴되었다. 그후 좌히르왕[15]은 로마인들이 내습하여 엄호물로 쓰지 않을까 우려하여 성벽의 잔해마저 아예 치워버렸다. 이 도시에는 강이라곤 없다. 근자에 와서야 다마스쿠스(Dimashq)의 집정관 싸이풋 딘 탄키즈가 간신히 물을 끌어왔다.

꾸드쓰 사원은 정말로 휘황찬란한 기사(奇寺)의 하나다. 지상에 이보다 더 큰 사원은 없다고들 한다. 동서의 길이는 752말리키야 완척[16]이며 끼블라로부터 정중앙까지의 너비는 435말리키야 완척에 달한다. 세 면에 여러 개의 문이 있다. 내가 알기로는 끼블라 쪽에는 이맘이 드나드는 문이 하나밖에 없다. 사원 자체는 전체가 노천장으로서 천장은 없다. 그러나 원사(遠

14. 쏼라훗 딘 알 아유브(Ṣalāhu'd Din al-Ayūb, 1138~93)의 본명은 유쑤프 븐 아유브 븐 샤지 아부 무즈피르며, 별호는 '나쉬르왕'(al-Malik al-Nāṣir)이다. 이집트 아유브조(1169~1250)의 건국자로서 재위는 1169~93년이다. 그는 원래 이라크의 쿠르드(Kurd) 족 출신으로서 시리아(샴)의 잔키조(Zanki)에 봉사하다가 이집트 파튀미야조의 재상이 되자, 이 왕조를 아유브조로 개국하였다. 재위시(1187) 핫틴(Ḥaṭṭīn)전투에서 유럽 십자군을 격파해 예루살렘을 수복하였다. 그후 제3차 십자군원정대와의 공방전에서는 승세를 굳혀 결국 예루살렘을 포함한 팔레스타인 전역에 대한 영유권을 확보하였다(1192). 그는 정치·경제·종교 등 각방면에 걸친 사회개혁을 단행하여 국력을 크게 신장시켰다. 따라서 이슬람사에서 그는 성군(聖君)으로 추앙한다.
15. 좌히르(al-Ẓāhir) 왕은 아유브조 건국자 쏼라훗 딘 아유브의 아들로서 본명은 가지 븐 쑬탄 쏼라훗 딘 유쑤프 븐 아유브이다. 서기 1186년에 할라브(Ḥalab)왕국의 쑬탄으로 책봉되었다.
16. 1말리키야 완척(腕尺)은 32우스바아인데, 1우스바아는 3.12㎝이다.
17. 원사는 이슬람교 제3대 성사(聖寺)로서 예루살렘에 있다. 이 사원명은 무함마드가 금사(禁寺)로부터 원사까지 야행(夜行)하였다는 『꾸란』 기사(17장 1절)에서 처음 나온다. 전하는 바에 의하면 이 사원은 이슬람교 출현 이전에 선지자 쑬라이만(Sulaimān, 솔로몬)이 건조하였다고 한다. 이슬람 초기는 무슬림들의 예배방향이기도 하였다. 638년 제2대 정통할리파 오마르가 예루살렘을 정복하면서 증수한 후 705~709년 사이에 우마위야조의 할리파 압둘 말리크 븐 마르완과 그의 아들 왈리드 치세시 다시 대규모의 증수를 하였다. 그리하여 사원 본당은 높이 88m, 길이 90m, 너비 38m에 대리석 원

寺)[17]만은 천장이 있다. 이 사원의 건축술과 도금 및 채색술은 정교의 극치다. 이 사원의 다른 몇 곳도 천장을 씌웠다.

바위돔[18]은 참말로 기이한 구조물로서 견고하면서도 이채로운 모양새를 갖추고 있다. 기실 좋다는 점은 다 가지고 있으며, 기교란 기교는 다 부린 성싶다. 이 돔은 사원 한가운데의 언덕바지에 있는데, 대리석 계단을 밟고 올라간다. 문이 네 개 있고, 주위는 대리석을 잘 다듬어 깔았다. 내부도 마찬가지다. 겉이건, 안이건 간에 갖춰놓은 갖가지 화려한 장식은 이루 다 형언할 수가 없다. 대부분 도금을 하여 눈부시게 반짝이며, 보는 사람마다 황홀해지니, 이 모든 것을 말로는 도저히 표현할 수가 없다. 바로 한가운데에 유적으로 전해져 내려오는 성스러운 바위돔이 있다. 선지자──그에게 평화를──께서는 바로 이 돔을 발판으로 승천하였던 것이다. 이 등천석(登天石)은 통돌로서 높이가 약 한 길 정도이고, 그 밑에는 작은 방만한 굴이 하나 있는데 그 높이도 역시 한 길쯤 된다. 계단으로 내려가면 벽감모양 비슷한 것이 나온다. 등천석에는 두 개의 정교한 난간이 있는데, 늘 잠겨져 있다. 하나는 등천석에 바로 붙어 있는 멋진 철책난간이고, 다른 하나는 목책난간이다. 돔에는 큰 철제 방패(daraqah)가 걸려 있다. 사람들은 그것이 함자 븐 압둘 마틀라브[19]──그에게 알라의 영총을──가 쓰던 방패라고 한다.

성 꾸드쓰의 축복받은 명소로는 시 동쪽에 예수──그에게 평화를──의

주 53개, 방주(方柱) 49개를 갖춘 대사원으로 변모하였다. 1099년 십자군이 점령하면서 사원의 일부를 교회당으로, 나머지 부분은 신묘(神廟)와 병영, 병기고로 이용하였다. 1187년 이집트의 쌀라훗 딘 아유브가 탈환하여 개수하고 벽감과 첨탑을 화려하게 장식하였다.

18. 바위돔(꿉바 싸흐라 Qubbatu'd Ṣakhrah)이란 선지자 무함마드가 621년 7월 27일 야행승천할 때 밟고 승천하였다는 바위를 말한다. 남북 길이 17.7m, 동서 너비 13.5m, 높이 1.2m의 무정형 바윗돌로서 이슬람에서는 성물시(聖物視)되어 예루살렘의 사흐라사원에 보존되어 있다.

19. 함자 븐 압둘 마틀라브(Ḥamzah bin Abdu'l Maṭlab)은 무함마드의 백부로서 일찍이 이슬람교를 신봉하고 바드르(Badr) 전투에서 전사하였다.

승천소라는 한 건물이 있다. 이곳은 지옥(Jahannam)계곡이라고 알려진 계곡의 끝자락 높은 언덕에 있다. 거기에는 또한 유목민 출신의 라비아툴 바드위야의 묘가 있는데, 그녀는 유명한 라비아툴 아드위야[20]와는 다른 사람이다. 이 계곡 속에는 기독교도들이 숭앙하는 교회당이 하나 있는데, 거기에 마르얌(Maryam, 마리아)——그녀에게 평화를——의 묘가 있다고 한다. 거기에는 또한 기독교도들이 순례하는 큰 교회당이 하나 있는데, 그들은 거기에 예수——그에게 평화를——의 묘가 있다고 믿고 있다. 그 순례자들은 무슬림들에게 일정 양의 세금을 물다보니, 비록 자의는 아니지만, 순례를 좀 소홀히 하지 않을 수 없다. 또한 거기에는 예수——그에게 평화를——의 요람지가 있어 봉복(逢福, tabarruk)을 바라고 있다.

꾸드쓰의 덕망가 중에는 우선 이곳 법관인 학자 샴쑷 딘 무함마드 이븐 쌀림 알 가지가 있다. 그는 가자(Ghazah) 출신의 대덕이다. 다음으로 설교사이며 독실한 수행자인 아마둣 딘 앗 나빌씨, 성훈학자이며 무프티(al-Muftī)[21]인 샤하붓 딘 앗 톼브리, 꾸드쓰에 거주하고 있는 말리키야파 교사이며 숭고한 한까(al-Khānqāh)[22] 샤이흐인 아부 압둘라 븐 무스비트 알 가르나퉈, 마흐쥬브로 알려진 대수행자의 한 사람이며 금욕주의(禁慾主義)[23]자인 샤이흐 아부 알리 하싼, 독실한 수행자인 샤이흐 카말룻 딘 알 마라기 등이 있다. 마지막으로 룸(al-Rūm)의 아르즈(Arz) 출신의 독실한 수행자인

20. 이 여성은 이쓰마일의 딸인 라비아툴 아드위야(Rabi'tu'l 'Adwiyah)로서 일명 움물 하이르(Ummu'l Khair)라고 한다. 이라크 바스라(al-Baṣrah) 출신의 유명한 수행자로서 신앙과 수행에 돈독하였으며 꾸드쓰(예루살렘)에서 135년(752)에 타계하였다.
21. 이슬람교에서 교법 자문관을 말한다. 이슬람교의 교리나 교법에 정통한 사람으로서 교법에 관한 한 최고 해석자이고 자문관이며 판결사다. 법관은 재판과정에서 제기되는 문제에 관해 무프티의 자문을 구해 판정하는 것이 관례다. 현재는 각 나라나 지역에 이맘 중에서 선출되는 한 명의 무프티가 있는데, 그는 명실상부한 이슬람교의 최고자문관이다.
22. 수피파 수행자들의 은거수행처를 말한다.
23. 원래 이슬람에서는 금욕주의가 없었으나 수피즘이 대두하면서부터 제창되었다.

샤이흐 아부 압둘 라힘 압둘 라흐만 이븐 무스타파도 그중 한 사람인데, 그는 타즛 딘 알 라파이의 제자로서 항시 털실로 짠 거친 옷을 입고 있다.

성 꾸드쓰에서 나는 방문차 아쓰깔란('Asqalān) 항구로 갔다. 이곳은 이미 허허한 폐허가 되어 사라진 옛 모습의 흔적과 유적만이 쓸쓸히 남아 있다. 원래 아쓰깔란은 요충지인데다가 육·해이용시설을 두루 갖춘 보기드문 희한한 고장이다. 여기에는 후싸인 븐 알리——그에게 평화를——의 머리가 카이로에 운구되기 전에 임시 안치되었던 명소가 있다. 그 명소가 바로 우뚝 높이 솟은 큰 사원인데, 사 내에는 깊은 우물까지 있다. 이 사원은 노복들이 지었다고 문면에 기록되어 있다. 이 참관지의 남쪽에 옴르('Omr)라는 큰 사원이 있는데, 지금은 벽채만 남아 있다. 사 내에는 비할 바 없이 아름다운 대리석 원주(圓柱)가 많이 있었는데, 그중 일부는 그대로 서 있지만 나머지는 누가 가져가버렸다. 그중에는 신기한 붉은 석주 하나가 있다. 사람들의 말에 의하면 기독교들이 이 석주를 본국으로 가져갔는데, 어느날 감쪽같이 자취를 감추어버렸다. 그런데 어찌된 셈인지 석주는 아쓰깔란의 제자리에 와 있더라는 것이다. 또 이 사원의 남쪽에는 이브라힘——그에게 평화를——이라는 우물이 있다. 널찍한 계단을 따라 내려가면 방이 여러개 나온다. 방마다 사면에서 둥근 돌관을 통해 물이 나오는데, 많지는 않지만 물이 맛깔스럽다. 이 우물의 용도는 참 많다고들 한다. 아쓰깔란 시외에 남르(al-Naml)라는 계곡이 있는데 『꾸란』에 언급되어 있다.[24] 아쓰깔란 묘지에는 헤아릴 수 없이 많은 열사들과 선현들의 묘가 있어서 우리는 이 성소를 참배하였다. 이 성소의 관리비는 이집트 국왕의 출자와 방문객들의 희사(al-ṣadaqah)로 충당한다.

24. 『꾸란』 27장 18절.

## 2. 아쓰깔란에서 할라브까지

아쓰깔란으로부터 이른 곳은 팔레스타인의 람라(al-Ramlah)시[25]다. 큰 도시로서 물자도 풍부하고 시가도 번창하다. 여기에는 백색 대사원이 있는데, 그 끼블라 밑에는 대법학자 마주듯 딘 앗 나불씨를 포함해 300명의 선지자들——그들에게 평화를——이 묻혀 있다고 한다.

이곳을 떠나서는 나불루쓰(Nābulus)시[26]에 닿았다. 큰 도시에 나무가 무성하고 하천이 줄줄이 있다. 샴지방치고는 감람(橄欖)이 가장 많이 나는 곳으로서 감람유가 이집트나 다마스쿠스에 수출된다. 이곳에서는 또한 도자두(稻子豆, kharrūb) 당(糖)도 제조하여 다마스쿠스 등지에 보낸다. 그 제조법은 우선 도자두를 푹 삶은 다음 즙을 짜서 잼을 만들고, 그것으로 다시 사탕을 만든다. 이 도자두잼도 이집트나 샴에 반출한다. 이곳의 특산물로는 또 수박이 있는데, 신기할 정도로 그 맛이 좋다. 대사원은 건축술이 정교하고 화려함에 있어서 가위 극치라 할 수 있다. 사원의 한가운데는 못이 있는데, 그 물맛이 또한 일품이다.

우리의 여로는 나불루쓰시에서 아즐룬('Ajlūn)으로 이어졌다. 이곳은 시가가 즐비하고 중요한 성채도 있는 훌륭한 도시다. 물맛 좋은 강 하나가 시내를 관통하고 있다.

다시 여기로부터 라지끼야(al-Lādhiqiyah)로 향발하였다. 도중에 가우르(al-Ghaur)를 지났다. 이곳은 구릉 사이의 계곡인데, 거기에 지상(地上)의 충신인 아부 오바이다 븐 자라흐——그에게 알라의 영총을——의 묘가 있

25. 팔레스타인의 큰 도시로서 건설자는 쑬라이만 븐 압둘 말리크(Sulaimān bin 'Abdu'l Malik)라고 한다.
26. 팔레스타인의 유명한 도시로서 길쭉한 두 산 사이에 있다. 꾸드쓰에서 10파르싸흐 떨어진 지점에 있으며 수자원이 풍부하다.

다. 우리는 그 묘소를 참배하였다. 거기엔 자위야가 있는데, 과객(過客)들을 위해 음식물이 마련되어 있었다. 그곳에서 하룻밤을 묵었다.

이어 우리는 꾸솨이르(al-Quṣair)[27]에 도착하였다. 거기에 무아즈 븐 자발——그에게 알라의 영총을——의 묘가 있어 봉복(逢福)하고자 참배하였다.

여기서부터는 해안을 따라서 아카('Akah) 시에 이르렀다. 그러나 그곳은 이미 폐허가 되었다. 원래 아카는 샴을 점거한 유럽인들의 전용 기지와 항구였다. 흡사 대이스탄불을 방불케 한다. 시 동켠에 황소천(泉)이라는 샘터가 있다. 전하는 바에 의하면 알라께서는 아담(Adām)——그에게 평화를——을 위해 이 샘물에서 황소 한 마리를 끌어냈다고 한다. 샘물까지는 층층다리로 내려갈 수 있다. 본래 거기에는 사원이 하나 있었는데, 지금은 벽감만이 덩그러니 남아 있다. 이 도시에 쏼리흐(Ṣāliḥ)[28]——그에게 평화를——의 묘가 있다.

아카를 출발해 간 곳은 역시 폐허가 된 수르(Ṣūr) 시다. 시외에는 살림집들이 촘촘한 한 마을이 있는데, 주민 대부분은 아르파드파(Arfād)[29] 교인들이다. 어느날 이 마을에 가서 부분세정을 하려고 물 있는 곳으로 찾아갔다. 마침 그 마을사람 한 명도 세정하러 왔다. 그런데 그는 발부터 씻기 시작해서 얼굴을 씻고는 양치질이나 코 세정은 하지 않은 채 머리만 몇번 만지작거리고는 세정을 끝내는 것이었다. 그래서 내가 그런 짓을 좀 나무랐더니, 그가 한다는 소리가 "건축은 기초부터 시작하는 것이 아닌가요"라고 빈정대는 것이었다.[30]

보루로서의 견고성 면에서 수르는 전형적인 도시다. 왜냐하면 3면이 바다로 에워쌓여 있기 때문이다. 시에는 두 개의 성문이 있는데, 하나는 육로

27. 요르단 경내에 있는 꾸솨이르 마이눗 딘(Quṣair Ma'iīnu'd Dīn)인 것 같다.
28. 모세 이전에 사무드(Thamūd) 부족에서 배출된 아랍의 한 선지자다.
29. 쉬아파의 한 지파다.
30. 정통 이슬람교법에서 부분세정은 얼굴－손－팔꿈치－머리－발의 순서로 한다(『꾸란』 5장 6절). 그런데 이 사람은 거꾸로 발부터 세정한다.

문, 다른 하나는 해로문이다. 육지를 통하는 육로문에는 4개의 옹성(甕城)이 있어 성문을 옹위하고 있다. 바다로 통하는 해로문은 두 개의 큰 보루 사이에 있다. 도시의 건물은 이 세상 그 어디에서도 유례를 찾아볼 수 없을 만큼 아주 특이하다. 그도 그럴 것이 3면이 바다로 에워싸여 있으니깐 말이다. 나머지 한 면에는 성벽이 있는데, 선박들은 그 밑으로 들어와서 정박한다. 두 보루 사이에는 쇠사슬이 가로놓여 있어 그 사슬이 내려졌을 때만 출입할 수가 있다. 거기에는 수위와 관리원이 지키고 있어서 그들에게 알리지 않고는 드나들 수가 없다. 아카에도 이와 비슷한 항구가 하나 있었지만, 작은 선박만을 수용하고 있었다.

나의 여로는 수르에서 쏴이다(Ṣaidā)시[31]로 이어졌다. 해안도시로서 사뭇 멋지고 과실도 흔하다. 무화과(無花果)나 건포도, 감람유 따위는 이집트로 수출된다. 나는 이곳 법관인 이집트 출신의 카말룻 딘 알 아슈무니 집에 묵었는데, 그는 선량하고 후더분한 사람이다.

이곳으로부터 다다른 곳은 톼브리야(Ṭabriyah)시[32]다. 옛날 이곳은 굉장히 큰 도시였다. 지금은 그 우람하고 어엿했던 과거를 시사해주는 유적만이 괴괴히 남아 있을 뿐이다. 이곳에는 신기한 욕탕이 여러개 있다. 욕탕마다에 남·녀 전용의 방이 두 개씩 딸려 있는데, 물은 상당히 뜨겁다. 이곳에는 또 유명한 호수가 하나 있다. 그 길이는 약 6파르싸흐이고 너비는 3파르싸흐 이상이다.[33] 톼브리야에는 안비야(al-Anbiyā')[34]라는 사원이 있는데, 거기에 샤이브(Sha'iīb)[35]——그에게 평화를——묘와 그의 딸이자 무싸 앗

31. 현 레바논의 해안도시로서 바이루트(현 베이루트) 이남 45km 지점에 있다.
32. 요르단의 톼브리야 호반에 있는 도시로서 13년(634)에 샤르하빌 븐 하스나(Sharḥabi'l bin Ḥasnah)가 평화적으로 입성하였다.
33. 이 호는 사해(死海)를 말한다.
34. 안비야(anbiyā)는 선지자(nabi')의 복수이다. 따라서 안비야 사원이란 '선지자들의 사원'이란 뜻이다.
35. 이브라힘의 후예인 마딘(Madīn) 부족 출신의 아랍 선지자다. 이 부족의 거주지는 메디나와 샴(현 시리아) 사이에 있는 타부크(Tabūk) 지역이다. 샤이브는 주위 사람들과

할림——그에게 평화를——의 처 묘가 있다. 또한 쑬라이만——그에게 평화를——의 묘, 야후다(Yahūdā)와 루빌(Rūbīl)——우리의 선지자와 그들 모두에게 알라로부터의 평화를——의 묘가 있다.

톼브리야를 떠나서 유쑤프(Yūsuf)——그에게 평화를——가 익사한 물웅덩이를 가봤다. 이 웅덩이는 자그마한 사원의 뜨락에 있고, 그 곁에 자위야가 있다. 웅덩이는 꽤 크고 깊다. 우리는 괴어 있는 빗물을 마셨다. 관리인은 샘물도 솟아난다고 알려주었다.

이곳을 거쳐 우리 일행은 바이루트(Bairūt)[36] 시에 도착하였다. 작지만 시가는 아름답고 대사원도 제법 화려하다. 이곳에서 나는 과실이 이집트로 실려간다.

바이루트를 떠난 우리는 마그리브(al-Maghrib)의 왕이라는 아부 야아꾸브 유쑤프[37]의 묘소를 참배하였다. 묘는 아지즈(al-'Azīz) 지역의 카르크 누(Kark Nūh)란 곳에 있다. 묘 곁에는 과객에게 음식을 제공하는 자위야가 있다. 전하는 바에 의하면 쑬퇀 쌀라훗 딘[38]이 이 자위야에 기금을 출자하였다고 한다. 그런데 출자자가 쑬퇀 누룻 딘[39]이라고 하는 사람도 있다. 아

항시 격론을 벌여 사람들은 그를 가리켜 '선지자들의 연사'(演士, al-Khaṭīb)라고 하였다. 『꾸란』에는 10차례나 그의 이름이 거명되고 있다.

36. 이븐 바투타는 쏴이다를 방문하고 톼브리야에 들렀다가 다시 바이루트로 갔다고 하는데, 이것은 무언가 착각인 것 같다. 왜냐하면 쏴이다와 바이루트는 불과 45km 떨어진 인근 도시이며, 톼브리야는 레바논이 아닌 먼 요르단에 있기 때문이다. 따라서 방문 순서는 쏴이다→바이루트→톼브리야였을 것이다.
37. 아부 야아꾸브 유쑤프(Abū Ya'qub Yūsuf)는 무왓히둔조(1130~1269)의 제3대 할리파 만수르(al-Manṣūr, 재위 1184~99)다. 그는 1195년 아르크(al-Ark) 전투에서 십자군의 알폰슨 8세 휘하의 대군을 타승한 전설적인 군왕이다. 이 전투 후 그는 왕위를 아들 무함마드 나쉬르에게 물려주고 히자즈를 비롯한 이슬람성지를 두루 편유하고 샴에서 만년을 보냈다.
38. 이집트의 아유브조(1169~1250) 창건자 쑬퇀 쌀라훗 딘 알 아유브를 말한다.
39. 그는 한때 샴과 아라비아반도 북부, 이집트까지를 망라하여 건국된 잔키조(Zankī)의 쑬퇀 아불 까씸 누룻 딘(Abu'l Qāsim Nūru'd Din, 일명 al-Maliku'l 'Ādil, ??~1173)이다. 선정을 한 쑬퇀으로 평가되고 있다.

부 야아꾸브 유쑤프는 수행자로서 초석(草席)을 짜 팔아서 생계를 유지했다고 한다. 그는 다마스쿠스에 도착하자 심한 질병에 걸려 거리에서 풍찬노숙(風餐露宿)하였다. 병이 나아지자 과수원의 수위 자리나 얻어보려고 다마스쿠스 교외로 나갔다가 마침 누룻 딘왕의 과수원에 수위로 고용되었다.

수위를 맡은 지 어언 6개월이 지나갔다. 과실철이 되자 쑬퇀이 이곳 과수원에 왕림하였다. 과수원 관리인은 아부 야아꾸브더러 석류(石榴)를 가져다가 드시도록 하라고 지시하였다. 그래서 석류 하나를 가져왔는데, 맛이 시큼하다고 하였다. 다른 것을 가져오라고 하기에 가져왔더니, 또 시큼하다고 하였다. 다시 다른 것을 가져갔지만 역시 시큼하다고 하였다. 그러자 관리인은 아부 야아꾸브에게 "당신은 과수원 수위를 한 지 벌써 6개월이나 지났는데 아직도 단것과 신것을 가려낼 줄 모르는구만" 하고 핀잔을 주었다. 그러자 그는 "당신은 나를 수위로 고용했지 먹새 관리로 고용한 것은 아니지 않습니까"라고 대꾸하였다. 관리인은 왕에게 가서 이 사실을 품고하고서는 그를 왕에게로 데려갔다. 지난 어느날 꿈에 왕은 아부 야아꾸브란 사람을 만났는데, 그는 자기를 위해 무언가 좋은 일을 하고 있었다. 왕은 들어오는 그를 보고 바로 그로구나 하는 생각이 들었다. 왕은 그를 보자마자 "당신이 아부 야아꾸브신가요?"라고 물었다. "예, 그렇습니다." 그의 대답이다. 그러자 왕은 다가가 포옹하고서는 곁에 앉혔다. 그후 왕은 늘 그와 자리를 함께 하면서 최선을 다해 후대하였다.

아부 야아꾸브는 며칠 있다가 아주 추운 날에 슬며시 다마스쿠스를 빠져나와선 한 마을에 이르렀다. 여기서 웬 구차한 사람이 자기 집에 묵으라고 하기에 그렇게 하였다. 어려운 살림에도 주인은 고깃국을 끓인다, 닭을 잡는다, 빵을 구해온다든가, 아무튼 정성이 지극하였다. 아부 야아꾸브는 거기서 숙식하면서 이 가난한 사람을 위해 기도하였다. 주인에게는 자식이 여럿 있었는데, 그중에는 혼기가 다 된 딸이 하나 있었다. 그곳 사람들의 관행으로는 딸의 예장을 아버지가 다 갖추어주는데, 그 주종은 놋그릇이다. 이것을 갖추어줌으로써 으레 아버지로서의 보람과 긍지를 느낀다. 아부 야아꾸브는 주인에게 "구리 같은 것이 좀 있는가요?"라고 묻자 그는 "예, 딸애의 예장감으로 사놓은 것이 있어요"라고 대답하였다. "그럼 나한테 가져오시오"라고 아부 야아꾸브는 요구하였다. 그러자 집주인은 장만한 구리를 몽땅 가져왔다. 이어 그는 "이웃에 가서 빌려올 만한 구리는 죄다 빌려오시오"라고 말하였다. 주인은 분부대로 빌려온 구리를 그의 앞에 갖다놓았다.

그러자 아부 야아꾸브는 구리 속에 불을 질러놓고는 자신의 염낭에서 이크씨르[40]를 꺼내 구리 위에 뿌렸다. 삽시간에 구리는 몽땅 황금으로 변하였다. 그는 황금을 방안에 모아놓고는 문을 잠가버렸다. 그리고 나서 다마스쿠스왕인 누룻 딘에게 서한을 보내 이 사실을 알리면서 외지인 환자를 위해 병원을 세우고 또한 기금을 출자하여 노상에 자위야를 세울 뿐만 아니라 구리 임자들에게는 만족하게 해주고, 집주인에게도 후한 보상을 해줄 것을 권하였다. 서한의 말미에 쓰기를 "이브라힘 븐 아드함[41]이 후라싼(Khurāsān)의 왕위를 미련없이 포기하였을진대, 저 역시 모로코의 왕위와 이 기예(技藝)[42]를 미련없이 포기합니다. 안녕히 계십시오"라고 하였다. 그리곤 그 즉시 어딘가로 사라져버렸다. 집주인은 이 서한을 가지고 누룻 딘

40. 이크씨르(iksīr, 즉 elixir)는 비금속을 황금으로 바꾸는 연금약액(鍊金藥液)이다. 불로장생의 약으로도 불린다.
41. 본명은 이브라힘 븐 아드함 븐 만수르(Ibrāhīm bin Adham bin Manṣūr)로서 후라싼 쑬퇀의 아들이며 유명한 금욕주의자였다. 그는 이슬람교법을 깊이 연찬하고 이라크, 샴, 히자즈 등 여러 곳을 편력하면서 많은 학자들과 교우하였다. 선왕의 시노(侍奴)가 만량의 황금을 가지고 그에게 찾아와 선왕이 발흐(Balkh)에서 서거하였다는 것과 그에게 많은 자산을 유산으로 남겨놓았다는 사실을 알렸다. 그러자 그는 그 시노를 해방하면서 가져온 황금을 몽땅 그에게 주었다. 이렇게 이브라힘은 선친의 거재(巨財)에 전혀 연연하지 않았다. 겨울에는 속적삼도 없이 가죽옷만 걸치고, 여름에는 머릿수건도 두르지 않고 맨발로 여행하면서도 금식하는 등 고행을 통한 수행에 전심하였다.
42. 여기에서의 기예란 앞에서 언급한 구리에 이크시르를 넣어 황금으로 변환시키는 연금술을 말한다.

왕에게로 갔다. 왕은 곧 그 마을로 와서 구리 임자들과 집주인을 흡족하게 해주고 나서 황금은 자기가 챙겨갔다. 왕은 아부 야아꾸브를 찾았으나 온데간데 흔적조차 없고, 종무소식이었다. 왕은 회경(回京)하여 세상에 유례없이 훌륭한 자기 이름을 딴 병원을 지었다.

아부 야아꾸브의 묘소를 참배하고 나서는 그 길로 톼라불리쓰시에 도착하였다. 톼라불리쓰는 거대한 샴국의 중진(重鎭)의 하나다. 몇개의 하천이 시를 관통하고 화원과 수목으로 에워싸여 있다. 정말로 갖가지 유용한 시설을 마련케 한 바다와 값진 재화를 품은 육지의 보우(保佑)를 받는 도시다. 상가는 이채롭고, 위락장도 흔하다. 바다에서 2마일 떨어진 새로 건설된 도시다. 본래 구 톼라불리쓰는 해안가에 있었는데, 그때는 룸인들이 장악하고 있었다. 좌히르왕이 수복할 때는 거의 폐허였다. 그래서 새로 건설한 것이다. 이 도시에는 약 40명의 터키 아미르들이 웅거하고 있었는데, 시장은 '아미르왕(王)'(Maliku'l Umarā')이라는 시종신(侍從臣) 톼일란이다. 그는 '행복사(幸福舍)'라는 관저에 살고 있다. 매주 월요일과 목요일에 아미르들이나 군사들과 함께 승마를 즐긴다. 교외에 갔다가 돌아올 때면 수행원들은 그의 관저 가까이에 이르게 되면 말에서 내려 걸어간다. 그들은 시장이 관저로 들어가는 것을 보고서야 돌아간다. 매일 저녁예배가 끝나면 모든 아미르들의 저택에서는 일제히 군악을 울리고 등불을 밝힌다.

사회명류로는 사족(士族) 출신으로 너그럽고 인자한 사사감(司事監) 바하웃 딘 븐 가님과 앞에서 언급한 그의 형제인 성 꾸드쓰의 샤이흐 후싸뭇 딘, 또 그의 형제인 다마스쿠스의 사사(司事) 알라웃 딘, 국고총감인 대덕 까와뭇 딘 븐 마킨, 샴의 대학자이며 고등법관인 샴쑷 딘 븐 나끼브 등이 있다. 이 도시에는 법관 까르미(al-Qarmī) 욕탕과 싼다무르(Sandamūr) 욕탕을 비롯해 좋은 욕탕이 여러개 있다. 싼다무르는 이 도시의 시장이다. 범행에 관한 한 그는 매우 엄격하였다는 여러 일화가 전해지고 있다. 한번은 한 부인이 그녀가 우유를 팔고 있는데 시장의 근시(近侍)가 범접하여 우유를 마구 먹어댔다고 그에게 고소하였다. 그러나 그녀에게 이렇다 할 증거는 없었다. 그러자 시장은 그자더러 할복(割腹)하라고 엄명하였다. 드디어 그자의 장에서는 먹었던 우유가 흘러나왔다. 사실 이러한 일화는 나쉬르왕 때의 아미르인 아트리스가 아이자브('Aidhāb)[43]에 임직할 때나, 투르키쓰탄(Turkistān)의 쑬퇀 카브드왕 치세 시에도 그 유례가 있었다.

다음으로 우리는 퇴라불리쓰를 떠나 히스눌 아크라드(Ḥiṣnu'l Akrād)에 이르렀다. 이곳은 높은 언덕바지에 위치한 자그마한 읍으로서 나무가 무성하고 내도 여러개 흐른다. 여기에는 유명한 아미르의 이름을 딴 이브라히미(al-Ibrāhīmī)란 자위야가 있다. 나는 법관 댁에 기숙했는데 그의 성함은 기억 나지 않는다.

이어 훔스(Ḥumṣ) 시에 이르렀다. 아름다운 도시로서 구획이 정연하고, 수목이 우거지고, 강물은 넘쳐흐르며, 시가는 시원스레 넓다. 이곳 대사원은 우아하면서도 갖출 것을 다 갖추고 있으며 한가운데 우물까지 있다. 훔스 시민은 모두가 유덕(有德)한 아랍인들이다. 교외에 '알라와 그 사자(使者)의 검'이란 별칭을 띤 할리드 븐 왈리드[44]의 묘가 있다. 묘 곁에는 자위야의 사원이 있고 묘는 검은 휘장으로 덮여 있다. 이곳 법관은 자말룻 딘 앗 샤리쉬인데, 용모가 빼어나게 잘 생긴데다가 행동거지 또한 단정한 사람이다.

훔스로부터 간 곳은 하마(Ḥamāh) 시다. 하마는 샴의 영광찬란한 본향(本鄕)의 하나로서 경색이 이를 데 없이 수려한 도시다. 과수원과 화원으로 에워싸여 있고 둥근 천체 같은 수차(水車)가 돌아가고 있다. 아쉬(al-'Āṣī)라는 큰 강이 시내를 뚫고 지나간다. 근교에 있는 만수리야(al-Manṣūriyah)

43. 이집트의 남부 도시다. 이 책 1장 8절 참고.
44. 할리드 븐 왈리드(Khālid bin al-Walīd, ??~642)는 '알라의 검'이라고 불린 초기 이슬람시대의 명장이다. 629년 메디나에서 이슬람교에 입교한 후 이슬람에 대한 반란(랏다 raddah)을 평정하고 이라크와 시리아를 정복하는 데 결정적 역할을 하였다. 636년에는 야르무크(Yarmūk) 전투에서 비잔띤군을 격파하는 혁혁한 전과를 거둠으로써 시리아 정복을 확고히 하였다. 말년에는 훔스에 은거하였다.

라는 지역은 사실상 시내보다 더 잘 꾸며져 있다. 거기에는 흥성거리는 시장과 훌륭한 욕탕들이 있다. 많이 생산되는 과실 중에서 편도(扁桃)가 있는데, 씨를 까면 그 속에 맛있는 편도가 한 알 들어 있다.[45]

하마로부터 아불 알라 알 마아리[46]를 비롯한 여러 시인들의 고향인 마아라(al-Ma'rah) 시[47]에 도착하였다. 크고 아름다운 도시로서 수목 중에는 무화과(無花果)나무와 아월혼(阿月渾, fustuq)나무가 가장 많은데, 그 과실이 이집트나 샴에 수출된다. 시에서 1 파르싸흐 거리에 있는 곳에 신자들의 수령(할리파)이신 오마르 븐 압둘 아지즈의 묘소가 있다. 그런데 거기에는 자위야도 없고 묘지기도 없다. 원인은 무함마드의 10대 성문도반[48]——그들

45. 이븐 주자이는 여행시인인 누룻 딘 아부 하싼 알 가르나뤼가 하마의 경관에 관해 묘사한 다음과 같은 시구를 인용하였다.
이목 끄는 하마의 그 경색, 부디 알라께서 보호하소서/노래하는 비둘기, 설레이는 숲, 화려한 건물, 형언할 길 없는데/가꾸지도 않고 이성도 없이, 잔만 비워 흥청거리는 나 저주받네/하마에 이내 마음 흠뻑 젖었다고, 순풍 속에 겪은 역풍, 내 어찌 말하지 않을손가/국자로 물 뜨듯 하는 수차 곁에서, 나는 흥에 겨워 노래하고 춤추네/그러나 수차는 제 신세 탓하여 동정 구하듯, 신음하고 눈물 흘리네.

46. 본명은 아흐마드 븐 압둘라 븐 쑬라이만 앗 타누히(al-Tanūkhī)다. 마아라 출신의 시인이며 철학자(973~1057)인데, 유아 때 천연두에 걸려서 4살이 되자 실명하였다. 11살 때부터 시작(詩作)을 시작하였는데, 특히 동물을 사랑하는 시를 많이 썼다. 그는 45년간이나 소식(素食)을 하였다.

47. 이 도시명은 마아라툿 누아만(Ma'ratu'd Nu'mān)이다. 이븐 주자이에 의하면 그 명명 유래는 다음과 같다. 즉 선지자 무함마드의 성문도반인 누아만 븐 바시르(원래 기독교도)가 홈스의 시정 관직에 있을 때, 죽은 아들을 마아라에 매장했는데, 그때부터 이렇게 불렀다. 원래 이름은 자틸 꾸수르(Dhāti'l Quṣūr)였다. 혹자는 누아만은 이 도시를 부감하는 산의 이름으로서 도시명이 여기서 연유했다고도 주장한다.

48. 무함마드의 10대 성문도반(al-Ṣaḥābah)은 ①아부 바크르 쏴디끄(Abū Bakr al-Ṣadīq), ② 오마르 븐 히톼브('Omar bin al-Khiṭāb), ③ 오스만 븐 아판('Othmān bin 'Afān), ④ 알리 븐 아비 퇄리브('Alī bin Abī al-Ṭālib)(이상 4명은 4대 정통할리파임), ⑤ 퇄하 븐 오바이둘라(Ṭalḥah bin 'Obaidu'l Lāh), ⑥ 주바이르 븐 아왐(al-Zubair bin al-'Awām), ⑦ 싸아드 븐 아비 와까스(Sa'd bin Abī Waqāṣ), ⑧ 압둘 라흐만 븐 아우프(Abdu'l Raḥmān bin 'Auf), ⑨ 아부 아비다 븐 자라흐(Abū 'Abīdah bin al-Jarāḥ), ⑩ 싸이드 븐 자이드(Sa'iid bin Zaid)다. 이들은 이슬람의 초창기부터 교조 무함마드의 충실한 도반으로서 이슬람의 전파와 계승에 결정적 역할을 한 사람들이다. 무함마드는 생전에 이들 모두가 낙원에 갈 것이라고 예언하였다.

에게 알라의 영총을――들까지도 증오하는 추행을 서슴지 않는 일군의 이단자(異端者, 라피뒤야파 al-Rāfiḍiyah)가 사는 곳에 바로 이 묘소가 있기 때문이다. 그들은 '오마르'란 이름만 붙여도 미워하기가 일쑤니 하물며 알리(제4대 정통할리파―옮긴이)――그에게 알라의 영총을――를 숭앙하는 오마르 븐 압둘 아지즈――그에게 알라의 영총을――에 대해서야 더 말할 나위가 없다.

이어 우리가 이른 곳은 싸르민(Sarmīn) 시다. 역시 아름다운 곳으로서 과수원이 많은데, 가장 흔한 나무는 감람수다. 이 고장에서는 벽돌 모양의 비누를 제조하여서는 이집트나 샴으로 수출한다. 향비누도 제조하여 손을 씻는데, 색깔은 붉은 색이나 누런 색이다. '싸르민포'라는 질 좋은 면포(綿布)도 생산한다. 사람들은 욕지거리를 곧잘 하는데, 십(10)자를 싫어한다. 그래서인지 이상하게도 그들은 '십'('asharah)자를 입 밖에 내지 않는다. 시장에서 거간꾼들이 물건값을 부르면서 수효가 '십'이 되면 '9에 더하기 1'이라고 말한다. 하루는 한 터키인이 시장에 와서 거간꾼이 "9에 더하기 1"이라고 외치자 곤봉으로 그의 머리를 찰싹 때리면서 "십이라고 말해, 아니면 곤봉맛을……"라고 엄포를 놓았다. 이곳에 있는 대사원의 돔도 그들의 이러한 추속(醜俗) 때문에 열 개가 아니라 아홉 개이다.

## 3. 할라브시

이제 우리는 할라브(Ḥalab) 시에 도착하였다. 대단히 큰 도시이고 중요한 기지다. 아부 후싸인 븐 주바이르는 할라브에 관해 다음과 같이 기술하고 있다. "지위가 대단히 중요하여, 세세년년 그 이름 드날리고 제왕(帝王)들이 성유(聖諭)를 보내왔으며, 사람들의 마음속 깊이 남아 있다. 수많은 분쟁이 일어났지만 모두 티없는 용서를 받았다. 시내에는 견고하기로 이름난 높은 성보(城堡)가 있다. 이를 데 없이 견고한 이 성보는 돌을 쪼아 쌓았으며, 보기에 아주 단정하다. 세월의 흐름과 더불어 수많은 사람들을 영송(迎送)하였다. 함단(al-Hamdān) 가문의 아미르들과 시인들[49], 모두 어디메 있는가? 아쉽게도 그들 모두는 이미 사라져버렸고, 낡은 것이란 오로지 옛 건물뿐이다. 얼마나 기이한 일인가! 나라는 상존하는데 그 주인들은 가고 말았으니. 주인들은 사라져도 나라만은 사라지지 않는 법이니, 사라진 주인의 후예들은 나라의 재화를 손쉽게 거머쥐지만, 그 역시 덧없는 허망한 일일세. 이 할라브에 그 얼마나 많은 제왕(帝王)들이 군림했건만, 시간과 더불어 그 자리에서 영영 멸하고 말았다. 시명(市名)이 여성[50]이어서인지 미녀의 화장마냥 예쁘게 단장되었으니 그 이유가 수긍이 간다. 국검(國劍, Saifu'd Daulah)인 이븐 함단[51] 치세 이후에 화사하게 분장한 또다른 신부가 나타났다. 그러나 언젠가는 할라브의 청춘이 가고 제왕들의 성유가 끊기면 곧바로 폐허로 남게 될 것이다."[52]

할라브의 보루를 샤흐바(al-Shahbā')[53]라고 한다. 보루 안에는 두 개의 산이 있는데, 두 산에서 다 샘이 솟아나 단수 걱정은 없다. 보루는 2중 성벽으로 에워싸여 있으며, 샘이 나는 큰 해자(垓字)까지 갖추어 있다. 성벽은 나지막하나 보루는 아스라히 높고 열린 아치형이며 망루마다 사람이 지키고 있다. 이 보루에서는 식품이 어느 때고 변질되는 법이 없다. 보루에는 방

49. 저명한 시인 무타납비(al-Mutanabbī) 등을 가리킨다.
50. 아랍어에서는 시명(市名)을 포함한 지명에는 남녀 성의 구별이 있다. 여성 지명인 경우에는 일반적으로 여성을 표시하는 어미형 글자 '타우'(al-tāu'l marbūṭ)가 접미(接尾)되어 여성이 되나, 특수하게는 이러한 어미형이 없어도 여성이 되는 경우가 있다. 예컨대 본문의 '할라브'(Ḥalab)다.
51. 본명은 알리 븐 압둘라 븐 함단('Alī bin Abdu'l Lāh bin Ḥamdān)으로서 '국검'이란 별호를 가지고 있다. 함단 가문에서 처음으로 할라브 시정을 관장한 사람으로서 룸인들과 수차례 교전한 바 있다. 356년(966)에 사망하였는데, 묘지는 마야파르낀(Mayāfārqīn)에 있다.
52. 『이븐 주바이르(Ibn Jubair) 여행기』, 225~26면 참고.
53. 샤흐바란 '회색'이란 뜻이다.

문소가 한 곳 있는데, 할릴──그에게 평화를──이 일찍이 여기서 수행했다고 한다. 이 보루는 샴과 이라크 사이의 유프라테스강 강안에 있는 라흐바 말리크 븐 투끄[54] 보루와 비슷하다. 타타르(al-Tatar)[55]의 폭군 까잔(Qāzān)[56]이 할라브시를 진공했을 때 이 보루를 며칠간 포위하였지만 끝내는 실의에 빠져 퇴각하고 말았다.[57]

전하는 바에 의하면 할라브란 이름은 '이브라힘의 할라브'(Ḥalab Ibrāhīm)에서 유래되었다고 한다. 이브라힘──알라께서 우리의 선지자인 그에게 평화를──이 이곳에 살면서 많은 양을 기르고 있었다. 구차한 사람들이나 오가는 사람들에게 곧잘 양젖을 대접하였다. 그래서 사람들이 모이기만 하면 저마다 '이브라힘의 할라브'[58]를 요구하곤 하였다. 이로부터 이곳이 '할라브'란 이름으로 불리게 되었다.

할라브야말로 비할 바 없이 좋은 환경에다가 짜임새도 있으며, 시장도 널찍하고 잘 조화가 되어 실로 최상의 도시 중의 하나가 아닐 수 없다. 시장은 모두가 나무판대기로 천장을 덮었다. 상인들은 늘 밤늦게까지 일하고 있다. 매대는 별로 좋지 않고 크지도 않지만 사원을 쭉 에워싸고 있다. 검소한 식탁이 사원의 문마다 즐비하게 늘어서 있다. 이곳 대사원은 가장 장려한 사원 중 하나다. 뜨락에는 연못이 있는데, 그 주위는 널찍널찍한 돌을 쫙

54. 그는 압바쓰조 제10대 할리파 무타왓킬(al-Mutawakkil, 재위 833~42) 시대에 다마스쿠스의 아미르를 지낼 때 유프라테스강 강안에 있는 이 라흐바(Raḥbah) 지방에 보루를 축조하였다. 이로부터 '라흐바 말리크 븐 투끄 보루'란 명칭이 유래했다.

55. 여기서의 타타르는 몽골을 지칭한다.

56. 이 까잔은 훌레그의 손자이자 일한 왕국의 창건자인 가잔 한(Ghāzān Khān)이다.

57. 이븐 주자이는 할라브 성보에 관해 읊은 할리디(al-Khālidī)의 다음과 같은 시구를 인용하였다.

하르까*는 높은 망루와 절벽 위에, 보란 듯이 우뚝 솟았네/천공은 그에게 구름옷 가져다주고, 유성의 목걸이 걸어주었네/캄캄 야밤에 빛나는 그 모습, 마냥 구름 속에 벙긋 내민 동정녀 얼굴/그 얼마나 많은 군사 비참히 목숨 잃었고, 권력이 부침을 거듭했었는가.

* 하르까(Kharqā)는 할라브성보의 별칭이다.

깔아놓았다. 강단은 상아와 흑단(黑檀)을 상감한 멋진 세공품이다. 대사원 가까이에 좋은 환경이나 우아한 건축술에서 이 사원과 비견되는 마드라싸가 하나 있는데, 그것은 바니 함단(Banī Ḥamdān) 가문의 아미르들이 세운 것이다. 시에는 그밖에 3개의 마드라싸가 더 있고, 병원도 하나 있다.

시외는 드넓은 벌판인데 큰 장원들이 있고 잘 가꾼 포도나무들이 무성하다. 과수원들은 강가를 따라 늘어서 있다. 이 강은 하마(Ḥamāh)를 지나는 강인데, 아쉬(al-'Āṣī)[59] 강이라고 한다. 이러한 이름이 붙여지게 된 것은 마치 물줄기가 아래로부터 위로 거슬러 흐르는 것같이 보이기 때문이라고 한다.[60] 할라브 시외의 경관이야말로 정말 사람의 기분을 더없이 상쾌하게 만든다. 할라브는 할리파의 거성(居城)이 되기에 명실상부한 도시의 하나다.

할라브에는 수석아미르인 아르군 앗 다와다르(Arghūn al-Dawādār)가 살고 있는데, 그는 나쉬르왕의 중신(重臣)이기도 하다. 그는 법학자로서 공정하다는 평판을 받기는 하나 인색한 사람이다. 할라브시의 법관은 4대 법학파에서 각각 한 명씩으로 모두 4명이다. 그중 법관 카말룻 딘 븐 자말리카니는 샤피이야파인데, 의지가 굳고 마음씨가 너그러우며 성품이 단정하고 박학다식(博學多識)하다. 나쉬르왕은 그에게 사람을 보내 왕실 고등법관으로 위촉하였다. 그러나 그는 부임 도중 빌비쓰(Bilbīs)에서 객사함으로써 임직할 수가 없었다. 일찍이 그가 할라브의 법관에 서임되자, 다마스쿠스 등지에서 많은 시인들이 그를 찾아왔다. 성훈학자인 샤이흐 샴숫 딘 아부 압둘라 무함마드 븐 나바타 알 꾸라쉬 알 우마위 알 마야파라끼니의 아들인 젊은 시인 샤하붓 딘 아부 바크르 무함마드도 그중의 한 사람인데, 그는 장시를 지어 이 법관을 찬송하였다. 그 첫 수가,

58. '할라브'(Ḥalab)는 아랍어로 '젖'이란 뜻이다.
59. 할라브를 지나는 강은 까위끄(al-Qawīq) 강으로서 아쉬강과는 다르다.
60. '아쉬'는 아랍어로 '거역하는' '거역자'란 뜻이다.

드넓은 질라끄[61]는 당신을 잃어 섭섭해하고, 샤흐바[62]는 당신을 맞아 기뻐하네.
그러나 이제 다마스쿠스는 슬픔 거두었고, 할라브는 영광에 더욱 빛나네.
당신 거처하니 뜨락이 환하네. 아니, 빛으로 반짝거리네.
선사(善士)여, 지고의 선행을 베풀어, 각박한 그들에게 너그러움 있게 하소서,
그이가 바로 은혜로운 카말룻 딘, 복과 덕, 다함께 주는 그대,
당대의 가장 거룩한 고등법관, 고아들과 빈자를 보살펴주셨네.
시종 청렴하여 등극한 법관, 그대 있어 문학가들, 문하생들 영예로웠네.
그대 거쳐 할라브인들에게 몽은(蒙恩) 있었고, 알라께서 한껏 시복하셨네.
그대의 예지로 모든 수수께끼 환히 풀리나니, 그것이 바로 총혜다운 총혜여라.
법관 중 법관이여, 그대 능력 그 어떤 고관대작으로도 보상 안되나니,
그대의 후덕한 웅지에 어울리는 그 지위, 저 쌍둥이 자리에도 없어라.
그대의 성망 높은 학덕, 어두움을 몰아내는 환한 서광이어라.
그대의 공적 원수도 인정하고, 그대의 공덕 원수에 의해 명증되었어라.
……

이상의 첫 수만도 50여 행이나 된다. 카말룻 딘은 사의로 시인에게 의상한 벌과 상금을 주었다. 어떤 시인들은 이 시가 너무 애잔한 어사로만 시작되었다고 비평하였다.[63]

할라브시의 법관 중에는 하나피야파의 고등법관인 이맘이며 교사인 나쉬룻 딘 븐 아딤이 있다. 그는 할라브 출신으로 외모가 준수하고 행실이 단정하다. 그래서 한 시인은 그에 관해 이렇게 읊고 있다.[64]

61. 질라끄(al-Jillaq)는 다마스쿠스를 중심으로 한 분지 전체를 가리키나, 다마스쿠스만을 가리키기도 한다.
62. '샤흐바'는 아랍어로 '회색'이란 뜻인데, 할라브를 지칭한다. 할라브의 건물 석재가 회백색이라는 데서 명명이 유래했다.
63. 시인에 관한 이븐 주자이의 기술에 의하면 이 시는 결코 애시(哀詩)가 아니며, 저자는 당대 동방아랍의 시단에서 단연 시백(詩伯)의 지위에 있었다.

그에게 다가가서 환한 용안 보면, 스스로 베풂을 구걸하게 되나니.

말리키야파의 고등법관도 있는데, 기억이 안 난다. 그는 본래 이집트에서 공증인(公證人) 노릇을 한 사람이어서 별로 알려지지 않았다. 한발리야파 고등법관의 이름도 역시 기억이 나지 않지만, 그는 다마스쿠스의 쌀리히야(Ṣāliḥiyah) 가문 출신이다. 할라브시의 총감독은 바드룻 딘 븐 자흐라이다. 법학자 중에는 샤라풋 딘 븐 아자미란 이가 있는데, 그의 친지들은 이 도시의 명류들이다.

## 4. 할라브에서 자발라까지

할라브로부터 나는 티진(Tīzīn)시[65]로 갔다. 이 시는 깐싸린(Qansarīn)으로 가는 도중에 있는데,[66] 터키인(al-Turkmān)들이 건설한 도시다. 시가는 아름답고, 사원은 말할나위 없이 정교하다. 법관은 바드룻 딘 알 아스깔라니이다. 깐싸린은 원래는 큰 고도였지만, 지금은 폐허가 되어 잔해만이 남아 있다.

여기로부터 이른 곳은 안톼키야(Anṭākiyah) 시다. 대단히 큰 고도다. 샴 지방에서는 유례없이 튼튼한 성벽이 이곳에 있었으나 좌히르왕이 공략할 때 다 파괴해버렸다. 이 도시에는 건물이 운집해 있는데, 집들이 모두 다 잘 지어졌다. 수목이 울창하고 물도 넉넉하다. 시외에는 아쉬강이 흐르고 있

64. 저자는 시인 주하이르 븐 아비 쌀미(Zuhair bin Abī Salmī)다. 『주하이르 븐 아비 쌀미 시집』, 1240면.
65. 할라브 부근에 있는 큰 읍인데, 깐싸린 주(州)에 속해 있다.
66. 깐싸린은 할라브의 동남쪽에 있고, 티진은 그 서북쪽에 있으므로 티진이 '깐싸린으로 가는 도중에 있다'고 한 것은 착각이라고 사료된다.

다. 이곳에 하비붓 나자르[67]——그에게 알라의 영총을——의 묘가 있다. 묘소에는 과객들에게 음식물을 제공하는 자위야가 있다. 자위야의 샤이흐는 고령의 수행자인 무함마드 븐 알리인데, 그의 나이는 백세를 넘겼지만 여전히 정력이 왕성하다. 한번은 방문차 그의 과수원에 들렀는데, 그는 땔감을 모아서 어깨에 거뜬히 메고는 시내에 있는 집까지 오는 것이었다. 그의 아들을 만나봤는데, 나이가 이미 80세가 넘었다. 아들은 곱사등이여서 바로 일어서지 못하였다. 누가 이 두 사람을 보면 아버지를 아들로, 아들을 아버지로 착각하기가 십상이다.

안톼키야로부터 부그라쓰(Bughrās)[68] 보(堡)로 향하였다. 이곳은 아주 견고한 보루인데도 과수원과 농장들이 있다. 여기서부터 씨쓰(Sīs) 지방에 속한다. 그곳은 아르메니아(al-Arman) 이교도들이 사는 고장이다. 그렇지만 그들도 역시 나쉬르왕의 백성으로서 그에게 재물과 순은화를 공납한다. 이곳에서는 인화포(印花布)를 생산한다. 이 보루의 아미르는 쇠리뭇 딘 븐 시바니인데, 그에게는 알라웃 딘이라는 착한 아들과 후싸뭇 딘이라는 착하고 어진 조카가 있다. 이 조카는 라드쉬스(al-Radṣīṣ)라는 곳에 살면서 아르메니아 지방으로 통하는 도로를 지키고 있다.

한번은 아르메니아인들이 이 아미르 후싸뭇 딘을 나쉬르왕에게 그가 여러가지 불법을 저질렀다고 고소하였다. 왕은 할라브의 수석 아미르에게 그를 교사(絞死)하라고 하명하였다. 이 일을 알게 된 후싸뭇 딘은 이 억울한 사실을 지우인 한 고위아미르에게 알렸다. 지우는 그 길로 왕을 진현하여 이렇게 진언하였다.

"쑬퇀이시여, 아미르 후싸뭇 딘은 훌륭한 아미르입니다. 무슬림들에게 충

67. 『꾸란』 36장 20절에는 "어떤 사람이 멀리서 급히 달려와서 '여러분, 사자(使者)를 따르십시오'라고 말하였다"라는 구절이 있다. 경전 주석가들의 해설에 의하면 그 '어떤 사람'이 바로 하비붓 나자르(Ḥabību'd al-Najār)라고 한다. 그는 이슬람교를 전도하다가 이단자들의 돌에 맞아죽었다.

68. 안톼키야로부터 4파르싸흐 떨어진 라캄(al-Lakām) 산 기슭에 있다.

정을 다하고 도로를 지키는 용장입니다. 아르메니아인들이 무슬림들의 고장에서 못된 짓을 하려고 하니 그는 그것을 금지시키고, 그들을 꼼짝못하게 하고 있습니다. 아르메니아인들은 그를 모해해서 무슬림들의 위세를 꺾으려 하고 있습니다." 이러한 말을 거듭하자 왕은 후싸뭇 딘을 석방할 뿐만 아니라 의상을 하사하고 복직시키라고 다시 명을 내렸다.

왕은 대사가 있을 때만 급파하는 역체관(驛遞官) 아프라쉬를 불러 긴급 출동하라고 명하였다. 역체관은 보통때 같으면 한 달이 걸리는 이집트로부터 할라브까지의 노정을 단 닷새 만에 주파하였다. 그가 막 당도했을 때 할라브 아미르는 후싸뭇 딘을 교수대로 끌고 가고 있었다. 그러나 알라께서는 이렇게 후싸뭇 딘을 구출하셨기에 그는 제자리로 돌아가게 되었다. 나는 이 아미르를 부그라쓰보의 법관 샤라풋 딘 알 하마위와 함께 안톼키야와 티진의 중간쯤에 있는 옴끄(al-'Omq)란 곳에서 만나봤다. 부그라쓰보는 땅이 기름지고 터가 넓어서 터키인들이 목축하면서 살고 있었다.

이어 나는 꾸솨이르(al-Quṣair)[69] 보(堡)에 닿았다. 꾸솨이르란 단어는 '까스르'(qaṣr, 궁정)의 축소명사다.[70] 아름다운 보루로서 보장(堡長)은 알라웃 딘 알 카르디다. 법관은 이집트 출신의 샤하붓 딘 알 아르만티다.

다음으로 도착한 곳도 슈그르 비카어쓰(al-Shughr Bik'as)[71] 보다. 튼튼한 이 보루는 아아한 산봉우리에 자리하고 있다. 보장은 덕망있는 싸이픗 딘 앗 톼톼쉬이고 법관은 이븐 타이미야[72]의 추종자인 자말룻 딘 븐 샤자라다.

69. 『제국사전』(諸國辭典, *Mu'jamu'l Buldān*)에 의하면 꾸솨이르란 지명은 요르단과 상이집트, 그리고 다마스쿠스와 홈스 사이의 세 군데에 있다. 요르단에 있는 곳은 이미 앞에서 언급했고, 뒤의 두 곳은 여로상 갈 수 없는 곳이다. 따라서 이븐 바투타가 이 지점에서 '꾸솨이르보'에 도착했다고 하는 것은 의문스럽다.
70. 아랍어에서 명사축소형은 'uai' 형태로 변형된다. 예컨대, '까스르'(qaṣr, 궁정)의 축소형은 '꾸솨이르'(quṣair, 소궁정), '키타브'(kitāb, 책)의 축소형은 '쿠타이브'(kutaib, 소책자)로 변형된다.
71. 슈그르보 맞은편에 비카어쓰보가 있고, 이 두 보 사이에는 해자(垓字) 같은 계곡이 있다. 이곳은 안톼키야에서 가까운 곳에 있다.

이곳을 떠나 도착한 곳은 솨흐윤(Ṣahyūn) 시다. 아름다운 도시로서 내가 줄줄이 흐르고 수목이 무성하며 좋은 성보(城堡)도 있다. 시장은 이브라히 미고, 법관은 무힛 딘 알 홈스다. 시외에는 화원 속에 한 자위야가 있는데, 과객들에게 음식을 제공하고 있다. 이 자위야는 독실한 수행자였던 아이싸 바드위——그에게 알라의 자비를——의 묘역 내에 있어 나는 묘소를 참배하였다.

이곳을 떠나서는 까드무쓰(al-Qadmūs) 보, 마이나까(al-Mainaqah) 보, 올라이까(al-'Olaiqah, 수리딸기 'Olaiq의 단수명사), 미스야프(Miṣyāf) 보, 카흐프(al-Kahf) 보 등을 차례로 지났다. 이러한 보루들은 모두가 이쓰마일파(al-Ismā'iliyah)나 파다위야파(al-Fadāwiyah)[73]에 속한 것으로서 다른 파에 속한 사람들에게는 출입을 불허하고 있다. 이 두 파의 사람들은 나쉬르왕 휘하의 궁수(弓手)들로서 이라크 등지에서 침범해오는 적들을 물리치는 데 고용되고 있다. 그리하여 그들 모두는 녹봉(祿俸)을 받고 있다. 만일 쑬퇀이 그들 가운데의 어떠한 사람이든 밀파하여 정적을 암살하기만 하면 그에게 응분의 몸값을 치른다. 그 자객이 일을 마치고 무사히 돌아오면 그 몸값은 그가 직접 받지만, 만약 피살되면 그것은 그의 자녀가 대신 수취한다.

72. 본명은 아흐마드 븐 압둘 할림(Aḥmad bin Abdu'l Ḥalīm)이며, 한발리야파의 석학이다. 종교개혁을 주장한 경전주석가로서 경전주석과 교법에 관한 다수의 저서를 찬술하였다.

73. 이쓰마일리야파는 쉬아파에 속한 12이맘파의 한 분파로서 '7이맘파'라고도 한다. 쉬아파의 제6대 이맘 자아파룻 솨디끄(Ja'faru'd Ṣadīq)는 장자 이쓰마일(Ismā'īl)을 후계자로 임명하였다가 음주 등 악벽(惡癖)이 있다는 이유로 계위를 폐하고 차자 무싸 카쥠(Mūsā'l Kāẓim)을 이맘에 임명하였다. 그러나 이쓰마일 사망(760) 후 그의 지지자들은 차자 임명을 부인하고 이쓰마일을 제7대 이맘으로 추봉(追奉)하였다. 그리고 그를 최후의 이맘이라고 주장하면서 이른바 '이쓰마일리야운동'을 전개하였다. 그들은 신플라톤주의 영향을 받아 『꾸란』의 내재적 의미, 즉 은의(隱意, 바틴 bāṭin)를 강조하였다. 쉬아파 중에서는 가장 활동적인 일파로서 한때 이집트 파티미야조의 국교로까지 되었다. 시리아·이집트·이란·암만·파키스탄·중앙아시아 등지에 분포되어 있다. 이 파 내에는 또 여러개의 분파가 있는데, 파다위야파(al-Fadāwiyah)도 그중 하나다.

그들은 암살에 사용하는 독검(毒劍)을 차고 있다. 만일 그들의 계략이 적중치 못하면, 아미르 까라싼꾸르 암살사건에서 보다시피, 그들은 죽음을 면치 못한다.

까라싼꾸르가 이라크로 도주했을 때 나쉬르왕은 그들 중 몇 사람을 보내 암살을 시도했지만, 워낙 그가 빈틈없이 방범(防犯)하는 바람에 성사하지 못하자 모두 피살하고 말았다. 원래 까라싼꾸르는 고위급 아미르로서 나쉬르왕의 형인 아슈라프왕[74]을 살해하는 데 공모하였다. 나쉬르왕이 등극하여 정국이 평정되고 권력이 공고하게 되자 형을 살해한 범인들을 추적하기 시작하였다. 왕은 형의 원수를 갚기 위해서이기도 하지만, 한편 형에 대한 범행이 자신에게도 반복될 것을 우려하여 범인들을 잡아내는 족족 죽여버렸다. 당시 까라싼꾸르[75]는 할라브의 수석아미르였다. 그래서 나쉬르왕은 예하의 모든 아미르들에게 공한을 보내 휘하의 군사들을 긴급 출동시켜 정시에 할라브에 집결한 후 일격에 까라싼꾸르를 체포하도록 하였다.

아미르들이 하명대로 움직이자 까라싼꾸르는 겁이 덜컥 났다. 그래서 수하의 노예 800명을 이끌고 새벽에 추적하는 2만의 군사를 따돌리고 앞질러 도주하였다. 우선 할라브에서 이틀 거리에 있는 아랍아미르 마흐나 븐 이사의 집으로 출발하였다. 때마침 마흐나는 사냥에 나가고 집에 없었다. 그의 집에 당도한 까라싼꾸르는 말에서 내린 후 머릿수건을 벗어서 어깨에 걸치곤 "아랍아미르여, 날 좀 도와주시오"라고 외쳤다. 집에는 마흐나의 처 움물 바들과 사촌 여동생만이 있었다. "우리는 당신과 당신의 수행자들을 이미 구원하고 있지 않습니까." 부인의 대답이다. 까라싼꾸르는 "나의 자식

74. 본명은 할릴 븐 깔라운(Khalīl bin Qalawūn, 일명 아슈라프al-Maliku'l Ashraf, 재위 1290~93)이며, 이집트 맘루크조(1250~1517) 제8대 왕이다.

75. 본명은 까라싼꾸르 주칸다르(Qarāsanqūr al-Jukandār, ??~1327)다. 이집트 맘룩조 제8대왕 깔라운(Qalawūn)이 등극하기 전에 매입한 쿠르드족 출신의 노예였다. 후일 제9대왕 할릴의 암살에 가담하여 제10대왕 나쉬르의 집권에 일조하였다. 그 공로로 샴의 집정관이 되었으나 모반(謀叛)하였다.

들과 재산도 그렇기를 바랍니다"라고 덧붙였다. 그러자 여주인은 "원하시는 대로 하지요. 그럼, 우리 곁에 머무시지요"라고 화답하였다. 불청객은 그렇게 하기로 하였다.

마흐나가 돌아와서는 반갑게 대하면서 재산에 관해 두루 물었다. 그랬더니 까라싼꾸르는 "나는 할라브에 두고 온 가족과 재산을 구출해주기를 바라거든"라고 말하였다. 마흐나는 자기의 형제들과 사촌들을 불러모아놓고 까라싼꾸르의 딱한 사정에 관해 협의했다. 손님의 요구를 들어주자는 사람도 있지만, "우리가 나쉬르왕의 나라인 이곳 샴에 살고 있으면서 어떻게 그와 싸울 수 있는가?"라는 사람도 있었다. 그러자 마흐나는 "나는 이 사람이 하자는 대로 하기로 하고 그와 함께 이라크 쑬퇀[76]한테로 갈 테야"라고 말하였다. 바로 이때 까라싼꾸르의 자식들이 역체부(驛遞夫)에 끌려 이집트로 압송되었다는 소식이 들렸다. 마흐나는 까라싼꾸르에게 "당신의 자식들은 이제 별도리가 없지만, 당신의 재산만은 어떻게 해서든 빼내오도록 힘써 봅시다"라고 위안하였다.

마흐나는 그를 따르는 친족들과 약 2만 5천 명의 아랍인들을 긴급 모집하여 할라브를 향해 진격하였다. 그들은 단숨에 성문에 불을 지르고 시가를 공략하였다. 급기야 까라싼꾸르의 재산과 남아 있는 그의 가속들을 구출하였다. 그밖엔 아무것도 다치지 않았다. 철시하여서는 곧장 이라크왕한테로 향하였다. 홈스의 시장 아프람이 그들과 동행하였다. 일행은 이라크 쑬퇀 하다반다가 있는 곳에 도착하였다. 쑬퇀이 있는 곳은 쑬톼니야(al-Sulṭāniyah)와 타브리즈(Tabrīz) 사이에 있는 까라바그(Qarābāgh)라는 그의 피서지였다. 쑬퇀은 그들의 도래를 반기면서 마흐나에게는 아랍이라크('Irāqu'l 'Arab)를, 까라싼꾸르에게는 외인이라크('Irāqu'l 'Azm)의 '소(小) 다마스쿠스'라는 마라가(Marāghah) 시를 그리고 아프람에게는 함단을 각

76. 그는 하다반다 무함마드(Khadābandā Muhammad) 왕이다.

각 분봉(分封)하였다.

아프람이 사망할 때까지 그들 모두는 이라크 쑬퇀과 한편이었다. 그러나 그가 사망하자 마흐나는 나쉬르왕과 몇차례 협약을 거치더니, 그만 그한테로 돌아서고 말았다. 그렇지만 까라싼꾸르는 초지불변하여 그대로 남아 있었다. 나쉬르왕은 파다위야파 자객들을 누차 그에게로 밀파하였다. 어떤 자는 그의 집에까지 범접하였다가 그의 면전에서 사살되기도 하고, 또 어떤 자는 말 타고 있는 그를 덮치려다가 칼에 맞아 너부러지기도 하였다. 이렇게 그때문에 숱한 파다위야인들이 죽음을 당하고 말았다. 까라싼꾸르는 절대로 갑옷을 벗는 일이 없었고, 잠도 굵은 통나무나 철재로 지은 집에서만 자곤 하였다.

쑬퇀 무함마드가 붕어한 후, 그의 아들 아부 싸이드가 계위하였다. 그런데, 이제 기술하겠지만, 이때 수석아미르인 주반의 아들 다마르퇴쉬가 나쉬르왕에게로 도망간 사건이 발생하였다. 이윽고 나쉬르왕과 아부 싸이드는 서신을 주고받으면서 약정하기를 아부 싸이드는 까라싼꾸르의 머리를 잘라 나쉬르왕에게 보내고, 나쉬르왕은 아부 싸이드에게 다마르퇴쉬의 머리를 잘라 보내기로 하였다. 나쉬르왕은 약정대로 다마르퇴쉬의 머리를 잘라 아부 싸이드에게 보내왔다. 그러자 아부 싸이드는 까라싼꾸르를 끌어오라고 명하였다. 사단(事端)을 눈치챈 까라싼꾸르는 속에 극독약이 장착된 반지를 꺼내서 거기에 달린 보석을 뜯고는 얼른 독약을 들이켰다. 아부 싸이드는 이 사실을 나쉬르왕에게 알렸을 뿐, 머리는 보내지 않았다.

이러한 파다위야파들의 보루를 몇개 지나서 이른 곳은 자발라(Jabalah)시다. 이곳에는 내도 여러개 흐르고 나무도 많다. 바다로부터는 약 한 마일쯤 떨어져 있다. 여기에 유명한 청렴 수행자인 이브라힘 븐 아드함——그에게 알라의 영총을——의 묘가 있다. 소문에 의하면 그는 속세의 왕위를 포기하고 오로지 알라를 위해서만 전심헌신(專心獻身)하였다고 한다. 원래 이브라힘은 사람들이 추측하는 것처럼 왕족의 후사(後嗣)는 아니고 왕위를 외조부로부터 물려받았다.

그의 선친인 아드함은 정말로 알라밖에 모르는 경건하고 독실한 수행자며 여행가였다.[77] 전하는 바에 의하면 어느날 그는 부하라(Bukhārā) 시[78]에 있는 과수원을 지나다가 그곳을 흐르는 강에서 부분세정을 하고 있었다. 때마침 사과 하나가 강물에 떠내려왔다. 사과를 건져서 그는 "먹어도 괜찮다면 내가 먹어야지"라고 속삭였다. 그러나 마음에 무언가 꺼림칙한 것이 있어 과수원 주인의 허락을 받아야겠다고 생각했다. 그래서 과수원 주인집 문을 두드리니 하녀가 나왔다. "집주인을 좀 불러주게"라고 하니 "주인은 부인이신데요"라고 그녀가 대답하였다. "아무튼 그분을 좀 만나게 해주게." 이렇게 다시 요구하자 하녀는 그렇게 하였다. 아드함은 부인에게 사과 이야기를 하였다. 그러자 부인은 "이 과수원의 절반은 저의 소유이고, 나머지 절반은 쑬퇀의 소유입니다"라고 대답하는 것이었다.

당시 쑬퇀은 부하라에서 10일 여정에 있는 발흐(Balkh)[79]에 체재하고 있었다. 부인은 사과의 절반은 먹어도 된다고 허락하였다. 아드함은 그 사과를 들고 발흐로 갔다. 막 행차하고 있는 쑬퇀의 길을 막아서서 사연을 아뢰고는 허락을 간청하였더니 쑬퇀은 다음날 다시 찾아오라고 하였다. 당시 쑬퇀에게는 예쁜 공주가 있었다. 여러 왕자들의 청혼이 있었지만 공주는 모두 거절하였다. 기실 공주는 신앙에 심취되어 수행자들을 따르면서 경건한 금욕주의자와의 결혼을 고집하였다. 쑬퇀이 회궁(回宮)하여 공주에게 아드함의 사연을 이야기해주었다. 그러면서 "아니, 사과 반쪽 때문에 그 멀

77. 이것은 『명인전』(名人傳, *al-A'lām*)에 소개된 이브라힘 븐 아드함의 전기 내용과는 모순된다. 즉 저자 자르칼리(al-Zarkalī)는 이 책에서 그의 선친은 부자라고 기술하고 있다.

78. 부하라는 중앙아시아 싸만조(Sāmān)(875~999)의 수도다. 싸마르깐드로부터 37파르싸흐 거리에 있는 아름다운 고도로서 부하리, 이븐 씨나 등 대학자들을 배출한 이슬람 문화도시다.

79. 발흐는 중앙아시아 후라싼의 교통요지에 위치한 고도다.

리 부하라에서 발흐까지 오다니. 나는 그보다 더 경건한 사람을 일찍 본 일이 없다"라고 말하였다. 듣고 있던 공주는 그 사람과 결혼하고 싶다고 했다.

다음날, 아드함이 오자 쑬퇀은 "내 딸과 결혼하지 않고는 자네 요구를 들어줄 수가 없네"라고 잘라 말하였다. 거듭 사양한 끝에 아드함은 그렇게 하기로 하고 공주와 결혼하였다. 결혼한 날 공주방에 들어가보니 공주가 화사하게 화장하고 있을 뿐만 아니라, 방도 주단을 깔아놓는 등 화려하게 꾸며놓았다. 이것을 본 아드함은 슬며시 방 한쪽 구석에 가서 날이 밝을 때까지 예배만을 계속하였다. 이런 식으로 이렛밤을 보냈다. 이를 지켜본 쑬퇀은 아드함의 요구를 들어줄 수가 없었다. 그래서 사람을 보내 이르기를 신부와 동침할 때까지는 요구를 들어줄 수 없다고 하였다. 할 수 없이 몇밤 동침한 후 어느날 그는 전신세정을 하고 예배에 들어갔다. 그러자 얼마 안 있어 괴성을 지르더니 예배자리에 그대로 꿇어앉은 채 영영 눈을 감고 말았다——그에게 알라의 자비를. 공주는 잉태해서 이브라힘을 낳았고, 이브라힘의 외조부에겐 대를 이을 아들이 없었다. 그래서 그가 이브라힘에게 양위하였다. 그러나 다 알다시피 그는 계위를 포기하였다.

이브라힘 븐 아드함의 묘소에는 훌륭한 자위야가 있다. 거기에는 연못이 있으며, 자위야는 과객에게 음식을 제공한다. 자위야의 관리인은 대수행자인 이브라힘 잠히다. 매해 8월 15일 밤에 샴 각지에서 많은 사람들이 이곳을 찾아와 참배하고는 이곳에서 사흘간 묵곤한다. 시외인 이곳에는 큰 장이 열리는데, 없는 것이 없다. 그리고 방방곡곡의 유랑 수행자들도 이곳을 찾아온다. 이곳에 오는 사람은 저마다 양초 한 자루씩을 자위야 관리인에게 봉헌하고 간다. 그래서 그가 모은 양초만 해도 몇 낀톼르(qinṭār)[80]는 족히 된다.

이 연해 지방의 주민들은 그 대부분이 누솨이리야파(al-Nuṣairiyah)[81]에

80. 이집트의 무게단위로서, 1낀톼르는 약 44.928kg에 해당한다.

속한다. 그들은 알리 븐 아비 퇄리브의 신성(神性)을 믿고 있다. 그러면서도 예배나 세정, 금식 같은 것은 전혀 하지 않는다. 좌히르왕은 그들에게 마을마다에 사원을 짓도록 강요하였다. 그들은 할 수 없이 마을마다 인가에서 멀리 떨어진 곳에 사원을 지었다. 그러나 사원에는 가지도 않고 돌보지도 않는다. 그러다보니 사원은 고작 가축들의 우리에 불과하다. 간혹 외지인이 와서 사원에 들러 예배를 알리는 아잔(Adhān)[82]을 하면 그들은 마치 당나귀를 향해 말하듯 "울지 마라, 먹이를 줄 테니"라고 빈정대기까지 한다. 그곳의 인구는 꽤 많다. 전하는 바에 의하면, 어느날 웬 낯선 사람이 이 교파인들의 지역에 나타나 자기는 정도(正道)를 가르쳐주는 사람이라고 자처하였다. 이 말을 듣고 사람들이 모여들자 그 낯선 사람은 그들이 앞으로 나라를 장악할 것이라고 예단하면서 그들 각자에게 샴 전역을 분봉(分封)하고 서임(敍任)까지 하는 것이었다. 그리곤 임지(任地)로 가라고 명령하고서는 그들에게 감람나무 잎사귀를 한 잎씩 나누어 주면서 "이것은 그대들의 위임장이니 잘 효용하시오"라고 말하였다.

그들 중 한 사람이 어느 한 곳에 이르자 그 지방 아미르가 대뜸 그를 불러들였다. 그러자 그가 아미르에게 "마흐디(al-Mahdī)[83] 이맘께서 이곳을

81. 이 파는 쉬아파의 한 소분파로서 제4대 정통할리파인 알리의 신성을 믿고 성탄절 같은 기독교 명절을 쇠며, 요한 같은 기독교 이름도 쓴다. 교조는 9세기 후반에 활동한 무함마드 븐 누솨이르(Muhammad bin Nuṣair)다.
82. 예배시간을 알리는 고사(告辭)를 육성으로 송독하는 것을 말한다. 송독하는 사람을 '무앗진'(Mu'dhin)이라고 한다. 1일 5회의 예배시간이 다가오기 전에 원래는 사원에 높이 솟은 첨탑(尖塔)에 올라가 육성으로 높이 아잔사(詞)를 외친다. 지금은 대체로 실내에서 확성기를 이용한다. 아잔사의 내용은 "알라는 가장 위대하시다(Allāh Akbar, 4회), 나는 알라 외에는 신이 없음을 증언한다(2회), 나는 무함마드가 알라의 사자(使者)임을 증언한다(2회), 어서 예배에 오시라(2회), 어서 성공 위해 오시라(2회), 알라는 가장 위대하시다(2회), 알라 외에 신은 없다(1회)"이다.
83. '인도(引導)된' '바른 길로 인도된'이라는 뜻의 아랍어다. 이슬람적인 함의(含意)는 두 가지다. 첫째는 '알라에 의해 바른 길로 인도된 사람'이라는 뜻으로서 이브라힘, 무함마드, 4대 정통할리파, 압바쓰조의 일부 할리파 등을 '마흐디'로 부른다. 둘째는 '구세주

저에게 봉하셨습니다"라고 말하였다. "그럼, 어디에 그러한 위임장이라도 있는가?" 아미르의 추궁이다. 그는 감람나무 잎사귀 한 잎을 꺼내보였다. 이 어처구니없는 일로 그는 매만 실컷 얻어맞고 감금되었다. 이 낯선 사람은 또한 그들에게 무슬림들과 싸울 채비를 하되 우선 자발라시에서부터 행동을 개시하라고 하였다. 그는 검 대신에 부처꽃[84] 가지를 가지고 가라고 하였다. 싸움에서 손에 든 그 가지가 검으로 변한다는 것이다. 그들은 그가 시키는 대로 자발라시에 쳐들어갔다. 시민들은 금요예배를 근행하고 있는 중이었다. 기습자들은 주택에 난입하여 부녀자들을 마구 유린하였다. 사원에 있던 무슬림들이 이에 분기하여 무기를 들고 닥치는 대로 족쳐댔다.

이 소식이 라지끼야(al-Lādhiqiyah)에 전해지자 시장 바하디르 압둘라는 원군을 이끌고 달려왔다. 한편, 전신(傳信) 비둘기를 톼라불리쓰에 보냈더니, 아미르 총감이 역시 원군을 이끌고 도착하였다. 대군의 추격 끝에 약 2만 명이나 되는 누솨이리야파인들이 살상되었다. 나머지는 산중에 피신해 진을 치고 있었다. 그리고서는 아미르 총감에게 서한을 보내 살려만 준다면 1인당 1디나르씩 그에게 상납하겠다고 하였다. 이 소식이 역시 전신 비둘기를 통해 나쉬르왕[85]에게 전해졌다. 왕은 가차없이 처단하라는 답신을 보내왔다. 그러나 아미르 총감은 그들 모두는 무슬림들의 고용농으로서 그들을 죽여버리면 어차피 무슬림들이 손해보게 되므로 왕에게 재고를 간청하였다. 이에 왕은 살려주라는 명을 내렸다.

(메시아)'란 뜻으로서 쉬아파에서 일단 이맘이 은둔(ghāib)하였다가 어느 때인가 구세주적 사명을 띠고 재림(루주아 rujū')한다고 믿는다.

84. 부처꽃(ās)은 도금양과(桃金孃科, Myrtaceae)에 속하는 상록수의 꽃으로서 흰색이며 향기를 뿜는다. 열대지방에서 자란다.

85. 이 책 1장 주 52 참고. 즉 하드르는 한 왕이 양민들의 선박을 탈취할 수 없도록 파괴해 버렸다고 한다.

## 5. 라지끼야에서 다마스쿠스까지

이제 나의 여로는 라지끼야시에 닿았다. 해안에 위치한 고도다. 이 도시를 '선박이란 선박은 몽땅 탈 취한 왕'[86]의 도시라고 한다. 사실 내가 그곳으로 간 목적은 독실한 수행자 압둘 무하씬 알 이쓰칸다리를 방문하자는 데 있었다. 그런데 공교롭게도 그곳에 도착했을 때 그는 성 히자즈(al- Ḥijāz)[87]에 가고 없었다. 그래서 그의 두 문하 수행자인 샤이흐 싸이드 비자시와 야하이 살라위를 만났다. 그들은 알라웃 딘 븐 바하 사원에 있었다. 알라웃 딘은 샴의 대덕선사(大德善士)로서 희사(al-ṣadaqah)도 제법 많이 한 너그러운 사람이었다. 그는 이 두 사람을 위해 사원 가까이에 자위야를 지어주고 오가는 사람들에게 음식도 대접한다. 이 도시의 법관은 말리키야파 이집트인 법학자 자랄룻 딘 압둘 핫끄인데, 그는 덕망있고 인자한 사람이다. 그는 아미르 총감 톼일란을 추종한 덕으로 법관에 임명되었다.

이곳에 이븐 무앗이드란 사람이 있었다. 그는 보는 사람마다 비방하고 신앙을 경시하며 배교적인 비어(蜚語)를 서슴지 않았다. 그가 아미르 총감 톼일란에게 한 가지 일을 부탁하였는데 해결해주지 않자 이집트에 가서는 그에 관해 여러가지 악담을 퍼뜨렸다. 그리곤 라지끼야에 되돌아왔다. 톼일란은 법관 잘랄룻 딘에게 서한을 보내 어떻게 하나 그를 합법적으로 처형해버리라고 하였다. 법관은 그를 자신의 저택에 불러놓고는 그가 한 일을 함께 따져보면서 그의 배교적인 내막을 밝히고 사안의 엄중성으로 보아 사형이 불가피하다고 말하였다. 그리고 법관은 또 법관대로 은밀히 증인들을 찾아 증언문을 작성하도록 하였다. 드디어 법관은 정죄(定罪)하고 그를 감금하였다. 이 사실을 안 아미르 총감은 그를 감옥에서 끌어내어 바로 그 문

86. 『꾸란』 18장 79절에 나오는 하드르(al-Khaḍr)에 관한 이야기 중에 보인다.
87. 히자즈는 현 싸우디아라비아의 중부지역이다. 이 책 1장 주26 참고.

전에서 교수형에 처하였다.

그후 얼마 안 있어 아미르 총감 톼일란은 톼라불리쓰를 떠나게 되었다. 후임으로는 여러 사람이 추천되었지만, 핫즈 까르퉈야로 낙점되었다. 그런데 이 두 사람은 서로가 앙숙(怏宿)이었다. 후임자는 선임자의 뒤를 캤다. 그리고는 이븐 무앗이드의 형제들을 사촉해 법관을 고소토록 하였다. 까르퉈야는 법관과 이븐 무앗이드의 죄행을 증언한 증인들까지도 불러다가 교수형에 처하라는 명을 내렸다. 그들은 교외에 있는 교수형장에 끌려갔다. 각기 교수대 밑에 꿇어앉히고는 머릿수건을 풀어제쳤다. 이 나라 아미르들의 관행으로는 어떠한 사람을 사형에 처할 때면 사형 집행관이 말을 타고 사형 주관자인 아미르 앞에 와서 승낙을 받고는 물러났다가 다시 와서 승낙을 받곤 한다. 이것을 세 번 반복한다. 세 번 해서 이의가 없으면 곧 형을 집행한다. 이날도 집행관이 으레 그대로 했는데, 세번째가 되었을 때 돌연히 아미르들이 일제히 일어서서 모자를 벗고서는 "아미르시여, 법관과 증인들을 처형한다는 것은 이슬람에 대한 모욕입니다"라고 한결같이 소리쳤다. 주관 아미르는 그들의 소청을 받아들여 죄수들을 풀어주었다.

라지끼야 교외에는 파루스(al-Fārūṣ)란 수도원이 있는데, 샴과 이집트를 통틀어 가장 큰 수도원이다. 거기에는 많은 수도사들이 상주하고 있으며 사방에서 기독교도들이 모여든다. 무슬림이 와도 기독교도들은 기꺼이 맞아준다. 여기에서의 음식은 빵, 치즈, 감람, 신선한 식초 등이다. 이곳 항구에는 한쌍의 보루가 마주하고 있는데, 그 사이에 쇠사슬이 늘어져 있다. 이 사슬이 내려져야 출입할 수 있다. 이 항구는 샴지방에서는 양항의 하나다.

여기로부터 이른 곳은 마르까브(al-Marqab)[88] 보다. 이곳은 카라크(al-Karak) 보[89]와 비견되는 큰 성보다. 보루는 소소리 높은 산정에 축조되었으

88. 이 보(堡)는 샴 해안과 발니야쓰(Balniyas) 시를 감시하는 망루(望樓)로서 무슬림들이 454년(1062) 해변가에 축조하였다.

며, 그 외곽에는 외방인의 객사(客舍)가 있는데, 외방인은 성보 안에 들어갈 수 없다. 이 성보는 만수르 깔라운왕이 로마인들의 손에서 빼앗은 후 그의 손자 나쉬르왕이 관할하고 있다. 법관은 이집트인인 부르하눗 딘이다. 그는 고명한 법관 중의 한 사람이다.

이어 나는 아끄라아(al-Aqra') 산에 다다랐다. 이 산은 샴에서 가장 높은 산으로서 바닷가에서 봐도 첫눈에 띈다. 주민들은 터키인이며 산속에는 여러 곳에 샘물과 시내가 있다.

이 산에서 또다른 산인 루브난(Lubnān) 산으로 갔다. 산치고는 세상에서 가장 풍요로운 산이다. 갖가지 과실에 곳곳마다 샘물이 출렁이고 녹음이 우거져 있다. 오로지 알라를 위해서 헌신하고 금욕하며 수행하는 사람들의 발길이 끊이지 않는 곳으로 유명하다. 나는 여기서 일군의 이러한 익명의 수행자들을 보았다. 내가 만난 한 수행자는 나에게 다음과 같은 이야기를 들려주었다. "아주 추운 어느날 우리는 몇몇 수행자들과 함께 이 산에 있었습니다. 추워서 불을 피워놓고 빙 둘러앉았습니다. 그러자 어느 한 수행자가 이 불에다가 무언가 구워먹었으면 좋을 것 같다고 하였습니다. 이때 사람들에게 별로 신망이나 환심도 없는 한 수행자가 불쑥 말을 꺼내기를 '내가 이브라힘 븐 아드함 자위야에서 신시예배를 할 때 자위야 가까이의 눈 속에 푹 빠져 있는 야생당나귀 한 마리를 발견했는데, 통 움직이지 못하는 것 같았어요. 당신들이 그곳에 가기만 하면 영락없이 붙잡아와서 이 좋은 불에 고기를 구워먹을 수 있을 것이오'라고 하였습니다. 그래서 우리 일행 다섯이 그곳에 갔더니, 과연 그가 이야기한 대로 당나귀를 만났습니다. 냉큼 붙잡아서 끌고 와서는 곧장 잡아서 불에 고기를 구웠습니다. 그런데 우리에게 알려준 그 수행자를 찾았으나 그는 온데간데 없이 종적을 감추었습니다. 우리는 그가 참 이상한 사람이라고 생각했습니다."

89. 샴의 발까(al-Balqā) 지방에 있는 높은 산 능선에 지은 성보로서 삼면은 깊은 계곡으로 에워싸여 있다.

루브난산으로부터 도착한 곳은 바알라바크(Ba'labak) 시[90]다. 샴 도시들 중에서 가장 멋진 고도의 하나다. 풍성한 과수원과 수려한 화원으로 에워싸여 있고, 넘실거리는 강물이 시내를 적셔주고 있으며, 그 풍족한 물산 면에서는 가위 다마스쿠스와 맞수가 된다. 다른 곳에 없는 특산물로는 앵두가 있다. 이른바 '바알라바크 당밀(糖蜜)'이라는 일종의 잼은 포도로 만든다. 아월훈씨나 감복숭아씨를 넣어 만든 사탕을 우유사탕 혹은 마피당(馬皮糖, jildu'l faras)이라고 한다. 이곳에는 우유제품이 많아서 다마스쿠스에 반출되기도 한다. 두 도시간의 거리는 부지런히 걸으면 하루 노정이다. 그러나 작반해다니는 사람들은 바알라바크에서 출발해 중도에 과실이 많은 자브다니(al-Zabdānī)[91]라는 자그마한 읍에서 자고 다음날 다마스쿠스로 향한다.

여기서는 머릿수건(iḥrām) 등 바알라바크 특유의 직물을 생산하며 전국에서는 유일하게 나무로 숟가락을 비롯한 여러가지 그릇을 만든다. 이곳 사람들은 접시를 다쓰트(dast, 복수는 두쑤트dusūt)[92]라고 하는데, 하나 만들어서는 그 속에 다른 하나를 만들어서 겹쳐놓고, 또 다른 하나를 만들어 그 속에 겹쳐놓고…… 이렇게 열 개까지 겹쳐놓지만 보는 사람에게는 하나로 보인다. 숟가락도 마찬가지로 하나처럼 열 개씩 겹쳐놓고는 가죽주머니를 만들어 그 속에 넣는다. 그리곤 허리띠에 차고 다니다가 여러 사람과 함께 식사할 때면 그것을 꺼내놓는다. 보기에는 숟가락 하나 같다. 그러나 곧 아홉 개가 떨어져나온다. 내가 이 도시에 도착한 것은 저녁 무렵이다. 그러나 다마스쿠스 생각이 너무 간절해서 다음날 곧바로 떠나고 말았다.

90. 현 레바논 북부에 있는 고대 도시로서 로마시대의 궁정 대리석 기둥을 비롯한 유적이 다수 남아 있다. 다마스쿠스까지의 거리는 해안을 따라 12파르싸흐다.
91. 다마스쿠스와 바알라바크 사이에 있는데, 여기에서 다마스쿠스강이 발원한다.
92. 다쓰트란 이집트 같은 곳에서는 '솥'이나 '큰 가마'를 가리킨다.

## 6. 다마스쿠스시와 우마야 사원

나는 726년, 거룩한 금식월[93] 9일(1326) 목요일에 샴의 다마스쿠스에 도착하여 말리키야파의 샤라비쉬야(al-Sharābishiyah) 마드라싸에 기숙하였다. 다마스쿠스는 그 어느 곳보다도 훌륭하고 아름답다. 그 훌륭함이란 실로 이루 다 형언할 수가 없다.

다마스쿠스에 관한 묘사로는 아불 하싼 이븐 주바이르[94]——알라께서 그에게 자비를——가 말한 것이 가장 그럴 듯하다.

"다마스쿠스는 동방의 낙원이고 그 현란한 빛의 발원지이며, 이슬람제국 중 최상의 초대처이며, 우리가 보아온 도시들 중에서는 언필칭(言必稱) 신부(新婦)의 도시다. 여러가지 향긋한 꽃들로 단장하고 화사한 비단옷을 걸친 화원 속에 용자를 드러내고 있으며, 요지부동의 복지(福地)에 자리잡고 있으며, 모이는 곳마다가 가장 아름답게 꾸며져 있다. 다마스쿠스에는 영광스럽게도 알라께서 예수——그에게 평화를——와 그의 어머니를 은거시킨 언덕이 있다. 그 언덕에는 지금도 은거처와 샘물이 있고 녹음이 우거져 있는데, 그 신화 속의 감천(甘泉) 같은 내는 마치도 뱀이 기어가듯 고불고불 구비쳐흐르고 있다. 이 언덕에는 또한 시원한 바람이 불어와 마음을 한껏 상쾌하게 해주는 꽃동산이 있는데, 눈부시도록 화려하게 장식해놓아 마냥 '어서 와서 혼례에 참석하든가 낮잠을 즐기든가 하라'고 부르는 것만 같다. 다마스쿠스 땅에는 짓궂토록 물이 많아 가뭄을 바랄 정도다. 이 땅은 묵묵히 이렇게 사람들을 부르고 있는 성싶다. '아무데건 발로 꾹 밟아보시라. 그

93. 금식월에 관해서는 이 책 1장 주88 참고.

94. 이븐 주바이르(Ibn Jubair, 1145~1217)는 유명한 중세 아랍 여행가로서 스페인의 발렌씨아에서 출생하여 이집트의 알렉산드리아에서 사망하였다. 1183년부터 3차에 걸쳐 메카를 비롯한 동방아랍 제국과 성지 그리고 시칠리아 섬 등 여러 곳을 두루 편력하였다. 유작으로 『이븐 주바이르 여행기』(*Riḥlatu Ibn Jubair*)가 있다.

러면 시원한 세정수와 음료수가 샘솟을 것입니다.' 도시는 마치 달무리가 달을 에워싸고, 껍질이 과실을 겹싸고 있는 것처럼 과수원으로 둘러싸여 있다. 시 동쪽은 일망무제한 푸른 분지가 펼쳐져 있고, 사방 어디를 보나 푸르싱싱한 경색만이 눈에 띈다. 진정 이 말을 믿을지어다. '만일 지상에 낙원이 있다면 의심할 바 없이 그곳은 다마스쿠스이고, 만일 천상에 낙원이 있다면 다마스쿠스와 가히 비견될 것이다'라는 말을 말이다."[95]

이 말은 튀니지에 살고 있는 성훈학자이며 여행가인 알 와디 아쉬(al-Wādī Āshī) 출신이 샤이흐 샴쑷 딘 아부 압둘라 무함마드 븐 자비르 븐 하싼 알 까이시가 우리에게 알려준 것이며, 이븐 주바이르 여행기 원문에도 나온다.[96] 샤이흐 샴쑷 딘은 말하기를 "주바이르는 다마스쿠스에 관해 아주 정밀하게 잘 묘사함으로써 듣는 이로 하여금 한번 가보고 싶은 충동을 가지게 한다. 아마 그가 그곳에 실제 머문 바가 있어서 사실 그대로를 표현한 것이다. 물론 그의 묘사는 다마스쿠스가 바야흐로 사양길에 접어든 때여서 황금시대의 묘사는 아니다. 그렇다고 여러가지 분란과 해악이 판치는 시대의 묘사도 아니다"라고 하였다. 어떤 이는 이렇게 또 강조하였다. "나는 말로만 듣던 다마스쿠스와 만났는데, 거기에는 진정 마음이 동하고 눈길을 끄는 모든 것이 다 있다."[97]

95. 『이븐 주바이르 여행기』(*Dār Bairūt*, 1964), 234~35면. 이븐 주자이는 다마스쿠스를 '알라의 지상낙원'이라고 말하였다. 이에 관해 한 시인은 다음과 같이 읊었다.

지상에 영원한 낙원 있다면, 그곳이 바로 다마스쿠스여라/천상에 있었던들 낙원이어니, 그 분위기, 그 훙취, 낙원 그대로여라/내가 밤낮으로 만끽하는, 그 착함과 그 너그러움 가득한 곳.

96. 안달루쓰의 시인이며 여행가이고 성훈학자다. 튀니지에서 출생하고, 역시 그곳에서 사망하였다. 시집과 더불어 『40성훈』 등 저서를 남겼다.

97. 이븐 주자이는 다마스쿠스를 묘사한 시편은 부지기수라고 하면서 그의 선친이 즐겨 읊던 시인 샤라풋 딘 븐 무하씬(Sharafu'd Dīn bin Muḥasin)의 다음과 같은 시구를 인용하였다.

누가 터무니 없이 헐뜯고 꼬집어도, 다마스쿠스를 그리는 우리 마음 불같네/그곳의 보석 같은 자갈, 향기 뿜는 대지, 시원히 불어오는 북새/물은 줄줄이 넘쳐흐르고, 꽃

다마스쿠스에는 바니 우마야(Banī Umayah)라는 대사원이 있다. 이 사원이야말로 세상에서 가장 화려하고 섬밀(纖密)하며 우아하고 장쾌하며 완벽한 사원이다. 그에 견줄 만한 사원이란 어디에도 없다. 이 사원의 건축을 주관한 사람은 신자들의 수령인 왈리드 븐 압둘 말리크 븐 마르완[98]이다. 그는 비잔띤의 룸왕에게 사람을 파견해 공장(工匠)들을 보내도록 하였다. 룸왕은 1만 2천 명의 공장들을 보내왔다. 원래 이 사원 자리는 교회당이었다. 당초 무슬림들이 다마스쿠스를 정복할 때 할리드 븐 왈리드——그에게 알라의 영총을—— 는 군사를 이끌고 쳐들어가 교회당의 절반을 점거하였다. 한편, 아부 오바이다 븐 자라흐——그에게 알라의 영총을—— 는 평화적으로 서교(西郊)를 통해 입성하여 교회당의 다른 반을 차지하였다. 그래서 무슬림들은 무력으로 점거한 교회당의 반을 사원으로 개조하였다. 그러나 평화적으로 차지한 다른 반은 그대로 교회당으로 남아 있었다. 왈리드[99]가 사원 확충을 결심하고 룸인들에게 보상은 원하는 대로 줄테니 교회당을 팔라고 하였다. 그러나 그들이 끝내 거부하자 강제로 빼아았던 것이다. 룸인들은 그 누구든 감히 교회당에 손을 대면 귀신 들릴 것이라고 말하였다. 이 말이 왈리드에게 전해지자 그는 "그럼, 내가 알라를 위해 귀신 들린 첫 사람

동산의 실바람 서늘만 하네.

또 가르나톼 시인 누룻 딘의 다음과 같은 시구도 인용하였다.

다마스쿠스, 행운 가득한 우리의 집, 아득한 천애(天涯) 너머의 그 축도(縮圖)/갈대가 춤추고, 새들이 지저귀며, 꽃이 만개하고, 물이 출렁이는 곳/현현(顯現)한 온갖 산해진미, 훗훗한 대수(大樹)의 녹음에 감싸였네/계곡마다에 모세의 샘* 이 솟고, 화원마다에 푸르름 넘치네.

* 전설에 의하면 모세가 물을 기구하여 막대기로 땅을 한번 치니 곧 12개의 샘이 솟아 갈증에 시달리는 유대인을 구원하였다고 한다(『꾸란』 2장 60절).

98. 우마위야조(661~750) 제6대 할리파(재위 705~15)로서 그의 치세 때 아랍제국의 영토가 동으로 인도·투르키쓰탄·중국의 변경까지 확대되었으며, 첫 이슬람 병원을 건립하였다. 또 다마스쿠스의 우마위야대사원을 건립하고 메디나사원과 꾸드쓰의 원사(遠寺)를 증수하였다.

99. 왈리드 븐 압둘 말리크(al-Walīd bin Abdu'l Malik)다.

이 되지!"라고 단언하면서 친히 도끼를 들고 교회당을 허물기 시작하였다. 이 광경을 지켜본 무슬림들은 저마다 달려들어 헐어냈다. 급기야 알라께서는 룸인들의 말이 망언임을 입증하셨다. 사원은 세칭 푸싸이피싸(fusaifisā') 라는 각양각색의 현란한 채색을 띤 금박상감세공(金箔上嵌細工)으로 장식되었다.

사원의 동서 길이는 200보(步)로 300완척(腕尺, 1완척=0.58m—옮긴이)이고, 남북 너비는 135보로 200완척에 달한다. 사원에는 74개의 채색 유리창과 동에서 서로 뻗은 3개의 장방형 석판로(石板路)가 있는데, 매 길의 너비는 18보다. 54개의 대형 석주 사이에는 8개의 역석주(礫石柱)와 화려한 채색 대리석을 상감한 대리석주가 사이사이에 끼여 있으며, 기둥에는 벽감같은 여러 구조물이 그려져 있다. 이 기둥들은 벽감 앞에 있는 '독수리돔'이라는 연제(鉛製)돔을 받치고 있다. 다마스쿠스인들은 이 사원을 날아가는 독수리에 비유했는데, 돔이 바로 그 머리로서 그야말로 세상기적물의 하나다. 어느 방향에서든지 이 도시에 오는 사람이라면 모든 건물보다 높게 하늘로 치솟은 '독수리돔'을 볼 수 있다. 사원의 뜰은 동·서·북의 세 방향에서 세 개의 석판로로 빙 둘러 있는데, 길의 너비는 10보다. 이 세 개의 석판로에는 모두 33개의 석주와 14개의 역석주 및 대리석주가 있다. 뜰의 너비는 100완척이나 되며 비할 바 없이 아름답고 훌륭한 모양새를 갖추고 있다. 황혼녘에 시민들은 이곳에 모인다. 그들 중에는 독경사와 성훈학자, 이론가들도 있다. 저녁예배를 마치고 땅거미가 질 때면 그들은 그곳을 떠난다. 법학자 등 고위인사들은 서로가 만나면 얼른 다가가서 머리에 입을 맞추곤 한다.

뜰에는 세 개의 돔이 있는데, 그중 서쪽에 있는 가장 큰 것을 신자들의 어머니인 아이샤[100]돔이라고 한다. 돔은 여덟 개의 보석을 상감한 채색연박

100. 4대 정통할리파의 초대인 아부 바크르의 딸이며 선지자 무함마드의 처(613~78)다. 무함마드가 가장 사랑한 애처이며, 따라서 부인들 중에서 성훈(聖訓)을 가장 많이 전승하였다.

(鉛箔) 대리석 기둥 위에 얹혀 있다. 본래 사원의 재산은 이 돔 속에 보관되어 있었다고 한다. 세수(稅收)를 포함한 사원의 세입(歲入)은 약 2만 5천 디나르에 달한다고 누군가가 나에게 귀띔하였다. 뜰의 동켠에 있는 두 번째 돔은 좀 형태가 다른 것으로서 가장 작은 것인데, 역시 여덟 개의 대리석 기둥 위에 축조되어 있다. 이 돔을 자인 아비딘[101]돔이라고 한다. 뜰 중앙에 있는 세번째 돔은 놀라울 정도로 섬교(纖巧)하게 대리석을 무어 지은 8각형의 작은 돔인데, 네 개의 말끔한 대리석 기둥 위에 얹혀 있다. 돔 바로 밑에 철판이 있는데, 그 가운데에 동관 하나가 설치돼 있다. 동관에서 뿜어나오는 물은 마치 휘어진 은막대기처럼 솟아올랐다가는 떨어지곤 한다. 사람들은 이 동관을 '물초롱'이라고 부르면서 즐겨 거기에 입을 대고 물을 마신다. 뜰의 동쪽에는 알리 븐 아비 톼리브—그에게 알라의 영총을—사당(祠堂)이라고 부르는 아담한 사원으로 통하는 문이 하나 있다. 그 문의 서쪽 맞은편, 즉 서편 석판로와 북편 석판로가 만나는 데가 바로 아이샤—그녀에게 알라의 영총을—가 성훈을 들었던 곳이라고 한다.

사원의 남쪽에는 샤피이야파 이맘이 예배를 인도하는 거룩한 예배당이 있다. 이 예배당 동쪽 구석, 벽감 맞은편에 큰 서고가 있는데, 그 안에는 신자들의 수령인 오스만 븐 아판—그에게 알라의 영총을—이 샴에 보낸 경전 『꾸란』이 소장되어 있다. 이 서고는 매주 금요일 예배 후에 개방하는데, 사람들은 몰려가 이 경전에 입을 맞추곤 한다. 그리고 그곳에서 사람들은 채무서약이나 공소서약을 한다. 이 예배당 왼쪽에는 성문도반들의 벽감이 있다. 역사가들의 말에 의하면 이 벽감은 이슬람 사상 최초의 벽감으로 거기에서는 말리키야파 이맘이 예배를 인도한다. 이 예배당 오른쪽에는 하나피야파 벽감이 있어서 자파 이맘이 예배를 인도하며, 그 곁에 한발리야파

101. 본명은 알리 븐 후싸인 븐 알리 븐 아비 톼리브 아부 하싼 자인 아비딘(Zain al-'Ābidīn, 658~712)이다. 쉬아파의 12이맘파 제4대 이맘이다.

벽감이 있어서 역시 자파 이맘이 예배를 인도한다.

이 대사원에는 세 개의 첨탑(尖塔)이 있다. 그 하나는 동쪽에 있는 룸인들이 세운 첨탑이다. 탑의 입구는 사원 안에 있으며, 탑 아래에는 부분세정용 욕실이 마련되어 있어 사원에 은거하거나 기거하는 사람들이 거기에서 세정을 한다. 서쪽에 있는 두번째 첨탑도 룸인들이 건조한 것이며 북쪽에 있는 세번째 첨탑은 무슬림들이 세운 것이다. 이 사원에는 무앗진[102]만도 70명이나 된다. 그리고 사원 동켠에 큰 첨탑이 따로 하나 있는데, 거기에는 수조(水槽)가 있다. 이 탑은 수단 자일라아(Zaila‘ Ṣūdān) 족[103]들의 전용탑이다.

대사원의 한가운데에 자크리야——그에게 평화를——묘가 있다. 관은 두 석주 사이에 가로놓여 있는데, 문양있는 검은 비단천으로 씌워져 있다. 천에는 흰 글씨로 "자크리야여, 우리는 야하야란 어린이의 이름으로 당신에게 삼가 기쁜 소식을 전해드리는 바입니다"[104]라고 씌어 있다.

이 대사원은 그 공덕이 널리 알려져 있다. 나는 다마스쿠스의 공덕에 관한 쑤프얀 사우리[105]의 글에서 "다마스쿠스 사원에서의 1배(拜)는 다른 곳에서의 3만 배와 맞먹는다"라는 문구를 읽은 바 있다. 그는 선지자——그에게 평화를——의 말을 인용해 "세계가 궤멸된 후에도 사람들은 여기서 알라를 무릇 40년 동안이나 신봉할 것이다"라고 하였다. 전하는 바에 의하면 사원의 남쪽 벽은 선지자 후드(Hūd)——그에게 평화를——가 축조했으며,

102. 사원에서 육성으로 예배시간을 알리는 고사(告辭)를 송독(아잔adhān)하는 사람을 말한다. 서기 628년에 이러한 송독을 결정하였는데, 첫 송독자(무앗진)는 성문도반인 압둘 라흐만 븐 자이드(Abdu'l Raḥmān bin Zaid)였으며, 전문직으로서의 수임자(首任者)는 해방된 노예인 빌랄(Bilāl)이다(이 장 주82 참고).

103. 에티오피아 접경지대에 있는 수단의 종족으로서 본향인 자일라아(al-Zaila‘)는 예멘의 한 섬이라고 한다.

104. 『꾸란』 19장 7절.

105. 본명은 쑤프얀 븐 싸이드 븐 마쓰루끄 앗 사우리(Sufyān bin Sa‘iid bin Masrūq al-Thaurī, 716~78)다. '성훈에서의 신자들의 수령'이란 칭호를 얻은 대성훈학자다.

거기에 그의 묘가 있다고 한다. 그런데 나는 예멘(al-Yeman)의 좌파르(Ẓafār) 시 부근의 아흐까프(al-Aḥqāf)[106]란 곳에서 한 건물을 봤는데, 그 속에 묘한 기가 있었다. 묘비에는 "후드 븐 아비르[107]——그에게 평화를——의 묘(墓)"라고 씌어 있었다.

다마스쿠스 대사원이 갖는 특징의 하나는 연중 극히 짧은 시간을 제외하고는 독경과 예배가 끊이질 않는다는 사실이다. 이에 관해서는 다음에 이야기 할 것이다. 사람들은 아침예배 후에 여기에 모여서는 『꾸란』의 7분의 1일을 송독한다. 신시예배 후에 모여서는 이른바 '카우사리야'(al-Kauthariyah)라는 독경을 하는데, 그것은 『꾸란』의 '카우사르장'부터 마지막 장까지 송독하는 것을 말한다. 이렇게 모여서 독경하는 사람들에게는 일정한 보수가 주어지는데, 인원수는 약 600명 가량 된다. 결석계원이 그들을 일일이 확인하는데, 결석자에 한해서는 결석한 것만큼의 보수를 공제한다. 사원 안에는 두문불출하면서 수행하는 사람들이 많다. 그들은 예배와 독경, 염송(念誦)에 잠심몰두(潛心沒頭)하는 사람들로서 이 일을 절대로 소홀히 하지 않는다. 그들은 상술한 동쪽 첨탑 아래에 있는 욕실에서 부분세정을 한다. 시민들은 아무런 대가도 받지 않고 그들에게 의식(衣食)을 제공하고 있다.

이 대사원에는 네 개의 문이 있다. 남문은 지야다(al-Ziyādah) 문이라고 한다. 문 위에는 할리드 븐 왈리드——그에게 알라의 영총을——의 깃발을 달았던 창 조각이 있다. 남문의 통로는 상당히 넓다. 지금은 양편에 잡화점 같은 상점들이 늘어서 있다. 남문을 지나서 할릴(al-Khalīl)의 저택으로 간

106. 아흐까프는 『꾸란』에도 언급되어 있는데, 암만('Āmmān)과 마흐라(Mahrah) 사이에 있는 계곡이름이다. 그러나 아드('Ād) 부족이 살던 예멘의 샤흐르(al-Shaḥr) 해변가의 모래톱이란 일설도 있다.

107. 후드 븐 아비르(Hūd bin 'Ābir)는 예멘과 암만 사이의 사구(沙丘)지대에서 살던 아드 부족의 한 선지자다. 전설에 의하면 그는 사람들에게 우상숭배를 그만두라고 호소하였지만 오히려 모함을 당하였다. 그래서 알라께서는 검은 구름과 강한 바람을 보내 그들을 전멸시켰다.

다. 문밖 왼켠에는 놋그릇점포가 쭉 늘어서 있다. 사원의 남쪽 벽을 따라 펼쳐진 이 가관의 시장은 다마스쿠스에서도 이름난 시장의 하나다. 이 시장자리는 원래 무아위야 븐 아비 쑤프얀[108]——그에게 알라의 영총을——과 그 일가의 저택으로서 샴쑬 하드라(Shamsu'l Khaḍrā')라고 불렀다. 그러던 것을 압바쓰인들[109]——그들에게 알라의 영총을——이 헐어내고 시장으로 만들었다.

동문은 가장 큰 문으로서 지룬(Jīrūn) 문이라고 한다. 이 문에는 넓은 통로가 있는데, 거기를 거쳐 넓고 긴 석판로로 나간다. 이 문 앞에는 여섯 개의 기둥 위에 세워진 자그마한 문 다섯 개가 있다. 동문 좌측에는 큼직한 사당(祠堂)이 하나 있다. 본래 여기에 후싸인——그에게 알라의 영총을——의 머리가 안장되어 있었다. 문 맞은편에는 오마르 븐 압둘 아지즈[110]——그에게 알라의 영총을——가 지은 자그마한 사원이 있는데, 그 안에 물이 흐르고 있다. 석판로 앞에는 통로로 내려가는 계단이 있는데, 이 통로는 마치 큰 참호처럼 높다란 문에 닿아 있다. 그 문 밑에는 늘어선 나무처럼 여러 개의

108. 무아위야 븐 아비 쑤프얀(Mu'āwiyah bin Abī Sufyān, 603~80, 재위 661~80)은 우마위야조의 창건자다. 메카에서 출생한 그는 이슬람군이 메카를 수복할 때 이슬람교에 입교하였다. 비잔띤제국을 진공한 첫 무슬림 해군이었다. 선친은 선지자 무함마드와 적대관계에 있는 메카 꾸라이시(Quraish)족 우마위야(Umawiyah) 가문의 수장 아부 쑤프얀(Abū Sufyān)이다. 633년 가을 이모형(異母兄)인 야지드(Yazīd)가 인솔하는 군에 입대해 시리아 정복전에 참전하였다. 639년 야지드가 전사하자 샴 총독에 임명되었다. 656년 같은 가문 출신인 제3대 정통할리파 오스만('Othmān)이 시해되자 복수를 부르짖으며 할리파 알리(제4대)와 대결하였다. 657년 대 알리와의 쉿핀(Ṣiffin) 전투 승리를 계기로 세력을 크게 확장해 660년 예루살렘에서 자칭 할리파임을 선언하였다. 661년 알리가 피살되자 다마스쿠스에서 우마위야조의 건국을 선포하였다.

109. 압바쓰인들(Abbāsiyūn)이란 선지자 무함마드의 삼촌인 압바쓰(al-Abbās)의 후예들을 말한다. 그들은 우마위야조를 전복하고 압바쓰조 이슬람제국(750~1258)을 건립하였다.

110. 우마위야조의 제8대 할리파(일명 오마르 2세, 681~720, 재위 717~20)다. 성군으로서 선행한 4대 정통할리파들과 비견되기 때문에 '제5대 정통할리파'라고도 한다. 정적에게 독살되었다.

기둥이 세워져 있다. 통로 양편에 많은 기둥으로 떠받쳐진 거리가 펼쳐져 있다. 거리에는 보석상점과 서점이 있고 기이한 유리기구를 만드는 공장(工匠)들도 보인다.

첫 문과 잇닿은 공지에는 중요한 공증인(公證人)들이 운영하는 공증소가 있다. 그중 한곳은 샤피이야파의 것이고, 나머지는 기타 각파의 것이다. 매 공증소에는 5,6명의 공증인이 근무하고 있다. 단 결혼계약 업무자는 법관이 파견한다. 기타 공증인들은 시내 곳곳에 산재해 있다. 이 공증소 부근에는 종이, 붓, 잉크 등을 판매하는 필기구시장이 있다. 위의 통로에는 대리석으로 만든 둥글넓적한 못이 하나 있다. 못에는 몇 개의 대리석 기둥에 받쳐 있는 무개(無蓋)돔이 있으며 못 한가운데 있는 동관에서는 물을 힘차게 뿜어내고 있다. 한 길도 넘게 공중에 대고 쏘아댄다. 사람들은 이것을 '분수'(fawwārah)라고 한다. 정말로 가관이다.

지룬문 밖 오른쪽에 종문(鐘門, Bābu'l Sā'āt)이 있다. 기실 이 문은 큰 아치형로 이루어진 하나의 방이다. 이 큰 아치 속에는 또 열려 있는 여러개의 작은 아치가 들어 있다. 그런데 이 작은 아치에는 낮 시간수만큼의 문이 달려 있다. 문들의 안쪽은 푸른 칠을, 바깥쪽은 누런 칠을 하였다. 만일 낮에 한 시간이 지나면 푸른 색 안쪽이 바깥에 오고, 누런 색 바깥쪽이 안쪽으로 바뀐다. 이것은 이 종문 방안에서 누군가가 시간에 맞추어 문을 수동으로 뒤바꾸어놓기 때문이라고 한다.

이 대사원의 서문은 역체문(驛遞門, Bābu'l Barīd)이라고 한다. 이 문 밖 우측에는 샤피이야파 마드라싸가 있다. 서문에도 통로가 있는데, 그 양옆에는 초를 파는 상점과 과실매대가 늘어서 있다. 이 통로의 한 끝에도 문이 하나 있다. 거기에는 상당히 높은 기둥에 떠받쳐 있는 계단을 따라 올라가게 되어 있다. 계단 밑 좌우에는 원형의 식수통이 마련되어 있다.

다음으로 사원의 북문은 나트파니인문(Bābu'l Naṭfāniīn)이라고 한다. 이 문에도 역시 큰 통로가 있다. 문밖 우측에는 샤미아니야(al-Shamī'āniyah)

라는 자위야(Khānqāh)[111]가 있는데, 이 자위야에는 수조와 물이 흐르는 욕실이 있다. 이곳은 원래 오마르 븐 압둘 아지즈──그에게 알라의 영총을──의 저택이라고 한다. 이렇게 이 대사원에 있는 4대문의 문마다에는 약 100개의 욕실에서 물이 콸콸 쏟아지는 부분세정소가 갖추어져 있다.

이 대사원에는 13명의 이맘이 있다. 우선은 샤피아야파 이맘인데, 내가 다마스쿠스에 입성했을 때의 이맘은 대법학자이며 고등법관인 잘랄룻 딘 무함마드 븐 압둘 라흐만 알 까즈위니였다. 그는 사원의 설교사이기도 한데, 그의 주거지는 사내 설교실이다. 예배시 이맘은 이맘방(al-maqṣūrah) 맞은편의 철문에서 나온다. 이 문은 일찍이 무아위야[112]가 출입하던 문이다. 그후 잘랄룻 딘은 이집트의 법관에 서임되었고, 그 대신 나쉬르왕은 다마스쿠스에 지고 있던 빚 10만 금화를 환불하였다. 샤피이야파 이맘은 일단 예배를 인도하기만 하면 우선 알리, 다음으로 후싸인, 할라사, 아부 바크르, 오스만──그들 모두에게 알라의 영총을──의 순으로 그들의 넋을 기리는 예배를 인도한다.

다음은 말리키야파 이맘인데, 내가 도착했을 때의 이맘은 법학자인 아부 오마르 븐 왈리드 븐 핫즈 앗 타즈비였다. 그는 꾸르투바(Qurtubah)의 출신으로서 출생지는 가르나톼(al-Gharnāṭa)이지만, 다마스쿠스에 살고 있었다. 그는 형제──그들에게 알라의 자비를──와 번갈아 가면서 예배를 인도하고 있다. 내가 도착했을 때 하나피야파 이맘은 세칭 이븐 루미라는 법학자 아마둣 딘 알 하나피였다. 그는 수피파 대가의 한 사람으로서 하누티야(al-Khānūtiyah) 자위야뿐만 아니라, 또 하나의 최상의 명예를 지닌 자위야를 소유하고 있었다. 마지막으로 당시의 한발리야파 이맘은 맹인인 샤이흐 압둘라였다. 그는 다마스쿠스의 노련한 독경사의 한 사람이다. 이상 네 파의 이맘들이 잠깐씩 예배를 인도하는 외에 사원 내에서의 예배는 새벽부

111. 한까흐(Khānqāh)는 수피파 수행자들의 자위야다.
112. 여기에서의 무아위야는 우마위야조 창건자인 무아위야 븐 아비 쑤프얀을 말한다.

터 야밤 삼경까지 줄곧 계속된다. 『꾸란』 독경도 마찬가지다. 이것이 바로 축복받는 이 대사원이 지닌 자랑 중 하나이다.[113]

이 대사원에는 각종 학문의 연수과정(硏修課程)이 있다. 성훈학자들은 높은 의자에 앉아 성훈학 전적(典籍)을 독해하며, 『꾸란』 독경사들은 아침 저녁 가리지 않고 낭랑한 목소리로 송독한다. 경전을 가르치는 일군의 교사들은 저마다 사원 내의 기둥 하나씩에 기대 앉아서는 어린이들에게 송독법을 가르치고 있다. 어린이들은 경문에 대한 사소한 손색이라도 피하기 위해 『꾸란』을 칠판 같은 데 쓰지 않고 그저 구전심수(口傳心受)로 읽기만 한다. 서법(書法)교사는 『꾸란』교사와는 달리 어린이들에게 시집(詩集) 등을 가르친다. 그러면 어린이들은 쓰기에만 전념하게 되어 결국 서법도 익히게 된다. 서법교사는 서법밖에 가르치지 않는다.

사원 내의 교사들 중에는 샤피이야파의 수행자인 학자 부르하눗 딘 븐 파르카흐가 있다. 또한 그들 중에는 덕행과 수행으로 이름난 학자 누룻 딘 아부 야쓰르 븐 솨니아란 사람이 있다. 잘랄룻 딘 알 까즈위니가 이집트의 법관에 서임되었을 때 아부 야쓰르에게 법복(法服)을 한 벌 보내면서 다마스쿠스의 법관직에 임명하였다. 그러나 그는 거절하였다. 교사들 중에는 석학의 한 사람인 이맘 샤하붓 딘 이븐 자힘도 있는데, 그는 아부 야쓰르가 법관직을 거절했을 때 그 직이 자신에게 떠넘겨지지나 않을까 걱정되어 그만 다마스쿠스를 떠나고 말았다. 이 일이 나쉬르왕에게 알려지자 왕은 이집트

113. 다마스쿠스의 우마야 대사원에 관해 본문에서 기술된 외에 몇가지를 보충하면, ① 우마위야조 할리파 왈리드가 서기 705년부터 10여년간 연 노동력 1만여명에 총경비 1,200만 디나르(약 600만 영국 파운드)를 들여 건조하였다. ② 본당은 동·서·중 3개의 당으로 구성되었는데, 길이는 136m, 너비는 37m에 달한다. ③ 뜰 안에 3개의 밀폐식 원형건물이 있는데, 서기 787년에 지은 서쪽 건물에는 『꾸란』의 사본이 수장되어 있고, 776년에 지은 동쪽 건물은 본래 할리파 야지드의 이름을 붙였으나 지금은 종루(鐘樓)라고 하며 고종(古鐘)이 보관되어 있다. 중간의 것은 대리석 연못이다. ④ 사 내의 3개 첨탑의 건조 연대는 각각 다른바, 북탑(신부탑)은 8세기에, 남탑(이사탑)은 11세기에, 서탑은 15세기에 각각 세워졌다.

의 수위(首位) 샤이흐이며 석재(碩材)들의 거벽이고 이슬람신학[114]의 대변자이고 대법학자인 알라웃 딘 알 꾸나위를 다마스쿠스의 법관에 임명하였다. 그밖에 교사들 중에는 후덕한 이맘 바드룻 딘 알리 샤하위도 있다. 이들 모두에게 알라의 자비가 있기를 기원한다.

앞에서 샤피이야파의 고등법관으로 잘랄룻 딘 무함마드 븐 압둘 라흐만 알 까즈위니를 언급하였다. 말리키야파의 법관은 파윰(al-Fayūm)의 설교사인 샤라풋 딘이다. 용모가 준수한 이 법관은 고관의 한 사람으로서 수피파의 수위 샤이흐다. 그의 대리법관은 샴숫 딘 븐 까프쉬이며, 그의 재판정은 쌈쏴미야(al-Ṣamṣāmiyah) 마드라싸에 있다. 하나피야파의 고등법관은 아마둣 딘 알 하우라니인데, 그는 권위가 대단하며, 주로 부부간의 소송을 재판한다. 어떤 남자든 하나피야파 법관의 이름만 들어도 그 앞에 가기 전에 벌써 기가 절반 죽고 만다. 한발리야파의 법관은 수행자인 이맘 앗줏 딘 븐 무슬림인데, 명법관으로서 늘 당나귀를 타고 다닌다. 성 히자즈를 가다가 사자(使者)——그에게 평화를——의 도시[115]에서 객사하였다.

당시 다마스쿠스에는 한발리야파의 대법학자이며 샴의 대학자인 타깃 딘 븐 타이미야가 있었다. 그는 그의 해박한 여러 학문에 관하여 자주 언급하였다. 다마스쿠스 주민들은 그를 대단히 존중하였다. 그런가 하면 그는 그 나름대로 또 사원의 강단에 서서 그들을 잘 효유(曉諭)하였다. 언젠가 한번은 그가 법학자들이 부정하는 사항에 관해 감히 언급하자, 법학자들은 그를 나쉬르왕에게 고소한 바 있다. 그러자 왕은 그를 카이로에 오도록 하

114. 이슬람신학('Ilmu'l Kalām)은 이슬람교의 기본신앙인 6신(信)을 연구하는 학문인데, 그 주요내용은 세계와 인간의 기원, 인간의 종국적 귀의(歸依), 알라와 세계 및 인간과의 관계, 인간의 정명(定命)과 자유의지, 인간의 능력과 행위의 관계, 『꾸란』의 계시성(啓示性) 등이다. 이 학문의 연구목적은 알라의 유일성(唯一性, 타우히드tauḥīd)과 절대성을 논증하는 것이다. 그래서 일명 유일성학(唯一性學, 'Ilmu'd Tauḥīd)이라고도 한다. 중국 이슬람학계에서는 인주학(認主學) 혹은 교의학(教義學)이라고 한다. 신학자(神學者)를 '무타칼림'(al-mutakallim)이라고 한다.

115. 메디나(al-Madīnah) 시를 지칭한다.

명하였다. 왕은 여러 법관들과 법학자들을 한자리에 모이게 하였다. 이 자리에서 말리키야파의 샤라풋 딘 앗 자와위는 이븐 타이미야가 이러저러한 낭설을 퍼뜨렸다고 비난하면서 그의 비리를 열거하였다. 그리고선 그것을 의사록(議事錄)으로 작성하여 고등법관에게 직접 제출하였다. 고등법관이 이븐 타이미야에게 "그대는 무엇이라고 발설하고 있는가?"라고 묻자 그는 "오직 알라만이 주이시다"[116]라고 대답하였다. 법관이 되묻자 그는 똑같은 대답을 하였다. 왕은 어이없어 그만 그를 감금하라고 하였다.

몇년간 옥살이를 하면서 그는 약 40권에 달하는 『위해』(圍海, *al-Baḥru'l Muḥīṭ*)란 『꾸란』 주석서를 찬술하였다. 후일 그의 어머니가 나쉬르왕에게 항의소청(抗議訴請)하자 왕은 드디어 그를 석방하라고 하명하였다. 그러나 얼마 지나지 않아 또 비슷한 일이 재발하였다. 마침 내가 다마스쿠스에 있을 때다. 나는 금요예배시 그를 만났다. 그는 사원의 강단에서 지금 막 사람들을 효유하고 계도하고 있었다. 그러던 중 그는 "알라께서 이 속세의 하늘에 내려오고 계신다. 바로 내가 이렇게 내려가는 것처럼"이라고 말하고는 강단의 계단 하나를 내려서는 것이었다. 이에 이븐 자하라라는 한 말리키야파의 법학자가 불쑥 일어서서 항의하면서 그의 말을 대뜸 부정하고 나섰다. 그러자 청중들이 이 법학자에게 달려들어 주먹과 신발창으로 몰매를 안겨 터번까지 벗겨졌다. 그런데 벗겨진 터번 밑으로 하르르한 비단천 받침수건이 나타나자 사람들은 일제히 흥분하여 그의 이러한 옷차림새를 크게 나무랐다.[117] 그리곤 그를 한발리야파의 법관 앗줏 딘 븐 무슬림 저택으로 끌고 갔다. 법관은 당장 하옥(下獄)을 명하고 나서 엄벌에 처하였다. 그러자 말리키야파와 샤피이야파 법학자들은 법관의 처사에 이의를 제기하

116. 'Lā Ilāh Illa'l Lāh'의 역어다. 원뜻은 '신은 없고 오직 알라만 있다'(즉 오직 알라만이 주이시다)다. 이 구절은 이슬람교의 기본신앙인 6신(信)의 첫째 신앙의 원문 절반구절이다. 전문은 '오직 알라만이 주이시고, 무함마드는 알라의 사자(使者)이다'(Lā Ilāh Illa'l Lāh, Inna Muhammadan Rasūlu'l Lāh)다.

117. 이슬람교에서는 남자에 대해 비단옷차림 등 화려한 복식을 금기시한다.

고 수석아미르인 싸이풋 딘 탄키즈에게 고소를 하였다. 수석아미르는 청백리(淸白吏)이기에 나쉬르왕에게 사실을 그대로 품고하면서 이븐 타이미야의 비행을 공식문건으로 작성하였다. 그 비행으로는 예컨대 기혼남자는 이혼할 때 말 한마디만으로 이루어지며 세 번까지 이혼할 수 있다고 하는 주장이다.[118] 또 하나의 예로는 성묘(聖墓)를 참배하려고 길을 떠나는 여행자—알라께서 그에게 복을 더해주시기를—도 예배를 단축할 수 없다는 견해다.[119] 등등 이러한 공식문건이 나쉬르왕에게 보내지자, 그는 이븐 타이미야를 성보(城堡)에 감금하라고 명하였다. 이븐 타이미야는 거기에 감금되었다가 옥사하였다.

## 7. 다마스쿠스시와 그 교외

나는 샤피이야파가 다마스쿠스에 몇 개의 마드라싸를 소유하고 있다는 것을 알고 있다. 그중 가장 큰 것은 아딜리야(al-'Ādiliyah) 마드라싸[120]다. 고등법관은 이 마드라싸에서 재판을 진행한다. 그 맞은편에 좌히리야(al-Ẓāhiriyah) 마드라싸[121]가 있는데, 여기에 좌히르왕의 묘와 법관 대표들의

118. 이슬람교법에 의하면 남자에 휴처권(休妻權)이 있으며 1차로 휴처한 다음 휴처와 재혼할 수 있으나 3차 재혼은 불허된다. 여기서의 '한마디'란 '나는 이혼을 원한다'는 식의 말이다.
119. 이슬람교법에 의하면 여행 도중에는 4배(拜)를 2배로 하는 등 예배를 간소화할 수 있다.
120. 다마스쿠스대사원 북쪽, 좌히리야문(Bābu'd Ẓāhiriyah) 맞은편에 있다. 이 마드라싸는 누룻 딘 마흐무드 븐 잔키(Nūru'd Dīn Maḥmūd bin Zankī)왕이 건설을 시작했으나 마무리 못하고 '공정한 왕'(al-Maliku'l 'Ādil)인 싸이풋 딘(Saifu'd Dīn)이 넘겨받았으나, 역시 끝내지 못하였다. 그의 아들대에 와서야 준공되고 종교기금도 마련되었다.
121. 좌히리야 이름을 가진 마드라싸는 2개가 있다. 하나는 나스르문(Bābu'd Naṣr) 밖, 깐와트(al-Qanwāt) 강과 반야쓰(Bānyās) 강 사이에 있는 좌히리야 바라니야(al-Ẓāhiriyatu'l Barāniyah) 마드라싸이고, 다른 하나는 파르즈문(Bābu'l Farj)과 파라디스문

대기석이 있다. 대표들 중에는 끼브트(al-Qibṭ) 출신의 파크룻 딘이 있다. 그의 선친은 끼브트에서 사사(司事)였는데, 이슬람으로 개종하였다. 대표 중 한 사람이었던 자말룻 딘 븐 줌라는 후일 샤피이야파의 고등법관이 되었다. 그러나 부득이한 일로 철직되고 말았다.

다마스쿠스에 주하이룻 딘 알 아즈미란 수행 샤이흐가 있었는데, 수석아미르인 싸이풋 딘 탄키즈는 그를 사사(師事)하고 존경하였다. 어느날, 샤이흐가 수석아미르의 법무청에 들렀다. 네 파의 법관들도 동석하였다. 고등법관 자말룻 딘 븐 줌라가 그의 앞에서 이야기 하나를 꺼냈다. 그러자 이 샤이흐는 "자네, 거짓말 했군"이라고 한마디하였다. 이에 고등법관은 불쾌하여 벌컥 화를 냈다. 이 법관은 수석아미르를 찾아가서 "어떻게 당신의 면전에서 제가 거짓말을 했다고 말할 수가 있습니까?"라고 하자, 아미르는 "그럼, 심리해보시오"라고 건성으로 응수하였다. 그리곤 샤이흐를 법관에게 맡겼다. 아미르는 그로서 일은 끝나고 더이상 샤이흐를 괴롭히지 않을 것으로 생각하였다.

그러나 법관은 샤이흐를 아딜리야 마드라싸로 끌고 와서는 채찍으로 200대 때리고 나서 당나귀에 태워 시내를 일주하면서 시중(示衆)하는 것이었다. 고발관이 그의 죄상을 소리 높여 고발하면서 다니다가 일단 그 고발성이 멎으면 당나귀에 태운 채 한바탕 또 때리곤 하였다. 이것은 현지의 관행이다. 수석아미르가 이 일을 알고서는 크게 나무라면서 법관들과 법학자들을 불러모았다. 이들 모두는 법관의 착오를 지적하고 그런 행위는 자파의 교리에도 위배된다고 단죄하였다. 샤피이야파의 질책도 여간 아니었다. 말리키야파의 법관 샤라풋 딘은 "그의 위증을 꼭 판정할 것이다"라고 못박았다. 그러면서 그는 나쉬르왕에게 이 사실을 서신으로 품신(稟申)하였다. 그러자 왕은 곧 이 고등법관을 철직시켰다.

(Bābu'l Farādīs) 사이, 아딜리야 마드라싸 동쪽에 있는 좌히리야 자와니야(al-Ẓāhiriyatu'l Jawāniyah) 마드라싸다. 본문의 좌히리야 마드라싸는 후자로 추측된다.

하나피야파도 많은 마드라싸를 소유하고 있다. 그중 가장 큰 것은 쑬퇀 누룻 딘 마드라싸다. 말리키야파에게도 3개의 마드라싸가 있다. 첫째는 쇎쇄미야 마드라싸[122]인데, 거기에 말리키야파의 고등법관이 상주하면서 공판문건들을 작성한다. 다음은 누리야(al-Nūriyah) 마드라싸[123]다. 이 마드라싸는 쑬퇀 누룻 딘 마하무드 븐 잔키가 세운 것이다. 끝으로 샤라비쉬야(al-Sharābishiyah) 마드라싸인데, 상인인 샤하붓 딘 앗 샤라비쉬가 세운 것이다. 한발리야파도 많은 마드라싸를 소유하고 있는데, 그중 가장 큰 것은 나즈미야(al-Najmiyah) 마드라싸이다.

다마스쿠스에는 여덟 개의 성문이 있다. 파라디쓰(al-Farādīs) 문, 자비야(al-Jābiyah) 문, 쇠기르(al-Ṣaghīr) 문 등이다. 자비야문과 쇠기르문 사이에 묘지가 있다. 여기에는 많은 성문도반과 열사들 그리고 후대의 명사들이 묻혀 있다.[124]

다마스쿠스의 자비야문과 쇠기르문 사이에 있는 사당이나 참배소로는 신자들의 어머니인 아부 쑤프얀의 딸 움무 하비바의 묘, 그녀의 아우인 신자들의 수령(할리파) 무아위야의 묘, 사자──그에게 평화를──의 무앗진인 빌랄──그들 모두에게 알라의 영총을──의 묘, 아위스 까르니[125]와 카

122. 하즈룻 자합(Ḥajru'd Dhahab) 구역의 와지히야꾸란관(Dāru'l Qurāni'l Wajīhiyah) 동쪽에 있다.

123. 누룻 딘(Nūru'd Dīn) 왕이 562년(1166)에 세웠다고 하는데, 그의 아들 이쓰마일(Ismāīl) 왕이 세웠다는 일설도 있다.

124. 이븐 주자이는 후대의 다마스쿠스 출신 시인의 성문에 관한 다음과 같은 찬양시를 인용하였다.

모두들 다마스쿠스를 일컬어, 영생의 낙원이라 하고/그 두리에 성문 보이나니, 꼭 8방에 8문이어라.

125. 본명은 아위쓰 븐 아미르 븐 주즈(Awīs bin 'Āmir bin Juz', ??~657)인데, 예멘의 까른(al-Qarn) 가문 출신으로서 제2대 성문도반이다. 선지자 무함마드를 알고 신앙에 충실했으나 그를 만나본 일은 없고 제2대 정통할리파 오마르 시대에 이라크의 쿠파(al-Kūfah)로 이주해 할리파 알리와 함께 쉿핀(Ṣiffīn) 전투에 참가하였다. 쿠파에서 사망하였다.

아브 아흐바르[126]——그들에게 알라의 영총을——의 묘가 있다.

나는 꾸르투비[127]의 저서 『정확무오의 주해 교본』(*al-Ma'lim fi sharḥ Ṣaḥīḥ Musallim*)에서 이러한 기사를 읽은 바가 있다. 즉 몇몇 성문도반들이 아위쓰 까르니와 함께 메디나에서 샴으로 향발하였다. 그런데 아위쓰가 도중 인가도 없고 물도 없는 사막에서 급서(急逝)하였다. 일행은 어안이 벙벙하였다. 할 수 없이 걸음을 멈추었다. 그러자 난데없는 매장용 향료와 염포(殮布), 물을 발견하였다. 모두들 의아해하지 않을 수 없었다. 시체를 깨끗이 세정[128]하고 염까지 한 다음 장례예배를 하고서 그 자리에 매장하였다. 그리곤 여로를 이어갔다. 그러다가 누군가 "묘에 표지 하나 없이 그대로 방치할 수는 없지 않는가?"라고 말하길래 일행은 묘 쓴 곳으로 되돌아갔다. 그런데 웬걸 묘는커녕 아무런 흔적도 찾을 수 없었다.[129] 자비야문 다음에 동문이 있는데, 거기에 묘지가 있다. 이곳에 사자의 도반인 아부 븐 카아브[130]와 잿빛매(al-Bāzu'l Ashhab)로 알려진 경건한 수행자 아르쌀란의 묘가 있다.

126. 본명은 카아브 븐 마티아 븐 지 하즌 알 후마이리(Ka'b bin Mati' bin dhī Hajn al-Ḥumairī, ??~652)다. 원래 예멘의 유태교 학자였으나 초대 정통할리파 아부 바크르 시대에 이슬람교로 개종하고 제2대 정통할리파 오마르 치세시 메디나로 이주하여 제2대 성문도반이 되었다.

127. 본명은 아흐마드 븐 오마르 븐 이브라힘 아불 압바쓰 알 꾸르투비(Aḥmad bin 'Omar bin Ibrāhīm Abu'l Abbās al-Qurṭubī)다. 말리키야파의 법학자로서 알렉산드리아에서 교사로 봉직하였다.

128. 이슬람교법에 의하여 시체는 반드시 염습(殮襲)한다. 치부만 가리고 옷을 벗긴 다음 욕상(浴床)에 올려놓고 우선 부분세정(양치질 제외)을 한 후 끓여서 소독한 깨끗한 물로 전신세정을 한다. 끝나면 머리와 수염 부분에 향료를 바르고 염의(殮衣)를 입힌다. 염습은 동성(同性)의 독실한 무슬림 2,3명이 담당한다.

129. 아위스 까르니의 죽음에 관해 이븐 주자이는 그가 쐇핀에서 할리파 알리와 함께 전사했다는 설이 있다고 한다.

130. 본명은 아비 븐 카아브 븐 끼쓰(Abi bin Ka'b bin Qīs)다. 하즈라즈(al-Khazraj) 부족의 나자르(al-Najār) 가문 출신으로서 성문도반이다. 원래는 유태교 학자였으나 이슬람으로 개종한 후에는 제3대 정통할리파 오스만 시대에 『꾸란』 경문을 수집하고 164개의 성훈을 전승하였다.

전하는 바에 의하면, 독실한 샤이흐 아흐마드 라파이가 와씨트(Wāsiṭ) 시 부근의 움무 오바이다에 거주하고 있었다. 당시 독실한 신자들 가운데 샤이흐 아부 마드얀 샤이브 븐 후싸인[131]이란 사람이 있었는데, 두 사람 사이에는 두터운 교분이 있어 서로가 서한도 자주 주고받았다. 두 사람은 한 번도 거르지 않고 아침저녁으로 서로가 인사를 나누었다고 한다. 샤이흐 아흐마드의 자위야에는 대추야자나무 몇 그루가 있었다. 어느해인가, 아흐마드는 여느때와 마찬가지로 전지(剪枝)를 하고 대추송이만 남겨놓았다. 그러면서 그는 "이 대추송이는 샤이브 형제의 몫이다"라고 속삭였다. 그해 샤이흐 아부 마드얀이 성지순례를 갔었기에 아라파('Arafah) 산[132] 성소에서 두 사람은 만났다. 샤이흐 아흐마드와는 그의 사환인 아르쌀란이 동행하였다. 두 샤이흐가 이야기를 나누는 중에 아흐마드가 대추송이 이야기를 꺼냈다. 이때 아르쌀란이 그에게 "주인님, 하명만 하시면 제가 그것을 가져오리다"라고 하였다. 그렇게 하라고 하자 금방 어디엔가 갔다가 그 대추송이를 가져와서는 두 샤이흐 손에 쥐어주었다. 샤이흐 아흐마드의 자위야 사람들이 전하는 바에 따르면 그해 아라파일(Yaum 'Arafah)[133] 저녁에 그들이 잿빛매 한 마리가 난데없이 날아와서 대추야자나무를 덮치더니 바로 그 대추송이를 냉큼 따가지고는 멀리 창공으로 날아올라가는 것을 봤다고 한다.

다마스쿠스의 서편에는 열사묘지가 있다. 거기에 아부 다르다[134]와 그의

131. 안달루쓰 출신의 수피파 신봉자로서 문하생들이 많았다. 594년(1197)에 사망하였다.

132. 아라파('Arafah, 복수는 아라파트 'Arāfāt)는 메카 동쪽 25km의 해발 228.6m의 지점에 있는 성산(聖山)이다. 전설에 의하면 인류의 조상인 아담이 동산에서 쫓겨난 후 이 산에서 안해 이브와 재회했다고 한다. 북측에 높이 30m의 라흐마(Raḥmah)란 돌산이 있는데, 632년에 선지자 무함마드가 바로 이 돌산 위에서 유명한 순례 고별연설을 하였다. 그리하여 이곳이 성지로 간주되어 메카 순례시 반드시 하루를 아라파일로 정하고 이곳에 묵으면서 순례의식을 치러야 한다. 이것을 '아라파트 체류'(Waqfah 'Arafāt)라고 한다.

133. 메카 순례시 이슬람력 12월 9일 하루를 아라파산에 가서 머물러야 한다. 이날을 '아라파일'이라고 한다.

134. 본명은 오와이마르 븐 말리크 븐 끼쓰('Owaimar bin Malik bin Qīs)로서 하즈라즈

부인 움무 다르다,[135] 그리고 파돨라 븐 오바이드,[136] 와일라 븐 아쓰까아,[137] 사흘 븐 한잘라 등——그들 모두에게 알라의 영총을——나무 밑에서 선지자에게 충성을 맹세한 사람들의 묘가 있다.

다마스쿠스의 동쪽 4마일 지점에 있는 마니하(al-Manīḥah)란 읍에 싸아드 븐 이바다[138]——그에게 알라의 영총을——의 묘가 있다. 묘 위에 자그마하게 잘 지은 사원이 하나 있다. 묘의 머릿부분에 놓인 석판에는 '사자——그에게 평화를——의 도반이며 하즈라즈의 수령인 싸이드 븐 이바다의 묘'란 명문이 있다.

시로부터 남쪽 1파르싸흐 거리에 있는 읍에 알리 븐 아비 톼리브와 파퇴마의 딸인 움무 쿨숨——그들에게 평화를——의 사당이 있다. 전하는 바에 의하면, 원래 그녀의 이름은 자이나브인데, 선지자——그에게 평화를——께

부족 출신의 기독교도였으나 이슬람교로 개종하였다. 현자이자 용감한 기사(騎士)인 그는 선지자 무함마드 생전에 『꾸란』 경문을 수집하였다. 그에 관한 성훈만도 179개나 된다.

135. 아부 하드라드(Abū Ḥadrad)의 딸 하이라(Khairah, ??~650)다. 성문도반으로서 선지자 무함마드에 관해 많이 기억하고 있었으며 메디나에 거주하였다.

136. 본명은 파돨라 븐 오바이드 븐 나피즈 븐 끼쓰(Faḍālah bin 'Obaid bin Nafidh bin Qīs, ??~672)이며 아우쓰(Aus) 부족 출신으로서 원래는 기독교인이었으나 이슬람교로 개종하고 성문도반이 되었다. 일명 수하추대(樹下推戴)라는 초대 정통할리파 아부 바크르의 추대에 직접 참가하였을 뿐만 아니라 샴과 이집트에 대한 정복전에도 참가하였으며 우마위야조 초기 다마스쿠스 총독에도 봉직하였다. 그는 50개의 성훈을 전승하였다.

137. 본명은 와일라 븐 아쓰까아 븐 압둘 아지(Wāilah bin al-Asqa' bin Abdu'l 'Azī, ??~702)로서 카난(al-Kanān) 부족 출신으로 최후의 성문도반이다. 타부크(Tabūk)전투와 샴 정복전에 참전한 후 예루살렘에 이주하였다가 다마스쿠스에서 사망하였다. 그는 76개의 성훈을 전승하였다.

138. 본명은 싸아드 븐 이바다 븐 달림 븐 하리사(Sa'd bin 'Ibādah bin Dalīm bin Ḥārithah, ??~635)로서 하즈라즈 부족의 수장이면서 성문도반이다. 자힐리야 시대(al-Jāhiliyah, 이슬람 이전의 몽매시대)에 벌써 글도 알고 사격이나 수영까지 할 수 있어 '완벽자'(al-Kāmil)란 아호를 가지고 있었다. 선지자 무함마드 생전에 12명 수장(首長, naqīb) 중의 한 사람으로서 무함마드 사후 할리파를 희망하였다. 그래서 아부 바크르나 오마르의 할리파 추대에 동참하지 않았다.

서 그녀가 자신의 딸이자 그녀의 이모인 움무 쿨숨을 꼭 빼닮았기 때문에 별명으로 그렇게 불렀다고 한다. 이 사당에는 큰 사원이 하나 있으며, 그 주위에는 주택들도 있고, 또 사당 자체가 종교기금(auqāf)도 갖고 있다. 다마스쿠스 사람들은 이 사당을 움무 쿨숨부인 묘라고 부른다. 다른 한 기의 묘는 후싸인 븐 알리——그에게 평화를——의 딸 싸키나[139]의 묘라고 한다.

다마스쿠스 근교의 한 읍[140]에 니라브(al-Nīrab) 대사원이 있는데, 그 동켠의 한 건물 속에 묘 한기가 있다. 그 묘가 바로 마르얌(Maryam) 어머니——그녀에게 평화를——의 묘라고 한다.

시 서쪽으로 4마일 떨어진 곳에 있는 다리야(Dāriyā)란 읍에 아부 무슬림 알 훌라니와 아부 쑬라이만 앗 다라니[141]——그들에게 알라의 영총을——의 묘가 있다.

길상(吉祥, al-Barakah)으로 이름난 다마스쿠스 명소의 하나는 아끄담(al-Aqdām) 사원이다. 다마스쿠스 남쪽 2마일 지점에 있는데, 성 히자즈와 예루살렘 및 이집트 지역으로 뻗는 대로를 끼고 있다. 큰 사원으로서 길상희사(吉祥喜事)가 가득하며 종교기금도 넉넉하다. 그러기에 다마스쿠스 사람들은 이 사원을 대단히 숭경(崇敬)하고 있다. '아끄담'이란 명명은 그곳 암석에 새겨진 '아끄담'[142]에서 유래한 것인데, 그 '발'은 모세——그에게 평화를——의 발자국이라고 한다. 이 사원 내의 자그마한 방에 놓여 있는 석판에는 이렇게 각명(刻銘)되어 있다. "한 수행자가 꿈에 무스톼파——그에게 평화를——를 만나봤는데, 그는 그에게 '여기가 바로 나의 형제 모세——

139. 제4대 정통할리파 알리의 손녀(후싸인의 딸)로서 절색일 뿐만 아니라 총명하고 지혜로운 시인이기도 하였다. 당대 여성들의 수령이었다. 늘 꾸라이시 부족의 명현들과 마주앉고 시인들과 자리를 같이하면서 토론도 하고 은전도 베풀었다.

140. 다마스쿠스에서 반 파르싸흐 거리에 있는 유명한 읍으로 화원 속에 묻혀 있다. 이곳에 하드르(al-Khaḍr) 사원이 있다.

141. 본명은 압둘 라흐만 븐 아흐마드 븐 아퉈야(Abdu'l Raḥmān bin Aḥmad bin 'Aṭyah)이며 금욕주의자다.

142. '아끄담'(aqdām)은 '까담'(qadam), 즉 '발'의 복수다.

그에게 평화를——의 묘다'라고 말하였다." 이 사원의 가까이에 이른바 '녹사구'(綠沙丘, al-Kathību'l Akhḍar)란 곳이 있다. 그런데 예루살렘(Baitu'l Quds)과 아리하(Arīḥā) 가까이에는 유대인들이 신성시하는 '홍사구'(紅沙丘, al-Kathību'l Aḥmar)가 있다.

이슬람력 749년(1348) 4월 말, 다마스쿠스에 대단히 무서운 전염병이 돌 때, 나는 주민들이 실로 놀라울 정도로 이 사원을 숭경하고 있음을 목격하였다. 쑬퇀 아르군 샤의 대표인 수석아미르는 공보관으로 하여금 다마스쿠스 시민들은 3일간 금식(ṣūm)하되, 시장에서만 음식을 지어먹을 것을 공포토록 하였다. 사람들은 명령대로 3일 계속 금식을 하였다. 마지막 날은 마침 목요일이었다. 아미르들과 현귀(顯貴)들, 법관들과 법학자들 그리고 기타 각계각층이 사원에 가득 모였는데, 실로 물샐틈이 없었다. 그들은 금요일 밤을 예배와 염송, 기도 속에서 지새웠다. 아침예배를 근행하고 나서는 저마다가 손에 『꾸란』을 들고 걸어서 사원을 나왔다. 아미르들마저도 맨발이었다. 전 시민이 남녀노소 할 것 없이, 심지어 유대인들은 그들의 『구약선서』(*al-Taurāh*)를, 기독교들은 그들의 『신약선서』(*al-Injīl*)를 제각기 들고 부녀자들과 어린이들을 데리고 떨쳐나섰다. 모두들 경전과 선지자들의 이름으로 알라께 구원을 청하면서 방성대곡(放聲大哭)하는 것이었다. 그리곤 아끄담 사원에 몰려가서 해가 중천에 뜰 때까지 구원을 바라는 기도를 올리고서 시내에 들어와서는 또 금요예배를 근행하는 것이었다. 마침내 알라께서는 일당 사망자 수를 2천 명으로까지 줄여주셨다. 이에 비해 카이로를 비롯한 이집트 전역에서는 그 수가 무려 2만 4천 명이나 되었다.

다마스쿠스의 동문에는 백색 첨탑이 있다. 무슬림의 『전승서』(傳承書, *al-Ṣaḥīḥ*)[143]에 의하면 예수——그에게 평화를——가 일찍이 이곳에 머문

143. 무슬림의 본명은 무슬림 븐 하자즈 븐 무슬림 알 까쉬리(Muslim bin al-Ḥajāj bin Muslim al-Qashīrī)로서 성훈을 암송한(Ḥāfiẓ) 성훈학 이맘이다. 니싸부르(Nisābūr)에서 출생하여 히자즈 · 이집트 · 샴 · 이라크 등 여러 곳을 두루 편력하고 만년에는 고향

일이 있다고 한다.

다마스쿠스는 동면을 제외하고는 주위가 모두 넓은 관상(關廂, rabḍ)[144]으로 둘러싸여 있다. 관상은 비좁은 골목길만 있는 다마스쿠스에 비하면 훨씬 시원하고 단아하다. 북면에 쏼리히야(al-Ṣaliḥiyah)[145] 관상이 있다. 말이 관상이지 사실은 하나의 큰 도시로서 이를 데 없이 훌륭한 시가에다가 대사원, 병원 등이 두루 갖추어져 있다. 또한 거기에는 이븐 오마르라는 마드라싸가 있다. 이 마드라싸는 성 『꾸란』을 연찬하려고 하는 노년이나 중년배들을 위해 운영되는데, 연찬자와 교사들에게는 의식(衣食)을 보장해준다. 시내에는 이와 비슷한 마드라싸로서 또한 이븐 만자(Ibn Manjā) 마드라싸가 있다. 쏼리히야 관상의 주민은 모두가 이맘 아흐마드 븐 한발──그에게 알라의 영총을──의 학설을 신봉하고 있다.

까씨윤(Qāsiyūn)은 다마스쿠스의 북면에 있는 산이다. 쏼리히야 관상이 바로 그 산 기슭에 있다. 이 산은 길상(吉祥)으로 유명하다. 왜냐하면 이곳이 바로 여러 선지자들──그들에게 평화를──의 등림처(登臨處)이기 때문이다. 성소로는 이브라힘──그에게 평화를──이 탄생한 동굴이 있다. 동굴은 좁은 장방형이며, 그 위에는 높은 첨탑을 가진 큰 사원이 있다. 『꾸란』에 의하면[146] 이브라힘은 이 동굴에서 별, 달, 해를 관찰했다고 한다. 동굴 위에는 이브라힘이 가끔 나와 머물던 곳이 있다.

내가 이라크에 있을 때, 할라(al-Ḥallah)[147]와 바그다드(Baghdād) 사이에

에 돌아와 타계하였다. 『전승서』란 무함마드의 생전 언행과 묵인, 즉 성훈(聖訓)을 직접 들었거나 전문한 것을 수집 · 기록한 서적을 말한다. 무슬림은 그의 『전승서』에 1만 2천 개의 성훈을 수집하였는데, 이슬람 정통파에서는 가장 신빙성 있는 2대 전승서의 하나로 인정되고 있다.

144. 관상(일명 성상城廂, 아랍어로 라브드rabḍ)이란 성곽 밖에 꾸려진 거리와 그 주변 일대를 말한다.

145. 쏼리히야는 다마스쿠스의 까씨윤(Qāsiyūn) 산 기슭에 있는 큰 읍으로서 거기에는 시전(市廛)과 대사원 그리고 많은 수행자들이 모여 있다.

146. 『꾸란』 6장 76~78절.

있는 바르스(Barṣ)란 읍을 가본 일이 있는데, 이브라힘——그에게 평화를——이 그곳에 머문 적이 있다고 한다. 이 읍은 질 카플(Dhi'l Kafl)——그에게 평화를——의 묘가 있는 그의 고향에서 가까운 데 있다. 까씨윤산의 또 다른 성소로는 이 동굴의 서쪽에 있는 '피의 동굴'(Maghāratu'd Dam)이다. 산중의 이 동굴에는 아담의 차자인 하빌(Hābīl)의 피가 스며 있다. 알라께서는 암석에 그 선홍혈적(鮮紅血跡)을 남겨놓게 하셨다. 여기가 바로 하빌의 형이 그를 살해한 곳인데, 살해 후 시체를 동굴 안에 끌어넣어버렸다.

전하는 바에 의하면, 이브라힘, 모세, 예수, 아유브, 라우트(Lauṭ) 등 선지자들——그들 모두에게 평화를——이 이 동굴에서 예배를 근행했다고 한다. 동굴 위에는 잘 지은 사원이 있는데, 계단을 타고 올라간다. 사원 내에는 숙박할 수 있는 방과 시설이 있으며, 매주 월요일과 목요일이면 문을 연다. 동굴 내에는 촛불과 등잔불이 켜져 있다. 산정에는 또 하나의 아담——그에게 평화를——의 이름을 붙인 동굴이 있으며, 그 위에는 건물이 하나 얹혀 있다. 산자락에는 '기아동굴'(Maghāratu'd Jau')이란 동굴이 있다. 전하는 바에 의하면 70명의 선지자들——그들에게 평화를——이 이 동굴에 은거했는데, 그들에게는 빵이 한 개밖에 없었다. 서로가 돌려가며 사양하다가 결국은 모두——그들에게 평화를——가 아사하고 말았다. 이 동굴 위에도 사원이 있는데, 밤낮으로 등잔불이 켜져 있다.

이상의 사원들은 모두가 적잖은 종교기금을 보유하고 있다. 파라디쓰문과 까씨윤 대사원 사이에는 7백 명의 선지자들의 안장된 묘지가 있다고 한다. 어떤 사람들은 7천 명이라고도 한다. 시외에는 선지자들과 수행자들이 묻혀 있는 고총(古塚)이 있다. 이 고총의 한쪽켠에 있는 과수원을 지나서는 자주 침수가 발생한 저지대가 있다. 이곳에 70명 선지자의 무덤이 있다고 한다. 그런데 이제는 아예 침수지가 되어버렸기 때문에 누구도 거기에 묘

147. 바그다드에서 3파르싸흐 거리에 있는 유명한 읍이다.

를 쓰지 않는다.

까씨윤산의 끝자락에는 경전에서 안정된 샘물이 있으며, 예수 그리스도와 그의 어머니——그들에게 평화를——의 은신처[148]가 있다고 한 바로 그 상서로운 구릉이 있다. 이 구릉이야말로 세상에서 가장 빼어난 경색을 가진 명승지의 하나다. 거기에 대궐숭루(大闕崇樓)와 유려한 화원이 있다. 그 상서로운 은신처는 가운데가 마치 자그마한 방처럼 된 작은 동굴이다. 동굴의 맞은편에는 하드르(Khaḍr)[149]——그에게 평화를——의 예배처라고 하는 방 하나가 있다. 사람들은 즐겨 그곳에서 예배를 드리곤 한다. 은신처에는 작은 철문이 하나 있고, 사원이 그 주위를 에워싸고 있으며, 내부에는 원형통로가 있다. 은신처에는 예쁜 수차(水車)가 있다. 물은 높은 곳에서 수차에 졸졸 떨어져서는 벽에 붙은 물길로 흘러내린다. 물은 다시 이 물길과 잇닿은 대리석못에 흘러들어간다. 정말로 기관(奇觀)이 아닐 수 없다. 이 못 곁에는 흐르는 물로 세정할 수 있는 부분세정처가 마련되어 있다. 이 상서로운 구릉이야말로 다마스쿠스의 전체 화원 중, 단연 으뜸 가는 화원이다. 여기에 모든 화원의 상수원(上水源)이 있다. 이곳에서 용출되는 물은 일곱 가닥의 내로 갈라져서는 제각기 방향을 달리하고 있다. 그래서 이곳을 '분수처'(al-Maqāsim)라고 한다. 가장 큰 내를 투라(al-Tūrah) 천이라고 한다. 이 강은 구릉의 지하를 뚫고 흐르는데, 그 물길은 굳은 암석 속에 마치 큰 동굴처럼 되어 있다. 헤엄에 자신있는 담 큰 사람이 구릉 꼭대기에서 냇물에 몸을 던지면 물에 휩쓸려 험한 물길을 뚫고 어느새 저만치 구릉의 아래쪽에서 나타나게 될 것이다. 그러나 이것은 일종의 큰 모험이다. 이 구릉에서는 도시 주변의 화원들을 부감할 수 있다. 실로 이곳에서밖에 관상할 수 없는 장관이 눈앞에 펼쳐진다. 이 일곱 개의 내는 서로 다른 물길을 따라 줄줄이 아득하니 흘러간다. 물길이 서로 만났다가는 헤어지고, 그런가

148. 『꾸란』 무어미눈(al-Mu'minūn)장 51절.
149. 하드르는 모세가 만난 바 있는 한 선지자라고 전해진다.

하면 때로는 물결이 용솟음치고 물살이 쏟아지듯 급해지는 그 경관이야말로 실로 황홀경이다. 요컨대, 구릉의 완벽한 수려함이란 이루 다 형언할 수가 없다. 구릉 자체가 농장, 과수원, 건물 등 많은 종교기금을 갖고 있으며, 이맘과 무앗진 그리고 오가는 사람에게 필요한 비용을 그 종교기금으로 충당한다.

구릉 발치에 니이라브(al-Nirab) 읍이 있다. 읍에는 곳곳에 과수원이 있어 녹음이 우거지고 수림이 무성하다. 그래서 건물이 높지 않으면 그 모습이 드러나지 않는다. 읍에는 정갈한 욕탕과 우아한 대사원이 있다. 사원의 뜰은 대리석판을 깔았다. 그리고 사원에는 잘 가꾼 식수처가 있으며, 거기에 곁달린 몇칸의 세정실에서는 물이 콸콸 흘러나오고 있다.

이 읍의 남쪽에 밋자(al-Mizzah)[150] 읍이 있다. 이 읍은 세칭 칼브 밋자(Kalbu Mizzah)라고 하는데, 그 명칭은 칼브 븐 와브라 븐 사알라브 븐 할라완 븐 옴란 븐 하프 븐 까돠아 부족[151]에서 연유되었다. 원래 이 읍은 이 칼브 부족의 봉지(封地)였다. 성훈암송자(Hāfiẓu'd Dunyā)인 이맘 자말룻딘 유쑤프 븐 자키[152]가 바로 이 밋자읍 칼브 부족 출신이다. 그밖에도 많은 학자들이 이곳 출신이다. 밋자는 다마스쿠스 인근 읍 중에서도 가장 큰 읍의 하나다. 읍에는 이색적인 대사원과 전용 식수처가 있다. 대부분의 다마스쿠스 인근 읍들에는 욕탕이나 대사원, 시장이 있으며, 읍민도 관습에서 도시민과 꼭 같다.

시의 동편에 바이툴 아힙바(Baitu'l Aḥibbah)란 읍이 있다. 원래 거기에는 교회당이 있어 아자르[153]가 우상을 끌어들이자 할릴——그에게 평화를——이 곧 부셔버렸다고 한다.[154] 지금은 그 교회당이 버젓한 대사원이 되었다.

150. 다마스쿠스에서 반 파르싸흐 거리에 있는 읍으로서 과수원 속에 있다.
151. 까흐톼니야(al-Qaḥṭāniyah) 대부족의 일족으로서 잔달(al-Jandal)과 샴 일원 그리고 까스퇀튀니야(al-Qasṭanṭiniyah) 만 일대에 거주하였다.
152. 당대 샴 지역의 유명한 성훈학자로서 성훈과 언어학에 조예가 깊었다.
153. 아자르(Āzar)는 이브라힘(아브라함)의 부친이다.

사원은 놀라울 정도로 구색을 잘 갖춘 채색 대리석판으로 단장되어 있다.

## 8. 다마스쿠스시의 종교기금과 이븐 바투타의 경탄

다마스쿠스의 종교기금은 그 종류와 지출이 너무 번다하여 도대체 얼마인지 헤아릴 수가 없다. 그중에는 세민(細民)들이 걸어서 성지순례를 하는 데 필요한 비용기금, 가정형편이 어려워 부담할 수 없는 신부의 출가비 보조기금, 포로 속금(贖金) 보조기금, 여행자들이 고향에 돌아갈 때까지의 의식비와 여비의 보조기금, 심지어 양켠에 인도가 있고 그 사이를 거마(車馬)가 지나가도록 되어 있는 시내의 좁은 길 보수기금까지 포함되어 있다. 그 외에도 여러가지 자선기금이 있다.

어느날 나는 다마스쿠스의 한 골목에서 한 머슴애를 만났다. 그는 들고 있던 솨한(ṣaḥan)이라고 부르는 자기접시를 그만 손에서 떨구어 깨뜨려버렸다. 사람들이 모여들었다. 그중 한 사람이 이 어린이에게 "깨진 조각을 주워모아서 그릇 보조기금 관리인에게 가지고 가라"라고 타일렀다. 그리곤 그 애와 함께 관리인에게 가서 접시 조각들을 보여주었다. 그러자 관리인은 별 군말 없이 그만한 접시를 살 수 있는 돈을 선뜻 내주는 것이었다. 참, 이것이야말로 일종의 선행이 아닐 수 없다. 머슴애가 접시를 깨뜨렸으니 주인은 필히 그애를 때리거나 호되게 꾸짖을 것은 뻔하다. 그러면 애는 또 애대로 상심하거나 변심할 것이다. 이렇게 보면 이러한 보조기금은 아픈 마음을 달래주는 하나의 양약(良藥)이다. 이러한 선행을 하도록 숭고한 의지를 가다듬는 사람들에게 알라께서 복을 내려주시기를 삼가 기원한다.

다마스쿠스 사람들은 서로가 앞을 다투어 사원이나 자위야, 마드라싸나

154. 이브라힘은 부친 아자르에게 우상을 하느님처럼 믿게 하는 것은 자신과 동족을 미로(迷路)에 빠뜨리는 행위라고 말하면서 그것을 비난하였다(『꾸란』 안암장al-An'm 74절).

사당을 짓는다. 그들은 마그리브인들에 대하여 호의를 품고 있으므로 그들에게 금전이나 처자를 맡겨놓아도 못내 안심이 된다. 다마스쿠스의 어디에나 일단 발만 붙이면 살 방도는 생기는 법이다. 사원에서 예배를 인도한다든가, 마드라싸에서 공부를 한다든가, 숙식을 제공해주는 사원에 머문다든가, 『꾸란』을 송독한다든가, 상서로운 사당에서 일손을 거들어준다든가, 생활비와 의상을 지급하는 수피인들의 자위야에서 수행자들 속에 끼든가 하면 된다. 설혹 외방인일지라도 편안하며 체면이 깎이는 일은 결코 없다. 기술이나 노력(勞力)을 가지고 있는 사람은 또 나름대로의 살길이 있다. 과수원 수위라든가, 방앗간 관리인이라든가, 어린이들의 등하교(登下校)를 돌보는 일 등이 바로 그것이다. 구학(求學)을 원한다든가, 수행에 전념하려는 사람은 그에 필요한 보조를 전부 받을 수가 있다.

다마스쿠스 사람들의 미덕의 하나는 금식월 밤의 개재식(開齋食)[155]은 절대로 혼자서 하지 않는다는 것이다. 아미르이건, 법관이건, 숭반(崇班)이건 할 것 없이 반드시 친지나 수행자들을 청해 함께 개재식을 한다. 상인들이나 부자들도 그렇게 한다. 빈한한 사람들이나 유목민들은 밤마다 어느 한 집이나 사원에 모여서 저마다 가지고 온 음식을 함께 먹는다.

내가 다마스쿠스에 도착하자마자 나와 말리키야파 교사 누룻 딘 앗 싸카위 사이에는 은연중 교분이 생겼다. 그는 나더러 금식월 기간에는 밤 개재식을 꼭 함께 하자고 하였다. 그래서 나흘밤을 그와 함께 보냈다. 그런데 내가 그만 열병에 걸려 더이상 갈 수가 없었다. 그가 사람을 보내왔기에 병 때문에 갈 수 없다고 고사했지만 막무가내여서 할 수 없이 그에게로 갔다. 거기서 하룻밤을 묵고 다음날 떠나려고 하니 그는 나를 만류하면서 "나의 집을 당신의 집이나, 당신 아버지나 형제의 집으로 생각하시오"라는 정어린 말을 하는 것이었다. 그리곤 의사를 청해다 진찰을 시키고 자기집에서 친

155. 개재식(피트르 fiṭr)이란 금식월 기간에 해가 진 후 하는 첫번째 식사를 말한다.

히 의사가 처방한 약을 제조하고 음식을 만들어주었다. 이렇게 이럭저럭 그의 집에서 피트르절(개재절)까지 머물렀다. 거기서 명절예배까지 참석하고 나니 알라의 가호로 병은 말끔히 나았다. 그때 나의 노자는 이미 다 떨어졌다. 그것을 안 그는 나를 위해 낙타 한 마리를 고용하고 식량 따위도 마련하였을 뿐만 아니라, 상당한 금화(dinār)도 쥐어주었다. "유용할 때가 있을 터이니 받아두게." 그의 말이다. 알라께서 그에게 복을 내려주시기를 삼가 기원한다.

당시 다마스쿠스에는 나쉬르왕의 사사(司事) 중 한 사람인 아마둣 딘 알 까이솨라니란 선사(善士)가 있었다. 그는 늘 마그리브에서 이곳에 온 사람이 있다는 이야기만 들으면 곧 사람을 보내 맞아서는 수우(殊遇)를 베풀곤 한다. 만일 손님이 신앙에 독실하고 덕행이 높으면 곧 모셔다가 함께 지낸다. 그래서 그와 함께 지내는 사람이 상당수 있었다. 아마둣 딘과 같은 사람으로는 역시 사사인 알라웃 딘 븐 가님이란 선사말고도 여럿이 있었다. 또한 유명 선사로는 솨히브(al-Ṣāḥib) 앗줏 딘 알 깔란씨란 사람이 있었다. 그는 공덕이 있고 너그러우며 포근한 사람으로서 거부(巨富)이기도 하였다. 전하는 바에 의하면, 나쉬르왕이 다마스쿠스에 행차하였을 때 왕은 물론, 그를 수행한 왕국 관리들과 시종(侍從)들 전원을 3일간 사비로 접대하였다. 그래서 왕은 그를 '솨히브'[156]라고 불렀다고 한다.

그들의 이러한 덕행은 한 선대왕의 영향을 받아서인 것 같다. 이 왕은 임종이 가까워오자 자신을 대사원의 남켠에 묻되, 묘의 흔적이 안 나타나도록 해달라는 유언을 남겼다. 그러면서 그는 바로 자기 묘가 있게 될 성문도반들의 예배처 동쪽에서 매일 아침예배 직후에 7분의 1의 『꾸란』을 독경사들이 송독할 수 있도록 하기 위해 거액의 종교기금을 내놓았다. 그때부터 그의 묘지에서의 『꾸란』 송독은 지금까지 끊기지 않았다. 이러한 미풍은 그의

156. '솨히브'(Ṣāḥib)란 아랍어로 '벗' '친구'란 뜻이다.

사후 영구지속되고 있다.

다마스쿠스와 기타 샴 지방의 주민들은 습관상 아라파일이 되면 신시예배 후 집을 나서서 꾸드쓰(al-Quds) 사원이나 바니 우마야(Banī Umayah) 대사원 등에 모인다. 이맘의 인도하에 맨머리의 예배자들이 아주 경건하게 길상을 기구하며, 알라의 파견으로 아라파트산에 순례할 그 시각이 다가오기를 기원한다. 그들은 해가 질 때까지 알라에게 경건한 마음으로 성지순례를 기원하며 갈구한다. 그들은 마냥 순례자가 아라파트의 성지를 떠나기 아쉬워 감읍(感泣)하듯 흐느끼며 사원을 떠난다. 그러면서 한결같이 그 어느날 그들을 그곳으로 가게 하시며, 또한 이러한 선행에서 원봉길경(願逢吉慶)하려는 그들의 희망이 좌절되지 않도록 알라께 기도한다.

다마스쿠스 사람들의 장례의식도 특이하다. 장례행렬은 시구(屍軀) 앞에 걸어가고, 독경사는 사람의 가슴을 후비는 슬픈 어조로 『꾸란』을 연신 송독한다. 대사원에 이르러서는 이맘이 예배를 인도하는 장소 바로 앞에 시구를 놓고 예배를 한다. 만일 고인이 사원의 이맘이거나 무앗진, 혹은 봉사원이라면 『꾸란』을 계속 송독하면서 시체를 예배장소까지 옮겨놓는다. 그러나 그외의 사람이라면 송독은 사원문 어구에서 일단 중단하고 시신을 옮긴다.

대사원에 온 일부 조문객들은 우체문(郵遞門, Bābu'l Barīd) 가까이에 있는 사원 뜰의 서쪽 석판로(石板路)에 모여앉아 그들 앞에 놓여진 30분의 1의 『꾸란』[157]을 읽는다. 그들은 조문하러 오는 현지 요인들의 이름을 소리 높여 외친다. "알라의 이름으로, 모모 딘", 예컨대 카말룻 딘, 자말룻 딘, 샴숫 딘, 바드룻 딘 등이 문상 왔다는 것을 통고한다. 경전 송독이 끝나면 무앗진이 "여러분, 마음속 깊이 공경하십시오! 지금 여러분은 수행자이신 학자 …… 를 위해 기도하고 계십니다"라는 식의 말을 한다. 그리곤 망자의

157. 『꾸란』경의 전장(全章, 114장)을 30분의 1분량(Ruba'āt)으로 나누어 송독하는 것을 말한다.

생전 덕행을 소개한다. 끝나면 조문객들은 고인의 명복을 빌어 기도하고는 장지까지 간다.

인도 사람들의 장례의식은 이보다 더 이채롭다. 사람들은 시체를 매장해서 사흘째 되는 날 아침에 묘지에 모인다. 묘지 주위는 고급천으로 깔고 묘는 화려한 휘장으로 덮고 있으며, 그 주위에는 장미꽃과 장수화(長壽花, al-nasrīn), 재스민(al-yāsmīn) 등 방향(芳香) 화초들이 놓여 있다. 인도에서는 이러한 화초가 연중 내내 자라고 있다. 사람들은 레몬이나 구연(枸櫞, al-atraj)[158] 나무를 가지고 오는데, 만일 열매가 아직 열리지 않았다면 다른 나무 열매를 따서 붙여가지고 온다. 그들은 또 대형 천막을 쳐놓고 햇빛을 가린다. 법관들과 아미르들 혹은 그 대표들이 와서 착석하면 독경사가 그들을 맞이하면서 30분의 1의 『꾸란』 분책을 가져오면 저마다 한 꾸지씩 갖는다. 독경사의 낭랑한 송독이 끝나면 법관을 청한다. 법관은 일어서서 미리 준비해온 조사를 발표한다. 조사에서 그는 고인의 생전 업적을 언급하고 시문(詩文)으로 애도한다. 또한 그의 친지들을 거명하고 그들에게 조의를 표하며, 쑬탄을 위한 기도도 제청한다. 쑬탄이 거명될 때면 모두 일어서서 쑬탄이 있는 방향을 향해 일제히 머리를 숙인다.

법관이 자리에 앉으면 장미수가 한바탕 뿌려지는데, 우선 법관부터 시작하여 순위대로 모든 사람들에게 뿌려진다. 그 다음엔 감수(甘水)용기에다가 물을 탄 장미수가 나오면 역시 법관부터 차례로 한모금씩 마신다. 이어 필발(蓽茇, al-tanbūl)[159]이 나오는데, 인도인들은 이 식물을 귀중히 여기며 그것으로 대접하는 사람을 아주 존대한다. 만약 쑬탄으로부터 그 잎사귀 하나라도 받는다면, 그것은 황금이나 금의(錦衣)를 받는 것보다도 더 영광

158. 구연(아랍어로 아트라즈atraj)이란 레이몬나무와 비슷한 나무로서 높이 자란다. 열매는 레이몬 열매와 흡사하며 누르스름한 빛에 향기롭고 맛은 좀 시다.

159. 필발(학명 Piper Longum, 아랍어로 탄불tanbūl)은 후추과에 속하는 풀로서 열매는 흑갈색으로 후추 냄새와 비슷한 냄새를 낸다. 진정제 등 약재로 쓰이며 원산지는 이란이다.

스러운 일로 된다. 사람이 죽으면 그 가족들은 이날에야 비로소 필발을 맛보게 된다. 법관이나 혹은 그 대리인은 꼭 필발의 잎사귀를 몇 개 가지고 와서는 상주에게 준다. 상주가 그것을 먹으면 그때에야 비로소 자리를 뜬다. 필발에 관해서는 뒤에 언급할 것이다. 인샬라.

나는 바니 우마야 대사원──알라께서 영원히 길이도록 하시기를──에서 세계 방방곡곡을 여행한, 세칭 이븐 샤흐나 히자르라는 장수한 샤이흐 샤하붓 딘 아흐마드 븐 아비 톼리브 븐 아비 나암 븐 하싼 븐 알리 븐 바야늣 딘 무끄리우 쏼리흐로부터 이맘 아비 압둘라 무함마드 븐 이쓰마일 자아피 알 부카리──그에게 알라의 영총을──의 성훈전승(聖訓傳承)에 관한 이야기를 들었다. 나는 모두 14회에 걸쳐 들었는데, 첫회는 726년(1325) 금식월 중순의 화요일이고, 마지막회는 그달 28일 월요일이었다. 그런데 샤이흐 샤하붓 딘의 이야기는 우선 이슈빌리(al-Ishbīli) 출신으로서 당시 다마스쿠스에 거주하고 있는 성훈암송자이며 샴 역사전공자인 이맘 일르뭇 딘 아부 무함마드 까심 븐 무함마드 븐 유쑤프 알 바라잘리[160]가 일군의 전승자에 관해 이야기한 데 근거한 것인데, 그 전승자들의 명단은 무함마드 븐 톼그릴 븐 압둘라 븐 가잘 앗 쉬르피[161]가 기록한 것이다.

다음으로 그의 이야기는 샤이흐 아비 압바쓰 알 히자지가 성훈기록자인 한발리야파의 바그다드 자비드(al-Zabīd) 가문 출신의 샤이흐 이맘 싸라줏 딘 아비 압둘라 후싸인 븐 아비 바크르 무바라크 븐 무함마드 븐 야흐이 븐 알리 븐 마시흐 븐 옴란 라비이에게서 630년(1232) 10월말부터 11월초 사이에 다마스쿠스 외곽 까씨윤산 기슭의 무즈피리(al-Muẓfirī) 대사원에서 들은 것에 준한 것이다. 샤이흐 아비 압바쓰는 이뿐만 아니라, 또한 사학자인

160. 성훈학자이며 사학자로서 『전사』(全史, *Muṭawwil*)와 『약사』(略史, *Mukhtaṣir*)의 두 권 저서에 약 3천 명의 인물사를 기술하고 있다.

161. 하와리즘 출신의 성훈학자로서 다마스쿠스에서 활동하면서 이름을 날렸다. 737년(1336)에 하마(Ḥamāh)에서 사망하였다.

샤이흐 아비 하싼 무함마드 븐 아흐마드 븐 오마르 븐 후싸인 븐 할프 알 까퉈이와 바그다드 출신의 샤이흐 알리 븐 아비 바르크 븐 압둘라 븐 루어바 깔란씨 알 이톼르, 역시 바그다드 출신의 샤이흐 아비 만자 압둘라 븐 오마르 븐 알리 븐 자이드 리시 알 하자이 등으로부터도 들었다. 그런데 이들 4명은 553년(1158)에 수피파의 샤이흐인 샤디룻 딘 아비 와끄트 압둘 아왈 븐 이싸 븐 샤입 븐 이브라힘 싸즈지 알 하르위에게서 전해들었다.

샤이흐 샤디룻 딘은 다음과 같이 말하였다. 즉 "나는 465년(1072) 부샨즈(Būshanj)[162]에서 이맘 자말 이슬람 아부 하싼 압둘 라흐만 븐 무함마드 븐 무즈피르 븐 무함마드 븐 다위드 븐 아흐마드 븐 마아즈 븐 하훌 븐 하큼 앗 다위디가 이야기하는 것을 들어서 알았다. 자말 이슬람은 '나는 381년(991) 2월 아부 무함마드 압둘라 븐 아흐마드 븐 후바 이븐 유쑤프 븐 아이만 앗 사르히씨가 이야기하는 것을 들어서 알았다' 고 말하였다. 아부 무함마드는 "나는 316년(928) 피라이라(Firairah)[163]에서 압둘라 븐 유쑤프 븐 마톼르 븐 쏼리흐 바슈르 븐 이브라힘 알 피르바리가 이야기하는 것을 들어서 알았다"고 말하였다. 압둘라는 '우리에게 이맘 아부 압둘라 무함마드 븐 이쓰마일 알 부하리——그에게 알라의 영총을——가 처음은 248년(862) 피라바르(Firabar)에서, 두번째는 253년(867)에 알려주었다'고 말하였다."

내가 다마스쿠스에서 만난 명사들로는 전술한 샤이흐 아부 압바쓰 히자지, 653년(1255) 3월 태생의 샤이흐이며 이맘인 샤하붓 딘 아흐마드 븐 압둘라 븐 아흐마드 븐 무함마드 알 마끄다씨, 샤이흐며 이맘인 수행자 압둘 라흐만 븐 무함마드 븐 무함마드 븐 아흐마드 븐 압둘 라흐만 앗 나즈디, 수석이맘이며 수석 성훈암송자인 자말룻 딘 아부 마하씬 유쑤프 븐 자키 압둘

162. 하라 지방의 마슈지르(Mashjir) 계곡에 있는 읍으로서 땅이 비옥하며 관광유람지다. 하라로부터의 거리는 10파르싸흐다.

163. 지훈(Jīḥūn)과 부하라(Būkhārā) 사이에 있는 읍으로서 지훈에서 약 1파르싸흐밖에 안된다.

라흐만 븐 유쑤프 알 마즈니 알 칼비, 샤피이야파의 이맘 알라웃 딘 알리 븐 유쑤프 이븐 무함마드 븐 압둘라, 성예(聖裔)의 샤이흐이며 이맘인 무힛 딘 븐 야하이 븐 알리 븐 알라위, 654년(1256) 다마스쿠스 태생의 샤이흐며 이맘인 성훈학자 마즈둣 딘 까심 븐 압둘라 븐 아비 압둘라 븐 마알리, 알렉산드리아 출신의 샤이흐이며 이맘인 학자 샤하붓 딘 아흐마드 븐 이브라힘 븐 팔라흐 븐 무함마드, 알라의 총애를 받는 샤이흐이며 이맘인 샴숫 딘 븐 압둘라 븐 타맘, 이브라힘 븐 압둘라 븐 아비 오마르 알 마끄다시의 두 아들인 형제 샤이흐 샴숫 딘 무함마드와 카말룻 딘 압둘라, 경건한 샤이흐 샴쑷 딘 무함마드 븐 아비 자히라 븐 쌀림 알 하카리, 무함마드 븐 무슬림 븐 살라마 알 하라니의 딸인 여샤이흐며 수행자인 움무 무함마드 아이샤, 카말룻 딘 아흐마드 븐 압둘 라힘 븐 압둘 와히드 븐 아흐마드 알 마끄디씨의 딸인 여샤이흐며 수행자인 리하라툿 둔야 자이나브 등이 있다. 이들과의 만남은 모두 726년(1326) 다마스쿠스에서 이루어졌다.

# 제3장

# 히자즈

샴
누푸드 사막
마안
아끄바톳 쇼완
자티 핫즈
발다흐
타부크
아히돠르
무앗좜
히즈르
올라
훗다야
메디나
라우하
쇼프라
쉬압알리
질 할리파
바드르
아루쓰
아씰라
나끄라
까루라
하지르
쑤마이라
자발룰 마흐루끄
파이드
아즈파르
자루드
사알라비야
마슈꾸끄
자말라
하이사민
와끼쇼
루라
마싸지드
마나라툴 꾸룬
까디씨야
나자프
티그리스강
홍
해
라비그
주흐파
아끄바톳 싸위끄
할리스
오쓰판
맛룻 좌흐란
(바트누 맛르)
메카
아라파트
726.12
(1326)
짓다해
다마스쿠스 → 메카 → 나자프
(726. 10 ~ 727)

# 제3장 히자즈

## 1. 다마스쿠스에서 성 메디나까지

726년 10월(1326) 히자즈(al-Ḥijāz)행 성지순례단 일행은 다마스쿠스를 출발하였다. 첫날 투숙한 곳은 쿠쓰와(al-Kuswah)[1]란 읍이다. 여기서부터 나는 순례단 활동에 동참하였다. 순례단의 단장은 고위아미르의 한 사람인 싸이풋 딘 알 자우반이고, 법관은 샤라풋 딘 알 아즈라이 알 하우라니다. 이 해에는 말리키야파 교사(敎師) 솨드룻 딘 알 아마리도 성지순례를 하였다. 나는 아자리마(al-'Ajārimah)라는 일군의 아랍족과 동행하였는데, 그들의 추장은 추장들 가운데서 상당히 지위가 높은 무함마드 븐 라피아다.

우리는 쿠스와로부터 솬민(al-Ṣanmīn)[2]이란 큰 읍에 도착하였다. 여기로부터 간 곳은 하우란(Ḥaurān)[3] 지구의 작은 읍 자르아(Zar'ah)[4]다. 우리가

1. 다마스쿠스에서 이집트로 가는 대상들의 첫 숙박지로서 하나의 읍이다. '쿠쓰와'는 아랍어로 '옷'이란 뜻인데, 가싼(Ghasān) 족들이 징세(徵稅)차 온 로마왕의 세리(稅吏)들을 살해하고 그들이 입었던 옷을 나눠가진 데서 유래 했다고 한다.
2. 하우란(Ḥaurān) 어귀에 있는 다마스쿠스주(州) 소속의 읍이다.

묵은 곳은 이 읍 부근이다.

다음으로 우리는 자그마한 도시인 부스라(Buṣrāh)[5]에 닿았다. 순례단의 관행으로는 보통 이곳에 나흘간 체류한다. 그것은 다마스쿠스에서 준비 때문에 뒤에 처진 사람들과 합류하기 위해서다. 사자(使者) 무함마드[6]——그에게 평화를——는 계시를 받기 전에 하디자[7]의 대상(隊商)의 일원으로 이

3. 다마스쿠스에 속한 지구다.
4. 솬민 남쪽 15마일 지점에 있다.
5. 하우란 지구청의 소재지다.
6. 무함마드(Muhammad, 약 570~632)의 이슬람교적인 칭호는 『꾸란』에 의하면 '알라의 사자'(라쑬라 al-Rasūlu'l Lāh), '선지자'(先知者, 혹은 예언자, 나비 al-Nabi'), '경고자'(警告者, 나지르 al-Nadhīr), '최후의 선지자'(Khātimu'l Anbiyā') 등이다. 그는 570년경 메카의 꾸라이시족 하심(al-Hāshim) 가문에서 태어났다. 출생 전에 부친이 사망하고 6세 때 모친마저 사망하여 유년시절은 조부와 숙부의 부양을 받으며 보냈다. 12세 때부터 숙부를 따라 시리아(샴)와 팔레스타인 등지에 장사를 다니면서 당시의 사회상황, 특히 유대교와 기독교 및 기타 다신교 등에 관해 관심을 갖게 되었다. 25세 때 40세의 부유한 미망인 하디자(Khadījah)에게 고용되어 장사를 하다가 그녀와 결혼하였다. 생활이 안정되자 메카 교외의 히라(Ḥirāh)동굴 속에서 오랫동안 명상을 하다가 40세 때(610) 처음으로 천사(天使) 가브리엘로부터 알라의 계시를 전달받고 깨달음을 얻게 된다. 알라의 계시는 이때부터 그가 타계할 때가지 22년간 계속 내려진다. 2년 후부터 메카에서 우상숭배를 버리고 유일신 알라에 귀의할 것과 일부 사회개혁을 주장하는 설교활동을 본격적으로 펼친다. 그러나 메카 귀족과 상층부들의 반대와 박해가 심하여 614~15년 사이에 초기 이슬람교 신자들은 아비시니아(현 에티오피아)에 피신하는 수난을 겪는다. 메카에 돌아온 후에도 이러한 박해가 계속되자 622년 무함마드는 70여명의 신도들과 가족을 인솔하고 메디나(당시는 야스리브 Yathrib라 칭함)에 천거하였다. 이것이 이른바 '성천'이며, 이 해가 이슬람력의 원년이다. 그는 메디나에서 이슬람교세를 확대하는 한편 정교합일(政敎合一)의 이슬람공동체족 '움마'(al-Ummah)를 건설하여 초기 이슬람국가의 기틀을 마련한다. 이를 바탕으로 무함마드 휘하의 이슬람군은 바드르(al-Badr) 전투 (624)와 우후드(al-Uḥud) 전투(625), 한다끄(al-Khandaq) 전투(627) 등 3차례의 격전에서 메카군을 격퇴·타승함으로써 비단 메디나를 보위하였을 뿐만 아니라, 군사적으로나 종교적으로 강성하게 되어 그 영향력이 아라비아반도 전역에 미치기 시작하였다. 그리하여 628년에 메카측과 정전협정(Hudaibiyah, 협정)을 체결하기에 이른다. 그러나 무함마드는 메카측이 협정을 위반하였다는 이유로 630년 메카를 탈환하고 이곳을 이슬람의 성지로 선포한다. 632년에 그는 메카를 순례하고 메디나로 돌아가서 별세하였다. 무함마드는 본처인 하디자(620 사망)와의 사이에 3남 4녀(4남 2녀?)를 낳았으나 딸 파튀마만이 생존하였다. 메디나에서는 아이샤(al-'Āishah) 등 10여명의 부인을 거느렸다고 전한다. 그러나 그의 후예는 없다.

곳에 온 적이 있고, 그것을 기념하여 그의 낙타가 머물던 장소에 큰 사원을 세웠다. 하우란 지구 사람들은 순례자가 왔다는 소식을 듣고 이곳에 모여들고, 순례자들은 그들로부터 필수품을 공급받는다.

일행은 다음으로 지자(Zizah)[8]에 이르러 하루를 보냈다. 계속해서 도착한 곳은 내가 있는 라준(al-Lajūn)[9]이다. 이어 일행은 유명한 카라크(al-Karak) 보(堡)로 갔다. 신기하고도 튼튼한 성보로서 일명 '까마귀(al-Ghurāb) 보'라고도 한다. 사면이 계곡으로 에워싸여 있고, 문은 하나인데, 입구나 통로는 모두 굳은 암석을 쪼아 만들었다. 이 성보는 조난 때 국왕들의 피난처로서 일찍이 나쉬르 왕도 이곳에 피신한 바 있다. 그가 어려서 등극하자 맘루크(al-Mamlūk)[10] 출신의 섭정자 살라르가 대권을 거머쥐었다. 그래서 나쉬르왕은 핑계삼아 성지순례를 하겠다고 하자 아미르들이 동의하였다. 왕은 순례길에 올라 아끄바 아일라('Aqbah Ailah)[11]에 도착하자 이

7. 하디자(Khadījah, 약 555~620)는 선지자 무함마드의 첫부인이다. 메카의 꾸라이시족 압둘 웃자('Abdu'l Uzzah)가문에서 태어났다. 두 번이나 부자와 결혼했으나 모두 상부(喪夫)하여 그 가업을 이어받아 부유한 미망인이 되었다. 그러다가 나이 마흔에 25세의 무함마드와 결혼하였다. 원래 그녀는 무함마드를 고용했는데 장사에 능하고 총명한 기질을 가진 그에게 적극적으로 구혼하여 결혼하였다. 그녀는 이슬람교로의 첫 개종자로서 평생 정신적으로나 물질적으로 무함마드의 포교활동을 내조하였다. 무슬림들은 그녀를 '무슬림의 어머니'라 숭앙하고, 이슬람사에서는 그녀가 사망한 해인 620년을 '슬픔의 해'라고 한다.
8. 오늘날의 지자(Jizah)로 암만('Ammān) 남부에 있다.
9. 샴에서 메카로 가는 도중 티마(Timā') 근처에 있는 도시로서 튀바리야(Ṭibariyah)까지는 20마일, 팔레스타인의 람라(al-Ramlah)까지는 40마일이다. 이 도시의 한가운데에 둥근 바위가 하나 있는데, 그 위에 돔이 얹혀 있다. 그것이 이브라힘──그에게 평화를──사원이라고 한다. 바위 밑에는 샘이 있는데 물이 많이 나온다.
10. 터키인을 비롯한 백인노예병을 지칭한다. 8세기초 이슬람군이 중앙아시아 아무다리야(강) 동쪽으로 진출하면서 많은 터키(투르크)인들을 전쟁포로나 노예로 이슬람세계에 유입시켰다. 특히 그들은 이슬람군 내에 편입되어 점차 세력을 확장하여 9세기 전반에는 압바쓰조 할리파의 친위대로까지 조직되었다. 이 과정에서 그들은 노예신분에서 해방되어 군 요직은 물론, 지방 총독에까지 발탁되어 막강한 권력을 행사하였다. 심지어 이집트에서는 그들에 의해 맘루크조(1250~1517)까지 탄생하였다.
11. 홍해(Baḥru'l Qulzam) 연안에 있는 자그마한 도시로서 히자즈와 샴의 경계를 이루고

성보에 숨어버렸다. 그는 여기서 몇 년을 보냈는데, 샴의 아미르들과 많은 백인노예들이 모여들었다.

이 기간에 왕권을 행사한 자는 식료품 관장 아미르인 비비루쓰 샤샨키르[12]인데, 무즈피르(al-Muẓfir) 왕이라고 참칭하였다. 그는 쑬퇀 쏼라훗 딘 알 아유브[13]가 지은 싸이둣 쑤아다(Sa'īdu'd su'ādā') 한까(Khānqah) 가까이에 비비루씨야(al-Bibirusiyah) 한까를 지었다. 나쉬르왕이 군사를 거느리고 비비루쓰를 쳐들어가자 그는 사막으로 도망쳤으나 군사들이 뒤쫓아가 생포해서는 나쉬르왕의 하명에 따라 즉결 처형하였다. 쌀라르도 잡아다가 지하감옥에 가두어놓고 굶겨죽였다. 그는 너무나 배고파서 썩은 시체를 뜯어 먹었다고 한다. 알라께서는 더이상 그런 끔직한 일이 없도록 해주시기를 기원한다. 일행은 카라크보 밖 사니야(al-Thaniyah)란 곳에서 나흘간 머물면서 황야에 들어설 채비를 하였다.

다음으로 우리는 샴의 최남단인 마안(Ma'ān)에 이르렀다. 우리는 아끄바틋 쏴완('Aqbatu'd Ṣawān)[14]에서 '입자망 출자생(入者亡 出者生)'이라는 사막에 들어서게 되었다. 이틀을 걸어서 인가없는 소택지(沼澤地)[15]인 자티 핫즈(Dhāti Ḥajj)에 도착하였다.

다음에 간 곳은 물 한방울 없는 발다흐(Baldaḥ) 계곡을 거쳐 사자——그에게 평화를——께서 정벌한 바 있는 곳, 타부크(Tabūk)[16]에 다다랐다. 원

있다.

12. 이집트의 맘루크조 쑬퇀으로서 10개월 24일간 집권하였다. 상승왕(常勝王)이란 별호를 지녔으나 후임 쑬퇀인 나쉬르왕에 의해 교살되었다.
13. 2장 주14 참고.
14. 오늘날은 아끄바 히자지야(al-'Aqbatu'l Ḥijaziyah)라고 한다.
15. 여기서의 소택지란 아랍어로 '하쓰얀'(al-ḥasyān)인데, 이것은 일반적인 습지와는 그 지질구조가 다르다. 사막에 있는 하스얀은 암석 위에 덮인 모래 속에 물이 괴어 있는데, 모래만 파내면 괸 물을 얻을 수 있다.
16. 쿠라계곡과 샴 사이에 있는 국경도시로서 630년 선지자 무함마드가 3만대군을 이끌고 정복한 바 있다. 이것은 이슬람군의 샴 정복 전초전이었다. 이 전투를 이슬람사에서는 '타부크전투'(Harb Tabūk)라고 한다.

래 이곳에 샘이 있었지만, 물이 많지는 않았다. 그런데 사자——그에게 평화를——께서 여기에 머물 때 그 물에 부분세정을 하자 사자——그에게 평화를——로부터의 길상(吉祥)의 현현(顯現)이라고나 할까 갑자기 샘물이 용솟음쳤는데, 그것이 오늘까지 이르고 있다. 샴의 순례자들은 관행상 타부크의 숙관(宿館)에 거의 도착하면 칼집에서 칼을 뽑아들고는 숙관을 향해 돌진하면서 야자수 가지를 마구 쳐버린다. 그러면서 "사자——그에게 평화를——께서 바로 이렇게 진주하셨다"고 소리지르는 것이다. 아무리 어마어마한 순례단일지라도 일단 이 샘에 오면 모두가 물을 실컷 마실 수 있다. 휴식 겸 낙타에 물을 먹이고, 또 타부크와 올라(al-'Olā)[17] 사이에 있는 무시무시한 황야를 지나는 데 필요한 물을 장만하기 위해 이곳에 나흘간 체류한다. 수부(水夫)들은 늘 이 샘 곁에서 투숙하면서 물소가죽으로 만든 큰 수조(水槽)에 물을 받아 낙타를 먹이고, 또 사람이 마실 물을 가죽통(rāwiyah)이나 가죽주머니(qirbah)에 가득 채운다. 순례단 단장이나 요인들은 각자 전용 물통이 하나씩 따로 있어서 그것으로 자신이나 친구의 낙타에게 물을 먹이며, 또 자신의 가죽통에도 마실 물을 가득 담는다. 그밖의 사람들은 수부들에게 얼마간의 돈을 주고 물을 얻어서는 낙타에게 먹이거나 가죽주머니에 넣는다.

그리고 나서 일행은 타부크를 출발하였다. 미리부터 이 황야에 지레 겁을 먹은 일행은 밤낮으로 걸음을 다그쳤다. 중도에는 불지옥 같은 아히돠르(al-Akhiḍar) 계곡이 있는데, 다행히 우리는 알라의 가피(加被)로 무사히 지났다. 어느해 한번은 순례자들이 이곳에서 독풍(毒風)을 만나 고생고생하다가 물이 동이 나서 물 한모금에 금화 천냥까지 하였다. 결국 물을 파는 사람이나 사는 사람이나 할 것 없이 모두가 공멸하고 말았다. 이 사실은 계

17. 쿠라계곡에 있는 곳으로서 선지자 무함마드가 630년 타부크를 진격할 때 여기에 머물렀다. 그가 예배한 곳에 사원이 세워졌다.

곡의 돌 위에 새겨져 있다.

이곳을 빠져 나와서는 꽤 큰 무앗잠(al-Mu'ẓẓam) 못에 이르렀다. 이 이름은 아유브(Ayūb) 가문 출신의 무앗잠 왕[18]에서 비롯된 것이다. 어떤 해에는 빗물이 고여서 못이 되지만, 어떤 해는 완전히 고갈해버린다. 타부크를 떠나 닷새 만에 히즈르(al-Ḥijr) 우물에 도착하였다. 히즈르는 사무드(Thamūd) 족[19]의 본향이다. 우물에는 물이 출렁인다. 그러나 비록 갈증은 심해도 누구 하나 선뜻 다가가서 마시려 하지 않는다. 이것은 사자——그에게 평화를——의 거룩한 행위를 본받아서이다. 일찍이 사자가 타부크를 공략할 때[20] 이곳을 지났는데, 그는 갈길을 다그치기 위해 그 누구도 이 우물에서 물을 떠마시지 못하도록 명하였다고 한다. 다만 몇 사람만이 그 물에 반죽을 하고 낙타에 먹였을 뿐이다. 수무드인들의 집은 홍암석(紅岩石) 위의 동굴인데, 문지방은 한결같이 쪼아 만들었다. 보기에는 지은 지 얼마 안 된 것 같다. 방안에는 해골이 놓여 있다. 이것은 그들의 유풍(遺風) 중 하나이다. 거기에 있는 두 산 사이에는 선지자 솰리흐——그에게 평화를——의 낙타가 머물렀던 곳과 사원의 흔적이 남아 있는데, 사람들은 거기서 예배를 보고 있었다.

히즈르[21]와 올라 사이는 근 반나절 거리다. 올라는 크고 아름다운 읍으로 대추야자수림과 샘물이 있다. 순례자들은 여기서 나흘간 머물면서 여장을 정비하고 옷가지도 빤다. 남을 성싶은 물건들은 이곳에 맡겨두고 쓸 만큼만 가지고 떠난다. 읍민들은 모두가 진솔한 사람들이다. 샴 내의 기독교인

18. 샴의 쑬퇀으로서 용감한 기사이고 하나피야파의 법학자이기도 하다.
19. 사막의 아랍부족으로서 히자즈와 샴 사이의 히즈르와 꾸라계곡 등지에 산거한다.
20. 선지자 무함마드가 친솔한 이슬람대군이 타부크에 도착하자 아일라(Ailah) 족의 추장(기독교인)과 아즈라흐(Adhraḥ), 마끄나(Maqnā), 자르바(al-Jarbā)의 3개 오아시스의 유태족들이 화해를 제의해왔다. 무함마드가 그들이 해마다 한차례씩 인두세(人頭稅)를 상납하는 조건으로 화해를 받아들임으로써 전투가 끝났다.
21. 쿠라계곡에 있는 자그마한 읍으로서 사무드족들이 살고 있다.

들은 이곳까지만 오고 더이상 갈 수가 없다. 그들은 순례자들에게 식량 따위를 판다.

일행은 올라를 출발해서 다음날 아톼쓰(al-'Aṭās)라고 하는 계곡에 도착하였다. 폭염의 계곡에는 가끔 살인적인 독풍이 불어닥친다. 어느해인가 한 번은 순례단이 여기서 독풍을 만났는데, 가까스로 살아남은 사람은 몇명밖에 안되었다. 이 해를 잘리끼(al-Jāliqi) 아미르해라고 한다. 이곳을 떠나 다다른 곳은 훗다야(Huddayah)[22]다. 물이 괴여 있는 골짜기여서 파기만 하면 물은 나오는데, 물맛이 씁스레하다.

## 2. 성 메디나와 성소[23]

사흘 만에 순례단은 드디어 성스럽고 자비로우며 영광스러운 도시, 메디나의 교외에 이르렀다. 그날 저녁으로 우리는 성지에 입성하여 곧장 거룩한 사원[24]으로 직행하였다. 우선 평화문[25]에 서서 인사를 올린 다음 성묘(聖墓)[26]와 강단(講壇, al-Minbar) 사이의 녹지에서 예배를 드렸다. 우리는 사자──그에게 평화를──에 대한 그리움을 간직하게 하는, 남아 있는 한 그루의 야자수에 회심(懷心)의 입맞춤을 하였다. 그 나무는 남쪽을 향해 오른쪽으로 성묘와 강단 사이에 서 있는 기둥에 붙어 있다. 우리는 고금제민(古今齊民)의 주상(主上)이고 반역자들과 죄인들의 구제자이며, 사자이고 선

22. 야마마(al-Yamāmah) 근처에 있다.
23. 이슬람의 성지 메디나를 일컬어 '광휘로운 메디나'(al-Madinatu'l Munawwarah)라고 하며, 그 속에 있는 성지를 '성스러운 금구(禁區)'(하라뭇 샤리프al-Ḥarāmu'd Sharīf)라고 한다.
24. '거룩한 사원'(마쓰지둘 카림 al-Masjidu'l Karīm)이란 선지자 무함마드의 사원을 지칭한다. 1장 주67 참조.
25. '평화문'에 관해서는 1장 주68 참조.
26. 선지자 무함마드의 묘소를 말한다..

지자인 영광스러운 하심 아브톼히(al-Hāshimu'l Abṭaḥī) 가문 출신의 무함마드——그에게 평화와 영광을——에게, 그리고 동숙도반(同宿徒伴)인 아부 바크르 앗 쉿디끄[27]와 아부 하프스 오마르 파루끄——그들에게 알라의 영총을——에게 진심으로의 경의를 표하였다. 우리 모두는 이러한 거룩한 천은(天恩)에 대한 기쁨과 숭고한 성은(聖恩)에 대한 반가움, 사자의 성스러운 서약과 그 위대한 실현을 있게 한 지고의 알라에 대한 찬미를 간직한 채, 그리고 이것이 마지막 참배가 되지 않도록 하고, 우리의 참배를 받아들이며 우리가 알라를 위해 행한 이 순례를 기록해주도록 알라께 기원하면서 이곳을 떠났다.

이 거룩한 성사(聖寺)는 정방형이다. 사면은 석판로(石板路)로 에워싸여 있고, 중앙에는 자갈과 모래를 깐 뜰이 있다. 성사 밖은 쪼은 돌로 포장한 거리가 빙 둘러 있다. 성릉(聖陵)——알라께서 그 안식자에게 평화를 주시기를——은 성사의 동남쪽에 있는데, 그 형태는 유례없이 특이하다. 성릉은 섬교(纖巧)하고 우아한 대리석으로 환히 빛을 발하고 있으며 세월의 풍상에도 불구하고 여전히 사향 같은 향기를 뿜고 있다. 능의 남켠에 성안(聖顔)의 자리를 알리는 은제 못 하나가 박혀 있다. 참배객들은 바로 여기에 서서 성안과 대면한 다음 남쪽으로 돌면서 인사를 올린다. 그리곤 오른쪽으로 돌아서 알라의 사자——그에게 평화를——발치에 있는 아부 바크르

27. 아부 바크르 앗 쉿디끄(Abū Bakr al-Ṣiddīq, 약 573~634)는 초대 정통할리파(재위 632~34)다. 메카의 꾸라이시족 타임(Taim) 가문의 상인 출신으로서 최초의 이슬람교 귀의자 중 한 사람이다. 선지자 무함마드의 지우이자 가장 충실한 추종자로서 메카에서는 이슬람교 전파에 큰 기여를 하였고, 성천 후 메디나에서는 무함마드의 정치·군사·종교 등 각 방면의 보좌역을 맡았다. 무함마드 사후 다음날에 그 후계자인 초대 할리파로 선출되었다. 재위 기간에는 아라비아반도 각처에서 일어나는 변절자(Ahlu'l Riddah)들의 반이슬람 반란을 진압함으로써 이슬람의 아라비아반도 내에서의 승리를 실현하고, 시리아와 이라크에 대한 군사정복에 착수하였다. 634년 메디나에서 타계했는데, 4명의 부인에서 3남 3녀를 두었다고 전한다. 차녀 아이샤('Āishah)가 바로 무함마드의 후처다.

—그에게 알라의 영총을—의 얼굴과 머리가 있는 곳을 지나 아부 바크르의 어깨 쪽에 있는 오마르 븐 핫톼브[28]—두 분께 알라의 영총을—의 얼굴과 머리가 있는 곳으로 향한다. 이 성릉—알라께서 복을 더해주시기를—내에는 자그마한 대리석 못이 있고, 그 남켠에 벽감 같은 것이 있다. 이곳이 바로 사자—그에게 평화를—의 딸 파튀마의 집이라고기도 하고, 그녀의 묘라고도 한다. 그것은 알라만이 알 것이다.[29]

성사의 한가운데에는 지면에 붙어 있는 문짝이 하나 있는데, 그 밑으로는 사원 밖에 있는 아부 바크르—그에게 알라의 영총을—의 집으로 통하는 계단식 지하통로가 있다. 그의 딸이자 선지자의 부인이며 믿는 자들의 어머니인 아이샤—그들 모두에게 알라의 영총을—는 이 통로를 따라 친정나들이를 하였다. 의심할 바 없이 이 문이 바로 성훈에 나오는 그 '편문'(便門, al-Khaukhah)일 것이다. 선지자—그에게 평화를—께서는 이 문만 남겨놓고 다른 문은 몽땅 폐쇄하라고 하였다. 아부 바크르—그에게 알라의 영총을—의 집 맞은편에 오마르와 그의 아들 압둘라 븐 오마르[30]—그들에게 알라의 영총을—의 집이 있었다. 성사의 동편에는 메디

28. 오마르 븐 핫톼브('Omar bin al-Khaṭṭab, 592~644)는 제2대 정통할리파(재위 634~44)로서 이슬람공동체의 건설자다. 메카의 꾸라이시족 아디이('Adiy) 가문의 귀족 상인 출신으로서 처음에는 이슬람교를 반대했으나 선지자 무함마드에 의해 이슬람교에 귀의한 후에는 그의 열렬한 추종자가 되었다. 무함마드 사후 성문보사들의 야망을 꺾고 아부 바크르를 초대 할리파로 선출하는데 결정적 역할을 하였다. 제2대 할리파로 선출된 후에는 시리아·이라크·이집트에 대한 정복을 솔선 지휘하고 정복지에 군영도시(軍營都市, al-miṣr)를 건설하였으며, 중앙에 '디완제(制)'(일종 등록제도)를 실시하는 등 정복지와 중앙의 국가조직을 정비했다. 아울러 성천년(聖遷年)을 이슬람력 기원으로 제정하고 할리파의 칭호를 '신자들의 수령'으로 개칭하기도 하였으며 아라비아 반도에서 유대인들을 추방하는 등 이슬람교의 정초(定礎)에도 진력하였다. 644년 메디나의 사원에서 페르시아인 자객에게 피살되었다. 그의 딸 하프솨(Ḥafṣah)는 무함마드의 첫째 부인이다.

29. '알라만이 알 것이다' 혹은 '알라가 가장 잘 안다'(Allāh A'lam!)는 어떤 일에 관하여 잘 알지 못하거나 의심스러우며 자신이 없을 때 아랍인들이 자주 쓰는 관용어다.

30. 제2대 정통할리파 오마르의 아들로서 성문도반이다. 제3대 정통할리파인 오스만이

나의 이맘 아부 압둘라 말리크 븐 아나쓰[31]——그에게 알라의 영총을——의 집이 있었다. 평화문 가까이에 물을 마시는 곳이 있는데, 계단으로 내려가야 한다. 샘물인데, 이름하여 '남천'(藍泉, al-'Ainu'd Zarqā')이라고 한다.

알라의 사자——그에게 평화를——께서는 이슬람력[32] 3월 13일 월요일 밤에 성천지(聖遷地)인 성 메디나에 도착하였다. 그는 우선 옴루 븐 아우프족[33] 지역에서 그들과 함께 22일간 기거하였다. 혹자는 14일 또는 4일간이라고도 한다. 그리고 나서 메디나에 들어가서는 나자르족의 성문보사[34]인 아부 아유브[35]——그에게 알라의 영총을——의 집에서 거처와 사원을 지을 때까지 7개월간 머물렀다. 원래 사원 부지는 싸흘르와 쑤하일 형제 소유의 낙타집합소(al-marbad)[36]였다. 이 형제는 라피아 븐 아비 오마르 븐 아니드 븐 사알라바 이븐 가님 븐 말리크 븐 나자르의 두 자식이었으나, 일찍

피살된 후 그는 할리파에 추대되었으나 사양하였다. 아프리카에 대한 군사원정을 두 차례나 단행하여 이슬람교의 아프리카 전파에 큰 기여를 하였다. 만년에 실명하는 불운을 겪었다.

31. 말리크 븐 아나쓰(Malik bin Anas, 713~95)는 성훈학자로서 이슬람의 4대 정통법학파의 하나인 말리키야파의 창시자다. 예멘인이나 본인은 메디나에서 출생하고 거기서 사망하였다.

32. 이슬람력(A. H.)에 관해서는 1장 주5 참고.

33. 까흐돠니야(al-Qahṭāniyah) 족의 아즈드(al-Azd) 가문에 속한다.

34. 성문보사(聖門輔士)란 아랍어로 '안쏴르'(Anṣār)의 역어다 '안쏴르'는 '나쉬르'(naṣir) 혹은 '나쉬르'(nāṣir)의 복수인데, '방조자' '협조자' '옹호자'란 뜻이다. 이슬람사에서의 '안쏴르'란 선지자 무함마드가 622년 메디나에 성천하기 전부터 메디나에서 이슬람에 귀의하여 무함마드를 따르던 사람들이다. 성천 후에는 안쏴르의 수효가 급격히 늘어나면서 무함마드를 비롯한 성천사들(al-Muhājirūn, 무하지룬)을 각 방면에서 적극 협조·비호하여 함께 이슬람공동체를 건설하였다. 이로부터 '안쏴르'란 일종의 경칭이 나왔다. 초기에는 소수였으나 성천 후 6년이 되자 메디나 주민의 대다수가 안쏴르가 되었다. 그러나 이 원주민인 안쏴르(성문보사)와 외래자인 무하지룬(성천사) 사이에는 미묘한 갈등이 있었다. 예컨대, 무함마드 사후 안쏴르들은 자신들 중에서 할리파를 옹립하려고 하여 성천자들과 일시 갈등을 빚기도 하였다.

35. 나자르 가문 출신의 용장이었다. 바드르전투와 우후드전투, 한다끄전투 등 초기의 여러 전투에 참전하여 용맹을 떨쳤다.

36. 낙타가 머무는 곳, 즉 낙타사(舍)란 뜻인데, 일종의 낙타우리이면서 매매시장이기도 하였다. 가끔 시인들의 취재대상이기도 하였다.

이 고아가 되어 아쓰아드 븐 자라라[37]——이들 모두에게 알라의 영총을——의 손에서 자랐다. 일설에는 아부 아유브——그에게 알라의 영총을——의 부양을 받았다고도 한다. 알라의 사자——그에게 평화를——가 이 낙타집합소를 구입하였다. 그런데 아부 아유브가 이 형제를 설복하여 양도했다고도 하고, 그들이 자진해서 알라의 사자——그에게 평화를——에게 기증했다고도 한다.

아무튼, 그리하여 알라의 사자——그에게 평화를——는 사원을 짓고 거기에서 도반들과 함께 일을 하였다. 사원이래야 담벽만 두르고 천장이나 기둥은 없었으며 정방형이었다. 길이와 너비는 각각 1백 완척(腕尺)이었다. 그런데 너비는 그렇게 되지 못했다는 이야기가 있다. 벽의 높이는 한 길쯤 된다. 더위가 더해지자 도반들은 천장을 올리자고 의논하였다. 그래서 대추야자나무 줄기로 기둥을 세우고 그 위에 그 잎사귀로 천장을 엮었다. 그런데 비가 오자 영락없이 천장에서 빗물이 새는 것이었다. 그러자 도반들은 알라의 사자——그에게 평화를——에게 진흙을 바르자고 여쭈었다. "안돼, 모세의 차일(遮日) 같은 차일이나, 모세의 천막 같은 천막이면 몰라도"라고 사자는 말했다. 누군가가 "모세의 천막이란 어떤 것인데요?"라고 묻자, 그는 "일어서면 천장에 머리가 닿는 그런 천막이지"라고 대답하였다. 원래 사원에는 3개의 문이 있었는데, 예배방향이 바뀌자 남문을 폐쇄하였다. 알라의 사자——그에게 평화를——시대와 아부 바크르——그에게 알라의 영총을——시대에 걸쳐 사원은 줄곧 이 모양새였다.

오마르 븐 핫톼브('Omar bin al-Khaṭṭāb)——그에게 알라의 영총을——시대에 사자——그에게 평화를——의 사원이 증축되었다. 오마르는 "만일 내가 사원을 증축해야 되겠다는 사자——그에게 평화를——의 말을 듣지 않았었다면 이 사원을 증축하지 않았을 것이다"라고 말한 바 있다. 나무기

37. 메디나의 하즈라즈(al-Khazraj) 족 출신으로서 초기 이슬람시대의 용사였다. 바드르 전투에서 전사하였다.

둥을 철수하고 그 자리에 흙벽돌기둥을 세웠는데, 기초는 돌로 한 길 높이쯤 쌓았다. 문은 남향을 제외하고 각 방향에 두 개씩, 모두 여섯 개의 문을 냈다. 오마르는 그중 한 문에 서서 "이 문은 응당 여성의 전용으로 해야겠다"라고 말했다. 그는 이 문에 관해 꿈을 꾸면서 몽중에 지상지고의 알라를 친견했다고 한다. 그는 또 "증축할 바엔 아예 성릉(聖陵)까지 망라해서 명실공히 사자——그에게 평화를——의 사원답게 할 것이다"라고 말했다. 오마르는 사원 내에 사자의 삼촌인 압바쓰——그들에게 평화를——의 거처를 마련해주려고 하였다. 그러나 그는 한사코 사양하였다.

원래 사원 내에는 물이 흘러내리는 하수관(al-mīzāb)이 하나 있었다. 그런데 오마르는 "사람들에게 해롭다"고 하면서 이 하수관을 뽑아버렸다. 이에 압바쓰가 이의를 제기해 논쟁거리가 되었다. 두 사람은 아비 븐 카아브——그에게 알라의 영총을——의 집으로 찾아가 중재를 요청하였다. 주인은 한시간이나 실히 지나서야 들어오라고 하였다. 이유인즉 "여종이 내 머리를 감겨주고 있었기 때문"이라고 하였다. 오마르가 말을 하고자 다가서니 카아브는 우선 "아불 파들(즉 압바쓰—옮긴이)로 하여금 알라의 사자——그에게 평화를——가 한 말을 그대로 아뢰도록 합시다"라고 하였다. 이에 압바쓰가 "설계는 알라의 사자——그에게 평화를——가 한 것이고, 짓기는 그이와 함께 제가 지었습니다. 저는 알라의 사자와 손발을 맞추어 이 하수관을 들여놓았습니다. 그런데 오마르가 그 하수관을 거둬버리고 사원의 설계를 변경하려고 합니다"라고 말하였다. 이 말을 듣고 카이브는 다음과 같은 말을 하였다. "이에 관해서는 제가 알고 있습니다. 저는 알라의 사자——그에게 평화를——가 이렇게 말씀하는 것을 들은 바가 있습니다. 즉 다위드(Dāwid)——그에게 평화를——는 '알라의 신성한 집'[38]을 지으려고 하였습니다. 그런데 거기에 두 고아의 집이 있었습니다. 그래서 그 두 고아에게 부지[39]를 팔

38. '알라의 신성한 집'(Baitu'l Lāhu'l Muqaddis)이란 곧 사원을 지칭한다.
39. 여기에서의 '부지'란 앞의 사흘르와 수하일 두 사람이 소유한 낙타집합소를 말한다.

라고 구슬러봤지만 그들은 거절하였습니다. 재차 구슬리자 팔기는 팔았습니다. 그런데 그들이 어른이 되자 그만 판매를 번복하는 바람에 다위드는 다시 웃돈을 주고 사들였습니다. 그후 그들은 또 번복하는 것이었습니다. 다위드는 그 값이 너무나 엄청나다고 생각했습니다. 그러자 알라께서 계시하기를 '그대가 무엇인가 지불하는 것은 곧 그대를 위함이라는 것을 알지어다. 기왕 그들에게 우리의 복을 주는 바엔 그들이 만족하도록 할지어다. 나를 위한 집이 불의(不義)를 빚는다면 나는 결코 짓지 못하도록 할 것이다'라고 하였다. 이에 다위드는 '주여 그럼 그 집은 쑬라이만——그에게 평화를——에게 주십시오'라고 하자 주께서는 곧 그에게 주셨습니다."

잠자코 이 말을 듣고 있던 오마르는 "알라의 사자——그에게 평화를——가 이러한 말씀을 했다는 것을 제가 어떻게 믿겠습니까?"이라고 의심하자 카이브는 일군의 성문보사들한테로 갔다. 그들은 오마르에게 사실을 확인해주었다. 오마르——그에게 알라의 영총을——는 "어떠한 상황에서도 저는 당신의 말을 따져 물었을 것입니다. 저는 사실여부를 확인하고 싶었으니까"라고 말하였다. 그리고 나서는 압바쓰——그에게 알라의 영총을——에게 "그러면 우리의 손발로 그 하수관을 다시 들여놓읍시다"라고 하였다. 그러자 압바쓰는 오마르에게 "당신의 확인 자체가 알라의 시은(施恩)이 아니겠습니까"라고 넌지시 한마디 건넸다. 이렇게 오마르는 하수관을 부수었다가 다시 제자리에 들여놓았다.

할리파 오스만[40]은 이 사원의 증축을 강력히 추진하였다. 그는 몸소 일을 거들기도 하면서 종일 현장에서 지내기도 하였다. 그에 의해 사원은 백색으로 단장되고 돌로 기초를 튼튼히 다져졌으며 동방을 제외하고는 각 방향

40. 오스만 븐 앗판('Othmān bin 'Affān, 577~656)은 제3대 정통할리파(재위 644~56)다. 메카의 꾸라이시족 우마야(al-Umāyah) 가문의 귀족상인 출신으로서 일찍부터 이슬람교에 귀의하여 선지자 무함마드의 충실한 추종자였을 뿐만 아니라 재정적으로 그를 많이 도왔다. 무함마드의 두 딸과 차례로 결혼하였다.

으로 확충되었다. 그리고 철근이나 연근(鉛筋)으로 고정시킨 석주(石柱)를 세우고 마률수(麻栗樹, sāj)로 천장을 덮었으며 벽감도 만들었다. 첫 벽감을 만든 사람은 마르완[41]이라고도 하고, 할리파 왈리드[42] 시대의 오마르 븐 압둘 아지즈라고도 한다.

그후 할리파 왈리드 븐 압둘 말리크시대에도 증축되었다. 이 증축공사는 오마르 븐 압둘 아지즈의 주관하에 진행되었는데, 대단히 정밀하게 확충 및 개축되었다. 대리석과 도금한 마률수로 단장하였다. 왈리드는 룸(로마—옮긴이) 왕에게 사람을 보내 "본인은 우리의 선지자——그에게 평화를——의 사원을 증축하려고 하오니 도움을 주시기 바라는 바입니다"라고 하였다. 그러자 룸왕은 공장(工匠)들과 8만 미스깔(mithqāl)[43]의 황금을 보내왔다. 왈리드는 선지자 부인들의 묘소도 사원 경내에 축조하도록 하였다. 그래서 오마르는 사원의 3면 주변에 증축된 집들을 사들였다. 사원의 부지가 남쪽 켠으로 넓어지자 오바이둘라 븐 오마르는 하프솨[44]의 고택(古宅)만은 팔 수 없다고 하여 쌍방간에 말썽이 생겼다. 결국 오마르가 사들였는데, 오바이둘라가 그냥 그 집에 눌러앉아 있되 사원을 통하는 길을 하나 내기로 약조하였다. 그 길이 바로 이 사원에 있는 그 편문(便門)인 것이다. 오마르는 사원의 네 귀퉁이에 네 개의 첨탑을 세웠다. 그중 하나는 바로 마르완의 집을 부감하게끔 되어 있었다. 할리파 쑬라이만 븐 압둘 말리크[45]가 성지순례를 할 때 이 집에 묵었다. 그런데 무앗진이 아잔[46]을 하면서 이 집을 내려다

41. 본명은 마르완 븐 후큼(Marwān bin al-Ḥukm)으로서 우마위야조 제5대 할리파 압둘 말리크 븐 마르완(재위 685~705)의 아버지다.
42. 할리파 왈리드(al-Walīd)는 우마위야조 제6대 할리파(재위 705~15)다.
43. 무게단위로서 1미스깔은 4.68g에 해당한다.
44. 하프솨(Ḥafṣah)는 제2대 정통할리파인 오마르의 딸이자 선지자 무함마드의 처다. 그녀에 관해서는 60개의 성훈이 있다.
45. 우마위야조 제7대 할리파(재위 715~17)로서 재위기간에 중앙아시아의 자르잔(Jarjān)과 톼바르씨탄(Ṭabarsitān)을 정복하였다.
46. 무앗진과 아잔에 관해서는 2장 주82, 주102 참고.

보는 것이었다. 그러자 할리파는 그집을 당장 헐어버리라고 엄명하였다. 사원을 증축할 때 오마르는 벽감을 만들었다. 그래서 그를 벽감의 창제자라고 한다.

그후에 또 할리파 마흐디 븐 아비 자아파르 알 만수르[47]가 재증축하였다. 원래 그의 선친인 할리파 만수르 때에 증축하려고 하였으나, 여의치 않았다. 한때 하싼 븐 자이드가 그에게 서한을 보내 동쪽에 증축할 것을 제안하면서 그렇게 하면 성릉이 사원의 중심에 놓이게 될 것이라고 하였다. 그러나 만수르는 그가 오스만——그에게 알라의 영총을——의 고택을 헐어버릴 요량을 한다고 모함하여 회신하기를 "내가 당신의 기도를 알아차린 이상, 오스만의 고택만은 다치지 못하게 할 것이오"라고 하였다. 만수르는 햇빛 뜨거울 때면 예배자들을 위해 뜰에 있는 나무에 줄을 늘여 막을 쳐서 빛을 가리도록 하였다. 왈리드가 증축했을 때 사원의 길이는 2백 완척이었으나, 마흐디는 그것을 3백 완척으로 늘렸다. 그리고 지면보다 2완척이나 높았던 설교사방(al-Maqṣūrah)은 지면과 수평이 되게 땅을 골랐다. 그리곤 사내의 여러 곳에 자신의 이름을 명기하였다.

만수르왕은 깔라운(Qalāwūn)에게 평화문 곁에 부분세정실을 하나 지으라고 하였다. 이 일은 아끄마르(al-Aqmar)라는 청렴한 아미르 알라웃 딘이 맡아했는데, 넓은 뜰에 여러개 방으로 쭉 둘러싸이게 짓고 수도를 끌어왔다. 왕은 메카——알라의 영광이 있기를——에도 이러한 세정실을 지으려고 하였으나 뜻을 이루지 못했다. 그의 아들 나쉬르왕대에 와서야 쇼파(al-Ṣafā)[48]와 마르와(al-Marwah)[49] 사이에 세정실을 지었다. 그에 관해서는 후

47. 마흐디(al-Mahdi)는 압바쓰조의 제3대 할리파(재위 775~85)이고, 만수르(al-Manṣūr)는 그의 선친으로서 제2대 할리파(재위 754~75)다. 만수르는 압바쓰조의 실질적인 건국자로서 학문과 과학을 중시하였다. 그 자신이 법학과 문학, 철학과 천문학 등에 연박(淵博)한 지식을 가지고 있었다. 만수르시대에 바그다드가 건설되었다.

48. 메카 동쪽에 있는 아비 까비쓰(Abī Qabis) 산의 고봉으로 성지순례 의식의 하나인 질주(疾走)의 출발지다.

술할 것이다. 인샬라.[50] 알라의 사자——그에게 평화를——사원의 예배방향[51]은 사자——그에게 평화를——가 설정하였기 때문에 절대로 정확무오하다. 그런데 천사 가브리엘——그에게 평화를——이 설정하였다고도 하고, 또는 가브리엘이 그 의의를 지적하자 그에 따라 사자가 설정하였다고도 한다. 전설에 의하면 가브리엘——그에게 평화를——이 산을 가리키자 산이 곧 겸손하게 머리 숙이고 비껴서면서 석전(石殿, al-Ka'bah)[52]이 나타났으며, 사자는 그 모습을 똑똑히 지켜보면서 계시를 받았다고 한다. 아무튼 성사의 예배방향은 정확무오하다. 원래 선지자——그에게 평화를——가 메디나에 도착했을 때의 예배방향은 꾸드쓰(Baitu'l Muqaddas, 예루살렘—옮긴이)였으나, 그가 와서 16개월 혹은 17개월 후에 메카의 석전으로 그 방향을 바꾸었다.[53]

성훈에 의하면 처음에 사자——그에게 평화를——는 성사 내의 한 그루 대추야자나무 곁에서 설교하였다. 그러다가 강단이 마련되자 자리를 옮기게 되었다. 그러자 그 나무는 마치 어미낙타가 새끼를 그리워하듯 선지자가 그리워 선지자 쪽으로 기울어졌다. 전설에 따르면 선지자——그에게 평화를——가 강단에서 내려 그 나무로 다가가니 나무는 곧바로 서서 움직이질 않았다고 한다. 그러자 그는 "내가 다가가지 않았더라면 이 나무는 최후 심판의 날[54]까지 내가 그리워 기울어져 있을 것이다"라고 하였다. 그 거룩

49. 메카 동쪽에 있는 불그스레한 빛깔의 암석으로 된 산으로서 성지순례 의식의 하나인 질주의 대상지이다. 질주는 거리가 420m쯤 되는 솨파산에서 출발하여 마르와산을 에돌아온다. 원래 마르와는 메카 중심부에 있는 구릉으로서 그 위와 주변에 인가가 있었다고 한다.
50. '인샬라!'의 용법에 관해서는 1장 주63 참고.
51. 예배방향에 관해서는 1장 주83 참고.
52. 석전에 관해서는 1장 주1 참고.
53. 18개월이라는 설도 있다.
54. 야움울 끼얌(Yaumu'l Qiyām)은 아랍어로 '부활일'이란 뜻이며, 이에 대응하는 용어로 '세계의 말일'(Yaumu'l Ākhirah)이란 말이 있다. 이 두 가지 낱말은 이슬람교의 관련교

한 강단을 누가 만들었는가에 관해서는 설이 분분하다. 전하는 바에 의하면 타밈 앗 다리[55]——그에게 알라의 영총을——가 만들었다고 한다. 그러나 일설에는 압바쓰의 머슴——그에게 알라의 영총을——이, 그런가하면 전승된 성훈에는 한 여성문보사(女聖門輔士)의 머슴이 만들었다고 한다. 재목은 산림 속에서 자라는 위성류(渭城柳, ṭarfā)[56]다. 그러나 아슬(al-athl)[57] 나무란 이야기도 있다.

원래 강단은 세 개 계단이 있었다. 사자——그에게 평화를——는 설교할 때 맨 윗쪽 계단에 앉아 거룩한 두 다리는 가운데 계단에 놓았다. 할리파 아부 바크르 앗 쉿디끄——그에게 알라의 영총을——는 가운데 계단에 앉아 다리는 첫 계단에 놓았다. 할리파 오마르——그에게 알라의 영총을——는 첫 계단에 앉아 다리는 땅에 놓았다. 할리파 오스만——그에게 알라의 영총을——은 처음에는 선임자 오마르처럼 하였으나 후에는 세번째 계단에 올라가 설교를 하였다. 할리파 무아위야——그에게 알라의 영총을——에 이르러서는 이 강단을 샴으로 옮겨가려고 하였다. 그러자 무슬림들이 들고일어났고, 대풍이 불며 일식(日蝕)이 일어나고 대낮에 뭇별이 나타나더니 급기야는 암흑천지가 되어 사람들은 서로 부딪치면서 갈피를 잡지 못하고 허둥댔다. 이것을 목격한 무아위야는 옮길 생각을 버리고 아래쪽에 6계단을 증설해 결국 9계단으로 만들었다.

리에 따라 '최후심판의 날'로 통일 번역할 수 있다. 『꾸란』에 의하면 '세계의 말일'은 확정적으로 다가오는바, 도래시에는 알라가 천사 이쓰라필(Isrāfil)로 하여금 나팔을 3번 불게 한다. 첫나팔이 울리면 천지간의 자연만물이 소멸되고, 두번째로 울리면 일체 생명이 소멸되며 세번째로 울리면, 사망한 인간들이 부활하여 알라 앞에 가서 공정한 심판과 상벌을 받는다는 것이다. 심판에 따라 낙원과 지옥행이 결정된다.

55. 본명은 타밈 븐 아우쓰 븐 하리자 앗 다리(Tamim bin Aus bin Khārijah al-Dāri, ??~660)로서 성문도반이다.

56. 위성류과(渭城柳科)에 속하는 낙엽교목으로서 키는 약 7m 가량이다. 가지는 적갈색이고 잎은 가는 피침형이다. 학명은 tamarix jumperina이고 아랍어명은 '타르파'(ṭarfā')이다.

57. 위성류과(渭城柳科)에 속하는 성류(檉柳)이다.

내가 메디나에 입성할 때 성사의 이맘은 이집트의 명류출신인 바하웃 딘 븐 쌀라마였다. 그의 대리자는 샤이흐의 귀감이고 독실한 수행자이며 학자인 앗줏 딘 알 와씨퉈——그에게 알라의 복을——인데, 그는 내내 이맘에 앞서 설교를 하곤 하였다. 성 메디나의 법관은 이집트인 싸라줏 딘 오마르다. 이 싸라줏 딘이라는 사람은 메디나에서 법관과 설교사직을 약 40년간이나 맡고 있다고 한다. 후일 그는 고향 카이로로 돌아가려고 하자 세 번이나 꿈에서 알라의 사자——그에게 평화를——가 나타났다. 나타날 때마다 사자는 이제 수명이 다했으니 자리를 뜨지 말라고 하였다. 그러나 그는 이 권유를 마다하고 귀향길에 올랐다가 고향에 채 가지도 못하고 카이로에서 3일간 노정에 있는 쑤와이쓰(Suwais)[58]란 곳에서 불시 객사하고 말았다. 그의 불운의 최후에 대해 알라의 보우가 있기를 기원한다. 그의 대리인은 법학자 아부 압둘라 무함마드 븐 파르훈——그에게 알라의 자비를——이었다. 그의 아들들로는 말리키야파의 교사이며 부재판관인 아부 무함마드 압둘라와 아부 압둘라 무함마드가 있는데, 그들은 지금 메디나에 살고 있다. 원래 그들은 투니쓰(Tūnis) 시의 권문사족 출신이다. 그후 성 메디나의 설교와 사법은 카라크보 법관이었던 이집트 출신의 자말룻 딘 알 아쓰유티가 담당하였다.

성사의 역부(役夫)나 문지기들은 에티오피아(al-Ḥabash) 등지에서 온 젊은이들이다. 그들은 용모가 준수하고 훤칠하며 입은 옷도 꽤 화려하다. 그들의 우두머리를 역부장(役夫長, Shaikhu'l Khuddām)이라고 하는데, 그 위세가 흡사 큰 벼슬아치와 같았다. 그들의 노임은 이집트와 샴이 해마다 지불한다. 성사의 수석무앗진은 이집트 마톼리야(Maṭariyah) 읍 출신의 성훈학자이며 구덕(具德)한 이맘인 자말룻 딘 알 마톼리와 그를 이은 그의 아들 아피풋 딘 압둘라였고, 다음으로는 오랫동안 성사 곁에서 살아온 가르

58. 이집트쪽 홍해 연안의 항구로서 이집트인들은 여기를 통해 메카나 메디나로 간다.

나톼 출신의 수행자이며 우접자(寓接者, al-Mujāwir)[59]인 샤이흐 아부 압둘라 무함마드 븐 무함마드 알 가르나틔다. 아부 압둘라는 유혹이 겁나서 거세까지 한 샤이흐다.

전하는 바에 의하면, 아부 압둘라는 원래 압둘 하미드 알 아자미라는 샤이흐의 시종(khadīm)이었다. 샤이흐는 그를 착한 사람으로 보고 집 걱정은 하지 않았다. 여행을 떠나더라도 그를 집에 남겨두곤 하였다. 한번은 여행을 떠나면서 늘 하던 대로 그를 집에 떨궈놓았다. 그런데 뜻밖에도 샤이흐의 처가 그를 애모한다면서 집적거리기 시작하였다. 그러자 아부 압둘라는 "저는 알라를 경외하고 주인장이 가족과 재물에 대해 저에게 갖는 신임을 배반할 수 없습니다"라고 단호하게 응수하였다. 그렇지만 그녀는 그를 나무라면서 계속 짓궂게 건드리는 것이었다. 그렇게 되자 그는 유혹에 빠질까 염려되어 그만 스스로 거세하고는 혼절해버렸다. 이러한 사단을 알게 된 주위 사람들은 그를 치료해주었다. 그 연고로 그는 성사의 역부가 되었다가 무앗진이 되고, 나중에는 수석무앗진까지 되었다. 지금까지도 그는 생존해 있다.

## 3. 성 메디나와 그 근교의 명사들

성 메디나의 우접자 중에는 덕망있는 수행자인 샤이흐 아부 압바쓰 아흐마드 븐 무함마드 마르주끄가 있다. 그는 알라의 사자——그에게 평화를——의 사원에서 자중극기(自重克己)하면서 신앙과 금식, 예배에 잠심몰두(潛心沒頭)하고 있다. 아마 그는 성 메카에도 우접(jāwara)했었을 것 같다.

59. 주로 장기순례나 수행의 목적으로 메디나나 메카 등 성지를 찾아와 우접(寓接), 임시로 거주하는 사람을 말한다. 이들은 사회적으로 존경받는다.

728년(1327)에 내가 그를 메카에서 본 적이 있는데, 그는 그 누구보다도 석전 주위를 많이 영회(ṭawāf)[60]하고 있었다. 나는 그가 그렇게 더운데도, 열심히 영회장(縈廻場, al-Maṭāf)을 돌고 있는데 대하여 실로 경악을 금할 수가 없었다. 영회장은 검은 돌을 깔았는데, 불 같은 햇볕에 뜨겁게 달군 금속판처럼 화끈거렸다. 수부(水夫)들이 그 위에 물을 뿌리기는 하는데, 뿌리자마자 뿌린 곳의 물이 끓을 정도다. 그때 대부분의 사람들은 양말을 신고 돌았지만 샤이흐 아부 압바쓰만은 맨발이었다.

어느날 그가 영회하고 있길래 그와 함께 하고자 영회장에 나갔다. 흑석[61]에 다가가려고 하니 바닥에 깐 돌에서 불꽃이 튀는 것 같았다. 흑석에 입맞춤이나 한 후 돌아오려고 작심하고 가까스로 다가갔다. 그러나 영회는 못하고 돌아오고 말았다. 돌아올 때는 나의 비자드(al-bijād)[62]를 땅바닥에 깔고 디디면서 복도까지 걸어왔다. 그때 메카에는 법학자 아부 하싼 싸흘 븐

60. 성지순례의 주요한 의식의 하나로서 메카의 금사(禁寺) 내에 있는 석전 주위를 7회 도는 것을 말한다. 영회(縈廻, 동사는 톼파ṭāfa 명사는 톼와프ṭawāf) 전에는 반드시 부분세정을 하고 계복(戒服)을 입고 오른쪽 어깨를 노출시킨 채 석전 내에 있는 흑석(黑石) 모퉁이로부터 시작해 시계바늘의 반대방향으로 7회 돈 후 기점에서 멎는다. 매회 돌 때마다 흑석에 입맞춤하거나 아니면 손으로 만지거나 손을 들어 경의를 표시한다. 순례기간에는 3차례에 걸쳐 영회를 하는데, 첫번째는 메카에 도착 즉시 하는 영회로 '꾸둠'(Qudūm, 도착)이라 하고, 두번째는 희생물 도살일(12월 10일)에 하는 것으로 '지야라'(Ziyārah, 방문)라고 하는데, 이날 영회를 하지 않으면 성지순례는 무효로 간주된다. 세번째는 떠나기 전에 하는 것으로 '와다아'(Wadā')라고 한다.

61. 흑석(黑石, 하즈룰 아쓰와드al-Ḥajru'l Aswad)은 메카의 금사 내, 석전의 동쪽 모퉁이에 있는 검은 돌덩이다. 검은 면에 약간 붉은기 도는 매끌매끌한 타원형 돌인데, 길이는 약 30cm다. 전설에 의하면 천당에서 떨어진 돌이라고 하지만, 실제로는 운석(隕石)이라는 것이 이미 입증되었다. 세월이 지나다보니 돌면에 금이 가기 시작하여 1844년에 은제 틀을 만들어 씌워놓았다. 영회자들이 이 흑석을 지날 때마다 입맞춤하거나 만지거나 손짓으로 경의를 표하는 것은 특별한 종교적 의미는 없고, 하나의 전례성(典禮性) 관행에 불과하다. 이에 관해 제2대 정통할리파 오마르는 흑석에 입맞춤하고 나서 "이것은 분명 무해무익(無害無益)한 하나의 돌덩이이다. 만일 선지자께서 여기에 입맞춤하는 것을 내가 목격하지 않았다면 나는 결코 입맞춤을 하지 않았을 것이다"라고 말했다.

62. 낙타나 양털로 짠 흑백무늬 천이다.

말리크 알 아즈디의 아들인 아부 까씸 무함마드 븐 무함마드란 가르나톼의 수석아미르가 와 있었다. 그는 매주 70회씩 흑석 주위를 영회하였는데, 정오 때는 너무 뜨거워서 영회하지 못했다. 그렇지만 이 샤이흐 아부 압바쓰는 그보다도 횟수가 많음은 물론, 정오 때도 영회하는 것이었다.

메디나——알라의 환대를——의 우접자 중에는 또한 독실한 수행자이며 맹인인 샤이흐 싸이드 알 마라키쉬와 샤이흐 아부 마흐디 븐 이싸 븐 하즈룬 알 미크나씨가 있다. 샤이흐 아부 마흐디는 728년(1327)에 메카에 체류하고 있었다. 어느날 그는 일군의 우접자들과 함께 히라(Hirāh)[63] 산으로 갔다. 일행은 산에 올라 선지자——그에게 평화를——가 수행하던 동굴까지 갔다가 내려왔다. 내려오는 도중 아부 마흐디는 그만 일행에서 낙오되었다. 그는 오솔길 하나를 보고 그것이 지름길인 줄 알고 그 길로 내려왔다. 일행은 산기슭에 내려와 그를 기다렸으나 종시 내려오지를 않는다. 그래서 모두들 오던 길을 되돌아올라가면서 찾았으나 종적부지(蹤迹不知)였다. 그들은 그가 앞선 줄로 알고 메카——알라의 영광을——로 돌아왔다.

한편, 아부 마흐디는 계속 가다보니 엉뚱하게 다른 산에 가 닿았다. 결국 길을 잃고 만 셈이다. 갈증이 나고 날씨는 무덥고, 신발은 다 해졌다. 옷자락을 뜯어 두 발에 감고 걷다가 지쳐서 더 걸을 수가 없어 아라비아 고무나무(Ummu Ghailān) 그늘 밑에서 쉬고 있었다. 이때 알라께서 한 이아라브(I'rāb)[64]를 낙타에 태워 그에게로 보냈다. 아부 마흐디는 그에게 사단을 이야기하였다. 이아라브는 그를 낙타에 태워 메카까지 데려다주었다. 그

63. 메카 북방 약 5km 지점에 있는 산이다. 여기에 유명한 동굴, 즉 히라동굴(Ghār Hirā') 이 있다. 한 길 높이에 3,4명이 누울 수 있는 크기의 동굴로서 입구에서는 메카의 전경이 부감된다. 선지자 무함마드는 이곳을 찾아 오랫동안 정좌·명상한 끝에 드디어 611년 금식월(Ramaḍān, 이슬람력 9월) 27일 밤에 천사 가브리엘을 통해 첫 계시를 받는다. 그래서 무슬림은 이 산을 '광명산'(光明山)이라고 부른다.

64. 순수혈통의 아랍인을 말한다.

리고 그는 허리춤에 찼던 황금 염낭을 아부 마흐디에게 건네주었다. 제발로 일어설 수도 없었던 아부 마흐디는 한 달이 지나자 상처가 말끔히 가시고 새살이 돋아났다. 내 한 친구에게도 이와 비슷한 일이 일어났다. 이에 관해선 뒤에 이야기할 것이다. 인샬라.

선사(善士)인 아부 무함마드 앗 샤라위도 성 메디나의 우접자 중 한 사람이다. 그는 728년(1327)에 메카에 체류한 바 있다. 거기서 그는 오후이면 법관 아야드[65]의 저서 『치유』(治愈, *al-Shifā'*)를 탐독하고 금식월에는 타라위흐(al-Tarāwīḥ)[66]를 근행하였다.

성 메디나의 우접자로는 또한 이곳 말리키야파의 교사인 법학자 아부 압바쓰 알 파씨가 있다. 그는 수행자인 샤이흐 샤하붓 딘 앗 자란디의 딸과 결혼하였다. 전하는 바에 의하면, 어느날 아부 압바쓰는 웬 사람과 이야기를 나누다가 우연히 역사상의 한 대란(大難)에 관해 언급하게 되었다. 그런데 계보학(系譜學, 'Ilmu'd Nasab)에 대한 무지와 복잡하고 난삽(難澁)한 계보 관계를 외우지 못한 탓으로 그──알라의 용서를──는 그만 실언을 하고 말았다. 그는 "후싸인 븐 알리 븐 아비 톨리브──두 분[67]께 평화를──는 후계자가 아니었다"고 말하였다. 이 말이 메디나의 아미르인 투파일 븐 만수르 븐 자마즈 알 후싸이니에게 상고되었다. 아미르는 이 말을 크게 나무라고는 그를 처형하려고 하였다. 그러나 그가 구구히 변명하자 메디나에서 추방해버렸다. 그후 아미르가 자객을 밀파했다는 이야기가 있는데, 여태껏 그의 종적은 나타나지 않고 있다. 실언만큼은 부디 용서해주시기를 알라께 기구하는 바이다.

65. 본명은 아야드 븐 무싸('Ayād bin Mūsā)다. 현 모로코의 싸브타(Sabtah)에서 출생하여 그곳과 안달루쓰의 가르나톼에서 법관을 지낸 성훈학자다. 모로코의 마라키시(al-Marākish)에서 독살당하였다.
66. 금식월 기간에 저녁예배를 마친 후 집단적으로 근행하는 예배를 말한다. 예배 수는 지역에 따라 좀 다르나 대체로 궤배(跪拜, ruk'ah) 20배를 한다.
67. 제4대 정통할리파인 알리와 그의 아들인 후싸인(Ḥusain)을 말한다.

한때 메디나의 아미르는 쿠바이쉬 븐 만수르 븐 자마즈였다. 그는 삼촌 무끄빌을 살해하고는 삼촌의 피로 부분세정을 하였다고 한다. 727년(1326), 몹시 더운 어느날 그는 몇몇 지우들과 함께 야외에 나갔다. 정오가 되자 모두들 나무그늘 밑에 흩어져 쉬고 있었다. 그런데 갑자기 무끄빌의 자식들이 일군의 노예들과 함께 "무끄빌의 원수를 갚자"고 외치면서 달려들었다. 그들은 속수무책인 쿠바이쉬를 일거에 족치고 저마다 그의 피를 맛보는 것이었다. 그의 뒤를 이어 동생인 투파일 븐 만수르가 메디나의 아미르가 되었다. 그가 바로 앞에서 언급한 아부 압바쓰를 추방한 사람이다.

성 메디나 교외의 명소로는 바끼아 가르까드[68] 묘지가 있다. 시의 동쪽에 위치하고 있는데, 바끼아(Bau'l Baqī')라는 문을 통해 그리로 갈 수 있다. 문을 나서면 우선 왼편에서 맞닥치는 것이 압둘 마틀리브의 딸 쏴피야[69]——그들에게 알라의 영총을——의 묘다. 그녀는 사자——그에게 평화를——의 고모이자 주바이르 븐 아왐[70]——그에게 알라의 영총을——의 어머니다. 그 앞에는 메디나의 이맘인 아부 압둘 말리크 븐 아니쓰[71]——그에게 알라의 영총을——의 묘가 있는데, 묘 위에는 작고 단출한 돔이 하나 세워져 있다. 그 앞에는 선지적(先知的)이고 청렴한 성예(聖裔)인 사자——그에게 평화를——의 아들 이브라힘의 묘가 있는데, 그 위에는 흰색 돔이 세워져 있다. 이 돔의 오른켠에는 아부 샤흐마로 알려진 오마르 븐 핫톼브의 아들 압둘 라흐만——그에게 알라의 영총을——의 묘가 있다. 그 맞은편에는 아낄 븐

68. 바끼아(al-baqī')는 나무 그루터기가 있는 곳이란 뜻이고, 가르까드(al-gharqad)는 갈매나무(서리 鼠李)다. 따라서 '바끼아 가르까다'는 '갈매나무 그루터기가 있는 곳'이란 뜻이다. 이곳은 메디나 주민들의 공동묘지로 시내에 있다.
69. 쏴피야(Ṣafiyah)는 선지자 무함마드의 고모로서 일찍이 이슬람교를 신봉하였다. 시인으로서 우후드전투에도 참전하였으며, 640년 메디나에서 사망하였다.
70. 주바이르 븐 아왐(al-Zubair bin 'Awām)은 선지자 무함마드의 고모 쏴피야의 아들로서 성문도반이며 바드르전투와 우후드전투 등에 참전한 부상(富商)이었다. 640년에 이븐 자르무즈(Ibn Jarmūz)에게 암살되었다.
71. 이슬람 4대 정통법학파의 하나인 말리키야파의 창시자다.

아비 퇄리브——그에게 알라의 영총을——의 묘와 압둘라 븐 지 자나하인 자아파르 븐 아비 퇄리브——그에게 알라의 영총을——의 묘가 있다. 또 그 맞은편에는 선지자의 부인들——그녀들에게 알라의 영총을——의 묘소가 있다.

이곳을 이어 사자——그에게 평화를——의 숙부인 압바쓰 븐 압둘 마틀라브의 묘와 하싼 븐 알리 븐 아비 퇄리브——그에게 평화를——의 묘소가 있다. 이 묘소는 바끼아문 밖 우측에 하늘 높이 솟은 정교한 돔 형식을 취하고 있다. 하싼의 머리는 압바쓰——그들에게 평화를——의 발치에 안치되어 있다. 그들의 묘는 지면에서 돌출된 대분(大墳)으로서 섬교하게 이어지고 주조된 황동판을 씌워놓고 있다. 바끼아에는 성문천사[72]들과 성문보사들 그리고 기타 성문도반들——그들에게 알라의 영총을——의 묘가 있는데, 그 대부분은 도대체 누구의 것인지 도무지 식별할 수가 없다. 바끼아의 맨 끝에는 신자들의 수령(할리파—옮긴이)인 오스만 븐 아판——그에게 알라의 영총을——의 묘가 있는데, 그 위에는 큰 돔이 세워져 있다. 그 가까이에 아싸드 븐 하쉼의 딸이자 알리 븐 아비 퇄리브[73]의 어머니인 파튀마——어머니와 아들에게 알라의 영총을——의 묘가 있다.

72. 성문천사(聖門遷士)란 아랍어로 무하지르(al-Muhājir, 복수는 무하지룬 al-Muhājirūn)로서 어의는 '이주자' '이민자'란 뜻이다. 이슬람사에서는 종래의 혈연이나 지연을 떠나 알라의 길을 따라 홀연히 이주(이민)한 사람을 범칭한다. 따라서 최초의 성문천사는 622년 선지자 무함마드가 메디나에 성천하기 전후에 그를 따라 메카에서 메디나로 이주한 70여명이다. 그들은 메디나의 성문보사들과 함께 초기 이슬람공동체의 핵심 구성원이었다. 메디나에 이주한 초기, 그들은 성문보사들의 도움으로 생계를 유지했으나, 626년 메디나에서 유대인 부족을 추방함으로써 그들이 소유하고 있던 대추야자수 원림 등을 분여받아 독자적 생계는 물론, 중류층으로 부상하게 되었다. 이슬람교의 영향력이 확대됨에 따라 메카를 비롯한 아라비아반도 각지로부터 메디나로 이주해오는 사람들도 성문천사로 인정하였다. 630년 메카를 정복할 당시 성문천사의 수는 성년 남자만도 약 700명에 달하였다. 정통할리파시대에 대정복활동과 더불어 생겨난 군영도시(軍營都市, 미스르 al-miṣr)에 이주한 전사들도 성문천사의 반열에 놓는 경우도 있다.

73. 제4대 정통할리파로서 그에 관해서는 1장 주174 참고.

명소 중에는 또 메디나의 남쪽 약 2마일 지점에 위치한 꾸바(Qubā')[74]가 있다. 두 곳 사이의 길은 대추야자수 원림 속에 나 있다. 그곳에 바로 그 경외와 은총 속에 세워졌다고 하는 사원[75]이 있다. 이 사원은 정방형으로서 사 내에는 멀리서도 보이는 높은 백색 첨탑이 있다. 한가운데가 선지자──그에게 평화를──의 낙타가 머물렀던 곳이기에, 사람들은 이 사원에서 영복(營福, tabarrak)코자 예배를 드리고 있다. 사원 본당의 남쪽에는 석대(石臺)에 자리한 벽감이 있다. 이곳이 바로 선지자──그에게 평화를──가 처음으로 궤배한 곳이다. 사원의 남쪽에 집 한 채가 있는데, 그것은 성문보사 아부 아유브가 살던 집이다. 이어 아부 바크르와 오마르, 파튀마와 아이샤──그들에게 알라의 영총을──가 살던 집들이 있다. 아부 아유브집 맞은편에 아리쓰(Arīs) 우물[76]이 있다. 이 우물은 원래가 짠물이었는데, 선지자──그에게 평화를──가 침을 뱉자 단물로 변했다고 한다. 이 우물에 오스만──그에게 알라의 은총을──이 선지자로부터 물려받은 귀중한 반지를 떨어뜨렸다.[77]

명소로는 또한 성 메디나의 교외에 기름돌(Ḥajaru'd Zuyūt)이 있다. 선지자──그에게 평화를──를 위해 이 돌에서 기름이 흘러나왔다고 한다. 그 북쪽에 부돠아(Buḍā'ah) 우물[78]이 있다. 이 우물 맞은편에는 우후드전투[79]

74. 메디나에서 2마일 떨어져 메카로 가는 길 왼편에 있는 읍이다. 건물 유적이 다수 남아 있으며, 타끄와(al-Taqwā) 사원이 있다. 사원 앞에는 잘 포장된 정원과 물이 있으며 물은 감수(甘水)이다.

75. 『꾸란』 9장 109절.

76. 메디나에 있는 우물인데, 메디나에서 산 아리쓰(Arīs)라는 유태인이 팠다고 한다. 이 우물에 제3대 정통할리파 오스만이 선지자 무함마드로부터 물려받은 은반지를 떨어트렸다고 한다.

77. 선지자 무함마드는 생전에 은반지를 만들어 거기에 자신의 이름을 새겨넣었다. 그의 사후 그를 계위한 정통할리파들이 그 반지를 대대로 물려받았다. 그러다가 제3대인 오스만이 그만 그 반지를 우물 속에 빠뜨리고 말았다고 한다.

78. 선지자 무함마드는 이 우물의 물은 언제나 맑으며 변하지 않는다고 지적한 바 있다. 이 물은 병 치료에도 유효하다고 한다.

때 악마(al-Shaiṭān)가 "내가 너희들의 선지자를 죽였다"라고 외쳐댔다는 '악마의 산'(Jabalu'd Shaiṭān)이 있다. 여러 부족이 작당하여 연합 진공해올 때 사자——그에게 평화를——가 파놓은 그 참호[80] 근처에 이른바 '독신자보'(獨身者堡, Ḥasnu'l 'Azāb)라는 폐보(廢堡)가 하나 있다. 원래 이 보는 오마르가 메디나의 독신자들을 위해 지은 것이라고 한다. 이 보의 앞 서켠에 루마(Rūmah) 우물이 있다. 이 우물은 할리파 오스만——그에게 알라의 영총을——이 2만량을 주고 그 절반을 사들인 것이라고 한다.

그밖의 명소로는 우후드산[81]이 있다. 우후드는 길상스러운 산이다. 이 산에 관해 사자——그에게 평화를——는 "우후드는 우리를 사랑하는 산이고, 또 우리가 사랑하는 산이다"라고 말하였다. 이 산은 성 메디나에서 약 1파르싸흐밖에 안되는 지척에 있다. 맞은편에는 숭고한 열사들——그들에게 알라의 영총을——의 묘소가 있다. 우후드산 남록(南麓)인 바로 이곳에 사자——그에게 평화를——의 삼촌인 함자[82]——그에게 알라의 영총을——의 묘와 그 주위에 우후드전투에서 희생된 전몰자들의 묘가 산재해 있다. 우

79. 625년 3월 23일 메디나 북쪽 7km의 지점에 있는 우후드(Uḥud) 산에서 벌어진 이슬람군과 메카군 간의 전투다. 1년 전(624. 3.) 바드르전투에서 당한 패배에 대한 복수전으로서 3천 명의 메카군이 아부 쑤프얀의 지휘하에 불의의 공격을 가해왔다. 700명(일설은 천명)의 이슬람군은 선지자 무함마드의 지휘로 격전을 벌였으나 내부의 불화와 지휘체계의 혼란 등 원인으로 300여명이 자의로 퇴각함으로써 이슬람군은 참패하였다. 무함마드 자신도 진중에서 경상을 입었으며, 숙부 함자(Ḥamzah)는 전사하였다. 이슬람사에서는 이 날을 '재난과 시련의 날'로 기록하고 있다.
80. 메카의 꾸라이시족과 기타 아랍 부족들, 여기에 메디나의 유태인들까지 작당하여 대군으로 진격해오자, 선지자 무함마드는 쌀만 파리씨(Salmān al-Farisī)의 권유를 받아들여 메디나 주위에 방어용 참호를 파놓았다.
81. 우후드산은 메디나 북쪽 7km 지점에 있는 해발 1,200m의 산이다. 바위는 불그스레한 빛을 띠고 있으며, 625년 3월의 우후드전투로 유명한 전적지다. 이 전투에서 전사한 사람들의 묘지가 이 산기슭에 있다.
82. 본명은 함자 븐 압둘 마틀라브 븐 하심(Ḥamzah bin 'Abdu'l Maṭlab bin Hāshim)이다. 그는 선지자 무함마드의 숙부이며 메카 꾸라이시 부족의 한 용장이었다. 바드르전투에서 용맹을 떨쳤으나 우후드전투에서 전사하여 메디나에 안장되었다.

후드산으로 가는 길에 알리 븐 아비 탈리브——그에게 알라의 영총을——가 세운 사원과 쌀만 파리씨[83]——그에게 알라의 영총을——가 세운 사원, 그리고 사자——그에게 평화를——에게 '정복장'(征服章, Sūratu'l Fatḥ)[84]이 계시된 곳이라고 하여 명명된 파트흐사원이 있다.

우리가 이번엔 성 메디나에 나흘간 묵었다. 매일 밤을 우리는 성사에서 보냈다. 사람들은 뜰에 쭉 둘러앉아서는 가운데에 큰 촛불을 켜놓고 있다. 어떤 사람들은 30분의 1 『꾸란』을 독경하기도 하고, 알라를 염송하기도 한다. 그런가 하면, 어떤 사람은 성릉(聖陵)——더 많은 알라의 보우를——을 찾기도 한다. 심지어 각지에서 온 낙타몰이꾼마저도 사자——그에게 평화를——를 찬미하는 가사를 흥얼거리고 있다. 이렇게 사람들은 이 길상스러운 밤을 정말로 진지하게 보내면서 순례자나 어려운 사람들에게 기꺼이 희사도 넉넉히 해주고 있다.

이번에 샴으로부터 성 메디나까지 동행한 사람은 구덕(具德)한 메디나인 만수르 븐 샤클이라는 사람이었는데, 나는 메디나에서 그의 대접을 받았다. 그후 우리는 할라브(Ḥalab)와 부하라(Bukhārā)에서 다시 만났다. 동행자로는 또 자이디야파(al-Zaidiyah)[85]의 법관인 샤라풋 딘 까씸 븐 샤난과

83. 쌀만 파리씨(Salmān al-Farisī, ??~656)는 원래 조로아스터교(배화교 拜火教)의 신자였으나 이슬람교로 개종하고 성문도반이 된 이슬람 법학자였다. 체격이 건장하고 정견(正見)으로서도 유명하였다. 우후드전투 때 그가 무슬림들을 이끌고 참호를 굴설하였다.

84. 『꾸란』 48장.

85. 이슬람교에서 쉬아파의 한 지파로서 8세기 중엽에 쉬아파의 제3대 이맘인 후싸인의 손자 자이드 븐 알리(Zaid bin 'Alī)의 추종자들로 이 파가 형성되었다. 이 파는 자유의지(自由意志)와 『꾸란』의 피조설(被造說) 그리고 신앙이 행동에 수반되어야 한다는 등 교의를 주장하고 있다. 또한 용서할 수 없는 죄를 범한 자는 진정한 무슬림이 아니고, 이맘은 단지 '정확한 도사(導師)'일 뿐, 신성(神性)은 없으며, 이맘은 한 명 내지 여러 명이 될 수 있되, 그중 한 사람만이 가장 우수하며, 교법이나 율법의 창제는 비단 이맘뿐만 아니라 어떠한 무슬림에 의해서도 가능하다는 등의 주장을 하고 있다. 그리고 쉬아파의 이맘은둔 사상이나 임시약혼제 등은 거부한다. 740년 창시자인 자이드가 반우마위야조 봉기중 전사하였다. 864년에는 이란 북부에서, 901년에는 예멘에서 이 파에

가르나톼[86] 출신의 경건한 수행자인 알리 븐 하즈르 알 우마위라는 사람이 있다. 우리가 메디나——알라께서 거류자에게 지고의 기원과 최상의 평화를 베풀어 주시기를——에 도착한 후 전술한 알리 븐 하즈르는 도착한 날 밤 꿈에서 누군가가 그에게 한 말을 나에게 전하였다. 그는 "내 말을 듣고 나를 기억하시오"라고 하면서 다음과 같은 시 한수를 읊었다.

성릉 참배자인 그대들 축하하네, 이제 부활의 날 추사(醜事)가 면제되었음을,

성시(聖市)의 경모자 묘소에 온 그대를, 거기서 조석을 보내는 자에게 만복 있으리.

알리 븐 하즈르는 나와 메디나까지 동행하고는 그곳에 눌러앉았다. 그러다가 743년(1342)에 인도의 도읍인 델리[87]에 와서 나와 이웃하고 살았다. 내가 인도왕 앞에서 그의 꿈 이야기를 아뢰었더니 왕은 당장 그를 데려오라고 하였다. 그는 왕의 면전에서 그 이야기를 되풀이하였다. 왕은 경탄해 마지않으면서 칭찬도 하고 그와 페르시아어로 덕담도 나누었다. 그리고는 정주하라고 하면서 황금 3백 탄카(tankah)를 사급하였다. 1탄카는 마그리브 금화로는 2디나르 반에 해당된다. 뿐만 아니라, 안장과 굴레가 구전(俱全)된 준마 한 필과 금의(錦衣) 한 벌도 사여하고 일당 생활비도 정해주었다.

그때 거기에는 가르나톼 출신의 훌륭한 법학자 한 사람이 있었다. 그의 출생지는 바자야(Bajāyah)이고, 이름은 자말룻 딘 알 마그리비라고 하였다. 알리 븐 하즈르는 그와 교제하다가 딸을 그에게 주기로 약조하였다. 그리

의한 신정(神政)국가가 각각 건립되었다. 현재 이 파는 예멘 일원에서 성행하고 있다.

86. 안달루쓰어로 석류수(石榴樹)란 뜻이다. 안달루쓰에 있는 고대도시로서 알비라(Albīrah)와는 4파르싸흐, 꾸르투바(Qurṭubah)와는 33파르싸흐 떨어진 곳에 있다.

87. 델리(아랍어로는 다흘리 Dahli, 혹은 달히 Dalhi)는 역대의 인도 수도다. '다흘리'란 갠지스강과 합류하기 이전의 잠나(Jamnah) 강 우안에 있는 여러 도시에 붙여진 집합명칭이다. 가장 오래된 도시명은 기원전 아리안인들이 유입할 당시까지 거슬러올라간다.

곤 그에게 집 부근에 있는 자그마한 집 한 채를 얻어주어 안주시키고 노비 한 사람씩을 사서 주었다. 자말룻 딘은 늘 돈을 옷꾸러미 속에 감추었지만, 마음이 놓이질 않았다. 노비 두 사람은 그 금화를 훔치자고 공모한 끝에, 어느날 정말 훔쳐가지고 달아났다. 자말룻 딘이 집에 돌아와보니 노비 두 사람은 온데간데 없었다. 홧김에 식음을 전폐하니 병이 심해졌다. 내가 왕에게 그의 사정을 얘기했더니, 왕은 당장 보상해주라고 하명하였다. 그러나 이 사실을 알리려고 사람을 보냈을 때 그──지고한 알라의 자비를──는 이미 눈을 감고 말았다.

## 4. 성 메디나에서 성 메카까지

우리는 메디나로부터 메카──두 도시에 지고한 알라의 영광을──로 출발하였다. 우선 우리는 사자──그에게 평화를──가 수계(受戒, Iḥrām)[88] 한 곳인 질 할리파(Dhī'l Ḥalifah) 사원 부근에 머물렀다. 이곳은 메디나에서 5마일 떨어져 있으며 메디나에서의 마지막 수계소(受戒所)다. 그 가까이에 아끼끄[89] 계곡이 있다. 거기에서 나는 바느질한 옷을 벗고 전신세정을 한 다음 계의[90]로 갈아입었다. 그리곤 2궤배[91]를 하고 단신으로 수계순례를

88. 무슬림들이 성지순례에서 수행해야 할 첫 의식이다. 메카에 들어가기 전, 그 외곽에 있는 수계처에서 수계의식을 치른다. 세정을 하고 수계의(受戒衣)를 걸치고 수계배(受戒拜) 2배를 올린 다음 응소사(應召詞) 경문을 송독한다. 수계 후에는 성생활과 다툼, 수렵, 향료 사용, 바느질한 옷, 모자, 신발, 양말, 이발, 면도, 손발톱 깎기 등이 금지·금용된다. 성관계를 가지면 순례는 무효이고, 기타의 위계시에는 짐승을 도살하거나 10일 연속 수계로 속죄한다.

89. 아끼끄(al-'Aqiq)는 아랍어로 옥수(玉髓)란 뜻이다. 아끼끄계곡은 메디나의 교외에 있는데, 거기에는 샘과 대추야자수 원림이 있다.

90. 계의(戒衣, al-Thaubu'l Iḥrāmiy)는 성지순례를 위해 수계할 때 걸치는 옷인데, 백색에 바느질이 없어야 한다.

91. 예배 때 한번 서서 독경한 후 한번 국궁(鞠躬, 몸 굽히기)하고 2번 고두(叩頭, 머리를

하기로 하였다.

나는 벌판을 지날 때나, 산을 오르내릴 때나 쉼없이 응소사(應召詞)[92]를 되뇌이면서 알리—그에게 평화를—오솔길(Shi'b 'Ali)까지 이르러 거기서 하룻밤을 지냈다. 그리곤 이곳을 떠나서 라우하(al-Rauḥā')에 도착하였다. 거기에는 자틸 일름(Dhāti'l 'Ilm)이란 우물이 있다. 알리—그에게 평화를—가 그곳에서 요정(妖精, al-Jann)과 싸운 바 있다고 한다.

이곳으로부터 간 곳은 솨프라(al-Ṣafrā')다. 이곳은 계곡인데, 물과 대추야자수와 더불어 성예(聖裔)인 하싼 일가 등이 거주하는 가옥과 궁정이 있다. 거기에는 큰 성보가 하나 있고, 부근에는 여러 성보와 함께 마을들이 늘어서 있다. 이어 우리는 바드르(Badr)[93]에 다다랐다. 여기는 알라가 사자—그에게 평화를—를 도와 그 숭고한 약속을 실현하고 우상숭배자(al-mushrik)들의 괴수들을 소탕한 고장이다. 바드르는 하나의 읍으로서 대추야자수가 쭉 늘어서있고, 산과 분지 사이의 계곡 바닥을 통해서 들어갈 수 있는 든든한 성보도 하나 있다. 이곳에는 분천(噴泉)이 있어 물이 흐르고 있다. 알라의 적인 우상숭배자들이 격퇴당한 그 우물 자리가 지금은 화원이 되었고, 그 뒤에 바로 열사들—그들에게 알라의 영총을—의 묘소가 있다. 천사[94]들이 강림한 라흐마(al-Raḥmah) 산은 솨프라로 들어가는 왼켠

땅에 조아리기)하고 한번 궤좌(跪坐, 무릎 꿇고 앉기)하면 1배(拜)다.

92. 응소사(應召詞)란 알라의 부름에 응한 경문이란 뜻으로서 성지순례자들이 수계처에서 수계한 후 메카에 도착할 때까지 도상에서 연신 염송한다. 알라의 부름을 받들고 드디어 성지에 왔다는 것을 고하면서 감사하다는 심경을 토로하는 경문이다. 그 내용은 "배우(配偶)없이 독존(獨存)하시는 알라여, 당신의 부름에 응해왔습니다. 부름에 응해왔나이다. 부름에 응해왔습니다. 배우없이 독존하시는 알라여, 당신께 삼가 모든 찬미와 은택, 권위를 드리나이다"이다.

93. 메디나의 서남쪽 약 20마일의 솨프라계곡 끝머리에 있는 읍으로서, 메카와 샴(현 시리아) 간의 통상로가 이곳을 지나간다.

94. 천사(天使, al-Malāikah)는 알라와 인간의 관계를 조정하는 중개자로서 알라로부터 파견된 영적사자(靈的使者)를 말한다. 'Malāikah'(말라이카)는 복수로서 단수는 'Malak'(말라크) 혹은 'Malāk'(말라-크)다. 그 어원은 셈어의 'Malāk', 즉 '천사'에서 유래

에 있다. 그 맞은편에는 북(al-Ṭubūl) 산이 있는데, 모양이 흡사 길게 뻗은 사구(砂丘)다. 그곳 사람들은 매주 금요일 밤이면 그 산에서 북소리 같은 소리가 들려온다고 한다. 바드르전투[95]에서 사자——그에게 평화를——가 대자대비한 주에게 기구할 때 사용하던 차일(遮日) 자리가 바로 이 북산 기슭에 잇닿아 있으며 전투장은 바로 그 앞이다. 우물가의 대추야자수 숲 속에 사원이 하나 있는데, 사자——그에게 평화를——의 낙타참(站)이었다고 한다. 바드르와 쇼프라 사이는 약 1 역참거리[96]다. 산 사이의 계곡마다에는 끊임없이 샘이 솟아나고 대추야자수숲이 이어져 있다. 우리의 여로는 바드르에서 바즈와(al-Bazwā')[97] 지역이라는 사막으로 이어졌다. 이 사막이야말로 광막한 황야로서 향도도 길을 잃기 일쑤이고 친구끼리도 속수무책일 수밖에 없는 고장이다.

사흘을 걸은 끝에 이른 곳은 라비그(Rābigh) 계곡이다. 빗물로 몇 개의 못이 생겼는데, 물은 상당히 오랫동안 남아 있다. 주흐파(al-Juḥfah)[98]에 가기 전인 이곳에서 이집트와 마그리브에서 온 순례자들은 수계를 한다. 라

되었다고 한다. 『꾸란』에 의하면, 천사는 알라가 불로 창조한 묘체(妙體)로서 인간의 육안으로서는 볼 수 없고 성별도 없으며 날개가 있어 날아다니며, 천상과 인간세상에 편재(遍在)한 알라의 노복이자 인간의 벗이다. 수많은 천사가 있는데, 각자가 알라로부터 부여받은 임무는 상이하다. 『꾸란』에는 그중에서 가장 중요한 천사로 알라의 계시를 선지자 무함마드에게 전한 가브리엘과 최후심판일을 관장하는 이쓰라필(Isrāfīl) 등 4명의 천사를 특별히 거명하고 있다. 천사에 대한 믿음은 이슬람교의 4대 신앙의 하나이다.

95. 624년 선지자 무함마드는 300여명의 무슬림들을 이끌고 바드르에서 샴으로부터 메카로 돌아가는 아부 쑤프얀 인솔하의 대상(隊商)을 습격하려고 매복하였다. 이것을 탐지한 메카의 꾸라이시인들은 대상을 보호하려고 1천 명의 원군을 급파하였다. 쌍방의 교전 끝에 메카군이 대패하였다. 이것은 메디나와 메카 간의 첫 군사충돌로서 이슬람역사상 유명한 바드르전투다. 이 전투는 이슬람이 승승장구하는 출발점이었다. 이 전투에서 노획한 전리품과 포로의 처리문제를 놓고 의논이 분분하였다. 그래서 알라로부터 무함마드에게 전리품과 포로에 관한 계시가 내렸다. 이 전투에 참전한 사람은 '영광스러운 무슬림'이라고 존대되었다.

96. 1역참(驛站, 바리드 al-barīd)거리는 4파르싸흐로서 약 24.96㎞이다.

97. 메카로 가는 도중 주흐파 근처에 있는 뜨겁기로 유명한 곳이다.

98. 메디나에서 메카로 가는 도중에 있는 큰 읍으로 사원도 있다.

비그로부터 다시 사흘을 걸어서 할리스(Khaliṣ)에 도착하였다. 도중에 할리스로부터 반나절 거리에 있는 아끄바툿 싸위끄('Aqbatu'd Sawīq)를 지났다. 그곳은 모래천지다. 순례자들은 여기서 밀가루[99]죽을 꼭 먹는데, 이를 위해 밀가루를 이집트나 샴에서 가지고 온다. 죽에다가는 설탕을 타서 먹는다. 아미르들은 죽을 통 같은 데 넣어두었다가 사람들에게 권하곤 한다. 전설에 의하면, 사자——그에게 평화를——가 이곳을 지날 때 식량이 떨어지자 수행자 모두에게 모래를 쥐어주었더니 곧바로 밀가루죽이 되어 그것을 마셨다고 한다.

우리는 할리스못 가에 머물렀다. 평지여서 대추야자수밭이 많았다. 산꼭대기에는 높은 보루가 있고, 평지에도 폐보(廢堡)가 있다. 분천이 하나 있는데, 그 물이 도랑을 따라 밭으로 흘러들어가고 있다. 할리스의 수령(守令, al-Ṣāḥib)은 하싼가문의 성예다. 부근의 아랍인들은 그곳에다가 큰 장터를 벌여놓고는 양이나 대추야자, 식용유 같은 것을 판다. 이어 도착한 곳은 오쓰판('Osfān)[100]이다. 산 가운데에 있는 분지로서 샘을 파서 만든 여러개의 우물이 있다. 그중 하나는 오스만 븐 아판——그에게 알라의 영총을——이 판 것이다. 할리스에서 반나절 거리에 있는 계단식길(al-Mudarraj)도 오스만이 만든 것이라고 한다. 이 길은 두 산 사이의 협로로서, 깔아놓은 계단식 석판은 고대 건물이 남긴 흔적이다. 거기에는 또한 선지자——그에게 평화를——가 처음으로 팠다고 하는 우물도 있다. 오스판에는 고보(古堡)와 이미 무너져버린 고탑(高塔)이 있으며 종려수(棕櫚樹, shajaru'l muql)[101]가 많다. 오스판을 떠난 우리는 일명 맛룻 좌흐란(Marru'd Ẓahrān)이라는 바

99. 싸위끄(Sawīq)는 불그스레한 밀가루(미숫가루)이다. 먹는 가루에는 보릿가루도 있지만 주로는 밀가루로서 여행자들의 필수품이고 구급식품이며 환자의 미음용이다.
100. 메카로부터 36마일 떨어진 곳에 있는 큰 읍으로서 음료수 공급처와 사원이 있고, 대추야자수 원림과 밭도 있다. 이곳은 타하마(al-Tahāmah)의 경계지이다.
101. 야자과에 속하는 상록교목으로서 대추야자나무잎과 비슷한 잎에 송이 열매가 맺힌다. 수교(樹膠, 나무진)는 소염제(消炎劑)로 쓰인다.

트누 맛르(Baṭnu Marr)[102]에 이르렀다. 대추야자수가 많은 기름진 계곡이다. 분천에서 용출되는 물로 부근 땅을 적시고 있다. 이 계곡에서 산출되는 과실과 채소가 메카――지고한 알라의 영광을――로 운반된다. 우리는 숙원이 곧 이루어진다는 반가움과 이제부터 이어질 희열을 가슴 뿌듯이 느끼며 이 길상스러운 계곡부터는 밤길을 걸었다.

## 5. 성 메카와 성소

우리 일행은 아침에 안태지지(安泰之地)인 메카――지고한 알라의 영광을――에 도착하였다. 드디어 우리는 지고한 알라의 금소(禁所)와 알라의 집우(執友)인 이브라힘의 거처 그리고 알라의 지우(知友)인 무함마드――그에게 평화를――의 수명처(受命處)에 왔다. 우리는 바니 샤이바(Banī Shaibah)[103] 문으로부터 누구나 일단 들어가기만 하면 안전무우(安全無憂)한 그 성스러운 금사[104]에 발을 들여놓았다. 우선 우리는 성스러운 석전[105]――알라의 더 많은 찬미를――을 우러러보았다. 석전이야말로 마냥 장엄한 화단(花壇)에서 자비로운 하객들에게 에워싸여 지금 막 영락(榮樂)의 낙원으로 향발하는 아리따운 신부와도 같다. 우리는 초행자의 순례법대로 그 주위를 영회하고 흑석에 입맞춤[106]하고 나서는 이브라힘의 거처에서 2궤배를 올렸다. 기도에 효험이 있다고 하는 석전문(石殿門)과 흑석 사이의 물

102. 메카 근교에 있는 곳인데, 여기에서 두 개의 나흘라(al-Nakhlah, 대추야자나무) 계곡이 합쳐서 하나의 계곡을 이룬다.

103. 쉬바 븐 오스만(Shībah bin 'Othmān)의 후예들이라는 뜻인데, 이들은 메카의 꾸라이시 부족 아드나니야(al-'Adnāniyah) 가문 출신들이다. 원래 이들이 석전을 지키고 있었다.

104. 금사(禁寺)에 관해서는 1장 주181 참고.

105. 석전(石殿)에 관해서는 1장 주1 참고.

106. 석전에서 영회할 때, 흑석에 접근할 수 있으면 거기에 입맞춤하는 것이 상례이나, 영회자들로 붐빌 때는 접근할 수 없으므로 흑석을 향해 손을 들어 경의를 표한다.

타짐(al-Multazim)[107]에서 석전에 드리운 장막에 바싹 붙어섰다. 이어 우리는 일찍이 선지자——그에게 평화를——께서 마셨다고 하는 잠잠(Zamzam) 천[108] 물을 마셔봤다. 다음에 쏴파와 마르와 사이를 질주하였다.[109] 끝나고 나서 우리는 이브라힘문 부근의 한 집에 투숙하였다. 알라께 찬미를 보내나니, 알라께서는 우리로 하여금 이 존귀한 금사에 오도록 하시고, 집우 이브라힘——그에게 평화를——의 요청을 받아들여 성스러운 석전과 위대한 사원, 존귀한 흑석, 잠잠천, 위장(圍障)[110] 등 성소를 직접 목도할 수 있게 하셨다.

분명 지고한 알라의 기적으로서, 사람들의 마음은 늘 이 장엄한 성소를

107. 아랍어로 '필수적'이란 뜻이다. 이슬람교의 종교의식에서는 메카의 금사 내 석전에서 영회할 때 '필수적으로 지나는 곳'을 말한다. 전하는 바에 의하면, 선지자 무함마드가 석전에서 영회를 마친 후 얼굴과 가슴을 이곳 바닥에 바싹 붙였다가 일어났다고 한다. 그러면서 "이곳에서 기도하면 알라의 은택(恩澤)을 입을 것이다"라고 말하였다. 그래서 이곳을 일명 '기도 필수지'라고 하여 석전을 영회할 때 누구나 반드시 기도를 하는 곳으로 되어 있다.

108. 메카의 금사 내에 있는 성스러운 샘이다. 잠잠(Zamzam)은 아랍어로 물이 콸콸 쏟아지는 소리나 불이 활활 타오르는 소리를 뜻하는 의성어로서, 이 샘이 용출하는 수량이 많다고 하여 붙여진 이름이다. 전설에 의하면 이슬람교가 출현하기 전 선지자 이브라힘(아브라함)의 처 하갈과 아들 이쓰마일이 이곳에 왔는데, 갈증이 난 이쓰마일이 울면서 발로 땅을 굴렀더니 그곳에서 바로 샘물이 솟았다. 이것이 바로 잠잠천이다. 그러나 후일 매몰되어버린 것을 선지자 무함마드의 조부가 다시 발견하여 우물을 팠다. 지표에서 약 4m 지점에서 솟아나오는 이 샘물은 수량이 풍부할 뿐만 아니라, 약간의 염기는 있으나 물이 맑고 수질이 좋다. 무슬림들은 이 샘물이 욕은(浴恩)시켜준다고 믿기 때문에 순례시 실컷 마시고 나서는 물을 떠다가 지인들에게 귀중한 선물로 주기도 한다. 그런가하면 어떤 순례자들은 천을 이 물에 적셨다가 염포(殮布)로 하기도 한다.

109. 쏴파산과 마르와산은 메카 금사의 동편에 있는, 남북으로 상대한 두 개의 나지막한 산이다. 두 산 사이의 거리는 약 420m이다. 전하는 바에 의하면 이슬람교 출현 이전에 선지자 이브리힘(아브라함)의 처 하갈이 수원(水源)을 찾기 위해 이 두 산 사이를 7차례나 왕복하였다고 한다. 이것이 순례자들이 이 두 산 사이를 질주하는 의식을 갖게 된 유래다. 1958년 싸우디아라비아 정부는 이 두 산 지역을 금사 경내에 포함시킨 후, 질주자들의 편의를 도모하기 위해 두 산을 잇는 밀폐식 통로를 축조하였다.

110. 석전 북면에 있는 위장(圍障, 하팀 al-Ḥatīm)으로 경계를 표시한 나지막한 담이다.

연연하고, 이 영광스러운 명소에 가닿으며, 사람들은 가슴속 깊은 곳에 그 사랑을 간직하고 있다. 자주 올 것을 기약하면서 헤어져도 그 간절한 그리움에 마음은 마냥 허전하기만 하다. 그 길상스러운 땅은 중망소귀(衆望所歸)의 땅이고 마음의 고향이어니, 이것이야말로 알라의 비범한 지혜요, 이브라힘——그에게 평화를——의 요청에 대한 믿음이 아닐 수 없다. 연연불망(戀戀不忘)은 그 땅이 비록 멀리 떨어져 있어도 가까이에 다가오게 하고, 환각이지만 실제로 떠오르게 함으로써 그 땅에 찾아가는 사람은 천신만고를 마다하지 않는다. 그 얼마나 많은 세민(細民)들이 죽음을 눈앞에 두고 여로에서 피폐할 대로 피폐했지만, 일단 알라께서 그 땅과의 만남을 이루어지게 하셨을 때, 그들의 기쁨이란 진정 한량이 없었다. 마치 아무런 쓰라림도 맛보지 않고, 아무런 시련도 겪지 않은 사람들처럼. 이것은 천사기연(天賜奇緣)이고 주의 소치(所致)일진대, 진작 일말의 모호함이나 의심, 은폐 없이 관찰가들의 혜안이나 사상가들의 사유(思惟)에 의해 밝혀진 명증(明證)이다. 지고한 알라의 덕분에 이곳, 이땅에 온 사람은 벌써 알라의 커다란 은총을 입고 현세와 내세의 복을 공히 받은 사람이다. 그러기에 그는 복받은 데 대해 응당 깊이 감사하고, 은혜 입은 데 대해 영원토록 찬사를 보내야 한다. 실로 지고한 알라께서는 은총과 자애로 순례를 응낙하시고 교역도 유익하게 하시고, 알라를 위한 공과(功課)도 기록하시고, 죄업도 씻게 하시었다.

거룩한 메카야말로 건물이 즐비한 대도시다. 산들로 에워싸인 계곡 한가운데 자리한 장방형 도시로서 내방자는 현지에 와서야 비로소 그 면모를 볼 수 있다. 주위의 산들은 그리 높지 않다. 그중 큰 산 두 개가 있는데, 남쪽의 아비 까비쓰(Abī Qabīs) 산과 서쪽의 까이까안(Qa'īqa'ān) 산이다. 북쪽에는 홍산(紅山, al-Jabalu'l Aḥmar)이 있다. 아비 까비쓰산 쪽에 산길인 대·소 아즈야드(Ajyād)와 후술할 한다마(al-Khandamah) 산이 있다. 순례성지(미나 Minā[111] 아라파 'Arafah[112] 무즈달파 al-Muzdalfah[113])는 모두 메카——알라의 영광을——의 동쪽에 있다.

메카에는 성문이 세 개가 있다. 맨 윗문이 마알라(al-Ma'lā) 문이고, 맨 아랫문이 샤비카(al-Shabīkah) 문이다. 샤비카문은 일명 옴라(al-'Omrah) 문이라고도 하는데, 서쪽에 있으며, 여기로부터 성 메디나와 이집트, 샴, 짓다(Jiddah)[114] 등지로 가는 길이 시작된다. 또한 이 문으로부터 탄임(al-Tan'īm)으로 가는데, 이에 관해서는 후술할 것이다. 세번째 문은 마쓰팔(al-Masfal) 문인데, 남쪽에 있으며, '정복의 날'(Yaumu'l Fatḥ)[115] 할리드 븐 왈리드——그에게 알라의 영총을——가 이 문으로 입성하였다. 원래 메카——알라의 영광을——는 알라께서 선지자 이브라힘에 관해 『꾸란』에서 이야기할 때[116] 언급한 바와 같이 불모의 계곡에 있었다. 그러나 일찍이 길상스러운 기고(祈告)가 있었기에 온갖 진품과 과일이란 과일은 다 그곳에 모여든다. 나는 그곳에서 정말로 세상에 유례가 없는 포도, 무화과, 복숭아, 선(鮮)대추야자(ruṭab, 가공 전의 익은 대추야자—옮긴이) 등 과실을 먹어봤다. 그곳에 오는 수박은 더할 나위 없이 향긋하고 달콤하며 육류도 살찌고 맛깔

111. 메카에서 7㎞ 떨어진 계곡에 있는 순례성지의 한 곳이다. 여기서 벽사(辟邪)를 위한 돌던지기와 희생물 도살 등 순례기간의 종교의식이 치러진다. 부근에는 순례자들을 위한 임시주택과 시설들이 많으며, 지금은 메카와 연결되어 있다. 이곳은 아라파트산으로 가는 주요통로다.

112. 아라파에 관해서는 2장 주132 참고.

113. 아랍어로 '근접한 곳'이란 뜻이다. 이곳이 '알라에 가깝다'라는 의미에서 지명이 유래되었다고 한다. 무핫씨르(Muḥassir)와 마아자민(al-Ma'zamīn) 사이에 있는 이곳에는 주로 아라파트산에서 돌아오는 순례자들의 숙소와 예배소들이 있다.

114. 메카의 서쪽 홍해 연안에 있는 항구도시로서 메카로 가는 관문이다.

115. '정복의 날'이란 630년에 선지자 무함마드가 이슬람군을 이끌고 평화적으로 메카에 입성한 날이다. 628년에 무함마드와 메카 꾸라이시부족 사이에 메카 순례 허용과 휴전, 상호불간섭 등을 주내용으로 하는 후다이비야(al-Ḥudaibiyah) 협약을 체결하였다. 그러나 꾸라이시측에서 일방적으로 협약을 파기하고 내습하자 630년 무함마드는 1만 명의 군사를 이끌고 메카를 진공하였다. 이에 당황한 꾸라이시측에서는 아부 쑤프얀(Abū Sufyān)을 파견해 무함마드와 회오한 후 이슬람 신봉을 선언하였다. 그리하여 이슬람군은 평화적으로 메카에 입성하여 석전에 있는 우상을 부수고 메카가 이슬람교의 중심지임을 선포하였다. 동시에 대사면도 단행하였다.

116. 『꾸란』 이브라힘장 38절.

스러웠다. 전국 각지에 널려 있는 물건들은 온통 그곳에 모인다. 과일과 채소류는 톼이브(al-Ṭaib)[117]와 나흘라계곡, 바퇀 맛르(Baṭan Marr) 등지에서 운반해온다. 알라의 안전하고 유구한 성소(聖所)에서 사는 사람들과 그 이웃들에게 알라의 자혜(慈惠)가 깃들기를 기원한다.

금사는 시 중심에 있는데, 아주 널찍하다. 아즈라끼[118]의 기술에 의하면, 동서의 길이는 4백여 완척이며, 너비도 그와 근사하다. 거룩한 석전은 금사의 한가운데에 있다. 금사의 경관이야말로 수절(秀絶)하여 말로서는 그 뛰어남이나 완정함을 이루다 형언할 수가 없다. 벽의 높이는 약 20완척에 이르며, 천장은 가장 정교하고 아름답게 다듬은 세 줄의 고주(高柱)에 얹혀 있다. 세 줄의 석판로(石板路)는 마치 한 줄의 석판로처럼 기묘하게 가쯘히 짜여 있다. 사내에 증설된 강연당 내의 석회주(石灰柱)를 제외하고 기둥으로는 대리석주가 모두 491개 있다. 이 강연당은 석판로의 북편에 자리하고 있는데, 그 맞은편에 이브라힘의 거처와 이라크각우(角隅, rukn)가 있으며 마당은 이 석판로를 통해 들어간다. 이 석판로의 벽에는 궁형 돔을 얹은 돌의자들이 쭉 붙어 있는데, 그위에는 독경사들과 사록사(寫錄師)들, 재봉사들이 앉아 있다. 이 석판로의 맞은편에도 비슷한 돌의자들이 있다. 기타 석판로의 벽에도 돌의자가 붙어 있기는 하지만, 돔은 없다. 이브라힘문에는 서쪽 석판로로부터 들어가는 입구가 있는데, 거기에는 여러개의 석회주가 세워져 있다. 자아파르 만수르의 아버지인 할리파 마흐디 븐 할리파 ——그들에게 알라의 영총을—— 는 금사의 증축과 수축에 거룩한 족적을

117. 가즈완(Ghazwān) 산등성이에 자리한 읍으로서 메카로부터 12파르싸흐 거리에 있다. 주민의 대부분은 사끄프(al-Thaqf) 족과 하미르(Ḥamīr) 족 그리고 일부는 꾸라이시 족이다. 밭과 대추야자수 원림이 있을 뿐만 아니라, 포도·바나나 등 과실도 생산된다. 또한 티발라(Tibalah)로 흘러들어가는 내까지 있다.

118. 본명은 무함마드 븐 압둘라 븐 아흐마드 알 아즈라끼(Muhammad bin Abdu'l Lāh bin Aḥmad al-Azraqī)다. 예멘에서 메카로 이주해온 사학자로서 『메카의 소식과 그 속에서 본 유적』 등의 저서가 있다.

남겼다. 서쪽 석판로 벽 위에는 이러한 명문이 씌어 있다. 즉 '신자들의 수령인 압둘라 무함마드 마흐디──알라께서 그에게 선량함을──는 167년에 석전과 그 건물 순례자를 위해 금사를 증축하도록 명하였다'.

석전은 금사의 중앙부에 자리하고 있는 정방형 건물이다. 삼면의 높이는 각각 28완척[119]이다. 흑석과 예멘각우(角隅) 사이의 네번째 면의 높이는 29완척이다. 이라크각우와 흑석 사이의 지면 너비는 54쉬브르[120]다. 예멘각우로부터 샴각우까지의 지면 너비도 이와 대등하다. 이라크각우와 샴각우 사이의 지면 너비는 책내(柵內)에서는 48쉬브르인데, 예멘각우와 흑석 사이의 너비나 샴각우와 이라크각우 사이의 너비도 이와같다. 책외의 너비는 각각 120쉬브르이며, 순례시는 이 책외에서 영회한다. 석전은 갈색 경석(硬石)으로 지었는데, 빈틈없이 아주 단단하게 무어져 오랜 세월의 풍상에도 끄떡없다.

거룩한 석전의 문은 흑석과 이라크각우 사이의 면쪽에 나 있다. 문에서 흑석까지의 거리는 10쉬브르인데, 이곳이 바로 기도에 효험이 있다고 하는 물타짐이란 곳이다. 문은 지면에서 11.5쉬브르의 높이에 나 있으며 너비는 8쉬브르이고 높이는 13쉬브르이다. 문 주위의 벽 두께는 5쉬브르이다. 문은 은박을 정교하게 입히고 문 정면과 상단 문지방도 역시 은박을 입혔다. 두 개의 큰 은제 문고리에는 자물쇠가 걸려 있다. 거룩한 석전문은 매주 금요일 집단예배 후와 선지자──그에게 평화를──의 탄신일[121]에만 연다. 문을 여는 의식은 다음과 같다. 우선 강단 비슷한 계단식 의자를 가져다놓는

119. 완척에 관해서는 1장 주127 참고.

120. 쉬브르에 관해서는 1장 주50 참고.

121. 선지자 무함마드는 서력 571년 4월 20일(아랍 태음력으로는 코끼리해 3월 12일) 아침에 메카의 꾸라이시 부족 하쉼 가문에서 출생하였다. 12세기에 와서 이라크왕 아부 싸이드(Abū Sa'īd)가 매년 이슬람력 3월 12일을 무함마드의 탄신일로 공식 반포한 후 지금까지 무슬림들은 그대로 지켜오면서 기념하고 있다. 632년에 무함마드는 같은날(일설은 이슬람력 3월 13일) 타계하였다.

데, 그 의자에는 네 개의 고패가 달린 나무다리가 붙어 있어서 의자가 움직인다. 맨 윗층 계단이 문설주에 닿도록 의자를 석전벽 곁에 바싹 붙여놓은 다음, 손에 열쇠를 들고 전문역인(役人, sādin)들을 거느린 샤이브족 족장[122]이 의자에 오른다. 역인들은 족장이 문을 열 때까지 석전문에 드리운 부르꾸아(al-Burqu')라는 장막을 비스듬히 잡고 있다. 족장은 문을 열자마자 문설주에 입을 맞추고 홀로 안에 들어가서는 문을 닫고 2궤배를 드린다. 끝나면 기타 샤이브인들이 들어가서 역시 문을 닫고서는 궤배를 한다. 그제서야 문이 열리면 사람들은 우루루 몰려들어간다. 그때까지 사람들은 경건한 눈빛과 기구의 마음으로 알라를 향해 두 손을 뻗고 서서 이 거룩한 문을 우러러보고 있다. 그러다가 일단 문이 열리면 "알라흐 아크바르!"[123]라는 말을 연신 되뇌이며 "가장 자비로운 주 알라여, 당신의 자애롭고 너그러운 문을 열어 주소서!"라고 일제히 외친다.

성스러운 석전 내부와 벽은 모두 무늬있는 대리석으로 깔았다. 안에는 아주 높다란 세 개의 마룔수기둥이 있는데, 기둥간의 거리는 4보쯤 된다. 이 세 기둥은 성스러운 석전 내의 중앙에 자리하고 있으며, 가운데 기둥은 예멘각우와 이라크각우 사이의 꼭 절반 지점에 있다. 성스러운 석전의 장막은 검은 비단천인데, 그 위에 흰글씨가 씌어져 있어 현란한 광망을 발하고 있다. 장막은 석전을 위로부터 지면까지 푹 덮고 있다. 석전의 기적은 문이 열릴 때 알라가 창조하고 부양하는, 그래서 알라만이 헤아릴 수 있는 그

122. 630년에 선지자 무함마드가 이슬람군을 이끌고 메카를 평화적으로 수복한 후, 석전의 열쇠를 샤이브(al-Shaib) 족에게 맡겼다. 그래서 그들이 오늘까지도 석전의 열쇠를 보관하면서 석전을 관리하고 있다.

123. '알라흐 아크바르'(Allāh Akbar, 알라는 가장 위대하다)라는 말을 이슬람교에서는 '타크비르'(al-Takbīr, 존중·숭앙·찬양·확대)라고 한다. 무슬림들이 알라에 대한 믿음과 찬양, 감사, 헌신 등을 표현할 때 가장 많이 그리고 정중하게 사용하는 관용어다. 1997년 9월말경 인도네씨아의 가루다 항공 소속 비행기가 불행하게도 메단 부근에서 추락할 때 조종사가 관제탑에 보낸 마지막 말(모두 6회 교신)이 곧 "알라흐 아크바르!"라고 한다. 최후의 순간 무슬림 조종사의 알라에 대한 믿음과 헌신이라고 해야 할 것이다

숱한 사람들이 모두가 석전에 몰려들어가도 결코 비좁음을 느끼지 않는다는 것이다. 다른 기적은 밤이나 낮이나 영회자가 끊이지 않기 때문에 누구 하나도 영회자가 없는 석전을 본 일이 없다고 하는 사실이다. 그리고 메카의 비둘기나 기타 날짐승들이 절대로 석전에 내려앉거나 날아 지나가는 일이 없다는 것은 또 하나의 기적이다. 비둘기만 해도 온 금사의 상공을 날다가도 석전 가까이에 오면 곧잘 다른 방향으로 꺾어서 날지, 결코 석전 위로는 날아가지 않는다. 전하는 바에 의하면 어떠한 날짐승이든지 환자가 발생했을 때만이 석전에 내려앉는데, 일단 그렇게 되면 환자가 즉시 운명하든지, 아니면 병이 낫는다고 한다. 아무튼 석전에 영광과 자비를 베풀고 위엄과 존대가 있게 하신 그분께 찬미가 있기를 기원하는 바이다.

금제 홈통은 위책(圍柵)의 윗면에 있는데, 너비는 1쉬브르고 2완척쯤 밖으로 튀어나왔다. 홈통 바로 밑이 기도의 효험을 상징하는 곳이고, 그곳에 이쓰마일——그에게 평화를——의 묘가 있다. 묘 위에는 벽감 모양의 길쭉한 녹색 대리석판이 하나 있는데, 이 대리석판은 또다른 둥근 녹색 대리석판과 이어져 있다. 두 대리석판의 너비는 각각 1쉬브르쯤 되며 형태가 특이하고 색조가 우아하다. 이라크각우 가까이에 있는 이 묘의 곁에는 그의 어머니인 하지르의 묘가 있다. 묘비는 너비가 1.5쉬브르쯤 되는 원형 녹색 대리석판이다. 두 묘의 간격은 7쉬브르다.

흑석의 높이는 지면에서 6쉬브르다. 키가 좀 큰 사람은 구부려야 입맞춤을 할 수 있고, 작은 사람은 몸을 펴야 한다. 흑석은 동쪽 모퉁이에 붙어 있다. 너비는 3분의 2쉬브르고 길이는 1쉬브르에 한 손뼈마디다. 흑석이 어떻게 이 모퉁이에 굴러들어왔는지는 알 수 없으며, 돌은 네 조각으로 되어 있다. 전하는 바에 의하면, 까르마퉈[124]——그에게 알라의 저주를——가 흑석

124. 본명은 아부 톼히르 쑬라이만 알 까르마퉈(Abū Ṭāhir Sulaimān al-Qarmaṭī)다. 그가 930년 메카를 점령했을 때 흑석을 다른 곳으로 옮겨놓았다. 그후 20여년간 버려져 있다가 951년 이집트의 파튀미야조(al-Fāṭimiyah)의 제3대 할리파 만수르(al-Manṣūr, 재

을 부숴버린 적이 있다고 한다. 일설에는 다른 사람이 정으로 쪼아서 부수었는데, 그때 사람들이 모여들어 그를 죽여버렸을 뿐만 아니라, 그로 인해 일군의 마그리브인들이 타살되었다고 한다. 돌은 전면이 은박으로 씌워져 있어 검은 성석(聖石)이지만, 유난히 빛나서 눈이 부시다. 고별할 때나 특별한 관심을 보일 때는 더더욱 그렇다. 그도 그럴 것이 선지자──그에게 평화를──가 말하다시피, "흑석은 지상에서의 알라의 길상"이기 때문이다. 진정 알라께서는 우리로 하여금 이 성석과 입도 맞추고 만져볼 수도 있게 하며 그리워하는 모든 사람들을 이곳으로 오게 해주신다.

입맞춤하는 사람의 오른편, 흑석의 온전한 조각면에는 작지만 밝은 흰점이 하나 있는데, 마치 수려한 얼굴에 박힌 복점과도 같다. 사람들은 영회하면서 이 점만 발견하면 서로가 앞을 다투어 거기에 입을 맞추려고 무척 붐빈다. 사실 심하게 붐비다보니 실제 입맞춤하는 사람은 얼마 되지 않는다. 앞을 다투어 붐비는 그 심경은 금사로 들어갈 때의 그 심경 그대로이다. 흑석에서부터 영회가 시작되는데, 그곳이 영회자가 만나는 첫 각우(角隅)이다. 여기서 일단 입맞춤하고 나서는 약간 뒤로 처져서 성스러운 석전을 왼편으로 하여 영회를 계속한다. 북쪽에 있는 이라크각우를 지나서 서켠의 샴각우와 남쪽의 예멘각우를 거쳐 마지막으로 북쪽에 있는 흑석으로 돌아온다. 석전──알라의 영광을──문과 이라크각우 사이에 길이가 12쉬브르, 너비가 약 그 절반, 높이가 약 2쉬브르쯤 되는 곳이 있다는 것을 알아두어야 한다. 그곳은 원래 이브라힘──그에게 평화를──시대에는 거처였으나 훗날 선지자──그에게 평화를──가 그곳을 지금의 예배처로 만들었다. 그리고 그곳을 못처럼 만들어 석전 청소용 물을 저장하였다. 그리하여 그 길상스러운 곳에는 예배하는 사람들로 늘 붐빈다. 이 성스러운 예배처는 이라크각우와 석전문 사이를 마주하고 있는데, 흡사 하나의 문 같다. 이곳에

위 945~55)의 명에 의해 흑석은 제자리로 돌아왔다.

는 철창이 달린 돔을 지어놓았다. 철창은 사람들의 손길이 안에 놓인 상자까지 닿지 않도록 하기 위해서다. 철창은 늘 잠겨 있고, 그 뒤의 공간이 영회자들의 2궤배를 위한 예배처다. 정통성훈에 의하면, 알라의 사자——그에게 평화를——는 매번 금사에 들를 때면 이 석전에 와서 일곱 번씩 영회하곤 하였다고 한다. 그리곤 이 예배처에 와서 "이브라힘의 거처를 예배처로 할지어다"[125]라고 송독하고 나서 2궤배를 드렸다. 이브라힘 거처 뒤에 있는 위장(圍障, al-Ḥaṭim)에 바로 샤피이야파 이맘의 예배처가 있다.

석벽(石壁, 위장—옮긴이) 내주(內周)는 29보[126] 즉 94쉬브르다. 위장은 이음새가 단단한 흑백색 무늬의 아름다운 대리석으로 되어 있으며, 높이는 5.5쉬브르이고 너비는 4.5쉬브르다. 위장 내에는 신기할 정도로 정교하게 다듬은 대리석판을 깔았다. 홈통 아래의 석전벽과 그 맞은편에 있는 위장벽과의 직선거리는 40쉬브르이다. 위장에는 두 개의 입구가 있다. 하나는 위장과 이라크각우 사이에 있는데, 너비는 6완척이다. 확실한 유적에 근거하면 원래 이곳은 꾸라이시족들이 석전을 지을 때는 버려둔 곳이다. 다른 한 입구는 샴각우에 있는데, 너비는 역시 6완척이다. 두 입구간의 거리는 48쉬브르다. 영회코스는 단단하게 무은 흑석을 깔았고, 석전까지는 약 9보 너비다. 그러나 성스러운 이브라힘 거처의 맞은편에 이르러서는 영회코스가 이 거처를 감싸리만큼 좁아진다. 여러개의 석판로와 연결된 금사 내의 다른 곳은 모두 흰 모래를 깔았다. 여성들은 돌로 포장한 코스의 제일 바깥쪽에서 영회한다.

잠잠천의 돔은 흑석 맞은편에 있으며, 그 사이의 거리는 24보다. 성스러운 이브라힘 거처는 이 돔의 오른편에 있는데, 돔의 모퉁이에서 거기까지는 10보다. 돔 안은 백색 대리석을 깔았다. 돔의 중앙이면서 성스러운 석전의 맞은편 벽쪽에 좀 치우쳐 있는 이 길상스러운 우물은 늘 밝게 빛나고 있다.

125. 『꾸란』 2장 125절.
126. 보(步, khatwah)는 길이의 단위로서 1보는 75㎝에 해당한다.

우물은 납으로 잘 봉합된 대리석벽으로 둘러싸였는데, 둘레는 40쉬브르이고, 높이는 4.5쉬브르이며 길이는 무려 11명의 키[127]만큼이나 된다. 물은 매주 금요일 밤이면 크게 불어난다고 한다. 돔의 문은 동향(東向)이다. 돔 안에는 환형(環形) 식수대가 있는데, 너비와 길이는 각각 1쉬브르이고 지면으로부터의 높이는 약 5쉬브르다. 식수대에는 부분세정용 물이 가득차 있고, 그 주위에는 사람들이 앉아서 세정할 수 있는 돌의자들이 마련되어 있다.

잠잠돔 곁에는 압바쓰──그에게 알라의 영총을──가 지은 식수처 돔이 있는데, 문은 북향이다. 지금은 잠잠에서 흘러나오는 물이 담긴 다우라끄(dauraq)라는 도기병들이 거기에 놓여 있다. 이 단손잡이 병에 물을 넣어두었다가 마신다.[128] 이곳에는 또한 각종 성스러운 『꾸란』과 금사의 서적들이 보관되어 있다. 한 서고에 있는 널찍하고 기름한 책궤 속에는 자이드 븐 사비트──그에게 알라의 영총을──가 알라의 사자──그에게 평화를──서거 18년 후에 수초(手抄)한 『꾸란』 진본이 소장되어 있다. 메카사람들은 한발이나 재난을 당하면 이 진본을 꺼내 '카아바(al-Ka'bah)장을 펼쳐서 문설주와 이브라힘──그에게 평화를──거처에 놓는다. 그리곤 머리에 아무것도 쓰지 않은 채 경전과 성스러운 거처의 이름으로 애절한 기도를 한다. 알라의 자비와 은전을 한몸에 받고서야 그들은 돌아간다. 이 압바쓰──그에게 알라의 영총을──돔에서 조금 내려와서 야후디야(al-Yahūdiyah, 유다─옮긴이)라고 하는 돔이 있다.

성사──지고한 알라의 영광을──에는 모두 19개의 대문이 있다. 대부분의 대문에는 몇개의 편문이 있다. 예컨대, 쇄파문에는 다섯 개의 편문이 있다. 옛날에는 바니 마흐줌(Banī Makhzūm) 문이라고 알려진 이 문은 성

127. 한 사람의 키(qāmah)는 약 6피트, 즉 약 182.88cm(1피트=30.48cm)이다.
128. 일종의 자기로 만든 병인데, 마실 물을 넣어 통풍이 잘되는 서늘한 곳에 두면 물이 차가워진다. 지금까지도 민간에서 유행하고 있다.

사의 대문 중 가장 큰 문이다. 이 문을 통해 질주처(疾走處, al-Mas'ā)[129]에 이른다. 순례차 메카에 온 사람은 흔히 바니 샤이바(Banī Shaibah) 문으로 성사──알라의 영광을──에 들어갔다가 영회가 끝나면 솨파문으로 나온다. 이렇게 되면, 신자들의 수령인 마흐디──그에게 알라의 자비를──가 알라의 사자──그에게 평화를──가 솨파로 간 길을 표식하기 위하여 세운 두 개의 기둥 사이에 난 길을 걸은 셈이 된다. 소(小) 아즈야드(Ajyadu'l Aṣghar) 문과 재봉사(al-Khayyāṭīn) 문에는 편문이 각각 두 개씩 있다. 편문이 압바쓰──그에게 알라의 영총을──문에는 세 개, 선지자──그에게 평화를──문에는 두 개가 있다.

바니 샤이바문은 동북쪽 성벽 모퉁이, 카아바문 앞 북편에 있는데, 세 개의 편문을 가지고 있다. 이 문이 곧 바니 압드 샴쓰(Banī Abd Shams)[130] 문으로서 원래 할리파들은 모두 이 문으로 입사하였다. 바니 샤이바문 맞은편에 리바트(al-Ribāṭ) 문이라고 전해오는 무명의 작은 문이 있다. 강연(al-Nadwah) 문에는 세 개의 편문이 있는데, 두 개는 가지런히 있고, 다른 하나는 강연당 서편에 있다. 그런데 지금은 이 홈통 맞은편에 있는 강연당이 금사의 부속사원으로 되어버렸다. 오즐라(al-'Ojlah)의 저택으로 통하는 작은 문은 최근에 개통한 것이다. 싸다라(al-Sadarah) 문과 금사의 대문 중 가장 아름다운 문인 옴라(al-'Omrah) 문은 각각 대문이 하나뿐이다. 이브라힘문도 대문이 하나뿐인데, 그 명명 유래에 관해서는 이설이 있다.

어떤 사람들은 알라의 집우 이브라힘──그에게 평화를──에서 유래되었다고 하나, 사실은 외방인인 이브라힘 알 하우지에서 유래된 것이다. 하즈와문과 솨파문 다음에 있는 다른 한 문에도 편문이 두 개 있다. 이 네 개의 편문 중 두 개는 아즈야드족의 다까낀(al-Daqāqīn) 인들이 세운 것으로

129. 메카의 금사 동편에 있는 솨파산과 마르와산 사이의 지역으로서, 성지순례의 한 의식으로 순례자들이 질주하는 곳이다.

130. 메카의 꾸라이시부족에 속하는 압드 샴쓰(Abd Shams) 가문이다.

전해지고 있다. 금사 내의 첨탑[131]은 모두 다섯 개다. 하나는 쇼파문이 있는 아비 까비쓰각우(角隅)에 있고, 다른 하나는 바니 샤이바문 각우에 있다. 세번째의 것은 강연당문이 있는데, 네번째는 사다라문 각우에 그리고 마지막 다섯번째의 첨탑은 아즈야드각우에 있다.

옴라문 곁에는 거룩한 쑬퇀 유쑤프 븐 라쑬[132]이 세운 마드라싸가 있다. 그는 승리왕(al-Maliku'l Muẓfir)이라고 알려진 예멘왕으로서 예멘의 승리자금화(al-Darāhimu'l Muẓfiriyah)는 그의 치세시 주조한 것이다. 만수르 깔라운왕이 제위할 때까지 그가 석전에 씌우는 장막을 공급했었다. 이브라힘문 밖에는 큰 자위야가 하나 있는데, 거기에 할릴이라는 말리키야파의 수행 이맘 아부 압둘라 무함마드 븐 압둘 라흐만의 저택이 있다. 이브라힘문 위에는 기막히게 고상한 돔이 얹혀 있는데, 그 내부에는 이루 형언할 수 없이 신기한 석회조각품들이 있다. 이 문으로 들어가서 오른쪽 맞은편에는 수행 샤이흐인 잘라룻 딘 무함마드 븐 아흐마드 알 아프샤흐리가 정좌(靜坐)하던 곳이 있다.

이브라힘문 밖에는 동명의 우물이 있으며, 그 옆에 바로 외방인 수행 샤

131. 아랍어로 '미자나'(al-Midhānah)라고 하는데, 그것은 '예배를 알리는 곳'이란 뜻이다. 일반적으로 그 건물은 뾰족한 형태이기 때문에 첨탑이라고 의역한다. 645년에 처음으로 이집트의 한 사원 내에 이런 첨탑을 세웠는데 당시는 항해나 사막 여행자의 길 안내 역할도 겸하고 있기 때문에 일명 '등탑(燈塔)'이라고도 하였다. 그러다가 664~55년에 이라크의 바스라사원에서 처음으로 전문 예배만을 알리는 첨탑을 따로 지었다. 그후 이 바스라형이 보편화되면서 첨탑은 사원 건축의 불가분의 한 구성부분으로 되었다. 구조는 탑기(塔基)·탑신(塔身)·탑정(塔頂)의 세 부분으로 이루어지는데, 일반적으로 탑신은 가늘게 뻗어올라가고, 탑정은 뾰족하다. 그래서 첨탑이라고 한다. 그러나 12세기 이집트의 아유브조(Ayūb)는 탑정을 정교한 왕관식 원형으로 변형하기도 했고, 오스만제국에서는 터키건축의 영향을 받아 탑신을 원주형(圓柱形)으로 만들기도 하였다. 원래 한 사원의 첨탑의 수는 메카의 금사를 제외하고는 1~4개로 한정하였다. 그러나 예외적으로 터키 이스탄불의 아흐마드(Aḥmad) 사원에는 6개의 첨탑이 있다.

132. 본명은 유쑤프 무즈피르 븐 라쑬 알 투르크마니(Yūsufu'l Muẓfir bin Rasū'l al-Turkmānī)다. 그는 쇼파에 정도한 예멘의 라쑬리야(al-Rasūliyah) 왕조의 제2대 왕이다.

이흐인 단얄의 저택이 있다. 그는 쑬퇀 아부 싸이드[133]시대의 사람으로서, 이 시대에 이라크로부터 오는 희사(al-ṣadaqah)는 그의 손을 거쳐야 했다. 이 문 가까이에 그중 제일 좋은 축에 속하는 무왓파끄(al-Muwaffaq) 숙관(宿館)이 있는데, 내가 메카에 머물 때 바로 그곳에 묵었다. 당시 이 숙관에는 수행 샤이흐 톼야르 싸아다 알 자라니가 머물고 있었다. 어느날 신시예배 후 그의 방에 들어가서 보니 그는 성스러운 석전을 향해 고수(叩首)한 채 아무런 병탈없이 영면해버렸다. 알라께서 그에게 영총을 내리시기를 기원한다. 샴의 수행 샤이흐 샴쑷 딘 무함마드는 이곳에 약 40년간 머물렀다. 또한 이곳에는 마그리브의 대수행자인 샤이흐 샤이브도 머물고 있었다. 어느날 그의 방에 들어서니 눈에 띄는 것이라곤 멍석뿐이었다. 그래서 이 이야기를 했더니, 그가 하는 소리가 "자네 본 것을 제발 발설하지 말게"라고 부탁하는 것이었다.

성스러운 금사의 사위에는 많은 주택들이 있다. 주택마다에는 망대(望臺)나, 금사가 보이는 평대(平臺)가 있어서 성스러운 석전을 늘 바라볼 수 있다. 그런가 하면 어떤 집들에는 금사로 통하는 편문까지 달려 있다. 예컨대, 신자들의 수령인 라시드의 부인 자비다[134]의 저택과 오즐라(al-'Ojlah) 및 샤라비(al-Sharābī)의 저택 등이 바로 그렇다.

성사 부근의 성소로는 계시돔(Qubbatu'l Waḥā)이 있다. 이 돔은 사자——그에게 평화를——문 근처에 있는 신자들의 어머니인 하디자(선지자 무함마드의 첫 부인—옮긴이)의 저택에 있다. 그 저택에는 또 자그마한 돔이 하나 더 있는데, 그곳에서 파튀마——그녀에게 평화를——가 태어났다. 하디

133. 아부 싸이드(Abū Sa'iid)는 페르시아(현 이란) 땅에 건국한 일한(Il Khan) 왕국의 제9대 왕이다.

134. 자비다(Zabīdah)는 압바쓰조의 제5대 할리파인 하룬 라쉬드(Harūn al-Rashīd, 재위 786~809)의 사촌 여동생이자 처로서 당대의 여걸이었다. 메카와 순례의 길(바그다드—메카) 도처에 음료수공급처를 마련한 것으로 유명하여 메카에는 '자비다 우물'이 있다. 831년에 사망하였다.

자의 저택 가까이에 아부 바크르 쉿디끄——그에게 알라의 영총을——의 저택이 있으며, 그 맞은편에 길상스러운 담벽이 있다. 이 담벽에는 벽면에서 유달리 튀어나온 길상스러운 돌이 하나 있는데, 사람들은 그 돌에 입맞춤을 하곤 한다. 이 돌이 선지자——그에게 평화를——에게 인사를 하곤 하였다고 한다. 전하는 바에 의하면 선지자——그에게 평화를——가 어떤 사람에 관해 물었더니, 이 돌이 "알라의 사자시여, 그는 여기에 없습니다"라고 대답했다는 것이다.

금사의 여러 대문 중 하나인 쏴파문으로부터 쏴파산까지의 거리는 76보이다. 쏴파의 너비는 17보이고, 14층을 이루고 있으며, 맨 꼭대기층은 평대(平臺)와 흡사하다. 쏴파와 마르와 사이는 493보인데, 쏴파에서 첫 녹석표(綠石標)까지는 93보, 첫 녹석표에서 둘째 녹석표까지는 75보, 둘째 녹석표에서 마르와까지는 325보다. 마르와는 5층으로 되어 있는데, 하나의 큰 활 모양을 하고 있으며, 너비는 17보이다. 첫 녹색표는 마르와로 가는 좌측, 금사의 동우(東隅)에 있는 첨탑과 나란히 세워진 녹석주(綠石柱)다. 두번째 녹석표는 금사의 대문 중 하나인 알리문과 대면하고 있는 두 개의 녹석주로서, 하나는 이 대문 밖 좌측, 금사의 성벽에 있으며, 다른 하나는 그 맞은편에 있다. 두 석표간의 왕복로에는 모래가 깔려 있다.

쏴파와 마르와 사이가 원래는 하상(河床)이었으나, 지금은 거기에 큰 시장이 들어서서 식량이나 육류, 건대추야자, 버터 그리고 각종 과실 등을 팔고 있다. 쏴파와 마르와 사이를 질주하는 사람들은 이 시장 점포에서 사람들이 너무나 붐비는 통에 겨우 운신한다. 메카에는 이곳을 제외하고는 이렇다할 시장이 없다. 다만 샤이바문이 있는 곳에 면포상들과 향료상들이 있을 뿐이다. 그리고 쏴파와 마르와 사이에 압바쓰——그에게 알라의 영총을——의 저택이 있었는데, 지금은 그 자리에 나쉬르왕——그에게 알라의 자비를——이 세운 숙관이 있어서 순례자들이 투숙하고 있다. 이 왕은 또한 728년(1327)에 쏴파와 마르와 사이에 두 개의 문이 달린 부분세정실을 지었다. 한 문은 시장쪽으로, 다른 문은 향료상들이 있는 쪽으로 향하게 하였다. 그리고 그 세정실의 4분의 1쯤 되는 공간에는 역인(役人)들이 기거하도록 하였다. 이러한 건축은 아미르 알라웃 딘 븐 힐랄의 책임하에 진행되었다. 마르와의 우측에는 메카 아미르 싸이풋 딘 아퉈파 븐 아비 나미의 관저가 있다. 그에 관해서는 후술할 것이다.

## 6. 성 메카와 그 명사들

메카의 묘역은 마알라문 밖 하준(al-Ḥajūn)이란 곳에 있다. 하리스 븐 무돠드 알 자르하미[135]는 이곳에 관해 이렇게 읊조리고 있다.

> 하준과 쏴파 간엔 교감없고, 메카엔 야화(夜話)의 속삭임도 없는 성싶네,
> 그러기에, 우린 메카의 주인이었음에도, 재난과 불운에 죽음만 당하였어라.

이 묘역에는 수많은 성문도반들과 후계자들, 학자들, 수행자들, 선현들이 묻혀있다. 그러나 그들의 면모는 이미 메카사람들의 뇌리에서 거의 사라져 조금만 기억하고 있을 뿐이다. 그중 잘 알려진 것으로는 신자들의 어머니이고 이브라힘을 제외한 선지자의 자식들 어머니이며 내조자, 두 외손의 외조모, 후와이라드의 딸인 하디자의 묘가 있다. 선지자와 이들 모두에게 평화가 있기를 알라께 기원하는 바이다. 이 묘 가까이에 신자들의 수령인 할리파 아부 자아파르 만수르 압둘라 븐 무함마드 븐 압둘라 븐 압바쓰──이

135. 까흐퇀(Qaḥṭān) 족의 자르함(Jarham) 가문 출신으로서 몽매시대(蒙昧時代, 자힐리야al-Jāhiliyah, 이슬람 이전의 시대)의 한 왕이다. 그는 자르함 가문 출신 중에서는 처음으로 메카의 석전을 관리한 사람이라고 한다. 이 두 시구(詩句)는 그가 선지자 이브라힘의 거처에 새겨놓은 것이라고 한다.

들 모두에게 알라의 영총을——의 묘가 있다. 이 묘역 내에는 또한 압둘라 븐 주바이르——두 분에게 알라의 영총을——가 처형된 곳이 있다. 본래 이 곳에는 건물 한 채가 있었는데, 타이프인 들이 그들의 순례자들이 주바이르를 저주하는 것이 민망해서 그 건물을 헐어버렸다. 그리고 이 묘역의 전면 우측에는 다 허물어진 사원 하나가 있다. 전하는 바에 의하면, 그 사원이 바로 정령이 알라의 사자——그에게 평화를——에게 충성을 맹세한 곳이라고 한다. 이 묘역을 거쳐 아라파트로 올라가는 길과 타이프와 이라크로 가는 길이 나 있다.

메카 교외의 성소로는 상술한 하준이 있다. 원래 하준은 이 묘역을 부감하는 산이었다고 한다. 그리고 대사하(大沙河)이기도 한 모래톱(al-Muḥaṣṣab)이 이 묘역에 잇달아 있다. 여기에 일찍이 알라의 사자——그에게 평화를——가 묵었다가 간 바니 카나나(Banī Kanānah)[136] 언덕이 있다.

성소로는 또 주 투와(Dhū Ṭuwā)가 있다. 이곳은 사니야투 쿠다(Thaniyatu Kudā)를 가기 전 하스하스(al-Ḥaṣḥāṣ)[137]에 있는 성문천사들의 묘지로 내려가는 계곡이다. 이곳을 빠져나오면 자유구(自由區, al-Ḥall)와 수계구(受戒區, al-Ḥaram)를 가르는 푯말이 있는 곳에 이른다. 압둘라 븐 옴르——그에게 알라의 영총을——는 메카——지고한 알라의 영광을——에 올 때면 이곳에 묵으면서 전신세정을 하고는 아침 일찍 메카로 떠나곤 하였다. 알라의 사자——그에게 평화를——도 그렇게 하였다고 한다.

상메카에 있는 사니야투 쿠다도 교외에 있는 한 성소다. 알라의 사자——그에게 평화를——는 고별순례[138] 때 이곳으로부터 메카에 입성하였다. 백

136. 아드나니야 대부족 가문의 후예들로서 메카 부근에 거주하고 있었다.
137. 주 투와가 내려다보이는 산이다.
138. '고별순례'(Ḥajjatu'l Wadā')란 선지자 무함마드가 마지막으로 성지 메카를 순례한 것을 말한다. 그는 서거 3개월 전인 632년 초에 메디나 부근의 여러 부족에서 모여온 약 10만 명의 무슬림들과 함께 메카에 성지순례를 갔다. 그는 아라파트산에서 유명한 고별연설을 하였다. 그는 이 연설에서 다시는 이 성지에 올 수 없을 수도 있다고 운을 떼

(白)사니야라는 사니야투 쿠다(Thaniyatu Kudā')는 하메카에 있는데, 알라의 사자——그에게 평화를——는 고별순례해에 이곳에서 메카를 하직하였다. 이곳은 두 산 어간에 있는데, 그 병목의 길 옆에 돌무지가 하나 있다. 지나가는 사람마다 거기에 돌을 던지곤 한다. 그 돌무지는 아비 라흐브[139]와 그의 처 '시목운반자'(柴木運搬者)[140]의 묘라고 한다. 사니야 카다와 메카 사이는 약간 평지로서 미나(Minā)로부터 오는 길손들이 여기에서 묵고 간다. 메카——알라의 영광을——로부터 약 1마일쯤 떨어진 이곳 부근에 사원이 있다. 사원 맞은편에는 모루 비슷한 돌 하나가 길 위에 놓여 있다. 다른 돌 하나가 그 위에 얹혀 있는데, 원래는 그 돌에 무언가 씌어져 있었지만, 지금은 다 마모되었다. 전하는 바에 의하면, 선지자——그에게 평화를——가 옴라[141]에서 돌아올 때 이곳에 앉아 쉬었다고 한다. 그래서 사람들은 그 돌에 입맞춤도 하고 기대어 앉기도 하면서 원봉길경(願逢吉慶, tabarrak)한다.

성소로는 또 탄임(al-Tan'īm)[142]이 있다. 메카로부터 1파르싸흐 거리에

고는 무슬림들은 피차가 형제로서 서로의 생명과 재산을 불가침하여, 다신교와 몽매시대의 폐습을 일소하고, 『꾸란』과 성훈에 충실할 것을 호소하였다. 순례기간에 있은 금요 집단예배의 설교에서는 무슬림들이 수행해야 할 5대의무(5주 柱, al-'Ibādah)에 관해 개괄하고, 그것이 계시라고 하면서 이슬람교를 완성하고 자신이 베풀 수 있는 은전은 다 베풀었다고 선언하였다. 무함마드가 이 고별순례에서 행한 의식이나 활동이 후일 무슬림들의 성지순례 의식의 귀감과 규범이 되었다.

139. 본명은 압둘 아자 븐 압둘 무틀리브 븐 하쉼(Abdu'l 'Azā bin Abdu'l Muṭib bin Hāshim)이다. 선지자 무함마드의 삼촌으로서 부자인 그는 이슬람을 대단히 적대시하면서 무함마드의 협조자들을 박해하였을 뿐만 아니라 그들을 사촉해 무함마드를 반대하도록 하였다. 바드르전투(624. 3) 며칠 후 사망하였다.

140. 『꾸란』 111장에 나오는 말인데, '시목운반자'(柴木運搬者, Ḥammālatu'l Haṭab)는 '땔나무를 운반하는 여자'라는 뜻이다. 이것은 '붙는 불에 키질한다'거나 '가유점화(加油點火)'와 뜻이 상통한다.

141. 옴라에 관해서는 서문 주4 참고.

142. 메카와 싸라프(Saraf) 사이에 있는데, 메카로부터는 2(혹은 4)파르싸흐 떨어져 있다. 여기에는 아이샤('Āishah) 사원을 몇개의 사원이 있고, 메디나로 가는 사람들을 위한 음료수 공급처도 있다. 메카사람들은 옴라를 근행할 때 이곳에서 수계한다.

있어, 이곳부터가 메카로 인정되며, 가장 가까운 수계참(受戒站)이다. 알라의 사자──그에게 평화를──는 고별순례 때 신자들의 어머니인 아이샤──그녀에게 알라의 영총을──와 그녀의 동생인 압둘 라흐만──그에게 알라의 영총을──을 파견해 이곳부터 옴라를 근행하도록 한 바 있다. 그곳 길가에는 아이샤──그에게 알라의 영총을──가 세운 세 개의 사원이 있다. 탄임의 길은 널찍하며, 사람들은 오로지 은택만을 바라면서 매일같이 길을 청소한다. 왜냐하면 옴라순례자들 중에는 맨발인 사람들도 더러 있기 때문이다. 길가에는 슈바이카(al-Shubaikah)라는 맛좋은 우물이 여러 개 있다.

그중 하나가 자히르(al-Zāhir) 우물이다. 메카에서 2마일쯤 떨어진 탄임으로 가는 길가 양옆에 있다. 우물가에는 아직도 집과 과수원, 장터 등 옛 흔적이 남아 있다. 길 옆에는 긴 대가 있는데, 그 위에는 물주머니와 부분세정용 도구들이 놓여 있다. 이곳 봉사자들이 우물물을 가득 채워놓는다. 자히르우물은 대단히 깊다. 기실 봉사자들이란 이곳에 온 수행자들이다. 일단 옴라순례자들이 씻고 마시고 부분세정하는 데 편리하므로 자선가들이 기꺼이 이들 수행자들을 도와 이렇게 하고 있는 것이다. 주 투와는 자히르와 잇닿아 있다. 메카를 둘러싼 산으로는 우선 아비 까비쓰산이 있다. 이 산은 메카──알라의 수호를──의 동남쪽에 있는 2대 고봉의 하나로서 메카──알라의 영광을──에서 가장 가까운 산이며 흑석각우를 마주하고 있다. 산꼭대기에는 사원이 있고, 숙관과 기타 건물의 흔적이 남아 있다. 좌히르왕──알라의 자비를──이 원래 이 사원을 수복(修復)하려고 하였다. 이 산에서는 금사와 전 지역을 부감할 수 있으며 메카──알라의 영광을──의 장관이나 금사의 우아함과 크기, 거룩한 석전의 모습이 한눈에 들어온다. 아부 까비쓰산은 지고한 알라께서 창조한 첫번째 산으로서 대홍수 때에도 이 산에서만은 암석을 보전토록 하였다고 한다. 원래 꾸라이시인들은 이 산을 '충실한 자'(al-Amīn)라고 이름하였다. 왜냐하면 이 산은 알라의 집우 이브라힘——그에게 평화를——이 모아놓은 돌을 그대로 고스란히 지켜오고 있기 때문이다. 아담(Ādam)——그에게 평화를——의 묘가 이 산에 있다고 한다. 이 산에는 갑자기 달이 갈라지자 선지자——그에게 평화를——가 잠깐 멈춰 섰다고 하는 곳이 있다. 메카 주변의 산으로는 2대 고봉의 하나인 까이까안산이 있다. 또한 메카——알라의 영광을——북부의 홍산과 한다마산이 있다. 한다마산은 대·소 아즈야드의 두 계곡 사이에 있다. 새산(Jabalu'd Ṭair)은 탄임대로 쪽에서 4마일 떨어진 곳에 있다. 『꾸란』 경문에 의하면,[143] 집우 이브라힘——그에게 평화를——이 이 산위에 찢어진 새의 사지를 놓고 회생을 기도했다고 한다. 산위에는 돌로 된 표지가 있다.

메카——알라의 영광을——북방 1파르싸흐쯤에 히라(Ḥirāh) 산이 있다. 하늘 높이 치솟은 이 산은 미나를 굽어보고 있다. 알라의 사자——그에게 평화를——는 대오(大悟)하기 전 이 산에서 많은 수행을 함으로써 드디어 주로부터 진리와 계시를 받기 시작하였다. 그러자 알라의 사자——그에게 평화를——의 면전에서 이 산은 진감하는 것이었다. 이에 사자는 "진정할지어다. 그대의 위에는 오로지 한 사람의 선지자, 충실한 자, 순교자만이 있을 뿐이다"라고 말하였다. 당시 누가 사자와 함께 현장에 있었는가에 대해서는 설이 구구하다. 대저 10명의 도반으로 전해지고 있다. 그때 사비르(Thabīr) 산도 함께 진감했다고 전해온다.

또한 메카 주변의 산으로는 황소산(Jabalu'l Thaur)[144]이 있다. 이 산은 메카——지고한 알라의 영광을——에서 약 1파르싸흐 떨어진 예멘행 도로 곁에 있다. 『꾸란』에 의하면,[145] 이 산에는 알라의 사자——그에게 평화를——가 메카——알라의 영광을——를 탈출해 성천할 때 아부 바크르 쉿디끄——그에게 알라의 영총을——와 함께 은신한 동굴이 있다. 아즈라끼(al-

143. 『꾸란』 2장 260절.
144. 메카 부근에 있는 흑회색의 산으로서 선지자 무함마드가 은거한 동굴이 있다.
145. 『꾸란』 9장 40절.

Azraqī)는 그의 저서[146]에서 다음과 같이 기술하고 있다. 즉 황소산이 알라의 사자——그에게 평화를——를 불러 이르기를 "무함마드여, 이리 나한테로 올지어다. 나한테로, 나한테로, 나는 그대에 앞서 이미 70명이나 되는 선지자들을 은신시켜주었다"라고 하였다. 알라의 사자——그에게 평화를——는 그의 도반 아부 바크르와 함께 이 동굴에 들어가자 어딘지 모르게 안전함을 느꼈다. 지고한 알라의 허용하에(Bi idhni'l Lāh Ta'ālā) 즉시 동굴문에는 거미줄이 쳐지고 비둘기가 둥지를 틀고 알까지 깠다.

우상숭배자들은 추적 용역까지 대동하고 동굴까지 다다랐다. "이제, 여기서 종적이 끊겼어" 그들의 말이다. 그도 그럴것이, 그들은 분명히 동굴 입구에는 거미줄이 처져 있고, 비둘기는 막 알을 까고 있는 것을 보았기 때문이다. "이 속에야 누가 들어갔겠느냐"라고 중얼대고는 그만 가버렸다. 그러자 아부 바크르가 "알라의 사자이시여, 그들이 우리한테 들어왔더라면……"라고 하자 사자는 "이리로 탈출했을 것이오"라고 대답하면서 그 길상스러운 손으로 다른 쪽을 가리키는 것이었다. 그러자 원래 그쪽에는 문이 없었는데, 선시자(善施者, Wahhāb) 알라의 공능으로 금방 문이 열리는 것이었다. 후일 사람들은 이 길상스러운 동굴을 참배하러 와서는 모두 영복(營福)코자 하는 마음에서 선지자——그에게 평화를——가 들어간 문으로 들어가려고 한다. 그런데 어떤 사람은 들어가지 못하고 바닥에 붙어서는 심한 끌림을 느끼곤 한다. 그래서 어떤 사람은 동굴 앞까지 오기는 오나 감히 들어가지 못한다. 그곳 사람들의 말로는 지각있는 사람은 들어갈 수 있으나, 간통 같은 짓을 저지른 사람은 들어갈 수가 없다고 한다. 그래서 많은 사람들은 자신의 치부(恥部) 때문에 들어갈 엄두를 못낸다는 것이다.[147]

146. 이 장 주118 참고.

147. 황소산 동굴에 관해 이븐 주자이는 순례를 마친 한 샤이흐로부터 들은 이야기를 다음과 같이 전하고 있다. "이 동굴에 들어가기가 어려운 것은 작은문을 들어서면 바로 큰 돌이 가로막고 있기 때문이다. 따라서 들어가는 요령이 필요하다. 만일 이 낮고 좁은 문을 허리만 구부리고 들어가면 머리가 곧바로 가로놓인 돌에 부딪혀서 더이상 들

이 황소산과 관련된 나의 두 친구의 이야기가 있다. 한 사람은 이프리끼야의 타우자르(al-Tauzar) 출신인 존경하는 법학자 아부 무함마드 압둘라 븐 파르하니이고, 다른 사람은 안달루쓰의 와디 아쉬(al-Wādī Āshī) 출신의 아부 압바쓰 아흐마드다. 그들은 메카——지고한 알라의 영광을——에 우거할 때인 728년(1327)에 안내자도 없이 단둘이서 동굴을 찾아떠났다. 얼마 안가서 그들은 동굴로 가는 길을 완전히 잃고 인적 하나 없는 어떤 길에 들어섰다. 때는 폭염이 극심했다. 동굴에 가닿기도 전에 휴대했던 물은 다 떨어졌다. 할 수 없이 메카——지고한 알라의 영광을——로 발길을 돌리기 시작하였다. 마침 길이 있길래 따라갔더니, 엉뚱하게도 다른 산에 이르고 말았다. 더위는 기승을 부리고 목이 타들어가 정말로 죽을 지경이었다.

법학자 아부 무함마드는 이제 더이상 걸을 수가 없어 그만 땅에 꺼꾸러지고 말았다. 그래도 그 안달루쓰 친구는 아직 기력이 좀 남아 있어 구사일생으로 계속 산길을 헤매다가 가까스로 아즈야드로 가는 길에 들어서서 메카——지고한 알라의 영광을——에 돌아왔다. 그는 나를 찾아와 이 사고를 이야기하면서 그 타우자르 친구 아부 무함마드가 아직 산에 홀로 남아 있다는 사실을 알려주었다. 그때는 이미 해질 무렵이었다. 아부 무함마드에게는 와디 나흘라(Wādī Nakhlah) 출신의 하싼이란 사촌이 있었다. 때마침 그가 메카에 있었기에 그에게 사촌에 관한 일을 전했다. 그리고 나는 말리키야파 이맘으로 할릴[148]이라고 알려진 수행자 샤이흐 아부 압둘라 무함마드 븐 압둘 라흐만——그에게 알라의 편익을——에게로 가서 아부 무함마드의

어갈 수도 없고 허리도 펼 수가 없거니와 얼굴과 가슴은 자꾸 땅으로 잦아듦을 느낀다. 이것이 바로 '바닥에 붙어서는 심한 끌림을 느끼게 되는' 원인이다. 그러나 동굴 바닥에 등을 대고 누워서 들어가다가 머리가 돌에 닿을 때 일어나 앉으면 등이 그 돌에 기대게 된다. 이때는 몸이 반쯤 굴문을 지난 것으로서 두 다리는 아직 문 밖에 있다. 이제 다리를 끌어들이면서 일어서면 거기가 바로 동굴 안이다. 결국 그는 순조롭게 동굴 안으로 들어간 셈이다."

148. 할릴(al-Khalil)이란 아랍어로 뜻을 같이하는 친한 친구, 즉 집우(執友)를 말한다.

소식을 알려주었다. 이맘은 산세와 산길을 잘 아는 일군의 메카사람들을 급파해 그를 찾아내도록 하였다.

한편, 아부 무함마드는 그의 길동무가 떠나자 큰 돌덩이에 기대어 해를 가리고 있었다. 그러나 지칠 대로 지치고 갈증도 점점 더해갔다. 머리 위에서는 까마귀들이 날아다니며 죽기를 기다리고 있었다. 그러나 날이 저물고 밤이 되자 어쩐지 힘이 좀 생기고 밤의 서늘함에 기운이 솟았다. 아침이 되자 일어서서 어정어정 산에서 내려와 웬 골짜기에 이르렀다. 마침 높은 산들이 내리쬐는 햇볕을 막아주었다. 천천히 걸어가는데 무슨 집짐승 한 마리가 나타나기에 그놈이 가는 대로 따라갔더니 토착아랍인의 천막 하나가 나타났다. 천막을 보자마자 그는 그만 땅에 쓰러져 일어날 수가 없었다. 이 광경을 본 사람은 천막집 여주인이었다. 남편은 물 길러 가고 없었다. 여인은 서둘러 있는 물을 다 마시게 했는데도 갈증은 좀처럼 풀리지 않았다. 남편이 돌아와서 물주머니[149] 하나의 물을 다 마시게 해도 여전히 갈증은 풀리지 않았다. 그런채로 그를 당나귀에 태워 메카로 호송하였다. 다음날 신시예배녘에야 메카에 도착한 아부 무함마드는 마치 금방 무덤 속에서 털고 나온 사람처럼 험상궂었다.

내가 메카에 들렀을 때, 그곳 집정관은 거룩한 두 성예 형제인 아싸둣 딘 라미사[150]와 싸이풋 딘 아튀파[151]였다. 그들은 아미르 아부 누마이 븐 아비 싸아드 븐 알리 븐 까타다 알 하싸니인의 두 아들이다. 라미사는 연장자이지만 메카에서 기도할 때면 공정함으로 인하여 동생 아튀파의 이름이 먼저 거명되곤 하였다. 라미사에게는 무함마드와 무바라크, 마쓰오드란 세 아들

149. '물주머니'란 아랍어로 '끼르바'(qirbah)인데, 주로 양가죽으로 만드는 주머니로서 물이나 기름 같은 액체를 넣는다.

150. 라미사(Ramīthah, ??~347)는 1315~18년과 1337~43년 기간에 메카의 아미르를 역임하였다.

151. 아튀파('Aṭīfah)는 1301년과 1319~32년에 메카의 아미르를 역임하였다가 만년에는 이집트의 알렉산드리아에서 보냈다. 역시 메카의 아미르를 역임한 라미사의 동생이다.

이 있었다. 아튀파의 저택은 마르와의 우측에 있고 그의 형 라미사의 저택은 바니 샤이바문 근처의 샤라비(al-Sharābī) 숙관이 있는 곳에 있다. 매일 저녁 예배 때면 그들 두 집 대문에서는 북이 울리곤 한다.

메카사람들은 품행이 단정하고 무척 마음씨가 좋고 도덕이 바르며, 약한 자와 없는 자들을 성심껏 돌보며, 낯선 사람들과도 좋은 이웃으로 지낸다. 그들의 너그러운 마음씨의 일례로, 누구나가 잔치를 베풀면 우선 이곳에 온 수행자들을 아주 친절하고 정성스럽게 초청해서는 음식대접을 한다. 그런가 하면, 대부분의 구차한 사람들은 빵을 굽는 화로 곁에 모여 있다가는 한 사람이 빵을 구워가지고 집으로 돌아가면 그 뒤를 좇아간다. 그러면 빵 주인은 그들 모두에게 한몫씩 나누어줌으로써 그들로 하여금 실망치 않도록 한다. 설혹 빵이 하나뿐이라도 그 3분의 1이나 절반을 서슴없이 흔쾌히 나누어 준다.

또 한가지 선행으로는 다음과 같은 사실을 들 수 있다. 어린 고아들이 시장에 앉아 있는데, 저마다 미크탈(miktal)이라는 바구니를 큰 것과 작은 것 하나씩을 갖고 있다. 메카사람이면 누구나가 시장에 와서 식량이나 육류, 채소 같은 것을 사서는 그 어린이에게 맡긴다. 그러면 어린이는 식량을 한 바구니에, 육류와 채소는 다른 바구니에 따로따로 담아 주인집까지 가져가서 음식을 장만토록 한다. 주인은 그래 놓고는 영회를 한다든가 제 볼일을 본다. 이들 어린이 중에서 누구하나 사기를 쳤다는 이야기를 못 들어봤다. 모두가 제 할일을 완벽하게 해낸다. 어린이들은 그 대가로 몇푼의 보상을 받는다.

메카사람들의 의상은 우아하고 깨끗하며, 대부분의 옷색깔은 흰색이다. 그들의 의상은 늘 밝고 청초하다. 그들은 향료를 애용하고 눈화장도 하며, 항시 푸른 아라크[152] 나뭇가지로 이를 닦는다. 메카여인들이야말로 이를데

152. 아라크(arāk), 일명 칫솔나무(miswāk)라는 나무는 열대지방의 관목으로서 가지가 많고 잎은 서로 엉켜 있으며 검붉은 색 열매는 먹을 수 있다. 가지를 잘라서 이를 닦는

없이 조촐하고 연염(姸艶)하며 청렴정결(淸廉貞潔)하다. 그녀들은 향료를 몹시 즐기는데, 심지어 하루밤을 굶고 지내는 한이 있더라도 향수만은 꼭 사서 쓴다. 그녀들이 매주 금요일 밤 석전에 영회하려 올 때면 가장 멋진 차림새를 하고 옴으로써 금사는 온통 그녀들이 뿌린 향기로 가득찬다. 어떠한 여인이라도 한번 왔다가면 그 향기는 간 후에도 오래도록 풍긴다. 메카인들에게는 미풍양속과 남다른 열정이 있는데, 메카의 공덕과 그 우접자(寓接者)들에 관해 기술한 후에 그것을 이야기해보려고 한다. 인샬라.

메카의 법관은 이맘이며 학자인 무힛 딘 톼브리의 아들인 역시 학자이며 독실한 수행자인 나즈뭇 딘 무함마드다. 그는 구덕한 사람으로서 연조(捐助, al-ṣadaqah)도 푼푼이 하고 우접자들도 많이 위로하고, 성품이 훌륭하며, 영회나 성스러운 석전 참배도 자주 하는 사람이다. 거룩한 행사, 특히 알라의 사자——그에게 평화를——탄신일에는 많은 음식을 제공하는데, 대상자 중에는 메카의 성예들, 명사들, 수행자들, 금사의 봉사원들, 모든 우접자들이 포함된다. 이집트의 쑬퇀 나쉬르왕——그에게 알라의 자비를——은 그를 대단히 존중한다. 그리하여 그와 그의 아미르들의 연조금은 모두가 그의 손을 거친다. 그의 아들 샤하붓 딘도 구덕한 사람으로서 메카——알라의 영광을——의 현직 법관이다.

메카의 설교사(al-Khaṭib)는 이브라힘——그에게 평화를——예배처의 이맘인 당대 유일무이한 능변가 바하웃 딘 톼브리다. 그는 수사(修辭)나 변재(辯才) 면에서 이세상 어디에도 상대자가 없는 출중한 설교사로서 매주 금요일마다 반복하는 일 없이 늘 새로운 주제로 설교를 한다고 한다.

성스러운 금사의 행사(行事)이맘이자 말리키야파 이맘은 독실한 수행자이며 법학자인 이맘 아부 자이드 압둘 라흐만의 아들인 겸허한 수행자이고 학자이며 법학자인 유명한 샤이흐 아부 압둘라 무함마드다. 그는 집우(執

칫솔로 쓴다. 지금까지도 아라비아반도의 유목민들은 이 나무칫솔을 상비품으로 휴대하면서 식후나 수시로 사용한다.

友, Khalīl)로 널리 알려진 사람으로서 알라께서 그에게 모든 편익과 장수를 주시기를 기원하는 바이다. 그의 가문은 원래 이프리끼야의 자리드(al-Jarīd)지방에 있었는데, 그곳에서는 대가문에 속하는 바니 하윤(Banī Ḥayūn) 일가로 알려져 있다. 그와 그의 선친의 출생지는 메카——알라의 영광을——다. 이제 그는 메카의 고명인사 중의 한 사람일 뿐만 아니라 말리키야파 전체의 제1인자이며 중추다. 그는 모든 시간을 오로지 신앙에 돌리면서도 활동적이고 너그러우며 고상하고 동정심이 많아 구원을 요구하는 자에게 실망을 주는 법이 없다.

내가 메카——알라의 영광을——에서 우접자로 마즈파리야(al-Maẓfariyah) 마드라싸에 기거할 때, 꿈에서 선지자——그에게 평화를——를 친견한 바 있다. 그는 성스러운 석전이 내다보이는 이 마드라싸의 창문가 곁에 있는 교탁에 앉아 있었는데, 사람들은 그에게 충성을 맹세하고 있었다. 이윽고 집우라는 샤이흐 아부 압둘라가 들어와서 사자——그에게 평화를——의 두 손 사이에 쪼그리고 앉아서는 한 손을 사자——그에게 평화를——의 손 위에 얹는 것을 보았다. 그러면서 그는 "당신에게 무엇, 무엇을 맹세합니다"라고 여러가지 일을 나열한 다음 마지막 말로 "저는 저의 집에서 어떠한 불쌍한 사람도 실망시켜 돌려보내지 않겠습니다"라고 하는 것이었다. 나는 그의 이러저러한 말에 대해 의아하지 않을 수 없었다. 메카는 물론, 예멘이나 자일라아(Zaila'), 이라크, 페르시아(al-'Ajam), 이집트, 샴 등지에서 오는 구차한 사람들이 그렇게도 많은데, 어떻게 감히 그러한 말을 할 수 있고, 또 실제 그렇게 할 수 있을까 하고 나는 속으로 되뇌었다. 내가 봤을 때 그는 꾸프퇀이라는 흰 면직 줏바[153]를 입고 있었다. 사실 그는 가끔 이런 옷을 입고 있다.

아침예배를 하고 그에게 가서 내 꿈이야기를 해주었다. 그랬더니 그는

153. 꾸프퇀(quftān)과 줏바(jubbah)는 아랍인들의 민족의상으로서 겉에 걸치는 긴 소매의 헐렁한 옷이다. 전자는 싸우디아라비아 등지에서 쓰는 말이다.

너무나 기쁜 나머지 눈물을 지으면서 "그 줏바는 한 수행자가 저의 조부에게 선물한 것으로서 나는 영복(營福)코자 이 옷을 입습니다"라고 하였다. 그후 나는 그가 구원을 요구하는 자를 실망시켜 보내는 것을 본 적이 없다. 그는 일꾼들을 시켜 빵을 굽고 음식을 지어서는 매일 신시예배 후에 나한테 가져오게끔 하였다. 메카사람들은 하루에 정찬은 한 끼씩 신시 이후에 하는데, 그때까지 모두가 여유작작(餘有綽綽)하다. 신시 전 대낮에 무언가 먹고 싶으면 건대추야자를 먹는다. 그래서 그들의 신체는 자못 건강하고, 질병이나 불구자가 적다.

샤이흐 아부 압둘라는 법관 나즈뭇 딘 톼브리의 딸과 결혼하였다. 그런데 그녀의 이혼문제가 의심스러워 그만 헤어지고 말았다. 그후 그녀와는 상이집트에서 온 명사인 법학자 샤하붓 딘 누와이리가 결혼하였다. 그녀는 그와 몇년간 같이 살면서 성스러운 메디나까지 함께 여행한 바 있다. 여기에는 그녀의 동생 샤하붓 딘이 동행하였다. 그러나 샤하붓 딘 누와이리가 휴처(休妻)[154]에 관한 서언(誓言)을 위배하였기 때문에 부득불 그녀와 갈라서지 않을 수 없었다. 몇년 후 법학자 아부 압둘라가 그녀를 재취(再娶)하였다.

메카의 명류 중에는 샤피이야파 이맘 샤하붓 딘 븐 부르한과 하나피야파 이맘 샤하붓 딘 아흐마드 븐 알리가 있다. 후자는 메카의 대이맘 및 대덕 중의 한 사람으로서 순례자들이나 과객들에게 급식을 한다. 그이야말로 메카 법학자들 가운데서 으뜸가는 선사(善士)다. 그는 이렇게 매해 알라를 위한 일에 4,5만 디르함씩을 시용(施用)한다. 터키 아미르들은 그가 그들의 이맘이기에 그를 존대하고 그에게 호의를 품고 있다.

154. 이슬람교법(al-Sharī'ah)에 따르면 휴처(al-ṭalāq, 이혼)는 부득이한 경우, 남자측에 의해 성사된다. 남자측이 여자측에 대하여 이혼할 의사를 명확하게, 혹은 암시적으로라도 표시하기만 하면 휴처할 수 있다. 휴처시기는 여자의 정결기(淨潔期, 즉 월경 없는 시기)에 성교를 하지 않았을 때여야 한다.

명류로서는 한발리야파 이맘인 구덕한 성훈학자 무함마드 븐 오스만이 있다. 본향은 바그다드인데, 메카에서 출생한 그는 법관 나즈뭇 딘의 대리인이며, 이집트인 타깟 딘이 피살된 후, 감독관을 겸직하였다. 사람들은 권세 때문에 그를 두려워하고 있다. 이집트인 타깟 딘은 메카의 감독관으로서 그와 관련된 일이건, 관련되지 않는 일이건 마구 간여하였다. 어느해 성지순례 아미르가 방탕한 소년 하나를 메카에 데리고 왔는데, 그 소년은 그만 순례자들의 물건을 훔쳤다. 그래서 타깟 딘은 그의 손목을 자르라고 지시하면서 아미르에게 이렇게 말하였다. "만일 당신의 면전에서 그애의 손목을 자르지 않으면, 그애를 구제하는 대신 메카 주민들이 당신의 하인들에게 보복해올 것이오." 그러자 아미르는 그의 면전에서 그애의 손목을 자르라고 명하였다. 애의 손목이 잘린 후 아미르는 타깟 딘에 대한 증오를 품고, 위해의 기회를 노렸지만 여의치가 않았다. 왜냐하면 타깟 딘은 라미사와 아튀파 두 아미르의 후광을 얻고 있기 때문이다. 그 후광이란 사람들이 보는 데서 그들로부터 터번('amāmah)이나 모자(shāshiyah)[155]를 선물받는 데서 알 수 있다. 이러한 선물은 주는 자와 친근하다는 표시인 것이다. 이러한 후광 속에서 그는 메카를 떠나 여행길에 오르려고 작심하였다. 타깟 딘은 몇년간 메카에 머문 후 여행을 결심하고 두 아미르와 작별하고서는 고별 영회를 마친 다음 솨파문을 나섰다. 얼마 안가서 친구인 아끄톼아를 우연히 만났다. 친구는 그에게 형편이 어려움을 하소연하면서 필요한 만큼 구제해주기를 간청하였다. 이 말을 들은 타깟 딘은 친구를 되게 나무랐다. 그러자 화가 치밀어오른 친구는 잔비야(Janbiyah)라는 비수를 뽑아 단칼에 그를 척살(刺殺)하고 말았다.

메카의 명류로는 또한 상술한 나즈뭇 딘의 형제인 법학자이며 수행자인 자이눗 딘 톼브리가 있다. 그는 덕망있고 우접자들을 선대(善待)하는 사람

155. 터번(머릿수건) 밑에 쓰는 자그마한 모자다.

이다. 그밖에 길상스러운 법학자 무함마드 븐 파흐드 까르쉬와 정직한 수행자인 무함마드 븐 부르한도 각각 명류에 속한다. 전자는 메카의 대덕 중 한 사람으로서 한발리야파의 법학자 무함마드 븐 오스만의 사후, 법관 나즈뭇 딘의 대리인이 되었다. 후자는 늘 중얼거리며 다니는 경건한 금욕주의자다. 어느날 그가 마즈파리야 마드라싸 내의 못가에서 부분세정을 하는 것을 본 일이 있다. 씻고 또 씻고, 얼굴을 문지르고 나서는 또 여러번 되풀이하였다. 그것도 성이 안차서 머리를 아예 물 속에 담그는 것이었다. 예배를 할 때면 샤피이야파 이맘식 예배를 하면서 "나는 결의하였노라. 나는 결의하였다"라고 되뇌이곤 한다. 그는 꼭 혼자서 예배를 하며 영회나 옴라순례, 염송 등을 많이 하고 있었다. 메카의 우접자 중에는 독실한 수피주의 수행자이고 학자인 샤피이야파의 예멘 출신 이맘 아피풋 딘 압둘라 븐 아쓰아드가 있다. 그는 야피이로 알려진 이맘으로서 밤낮없이 영회를 한다. 영회가 끝나면 마즈파리야마드라싸 평대에 올라가앉아서는 성스러운 석전을 줄곧 바라보다가 졸음이 오면 돌을 베고 잠깐 눈을 붙인다. 잠에서 깨면 다시 부분세정을 하고 역시 아침예배 때까지 영회에 나선다. 그는 독실한 법학자인 샤하붓 딘 븐 부르한의 딸과 결혼하였는데, 그녀가 나이 어려서 늘 아버지에게 불평을 말하면 아버지는 그저 참으라고만 한다. 그럭저럭 몇년이 지나다가 결국 그녀는 아피풋 딘과 헤어지고 말았다.

우접자인 나즈뭇 딘 아스푸니는 상이집트의 법관이었는데, 지고한 알라께 헌신코자 성스러운 성사 곁에 우접하였다. 그는 매일 탄임으로부터 옴라순례를 근행하곤 하였다. 선지자——그에게 평화를——에 관한 전문에 근거해 금식월 기간에는 매일 두 번씩이나 이러한 순례를 행하였다. 그의 말인즉 "금식월의 옴라는 1회의 성지순례와 맞먹는다"는 것이다. 우접자이며 독실한 수행 샤이흐인 샴숫 딘 무함마드 알 할라비는 오랜 우접자의 한 사람으로서 영회와 독경을 많이 하다가 메카에서 타계하였다. 침묵자(al-ṣāmit)로 알려진 수행자 아부 바크르 알 쉬라지도 우접자였는데, 그도 영회를 많이 하였다. 메카에 몇년 동안 머물었는데, 시종 무언(無言)으로 보냈다.

우접자 중에는 다음과 같은 사람들이 있다. 페르시아 출신의 수행자 하돠르는 금식과 독경, 영회를 많이 하였다. 역시 페르시아 출신으로서 수행자이며 훈계사(訓戒師, al-Wā'iẓ)인 샤이흐 부르하눗 딘에게는 성스러운 석전을 향한 자리에 의자가 하나 마련되어 있는데, 그는 거기에 앉아서 심금을 울리는 달변과 겸허한 마음으로 사람들을 훈계·계도하였다. 이집트에서 온 수행자인 부르하눗 딘 이브라힘은 영예로운 독경사로서 싸드라(al-Sadrah) 숙관에 기거하고 있었다. 이집트와 샴 사람들은 연조금을 가지고 그를 찾아온다. 그는 고아들에게 '지고한 알라의 책'[156]을 가르쳐주면서 그들을 먹이고 입혀 살린다. 와씨트(al-Wāsiṭ) 출신의 독실한 수행자 앗줏딘은 거부다. 해마다 그의 고향에서 그에게게 거액을 보내오면 그는 식량이나 건대추야자 등을 구입해서는 구차한 사람들에 나누어주는데, 그가 친히 물건을 들고 그네들의 집에 찾아간다. 그는 세상을 뜰 때까지 이러한 선행을 꾸준히 하였다. 톼자 출신의 대수행자의 한 사람이며, 금욕주의자인 법학자 아부 하싼 알리 븐 리즈낄라 알 안자리는 메카에 다년간 우거하다가 그곳에서 서거하였다. 그와 나의 선친은 오랜 지우지간이었다. 그가 고향 톼자에 오기만 하면 우리집에 머물곤 하였다. 그는 마즈파리야마드라싸에 방 하나를 얻어가지고 있으면서 낮에는 마드라싸에서 글을 가르치고 밤에는 라비아(Rabī') 숙관에 있는 숙소에 은거하고 있었다.

라비아숙관은 메카에서 가장 좋은 숙관 중의 하나다. 안에는 메카에서 유례를 찾아볼 수 없는 우물이 하나 있으며, 숙객은 모두가 수행자들이다. 히자즈 지방사람들은 이 숙관을 높이 우러르면서 선모(羨慕)까지 하고 있다. 톼이프 사람들은 이 숙관에 여러가지 과실을 가져온다. 대추야자나 포

156. '지고한 알라의 책'(Kitābu'l Lāhi'd Ta'ālā)은 경전 『꾸란』을 말한다. 『꾸란』에 관해서는 1장 주121 참조.

도, 파르싸크(farsak, 복숭아의 일종), 무화과(그들은 khamṭ라고 부름) 과수원을 가지고 있는 사람은 으레 소출의 10분의 1을 이 숙관에 보낸다. 그들은 과실을 낙타에 싣고 오는데, 메카와 롸이브 간 거리는 2일 노정이다. 재해로 인해 과실이 감산되면 부득불 이러한 관행은 지켜질 수 없게 된다. 어느날 메카 아미르 아부 나미의 시자(侍者)들이 이 숙관에 아미르의 말을 끌고 들어가서 우물의 물을 먹였다. 그들이 말을 끌고 마사에 이르자 말은 통증을 느껴 머리와 네 발을 땅에 대고 마구 찧는 것이었다. 이 소식을 전해 들은 아미르는 친히 숙관문 앞에 찾아와 숙객들에게 불찰을 사과하였다. 그리곤 숙객 한 사람을 대동하고 돌아갔다. 그 사람이 손으로 말의 배를 슬슬 문지르자 이윽고 말은 속에 든 물을 다 토해버리고는 씻은 듯이 나았다. 그 후부터 숙객들은 복만을 누리게 되었다.

우접자 중에는 길상스러운 수행자 아부 압바쓰 알 가마리가 있는데, 그는 아부 하싼 알리 븐 리즈낄라의 친구로서 라비아숙관에 기거하다가 메카에서 타계하였다. 그중에는 또 싸브타(Sabtah)[157] 지방에서 온 아부 야아꾸브 유쑤프가 있다. 그는 전술한 두 샤이흐의 시중을 들다가 그들이 돌아가자 이 숙관의 샤이흐가 되었다. 또한 능수능란한 수행자인 털림싼(al-Tilimsān) 출신의 아부 하싼 알리 븐 파르구쓰도 그중 한 사람이다.

우접자로서는 인도에서 온 샤이흐 싸이드가 있는데, 그는 칼랄라(Kalālah) 숙관의 샤이흐였다. 그는 인도왕 무함마드 샤와 가까웠다. 그래서 왕이 하사한 거금을 가지고 메카에 왔다. 이것을 알아차린 아미르 아튀파는 그를 감금하고 금액을 내놓으라고 강요하였다. 샤이흐가 거절하자 아미르는 그에게 주리를 트는 형벌을 가하였다. 할 수 없이 억지로 2만 5천 디르함을 내주고는 인도로 돌아갔다. 나는 인도에서 그를 만나봤다. 원래 샤이흐 싸이드는 샴의 아랍인 아미르인 싸이풋 딘 가다 븐 히바툴라 븐 이

157. 현 모로코의 지중해 연안 항구도시다.

싸 븐 마흐나의 저택에 기거하고 있었다. 인도에 살고 있는 아미르 싸이풋 딘 가나는 인도왕의 여동생과 결혼하였다. 이에 관해선 후술할 것이다. 인도왕이 싸이드에게 돈을 하사하자 그는 아미르 싸이풋 딘 가다의 부하인 와샬과 함께 길을 떠나기로 하였다. 아미르 싸이풋 딘은 나름대로 싸이드를 보내 자기 사람들을 데려오려고 하였다. 그래서 그는 싸이드에게 많은 돈과 귀중품을 하사하였던 것이다. 귀중품 중에는 그가 인도왕의 여동생과 결혼하던 날 밤 왕이 하사한 도포(al-khil'ah)가 들어 있다. 이 옷은 남색 비단으로 지은 것인데, 금으로 수놓고, 보석을 너무나 많이 박아서 도대체 원색이 무언지 통 가릴 수가 없다. 아미르는 5만 디르함을 주면서 순종 양마(良馬) 한 필을 사오라고 당부하였다.

샤이흐 싸이드와 와샬은 남은 돈으로 물건을 사가지고 회정(回程)에 올랐다. 두 사람이 '쑤꾸트르(suquṭr) 노회(蘆薈)'로 유명한 쑤꾸트라(al-Suquṭrah) 섬[158]에 도착했을 때, 인도 해적들이 여러 척의 배를 몰고 달려들었다. 쌍방간에 치열한 접전이 벌어져 양측에서 여러명이 죽었다. 원래 와샬은 사수였기에 몇사람을 거뜬히 사살하였다. 그러나 역부족이어서 결국 해적들에게 낭패만 당하고 말았다. 와샬은 치명적인 부상을 입었다. 해적들이 닥치는 대로 빼앗는 바람에 할 수 없이 여행장구와 식량까지 배와 함께 해적들에게 넘겨주었다. 그리고 나서 싸이드 일행은 가까스로 아단('Adan)[159]에 당도하였는데, 거기에서 와샬은 그만 운명하고 말았다. 통상 해적들은 싸움이 벌어지지 않으면 사람을 죽이거나 바다에 처넣는 일이 없으며 재물만 빼앗고는 배도 가는 대로 놓아둔다. 노예들도 서로가 같은 처지라서 약탈하지는 않는다.

핫즈 싸이드는 인도왕으로부터 그도 선왕들이 행한 것처럼 압바쓰조와

158. 현 예멘의 아단 남쪽 해상에 있는 큰 섬으로서, 섬에는 여러 개의 도시와 읍이 있다.
159. 현 예멘의 서남단에 있는 국제무역 항구도시로서 자고로 동서 해상교통의 요충지이다.

의 친선관계를 유지하고 싶다는 말을 들은 바가 있다. 그 선왕들이란 쑬퇀 샴쑷 딘 룰미쉬와 그의 아들 나쉬룻 딘, 쑬퇀 잘라룻 딘 타이루즈 샤, 쑬퇀 가야숫 딘 발빈 등이다. 그들은 바그다드로부터 영예의 도포를 선사받곤 하였다. 와샬이 사망하자 싸이드는 이집트에 있는 할리파 아부 압바쓰 븐 할리파 아비 라비아 쑬라이만 압바씨에게로 가서 사단을 고하였다. 할리파는 친필로 인도에 있는 그의 대표에게 보내는 서한을 썼다. 샤이흐 싸이드는 이 서한을 휴대하고 예멘에서 검정색 도포 세 벌을 사가지고 해로로 인도에 돌아왔다.

그가 인도 왕국의 수도 델리에서 40일 노정에 있는 킨바야(Kinbāyah)에 이르렀을 때, 이 소식을 안 한 친구가 왕에게 서한을 보내 샤이흐 싸이드의 도착과 그가 할리파의 칙조(勅詔)를 휴대하고 있는 사실을 품고하였다. 그랬더니 샤이흐를 수도까지 정중히 모시라는 칙령이 내려졌다. 수도에 가까워지자 왕은 아미르들과 법관들, 법학자들을 보내 샤이흐를 영접하도록 하고서는 그 자신이 몸소 출영까지 하였다. 왕은 그를 맞아 포옹하였다. 샤이흐가 왕에게 할리파의 칙조를 전달하자 왕은 거기에 입을 맞추고 머리 위에 올려놓는 것이었다. 샤이흐는 또한 영예의 도포가 들어 있는 상자를 올리자 왕은 그것을 어깨에 올려놓고 몇걸음 걸어가다가 한 벌을 꺼내 입었다. 다른 한 벌은 압바쓰조 할리파 문타쉬르의 아들인 아미르 가야숫 딘 븐 무함마드 븐 압둘 까디르 븐 유쑤프 븐 압둘 아지즈[160]가 입었다. 당시 이 아미르는 인도왕한테 기거하고 있었는데, 그에 관해서는 후술할 것이다. 세 번째 도포는 '대왕(大王)'이라 불리는 아미르 까불이 입었다. 까불은 파리를 쫓으면서 물구나무 서기를 하는 재간이 있다고 하는 사람이다.

왕은 샤이흐 싸이드와 그의 수행원들에게 도포를 하사하고는 코끼리를 태워 입성시켰다. 왕은 말을 타고 앞서 가고 그 좌우에는 압바쓰조의 도포

160. 압바쓰조의 제11대 할리파(재위 861~62)다.

를 입은 두 아미르가 따랐다. 도시는 온통 갖가지 장식물로 단장되고 11개의 나무돔이 세워졌다. 돔마다가 4층으로 되었는데, 매층에는 일군의 남녀 가수와 무희들이 서 있다. 그들은 모두가 왕의 전속 예인들이다. 돔은 위나 밑이나, 속이나 겉이나 모두가 도금한 비단천으로 장식하였다. 돔 한가운데는 물소가죽으로 만든 세 개의 통이 놓여 있다. 통마다 장미수를 탄 물이 가득 차 있다. 오가는 사람이면 누구나가 마음대로 마실 수 있다. 마시는 사람은 대신 필발(蓽發)이나 빈랑(fūfil), 누라(nūrah)의 잎사귀 15개를 놓고 간다. 그 잎들을 먹으면 입안에서 향내가 돌고, 얼굴과 잇몸이 더 불그스름해지며, 담즙을 억제하고 먹은 것을 잘 삭이게 한다. 샤이흐 싸이드가 탄 코끼리가 지나가는 길에는 비단천을 줄줄이 깔아놓아 그 위를 밟고 성문에서부터 왕의 관저까지 갔다. 샤이흐는 왕궁에서 가까운 왕의 관저에 머물렀다. 왕은 그에게 거액을 보냈다. 돔에 씌웠거나 코끼리가 지나가는 길에 깐 천은 왕이 회수하는 것이 아니라 가무꾼들이나 돔을 만든 사람들, 물품시중꾼 등 여러 사람들이 가져간다. 행여 왕이 어디 행차했다가 돌아올 때면 이런 식으로 행사를 치른다. 왕은 할리파의 칙조를 매주 금요예배 때 이맘의 2차 설교 사이에 강단에서 꼭 읽게 하라고 명하였다.

샤이흐 싸이드는 이곳에서 한 달간 묵었다. 왕은 할리파에게 보낼 예물을 그에게 보냈다. 그는 킨바야에 도착해 뱃길 채비가 다 될 때까지 그곳에 머물렀다. 인도왕은 또 나름대로 자기의 친신을 사절로 할리파에게 파견하였다. 그 사절은 수피파의 샤이흐인 라자브 알 바르까이인데, 그는 까프자끄(Qafjaq) 사막의 까람(al-Qaram) 시 출신이다. 왕은 그에게도 할리파에게 보내는 예물을 위촉하였다. 예물 중에는 5만 디나르 값어치의 보석이 들어 있다. 왕은 할리파에게 보내는 서한에서 인도(al-Hind)와 싸나드(al-Sanad)에 주재할 대표를 파견해줄 것을 요청하였다. 왕은 라자브 외에도 몇몇 현귀(顯貴)를 파견하였다. 이렇게 왕은 서한에서 힐라파제도(al-Khilāfah)[161]에 대한 자신의 신념과 선의를 명문화하였다.

샤이흐 라자브에게는 싸이풋 딘 카시프란 아우가 이집트땅에 살고 있었다. 라자브가 할리파한테 도착했을 때 그는 청렴한 왕 이쓰마일 븐 알 말리크 나쉬르[162]가 와야만 인도왕이 보낸 서한을 읽고 예물을 받겠다고 하였다. 싸이풋 딘이 형더러 보석을 팔라고 하자 팔겠다고 하기에 4개의 보석을 30만 디르함을 주고 사들였다. 라자브는 이쓰마일왕을 찾아가서 서한을 전하고 보석 한 개를 선물하였다. 나머지 보석 몇개는 아내들에게 선사하였다. 그리고 이쓰마일왕이 인도왕에게 그의 요구가 담긴 서한을 보내기로 합의하였다. 그러면서 왕은 증인을 할리파에게 보내 라자브를 자신의 인도 및 그 주변지역 주재 대표로 임명한다는 사실을 증언하도록 하였다. 한편, 이쓰마일왕은 이집트의 수석샤이흐인 루크눗 딘 아즈미를 자신의 특사로 인도에 파견하였다.

샤이흐 라자브와 몇몇 수피파 인사들이 동행하였다. 일행은 페르시아해(만—옮긴이)에서 배편으로 우불라[163]를 떠나 호르무즈(Hormuz)에 이르렀다. 당시 페르시아의 쑬퇀은 꾸트붓 딘 탐타힌 투란 샤였다. 쑬퇀은 일행에게 수우(殊遇)를 베풀고 인도까지 가는 배편까지 마련해주었다. 일행이 칸바이트에 도착하자 샤이흐 싸이드가 마침 그곳에 와 있었다. 당시 그곳 아미르는 인도와의 친신인 마끄불 알 탈타키였다 샤이흐 라자브는  이 아미르를 만나자마자 "샤이흐 싸이드는 진심에서 당신한테 온 것이 아니며, 그가 끌고 온 도포라는 것도 아단('Adan)에서 산 것입니다. 그러니 당신이 그

161. 이슬람사에서 '계위제도(繼位制度)'나 '할리파의 직위'를 말한다. 원래 '힐라파'는 동사 '할라파'(Khalafa, 계승하다·계위하다)의 동명사다. 이 동사에서 파생된 '할리파'(al-Khalīfah)는 '계위자'란 뜻이다.

162. 본명은 이쓰마일 븐 무함마드 븐 깔라운(Ismāīl bin Muhammad bin Qalāwūn)이다. 이집트와 샴(현 시리아)에 건립된 깔라우니야조(al-Qalāwuniyah)의 왕으로서 별호는 '청렴한 왕'(al-Maliku'd ṣāliḥ)이다. 나쉬르왕의 아들로서 3년 남짓 집정하였다.

163. 티그리스강(지즐라Dijlah) 하구의 바스라시에 들어가는 해안가에 위치한 명소다. 자고로 세계의 지상낙원은 다마스쿠스의 원림(園林)과 발흐(Balkh) 강 그리고 이 우불라(al-Ubullah) 강이란 말이 있다.

를 만나보고 나서 훈드알람(쑬퇀)에게 보내야 할 것입니다"라고 말했다. 그러자 아미르는 그에게 말하기를 "샤이흐 싸이드는 쑬퇀이 존경하는 사람인 만큼 그의 하명이 없이는 이러한 일을 하지 않았을 것입니다. 아무튼 당신과 함께 그이를 쑬퇀에게 보낼 테니 쑬퇀의 의중을 알아보십시오"라고 하였다. 아미르는 이 모든 사실과 그 제공자를 쑬퇀에게 서한으로 상고하였다. 그러나 일단 공이 쑬퇀에게로 넘어가자, 사태는 달라졌다. 쑬퇀은 이제금방 샤이흐 싸이드를 잘 모시라고 하였는데, 라자브가 여러 사람이 보는 데서 엉뚱하게 이러한 말을 한 것을 못마땅하게 생각하였다. 그래서 라자브의 진현(進見)은 금지되고, 반면에 샤이흐 싸이드에 대한 대접은 더 후해졌다. 이집트의 수석샤이흐가 왕을 진현할 때 왕은 일어나서 그한테로 다가가서 포옹을 하고 예우를 갖추었다. 그후 진현할 때마다 왕은 일어나서 나오면서 반겼다. 샤이흐 싸이드는 인도땅에서 존경과 후대를 받다가 748년(1347)에 그곳을 떠났다.

내가 메카에 우거할 때, 거기에 하싼이라는 마그리브인 정신병환자가 있었다. 그는 정말로 기괴망측한 사람이다. 원래 그는 정신이 똘똘한 사람으로서 지고한 알라의 수혜자(受惠者) 아즈뭇 딘 아스바하니가 살아있을 때는 그의 하인이었다. 정신이상자인 하싼은 밤이면 영회를 수없이 많이 한다. 그는 영회 때면 역시 영회를 많이 하는 한 수행자를 보곤 하였다. 낮에는 그를 통 볼 수가 없다. 어느날 밤, 이 수행자는 하싼을 만났다. 그는 하싼의 근황을 묻고 나서 "하싼, 자네 어머니는 자네가 보고 싶어 눈물짓고 계시네"라고 하였다. 그의 어머니는 알라의 청렴한 비자(婢子)였다. "어머니가 보고 싶지 않는가?"라고 수행자가 묻자 하싼은 "보고 싶지요, 그러나 저로서는 볼 재간이 없습니다"라고 대답하였다. "다음날 이곳에서 다시 만나게, 인샬라." 수행자가 이 말을 하고는 헤어졌다.

다음날 밤은 바로 금요일 밤이었다. 하싼은 약속장소에 나타났다. 두 사람은 알라의 뜻에 따라 함께 석전을 영회하였다. 영회를 마치고 하싼은 이 수행자의 뒤를 따라 마알라문으로 갔다. 수행자는 그에게 두눈을 감고 자신의 옷자락을 꼭 잡으라고 하였다. 하싼은 시키는 대로 하였다. 한 시간 후에 수행자는 "당신이 제 고향은 알고 있겠지?"라고 묻자 "예, 알고 있지요"라고 대답하였다. 그러자 "여기가 바로 그곳이오"라고 하는 것이었다. 눈을 떠보니 바로 어머니 집 앞이었다. 얼른 어머니에게로 달려갔다. 어머니에게는 있은 일에 관해선 일절 이야기하지 않았다. 하싼은 어머니 곁에서 보름을 보냈다. 그의 고향은 아마 아씨피(Āsifi) 시라고 생각된다. 하싼은 집에서 나와 묘지로 갔다. 거기에서 동행한 그 수행자를 만났다. 그가 "어떻게 지내시오?"라고 묻기에 하싼은 "어르신, 샤이흐 나즈뭇 딘이 보고 싶습니다. 참 이례적으로 이 며칠 동안 그의 곁을 떠났습니다. 저를 그한테로 돌아가게 해주었으면 합니다"라고 말하였다. "암, 그렇게 하지." 그의 대답이다. 그리곤 어느날 밤 이 묘지에서 다시 만나기로 약속하였다.

그날 약속대로 만나자 메카—알라의 영광을—에서 한 대로 눈을 감고 그의 옷자락을 잡으라고 하였다. 그대로 하니 어느새 메카—알라의 영광을—에 와 있는 것이다. 수행자는 있었던 일에 관해 나즈뭇 딘에게는 아무것도 이야기하지 말라고 신신당부하였다. 물론 다른 사람에게도 마찬가지다. 하싼이 나즈뭇 딘을 찾아가자 그가 "하싼, 그간 보이지 않았는데, 어디에 갔었어?"라고 물었지만 사실을 말해주지 않았다. 그러나 끈질기게 캐묻기에 그만 실토하고 말았다. 그러자 샤이흐가 "그 사람 좀 보여주게"라고 요청하였다. 어느날 밤, 하싼은 수행자를 데려왔다. 수행자가 태연자약하게 샤이흐의 앞을 지날 때 "주인님, 이이가 바로 그분입니다"라고 하였다. 이 말을 들은 수행자는 손으로 하싼의 입을 찰싹 치면서 "말하지 말게, 알라께서 잠자코 있으라고 하셨네"라고 한마디 던졌다. 그러자 졸지에 하싼의 입은 벙어리가 되고 정신은 나가버렸다. 그후로는 실신하여 금사에 나와서는 부분세정이나 예배도 없이 밤낮으로 영회만 하고 있다.

사람들은 그의 영복을 빌고, 옷도 지어 입혔다. 하싼은 배고프면 솨파와 마르와 사이에 있는 시장에 가서는 아무 점포에나 들어가 마음대로 얻어먹곤 한다. 누구도 그를 막거나 외면하지 않는다. 오히려 먹어주면 장사가 잘되어 길상이 생긴다고 기뻐한다. 그가 장마당에 나타나기만 하면 장사꾼들은 저마다가 목을 길게 내빼고는 어서 와서 자기 것을 먹어달라고 야단이다. 왜냐하면 그들은 그로부터의 영복을 체험했기 때문이다. 그가 물을 마시고 싶어 나타나면 물장수들도 마찬가지다. 그는 728년(1327)까지 줄곧 이런 행세를 하였다. 그러다가 아미르 싸이풋 딘 얄말리크가 이곳에 성지순례를 왔을 때 그를 데리고 이집트로 돌아갔다. 그후로는 종무소식이다. 지고한 알라께서 그에게 편익을 내려주소서.

## 7. 성 메카와 그 주민들의 관행

메카 주민들의 관습으로는 관계당국으로부터 수위(首位)로 인정받는 샤피이야파 이맘이 우선적으로 예배를 근행한다. 그는 성소인 집우 이브라힘——그에게 평화를——의 거처 뒤, 즉 단아한 위장(圍障, al-Ḥaṭīm)이 있는 곳에서 예배를 한다. 메카사람들은 그의 교법을 따르고 있다. 위장은 사다리 모양으로 간격이 몇 완척 정도 되는 두 개의 나무대를 세워놓은 것이다. 맞은편에는 똑같은 두 개의 나무대가 세워져 있다. 나무대의 밑둥은 모두 석고 받침대에 박혀 있다. 나무대의 꼭대기마다에는 완목(腕木)을 덧대고 거기에 쇠갈고리를 박아 유리등잔을 걸어놓게 하였다.

샤피이야파 이맘의 예배가 끝나면 말리키야파 이맘이 예멘각우를 향한 벽감에서 예배를 한다. 때를 같이해, 한발리야파 이맘은 흑석과 예멘각우 사이의 지점을 향해 예배를 한다. 끝으로 하나피야파 이맘이 위장 밑에 있는 거룩한 홈통(al-Mizāb)을 향해 예배를 한다. 각파 이맘들은 그들의 벽감에 손수 촛불을 켜놓는다. 이러한 순으로 각파 이맘은 하루에 네 차례의 예배를 근행한다. 그러나 저녁예배만은 각파 이맘이 자기파 신자들과 함께 동시에 근행한다. 그러다보니 혼동이 일어나기 일쑤인데, 자칫 말리키야파 사람이 샤피이야파식 궤배를 잘못 따라할 수 있고, 그런가하면 하나피야파 사람이 한발리야파식 고수배(叩首拜, al-sujūd)를 잘못 따라할 수도 있다. 그래서 이러한 혼동을 피하기 위하여 저마다 자파를 부르는 무앗진의 소리에 귀를 기울이고 있다.

금요일이면 늘 길상스러운 강단(al-Minbar)을 흑석과 이라크각우 사이에 있는 성스러운 석전벽 곁으로 옮겨놓는다. 그러면 설교사는 존귀한 이브라힘 거처를 향해 서게 된다. 설교사는 매번 출두할 때면 으레 검정옷에 검은 터번을 쓰고 녹포(綠袍)[164]를 걸친다. 이것은 나쉬르왕식 옷차림이다. 아주 숭엄해보인다. 설교사는 두 무앗진이 치켜든 깃발 사이로 유유히 걸음을 옮긴다. 그의 앞에는 폭성(爆聲)채찍(al-farqa'h)을 손에 든 길잡이가 걸어간다. 그 폭성채찍이란 끝에 비비 꼰 가죽오리가 달린 막대기인데, 하늘에 대고 휘두르면 쩡쩡 울리는 소리가 난다. 금사의 내외에 있는 사람들은 이 소리를 듣고 설교사의 출두를 알아차린다. 설교사가 강단에 근접할 때까지 계속 이러한 소리를 낸다.

설교사는 흑석에 입을 맞추고 기도한 다음 강단으로 간다. 그의 앞에는 수석무앗진인 잠잠천 무앗진이 서 있는데, 그는 검은 의상을 입고 어깨에 받쳐든 검자루를 꽉 잡고 있다. 두 깃발은 강단의 좌우에 세워놓는다. 설교사가 강단의 첫계단에 올라섰을 때, 무앗진이 그에게 검을 넘겨주면 그는 검 끝으로 다들 들을 수 있도록 계단을 한번 두드린다. 둘째 계단에서도 한번, 셋째 계단에서도 또 한번씩 두드린다. 맨 위의 계단에 올라앉아서는 네번째로 또 한번 두드린다.[165] 이윽고 일어서서 석전을 향해 묵도(默禱)를

164. 아랍어로 '톼일라싼'(ṭailasān)이다. 이것은 재단이나 바느질을 하지 않고 겉에 걸치는 옷인데, 색깔은 녹색이다. 원래는 페르시아 의상으로서 주로 샤이흐나 학자들이 옷 위에 걸쳤다.

한다. 이어 사람들을 향해 좌우로 머리를 돌리면서 인사를 하면 사람들은 곧 답례를 한다. 그리고 나서야 정좌한다. 무앗진들은 잠잠돔 옥상에서 일제히 예배의 개시를 알리는 아잔(adhān)을 한다.

아잔이 끝나면 설교사가 한바탕 설교를 하는데, 내용의 대부분을 선지자──그에게 평화를──에 대한 기도다. 예컨대 그는 설교시 손가락으로 거룩한 석전을 가리키면서 "알라여, 이 석전을 영회하는 사람이면 누구나가 무함마드와 그의 권속을 위해 기도하게 해주소서"라고 말한다든가 "알라여, 아라파('Arafah)에 정립(停立)하는 사람이면 누구나가 무함마드와 그의 권속을 위해 기도하게 해주소서"라고도 말하곤 한다. 뿐만 아니라, 설교에서는 4대 할리파와 기타 성문도반들, 선지자──그에게 평화를──의 두 숙부,[166] 두 외손자와 그들의 어머니,[167] 그들의 외조모인 하디자──이들 모두에게 평화를──에게 영총이 있기를 기원한다. 그리고 나서는 나쉬르왕과 상승왕(常勝王) 유쑤프 븐 알리 븐 라쑬의 손자이자 지지받는 왕 다우드의 아들인 성전자 쑬퇀 누룻 딘 알리[168]를 위해 기도한다. 다음으로는 하싼 성예인 메카의 두 아미르 사이풋 딘 아퉈파와 아싸둣 딘 라미사를 위해 기도한다. 아퉈파와 라미사는 아부 나미 븐 아비 싸이드 븐 알리 븐 까타다의 두 아들이다. 아퉈파는 동생이지만 됨됨이 공정하기 때문에 명함이 서열상 형보다 앞선다. 그는 이라크 쑬퇀을 위해 한번 기도한 적은 있지만, 후에는 그만두었다. 설교가 끝나면 자리를 뜨는데, 두 깃발이 좌우에서 따르고 선두

165. 이슬람교법에 의하면 무력으로 정복한 곳에서는 금요집단예배시 설교사는 검을 잡고 강단에 서야 하며, 평화적으로 진출한 곳에서는 지팡이를 잡아야 한다. 메카는 비록 입성은 무혈의 평화적 방법으로 하였으나 이슬람대군의 진격 앞에서 이루어졌기 때문에 무력적 수복으로 간주되어 설교사들은 검을 휴대하는 것이다.

166. 두 숙부는 함자(Ḥamzah)와 압바쓰('Abbās)다.

167. 두 외손자는 제4대 할리파 알리의 두 아들인 하싼(Ḥasan)과 후싸인(Ḥusain)이고, 그들의 어머니는 파퉈마 자흐라(Fāṭimatu'd Zahrā')다.

168. 예멘의 루쑬리야조(al-Rusūliyah) 왕으로서 1322년에 즉위하였다. 그는 시인이며 학자였다.

에선 예배의 끝남을 알리는 폭성이 울린다. 그러면 강단은 존엄한 제자리에 돌아간다.

월초의 관행으로는 매월 초하룻날 메카 아미르가 관헌들의 호위하에 행차한다. 그는 흰 의상에 이마마를 쓰고 패검까지 하여 제법 숭엄한 모습이다. 위대한 이브라함 거처에서 2궤배[169]를 하고 흑석에 입을 맞추고 나서 7주(周)의 영회를 시작한다. 이때 수석무앗진은 잠잠돔 꼭대기에 서 있다. 아미르는 1주를 마치고서는 흑석에로 가서 입을 맞춘다. 그러면 수석무앗진은 큰소리로 그를 위해 기도하고 새달의 시작을 경하한다. 이어 아미르와 그의 거룩한 선조들을 찬송하는 시구를 읊는다. 이렇게 7주행사가 진행된다. 영회가 끝나면 아미르는 물타짐(al-Multazim)에서 2궤배를 한 후 위대한 거처 뒤에서도 2궤배를 하고 금사를 떠난다. 아미르는 어디에 출타하려고 하거나 출타에서 돌아오면 꼭 이러한 행사를 치른다.

7월에도 초승달[170]이 뜨면 메카 아미르는 북을 치고 나팔을 불게 하여 7월의 시작을 알린다. 초하룻날, 아미르는 말을 타고 나오는데, 유별난 대형을 지은 기병들과 남성들이 그를 수행한다. 모두들 무기를 휴대하고 손으로 무예를 보여준다. 기병들은 빙빙 돌다가 질주하고, 남성들은 깡충깡충 뛰다가 총기를 하늘로 던졌다가는 잡곤 한다. 참가자들 중에는 라미사와 아튀파 두 아미르와 함께 그들의 아들들과 관헌들이 있다. 예컨대 무함마드 븐 이브라힘과 솨비흐의 두 아들인 알리와 아흐마드, 알리 븐 유쑤프, 아미룻 샤르끄, 만수르 븐 오마르, 무쌀 마즈라끄, 기타 하싼의 주요 후예들과 유명 관헌들이다. 그들은 손에 깃발이나 북, 다바디브(al-dabādib)[171]를 들

169. 무슬림들이 행하는 예배의 한 동작으로서 땅바닥에 두 무릎을 꿇고 앉아 하는 예배다.

170. 초승달(al-hilāl)은 이슬람의 한 상징물이다. 달빛을 등대삼아 길을 떠나야 하는 사막인들에게 있어서 어두운 그믐을 뒤로 하고 빠끔히 떠오르는 초승달은 희망이며 길잡이나 다름없다. 오늘 이슬람 여러나라의 국기나 휘장 등 상징물에 초승달이 그려져 있는 것은 바로 이러한 이유에서다.

고 있으며, 모두의 모습은 자못 정중하고 숭엄하다.

행렬은 수계지까지 이른다. 거기로부터는 약정된 대형을 지어 금사로 돌아온다. 전술한 관행대로 아미르는 석전에서 영회를 하고 무앗진은 잠잠돔 정상에 올라가 아미르가 한번씩 영회할 때마다 그를 위해 기도를 한다. 아미르는 영회가 끝나면 물타짐에서 2궤배를 하며 위대한 거처에서는 예배를 하고 나서 땅을 쓰다듬는다. 그리곤 손에 검을 든 채 관헌들의 호위 속에 말을 타고 '질주처'에 갔다가 저택으로 돌아간다. 사람들에게 있어서 이날은 일대 가절(佳節)로서 서로가 앞다투어 가장 멋진 옷을 입고 나선다.

메카인들은 7월의 옴라를 더없이 흥겹게 경축한다. 경축행사는 밤낮으로 이어진다. 한달 내내, 특히 1일과 15일, 27일은 오로지 믿음으로만 가득 차 있다. 그들은 며칠전부터 행사준비를 한다. 나는 마침 27일[172] 밤행사를 목격하였다. 메카의 거리는 온통 고급 비단이나 마포천을 씌운 승교[173]로 꽉 메웠다. 승교마다 최선을 다해 꾸며졌다. 낙타는 비단목걸이를 둘렀고 승교의 씌우개는 땅바닥에 스칠 정도로 길게 드리워서 마치 세워놓은 돔과도 같다. 사람들은 탄임 수계처까지 몰려간다. 건고(乾固)한 메카의 천곡(川谷)에 승교의 홍수가 물결친다. 길 양옆에는 불을 지펴놓고 승교의 앞에는 촛불과 횃불을 켜놓고 나아간다. 사위의 군산(群山)은 사람들의 환호갈채에 그 낭랑한 메아리로 화답하니 실로 심금이 울리고 감읍(感泣)을 금할 수가 없다.

옴라를 근행하고 석전에서 영회를 한 다음, 밤이 좀 지나서는 쏴파와 마르와 사이의 질주처로 간다. 질주처는 등불로 환하고 사람들로 만원이다. 여성들은 승교를 타고 질주한다. 금사는 현란한 불빛으로 번쩍인다. 사람들

171. 북의 일종이다.

172. 7월 27일은 선지자 무함마드가 621년에 야행승천(夜行昇天, al-Mi'rāj)한 날로서 기념일이다.

173. 승교(乘轎, haudaj)는 낙타 등에 올려놓는 가마로서 주로 여성들이 사용한다.

은 이 옴라를 '소구(小丘)옴라'(al-'Omratu'l Akmiyah)라고 한다. 왜냐하면 그들은 알리[174]——그에게 알라의 영총을——가 세운 사원에서 지척에 있는 아이샤——그녀에게 알라의 영총을——사원의 소구 곁에서 수계(受戒)하기 때문이다. 이 옴라는 다음과 같은 사건에서 연유한다. 즉 압둘라 븐 주바이르[175]가 신성한 석전의 개축을 끝냈을 때 메카 주민들과 함께 맨발로 걸어나오면서 옴라를 근행하였다. 그날이 바로 7월 27일이다. 그는 이 소구까지 걸어와서 수계를 하고 사니야툴 하준(Thaniyatu'l Ḥajūn)에서 마알라 문으로 들어가는 길로 돌아갔다. 이 길은 무슬림들이 메카를 수복할 때 걸어 들어온 길이기도 하다. 그리하여 이 옴라는 오늘까지도 메카인들에게는 하나의 정통교법(al-Sunnah)으로 남아 있다.

압둘라시대에는 메카의 성예들과 능력자들은 거룩한 석전을 집우 이브라힘——그에게 기도를——시대의 그것과 같게 개축할 수 있도록 보우해주신 알라께 감사하기 위하여 살찐 낙타를 희생물로 잡아 여러 날 동안 사람들에게 식찬으로 제공하였다고 한다. 이븐 주바이르가 피살되자 하자즈[176]는 석전을 헐어서 꾸라이시시대의 건물 모양새로 되돌려놨다. 사실 꾸라이시인들이 석전을 제대로 건설하기에는 역부족이었다. 사자——그에게 평화를——도 알라를 불신하는 시대적 불운을 감안해 그대로 방치하였다. 후일 할리파 아부 자아파르 만수르는 압둘라 때의 건물대로 복구하려고 하였다.

174. 제4대 정통할리파 알리다.

175. 압둘라 븐 주바이르(Abbu'l Lāh bin Zubair, 622~92)는 용감한 기사로서 다마스쿠스의 우마위야조를 반대하여 683년에 메디나에서 할리파로 자임하고 메카의 석전을 개축하였다. 우마위야조 군사와의 격전중 메카에서 전사하였다.

176. 본명은 하자즈 븐 유쑤프 븐 하큼(al-Ḥajāj bin Yūsuf bin al-Hakm, 665~714)으로서 사끄프(al-Thaqf) 족 출신의 모략에 능한 한 장령이고, 달변의 설교사이기도 하였다. 우마위야조 제5대 할리파 압둘 말리크('Abdu'l Malik, 재위 685~705)의 명령에 따라 대군을 이끌고 히자즈(al-Ḥijāz, 현 싸우디아라비아)에 진출하여 압둘라 븐 주바이르와 그 일파를 살해하고 메카와 메디나, 따이프(al-Ṭāif) 그리고 후에는 이라크까지의 아미르를 역임하였다. 와씨트시를 건설하고 그곳에서 사망하였다.

그러나 말리크—그에게 알라의 자비를—는 "신자들의 수령이시여, 석전을 군주들의 노리개로 만들지 마십시오, 군주들이란 마음만 먹으면 제멋대로 뜯어고치기도 하니까"라고 하면서 복구를 거부하였다. 이런 사정으로 인해 할리파는 그만 손을 놓고 말았다.

바질라(Bajīlah),[177] 자흐란(Zahrān),[178] 가미드(Ghāmid)[179] 등 메카 부근 지역 주민들은 열성적으로 7월의 옴라에 참가한다. 그들이 메카에 식량, 유락(乳酪), 꿀, 건포도, 기름, 감복숭아 등을 가져옴으로써 메카의 물가는 내려가고 살림은 넉넉해지며 여러가지 복지는 늘어난다. 사실 이러한 지역 주민들의 지원이 없으면 메카인들의 생활은 어려울 수밖에 없을 것이다. 그런데 만일 그네들이 자기 고장에만 눌러앉아 식량을 가져오지 않으면 영락없이 그 고장에는 한재가 들고 가축들은 죽어버린다. 그러나 반대로 식량을 메카에 조달하면 그 고장은 풍성해지고 길상이 현현(顯現)하여 재화가 늘어난다. 그래서 만일 식량조달기가 왔는데도, 남정네들이 게으름을 피우면 부녀자들이 모여서 그들을 쫓아내다시피 한다. 이것은 지고한 알라가 베푸는 온정이며 안태지지(安泰之地)인 메카에 대한 배려다.

바질라, 자흐란, 가미드와 기타 부족들이 섞여사는 싸루(al-Sarū)[180]는 땅이 기름지고 포도가 많으며 곡물이 풍성하다. 주민들은 모두가 말주변이 있고, 심지가 성실하여 신앙심도 깊다. 그들은 일단 석전에서 영회를 하기만 하면 정말로 몸을 던져 석전에 바싹 다가붙어 휘장에 매달려서는 그야말로 그 절절함에 심장이 부서지고 목석도 눈물을 흘리게 하는 그러한 애틋한 기도를 한다. 그들이 두 손을 벌리고 진심으로 기도하는 모습은 쉬이

177. 까흐톼니야(al-Qahṭāniyah) 부족의 안마르(Anmār) 가문의 후예다.
178. 아씨르('Asīr) 지방의 가장 큰 부족 중 하나로 유씨(Yūsī), 쌀림(Salīm) 등 5대 가문으로 나뉜다.
179. 서쪽으로 자흐란(Zahrān) 족과 경계하고 있는 큰 부족으로서 퇴이프로 가는 길이 이들의 거주지를 지나간다.
180. 예멘의 하미르족이 사는 지방이다.

볼 수 있다. 다른 사람들은 그들과 함께 영회하거나 흑석에 입맞춤을 할 수가 없다. 왜냐하면 그들이 너무나 극성스럽게 하기 때문이다.

그들은 나즈드(Najd)[181]의 용사들로서 가죽옷을 입는다. 그들이 메카에 온다고만 하면 연로의 아랍 원주민들은 그들의 선결대만 봐도 지레 겁을 먹고서는 감히 범접하지 못하고 슬슬 피한다. 그러나 그들과 함께 지내본 길손치고 그들의 두터운 우정을 칭찬하지 않는 사람이 없다. 선지자——그에게 평화를——도 그들에 관해 언급하면서 찬양했다고 한다. 그는 "그들에게 예배를 가르쳐주라, 그러면 그들은 당신들에게 기도를 가르쳐줄 것이다"라고 말하였다. 다음과 같은 선지자——그에게 평화를——의 말에 그들이 포함되었다는 것만 해도 그들에게는 영광이 아닐 수 없다. 즉 "신앙심은 예멘인의 것이고, 지혜도 예멘인의 것이다"라는 말. 오마르의 아들 압둘라——그들에게 알라의 영총을——는 그들의 영회시간을 염탐했다가 그들 속에 끼여 그들의 기도로 영복했다고 한다. 그들의 행동은 매사가 특이하다. 한 고적(古跡)에는 이렇게 씌여 있다. "영회할 때면 그들 속에 끼여들지어다. 천은(天恩)이 그들에게 한껏 쏟아지니깐."

메카인들에게 있어서 8월의 반야(半夜)는 거룩한 밤이다. 그들은 이 밤에 기꺼이 영회와 집단적 및 개별적 예배 그리고 옴라 등 여러가지 선행을 행하고 있다. 그들은 집단적으로 금사에 모이는데, 집단마다에는 인솔자가 있어 등잔불이나 등불, 횃불을 켜놓는다. 달빛처럼 환한 그 불빛으로 인해 천지가 휘황찬란하다. 그속에서 1백번 궤배를 하는데, 매번 궤배할 때마다 『꾸란』의 개경장(Ummu'l Qurān)과 이흘라쓰(al-Ikhlās)[182]장을 각각 열 번씩 반복 송독한다. 어떤 사람은 개별적으로 흑석이 있는 데서 예배를 하고,

181. 현 싸우디아라비아왕국의 중부지역으로서 117만㎢의 면적에 인구 약 450만 명이 거주하고 있다. 중심지는 현 싸우디아라비아왕국의 수도인 리야드(al-Riyād)다. 왕국의 건립에 결정적 역할을 한 와하비야파(al-Wahabiyah)가 바로 이곳에서 출현하였다.

182. 『꾸란』 112장.

또 어떤 사람은 성스러운 석전에서 영회를 한다. 그런가하면 어떤 사람은 나가서 옴라를 하기도 한다.

금식월[183]에 초승달이 뜨면 메카 아미르 저택에서는 북과 다바디브를 치고 금사에서는 초석(草席)을 새로 바꾸고 촛불과 횃불을 더 많이 켜면서 경축행사가 시작된다. 그러면 금사는 금새 불빛으로 반짝이고 대낮처럼 환히 밝아진다. 이맘들은 샤피이야파, 한발리야파, 하나피야파, 자이디야파(al-Zaidiyah)[184]로 나뉘어 행사를 이끌고 있다. 그러나 말리키야파 사람들은 4명의 독경사 주위에 모여서 그들이 돌아가면서 독경하는 것을 들으며 촛불도 켜놓는다. 금사 내의 어느 모퉁이에서든 여럿이 모여 독경하고 예배하지 않는 곳이 없다. 그리하여 온 금사는 독경사들의 낭랑한 목소리로 진감하고 사람들은 감격에 겨워 눈물을 흘린다. 홀로 영회하고 흑석에서 예배하는 사람도 있다.

샤피이야파 이맘들이 가장 진지하다. 관행상 그들은 20궤배[185]의 정상적인 타라위흐(al-Tarāwiḥ)를 끝내고는 이맘이 사람들과 함께 영회를 한다. 7주(周)영회가 끝나면 위에서 이야기한 바와 같이 금요일에 설교사 앞에서 나는 그러한 폭성채찍이 터진다. 이것은 다시 예배를 한다는 신호다. 그래서 이어 2궤배를 한 다음 7주의 영회를 한다. 이렇게 다시 20궤배를 마치는 것이다. 끝으로 우수배와 기수배[186]를 하고는 모두 헤어진다.

다른 파 이맘들은 통상적인 행사 외에는 아무것도 더하지 않는다. 봉재식(封齋食)시간이 되면 잠잠의 무앗진이 금사의 동쪽 각우에 있는 첨탑에

183. 금식월에 관해서는 1장 주88 참고.

184. 쉬아파의 한 지파이지만, 그들이 주장하는 교리나 교법은 오히려 정통파(쑨나, al-Sunnah)의 교리와 교법에 가깝다. 그리하여 4대 정통법학자들과 함께 메카의 금사에서 금식월 행사를 치르는 것이다. 자이디야파에 관해서는 이 장 주85 참고.

185. 20배 궤배를 하는데, 2배를 한 단위로 하고 매 4배마다 잠깐 휴식한다. 휴식할 때는 집단적으로 『꾸란』을 송독한다. 이 예배는 『꾸란』에 규정된 것이 아니라 선지자 무함마드의 행위를 따라 하는 '성행배'(聖行拜, Ṣalātu'd Sunnah)에 속한다.

186. 우수배(偶數拜, 샤파 al-shaf')는 일반적으로 근행하는 2배, 4배를 말하고, 기수배(奇

서 봉재식 예고를 주관하는데, 그는 기도하고 염송하면서 봉재식을 독려한다. 다른 첨탑들에서도 무앗진들이 서로 화답하면서 이런 일을 한다. 모든 첨탑의 꼭대기에는 끝에 완목(腕木)이 달린 나무막대기가 하나씩 있는데, 거기에 불이 켜져 있는 큰 유리등잔 두 개가 걸려 있다. 새벽이 가까워오면 등불이 하나씩 꺼지고 등이 내려진다. 그러면 무앗진들은 서로가 맞받아서 예배시간을 알리는 아잔을 한다. 메카——알라의 영광을——의 집들에는 모두 평대(平臺)가 있다. 아잔 소리가 들리지 않을 정도로 집이 멀리 떨어져 있는 사람은 위에 말한 두 유리등잔불을 보면서 봉재식을 한다. 등불이 보이지 않으면 곧 먹기를 단념한다.

금식월 하순 10일간의 기수일(奇數日) 밤에는 『꾸란』을 완독하는데, 이 완독행사에는 법관과 법학자들, 요인들이 참석한다. 통상 마지막 완독자는 메카의 한 요인의 아들이다. 이 완독자에게는 비단으로 단장된 강단이 마련된다. 그러면 그는 촛불을 켜고 설교를 한다. 설교가 끝나면 그의 아버지는 사람들을 초대하여 여러가지 음식과 당과류로 대접한다. 어느 기수일 밤이나 할 것 없이 이런 행사가 계속 벌어진다. 그러나 가장 융숭한 밤은 27일 밤으로 이날밤 경축행사는 그 어느날 밤 행사보다도 융숭하다. 그날밤에는 거룩한 이브라힘 거처 뒤켠에서 『꾸란』을 완독하며, 샤피이야파 위장 맞은편에는 위장과 연결되는 굵은 나무대를 세워놓는데, 그 사이에는 3층으로 된 긴 판자를 얹고 그 위에 초와 유리등잔을 올려놓는다. 실로 현란한 불빛에 눈이 어지러울 지경이다.[187]

이맘은 앞장서서 마지막 야간 법정배[188]를 올리고 나서는 '까드르장'(Sūratu'l Qadr)[189]을 송독하기 시작한다. 이로써 전날 밤부터 이어온 이

數拜, 와트르watr)는 3배를 말한다. 기수배는 주로 저녁예배 이후의 예배에서 행 한다.

187. 봉재식(封齋食, suḥūr)은 금식월 기간에 새벽 마지막으로 하는 식사를 말한다.

188. 법정배(法定拜, Ṣalātu'l Farīḍah)란 『꾸란』에 명문으로 규정된 예배를 말한다. 즉 금요일 집단예배와 매일 5회의 예배다.

맘들의 독경은 끝난다. 이때면 모든 이맘들은 이브라힘 거처에서의 완독을 존숭(尊崇)하여 타르위흐를 중단하고 영복코자 이곳의 완독행사에 참석한다. 끝으로 이맘이 머리를 좌우로 돌리면서 두 번 문안(al-Taslīmah)을 하고 거처를 향해 일어나서 설교를 한다. 설교가 끝나면 이맘들은 제자리에 돌아가 예배를 계속하고 사람들은 헤어진다. 29일 밤 말리키야파 예배처에서도 완독행사가 치러진다. 간략하고 허식이 없지만 엄숙하다. 경전을 완독하고 설교를 한다.

통상적인 성지순례월의 첫달인 10월에 메카사람들은 초승달이 뜨는 밤에는 금식월의 27일 밤처럼 횃불을 지피고 등불과 촛불을 켠다. 모든 첨탑은 사방에 등불을 켜놓으며 금사의 평대와 아비 까비쓰산 정상에 있는 사원의 평대에도 등불을 밝힌다. 무앗진들은 타흘릴(al-Tahlīl)[190]과 타크비르(al-Takbīr),[191] 타쓰비흐(al-Tasbīḥ)[192]로 온밤을 지새우고 사람들은 영회와 예배, 염송과 기도로 이 밤을 보낸다. 새벽예배를 하고나서는 명절을 쇨 채비를 한다. 그리곤 가장 좋은 옷을 꺼내 입고 서둘러 성스러운 금사에가서 자리를 잡는다. 성사말고는 더 좋은 곳이 없기 때문에 이왕이면 그곳에 가서 명절예배를 한다.

맨 처음으로 금사에 가는 사람은 샤이브(al-Shaib) 족들이다. 그들이 성스러운 석전의 문을 여는데, 족장은 문지방에 앉고 여느 사람들은 그의 앞에 앉아서 메카 아미르가 오기를 기다렸다가 그를 맞이한다. 아미르는 7주의 영회를 하고 잠잠의 무앗진은 관행대로 잠잠돔의 평대에 올라가 소리높여 아미르를 찬양하고 그와 그의 형을 위해 기도한다. 이윽고 두 폭의 검은 깃발 사이로 설교사가 등장한다. 검은 의상을 입은 그의 앞에는 폭성채

189. 『꾸란』 97장.
190. '오직 알라만이 신(주)이다'(Lā Ilāh Illal Lāh)라는 찬사다.
191. '알라는 가장 위대하다'(Allāh Akbar)라는 찬사다.
192. 알라에 대한 일반적인 찬사다.

찍을 잡은 사람이 선도한다. 그는 거룩한 거처 뒤에서 예배를 하고서 강단에 올라가 멋진 설교를 한바탕한다. 설교가 끝나면 사람들은 서로서로 인사하고 악수하며 관서(寬恕)를 빈다. 그러면서 성스러운 석전으로 가서 한 패씩 그 안으로 들어간다. 여기서 나와서는 성문도반과 선현들로부터 영복 코자 마알라문에 있는 묘지로 간다. 성묘를 마치곤 헤어진다.

11월 27일에는 석전——알라께서 더 많은 찬미를——의 휘장을 한 길 반쯤 걷어올린다. 이것은 사람들이 몰래 휘장에 손대는 것을 막기 위해서다. 이것을 석전수계(石殿受戒, Iḥrāmu'l Ka'bah)라고 한다. 성스러운 금사에서 이날은 일대 가일(佳日)이다. 이날로부터 아라파('Arafah)에서의 정립(停立, al-Waqfah)이 끝날 때까지 성스러운 석전은 폐문된다.

12월 초하루에는 아침 저녁으로 예배시간이면 길상스러운 행사를 알리기 위하여 북과 다바디브가 울린다. 이러한 일은 아라파트산[193]에 오를 때까지 줄곧 계속된다. 12월 7일이 되면 설교사는 낮예배 후에 능변적인 설교를 하면서 사람들에게 성지순례의 의식과 정립날짜를 알린다. 8일에는 아침 일찍이 미나에 간다. 이집트와 샴, 이라크에서 온 아미르들과 학자들은 이날밤을 미나에서 보낸다. 이집트와 샴, 이라크 사람들 사이에는 서로가 촛불을 멋지게 켜놓았다고 뽐내며 자랑하지만 샴사람들이 늘 한수 위다. 9일[194]에는 아침예배를 마치고 미나에서 아라파로 가는데 도중에 무핫씨르(Muḥassir) 계곡을 지난다. 이때는 모두들 질주하다시피 한다. 이것은 일종의 전통관행이다.

무핫씨르 계곡은 무즈달파와 미나의 경계점이다. 무즈달파는 두 산 사이에 있는 넓은 평지로서 주변에는 자아파르 븐 아비 자아파르 만수르의 딸

193. 아라파트산에 관해서는 2장 주132 참고.

194. 공식적인 성지순례는 매해 이슬람력 12월 9에서 12일까지 진행된다. 이 기간에 의무적으로 수행해야 할 의식으로는 4가지로 수계, 석전 영회, 아라파트산에서의 정립, 쇼파산과 마르와산 간의 질주다.

이며 신자들의 수령인 하룬 라쉬드의 처인 자비다가 세운 여러개소의 공방(工房)과 저수지가 있다. 미나와 아라파 간의 거리는 5마일이다. 미나와 메카 간의 거리도 5마일이다. 아라파에는 아라파와 잠아(Jam'),[195] 마슈아르 하람[196]의 세 가지 명칭이 있다. 아라파트는 상당히 넓은 평지인데, 그 주위는 많은 산으로 에워싸여 있다. 평지의 끄트머리에 라흐마(al-Raḥmah)[197] 산이 있다. 이 산과 그 주위가 바로 정립처(停立處, al-Mauqif)다. 이 산에 이르기 1마일 전쯤 되는 곳에 두 개의 표석(標石)이 있는데, 이것은 비수계(非受戒, al-Ḥall, 즉 자유)와 수계(受戒, al-Ḥarām)의 분계점이다. 아라파로 가는 길에 있는 이 표석 가까이에는 아르나('Arnah) 사하(沙河)의 하상(河床)이 나타나는데, 선지자——그에게 평화를——는 이곳을 피하라고 하였다. 사실 이곳은 해질 때까지는 조심해야 하고 절대로 서둘러서는 안된다. 낙타꾼들은 간혹 많은 사람들을 사촉해서 돌아올 때 붐비는 것을 피한답시고 이 하상으로 유인해갈 수 있는데, 이렇게 되면 반드시 순례에는 차질이 생기게 마련이다.

위에 말한 라흐마산은 산이라곤 전혀 없는 잠아평지의 한가운데 홀로 우뚝 서 있다. 이 산은 통돌이 아니라 쇄석(碎石)들로 이루어져 있다. 산정에는 움무 쌀마[198]——그녀에게 알라의 영총을——가 세운 돔이 있으며, 그 중앙에 사원이 있는데, 늘 예배자들로 붐빈다. 사원의 주위에는 널찍한 평대가 있어 아라파트평지를 부감할 수 있다. 사원 내의 석전을 향한 벽에는

195. 아랍어로 '사람들이 모이는 곳'이란 뜻이다.

196. 마슈아르 하람(al-Mash'aru'l Harām)이란 아랍어로 '의식을 치르는 신성한 곳'이란 뜻이다.

197. 아라파트산 북측에 있는 높이 30m의 돌산으로서 632년 선지자 무함마드가 순례시 고별연설을 한 곳이다.

198. 움무 쌀마(Ummu Salmah, ??~641)는 이지적인 미모의 걸출한 여성 성문도반이다. 아부 쌀마와 결혼한 후 이혼하고 선지자 무함마드와 재혼하였다. 그녀는 636년 8월에 있은 아랍군과 비잔띤군 간의 야르무크(Yarmūk) 전투에도 참전하였으며 387개의 성훈(聖訓 al-Ḥadīth)을 전하였다.

벽감이 있다. 여기에서 사람들은 예배를 근행한다. 석전을 향한 산 좌측 산기슭에는 아담――그에게 평화를――이 세웠다는 고택(古宅)이 있다. 그 왼쪽에는 선지자――그에게 평화를――가 정립했던 바위가 있다. 그 주변에는 수조(水槽)와 심정(深井)이 있다. 라흐마산 부근에는 정오와 신시(申時)에 이맘이 서서 설교하는 곳이 있다. 두 표석을 향해 오는 길 왼쪽에는 아라크(Arāk) 계곡이 있다. 거기에는 푸른 아라크나무가 지면에 길게 뻗어 있다.

정립처에서 떠나는(al-nafr)[199] 시간이 되면 말리키야파 이맘은 손짓하며 섰던 자리에서 내려온다. 그러면 사람들은 한꺼번에 자리를 뜨는데, 그 위용에 대지와 산악이 진감한다. 얼마나 거룩한 정립처인가, 얼마나 장엄한 장면인가, 사람들의 마음은 시종 선종(善終)을 기대하고 은택을 갈구하나니, 실로 우리는 알라의 영총을 한몸에 받아안은 사람들이다. 나의 첫 정립은 726년(1325)의 어느 목요일이었다. 당시 이집트의 성지순례단 단장은 나쉬르왕의 대표인 아르군 다와다르였다. 그해에는 단장 아들 아부 바크르의 부인인 나쉬르왕의 딸이 순례에 왔다. 또한 훈다라는 나쉬르왕의 황후도 순례를 하였다. 그녀는 싸라와 하와리즘의 쑬퇀 무함마드 우즈바크의 딸이다. 샴의 성지순례단 단장은 싸이풋 딘 주반이었다.

해진 후에 정립처에서 떠났기 때문에 마지막 밤예배 때에야 무즈달파에 도착하였다. 우리는 알라의 사자――그에게 평화를――의 선례를 따라 무즈달파에서 아침예배를 마치고 일찌감치 그곳을 떠나 마슈아르 하람에서 정립하고 기도를 한 다음에 미나에 이르렀다. 무핫씨르계곡을 제외하고는 무즈달파 전체가 정립처라고 해도 과언이 아니다. 이 계곡에서는 빠른 걸음으로 빠져나왔다. 대부분 사람들은 무즈달파로부터 즐겨 작은 돌멩이를

199. 나프르(nafr)란 성지순례시 아라파트산에서 정립의식을 마치고 그곳을 떠나는 것을 말한다.

가지고 오는데, 흔히들 하이프(al-Khaif) 사원 근처에서 줍는다.

미나에 도착해서는 곧바로 아깝바(al-'Aqbah)에 가서 돌을 던지고 온다. 그러고 나서는 희생물을 도살하고 이발을 한다. 이때면 여성과 향로로 접근하는 것 외의 모든 일이 다 허용된다. 마지막으로 추가영회를 한다. 돌은 희생물을 도살하는 날 해뜰 무렵에 던진다. 이렇게 돌을 던지고 난 후에 희생물을 도살하고 이발한 후에 영회를 한다. 그런데 어떤 사람은 다음날까지 남는다. 둘째 날에는 해질 때 첫 투석장(投石場)에서 돌멩이 7개를 던진다. 중간 투석장에서도 마찬가지다. 일찍이 사자——그에게 평화를——가 한 대로 사람들은 이 두 투석장에서 정립해서 기도를 한다. 셋째 날이 되면 모두들 49개의 돌멩이를 다 던지고 나서는 서둘러 메카——알라의 영광을——에 들이닥친다. 극성스러운 사람들은 도살일이 지났는데도 3일씩이나 남아서 70개의 돌멩이를 던지고 온다.

도살일에 이집트순례단으로부터 성스러운 석전에 휘장(揮帳)을 보내왔다. 우선 그 휘장은 석전 위에 놓아두었다가 도살일 후 셋째날에 샤이브인들이 씌운다. 휘장은 마포를 안감으로 댄 칠흑색 비단천으로서 한쪽 맨 위에는 다음과 같은 구절을 흰 글씨로 수놓았다. "알라께서는 석전을 예배하는 금방(禁房, al-Baitu'l Ḥarām)으로 만드셨다."[200] 다른 쪽에도 모두 『꾸란』의 경구를 흰 글자로 수놓았는데, 검은 바탕에 흰 글자가 어울려 유난히 밝은 빛을 발하고 있다. 휘장은 치고 나서 사람들의 손이 닿지 못하도록 말아올린다. 나쉬르왕 본인이 거룩한 석전의 휘장문제를 관장하고 금사 내의 법관과 설교사, 이맘, 무앗진, 역원(役員), 안내원들의 봉급과 금사가 필요한 초나 기름을 매해 보내온다.

이 며칠 동안 석전은 이라크인이나 후라싼인 등 이라크순례단과 함께 오는 사람들을 위해 매일 개방한다. 그들은 샴과 이집트순례단이 돌아간 후

200. 『꾸란』 5장 97절.

에 메카에 나흘간 묵으면서 우접자들을 비롯해 여러 사람들에게 연조(捐助)를 많이 한다. 어느날 밤 나는 그들이 석전에서 영회하는 것을 봤다. 거기서 그들은 우접자나 메카인을 막론하고 만나는 사람에게 은이나 천을 연조한다. 심지어 성스러운 석전을 참관하는 사람들에게도 마찬가지다. 간혹 자는 사람이 있으면 그의 입가에 금이나 은을 놔두는 통에 잠을 깨우는 경우도 있다. 728년(1327)에 내가 이라크에서 그들과 함께 순례하러 올 때에도 역시 그들은 이러한 연조를 많이 했다. 연조를 너무나 많이 한 나머지 메카의 금값이 내려가기도 하였다. 금으로 연조를 많이 한 까닭에 1미스깔[201]의 금값이 단번에 18디르함까지 떨어진 일이 있다. 728년 순례 때 이라크순례단 성원들은 강단과 잠잠돔에서 이라크왕인 쑬퇀 아부 싸이드의 어휘(御諱)를 거명한 바 있다.

## 8. 성 메카에서 성스러운 나자프까지

나는 바로 12월 20일 이라크순례단 단장인 바흘라완 무함마드 후와이흐를 따라 메카를 떠났다. 그는 마우쉴[202] 출신으로서 샤이흐 샤하붓 딘 깔란다르가 사망한 후로는 성지순례단 인솔을 도맡고 있다. 샤하붓 딘은 쑬퇀으로부터 대단한 존경을 받는 구덕(具德)한 샤이흐다. 그는 깔란다리야파(al-Qalandairyah)식 대로 수염과 눈썹을 다듬고 있다. 내가 바흘라완 단장을 따라 메카——지고한 알라의 영광을——를 출발할 때, 그는 나를 위해 바

201. 미스깔에 관해서는 이 장 주43 참고.
202. 마우쉴(al-Mauṣil, 즉 모슬)은 이라크의 관문도시로서, 여기서 후라싼이나 아제르바이잔(Adharbaijān)으로 가는 길이 시작된다. 티그리스강가에 있으며, 그 맞은편 동쪽에 니네베(Nīnawā)가 있다. '마우쉴'이란 아랍어로 '연결지'란 뜻인데, 아라비아반도와 이라크를 연결하는 곳, 혹은 티그리스강과 유프라테스강을 연결하는 곳이라는 데서 유래했다고 한다.

그다드의 한 구역에 집을 빌린 뒤 그 임대료는 자기 돈으로 치르며, 자기의 가까이에 있게 하겠다고 했다.

우리는 고별영회를 마친 후 메카를 떠나 맛르(Marr) 계곡에 이르렀다. 우리 일행에는 이라크인, 후라싼인, 페르시아인, 외방인 등 실로 그 숫자를 헤아릴 수 없으리만큼 많은 사람들이 들어 있었다. 대지는 인해(人海)로 물결치고 행렬은 마냥 뭉게구름처럼 유유히 움직이고 있다. 무슨 용무가 있어 대열에서 떨어질 때 자리표시라도 해두지 않으면 워낙 사람이 많기 때문에 허둥지둥 헷갈리기 일쑤다. 이 순례단에는 과객(過客)에게 물을 공급하기 위한 운수대(運水袋)뿐만 아니라, 연조용(捐助用) 식량과 환자들을 위한 약품과 음료, 설탕을 운반하는 낙타도 많이 있었다. 순례단이 한곳에 도착하기만 하면 '두쑤트'(dusūt)라는 큰 구리솥에 음식을 지어서 과객이나 식량이 없는 사람들을 대접한다. 또 순례단에는 걷지 못하는 사람들을 태워주는 비상용 낙타도 여러 마리 있다. 이 모든 것은 쑬퇀 아부 싸이드가 베푸는 연조이고 은택이다.[203] 이 순례단에는 심지어 풍성한 시장과 갖가지 훌륭한 생활도구 그리고 각종 식품과 과실이 준비되어 있다. 그들은 밤이면 움직이는데 낙타대 앞에는 횃불을 켜 든 한 무리가 걸어간다. 그래서 한밤의 대지이지만 불빛이 현란하게 번쩍여서 마치도 환한 대낮 같다.

우리는 맛르계곡을 지나 오쓰판('Osfān)에 그리고 이어 할리스(Khaliṣ)에 도착하였다. 여기로부터 4구간[204]만에 싸마크(al-Samak) 계곡에 이르렀고, 다시 5구간을 가니 바드르(Badr)가 나타났다. 이 구간에서는 하루에 두

203. 이븐 주자이는 아부 싸이드(Abū Sa'īd)의 칭호에 관해 다음과 같이 이야기하고 있다. "알라께서 이 고귀한 칭호를 하사하셨나니, 이 얼마나 놀라운 융은(隆恩)인가. 우리의 주공(主公)은 연조(捐助)의 바다요, 인의(仁義)의 기수다. 그이가 바로 무슬림들의 수령인 아부 싸이드다. 그는 불신자들을 진압하고 이슬람을 위해 무슬림들의 수령인 아부 유쑤프의 원수를 갚았다. 알라께서 그들의 고귀한 영혼을 신성시하시고 최후심판의 날까지 그들의 왕위가 계승되도록 하시기를 기원하는 바이다."

204. 구간(marḥalah)이란 대상이나 순례자들이 대체로 하루 답파할 수 있는 거리다. 그러나 간혹 물 공급이나 휴식여건 등에 따라 그 거리는 신축성이 있다.

번씩 알라에 대한 찬미를 표했는데, 한번은 아침예배 후에, 다른 한번은 저녁예배 때다. 바드르를 떠나 도착한 곳은 쏴프라(al-Ṣafrā')다. 우리는 거기서 하루를 쉬었다. 여기로부터 성 메디나까지는 3구간의 노정이다. 쏴프라를 떠나 알라의 사자——그에게 평화를——의 도시인 똬이바(Ṭaibah)[205]에 도착하였다. 우리는 다시 한번 사자——그에게 평화를——의 성릉을 참배하게 되었다. 메디나——지고한 알라의 존대를——에서 6일간 머문 다음 3구간치 음료수를 장만하고는 길을 떠났다.

일행은 메디나를 출발해 3번째 구간인 아루쓰(al-'Arūs) 계곡에 도착하였다. 거기서는 소택지(沼澤池)에서 나오는 물을 받는데, 땅을 좀 파기만 하면 어느 정도 맑은 물을 얻을 수 있다. 이 계곡을 떠나서 들어선 곳은 나즈드(Najd) 땅이다. 이곳은 일망무제한 넓디넓은 평지다. 욱렬(郁烈)한 향기가 코를 찌른다. 이땅에서 4구간을 답파하고 아씰라(al-'Asīlah)라는 우물가에 이르렀다. 다시 여기로부터 간 곳은 나끄라(al-Naqrah)라는 우물가다. 이곳에는 큰 수조의 흔적이 남아 있다. 이어 우리는 까루라(al-Qarūrah)라는 우물가에 도착하였다. 여기에는 자아파르의 딸 자비다——그녀에게 알라의 자비와 편익을——가 축조했다고 하는 용수지(用水池)가 있는데 빗물이 꽉 차 있다. 이곳은 나즈드땅의 중심부로서 지대가 넓다. 미풍이 솔솔 불고 공기가 맑으며 토질도 좋고 사시장철 온화하다. 까루라를 떠난 우리는 하지르(al-Ḥājir)에 이르렀다. 이곳에도 여러개의 용수지가 있기는 있는데, 말라버린 것을 다시 넓고 둥글게 웅덩이를 파서 물을 저장한 것 같다. 계속해서 일행은 쑤마이라(Sumairah)에 도착하였다. 이곳은 꽤 넓은 저지대인데 사람이 사는 보루 비슷한 것이 하나 있다. 우물에 물은 많지만 짠물이다. 원주민 아랍인들이 이곳에 양이나 버터, 젖을 가져와서는 성지순례자들과 거래하는데, 천과만 바꾸지 다른 물건과는 일절 거래를 하지 않는다.

205. 메디나 부근에 있는 읍으로서 대추야자나무와 농산물이 많으며 샘도 있다. 메카를 성지순례하러 가는 길가에 있어서 선지자 무함마드도 일찍이 이곳을 지나갔다.

이곳으로부터 우리는 이른바 '뚫린 산'(al-Jabalu'l Makhrūq)에 이르렀다. 산은 황야에 우뚝 서 있는데, 산 꼭대기에는 바람으로 인해 뚫린 몇 개의 구멍이 있다. 이어 우리는 쿠라계곡에 닿았는데, 이곳에는 물이 없다.

쿠라로부터 밤길을 걸어 새벽녘에 파이드(Faid)[206] 보(堡)에 도착하였다. 이 보루는 평원에 있는 큰 성보로서 주위는 성벽으로 에워싸여 있고, 부근에는 관상(關廂)도 있다. 주민은 아랍인들로서 성지순례자들과의 교역으로 살아가고 있다. 이라크로부터 메카——지고한 알라의 영광을——로 가는 순례자들은 이곳에 도착하면 일부 식량을 맡겨두고 갔다가 돌아올 때 다시 찾아가곤 한다. 이곳은 메카로부터 바그다드로 가는 길의 꼭 절반에 있다.

여기로부터 쿠파(Kūfah)[207]까지는 12일간의 노정인데, 여러 곳에 용수지가 있어 다니기가 퍽 편리하다. 통상 순례단은 전투준비를 단단히 하고 이곳으로 들어간다. 그것은 그곳에 몰려 있는 토착아랍인들에게 위협을 주어 순례단에 대한 그들의 음해욕을 사전에 차단하기 위해서다. 거기서 우리는 파야드와 지야르라고 하는 두 아랍 아미르를 만났다. 그들은 역시 아미르

206. 메카에서 이라크의 쿠파로 가는 길의 중간 지점에 있는 자그마한 읍이다. 성지순례자들은 유량(留糧)이나 무거운 짐들은 일부를 덜어 이곳 사람들에게 맡겼다가 돌아올 때 찾아간다. 보관물 중 약간을 보관료로 주는데, 이것을 '파이드'(수익)라고 한다. 여기에서 이 고장이름이 유래했다.

207. 이라크의 가르발라(Gharbalah) 주에 있는 이슬람의 고도다. '쿠파'란 아랍어로 '둥근 사구(砂丘)' '모이는 곳'이란 뜻이며, 고대 나바튀야어(al-Nabaṭiyah)로는 '붉은 모래'란 뜻이라고도 한다. 이라크의 바스라(al-Baṣrah)에 이은 두번째의 이슬람 군영도시로서 639년에 제2대 정통칼라파 오마르의 명에 따라 유프라테스강 서안에 건설되었다. 제4대 정통칼라파 알리 때에는 수도로서, 그리고 그후에는 쉬아파의 근거지로서 반우마위야조운동의 아성이기도 하였다. 우마위야조 때에 쉬아파의 반발을 평정한 후에는 이라크 북부와 아제르바이잔 등지로 진출하는 전초기지 역할을 하였다. 압바쓰조 때는 바그다드가 수도로 건설됨에 따라 쿠파의 성세는 점차 퇴색하기 시작하였다. 그러나 바스라와 더불어 여전히 아랍어문법학·꾸란학·성훈학·법학·사학 등의 방면에서 이슬람학문의 중심지의 하나로 이슬람문화의 형성·발전에 지대한 기여를 하였다. '쿠파체'란 아랍어서체로 이곳에서 창제되었다.

였던 마흐나 븐 이싸의 두 아들이다. 두 사람이 끌고 온 인마(人馬)는 헤아릴 수 없이 많았다. 그러나 그들은 순례자나 여행자들을 보호하고 보살펴 주는 호의를 표하였다. 아랍인들이 낙타와 양을 끌고 왔기에 재력껏 구입할 수가 있었다.

파이드보를 출발해서 도착한 곳은 아즈파르(al-Ajfar)다. 여기는 두 연인 자밀과 바시나[208]로 유명한 곳이다. 이곳에 이어 바이다(al-Baidā')와 자루드(Zarūd)에 도착하였다. 자루드는 유사(流砂)로 이루어진 평지인데, 그곳에는 성보 비슷한 것으로 에워싸인 작은 집들이 여러 채 있다. 우물물은 감수(甘水, 마실 수 있는 물—옮긴이)가 아니다.

이어 사알라비야(al-Tha'labiyah)에 도착하였다. 이곳에는 폐허가 된 보루가 하나 있고, 그 맞은편에는 굉장히 큰 용수지가 있다. 계단을 밟고 내려가보니 빗물이 괴어 있는데, 순례자들용으로는 충분하다. 많은 아랍인들이 이곳에 모여들어서는 낙타, 양, 버터, 우유 같은 것을 판다. 여기서 쿠파까지는 3구간 노정이다.

이어 일행이 도착한 곳은 도중 명소인 마르줌(al-Marjūm)[209] 못이다. 길가에는 큰 돌더미가 있는데, 지나가는 사람마다 그곳에 돌을 던진다. 전하는 바에 의하면, 피석격자(被石擊者, marjūm)는 한 배교자(背敎者, rāfiḍiy)로서 순례단과 함께 성지순례를 떠났다. 길에서 그와 터키 정통파 간에 언쟁이 발생했는데, 그는 일부 성문도반들을 마구 욕질하는 것이었다. 그래서 이들 터키 정통파들이 그를 돌로 쳐죽였다. 이곳에는 아랍인들의 집이 많다. 그들은 순례단에게 버터나 우유 같은 것을 가지고 와서는 판다. 여기에는 순례자용으로는 넉넉한 큰 용수지가 하나 있다. 자비다——그녀에게 알

208. 본명은 자밀 븐 압둘라 븐 무함마드(Jamīl bin 'Abdu'l Lāh bin Muhammad, ??~701)로서 꾸돠아(al-Quḍā') 족 출신의 저명한 애정(愛情)시인이다. 그는 동족의 바시나(Bathīnah)란 처녀를 사모하여 애틋한 사랑이 깃든 시를 많이 썼다.

209. '돌에 맞아 죽은 (사람)'이란 뜻이다. 초기 이슬람법에서는 배교자에 한해 돌로 쳐죽이는 이른바 '석격형(石擊刑)'이 유행했다.

라의 자비를—가 축조한 것이다. 메카로부터 바그다드로 가는 노상에 있는 용수지나 우물은 모두 그녀—그녀에게 알라의 시복과 보상을—가 남겨놓은 고귀한 족적이다. 이 길에 대한 그녀의 배려가 없었던들 그 누구도 이 길을 다녀갈 수가 없었을 것이다.

마르줌못을 떠나서는 마슈꾸끄(al-Mashqūq)라는 곳에 이르렀다. 여기에는 많은 감수가 괴어 있는 두 개의 용수지가 있다. 사람들은 여기서 남은 물을 버리고 새물을 채운다. 계속해서 우리는 타나니르(al-Tanānīr)라는 곳에 들렀는데, 여기에도 물이 가득 찬 용수지가 몇 개 있다. 이어 자말라(Zamālah)[210]에 있는 바위를 지났다. 자말라는 인가가 있는 마을로 아랍인들의 궁전도 하나 있다. 또 용수지 두 개가 있고, 우물도 많아서 도중의 한 음료수 공급처로 되고 있다. 다음으로 이른 곳은 역시 용수지 두 개가 있는 하이사민(al-Haithamīn)이다. 이곳을 출발한 우리는 '마귀의 돔'(Qubbatu'd Shaiṭān)이라는 산길 어구에 당도하여 하루 머물렀다. 이튿날 이 산길에 올랐는데 사실 이번 길에는 이 길 말고는 별다른 난행길은 없었다. 그러나 이 산길도 별로 험하거나 길지는 않았다. 이곳을 빠져나와서 이른 곳은 와끼솨(Wāqiṣah)라는 고장이다. 거기에는 큰 궁전과 여러개의 용수지가 있고, 아랍인들이 살고 있다. 여기는 여로의 마지막 음료수 공급처다.

여기를 지나서 쿠파까지는 유프라테스강의 수리공사를 제외하고는 이렇다할 음료수 공급처가 더는 없다. 여기서 많은 쿠파사람들은 돌아오는 순례자들을 맞이하는데, 그들은 밀가루나 빵, 건대추야자, 과실 따위를 가지고 와서는 서로가 무사히 다녀옴을 축하하고 있다. 이어 용수지가 하나 있는 루라(Lūrah)와 세 개가 있는 마싸지드(al-Masājid)란 곳을 지나 꾸룬탑(Manāratu'l Qurūn, 뿔탑이란 뜻—옮긴이)이라는 곳에 도착하였다. 탑은 거친

210. 야꾸트(Yaqūt)의 저서 『제국사전』(諸國事典, *Mu'jamu'l Buldān*)에는 '주발라'(Zūbālah)로 표기되어 있다. 쿠파에서 메카로 가는 도중 와끼솨와 사알라비야(al-Tha'labiyah) 사이에 있는 읍으로서 거기에는 시장이 있다.

황야에 우뚝 솟아 있는데, 탑신에는 영양(羚羊)의 뿔이 걸려 있고 그 주변에는 인가라곤 없다. 다음으로 당도한 데는 오자이브(al-'Odhaib)[211]란 곳인데, 비옥한 계곡으로 사람도 살고 있다. 그러나 그 주변은 아득히 넓은 꽤 기름진 허허벌판이다.

마지막으로 우리는 까디씨야[212]에 도착하였다. 이곳에서는 일찍이 페르시아인들을 격파한 유명한 전투가 있었다. 이 전투에서 알라에 의해 이슬람교의 위력이 발휘되었으며 배화교(拜火敎)의 조로아스터인(al-Majūs)들에게 치욕을 안겨줌으로써 재기 불능으로 만들었을 뿐만 아니라 아예 그들을 발본색원(拔本塞源)하였다. 당시 무슬림들의 아미르는 싸이드 븐 아비 와까스[213]——그에게 알라의 영총을——였다. 원래 까디씨야는 싸아드——그에게 알라의 영총을——가 정복한 대도시였다. 그러나 파괴되어 지금은 하나의 큰 읍 수준이다. 거기에는 대추야자수 원림과 유프라테스 강물을 이용한 수리시설이 있다.

211. 까디씨야와 마기사(al-Maghīthah) 사이에 있는 읍인데, 까디씨야까지는 4마일, 마기사까지는 32마일이다. 타밈(Tamīm) 족들이 사는 계곡으로서 쿠파 성지순례자들의 체류지다.

212. 까디씨야(al-Qādisiyah)는 쿠파에서 15파르싸흐 거리에 있다. 여기에서 635년의 유명한 까디씨야전투가 벌어졌다. 제2대 정통할리파 오마르가 파견한 이라크원정군 총사령관 싸아드 븐 아비 와까스의 지휘하에 아랍군이 사산조 페르시아군을 이곳에서 격파하고, 이어 사산조의 수도를 공락하였다.

213. 본명은 싸아드 븐 아비 와까스(Sa'd bin Abī Waqāṣ, 605~75)로서, 그는 이라크를 정복한 아랍군 총사령관이다. 메카 꾸라이시족의 주흐라가문 출신으로서 선지자 무함마드의 메카시대부터 성문도반이었다. 제2대 정통할리파 오마르는 635년에 그를 이라크에 대한 아랍원정군의 총사령관으로 임명하였다. 그해 그는 까디씨야에서 사산조 페르시아군을 격파하고 사산조의 수도 그데시폰을 함락하였으며 남부 이라크에 군영도시 쿠파를 건설하였다. 그는 이 도시의 초대 아미르였다. 제3대 정통할리파를 선출하는 6인장로회의 일원으로 지명되었으나 고사하고 은퇴하였다.

제4장

# 이라크와 페르시아

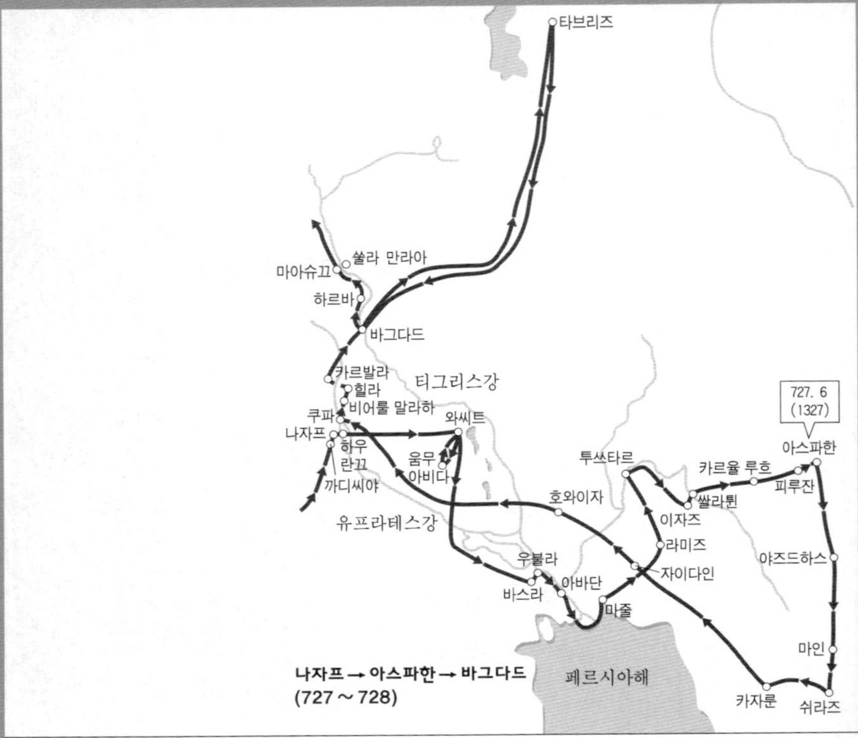


**나자프 → 아스파한 → 바그다드**
**(727 ~ 728)**

**바그다드 → 마리딘 → 쿠파**

# 제4장 이라크와 페르시아

## 1. 성스러운 나자프[1]

우리는 까디씨아를 출발하여 알리 븐 톼리브[2]——그에게 알라의 영총을——순교지인 나자프(al-Najaf)에 도착하였다. 나자프는 넓고 튼튼한 지반 위에 있는 도시로서 무척 아름답고 인구도 많으며 건물도 정교한 도시의 하나다. 시내에는 깨끗하고 풍성한 시장이 여러개 있다. 우리는 하드라(al-Ḥaḍrah) 문으로 입성하였다. 들어서자마자 맞닥뜨린 것은 야채시장과 요리사들, 빵굽는 사람들, 과실시장 그리고 재봉사들과 상점들, 향료시장 등이다. 이어 나타난 곳은 알리——그에게 평화를——의 묘소가 있다고 하는 하드라다. 그 맞은편에는 여러 개소의 마드라싸와 자위야가 있는데, 건물은 이를 데 없이 우아하고 담벽은 우리네의 자기(瓷器)타일(zulaij)과 비슷한

1. 나자프는 이슬람교 쉬아파의 성지 중 하나다. 이라크 중부, 유프라테스강 서안의 산기슭에 있는 도시로서 쿠파에 가깝다. 시 중심에 있는 사원 내에 제4대 정통할리파 알리의 묘가 있어 쉬아파의 순례성지다.
2. 제4대 정통할리파로서 그에 관해서는 1장 주174 참고.

유약을 바른 자기타일(qāshānī)로 축조했지만 색깔은 더 선명하고 조각성도 더 뛰어나다.

하드라문으로 들어가면 큰 마드라싸에 이른다. 쉬아파 학생들과 수피인(al-Ṣufiyah)들이 거기에 투숙하고 있다. 이 마드라싸에 오는 사람은 3일간 매일 두 끼씩 빵과 고기, 대추야자를 대접받는다. 이 마드라싸로부터 돔(qubbah) 문으로 들어가는데, 문앞에는 수위와 감독 그리고 태감(太監)들이 앉아 있다. 손님이 오면, 그의 신분에 따라서 한 사람 혹은 전체가 일어나서 맞이한다. 그리곤 손님과 함께 문지방에 서서는 그를 위해 허락을 청하여 이르기를 "신자들의 수령이시여, 당신의 하명을 대령합니다. 이 빈천한 노복이 성릉(聖陵)에 진배(進拜)할 것을 바라옵거늘, 당신께서 허락하시면 그렇게 할 것이고, 불허하면 물러날 것입니다. 그러나 설혹 그가 부적격한 자라고 하더라도 당신은 너그러우시고 감싸주시는 분이 아니십니까!"라고 한다. 그리고 나서는 은으로 된 문지방과 문에 입맞춤하라고 한다. 이어 돔으로 들어간다.

돔 안은 비단 같은 여러가지 주단을 쭉 깔아놓았으며, 크고 작은 금은제 등잔들이 걸려 있다. 돔 한가운데는 네모난 목판 평대가 있는데, 아주 정밀하게 다듬은 금박이 씌워져 있고, 은못으로 단단히 박아놓았다. 온통 금박을 씌워놓아서, 목판을 전혀 알아볼 수가 없다. 평대의 높이는 한 길도 채 안된다. 평대 위에는 묘가 3기 있는데, 한 기는 아담(Ādam)——그에게 평화를——의 묘, 다른 한 기는 노아(Nūh)——그에게 평화를——의 묘 나머지 한 기는 알리——그에게 지고한 알라의 영총을——의 묘라고 한다. 묘사이사이에는 금은제 대야가 여러개 놓여 있다. 그속에는 장미수와 사향, 각종 향수가 들어 있다. 방문객들은 영복코자 그속에 손을 잠깐 넣어 물을 찍어내서는 얼굴에 바르곤 한다. 돔에는 또하나의 문이 있는데, 문설주는 은으로 만들었다. 이 문에는 채색 비단 휘장을 씌웠다. 여기서 사원으로 간다. 이 사원은 우아한 주단을 깔았고, 벽과 천장은 비단으로 덮었다. 사원에는 모두 4개의 문이 있는데, 문설주 역시 은으로 만들고 비단천을 씌웠다. 이 도시 사람들은 전체가 라피뒤야파(al-Rāfiḍiyah)다.

이 묘소는 그속에 알리—그에게 알라의 영총을—의 묘가 있기 때문에 상당한 존엄성을 지니고 있다. 예컨대 7월 27일 밤을 그들은 '소생의 밤'(Lailatu'l Muḥyā)이라고 하는데, 이날밤에는 이라크나 후라싼[3], 페르시아 지역,[4] 룸 등지에서 앉은뱅이들이 이 성소에 온다. 그들은 30,40명씩 모여서는 마지막 저녁예배가 끝나면 일어설 수 있으리라고 고대하면서 성묘(聖墓)를 향해 예배하고, 염송하고, 독경하고, 참배를 한다. 자정이나 4경(更)쯤 되면 그들 모두는 마치 성한 사람들처럼 아무런 불편없이 냉큼 일어나서 "알라 외에는 신은 없다. 무함마드는 알라의 사자이며, 알리는 알라의 수혜자(受惠者)다"라고 말한다. 이것은 널리 알려진 사실로서 나도 믿을 만한 사람한테서 들은 바 있다. 나는 이날밤에 참석하지 못하였다. 그러나 뒤야프(al-Ḍiyāf) 마드라싸에서 앉은뱅이 세 사람을 알았는데 첫번째 사람은

3. 이란 동북부의 한 주로서 주의 수부는 마슈하드(Mashhad)다. 역사적으로 보면, 대체로 현 아프가니스탄의 힌두쿠시산맥 이북지방과 투르크메니아공화국을 포함한 지역을 지칭한다. 이슬람 초기에는 동서로는 이란의 대사막 이동에서 힌두쿠시산맥까지, 남북으로는 힌두쿠시산맥 이북에서 아무다리아 이남까지의 지역을 망라하였다. 역사상 주요한 도시로는 마슈하드 외에 니싸부르(Nisābūr), 말브(Malv), 하라(Harāh, 헤라트) 등이 있다. 이 지역은 651년에 이슬람 동정군(東征軍)에 정복되어 그 치하에 있다가 우마위야조 말기에는 이슬람주둔군이 이곳에서 아부 무슬림의 지휘하에 압바쓰조 창건운동의 봉화를 들었다. 9세기에 이란문화부흥운동이 일어나면서 압바쓰조의 중앙집권체제가 붕괴되자 이곳에 연이어 이란계 왕조인 톼히르조(al-Ṭahiriyah, 821)와 쏴파르조(al-Ṣafariyah, 867)가 출현하였다. 900년에는 싸만조(al-Samāniyah)에 병합되어 그의 보호하에 이란문화가 번성하였다. 그러나 994년에 가즈나조(al-Ghazna)에 다시 점령된 후에는 터키계 유목민의 지배하에 들어갔다. 1381년에 티무르에게 정복되어 하라가 이란 지배의 거점이 되었다. 1507년에는 일시 우즈베크족에게 점령된 적도 있다. 이렇게 후라싼은 씰크로드 오아시스 육로의 요지로서 역사상 '민족교착(交錯)의 십자로' 역할을 하였다.

4. '페르시아 지역'이란 대단히 넓은 지역을 포괄한다. 그 경계를 보면 이라크와는 아르잔(Arjān), 카르만(Karmān)과는 씨르잔(al-Sirjān), 인도양과는 씨라프(Sirāf), 인도(al-Sind)와는 마크란(Makrān)으로 경계를 이루고 있다.

룸땅에서, 두번째 사람은 아스파한(Aṣfahān)[5]에서, 세번째 사람은 후라싼에서 왔다. 그들이 오게 된 사정에 관해 물어봤더니, 그들은 '소생의 밤에는 그만 당도하지 못했다고 한다. 그들은 더 기다리거나, 아니면 다음에 다시 오겠다고 하였다. 이날밤에는 각지로부터 많은 사람들이 이곳에 모여들기 때문에 열흘 동안이나 큰 시장이 열린다.

이 도시에는 벌금징수원이나 세리[6], 시장 따위가 따로 없이 성예감독(Naqību'l Ashrāf)이 시정을 총관한다. 주민들은 각지를 누비는 행상들로서 용감할 뿐만 아니라 착하여 이웃끼리 해치는 일이 없다. 그들과 함께 동행한 바 있는데, 실로 그들의 정겨운 작반(作伴)을 찬양하지 않을 수 없었다. 그러나 그들은 알리——그에게 알라의 영총을——를 너무나 과신(過信)하는 성싶다. 이라크나 기타 지방 사람들은 병에 걸렸다가 낫기만 하면 꼭 이곳 성묘에 무언가 헌납하곤 한다. 만일 머리가 아팠다면 금이나 은으로 머리모양을 만들어서 성묘에 가져온다. 그러면 감독관은 그것을 창고에 넣어둔다. 그래서 손이나 발 같은 사지도 있다. 묘소의 창고는 굉장히 큰데, 그 안에 소장된 재화는 너무 많아서 이루 다 헤아릴 수가 없다.

성예감독은 이라크 국왕이 천거한다. 국왕은 그를 십분 신임하며 그의 지위는 상당히 높다. 여행시는 고위아미르의 예우를 받으며, 전용 깃발이 있다. 북을 갖춘 의장대가 조석으로 그의 저택 문앞에서 북을 친다. 그에게 시정(市政)을 위임했기 때문에 시장이 따로 없다. 쑬퇀이나 다른 사람을 위해 벌금을 징수하는 사람도 없다. 내가 이 도시에 갔을 때의 성예감독은 니좌뭇 딘 후싸인 븐 타줏 딘 알 아위였다. 그는 이라크령 페르시아의 아와('Awah) 지방 출신이며, 이 지방 사람들은 라피뒤야파에 속한다. 니좌뭇 딘 이전에는 몇몇 사람이 돌아가면서 감독을 맡았다. 그중에는 잘라룻 딘 븐

5. 아스파한(Aṣfahān, 혹은 아스바한 Aṣbahān)은 이란의 유명한 고도로서, 때로는 이 도시를 포함한 지역명으로도 쓰인다.

6. 세리(稅吏, makkās)란 화물의 판매세나 입시세(入市稅)를 징수하는 관리를 말한다.

파끼흐와 까와뭇 딘 븐 톼위쓰 그리고 나쉬룻 딘 무톽히르가 있다. 나쉬룻 딘은 이라크령 페르시아 출신의 청렴한 성예인 샴쑷 딘 무함마드 알 아우하리의 아들로서 지금은 인도땅에서 인도왕의 빈객(賓客)으로 있다.

성예감독 중에는 아부 가라 븐 쌀림 븐 마흐니 븐 자마즈 븐 쉬하 후싸이니 알 마다니가 있다. 당초 그는 신앙에 전심치지(專心致志)하고 학문을 탐구하는 사람으로 명성이 자자했다. 그가 성 메디나——알라의 축복을——에 있을 때는 사촌인 메디나 아미르 만수르 븐 자마즈의 곁에 있었다. 그러나 얼마후 메디나를 떠나 이라크에 정착해서는 병영에 기거하였다. 감독 까와뭇 딘 븐 톼위쓰가 서거하자 이라크인들은 그를 성예감독에 추대하기로 합의하고 쑬톼 아부 싸이드에게 이 사실을 서면으로 품고(稟告)하였다. 쑬톼은 이라크에서 행하는 감독천거의 의례대로 예복과 깃발, 북을 그에게 하사하였다. 그러나 아부 가라는 속세에 빠져 신앙과 금욕을 저버리고 재물을 마구 탕진하였다. 그의 이러한 행위가 쑬톼에게 상소되었다. 이 기미를 알아차린 아부 가라는 투쓰(Ṭūs)[7]에 있는 알리 븐 무싸 알라돠[8]의 묘소를 참배하는 척하고는 후라싼으로 급히 떠났다. 이것은 줄행랑을 치기 위한 구실이었다. 그는 알리 븐 무싸의 묘소를 참배하고는 곧바로 후라싼 지방의 맨 끝머리에 있는 하라[9]로 갔다. 그가 수행자들에게 인도지방으로 가려고 한다는 속내를 내비치자 그들 중 대부분은 그와 헤어졌다. 그는 후라싼 땅을 지나 씬드[10]에 도착하였다.

7. 후라싼에 있는 도시로 니싸부르(Nisābūr)와 10파르싸흐(약 60.24km) 거리에 있다. 예하에 톼바란(al-Ṭabarān)과 누깐(Nuqān) 두 읍을 두고 있다.
8. 본명은 알리 븐 무싸 카쥠 븐 자아파르 쏴디끄 아부 하싼(Alī bin Mūsā Kāẓim bin Ja'far Ṣadīq Abū Ḥasan)으로 별호가 라돠(Raḍā)다. 쉬아파에 속하는 12이맘파의 제8대 이맘으로서 사족(士族) 출신이다. 압바쓰조의 제7대 할리파 마어문(Ma'mūn, 재위 813~33)이 그에게 후계를 약속했으나 요절하였다.
9. 하라(Harāh, 헤라트)는 후라싼의 중심도시의 하나로서 이곳에서 많은 학자들과 현인들이 배출되었다. 화원이 즐비하고 물이 풍족하며 재원도 넉넉하다.
10. 씬드에 관해서는 1장 주69 참조.

아부 가라 일행이 반즈 아브(Banj Āb)라는 씬드의 한 계곡을 지날 때 북을 치고 나팔을 불자 마을사람들이 모여들었다. 그들은 몽골인들(al-Tatar)이 다시 들이닥친 것으로 알고 아우자(Aujā)라는 도시로 황급히 도망가서 아미르에게 들은 바를 알렸다. 아미르는 병사들을 동원해 전쟁 준비를 하고 선발대를 급파하였다. 그런데 선발대가 만난 것은 10명쯤 되는 기병과 몇몇 상인, 몇몇 남자들뿐으로 이들은 한 현귀를 모시고 오면서 북과 깃발을 들고 있었다. 사연을 물은즉, 이들은 이라크의 한 성예감독인 이 현귀가 인도왕에게 사절로서 이렇게 온다고 하였다. 선발대는 아미르에게 돌아가서 어찌된 영문인지를 알렸다. 이렇게 성예 아부 가라는 타국에서 자신의 표식(標識)을 내걸고 북을 울렸다가 괜히 뜻밖의 봉변을 당할 뻔하였다.

그가 아우자시에 들어가 얼마간 머무는 동안에도 조석으로 그의 거처 문앞에서는 북을 쳐댔다. 이 일만은 사뭇 열심이었다. 원래 그가 이라크에서 성예감독직을 맡고 있을 때도 그의 면전에서 항시 북을 치도록 했는데, 만일 고수(鼓手)가 멈추기만 하면 "고수여, 한번 더 치라!"고 이르곤 해서, 이것이 그의 별명이 되었다. 아우자시 시장은 성예 아부 가라의 도착과 그가 노상과 거처 문앞에서 조석으로 북을 치며 깃발을 올린다는 소식을 인도왕에게 서한으로 품고하였다. 인도인들은 통상 국왕이 하사한 것 외에는 깃발을 올린다든가, 북을 치는 일은 없다. 설혹 하사한 것이라도 여행 때만 올리고 친다. 아미르들의 집 문앞에서까지 북을 치는 이집트나 샴, 이라크의 경우와는 달리 인도에서는 특별히 왕을 제외하고는 집앞에서 북을 치지 않는다. 인도왕은 이 소식을 듣자 그의 행위를 심히 못마땅하게 여겼다.

때마침 카슐루 한(Khān) 아미르가 왕도로 출타중이었다. '한'은 최고위 아미르에게 붙여지는 칭호다. 카슐루 한은 인도의 수도 물탄(Multān)에 상주하고 있다. 인도왕은 그를 존대하여 '아저씨'(al-'Amm)라고 부른다. 왜냐하면 한은 왕의 선친인 쑬퇀 가야숫 딘 투글루끄 샤[11]를 도와 쑬퇀 나쉬룻 딘 하쓰루 샤를 타승하였기 때문이다. 그런 사람이 바로 왕도로 행차하기에 왕은 그를 출영(出迎)한 것이다. 그런데 공교롭게도 성예 아부 가라가 같은날 왕도에 도착하게 되었다. 아부 가라는 한보다 몇마일 앞서서 관행대로 북을 치면서 가다가 도중에 왕의 행렬과 마주쳤다. 아부 가라가 왕에게 다가가서 인사를 하자 왕은 안부를 묻고는 휴대한 것이 무엇인지 묻기에 사실대로 대답하였다. 왕은 카쉴리 한을 맞아서 함께 회도(回都)하였다. 왕은 아부 가라에게 어디에 머무르라고만 하고는 더이상 돌보지 않았다.

원래 왕은 왕도인 델리에서 40일 거리에 있는 다울라 아바드(Daulah Abād) 시에 가려고 하였다. 이 도시는 일명 카트카(al-Katkah), 혹은 둔자르(al-Dūnjar)라고도 한다. 왕이 출발할 때 아부 가라에게 모로코 금화로 환전하면 125디나르쯤 되는 500인도 디나르를 보냈다. 왕은 특사에게 이르기를 "아부 가라에게 전하되 귀국하려고 하면 이것이 유량(留糧)이고, 우리와 함께 동행하려고 하면 이것은 노자이고, 왕도에 눌러 있으려면 이것은 우리가 돌아올 때까지의 경비라고 하여라"라고 하였다. 이에 아부 가라는 좀 상심하지 않을 수 없었다. 그러나 왕의 이러한 언질은 그가 다른 사람에게 베푸는 것처럼 아부 가라에게도 베풀 수 있음을 시사하는 것이다. 그래서 그는 왕을 따라 떠나기로 하였다.

여로에서 아부 가라는 '지한선생'이라고 부르는 대신(大臣, Wazīr) 아흐마드 븐 아야쓰와 가까이 지냈다. '지한선생'이란 왕이 붙여준 이름인데, 그 자신은 물론 다른 사람들도 그렇게 부르고 있다. 그들은 관행상 일단 왕이 어떤 사람에게 '이마드'니 '시까'니 '꾸투브'니 '지한'이니 하는 이름을 붙여주면 왕은 물론 모든 사람이 그렇게 부른다. 다른 이름으로 불렀다가는 처벌을 받게 마련이다. 두 사람 사이에 정이 두터워지자 대신은 아부 가라를 잘 대해주었다. 급기야는 아부 가라의 위신도 추슬러져서 왕은 그의 의견까지

11. 인도의 이슬람왕조인 투글루끄조(1331~1412) 창건자(~1336)다. 아버지는 터키인이고 어머니는 인도 반즈 아브 출신이다. 델리를 수도로 하고 인도 서북부 일원을 통치하였으며, 치세시 행정개혁을 비롯해 여러 개혁조치들을 취하였다.

청취할 정도로 친절을 베풀었다. 그리곤 왕은 다울라 아바드시에 속한 두 개의 읍을 그에게 사봉(賜封)하고 그곳에서 살도록 하였다. 원래 이 대신은 사람 됨됨이가 인품이 있고 너그러우며 외방인을 사랑하여 그들에게 음식을 제공하고 자위야를 마련해주는 등 여러 선행을 베풀었다.

아부 가라는 이 두 읍에서 8년간 살면서 거부가 되었다. 그러자 그는 그곳을 떠나려고 하였지만 여의치 않았다. 왕에게 봉사하는 사람은 누구나가 왕의 허락이 있어야만 자리를 뜨게 되어 있다. 왕은 외방인을 좋아하기 때문에 좀처럼 놔주지 않는다. 그래서 해안으로 해서 도망칠 요량까지 했으나 감히 그렇게는 못하고 왕도로 상경하였다. 아부 가라는 대신에게 떠나게 해달라고 부탁을 드렸다. 그랬더니 대신은 자상하게 대해주고, 왕은 출국을 허락하면서 인도 금화로 1만 디나르를 하사하였다. 이것을 모로코 금화로 환전하면 2,500디나르다. 금화는 돈주머니(badrah)에 넣어가지고 왔다. 아부 가라는 거액의 금화를 거머쥔 것이 기쁘기는 하나, 주변 사람들이 손을 댈까봐 겁나서 잘 때면 깔개 밑에 깔고 그 위에서 자곤 하였다. 본시 그는 구두쇠였으니깐 그럴 법도 하다. 그러나 쇠붙이를 깔고 자다보니 그만 옆구리에 병이 생겼다. 그가 길을 떠났을 때는 병이 점점 더 심하여 바드라(al-Badrah)에 도착하자 20일 후에 그만 객사하고 말았다. 그는 임종하면서 그 금화를 성예인 하싼 자라니에게 맡겼다. 하싼은 전액을 델리에 사는 히자즈와 이라크 출신의 쉬아파인들에게 희사하였다. 인도사람들은 재물을 유산으로 물려주지 않으며, 외방인의 재물에 대해선 전혀 간여하지 않는다. 재물이 필요할 것도 같은데, 전혀 묻지를 않는다. 마치 쑤단(al-Sūdān) 사람들 같다. 그들도 금전에 관해서는 무관심하며 훔치는 일이란 없다. 그저 어른들에게서 필요한 만큼 타서 쓴다.

성예 아부 가라에게 까씸이란 형제 한 명이 있었는데, 가르나퇴에서 얼마간 살았다. 그는 메카 출신의 저명한 성예 아부 압둘라 븐 이브라힘의 딸과 결혼하였다. 후일 지브롤터(Jabal Ṭāriq)에 이주하여 살다가 하드라(al-

Khaḍrā') 섬의 쿠라(Kurah) 계곡에서 전사하였다. 그는 물불을 가리지 않는 대단히 용감한 사람이었다. 현지인들 속에서는 그에 관한 유명한 이야기들이 전해내려오고 있다. 그는 두 어린 아들을 남겨놓았는데, 그들은 카르발라(al-Karbalā') 출신의 유덕한 성예 아부 압둘라 무하마드 븐 까씸 븐 나피쓰 후싸이니의 품에서 자랐다. 마그리브에서는 이 성예가 이라끼(al-'Irāqī)라고 알려져 있다. 이 애들의 어머니는 남편이 전사한 후에 한 자선가——그녀에게 알라의 축복을——와 결혼하였다.

## 2. 나자프에서 바스라까지

우리가 신자들의 수령인 알리——그에게 평화를——의 묘소를 참배했을 때, 순례단은 이미 바그다드를 향해 떠났다. 나는 여러명의 하파자(Khafājah)족[12] 아랍인들과 함께 바스라로 갔다. 그들은 이곳 주민들로서 대단히 용감하고 위세도 어마어마하다. 그들의 동행 없이는 이곳을 여행할 수가 없다. 나는 그들 일행의 두령인 샤미르 븐 다라즈 알 하파지에게 부탁해 낙타 한 마리를 빌렸다. 우리는 알리——그에게 평화를——의 묘소를 출발하여 하우란끄(al-Khauranq)[13]에 이르렀다. 이곳은 마웃 싸마(Māu'd Samā') 족 출신의 한 왕[14]의 후예인 누아만 븐 문지르[15]의 고지(故地)다. 유

12. 아드나니야(al-'Adnāniyah) 부족의 한 지족(支族)이다.
13. 쿠파에 있는 한 지명이다. 원래 하우란끄는 룸사람인 누아만(Nuāmān)이 세운 궁전이름이었다.
14. 라흐미야조(al-Lakhmiyah)의 문지르 3세(505~54)를 말하는데, 보통 '마웃 싸마의 아들'로 알려져 있다. '마웃 싸마'(하늘의 물)는 그의 어머니 마리야의 별호다.
15. 이슬람 출현 이전의 몽매시대에 활동한 걸출한 군주로서 지략이 뛰어났다. 라흐미야조 문지르 3세의 세자로서 계위한 후 티그리스강 우안에 누아마니아(al-Nu'māniyah)시를 건설하였다. 나비가 주브얀 등 몽매시대의 시인들이 그에 관해 지은 찬양시들이 지금도 남아 있다.

프라테스강의 한 지류 강안에 펼쳐진 넓은 평야인 이 고지에는 건물들과 웅대한 돔의 잔해가 널려 있다.

이곳을 떠나 도착한 데는 까이물 와시끄(Qāimu'l Wāthiq)란 곳이다. 여기에는 폐허가 된 마을의 흔적과 앙상한 첨탑만 남아 있는 사원 자리가 있다.

이어 유프라테스강 강안을 따라 아자르(al-'Adhār)[16]란 곳에 이르렀다. 물속에 갈대숲으로 우거진 이곳에는 마아디(al-Ma'ādī)라는 아랍인들이 살고 있다. 그들은 라피뒤야파의 신봉자들로서 강도질을 일삼고 있다. 그들은 우리를 미처 따라오지 못한 일군의 수행자들에게 달려들어 신발과 동냥주머니까지 빼앗았다. 그들은 갈대숲 속에 웅거해서는 잡으러 오는 사람들을 막아내고 있다. 여기에는 사자가 많다.

우리 일행은 아자르로부터 3구간의 여로를 답파해 드디어 와씨트(Wāsiṭ) 시[17]에 당도하였다. 시가는 잘 구획되고, 화원과 수목이 즐비하다. 이곳에는 선행을 선도하고, 그래서 명망 높은 여러 명사들이 있다. 주민들은 훌륭한 이라크인들, 아니 단연코 가장 훌륭한 이라크인들이다. 대부분 사람들이 성 『꾸란』을 암송하고 있으며, 그 정확한 독성법이 실로 일품이다. 그래서 그것을 배우려고 이라크 각지로부터 사람들이 모여든다. 우리와 함께 온 대상 중에는 이곳에 있는 샤이흐들로부터 『꾸란』 독송법을 전수받으려고 오는 사람들도 있었다.

이곳에는 300개의 독방을 가진 큰 마드라싸 하나가 있다. 여기에는 『꾸란』의 독송법을 배우려고 온 외지인들이 기거하고 있다. 이 마드라싸는 샤이흐 타깟 딘 압둘 무하씬 알 와씨튀가 세웠는데, 그는 이 도시의 명류이자

16. 쿠파와 바스라 사이에 투푸프(al-Ṭufūf)로 가는 길목에 있으며, 이븐 오마르(Ibn 'Omar) 강쪽으로 가는 길이 나 있다.
17. 티그리스강 가에 있는 도시로서 703년에 하자즈가 건설하였다. 바스라와 쿠파 사이의 정중간에 있으며 이 두 도시까지의 거리는 각각 50파르싸흐(약 312km)다.

법학자로서 매 학생들에게 1년에 옷 한 벌과 일당 생활비를 지급한다. 뿐만 아니라, 그와 그의 형제들 및 친구들은 『꾸란』을 가르치기 위해 모두가 마드라싸에 합숙하고 있다. 내가 그를 만나자 그는 나를 초대하고 건대추야자와 금전을 선사하기도 했다. 우리가 와씨트시에 도착한 후 대상은 교역을 위해 교외에 3일간 묵었다. 이 기회를 타서 나는 움무 아비다(Ummu 'Abīdah)[18]라는 읍에 있는 선현(先賢) 아부 압바쓰 아흐마드 라파이[19]의 묘를 참배하였다. 이 읍은 와씨트에서 1일 거리에 있다. 나는 샤이흐 타깟 딘에게 안내해줄 사람을 보내달라고 부탁하였더니 아싸드(Asad)족 출신의 아랍인 3명을 보내와서 동행하였다.

나는 점심 무렵에 출발해 그날밤은 아싸드족들이 사는 천막에서 보냈다. 우리는 이튿날 점심 때에 루와끄(al-Ruwāq, 즉 자위야)에 당도하였다. 사실상 이 루와끄는 수천 명의 수행자들을 수용하는 숙관(宿館)이나 다름없다. 여기서 우연히 우리가 참배하러 온 선현 아부 압바쓰의 손자인 샤이흐 아흐마드 쿠자크를 만났다. 그는 고향인 룸지방에서 일부러 조부의 성묘를 위해 이곳에 왔다. 나중에 그는 이 루와끄의 샤이흐에 취임하였다. 신시예배가 끝나자 큰 북(ṭabl)과 방울북(daff)[20]의 소리가 일시에 울리더니, 수행자들이 춤을 추기 시작하였다. 저녁예배를 마치자 저녁상이 들어왔는데, 식단은 쌀빵, 물고기, 우유, 건대추야자다. 사람들은 어느새 훌떡 먹어치운다. 마지막 밤예배를 하고서는 염송을 하기 시작한다. 이때 샤이흐 아흐마드는 그의 조부가 쓰던 예배용 주단[21] 위에 앉아 있다. 배청(拜聽)을 하고 나서

18. 오늘은 샤이흐 아흐마드 라파이(al-Shaikh Aḥmad al-Rafā'ī)라고 한다.
19. 본명은 아흐마드 븐 알리 야하이 라파이 후싸이니 아부 압바쓰(1106~82)다. 그는 금욕주의 이맘으로서 라파이야(al-Rafa'iyah) 교단의 창시자다. 라파이야교단은 이슬람 수피파의 한 교단으로서 금욕적인 고행을 강조하고 살생과 폭력을 반대한다. 열광적인 종교의식이 특징인데, 경문을 송독할 때면 동그라미를 지어 격렬하게 도약하는 동작을 취한다. 원래 그 활동중심지는 이라크의 바스라였으나 후에 시리아와 이집트 등 여러곳으로 전파되었다.
20. 테두리에 방울이 달린 작은 손북이다.

는 마른나무 몇 단을 준비해가지고 와서 불을 지펴 활활 타도록 한다. 그리곤 불길 속에서 춤을 추는가하면, 어떤 자는 불길을 입으로 삼키기까지 하여 결국 불이 모두 꺼지고 만다. 이것은 그들의 전통놀이다. 이 따위는 아흐마디야파의 전속놀이인데, 어떤 자는 심지어 큰 뱀을 잡아서는 이로 대가리를 물어 자르기까지 한다.

한번은 내가 인도의 수도 델리에서 5일 거리에 있는 하자르 암루하(Hazār Amrūhā) 주의 아프까나부르(Afqānabūr)란 곳을 지나가다가 싸루(al-Sarū)라는 강가에 머물게 되었다. 당시는 '샤칼'(al-Shakāl) 계절이었다. '샤칼'이란 현지말로 혹서 때 내리는 '비'를 뜻한다. 마침 파라질(Farājil) 산에서 엄청난 물이 이 강으로 흘러들어가고 있었다. 그런데 빗물은 독초(毒草)를 씻어버리기 때문에 이 강물을 마시는 사람이나 가축은 영락없이 독사하곤 한다. 우리는 강가에 4일간이나 묵었지만, 강물에는 누구 하나 얼씬거리지 않았다.

그때 그곳에 수행자 한패거리가 왔는데 모두가 철제 목걸이와 팔찌를 하고 있었다. 두령은 칠흑색 얼굴을 한 남자인데, 그들은 하이다리야파(al-Ḥaidariyah)에 속한 사람들이다. 그들은 우리와 함께 하룻밤을 지냈다. 두령은 나에게 춤출 때 불을 지필 수 있도록 나무를 좀 가져다달라고 하였다. 그래서 나는 후술하겠지만, 보통 함마르(al-Khammār)라고 부르는 아지즈읍 읍장에게 나무를 가져다달라고 부탁하였다. 그랬더니 그는 족히 열 짐은 되는 나무를 가져왔다. 수행자들은 마지막 저녁예배를 마치고는 그 나무에 불을 놓았다. 삽시간에 불길이 확확 타오르자 그들은 잠자코 배청을 하는 것이었다. 이윽고 불길 속에 뛰어들어서 춤추고 뒹굴기도 한다. 두령이 나더러 적삼을 벗어달라고 하기에 대단히 조심스럽게 벗어주었더니 그

21. 예배용 주단(Sajjādatu'd Ṣalāh)이란 예배할 때 개인이 깔고 앉는 데 사용하는 주단을 말한다. 보통 혼자 깔고 예배할 수 있는 크기(100×50cm 정도)의 주단으로 예배시 본인이 휴대한다.

는 입고서 불 속에 뛰어들어 역시 뒹굴기도 하고 소맷자락으로 불길을 치기도 하니 불은 꺼지고 말았다. 그리고 나서는 나에게 적삼을 돌려주었는데, 불탄 흔적이란 조금도 없었다. 정말 그의 장기에 놀라움을 금할 수가 없었다.

나는 샤이흐 아부 압바쓰 라피이——그에게 알라의 복을——의 묘소를 참배하고 와씨트시에 돌아왔다. 그런데 내 동행자들은 이미 그곳을 떠나고 없었다. 서둘렀더니 얼마 안가서 그들을 따라잡았다. 우리는 하뒤브(al-Haḍib)라는 우물이 있는 곳에서 유숙하였다. 이어 물도 없는 쿠라 계곡을 지나 무샤이라브(al-Mushairab)란 곳에 도착해 하루 묵고, 여기를 출발해 바스라의 근처에서도 하룻밤을 지냈다.

새벽녘에 이곳을 떠나 드디어 바스라(al-Baṣrah)[22]에 도착하였다. 우리는 이곳에서 말리크 븐 디야르[23]의 숙관에 투숙하였다. 내가 바스라로 올 때 2마일쯤 떨어진 곳에서 마치 보루같이 높은 건물이 보이길래 물었더니 알리 븐 아비 탈리브——그에게 알라의 영총을——의 사원이라고 하였다. 원래 바스라는 넓고 훤한 곳에 자리하고 있었으며, 그 한가운데에 이 사원이 있었다. 그러나 지금은 시에서 2마일이나 떨어져 있다. 마찬가지로, 이 사원은 제1성벽으로부터 2마일 거리에 있다. 그렇게 보면 사원은 시와 제1성벽 중

22. 이라크의 유명한 이슬람 도시로서 현재의 주바이르(al-Zubair)다. 즉 본래는 현 바스라의 서남부 교외에 있는 항만도시였는데, 12세기에 지금의 위치로 옮겼다. 바스라는 이슬람 최초의 군영도시로서 638년 할리파 오마르의 명에 의해 건설되었다. 정통할리파시대와 우마위야조시대에는 후라싼이나 중앙아시아를 정복하는 전초기지였으며, 이라크의 정치·경제·문화 중심도시의 하나로 쿠파와 비견되었다. 압바쓰조에 와서 바그다드가 수도로 건설되고 정치중심이 거기로 옮겨짐에 따라 바스라의 지위가 상대적으로 약화되기 시작하였다. 그러나 여전히 상공업과 농업의 중심지일 뿐만 아니라, 아랍어문법학이나 무아타질라교파의 출현 등 이슬람 학문과 사상의 발상지로서 계속 번영을 누렸다. 전성기에는 인구가 30~60만에 달하였다. 9세기 이후에는 일련의 내란을 겪으면서 쇠퇴의 길을 걷다가 몽골의 침입으로 거의 황폐화되었다.

23. 독실한 성훈전승가로서 경전을 필사해주고 받는 돈으로 생활을 유지할 정도로 대단히 검소하였다. 바스라에서 사망하였다.

간 위치에 있는 셈이다. 바스라는 널리 알려진 이라크의 도시이다. 부지가 넓고 짜임새가 있으며 화원이 즐비하고 과실이 풍족하다. 바닷물과 강물이 합류하는 곳이라서 실로 푸르싱싱하고 기름진 곳이다. 세상에는 이곳만큼 대추야자나무가 많은 곳은 없을 것이다. 시장에서 1디르함으로 건대추야자를 14이라크 라틀[24]이나 살 수 있다. 1디르함은 3분의 1누끄라(nuqrah)다. 바스라의 법관 훗자툿 딘이 나에게 건대추야자 한 바구니를 보내왔다. 어른 한 사람이 겨우 지고 왔는데, 나는 그것을 시장에 가서 9디르함에 팔았다. 그중 3분의 1은 집에서 시장까지 지고 간 짐꾼에게 삯으로 주었다. 그곳에서는 대추야자로 싸일란(sailān)이란 밀당(蜜糖)을 제조하는데, 장미수처럼 향기롭다.

바스라에는 3개 구역(maḥallah)이 있다. 그 하나는 후자일(Hudhail)[25] 구역인데, 구역장은 샤이흐 알라웃 딘 븐 아시르다. 그는 인자하고 후덕한 사람으로서 나를 한번 초대했을 뿐만 아니라, 천과 금전까지 보내왔다. 두번째는 바니 하람(Banī Ḥarām) 구역인데, 구역장은 성예인 마주둣 딘 무싸 하싸니다. 그 역시 자상하고 인후한 사람으로서 나를 한번 초대한 후에 건대추야자와 밀당, 금전을 보내왔다. 세번째는 아잠(al-'Ajam)[26] 구역인데, 구역장은 자말룻 딘 이븐 루키다. 바스라 사람들은 고상한 도덕을 지니고 외방인에 대해 친절하며 할 도리를 다한다. 그래서 어떠한 외방인도 그들 속에서는 외롭지 않다. 그들은 금요예배를 전술한 신자들의 수령인 알라——그에게 알라의 영총을——사원에서 근행한다. 일단 예배가 끝나 폐문되므로 다음주 금요일에 다시 찾아온다. 이 사원이야말로 가장 훌륭한 사원 중

24. 라틀(raṭl)은 무게단위인데, 이집트의 1라틀은 449.3g이나 이라크의 라틀은 얼마인지 미상이다.
25. 원래 싸우디아라비아 경내의 히자즈에서 살아온 아드나니야 부족의 한 지족(支族)이다.
26. 원래 뜻은 '비아랍인', 즉 외국인이란 뜻이다. 본문에서 보다시피 흔히 페르시아인을 지칭한다.

하나다. 정원이 대단히 넓고 씨바아(al-Sibā') 계곡[27]에서 운반해온 붉은 자갈로 쫙 깔았다. 여기에는 오스만[28]이 피살될 때 송독하던 성 『꾸란』[29]이 보관되어 있는데, 지금까지도 변색한 혈적(血跡)이 다음과 같은 경문이 적혀 있는 페이지에 역력히 찍혀 있다. 즉 "알라께서는 그들로부터 그대를 보호할 것이다. 알라는 모든 것을 들으시고 아신다."[30]

어느날 나는 이 사원에서 금요예배에 참석한 일이 있다. 설교사가 일어서서 한바탕 설교를 엮어대는데, 명백하게 어법상 틀린 곳이 그렇게 많을 수가 없다. 너무도 놀라워서 법관 홋자툿 딘에게 이야기했더니 그가 하는 말이 "이 고장에는 문법학을 조금이라도 아는 사람이 이제는 없습니다"라는 것이다. 이것이야말로 심사숙고케 하는 일대 교훈이 아닐 수 없다. 주여, 이렇게 만사가 변화무쌍할 수가 있나요! 원래 바스라는 문법학의 본산으로서 그 원류건 지류건 간에 바스라인들이 문법학을 선도했음은 부인할 수 없는 사실이다. 그런데 그 금요설교의 설교사는 그토록 선현들의 유업(遺業)을 따르지 않으니 말이다.

이 사원에는 7개의 첨탑이 있다. 그중 하나는 알리 븐 아비 톨리브——그에게 알라의 영총을——만 거명하면 곧잘 움직인다고 한다. 나는 한 바스라인과 함께 사원 꼭대기에서 그 탑으로 올라갔다. 탑 한구석에 단단히 못박힌 나무손잡이가 하나 있는데, 흙손의 손잡이 비슷하다. 나와 동행한 그 사람은 이 나무 손잡이를 손으로 잡고는 "신자들의 수령이신 알라——그에게 알라의 영총을——의 이름으로 맹세하나니, 움직일지어다!"라고 말하면서 손으로 그 손잡이를 흔드니 정말로 탑이 움직이는 것이었다. 그래서 나도

27. 바스라에서 5마일 떨어진 곳에 있는 계곡이다.
28. 제3대 정통할리파로 그에 관해서는 3장 주40 참고.
29. 여기에는 경전 『꾸란』을 '마스하풀 카림'(al-Maṣhafu'l Karīm) 이라고 하는데 ('maṣhaf')는 책 '권(卷)' '서적' 이란 뜻이다. 이 글자에 형용사 '카림'(karim, 고귀한)이나 '샤리프'(sharīf, 성스러운)를 덧붙이면 '고귀한 책' '성스러운 책'으로서 『꾸란』을 지칭한다.
30. 『꾸란』 2장 137절.

손잡이를 잡고 "나는 알라의 사자——그에게 평화를——의 할리파인 아부 바크르의 머리 이름으로 맹세하나니, 움직일지어다!"라고 말하면서 손잡이를 흔드니 역시 탑이 움직였다. 이러자 사람들은 의아해하는 것이었다. 바스라 사람들은 모두가 정통파이기 때문에 나처럼 이러한 짓을 하는 것을 별로 두려워하지 않는다. 그러나 후싸인의 묘소나 할라(al-Ḥallah), 바레인(al-Baḥrain),[31] 꿈(Qum),[32] 까샨(Qāshān),[33] 싸와,[34] 아와('Awah),[35] 투쓰(Tūs)[36] 등지에서 이런 짓을 했다가는 당장 목을 내놓아야 한다. 왜냐하면 그곳 사람들은 과격한 라피뒤야파이기 때문이다.[37]

바스라의 길상스러운 성소로는 10대 성문도반——그들에게 알라의 영총을——중 한 명인 퇄라하 븐 아비둘 라[38]의 묘소가 있다. 묘소는 시내에 있는데, 묘지 위에 돔과 사원 그리고 왕래자들에게 음식을 제공하는 자위야가 있다. 바스라 사람들은 이 묘소를 대단히 존중한다. 성소로는 알라의 사자

31. 원래 바스라와 옴만 사이의 페르시아만 연안에 위치한 한 지방의 사원 이름이었다.
32. 새로 건설된 이슬람 도시로서 외방인은 전혀 없다. 여러개의 우물이 있는데, 물맛이 일품이고 대단히 차다. 집들은 벽돌로 짓고 몇개의 훌륭한 굴길이 있으며 성벽은 없다. 땅도 기름지다.
33. 아스파한에 가까운 도시로서 꿈으로부터 12파르싸흐(약 74.88km) 지점에 있다. 이곳에서 '까샨 백령토(白嶺土)'가 채취된다.
34. 싸와에 관해서는 1장 주105 참고.
35. 잔잔(Zanjān)과 함잔(Hamdhān) 사이에 있는 읍이다.
36. 투쓰에 관해서는 이 장 주7 참조.
37. 이븐 주자이는 흔드는 탑에 관해서 또 이런 이야기를 하였다. "나는 안달루쓰의 만수르계곡에 있는 바르샤나(Barshānah) 시에서 할리파나 다른 사람의 이름을 부르지 않아도 움직이는 탑 하나를 목격하였다. 이 탑은 이곳에서는 가장 큰 사원의 탑으로서 지은지 별로 오래되지 않았다. 본것 중 가장 우아하고 균형이 잡혀 있는 높은 탑이다. 조금도 기울거나 비딱하지 않다. 어느날 나는 몇몇 사람과 함께 탑으로 올라갔다. 그들이 한쪽에서 흔들자 정말로 탑이 흔들리는 것이었다. 내가 그네들에게 그만하라고 하니까 그들은 멈췄다."
38. 그(596~656)는 꾸라이시족의 타임가문 출신으로서 성문도반이고 6인협상회의(al-Shūrī)의 일원이며, 최초 무슬림 8인 중 한 사람이다. 그는 656년 12월 '낙타전투'에서 전사하였다.

도반(Ḥawārī)[39]이자 고모 4촌인 주바이르 븐 아왐[40]——그들에게 알라의 영총을——의 묘소가 있다. 바스라 교외에 있는 이 묘소에는 돔은 없고 사원과 과객들에게 음식을 제공하는 자위야만 있다. 또한 사자——그에게 평화를——의 유모인 할리마 사아디야——그녀에게 알라의 영총을—— 의 묘와 그 옆에는 그녀의 아들인 사자——그에게 평화를——의 젖형제 묘가 있다. 또한 돔을 갖춘 사자——그에게 평화를——의 성문도반인 아부 바크라[41]의 묘가 있다. 여기로부터 6마일 떨어진 씨바아 계곡 근처에는 사자——그에게 평화를——의 시종인 아나쓰 븐 말리크의 묘가 있다. 그러나 그곳에는 맹수가 많고 인가도 없어 여러 사람이 떼지어가지 않고는 참배할 수 없다.

그밖의 성훈전승자[42]들의 태두인 바스라 출신의 하싼 븐 아비 하싼[43]——그에게 알라의 영총을——의 묘와 아트바툴 굴람——그에게 알라의 영총을——의 묘, 말리크 븐 디나르——그에게 알라의 영총을——의 묘, 페르시아인 하비브——그에게 알라의 영총을——의 묘, 타쓰타르인(al-Tastar) 사흘 븐 압둘라——그에게 알라의 영총을——의 묘 등이 있다. 묘마다에는 돔이 있고, 그 위에 묘주의 이름과 사망일이 명기되어 있다. 묘들은 모두 구성벽의 안에 있는데, 지금은 시내에서 약 3마일쯤 떨어진 곳이다. 그외에도 많은 성문도반과 성훈전승자들 그리고 낙타전투[44]에서 전사한 전몰자들의 묘

39. 사자도반은 원래 기독교에서 예수의 12사도를 지칭하는 것이나, 여기서는 사자 무함마드의 성문도반을 말한다.
40. 이력은 미상이나 656년에 사망한 것으로 보아 '낙타전투'에서 전사한 성문도반으로 짐작된다.
41. 본명은 나피아 븐 하리스 븐 칼다 사끄피다. 톼이프 출신의 성문도반으로서 132가지 성훈을 전수하였으며 672년에 바스라에서 사망하였다.
42. '성훈전승자'(al-Tābi'iy)란 선지자 무함마드의 언행인 성훈을 전수받아 전승하는 사람을 말한다.
43. 메디나에서 출생하여 제4대 정통할리파 알리의 후견하에 성장하였다. 성훈전승자이고 바스라의 이맘이며, 당대의 대학자이고 법학자다.
44. 낙타전투(Ma'rakatu'l Jamal 혹은 Yaumu'l Jamal)는 656년 12월에 발발한 초기의 이슬람 내전이다. 제3대 정통할리파 오스만의 피살이 계위자인 제4대 정통할리파 알리의

가 있다.

내가 바스라에 도착했을 때의 아미르는 페르시아 투리즈(al-Turīz) 출신의 루크눗 딘이다. 그는 나를 초대하고 퍽 후하게 대해주었다. 바스라는 유프라테스강(al-Furāt)과 티그리스강(al-Dajlah) 사이에 있어서 모로코의 쌀라(Salā)[45] 계곡 등지와 마찬가지로 만조와 간조가 있다. 물이 짠 페르시아만으로부터 불과 10마일 거리에 있기 때문에 만조 때는 짠물이 단물보다 우세하고, 간조 때는 그와 정반대다. 그래서 바스라 사람들은 불량수를 마시지 않을 수 없다. 여기에서 그들이 마시는 물을 '주아끄'(Zu'āq, 짜고 씁쓸한 불량수)라는 말이 나왔다.[46]

## 3. 바스라에서 아스파한까지

나는 바스라의 강안에서 '쏸부끄'(ṣanbūq)라는 쪽배를 타고 우불라(al-Ubulah)[47]로 갔다. 10마일의 뱃길 좌우에는 화원이 계속되고 대추야자나무가 무성하다. 장사꾼들이 나무그늘 아래에서 빵, 물고기, 건대추야자, 우유,

음모라는 이유로 반알리파의 탈라하와 주바이르가 낙타를 탄 선지자 무함마드의 미망인 아이샤를 앞세우고 대군으로 알리를 공격해왔다. 양군이 바스라의 근교에서 격전을 벌인 끝에 알리군이 승리하였다. 탈라하와 주바이르는 전투중에 살해되고 '신자들의 어머니'라 는 아이샤는 포로가 되어 메디나에 호송되었다. 아이샤가 낙타를 타고 참전했기 때문에 이슬람역사상 이 전투를 '낙타전투'라고 한다.

45. 대서양 연안에 있는 현 모로코의 도시다.
46. 이븐 주자이는 바스라에 관해 다음과 같이 이야기하고 있다. "바로 이 때문에 바스라는 공기가 좋지 않아 사람들의 얼굴빛은 누르스름하고 가무잡잡하다. 그래서 비유에까지 인용된다. 한 시인은 친구의 손에 쥐어진 한 알의 시트론(atrajah)을 보고 다음과 같이 읊었다.
    아, 시트론마저도 우리에겐 교훈적인 정상을 나타내고 있나니/마치 알라가 방랑자들과 바스라 주민들에게 초라한 옷을 입혀주듯."
47. 오늘날은 바스라의 한 구역으로 되어 있으나, 원래는 티그리스강 안에 있는 읍이었다.

과실 따위를 팔고 있다. 바스라와 우불라 사이에는 타쓰타르 출신의 사흘븐 압둘라의 수도원(al-Muta'bbid)이 있는데, 배를 타고 그 앞을 지나가면 계곡 맞은편에서 사람들이 물을 마시며, 이 현인——그에게 알라의 영총을——으로부터의 영복을 빌어 기도하는 모습을 볼 수 있다. 이곳 뱃꾼들이 많이 드나드는데, 바로 그들이다. 원래 우불라는 인도와 페르시아상인들이 드나들던 큰 성시였으나 파괴되어 지금은 하나의 읍으로 되고 말았다. 거기에는 한때의 위용을 입증해주는 궁정의 잔해들이 남아 있다.

이어 나는 페르시아만으로 향하는 작은 배에 올랐는데, 선주는 마가미쓰라는 우불라사람이다. 황혼이 지나서야 승선한 우리는 아바단('Abādān)[48] 까지 함께 갔다. 아바단은 인가라곤 없는 염기성소택지(鹽基性沼澤地, Sabkhah)에 자리한 꽤 큰 마을이다. 수행자들을 위한 자위야와 수도원, 숙관 같은 것이 여러 채 있다. 해안까지는 3마일이다.[49] 그리고 해안에는 선현들인 하드르와 일야스——그들에게 평화를——가 세운 숙관이 하나 있으며, 그 맞은편에 자위야가 있다. 거기에는 숙관과 자위야를 관리하는 4명의 수행자가 자식들과 함께 살고 있다. 그들은 사람들의 부조에 의해 살아가고 있으므로 모든 과객들은 그들에게 희사를 한다.

자위야 사람들의 말에 의하면 아바단에는 덕망 높은 독신 수행자가 한 사람 있는데, 한 달에 한번씩 바다에 와서는 한 달 먹을거리로 물고기를 잡아간다. 그리곤 한 달 내내 얼씬도 안한다. 그는 몇년째 이렇게 해온다. 우리가 아바단에 도착했을 때 나는 별로 할일도 없고 하여 그를 찾아갔다. 나

48. 티그리스강과 유프라테스강 사이의 섬에 있는 곳인데, 소택지로서 물은 짜다. 여기에 몇개의 성소와 숙관이 있다.
49. 이븐 주자이는 아바단에 관해 다음과 같이 이야기하고 있다. "아바단은 원래부터가 불모의 땅으로 모든 것을 수입하고 물도 적다. 한 시인은 다음과 같이 읊었다.
 누군가가 안달루쓰에 알렸나니. 내가 가장 험악한 소택지 아바단에 와 있음을/사처를 둘러봐도 정막뿐, 그러나 알라의 창조물이기에 마다하고 왔노라/여기선, 빵은 서로가 주고받으며 나눠먹어도, 한 모금 물은 사마셔야 한다네."

와 함께 간 사람들이 사원이나 자위야에서 예배를 할 때 나는 나대로 그를 찾아나섰다. 나는 폐허가 된 한 사원 자리에서 예배를 하고 있는 그를 발견하였다. 내가 그이 곁에 다가가앉자 그는 얼른 예배를 마치고 내손을 잡으며 인사말로 "알라께서 현세와 내세에서의 당신의 욕망이 모두 실현되게 해주시기를 기원합니다"라고 하였다. 사실 알라께 감사를 드리거니와,[50] 현세에서의 나의 욕망, 즉 대지를 여행하려는 욕망은 이미 실현된 셈이다. 내가 알기로는 이 방면에서는 그 누구도 도달하지 못한 경지에 나는 도달했다고 감히 자부한다. 이제 남은 것은 내세의 일뿐이다. 그러나 나는 알라의 자비와 관용 속에 낙원에 들어가려는 나의 욕망이 필히 실현되리라는 강렬한 희망을 가지고 있다.

나는 돌아와서 친구들에게 이 수행자에 관한 이야기를 하고, 그가 있는 곳을 알려주었다. 그래서 그들이 그곳을 찾아갔으나 만나지 못함은 물론, 전혀 소식조차 알 길이 없었다. 모두가 의아해하지 않을 수 없었다. 해질 무렵에 우리는 자위야에 돌아와 묵었다. 4명의 수행자 중 한 명이 마지막 저녁예배를 마치고 우리에게 들렀다. 그는 매일밤 아바단에 와서 그곳 사원의 촛대에 불을 켜놓곤 한다. 그리고 나서야 자위야에 돌아간다. 그날 그가 아바단에 왔을 때 그 독신 수행자를 만났다. 만나자 그는 신선한 물고기 한 마리를 주면서 "이것을 오늘 이곳에 온 손님에게 갔다주게"라고 부탁하는 것이다. 이 물고기를 받아든 자위야의 수행자가 우리한테 와서 "누가 오늘 샤이흐를 만나보셨습니까?"라고 묻길래 그래서 내가 "제가 만나봤습니다"라고 나는 대답하였다. 그러자 그는 "이 물고기는 그이가 당신에게 보내는 겁니다"라고 말하였다. 나는 알라의 이런 은총에 사의를 표하였다. 수행자가 그 물고기로 요리를 하여 우리 모두는 맛있게 먹었다. 정말이지 이렇게

50. '알라께 감사를 드린다'(al-Ḥamdu Lillāh 혹은 Ḥamdu'l Llāh)는 흔히 좋은 일이 생겨서 알라께 감사한다는 뜻에서 무슬림들의 언어생활 중 가장 많이 쓰이는 관용어이다. 따라서 문장에서 종종 삽입어로 사용된다.

맛있는 물고기를 먹어보기는 난생처음이다. 불현듯 내 여생을 이러한 샤이흐를 위해 봉사하는데 바치려는 일념이 굴뚝같이 일어났다. 그후 내 마음은 내내 이러한 일념에 사로잡혀 있었다.

아침에 바다에서 배를 타고 마줄(Mājūl)[51] 읍으로 출발하였다. 여로에서는 될 수 있는 대로 한번 지나간 길은 다시 밟지 않는 것이 나의 습성이다. 원래 나는 이라크의 바그다드(al-Baghdād)에 가려고 하였는데, 한 바스라인이 나에게 우선 루르(al-Lūr)[52] 땅에 갔다가 아잠(페르시아—옮긴이)이라크로, 그 다음에 아랍이라크[53]로 가라고 일러주었다. 나는 그가 하라는 대로 했다. 우리는 나흘만에 마줄읍에 도착하였다. 이곳은 페르시아만 안에 있는 자그마한 읍으로서 땅은 나무나 식물이 자랄 수 없는 염기성소택지다. 그런데 여기에는 굉장히 큰 장터가 있다. 나는 여기에서 하루를 보냈다. 나는 여기서 라미즈(Rāmiz)로부터 마줄에 식량을 운반하는 사람들한테서 타고 갈 낙타 한 마리를 빌렸다. 우리는 3일간 쿠르드(al-Kurd) 족들이 살고 있는 사막을 지나갔다. 그들은 모전방(毛氈房)에서 살고 있는데, 조상은 아랍인들이라고 한다.

이어 우리는 라미즈시에 이르렀다. 과실도 있고, 내도 있는 아름다운 고장이다. 우리는 법관 후싸뭇 딘 마흐무드의 저택에 기숙하였다. 거기서 학식도 있고 신앙도 돈독한 인도 출신의 바하웃 딘이라는 사람을 만났다. 그의 본명은 이쓰마일이다. 그는 물탄(al-Multān) 출신의 샤이흐 바하뭇 딘 아비 자크리야의 아들로서 타우리즈 등 여러 샤이흐의 문하에서 공부하였다. 나는 이 도시에서 하룻밤을 보냈다. 이곳을 떠나서 3일간은 쿠르드족들

51. 오늘날의 반다르 마아슈르(Bandar Ma'shūr)다.
52. 이란의 후지쓰탄(Khuzistān)과 아스파한 사이에 있는 넓은 지역으로서 산이 많지만 땅은 기름지다.
53. '페르시아이라크'는 주로 페르시아인들이 거주하는 이라크 동부와 이란 서부 지역을 말하며, '아랍이라크'는 주로 아랍인들이 사는 티그리스강과 유프라테스강 유역 일대를 가리킨다.

이 사는 마을이 산재한 평원지대를 지났다. 매 구간마다에 자위야가 있어서 과객들에게 빵과 고기, 당과류를 제공한다. 당과는 밀가루와 유락(乳酪)을 섞은 일종의 포도잼이다. 자위야마다 샤이흐와 이맘, 무앗진이 있고 수행자들을 거들어주는 잡역부가 있어 그들이 음식도 짓는다.

다음으로 도착한 곳은 투쓰타르(Tustar) 시[54]다. 이곳은 아타비크(Atābik) 지방의 평원 끝머리이자 산지의 시작이다. 수려하고 생기 도는 도시로서 난만(爛漫)한 화원과 푸르고 싱싱한 잔디밭 그리고 훌륭한 자선시설과 만물시장이 있다. 기실 이 도시는 할리드 븐 왈리드[55]가 정복했던 고도이다. 사흘 븐 압둘라는 이 고장 출신이다. 아즈라끄(al-Azraq, '푸른'이란 뜻) 강[56]이 이 도시를 감돌고 있는데, 강물이 놀라울 정도로 굉장히 맑을 뿐만 아니라, 더운 날에도 손이 시리다. 그렇게 푸른 강물은 발하샨(Balkhashān) 강을 빼고는 일찍이 본 바 없다. 도시에는 여행자들을 위한 문이 하나 있는데, 다르와자 다쓰불(Darwāzah Dasbūl)이라고 한다. '다르와자'란 본고장 말로는 '문'이란 뜻이다. 공식적은 아니나 강으로 통하는 문은 여러개 있다. 강 양안에는 화원과 수차가 이곳저곳에 널려 있으며, 강물은 깊다. 그 여행자용 문 밖에 나서면 바그다드나 할라처럼 부교(浮橋)가 있다.

이 도시에는 과실이 많고, 자원도 넉넉하며, 비할 바 없이 훌륭한 시장도 있다. 교외에는 숭엄한 묘소가 있는데, 이 고장 사람들은 참배하여 소원성취를 빈다. 이 묘소의 자위야에는 일군의 수행자들이 있다. 그들의 말로는 이 성소가 자인 알 아비딘 알리 븐 후싸인 븐 알리 븐 아비 톨리브[57]의 묘소라고 한다. 이 도시에서 나는 사흘 븐 압둘라의 후예인 수행자이고 이맘이며 학자인 샤이흐 쏴드룻 딘 쑬라이만의 아들인 이맘이며 수행자이고 다재

54. 오늘의 샤쓰타르(Shastar)이다.
55. 할리드 븐 왈리드에 관해서는 2장 주44 참고.
56. 오늘은 까룬(al-Qārūn) 강이라고 한다.
57. 그(658~712)는 쉬아파의 12이맘파 제 4대 이맘이다.

다능한 샤이흐 샤라풋 딘 무싸의 마드라싸에 기숙하였다. 이 샤이흐는 인자하고 후덕하여 학문과 신앙, 청렴과 인망을 두루 겸비한 사람으로서 마드라싸와 자위야를 운영하고 있다. 그에게도 4명의 젊은 시중꾼이 있는데, 이름은 순발, 카풀, 자우하르, 수루르이다. 한 사람은 자위야의 기금(auqāf)을 관리하고, 다른 사람은 매일 소요되는 비용을 책임지고, 셋째 사람은 오는 손님들에게 식탁을 차려 음식을 대접하는 일을 맡고, 넷째 사람은 요리사나 수부(水夫), 잡역부들을 관장한다.

나는 그곳에서 16일간이나 체류하였다. 모든 것이 그렇게 질서정연하고, 먹는 것 또한 그렇게 넉넉할 수가 없다. 한 사람 앞에 네 사람도 족한 버터와 후추볶음밥, 튀긴 닭, 빵, 고기, 당과 등의 음식이 차려지니 말이다. 이 샤이흐야말로 누구보다도 용모가 준수하고 행동거지가 단정하다. 대사원에서 근행되는 금요예배 후에는 꼭 사람들을 훈계하곤 한다. 그가 훈계하는 자리에 직접 참석해 보니, 상대적으로 그전에 히자즈나 샴, 이집트에서 본 훈계사(Wā'iẓ)들은 그렇게 왜소할 수가 없다. 나는 일찍이 그렇게 훌륭한 사람을 만나본 적이 없다.

어느날 강가에 있는 그의 화원에 들른 일이 있다. 그곳에는 시내의 법학자들과 명류들 그리고 각 지역의 법학자들이 모여들었다. 우선 모든 내빈에게 음식대접을 하고 함께 정오예배를 한 다음, 그가 설교와 훈계를 하였다. 이에 앞서 독경사가 그의 앞에서 비감하고 심금을 울리는 어조로 독경을 하였다. 샤이흐는 침착하고도 장중하게 설교를 하는데, 『꾸란』 주석과 사자의 성훈 등 학문을 자유자재로 널리 인용하고 그 오의(奧義)를 해석하는 것이었다.

설교가 끝나자 이곳저곳에서 그에게 쪽지가 날아갔다. 흔히 페르시아인들은 이럴 경우에 질문할 것을 쪽지에 적어 훈계자에게 넘겨주면 훈계자는 그에 관해 답변한다. 쪽지가 들어가자 샤이흐는 쪽지를 한손에 모아쥐고 하나하나씩 재치있게 완벽한 답을 주는 것이었다. 신시예배시간이 되자 사람들은 그와 함께 예배를 하고 흩어졌다. 그의 설교장은 실로 학문과 훈계 그리고 길상의 설교장이었다. 그날 참회자들이 그의 앞에 다가서자 그는 그들의 결의를 확인한 후 그 표시로 이마에 드리운 머리카락을 잘라준다. 참회자들로는 바스라에서 온 15명의 학사(學士)와 투쓰타르의 보통시민 10명이었다.

나는 이 도시에 들어가자마자 열병에 걸렸다. 이 고장은 더운 계절만 되면 열병이 유행한다. 이러한 현상은 물과 과실이 많은 다마스쿠스 같은 곳도 마찬가지다. 내 친구 몇몇도 열병에 걸렸다. 그중 후라싼 출신의 야히란 샤이흐는 끝내 병사하고 말았다. 그러자 샤이흐 샤라푸 딘이 시신을 처리하는 데 필요한 모든 일을 도맡아하고 명복을 비는 예배까지 하였다. 나는 이곳에 카샨 출신의 바하웃 딘이란 한 병든 친구를 남겨놓고 떠났는데, 그 역시 내가 떠난 후에 운명하였다.

내가 앓을 때 마드라싸에서 만들어주는 음식이 도저히 입에 맞지 않았다. 그래서 씬드 출신의 법학자 샴쑷 딘이 학생을 시켜 내 입에 맞는 음식을 가져오도록 하였다. 내가 그 학생에게 금화 몇 푼을 쥐어주었더니 그는 시장에서 음식을 만들어왔다. 나는 신나게 먹었다. 이 일이 샤이흐에게 알려지자, 그는 학생을 나무란 후에 나한테 와서는 "도대체 이럴 수가 있는가요? 음식을 시장에서 만들어오다니, 왜 시중꾼더러 입에 맞는 음식을 지어달라고 하지 않았어요?"라고 못내 서운해하였다. 그리곤 시중꾼 전원을 불러놓고 "저분이 요구하는 식품이나 설탕이나, 모든 것을 다 가져와서 저분이 원하는 대로 음식을 짓도록 하시오"라고 타이르는 것이었다. 그는 그들에게 이 점을 거듭 강조하였다. 알라께서 그에게 복을 하사하시기를 기원하는 바이다.

투쓰타르시를 떠나서는 3일 내내 고산지대를 넘었다. 투숙하는 곳마다에 전술한 것과 같은 자위야가 있었다. 우리가 도착한 곳은 이자즈(Īdhaj)[58] 시다. 일명 말룰 아미르(Malu'l Amīr)라고 하는데, 아타비크(Atābik) 쑬퇀의 수도이다. 이곳에 도착해서 수석샤이흐이며 연박(淵博)한 학자인 카라만(al-Karāmān) 출신의 누룻 딘과 회오(會晤)하였다. 그는 모든 자위야를 돌보고 있었다. 현지에서 자위야를 '마드라싸'(madrasah, 학당 혹은 학교—옮긴이)라고 한다. 쑬퇀도 샤이흐를 존경하여 자주 찾아가뵙는다. 관헌들과 수도의 명사들도 조석으로 찾아간다. 나도 그의 후대를 받았다. 그가 디누리(al-Dīnūrī) 자위야에 머물라고 해서 나는 거기서 며칠간 묵었다. 내가 갔을 때는 혹서기여서 밤예배를 근행하였다. 예배를 마치고는 자위야의 옥상에서 한잠 자고 나서 새벽녘에 자위야로 내려오곤 하였다. 나와는 12명이 동행했는데, 그중에는 샤이흐 한 사람과 능란한 독경사 두 사람 그리고 심부름꾼 한 사람이 있었다. 우리는 아주 질서있게 행동하였다.

내가 이자즈에 도착했을 때의 국왕은 쑬퇀 아타비크 아흐마드의 아들인 아타비크 아프라시아브다. '아타비크'(Atābik)란 모든 왕위 계승자들에게 붙여지는 아호(雅號)다. 이 나라의 이름은 루르라고 한다. 이 쑬퇀은 형 아타비크 유쑤프를 계위하였고, 유쑤프는 선왕인 아흐마드를 이었다. 아흐마드는 청렴한 국왕이었다. 믿을 만한 사람에게서 들은 바에 의하면, 그는 전국에 460개소의 자위야를 세웠는데, 그중 수도인 이자즈에 44개소를 세웠다. 그는 지세(地稅, kharāj)를 세 몫으로 나누어, 한 몫은 자위야와 마드라싸의 비용에, 다른 한 몫은 병사들의 봉급에, 마지막 한 몫은 자신과 가속, 노복과 시종들의 생활비로 지출하였다. 그는 매해 이라크 쑬퇀에게 진공(進貢)하고, 때로는 그 자신이 직접 진현(進見)하기도 한다.

내가 목격한 바에 의하면, 그가 나라를 위해 남긴 위적(偉績)의 하나는 국토의 대부분이 고산지대임에도 불구하고 바위를 깎아 길을 닦고 넓힌 것이다. 그래서 가축들이 무거운 짐을 지고도 거뜬히 오르내린다. 산악의 길이만 해도 17일간, 너비는 10일간의 여정에 해당된다. 고산들이 중중첩첩하

58. 이란의 후지쓰탄과 아스파한 사이의 산중도시로서 겨울이면 눈이 많이 온다. 신기한 것은 구름다리인데, 물이 마른 계곡의 암석 위에 가설되어 있으며 아득히 높다.

며 그 사이사이를 냇물이 뚫고 지나간다. 상수리나무(ballūṭ)[59]가 자라는데, 현지인들은 그 열매를 가루내어 빵을 만든다. 집집마다 '마드라싸'라고 하는 자위야가 있다. 여행자가 일단 마드리싸에 이르면 요구하건 안하건 간에 충분한 음식과 가축사료를 갖다준다. 그들의 관행으로는 우선 자위야의 시중꾼이 와서 내객이 몇명인가를 알아보고는 한 사람당 빵 두 개와 고기, 당과류 등을 나누어준다. 이 모든 비용은 쑬퇀의 마드리싸기금으로 충당한다.

원래 쑬퇀 아타비크 아흐마드는 전술한 바와 같이 금욕적이고 청렴한 사람으로서 겉옷 밑에는 속옷으로 성긴 털옷을 입고 있었다. 한번은 그가 이라크 쑬퇀 아부 싸이드한테 갔었는데, 쑬퇀의 근시(近侍)가 쑬퇀에게 "아타비크 아흐마드는 갑옷을 걸치고 당신에게로 들어오고 있습니다"라고 여쭈었다. 근시는 겉옷 밑에 입은 털옷을 갑옷으로 착각한 것이다. 그래서 쑬퇀은 좀 간단한 방법으로 사실을 알아보라고 하였다. 하루는 아흐마드가 쑬퇀을 알현하러 들어왔다. 이때 이라크의 수석아미르인 주반과 바크르족 아미르인 수바타 그리고 현 이라크 쑬퇀인 샤이흐 하싼[60]이 일제히 일어서서 그와 농을 하는 척하면서 겉옷을 움켜잡았다. 그러자 곧 그가 성긴 털옷을 입고 있음을 알게 되었다. 쑬퇀 아부 싸이드는 그를 보자 다가가서는 굳게 포옹하고 곁에 모셔놓고는 그에게 터키말로 "싼 아톼"라고 한마디하였다. 이 말은 '당신은 나의 자부(慈父)입니다'라는 뜻이다. 그리곤 그에게 몇배의 선물로 보답하였다. 뿐만 아니라, 그후에는 그와 그의 자식들에게 더이상

59. 학명은 Quercus acutissima로 너도밤나무과에 속하는 낙엽 교목으로 키는 보통 15~20m이며, 잎은 밤나무잎과 비슷하다. 열매는 견과(堅果)이고 나무는 단단하여 목재로 쓰인다.

60. 본명은 하싼 븐 아끄비가 븐 일한 나윈이다. 이라크의 쑬퇀으로서 주반의 딸 바그다드 하툰과 결혼하였다. 그러나 등극 전에 쑬퇀 아부 싸이드에게 처를 빼앗겼다가 아부 싸이드가 죽자 그녀를 재취(再娶)하였다. 반몽골 전쟁을 수차례 치르다가 1356년에 사망하였다.

공물을 요구하지 않겠다는 약속장을 써주기까지 하였다.

그러나 바로 그해에 아타비크 아흐마드는 서거하였다. 그의 아들 아타비크 유쑤프가 계위하여 10년간 집정하였고, 그뒤로는 동생인 아프라시아브가 계위하였다. 나는 이자즈시에 들어가자마자 아프라시아브을 만나보려고 하였다. 그러나 그는 주색에 빠져 금요일이 아니면 외출하지 않기 때문에 결코 만나볼 수가 없었다. 그에게는 세자로 책봉된 외아들이 있는데, 그때 앓고 있었다. 어느날 밤, 아프라시아브의 근시가 찾아와서 어떻게 지내는가고 묻기에 상황대로 알려주었더니 별말 없이 돌아갔다. 그후 어느날, 저녁예배가 끝난 후에 그 근시는 큼직한 함(ṭīfūr) 두 개와 돈주머니를 가지고 왔다. 함 하나에는 음식이, 다른 하나에는 과실이 들어 있었다. 그리고 또 그와 함께 악사들도 왔다. 그는 악사들에게 "수행자들이 흥얼거리면서 세자를 위해 기도할 수 있도록 연주하시오"라고 타이르는 것이었다. 그래서 내가 그에게 "우리 친구들은 흥얼거릴 줄도 모르고 춤출 줄도 모릅니다"라고 하였다. 우리는 그저 쑬퇀과 세자를 위해 기도만 하였다. 그리고 돈은 수행자들에게 골고루 나누어주었다. 이윽고 한밤중에 곡성이 들려왔다. 앓던 세자가 운명한 것이다.

이튿날 자위야의 샤이흐와 주민들 몇몇이 나한테 와서 이르기를 "법관과 법학자들, 성예와 아미르들이 모두 쑬퇀궁에 조문을 갔는데, 당신도 응당 그들과 함께 가야 합니다"라고 하는 것이다. 그래서 처음에는 고사했지만, 그들이 하도 끈질기게 권하는 바람에 가지 않을 수가 없었다. 그들과 함께 쑬퇀의 응접전(應接殿, mashwar)에 이르니 왕공들과 대신들, 군인들로 벌써 초만원이다. 그들은 주머니 같은 것을 뒤집어쓰고 몸에는 말등에 덮는 천 같은 것을 걸쳤으며, 머리 위에는 흙과 건초를 올려놓았다. 어떤 사람은 앞머리카락을 자르기도 하였다. 그들은 두 패로 나뉘어 한 패는 응접전의 위쪽에, 다른 한 패는 아래쪽에 섰다가는 서로 자리를 바꾸어가면서 제 손으로 가슴을 치며 "훈드 카르마!"를 연신 외친다. 그 뜻은 '나의 주공(主公)

이여'이다. 나는 난생처음으로 이렇게 어마어마한 행사와 처절한 광경을 목격하였다. 그날 나는 응접전에 들어가면서 법관들과 설교사들, 성예들이 응접전 벽에 기대어 있는 기괴한 모습을 봤다. 전 내의 어느 곳에서나 그들은 그렇게 하고 있었다. 그중 어떤 사람은 울먹이는가 하면 어떤 사람은 우는 척하기도 하고, 또 어떤 사람은 그저 머리만 숙이고 있다. 그들은 대충 꿰맨 성긴 면옷을 위에 껴입고 있는데, 안감이 젖혀져 있다. 그런가 하면 모두가 머리에는 허름한 천조각이나 검은 앞치마 같은 것을 두르고 있다. 이렇게 그들은 장장 40일간을 지낸다. 그들에게 있어서 이것은 최대의 슬픔이다. 40일이 지나면 쑬탄은 이렇게 애도한 사람들에게 옷 한 벌씩 하사한다.

전 내를 두루 살펴보니 어디나 사람들로 꽉차서 나는 좌우를 두리번거리면서 앉을 자리를 찾았다. 마침 저만치에 땅에서 한 뼘(shibr)쯤 높은 곳에 평대가 하나 있었다. 그 한 모퉁이에 웬 사람이 홀로 앉아 있다. 그는 말 안장깔개(libd) 비슷한 모직으로 만든 옷을 입고 있다. 이곳에서는 구차한 사람들이 비나 눈이 올 때, 또는 여행할 때 이런 옷을 입는다. 나는 그에게로 다가갔다. 그러자 나와 함께 온 사람들은 그들과 떨어져서 내가 그 사람한테로 가는 것을 보고는 모두들 의아해하는 것이었다. 나는 그와는 생면부지다. 나는 평대에 다가가 그에게 인사를 하였다. 그 역시 나에게 인사를 하면서 일어설듯 말듯 땅바닥에서 몸을 약간 일으켰다. 그들은 이런 동작을 반립(半立, 절반 일어남)이라고 한다. 나는 그의 맞은편 귀퉁이에 앉았다. 그리고 나서 사람들을 둘러보니 모두가 나를 응시하고 있는 것이 아닌가. 나는 도리어 그들을 이상하게 생각하였다. 법학자들과 샤이흐들, 성예들 모두는 평대 밑벽에 기대어 정좌(靜坐)하고 있다. 법관 한 사람이 나에게 자기 곁에 와 앉으라고 손짓을 하였다. 그러나 나는 아랑곳하지 않았다. 이즈음에 나는 내 맞은편에 있는 사람이 바로 쑬탄이란 육감이 들었다. 1시간쯤 지나서 앞에 말한 수석샤이흐 누룻 딘 카르마니가 왔다. 그는 평대에 다가가서 그 사람에게 인사를 하고는 일어섰다가 나와 그 사람 사이에 자리를 잡았다. 이제야 나는 그 사람이 쑬환임을 확실히 알게 되었다.

이윽고 영구가 도착했다. 영구는 가지마다에 열매가 주렁주렁한 시트론과 레몬나무로 꾸며진 속에 사람들의 손에 들려 운구되고 있었다. 창을 치켜든 병사들이 한 손에 든 횃불과 촛불이 형형하여 마치 영구는 꽃동산을 헤가르며 나가는 성싶다. 사람들은 영구 앞에서 예배를 하고 나서 영구를 따라 왕들의 장지로 간다. 장지는 시에서 4마일 떨어진 할라피잔(Halāfiijān)이란 곳에 있다. 거기에는 큰 마드라싸가 하나 있는데, 냇물이 교정을 뚫고 지나가며, 교 내에는 금요예배만 하는 사원이 있다. 마드라싸 밖에는 욕탕이 있으며 마드라싸는 큰 화원으로 에워싸여 있고 오가는 사람들에게 식사를 제공한다. 장지가 멀리 있기 때문에 나는 따라가지 않고 마드라싸로 돌아왔다.

며칠후에 쑬환은 지난번에 찾아온 근시를 나에게 다시 보내 처음으로 초청하는 것이었다. 나는 그를 따라 씻르(al-Sirr, 비밀이란 뜻)라는 문으로 들어갔다. 여러 계단을 밟고 어떤 곳으로 올라갔는데, 애도중이라서 그곳에는 아무런 시설도 없었다. 쑬환은 자리를 깔고 앉아서 두 손에 금과 은으로 된 두 개의 닫힌 기명(器皿)을 들고 있다. 그곳에는 푸른색 주단이 한 장 있는데, 쑬환 곁에 깔아주길래 나는 그 위에 앉았다. 그 자리에는 시위(侍衛)인 법학자 마흐무드와 성명부지의 술친구(nadīm) 한 사람만이 있었다. 쑬환은 내 안부를 묻고 우리나라와 나쉬르왕 그리고 히자즈 지역에 관해 이것저것 물었다. 나는 수문수답하였다.

얼마 있다가 그곳 수석법학자인 대법학자가 왔다. 쑬환은 나에게 "이분은 우리의 마울라(maulā)인 파뒬입니다"라고 소개했다. 페르시아 전 지역에서는 법학자를 '마울라'(주공이란 뜻)라고 칭하는데, 쑬환을 비롯해 모두가 그렇게 부른다. 쑬환은 그를 극구 칭찬하는 것이었다. 그렇지만 내가 보기에는 쑬환은 지금 막 술주정을 하고 있는 것이다. 나는 그가 장취불성(長醉不醒)한 사람이란 것을 진작 알아차렸다. 이윽고 쑬환은 유창한 아랍어로

"한말씀 하시지요"라고 나에게 말하였다. 그래서 나는 "들어주신다면 기꺼이 한마디 하겠습니다. 당신은 금욕과 청렴으로 유명했던 쑬퇀 아타비크 아흐마드의 후예입니다. 당신의 권위에 대해서는 비난의 여지가 없지만, 이 한가지만은 비난을 받아야 할 것입니다"라고 말하면서 손으로 그 두 개의 기명을 가리켰다. 내 말에 쑬퇀은 무안해서 잠자코 있었다.

내가 일어서려고 하자, 쑬퇀은 앉으라고 만류하면서 "당신과 같은 분을 회오(會晤)하게 된 것은 실로 하나의 큰 자은(慈恩)인가 봅니다"라고 하였다. 나는 그가 꾸벅꾸벅 졸고 있는 것을 보고 자리를 떴다. 내가 들어올 때 신발을 문에 놔두었는데, 어디 갔는지 보이지 않았다. 법학자 마흐무드도 내려와 찾았으나 못찾았다. 법학자 파될이 다시 앉았던 곳에 올라가더니 창문턱에서 찾아가지고 내려왔다. 그의 친절에 나는 그저 황감하고 미안할 뿐이었다. 그는 내 신발에 입을 맞추고는 머리 위에 올려놓고서 "알라께서 당신에게 복을 주시기를 기원합니다. 방금 당신이 우리 쑬퇀에게 하신 말씀은 당신과 같은 분이 아니고서는 그 누구도 감히 할 수 없는 말입니다. 바라건대 그 말씀이 그에게 영향을 주었으면 합니다"라고 말하는 것이었다.

며칠후 나는 수도 이자즈를 떠나 쑬퇀들의 묘소가 있는 쌀라퇸(al-Salāṭīn) 마드라싸에 와서 며칠 묵었다. 쑬퇀은 나에게 꽤 많은 금화를 보내왔다. 나의 동행자들에게도 똑같이 보내왔다. 우리는 이 쑬퇀의 치하에 있는 땅에서 10일간이나 고산지대를 지났다. 우리는 매일밤 숙식을 제공하는 마드라싸에서 지냈다. 어떤 곳에는 인가가 있지만, 어떤 곳에는 전혀 없다. 그렇지만 모든 필수품이 빠짐없이 이 나라로 들어오고 있었다. 열흘 되는 날, 우리는 카르윱 루흐(Karyū'l Rukh)란 마드라싸에 투숙하였다. 여기는 변방이다. 여기서부터 우리는 아스파한시에 속하는 물이 많은 평지대를 지나갔다. 우리가 도착한 곳은 아슈투르칸(Ashturkān) 읍이다. 물도 흔하고 화원도 많은 좋은 고장이다. 사원 하나가 있는데, 그 가운데를 내가 흐른다.

얼마후 우리는 피루잔(Fīrūzān) 시에 이르렀다. 이름이 마치 '피루즈'(Fīrūz)의 쌍수[61] 같다. 작은 도시지만, 시내와 나무, 화원이 많다. 우리는 신시예배 후에 이곳에 당도하였다. 마침 주민들이 장례를 치르는 것을 목격하였다. 영구 앞뒤에는 횃불을 켜들고, 그 뒤로는 피리를 불며 여러 가지 만가(輓歌)를 부르는 사람들이 따르고 있다. 우리에게는 참 의아한 광경이다. 이곳에서 하룻밤을 묵었다. 다음날 우리는 누블란(Nublān)이란 마을을 지났다. 큰 강가에 있는 꽤 큰 마을이다. 강변에 대단히 우아한 사원이 하나 있는데, 여러 계단을 밟고서야 올라갈 수 있고, 사원는 화원으로 둘러싸여 있다. 우리는 하루종일 화원과 물, 아름다운 마을과 비둘기장 사이를 헤가르며 걷고 또 걸었다.

## 4. 아스파한과 쉬라즈로의 출발

우리는 신시 이후에 페르시아이라크('Irāqu'l 'Ajam)의 아스파한[62]에 도착하였다. '아스파한'이란 명칭 철자에서 '파'(fa)는 순수 '파'음이라고도 하고, 강세경음(强勢硬音) '파'라고도 한다. 아스파한은 크고도 아름다운 도시다. 그러나 쑨니파(al-Sunnah)와 라와피드파(al-Rawāfid) 간의 분쟁으로 인해 지금은 대부분이 폐허가 되었다. 이러한 분쟁은 지금까지도 지속되어 여전

61. 아랍어에서 명사의 쌍수는 주격이면 단수에 길게 '-ān'을, 대격과 속격이면 단수에 길게 '-ain'을 접미시켜 만든다. 따라서 본문에서 'Fīrūzān'은 단수 'Fīrūz'의 주격 쌍수로 볼 수 있다.
62. 아스파한(Aṣfahān) 혹은 아스바한(Aṣbahān)은 이란의 중앙부, 테헤란 남방 400km 지점에 있는 고도다. 기원전 6세기경에 이곳은 유태인들의 거주지였다. 부와이흐조(932~1062) 때에 지금의 도시 원형이 형성되었다. 1244년 몽골의 침공과 1387년과 1414년 티무르군의 잇따른 내습으로 인하여 도시가 심하게 파괴되었다. 그러다가 1597년 사하비조(1502~1736)가 이곳에 천도하면서 제2 발전기를 맞아 '왕의 광장'을 중심으로 정밀한 도시계획이 실행되었다. 이란 쉬아파의 정치중심으로 번영하다가 1722년 아프간 유목민족의 내습을 받아 황폐화되었다. 그러다가 19세기에 부흥되어 오늘에 이르고 있다. 인구는 약 67만 명(1976)이다. 이 장 주5 참고.

히 서로 싸우고 있다. 이곳에는 과실이 많다. 그중에서도 살구(mishmish)가 으뜸인데, 까마룻 딘(Qamaru'd Dīn)이라고 부른다. 말려서 저장하기도 하며 껍질을 깐 씨는 고소하다. 유례 없는 마르멜로(marmelo)[63]는 향긋한 맛에 크기도 하다. 맛좋은 포도와 아마 부하라나 하와리즘을 빼고는 세상 어디에서도 찾아볼 수 없는 그 특이한 수박이 바로 여기에 있다. 수박은 껍질은 푸르스름한데, 속은 빨갛다. 마그리브에서 샤리하(Sharīḥah)[64]를 저장하듯 저장도 한다. 너무 달아서 그런지 먹어보지 못한 사람은 처음에는 설사하기가 일쑤다. 나도 아스파한에서 수박을 먹고 설사한 적이 있다.

아스파한 사람들은 용모가 준수하고 살색은 밝고 흰데 불그스레한 빛이 약간 돈다. 사람들은 모두가 용감하고 기개가 있다. 음식에 한해서는 그들 모두가 너그러울 뿐만 아니라, 경쟁심이 대단하다. 그러다보니 여러 가지 이상야릇한 이야기들이 떠돌고 있다. 가령 한 사람이 친구를 청해서는 "나와 함께 가서 난(nān)[65]이나 마쓰(mās)를 좀 맛보게"라고 말한다. 그들의 말로 '난'은 빵이고, '마쓰'는 우유다. 그러나 정작 가보면 갖가지 요란스러운 음식을 내놓고 대접하면서 은근히 자기를 과시한다. 그리고 이 도시에서는 요인들도 그러하거니와 각종 직업인들까지도 웃어른을 우대한다. 이들의 말로 '웃어른'을 '칼루'(kalū)라고 한다. 총각들은 또 그들 나름대로 음식잔치를 성대히 벌여놓고 자신들의 능력을 뽐내기도 한다. 누군가가 나에게 이야기하기를 총각 한 패가 다른 패를 청해서 촛불에 음식을 지어주었더니, 이번에는 후자가 전자를 청해서는 비단불에 음식을 지어주었다고 한다.

63. 아랍어로 싸프라잘(safrajal), 학명은 Ydomia oblonga이다. 장미과에 속하는 낙엽교목으로서 키는 보통 5~8m이고 잎은 난형 또는 타원형이다. 흰빛 또는 연분홍빛 꽃이 햇가지 끝에 한 송이씩 핀다.
64. 무화과(無花果, tīn)인 듯하다.
65. 페르시아어로 '빵'인데, 발효된 밀가루 반죽을 화로에 구워서 만든다. 페르시아만 지역과 중앙아시아, 파키스탄, 방글라데시, 중국 신강(新疆) 등지에서 유행하고 있다. 중국 당대에 장안(長安)에 전파되어 일반적으로 '호병(胡餅)'이라고 하였으나 음사로 '양(饟)'이라고도 하였다.

나는 아스파한에서 주나이드[66]의 제자인 샤이흐 알리 븐 사흘이가 세운 자위야에 머물었다. 크게 존대되는 자위야로서 각지로부터 사람들이 몰려와 참배로 원봉길경(願逢吉慶)하고 있다. 자위야는 과객들에게 음식을 대접하고 있다. 이 자위야에는 특이한 욕실이 있는데, 바닥은 대리석을 깔고 벽은 타일을 붙였다. 일반인에게도 개방되어 누구나 돈 한푼 안쓰고 들어갈 수 있다. 이 자위야의 샤이흐는 독실한 수행자인 꾸트붓 딘 후싸인이다. 그는 라자로 알려진 현인 샴숫 딘 무함마드 븐 마흐무드 븐 알리의 제자이다. 그의 형제는 학자이자 무프티(al-Muftī)[67]인 샤하붓 딘 아흐마드다. 나는 샤이흐 꾸트붓 딘의 자위야에서 14일간이나 체재하였다. 나는 그가 신앙에 정진하며, 구차하고 불쌍한 사람들을 사랑할 뿐만 아니라, 그들을 겸허하게 대하는 것을 목격하였다. 실로 놀라운 일이었다. 그는 나를 극진히 후대하고 훌륭한 옷 한 벌까지 입혀주었다. 내가 자위야에 도착하자마자 그는 음식과 함께 앞에서 말한 수박 3개를 보내왔다. 그 수박이야말로 내가 생전에 보지도, 먹지도 못한 수박이다.

어느날 샤이흐는 내가 머물고 있는 자위야에 들렀다. 그곳에서는 샤이흐의 화원이 한눈에 내려다보인다. 그날은 마침 누군가가 그의 옷을 빨아서 화원에 널어놓았다. 그중에는 그들이 하즈라미히(hazramīkhī)라는 안을 넣은 흰 겉옷(jubbah)이 한 벌 있는데, 그것이 퍽 마음에 들었다. 그래서 나는 "저런 옷이라면 한번 입고 싶은데"라고 혼자서 중얼거렸다. 바로 이때 들어

66. 본명은 주나이드 븐 무함마드 븐 주나이드 바그다디다. 수피파 학자로서 바그다드에서 최초로 '유일신학'(唯一神學, 'Ilimu'd Tauḥīd)을 강술(講述)했다. 저서로 『서한집』(書翰集, *al-Rasāil*)과 『영혼의 약』(*Dawāu'l Arwāḥ*) 등이 있다.

67. 교법설명관(敎法說明官)으로서 이슬람교의 한 교직이다. 원래는 자문역으로서 법관(al-Qāḍī)이 중대하거나 복잡한 안건을 처리할 때는 대체로 교법에 정통한 무프티의 자문을 구하였다. 그러나 후일 법관들의 자질이 점차 낮아지자 무프티의 역할은 상대적으로 제고되어 모든 법안이나 재판안건 처리에서 무프티의 자문이 거의 필수적이었다. 오늘 이슬람나라에서는 대체로 한 나라(혹은 한 지역)에 교법에 가장 밝은 무프티가 한 명씩 있어 교법자문을 총관하고 있다.

온 샤이흐는 화원쪽을 보면서 한 심부름꾼에게 "저 하즈라미히를 이리 가져오게"라고 하였다. 심부름꾼이 가져오자, 샤이흐는 곧장 나에게 그 옷을 입혀주는 것이었다. 나는 너무 고마워서 그의 발 앞에 엎드려서 두 발에 대고 입을 맞추었다. 나는 그에게 그가 쓰고 있는 모자(ṭāqiyah)를 나에게 씌워줌으로써 그의 선친이 여러 샤이흐들에게 대관의시(戴冠衣施)[68]했던 것처럼 나에게도 해줄 것을 간청하였다. 마침내 727년(1326) 6월 14일에 그 자위야에서 샤이흐는 나에게 대관의시의 은전을 베풀었다.

이 모자의 대관의시 전승을 살펴보면 이 샤이흐는 선친인 샴쑷 딘에게서, 그는 또 선친인 타줏 딘 마흐무드에게서, 그는 또 선친인 샤하붓 딘 알리 라자에게서, 그는 또 싸흐루라드(al-Saḥrūrad) 출신의 이맘 샤하붓 딘 아비 하프스 오마르 븐 무함마드 븐 압둘라[69]에게서, 그는 또 같은 싸흐루라드 출신의 대샤이흐 뒤야웃 딘 아비 나지브에게서, 그는 또 삼촌인 이맘 와히둣 딘 오마르에게서, 그는 또 선친인 알리 븐 압둘라(세칭 오마와이흐)에게서, 그는 또 샤이흐 아히 파르즈 잔자니에게서, 그는 또 샤이흐 아흐마드 디누리에게서, 그는 또 이맘 맘샤드 디누리에게서, 그는 또 수피파의 독실한 샤이흐인 알리 븐 싸흘에게서, 그는 또 아부 까씸 자니드에게서, 그는 또 싸리이 싸끄튀[70]에게서, 그는 또 다위드 톼이[71]에게서, 그는 또 바스라 출신의 하싼 븐 아비 하싼에게서, 끝으로 그는 신자들의 수령(할리파)인 알리 븐 아비 톨리브에게서 물려받은 것이다.

우리는 쉬라즈에 있는 샤이흐 마즈둣 딘을 방문하기 위하여 아스파한을

68. 대관의시(戴冠依施, ajāza)란 스승이나 선배가 문하인이나 후배의 신앙심과 덕행을 인정하여 대관(戴冠) 등 의시(依施), 혹은 준허(準許)의식을 치르는 것을 말한다.
69. 샤피이야파의 법학자이고 경전 해석가이다. 싸흐루라드에서 출생하여 1234년 바그다드에서 사망하였다. 저서로는 『지식의 선물』(*'Awārifu'l Ma'ārif*), 『주행과 비행』(走行과 飛行, *al-Sairwa'l Ṭair*) 등이 있다.
70. 수피주의 신봉자로서 바그다드에서 최초로 수피주의에 관해 강술한 바그다드의 이맘이다. 주나이드(이 장 주 66 참고)의 외삼촌이자 스승으로서 98세까지 장수하였다.
71. 수피파의 이맘인데, 쿠파에서 은둔하면서 수행하다가 781년에 사망하였다.

떠났다. 거기까지는 10일 노정이다. 우선 도착한 곳은 아스파한에서 3일 노정에 있는 칼릴(Kalīl) 읍이다. 작은 고장이지만 여러 갈래의 시내와 많은 화원과 과실이 있다. 나는 시장에서 1디르함에 사과 15이라크 라틀(raṭl)을 파는 것을 봤다. 그들의 1디르함은 3분의 1나끄라다. 우리는 하와자 카피라는 이 고장의 명사가 세운 자위야에 머물렀다. 그는 거부로서 사재를 털어 연조라든가, 자위야의 건설, 과객들에게 음식제공 등 여러 가지 자선사업에 유용하고 있다. 칼릴을 떠나 이틀 후에 수마(Ṣūmā)라는 큰 마을에 닿았다. 여기에도 오가는 사람들에게 음식을 제공하는 자위야가 하나 있는데, 그 역시 카와자 카피가 세운 것이다.

여기를 지나서 이른 곳은 야즈드 하스(Yazd Khāṣ)이다. 건물이 아담하고 시장도 번창한 자그마한 읍이다. 대사원 건물의 천장을 돌을 무어 만든 것이 이채롭다. 읍은 둔덕을 따라 있는데, 화원이나 물도 제법 있다. 읍 밖에 여행자들이 묵는 숙관이 한 채 있다. 쇠로 만든 아주 든든한 문으로 들어서면 여행객들의 온갖 필수품을 파는 점포가 몇 개 있다. 이 숙관은 쉬라즈 국왕인 쑬퇀 아비 이쓰하끄의 선친인 아미르 무함마드 샤 얀주가 세운 것이다. 이곳에서는 유명한 '야즈드 하스 치즈'를 제조하는데, 그 맛이 일품이다. 한덩어리의 무게는 2에서 4우끼야(uqiyah)[72]다. 이곳을 떠나서부터는 다슈툴 룸(Dashtu'l Rūm)로를 따라갔다. 이 길은 사막길인데 연도에는 터키인들이 살고 있다. 이어 도착한 곳은 소읍(小邑)인 마인(Māyīn)이다. 내나 화원이 많으며 좋은 시장도 몇개 있다. 나무는 대부분이 호두(jauz)나무다.

72. 무게단위로서 1우끼야는 37.4g에 해당한다.

## 5. 쉬라즈시

우리 일행은 마인을 출발해 곧장 쉬라즈에 다다랐다. 고색찬연한 건물에 부지도 넓고 명망과 위용을 두루 갖춘 고도다. 난만한 화원, 넘실거리는 내, 번화한 시장, 고급스러운 거리, 이 모든 것이 이 도시에 있다. 그런가하면, 그 많은 건물이 건축에 빈틈이 없고 구획정리 또한 놀라울 정도다. 직종에 따라 전문시장이 있어 서로가 뒤섞이지 않는다. 모두가 청수한 용모에 정갈한 옷을 입고 있다. 동방에서 시장이나 화원, 강 그리고 주민의 용모 등 갖춤새에서 다마스쿠스와 거의 비견되는 곳은 오로지 이 쉬라즈뿐이다. 평원에 자리한 이곳은 사위가 화원으로 에워싸여 있고 시내을 관류하는 내만도 다섯 개나 된다. 그중 하나가 루크누 아바드(Ruknu Abād)라는 내인데, 물맛이 달 뿐만 아니라, 물이 여름에는 차고 겨울에는 따뜻하다. 그 발원지는 근방에 있는 깔리아(al-Qalī'ah)라는 산기슭에 있는 한 샘이다.

이 시에서 가장 큰 사원은 고사(古寺, al-Masjidu'l 'Atīq)라는 사원이다. 비단 사원들 중에서 면적이 가장 클 뿐만 아니라, 건물도 가장 아름답다. 넓은 정원은 설화석(雪花石, marmar)을 깔고 매일밤 자유시간에 한번씩 닦는다. 매일 저녁 시내의 요인들이 이 사원에 모여 저녁예배와 밤예배를 근행한다. 사원의 북쪽에 하싼(Ḥasan)이라는 문이 하나 있는데, 이 문은 과실시장으로 통한다. 이 시장이야말로 자못 번화해서 다마스쿠스의 바리드(al-Barīd) 문 밖에 있는 시장보다도 낫다고 나는 감히 말한다.

쉬라즈 사람들은 모두가 청렴하고 신앙심이 깊으며 또한 정결하다. 특히 여성들이 그렇다. 그녀들은 훗프(khuff)[73]를 신고 외출할 때는 꼭 장옷을 입고 면사(burqu')를 써서 살갗이 조금도 드러나지 않게 한다. 그녀들은 또한

73. 밑창이 연한 신발로 여인들이 많이 신고 다닌다.

연조나 구빈(救貧)에도 솔선한다. 참으로 기특한 것은 그녀들이 매주 월요일과 목요일, 금요일이면 대사원에 모여 설교를 경청한다는 사실이다. 일단 모이면 1, 2천 명이 족히 된다. 날씨가 무더운 탓에 손에 든 부채를 연신 흔들어댄다. 나는 그 어느곳에서도 여성들이 이렇게 많이 모이는 것을 본적이 없다.

내가 쉬라즈시에 들어설 때, 내 마음은 오로지 법관이고 이맘이며, 최고의 현인이고 희대의 위인이며 의기(義氣)에 투철한 마즈둣 딘 이쓰마일 븐 무함마드 븐 하다드에게 달려갔다. '하다드'(Khadād)란 '알라의 은사(恩賜)'란 뜻이다. 나는 그의 이름을 딴 마즈디야(al-Majdiyah) 마드라싸를 찾아갔다. 그의 저택도 이 마드라싸 안에 있으며, 마드라싸는 그가 지은 것이다. 나는 일행 3명과 함께 이 마드라싸에 갔다. 여러 법학자들과 시내 명류들이 그를 기다리고 있었다. 이윽고 그는 신시예배를 하러 나왔다. 그의 친형제인 루훗 딘의 두 아들 무힛붓 딘과 알라웃 딘이 좌우에서 부축하고 나왔다. 그는 이제 연로해 시력이 약해졌으므로 이 두 조카가 그의 법무대리인 역할을 하고 있다.

내가 그에게 인사하자 그는 나를 꼭 껴안았다. 그리곤 나의 손을 잡고 예배하는 자리까지 가서 내 손을 놓으면서 그의 곁에서 예배를 하라고 손짓하였다. 나는 그대로 하였다. 신시예배를 마치자 모두들 그의 면전에서 솨가니(al-Ṣāghānī)[74]의 저서인 『명등(明燈)과 그 광휘(光輝)』(*al-Maṣābīḥ wa Shawāriqu'l Anwār*)의 몇 장구(章句)를 송독하였다. 끝나자 두 대리인이 그에게 몇가지 안건 처리에 관해 보고하였다. 그리고 나서 시내 명류들이 그에게 인사를 올리는 것이었다. 이것은 그들이 매일 조석으로 행하는 일

74. 본명은 하싼 븐 무함마드 븐 하싼 븐 하이다르 라됫 딘(1181~1252)이다. 현 파키스탄의 라후르(Lāhūr)에서 탄생하여 씬드 지방의 가즈나(Ghaznah)에서 성장하고, 바그다드에서 별세하여 묘가 그곳에 있다. 당대의 유명한 언어학자이고 법학자이며 성훈학자다. 많은 저서를 남겼는데, 그중 본문의 저서 외에 『양해(兩海)의 회합』(*Majma'o'l Bahrain*), 『보유』(補遺, *al-Takmilah*), 『격류』(激流, *al-'Obāb*) 등이 있다.

종의 관례다. 그는 나에게 인사를 하고 나서 오게 된 경위와 마그리브나 이집트, 샴, 히자즈에 관해 두루 물었다. 나는 아는 대로 수문수답하였다. 그는 시중꾼에게 나를 마드라싸 내의 자그마한 독채에 기거토록 하라고 지시하였다.

다음날 이라크의 쑬퇀 아부 싸이드가 파견한 사신이 도착하였다. 사신은 후라싼 출신의 고위아미르인 나쉬룻 딘 앗 다르깐디다. 사신은 도착하자마자 칼라(Kalā)라는 머릿수건을 풀어내리고는 법관의 발에 입을 맞추고, 한 손으로 귀를 잡은 채 그의 앞에 꿇어앉았다. 타타르(al-Tatar)[75] 아미르들이 군주 앞에서 바로 이렇게 한다. 이 아미르는 약 500명의 근위병(mamlūk)과 시종 그리고 기타 수원으로 구성된 기병을 대동하고 왔는데, 모두 시외에 주둔하였다. 그중 법관한테로 온 사람은 15명이지만 예모를 갖추기 위해 자리를 함께 하고 배견(拜見)한 사람은 아미르 혼자뿐이다.

이라크왕 무함마드 하자반다가 이슬람에 귀의하기 전에 그의 근시(近侍)로 자말룻 딘 븐 무톼하르란 법학자가 있었다. 그는 이마미야파(al-Imāmiyah)[76]의 라와피드(al-Rawāfiḍ) 지파에 속한 사람이다. 국왕이 이슬람으로 개종하고, 또 그의 개종에 따라 타타르인들이 개종하자 이 법학자는 사람들로부터 더 많은 존경을 받게 되었다. 그러자 그는 국왕 앞에서 라와피드파 학설을 미화하고 다른 파보다 우월하다고 역설하였다. 뿐만 아니라, 성문도반과 힐라파제[77]에 관해서 설명하면서 아부 바크르와 오마르는 원래 알라의 사자의 대신(大臣, wazir)에 불과했으며, 사자의 조카이자 사위인 알리만이 힐라파제에 부합된 계승자라고 못박았다. 그는 왕이 조상이나 친속의 왕위를 계승하는 왕손승조(王孫承祖)는 너무나 당연하다는 식의 예

75. 여기에서는 몽골인들을 지칭한다.
76. 이슬람 쉬아파의 한 법학파로서 경전 『꾸란』과 성훈 및 이맘의 주장만을 교법의 준거로 인정하며 제4대 정통할리파인 알리가 참가한 공의(公議)만을 인정하고 법리상 유추(類推)는 부정한다. 이란과 이라크 등지에 성행했다.
77. 힐라파제에 관해서는 3장 주161 참고.

증으로 왕을 설득하였다.

국왕은 이슬람 불신에서 탈피한 지 얼마 되지 않아 제반 종교규범을 제대로 알 리가 없었다. 그래서 사람들로 하여금 라와피드파를 따르도록 독려하고, 그러한 내용의 서한을 두 이라크[78]와 페르시아(Faris), 아제르바이잔(Adhrabaijān),[79] 아스파한, 키르만(Kirmān),[80] 후라싼 등지에 보냈다. 뿐만 아니라, 사신들도 각지에 파견하였다. 첫 파견지는 바그다드와 쉬라즈, 아스파한이다. 그러나 바그다드 주민 가운데서 아자즈파(Babu'l Azaj) 사람들은 거부하였다. 그들은 정통파로서 대부분이 이맘 아흐마드 븐 한발[81]의 학설을 따른다. 그들은 "절대로 들을 수도, 순종할 수도 없다"고 단언하였다.

금요일에 그들은 쑬퇀의 사신이 와 있는 대사원에 무장을 하고 몰려왔다. 설교사가 강단에 올라서자 그들은 일제히 그한테로 모여들었다. 무장인원만도 12,000명으로서, 그들은 한다하는 바그다드의 수위병들이다. 그들은 설교사에게 통상적인 설교 내용에서 일자일구라도 가감한다면 설교사뿐만 아니라 쑬퇀의 사신도 즉석에서 처단하겠다고 엄포를 놓으면서 후사(後事)는 대천명(待天命)이라고 하였다. 원래 쑬퇀은 설교사에게 할리파들과 기타 성문도반들에 대한 거명은 빼고 알리와 그를 추종하는 아마르[82]

78. 두 이라크란 주로 아랍인들이 거주하는 '아랍이라크'와 페르시아인들이 거주하는 '페르시아이라크'를 말한다.
79. 아제르바이잔의 영역을 보면 동은 바르자아(Bardha'ah)와 서는 아자르바한(Azarbakhān), 북은 다일람(al-Dailam)과 질(al-Jil), 톼람(al-Taram)과 접하고 있으며, 가장 유명한 도시는 타브리즈(Tabrīz)다. 자고로 유명한 곳으로서 대부분이 산지이며, 보루가 많다. 자원이 풍부하고 과실도 많이 난다.
80. 큰 주(州)로서 대추야자가 유명하며, 농사도 짓고 가축도 많이 기른다. 바스라처럼 건대추야자가 유명한데, 그 질이 일품이다.
81. 그(780~855)는 이슬람교 쑨니파의 4대 법학파의 하나인 한발리야파의 개조다. 바그다드에서 태어나 시리아, 히자즈, 예멘 등지를 역방하면서 3만여건의 성훈을 수집했다. 그는 전통을 고수하면서 무아타질라파(al-Mu'tazilah)를 반대하였기 때문에 압바쓰조 할리파의 박해를 받아 투옥까지 된 바 있다. 그가 서거했을 때 그의 장례식에 80여만의 시민이 참석했을 만큼 신망 높은 이슬람 성훈학자였다.

같은 사람——그들에게 알라의 영총을——만 거명하라고 하명하였다. 그래서 죽음에 겁을 먹은 설교사는 통상적인 설교만 하고 말았다. 쉬라즈와 아스파한 주민들도 바그다드 주민들과 사정은 마찬가지였다.

사신들이 돌아가서 쑬퇀에게 일어난 일을 그대로 품고하였다. 그러자 쑬퇀은 세 도시의 법관들을 당장 불러오라고 호통을 쳤다. 맨 처음 당도한 법관은 쉬라즈 법관 마즈둣 딘이었다. 그때 쑬퇀은 피서지인 까라바그(Qarābāgh)란 곳에 가 있었다. 법관이 도착하자 쑬퇀은 그의 개들에게 던져버리라고 명하였다. 목에 사슬이 감겨 있는 이 황소 같은 개들은 사람을 잡아먹기 위해 준비되어 있는 흉견(兇犬)들이다. 만일 어떤 사람에게 개의 교사형(咬死刑)이 선고되면 그 사람은 결박을 푼 채 넓은 광장에 팽개쳐지게 된다. 그리곤 개들을 풀어놓는다. 사람은 도망치려 하지만 탈출구는 없다. 결국 개들이 달려들어 갈기갈기 찢어 잡아먹는다.

역시 법관 마즈둣 딘에게도 개들을 풀어놓았다. 그런데 어찌된 영문인지 개들은 끽끽거리면서 그의 앞에서 꼬리만 휘저을 뿐 전혀 달려들지 않았다. 이 소식을 들은 쑬퇀은 맨발로 궁에서 뛰어나와 법관의 발 앞에 풀썩 엎드려서는 발에 대고 입을 맞추고, 그의 손을 다정히 잡았다. 그리곤 입은 옷을 몽땅 벗어서 그에게 선사하였다. 그곳 사람들에게 있어서 이것은 쑬퇀이 베푸는 최상의 은전이다. 쑬퇀이 어떤 사람에게 자기의 옷을 하사하였다면, 그것은 그 자신뿐만 아니라 자자손손 큰 영광이다. 그래서 그들은 그 하사받은 옷의 일부만 남아 있어도 대대로 물려받는다. 그러한 옷으로는 바지류가 가장 많다. 쑬퇀은 법관 마즈둣 딘에게 옷을 선사하고 나서 그의 손을 잡고 궁정 안으로 들어갔다. 그는 왕후들더러 법관에게 경의를 표하고 영복토록 하라고 했다.

그후 쑬퇀은 라와피드파의 주장을 철회하고 전국에 칙서를 보내 백성들

82. 그(567~657)는 성문도반으로서 초창기의 이슬람교 신자였다. 657년 7월에 있은 쉿핀(al-Ṣiffīn) 전투에서 진몰(陣沒)했다.

이 정통파를 따르도록 하였다. 그리고 법관에게 후사하고 고향까지 최선을 다해 모셔드렸다. 이 후사 중에는 잠칸(Jamkān)의 120개 마을이 들어 있다. 이곳은 산간계곡인데 길이가 24파르싸흐나 된다. 계곡에는 큰 강이 흐르고, 그 양안에 마을들이 늘어서 있다. 쉬라즈에서는 제일 좋은 곳이다. 법관이 소유한 도시보다 나은 마을 가운데는 하이만(Haiman)이란 마을이 있다. 이 잠칸지방에는 한가지 기이한 일이 있다. 시라즈에 가까운 절반 지역, 즉 12파르싸흐의 지역은 아주 춥다. 법관이 여기에 살고 있는데, 나무는 대부분이 호두나무다. 한편, 호르무즈로 가는 길가에 있는 훈즈발과 라르(al-Lār)에 가까운 다른 절반 지역은 이와는 반대로 몹시 더우며 거기에는 대추야자나무가 자란다.

나는 인도에서 나올 때 법관 마즈둣 딘을 다시 한번 만난 바 있다. 748년(1347)에 나는 그를 만나 영복코자 호르무즈로부터 일부러 그를 찾아갔다. 호르무즈와 쉬라즈 사이는 35일 거리다. 내가 그에게 들렀을 때 그는 거동이 퍽 불편했다. 인사를 하니 그는 나를 알아보고 일어나서 다가오면서 나를 꼭 끌어안았다. 그의 팔꿈치를 잡아보니 정말로 피골이 상접하였다. 그는 나를 첫번째 찾아갔을 때 묵게 한 그 마드라싸에 또 묵도록 했다. 어느날 그를 방문했을 때 후술할 쉬라즈왕 쑬퇀 이쓰하끄가 바로 이 법관 앞에서 한 손으로 귀를 잡고 꿇어앉아 있었다. 그들에게 있어서 이것은 최상의 예절로서 왕 앞에 앉을 때 비로소 이렇게 한다.

어느날 그를 뵈려고 마드라싸에 갔더니 마드라싸 문이 닫혀 있었다. 영문을 알아보니 쑬퇀의 어머니와 그의 누이 사이에 유산문제를 놓고 분쟁이 생겨 법관 마즈둣 딘에게 소송했다는 것이다. 두 여인이 마드라싸로 그를 찾아와 재판을 청구하기에 그는 교법에 따라 문제를 해결해주었다. 쉬라즈 사람들은 그를 '법관'(al-qāḍi)이라 부르지 않고 '우리의 가장 위대한 주공'(主公, al-Mulāy)이라고 부른다. 그의 명함이 필요한 등기나 계약서 같은 데서는 모두 이렇게 쓰고 있다. 내가 마지막으로 그를 만난 것은 748년

(1347) 4월이다. 진정 그의 광휘와 길상이 내 한몸에 형형히 현현(顯現)하였다. 그와 그의 제배(儕輩)들에게 알라의 편익이 내려지기를 기원하는 바이다.

내가 쉬라즈에 도착했을 때 그곳 쑬퇀은 구덕한 왕 아부 이쓰하끄 븐 무함마드 샤 얀주였다. 이 이름은 그의 선친이 샤이흐 아부 이쓰하끄 알 카자루니—그에게 알라의 편익을—의 이름을 따서 지어준 것이다. 그는 성군으로서 용모가 준수하고 행동거지가 단정하며 인품이 있고, 또 도덕이 고상하고 겸손하다. 뿐만 아니라, 대단한 권력의 소유자이기도 하다. 그의 병력은 5만여 명인데, 터키인들과 페르시아인들로 구성되어 있다. 그의 심복은 모두 아스파한 사람들이다. 그는 쉬라즈 사람들을 별로 신임하지 않고 기용하지 않으며 접근조차 안한다. 그리고 쉬라즈인이라면 그 누구에게도 무기 휴대를 허용치 않는다. 왜냐하면 그들은 대단히 용맹스럽고 강인하며 군주도 대수롭지 않게 여기기 때문이다. 그래서 무기를 가진 자가 있기만 하면 영락없이 처벌한다.

어느날 나는 경찰격인 근위병들이 어떤 사람을 목을 매어 관부로 끌고 가는 것을 목격하였다. 사연을 물어보니 밤에 그가 활을 하나 잡고 있었다는 것이다. 결국 이 쑬퇀은 신변이 걱정되서 쉬라즈인들을 억누르고 그들에 대한 아스파한인들의 우월을 표방하기에 이른 것이다. 그의 선친인 무함마드 샤 얀주는 이라크왕이 파견한 집정관으로서 선정을 베풀어 사람들의 사랑을 받았다. 그가 서거하자 쑬퇀 아부 싸이드는 후임에 샤이흐 후싸인을 임명하였다. 후술하겠지만 그는 수석아미르 이븐 주반의 아들이다. 쑬퇀은 그와 함께 많은 군사도 파견하였다. 후싸인은 쉬라즈에 도착하여 집정과 더불어 세수(稅收)도 확정하였다. 이곳은 천하에서 세수가 가장 많은 곳 중 하나다. 징세관인 핫즈 꾸와뭇 딘 알 퇴마그지는 나에게 1일 세수액이 금화로 족히 1만 디나르는 된다고 하였다. 이것을 마그리브 금화로 환산하면 2,500디나르이다.

아미르 후싸인은 부임 후 얼마 있다가 이라크 쑬퇀을 배견하려 가려고 하였다. 차제에 그는 선친의 재산반환을 고집하는 아부 이쓰하끄 븐 무함마드 샤 얀주와 그의 두 형제인 루크눗 딘과 마쓰오드 베크 그리고 그의 어머니 퇴쉬 하툰[83]을 체포하여 이라크로 압송하려고 하였다. 체포된 이들이 한창 시중을 지나가고 있을 때, 퇴쉬 하툰은 갑자기 면사를 벗어 얼굴을 드러내놓았다. 원래 터키 여성들은 얼굴을 가리지 않는다. 그러나 그녀는 압송되는 꼴이 부끄러워 면사를 썼던 것이다. 그녀는 쉬라즈 사람들에게 구원을 청하면서 "쉬라즈 시민들이여, 나는 누구의 처 누구인데, 이 꼴로 당신들의 곁을 떠납니다"라고 외쳤다. 그러자 내가 쉬라즈에 왔을 때 시장에서 본 바 있는 할완 마흐무드라는 목수가 "우리는 당신이 우리네 고장을 떠나게 놔둘 수는 없소. 우리는 그것을 원치 않소"라고 화답하였다. 사람들은 그의 말을 되뇌며 일제히 흥분하여 달려들어서는 많은 군사들을 살상하였다. 또한 재물을 빼앗고 그녀와 그녀의 아들들을 구출하였다. 아미르 후싸인과 그의 수행원들은 가까스로 줄행랑을 쳐서 초라한 모습으로 쑬퇀 아부 싸이드의 면전에 나타났다. 쑬퇀은 다시 그에게 중병(重兵)을 주어 쉬라즈에 돌아가서 그곳 사람들을 재량껏 다스리라고 명하였다.

이 소식을 전해들은 쉬라즈 시민들은 그들로서는 아무런 방책이 없다는 것을 잘 알고 있기 때문에 법관 마즈둗 딘을 찾아가서 제발 쌍방의 죽음을 면하고 서로 간에 화해할 수 있도록 해달라고 간청하였다. 그래서 법관은 아미르 후싸인을 찾아갔다. 그를 본 아미르는 당장 말에서 내려 인사를 하고는 화해에 응하였다. 그날 아미르는 교외에 머물고 있었다. 다음날 시민들은 질서정연하게 거리에 나와 시가를 단장하고 숱한 촛불을 켜놓았다. 아미르 후싸인은 당당하고, 열렬한 환영 속에 시내로 들어왔다. 그후부터 아미르는 시민을 위해 최대의 선정을 베풀었다. 그러다가 쑬퇀 아부 싸이

83. 하툰(khātūn)은 돌궐어로 '왕후' '귀부인'이란 뜻이다.

드가 붕어하고 그 후계가 단절되어 아미르들이 저마다 대권을 노리고 있기에 후싸인은 불안하여 그만 쉬라즈를 떠나고 말았다.

그후 쑬퇀 아부 이쓰하끄는 불과 한 달 반 사이에 쉬라즈와 아스파한 그리고 페르시아 지역을 일시에 석권하였다. 그의 세력이 일취월장 강화되자 주변지역까지 장악하려 하였다. 드디어 쉬라즈에서 가장 가까운 곳인 야즈드(Yazd)[84]에 손을 뻗쳤다. 이 도시는 아름답고 깨끗하며 시장이 이채롭다. 여러개의 내가 흐르고 수목이 푸르싱싱하다. 주민들은 상인들로서 샤피이야파에 속한다. 이 도시의 아미르 무즈피르 샤 븐 아미르 알리 샤 븐 무즈피르는 시에서 6마일 떨어진 곳에 있는 보루에 진을 치고 있었다. 이 보루는 주위가 모래밭으로 에워싸인 아주 든든한 보루다.

쑬퇀 아부 이쓰하끄는 이 보루를 포위하였다. 그러나 무즈피르는 보통 용감무쌍한 사람이 아니어서 밤이면 쑬퇀 아부 이쓰하끄의 진중을 기습하여 여지없이 족쳐댄다. 감쪽같이 천막이나 병막을 부수고는 보루로 돌아가곤 한다. 쑬퇀으로서는 그를 붙잡을 도리가 없었다. 어느날 밤에는 쑬퇀의 막사를 기습해 여러명을 살상하고 준마 10필까지 빼앗아 달아났다. 쑬퇀은 할 수 없이 매일 밤 5천 명의 기병을 대기시켜 매복전을 벌였다. 병사들이 교대를 해가면서 이렇게 했지만 아미르 무즈피르는 여전히 그들과 교전하고는 보루로 무사히 돌아가곤 한다. 어느날 밤에는 교전 끝에 무즈피르 쪽에서 한 사람이 그만 부상을 당했다. 부상자는 쑬퇀에게로 끌려왔다. 그러나 쑬퇀은 그에게 옷을 하사하고 풀어주었다. 그러면서 그에게 무즈피르가 찾아오면 안전을 보장한다는 담보서를 함께 보냈다.

무즈피르는 처음엔 이를 거부했으나 얼마 있다가 두 사람 사이에는 서한이 오갔다. 쑬퇀은 무즈피르의 용감성을 보고 못내 마음속으로 호기심이 생겼다. 그래서 그는 "나는 그를 만나고 싶다. 한번 만나보기만 하면 나는

84. 니싸부르와 쉬라즈 사이에 있는 도시로서 쉬라즈로부터는 70파르싸흐 거리에 있다.

그만 물러가겠다"라고 말하였다. 그리고 나서 그가 보루 밖에 나와 서 있자, 무즈피르는 이 보루의 성문에 다가서서 그에게 인사를 하였다. 이것을 본 쑬퇀은 그에게 "안전하니 말에서 내리시오"라고 하였다. "나는 알라께 맹세하기를 당신이 나의 보루 안으로 들어오기 전에는 말에서 내리지 않기로 하였소. 당신이 들어오면 그때 나는 내려서 당신을 맞이할 것이요." 무즈피르의 대답이다. 이에 "그럼, 내가 그렇게 하겠소"라고 쑬퇀이 화답하였다. 쑬퇀은 10명의 친신을 대동하고 무즈피르의 보루 안으로 들어왔다. 그가 성문에 이르자 무즈피르는 말에서 내려 그의 말 등자에 대고 입을 맞추고는 말에서 내린 채 앞에서 걸어갔다. 무즈피르는 쑬퇀을 자기 저택에 안내하고는 음식을 대접하였다. 식사 후 두 사람은 말을 타고 함께 쑬퇀의 병영에 갔다. 쑬퇀은 무즈피르를 곁에 앉히고는 의상과 많은 금품을 선사하였다. 쌍방은 예배시 쑬퇀 아부 이쓰하끄의 이름으로 설교를 하며[85] 본고장은 무즈피르와 그의 부친의 치하에 있다는 것에 합의하였다. 그리고 나서 쑬퇀은 회향했다.

쑬퇀 아부 이쓰하끄가 한번은 카쓰라 전각(殿閣, Iīwān Kasrā)[86] 같은 전각을 지으려는 욕심으로 쉬라즈인들에게 기초를 파라고 명하였다. 그래서 공사에 착수하였다. 모든 업종의 직인(職人)들은 서로가 경쟁적으로 나섰다. 앞을 다투어 가죽으로 운토용(運土用) 광주리를 만들었는데, 겉은 수놓은 비단띠를 둘렀다. 말 안장이나 말 전대(纏帶)도 이런 식으로 꾸몄다. 그런가하면 어떤 사람들은 은으로 곡괭이를 만들기도 하고 숱한 촛불을 켜대기도 하였다. 땅을 팔 때에는 모두가 가장 화려한 옷을 입고 허리에는 비단띠를 둘렀다. 쑬퇀은 이 모든 것을 관망대에서 지켜보고 있었다. 내가 이 건

85. 예배시 '…의 이름으로'(Bismi…) 설교를 한다는 것은 다같이 그에게 복이나 은총이 있기를 기원하여 설교를 시작한다는 뜻으로서 그에 대한 최대의 존대와 신임의 표시다.
86. 페르시아왕 카쓰라 아누 씨르왕이 지은 화려한 대전각으로 길이 1천 완척, 너비 500 완척, 높이 80완척이며 사방에는 복도가 빙 둘러 있다.

물을 봤는데, 높이는 지상에서 3완척쯤 된다.

기초가 완공되자 일반시민들에게는 부역을 면제시켜주고 삯전으로 공사를 계속하였다. 공사에는 수천 명이 모여들었다. 이 도시의 세무관에게서 들은 바에 의하면 대부분의 세수가 이 집을 짓는 데 탕진되었다고 한다. 이 공사의 책임은 타우리즈(al-Taurīz) 출신의 명사인 아미르 잘라룻 딘 븐 팔키가 맡았다. 그의 부친은 쑬퇀 아부 싸이드의 재상 대표로서 이름은 알리 샤 질란이다. 아미르 잘라룻 딘에게는 히바툴라라는 훌륭한 형제가 있다. 그이 별호는 바하울 말리크다. 그후 내가 인도왕을 방문했을 때 히바툴라와 야흐트(Yakht)의 아미르 샤라풀 말리크가 동석하였다. 왕은 우리 모두에게 의상을 하사하고 각자에게 어울리는 직무도 마련해주었으며 봉급과 기타 사품(賜品)도 결정해주었다. 이에 관해서는 후술할 것이다.

쑬퇀 아부 이쓰하끄는 누구를 구제하거나 후사하는 면에서 이 인도왕의 흉내를 내려고 했지만, 기실은 천양지차였다. 우리가 알기로는 이쓰하끄가 하라왕의 사신으로 온 샤이흐 자다 후라싼니에게 하사한 것은 기껏해야 7만 디나르에 불과했다. 그러나 인도왕은 헤아릴 수 없이 많은 후라싼인이나 기타 지방의 사람들에게 여전히 그 몇배의 것을 하사하고 있다. 후라싼인들에 대한 인도왕의 선행은 참으로 놀라울 지경이다.

태생은 하라이나 하와리즘에 사는 아미르 압둘라라는 후라싼의 한 법학자가 인도왕에게 왔다. 사실 그는 하와리즘 지배자인 아미르 까틀루드 무르의 처 하툰 투라비크가 파견한 사람으로서 인도왕에게 선물을 하였다. 왕은 이 선물을 받고는 그보다 몇배나 되는 답례품을 사람을 시켜 하툰에게 보냈다. 아미르 압둘라는 스스로가 인도왕 곁에 남아 있기로 작심하였다. 후일 그는 왕의 측근이 되었다. 어느날 왕은 그에게 "창고에 들어가서 자네가 짊어질 수 있을 만큼의 금을 가지고 가게"라고 하였다. 압둘라는 집에 돌아와서 13개의 주머니를 가지고 창고에 들어갔다. 주머니마다 가득 채우고 나서 몸 13군데에 한 개씩 동여맸다. 원래 그는 힘깨나 쓰는 사람이다. 가까스로 일어나서 창고문을 나서자 그만 쓰러지고 말았다. 다시 일어날 수가 없었다. 쑬퇀은 그가 가지고 나온 금의 양을 달아보라고 하였다. 달아보니 총 중량은 13델리 맛누(mannū)[87]나 되었다. 1맛누는 25이집트 라틀[88]이다. 쑬퇀이 모두 가지고 가라고 해서 그는 몽땅 챙겨갔다.

어느날 전술한 샤라픚 딘 알 후라사니라는 야흐트 아미르가 인도의 수도에서 병에 걸리자 왕이 병문안을 왔다. 왕이 들어서자 그는 일어나려고 하였다. 그러나 왕은 제발 침대(katt)에서 내려오지 말라고 말하였다. 마우라(maurah)라는 등받이의자를 가져다놓고 왕은 거기에 앉았다. 이윽고 왕은 금과 천칭(天稱)을 가져오라고 하였다. 그것을 가져오자 환자에게 천칭의 한쪽판에 올라앉으라고 하였다. 그러자 환자는 "세계의 주(Khūnd 'Ālam)여, 이럴 줄 알았으면 옷을 많이 껴입을 걸 그랬습니다!"라고 말하였다. 이 말을 들은 왕은 "그럼, 당장 있는 옷을 다 껴입으시오"라고 하였다. 환자는 솜을 넣은 동복을 입고 천칭판에 올라앉았다. 왕은 다른 쪽 판에 금을 기울어질 때까지 올려놓았다. 그리고 나서 "이 금을 가져다가 당장 연조(捐助)하시오"라고 한마디하고는 훌쩍 떠나버렸다.

쑬퇀에게로 압둘 아지즈 알 아르두와일리란 수행자가 왔다. 그는 원래 다마스쿠스에서 성훈학을 공부한 후, 그곳에서 법학자로 활동하였다. 쑬퇀은 그에게 일당 생활비로 은화 100디르함을 지급하였다. 그것을 금화로 환산하면 25디나르다. 어느날 그가 성훈에 관해 이야기하는 자리에 쑬퇀이 참석하였다. 쑬퇀이 성훈에 관해 한가지 묻자 그는 많은 관련 성훈을 제법 술술 이야기하는 것이었다. 그 많은 성훈을 줄줄 외우고 있는 데 대하여 쑬퇀은 놀라지 않을 수 없었다. 그리곤 즉석에서 앞으로 늘 자리를 함께 하여

87. 무게의 단위로서 1맛누는 180~280미스깔이다. 1미스깔이 4.68g이므로 1맛누는 842.4~1310.4g에 해당한다.

88. 1이집트 라틀은 449.3g에 해당한다. 본문에서는 1맛누가 25이집트 라틀이라고 하니 약 11,232.5g이나 되는 셈이다. 본문에서 쑬퇀이 '13델리 맛누'의 황금을 주었다는 내용과 위의 주 내용을 참고해보면 1맛누는 25가 아니라 2.5이집트 라틀이다.

필요한 일을 도와주겠다고 약속하였다. 쑬퇀이 가려고 자리에서 일어나자 수행자는 그의 발에 입맞췄다. 쑬퇀은 시종에게 자그마한 식기 비슷한 금제 접시와 함께 금화 1천 디나르를 가져오라고 하였다. 쑬퇀은 손수 금화를 집어서 접시에 쏟아넣으면서 수행자에게 "접시와 함께 이 금화는 자네 것이네!"라고 말하였다.

또 한번은 아부 샤이흐 압둘 라흐만 알 아스파라이니란 후라싼 사람이 쑬퇀을 찾아왔다. 그의 아버지는 바그다드에 살고 있었다. 쑬퇀은 그에게 은화 5만 디르함과 낙타, 시종, 의상 등을 하사하였다. 다음에 인도 이야기를 할 때, 이 쑬퇀에 관해서 더 많은 것을 전하려고 한다. 앞에서 보다시피 쑬퇀 아부 이쓰하끄가 후사(厚賜)면에서 짐짓 인도왕을 흉내낸다고 하니깐 여기에서 그에 관해 좀 언급하였다. 물론 쑬퇀 아부 이쓰하끄가 너그럽고 후덕한 사람이긴 하지만, 그러나 마음 씀씀이나 도량 면에서는 아직 인도왕 반열에는 끼지 못한다.

쉬라즈의 성소로는 아흐마드 븐 무싸의 묘소가 있다. 그는 알리 라돠 븐 무싸 븐 자이파르 븐 무함마드 븐 알리 븐 후싸인 븐 알리 븐 아비 퇄리브——그들에게 지고한 알라의 영총을——의 형제다. 이곳은 시라즈 사람들이 거룩하게 여기는 성소로서 그들은 고인으로부터의 영복과 고인에 대한 지고한 알라의 자혜(慈惠)를 기원하고 있다. 쑬퇀 아부 이쓰하끄의 어머니인 퇴쉬 하툰이 여기에 큰 마드라싸와 자위야를 세워 오가는 사람들에게 음식을 제공하고 있다. 그리고 독경사들은 늘 이 묘소에서 『꾸란』을 독경하고 있다. 관행상 하툰은 매주 월요일 밤에 여기에 온다. 이날밤에는 많은 법관들과 법학자들, 성예들이 여기에 모인다. 쉬라즈는 세상에서 성예들이 가장 많은 곳 중 하나다. 믿을 만한 사람에게서 들은 바에 의하면 노소 할 것 없이 성예로 예우를 받는 사람은 무려 1,400여명이나 된다고 한다. 그들의 감독(naqib)은 아드둣 딘 알 후싸인이다. 사람들이 이 묘소에 오면 일단 『꾸란』의 어느 한 부분을 송독한다. 물론 독경사들도 요란한 목소리로 독경한다. 그리고 나서는 음식과 과실, 당과류가 들어오는데, 그것을 먹고 나면 훈계사(訓誡師, wā'iẓ)의 훈계가 있다. 이러한 모든 행사는 낮예배부터 저녁예배 사이에 거행된다. 이때 하툰은 창문으로 사원을 부감할 수 있는 방에 앉아 있다. 마지막으로 왕가의 문전에서처럼 묘소의 문전에서도 북을 치고 나팔을 분다.

이 도시의 성소로는 또한 권위있는 현인인 이맘 아부 압둘라 븐 하피프의 묘소가 있다. 그는 '샤이흐'로 알려진 사람인데, 페르시아 전역의 귀감이다. 거룩하게 여기는 그의 성소에는 조석으로 사람들이 와서 참배한다. 나는 법관 마즈둣 딘이 이곳에 와 참배하는 것을 본 바 있다. 하툰은 매주 금요일 밤이면 이곳 사원에 온다. 여기에는 자위야와 마드라싸가 있다. 법관들과 법학자들이 이 묘소에 모여서는 아흐마드 븐 무싸의 묘소에서 행하는 행사와 똑같은 행사를 치른다. 나는 이 두 곳 행사에 다 참석해봤다. 쑬퇀 아부 이쓰하끄의 선친인 아미르 무함마드 샤 얀주의 묘가 바로 이 이맘의 묘에 붙어 있다. 샤이흐 아부 압둘라 븐 하피프는 명망이 높은 대현인으로서 인도지방의 씰란(Sailān, 현 스리랑카) 섬에 있는 싸란디브(Sarandīb) 산길을 발견하였다.

전하는 바에 의하면, 어느날 샤이흐는 약 30명의 수행원들과 함께 싸란디브산으로 갔다. 인가가 전혀 없는 산길에서 시장기가 든 데다가 그만 길마저 잃고 말았다. 일행은 샤이흐에게 자그마한 코끼리를 붙잡겠으니 허락해달라고 하였다. 사실 이곳에는 어린 코끼리가 많아 인도 왕도로 보낸다. 샤이흐는 그들의 요구를 거절하였다. 이제 허기가 질 대로 진 일행은 샤이흐의 불허를 마다하고 작은 코끼리 한 마리를 잡아서는 그 고기로 요리를 해먹었다. 그러나 샤이흐는 고기를 입에 대지도 않았다.

그날밤 그들이 잠에 빠져 있을 때 사방에서 코끼리들이 모여들었다. 한 사람씩 냄새를 맡아보고는 연방 죽이니 결국 모두 살해당했다. 유독 샤이흐만은 냄새를 맡았지만 별고 없었다. 뿐만 아니라, 코끼리 한 마리가 샤이흐를 코로 휘감아서는 등에 올려놓고 인가가 있는 곳까지 데리고 왔다. 이곳 사람들은 샤이흐를 보자 모두가 신기해서 다가와 영문을 물었다. 사람들이 가까이 오자 코끼리는 그를 코로 집어서 사람들이 볼 수 있도록 땅에 내려놓았다. 그들이 샤이흐를 자기들의 왕한테로 보내 결국 모든 사실을 알게 되었다. 그들은 이교도들이다. 샤이흐는 그들과 함께 여러날을 지냈다. 이곳은 하이자란(al-Khaizarān)이라고 하는 강가의 보석채집지다. 전하는 바에 의하면 어느날 샤이흐는 왕의 면전에서 잠수했다가 두 주먹을 불끈 쥐고 수면으로 부상하였다. 그리곤 왕에게 "어느 한 주먹을 고르십시오"라고 하자 왕은 오른쪽 주먹을 골랐다. 오른손을 펴니, 절묘한 세 개의 보석(yaqūt)이 있었다. 원래 이러한 보석은 왕들이 왕관에 박아 대대로 계승한다.

나는 이 씰란섬에 들어가 본 바 있다. 도민들은 이교도이긴 하지만, 무슬림 수행자들을 존대한다. 초청해서는 음식을 대접하고 자식들을 포함해 가족들과 함께 지내게도 한다. 이것이 인도의 기타 이교도들과는 다르다. 기타 이교도들은 비록 해치거나 욕지거리를 하지는 않지만, 무슬림들을 가까이하지 않고 저들이 쓰는 그릇에 음식을 담아주거나 물을 떠주는 일은 없다. 때로는 부득이하게 그네들에게 고기를 삶아달라고 하면 삶은 고기를 솥째로 들고 와서는 멀찌감치 앉아 있다가 바나나 잎사귀를 따와서는 그들의 주식인 쌀밥을 그 위에 얹어놓는다. 밥에다가는 쿠샬(kūshāl)이란 조미료를 친다. 그리곤 휙 가버린다. 우리가 먹다가 남은 것은 개나 새들이 주워 먹는다. 만일 철없는 어린것이 그것을 먹었다면 그네들은 그 애에게 매질하거나 소똥을 먹인다. 소똥이 먹은 것을 깨끗이 씻어낸다고 한다.

쉬라즈의 성소로는 중견 수행자인 샤이흐 루즈바한 바끌리[89]의 묘소가 있다. 그는 대현인으로서 그의 묘는 늘 설교가 진행되는 대사원 내에 있다.

89. 쉬라즈 출신의 수피파 샤이흐로서 『꾸란 진상의 신해(新解)』(*'Arāisu'l Bayān fi Ḥaqāiqu'l Qurān*) 등의 저서가 있다.

이 사원에서 전술한 법관 마주둣 딘——그에게 알라의 영총을——이 예배를 한다. 나는 이 사원에서 그로부터 이맘 아부 압둘라 무함마드 븐 이드리쓰 앗 샤피이[90]의 전승(傳承, musnad)에 관해 들었다. 그는 다음과 같이 말하였다. "그에 관해서는 오마르 븐 만자의 딸인 와지라[91]가 우리에게 전하였다. 와지라는 아부 압둘라 후싸인 븐 아비 바크르 븐 무바라크 앗 자비디가 우리에게 전하였다고 말하였다. 아부 압둘라 후싸인은 자르아 톼히르 븐 무함마드 븐 톼히르 알 마끄다씨가 우리에게 전하였다고 말하였다. 자르아 톼히르는 아부 하싼 말리키 븐 무함마드 븐 만수르 븐 알란 알 아리뒤가 우리에게 전하였다고 말하였다. 아부 하싼 말리키는 법관 아부 바크르 아흐마드 븐 하싼 알 하르쉬가 아부 압바쓰 븐 야아꾸브 알 아쐄에 관해, 아부 알 압바쓰는 라비아 븐 쑬라이만 알 무라디[92]에 관해, 라비아는 또 이맘 아부 압둘라 샤피이에 관해 전했다고 우리에게 말하였다."[93] 나는 또 이 사원에서 법관 마즈듯 딘으로부터 이맘 라돳 딘 아비 파돠일 하싼 븐 무함마드 븐 하싼 앗 쇠가니[94]의 저서 『명등과 그 광휘』에 관해 들었다. 법관은 이 저서에 관해서는 쿠파 출신의 샤이흐 잘라룻 딘 아비 하쉼 무함마드 븐 아흐마드 알 하쉬미에게서 직접 들었는데, 이 샤이흐는 저자를 소개한 이맘 니좌뭇 딘 마하무드 븐 오마르 알 하라위에 관해 이야기하면서 전서를 언급하였다. 이 도시의 성소로는 그밖에 수행자인 샤이흐 자르쿠브의 묘소가 있다. 여기에는 식사를 대접하는 자위야가 있다.

이상의 성소는 모두가 시내에 있다. 시민들 대부분의 묘도 마찬가지다.

90. 이슬람 쑨니파의 4대 법학파의 하나인 샤피이야파 창시자다. 샤피이야파에 관해서는 1장 주75 참고.

91. 다마스쿠스에서 출생하고 그곳에서 사망(1316)한 법학자이며 성훈학자다.

92. 이븐 툴룬(Ibn Ṭūlūn) 대사원에서 최초로 성훈을 구술한 샤피이야파의 성훈학자로 883년에 사망했다..

93. 이와같이 정통적인 이슬람의 성훈학이나 법학에서는 대대로 이어지는 전승관계를 밝히며, 그것이 확실하고 정확무오한 때만이 비로소 전승인의 정통성을 인정한다.

94. 이 장 주74 참고.

어떤 사람은 자식이나 처가 죽으면 사는 집 방 하나를 묘소로 만들어 거기에 매장하고는 방에 돗자리나 주단을 깔고 망자의 머리나 발꿈치에는 큰 촛불을 켜놓는다. 그리고 거리를 향해 문을 하나 내고 철창을 단다. 그러면 독경사는 그 문으로 들어와서 낭랑한 목소리로 독경을 한다. 이 세상에는 쉬라즈 사람들처럼 훌륭한 목소리로 『꾸란』을 송독하는 사람은 없다. 이렇게 식구들은 묘와 함께 살면서 묘를 단장도 하고 묘에 등불도 켜놓아 마냥 망자는 산 자의 곁을 떠나지 않는다. 누군가가 나에게 이야기하기를 식구들은 매일 망자의 몫까지 음식을 준비해서는 공양한다고 한다.

어느날 쉬라즈시에 있는 한 시장을 지나가다가 사원 하나를 발견했는데, 건물이 정교하고 아름답게 단장되어 있다. 사원 안에는 비단주머니에 넣은 많은 경전이 의자 위에 놓여 있다. 그리고 사원의 북쪽 구석에 시장쪽으로 열려 있는 창문이 하나 있다. 거기에 자태와 옷차림이 점잖은 샤이흐 한 사람이 앉아 있는데, 양손에 경전을 받쳐들고 읽고 있다. 나는 그에게 인사하고 그의 곁에 다가가앉았다. 그가 나에게 어떻게 오게 되었는가고 묻길래, 그대로 대답하였다. 나는 그에게 그 사원에 관해 이것저것 물어봤다. 그랬더니 이 사원은 그가 지었을 뿐만 아니라, 독경사들과 기타 사람들을 위해 많은 종교기금(auqāf)도 기부했다고 하였다. 또 알라께서 그가 이 도시에서 운명하게끔 해주신다면 내가 지금 그와 함께 앉아 있는 이 구석이 바로 그가 묻힐 장소라고도 했다. 그리곤 그가 깔고 앉았던 주단을 들자 몇장의 널판을 깐 묘혈(墓穴)이 드러났다. 샤이흐는 맞은편에 있는 상자를 가리키면서 "저 상자 속에는 나의 염포(殮布, kanaf)와 매장용 향로(ḥanūṭ), 그리고 얼마간의 돈이 있습니다. 그 돈은 내가 직접 어떤 선량한 사람을 위해 우물을 파주고 받은 삯전입니다. 남겼다가 장례비로 쓰려고 하는데, 쓰다가 남은 것이 있으면 연조에 써달라고 하였습니다"라고 말하였다. 나는 사뭇 감동되었다. 내가 자리를 뜨려 하자 굳이 만류하는 바람에 그곳에서 그의 후대를 받게 되었다.

쉬라즈 교외에 있는 성소로는 싸아디(al-Sa'dī)[95]로 널리 알려진 청렴한 샤이흐의 묘소가 있다. 그는 당대 페르시아의 시백(詩伯)으로서 아랍어에도 능통하였던 것 같다. 이 묘소에 그가 세운 아담한 자위야가 있는데, 자위야 안에는 수려한 화원이 있다. 자위야는 루크누 아바드(Ruknu Abād)라고 하는 큰 내의 수원(水源) 가까이에 있다. 샤이흐는 거기에 옷을 빨 수 있도록 설화석[96]으로 자그마한 못을 여러개 만들어놓았다. 사람들은 시내를 빠져나와 이 성소를 참배하고 거기서 제공하는 음식을 먹고는 냇가에서 옷을 빨기도 한다. 나 역시 거기서 그렇게 하였다. 묘소에 알라의 자혜(慈惠)가 깃들기를 기원하는 바이다. 자위야 가까이에는 마드라싸가 딸린 다른 자위야가 있는데, 샴쑷 딘 앗 싸마니의 묘 위에 세워졌다. 샴쑷 딘은 원래 아미르이자 법학자인데, 그의 유촉에 따라 거기에 묻었다고 한다.

쉬라즈의 법학자들 가운데는 성예 마즈둣 딘이 있다. 그의 너그러움이란 실로 놀랄 지경이다. 때로는 그가 가지고 있는 모든 것, 지어 입고 있는 옷까지를 남들에게 주고는 자신은 누더기옷을 입고 있다. 시에 있는 요인들이 그에게 들를 때 이런 형편을 보고는 옷을 보내오곤 한다. 그가 쑬퇀으로부터 받는 일당 생활비는 은화로 50디르함이다.

## 6. 쉬라즈[97]에서 바그다드까지

쉬라즈를 출발해서는 수행자인 샤이흐 아부 이쓰하끄 알 카자루니[98]의

95. 그(1184~1291)의 본명은 싸아디 븐 싸이드 잔크로서 페르시아의 대문호이고 현인이다.
96. 일명 설화석고(雪花石膏)라고도 하는데, 석고의 일종이다. 눈을 뿌린 것처럼 흰빛깔의 작은 알맹이 덩어리로서 암염(岩鹽)이나 석회석 등에 붙어서 층을 이룬다. 건축재로도 이용된다.
97. 쉬라즈는 자그로스산맥 남부의 최대 도시로서 파리쓰(Fāris) 주(州)의 주도(州都)로서, 이슬람 초기 아랍인들이 건설하였다. 우마위야조 제5대 할리파 압둘 말리크(685~705) 시대에 재건되었다. 9세기 후반부터 번성하기 시작하여 10세기에는 거리의 길

묘소를 참배하기 위해 카자룬(Kāzarūn)[99]으로 향하였다. 이곳은 쉬라즈에서 2일 거리에 있다. 첫날 묵은 곳은 슐(al-Shūl)이라는 곳인데, 주민들은 페르시아인이며, 광막한 황야에 살고 있다. 그러나 그들 중에는 여러 수행자들이 배출되었다. 어느날 내가 쉬라즈의 한 사원에서 낮예배 후 앉아서 귀하고 거룩하신 알라의 책[100]을 묵송하고 있을 때, 갑자기 성 『꾸란』을 한 권 가지고 송독하고 싶었다. 바로 이때 난데없이 젊은이 한 사람이 들어와서 힘있는 어조로 "이것 받으세요"라고 하였다. 내가 머리를 쳐들자 그는 경전 한 권을 내품에 놓고는 어디론가 사라졌다. 그래서 나는 그날 송독을 할 수가 있었다. 그리고 나서 경전을 돌려주려고 기다렸으나 젊은이는 끝내 돌아오지 않았다. 누군가에게 물어보니 "그는 슐 출신의 바흘룰입니다"라고 하였다. 그후 그를 다시는 보지 못했다.

이튿날 저녁에 우리는 카자룬에 도착하였다. 우선 샤이흐 아부 이쓰하끄——그에게 알라의 편익을——의 자위야에 가서 그날밤을 보냈다. 그곳 관행으로는 오는 손님에게는 그 누구를 막론하고 고기와 유락(乳酪)을 섞어 만든 완자(丸子, harīsah)와 얇은 빵(ruqāq)을 대접한다. 그곳 사람들은 손님을 사흘간 대접하지 않고는 떠나보내지 않는다. 그리고 손님이 요구할 것이 있을 때는 자위야의 샤이흐에게 제기만 하면 그는 자위야에 상주하는 수행자들에게 곧 전달한다. 수행자들은 1백여명이나 되는데, 그중에는 기

이가 무려 5km에나 달할 정도로 확장·변모하였으며 문이 8개가 있었다. 10세기 후반 부와이흐조는 여기에 궁전과 병원, 도서관 등을 짓고 도시를 재정비하였다. 11세기 전반부터 부와이흐조는 이 도시에 성벽을 쌓고 보루를 축조하기 시작하였으며, 14세기 중엽에 이르러서는 일한국의 치하에 들어갔다. 현 인구는 약 32만 명(1972)이다.

98. 이슬람의 4대 정통법학파의 하나인 샤피이야파의 법학자인데 바그다드에서 수학한 후 고향인 파리쓰의 카자룬에 귀향하여 법관에 봉직하였다. 파직 후 쉬라즈에 이주하여 1190년 그곳에서 사망하였다.

99. 페르시아 서부의 파리쓰주에 있는 큰 도시로서 페르시아만과 쉬라즈 사이에 있다. 궁전과 화원, 대추야자나무 원림이 즐비하다.

100. '귀하고 거룩하신'은 알라에 대한 경칭이며, 이러한 알라의 책은 곧 경전 『꾸란』이다.

혼자와 미혼자가 있다. 전달받은 그들은 샤이흐 아부 이쓰하끄의 묘 앞에서 『꾸란』을 송독하고 염송을 하며 손님을 위해 기도를 한다. 그러면 알라의 허용하에(Bidhni'l Lāh)[101] 손님의 요구는 일단 해결된다.

이 샤이흐 아부 이쓰하끄는 인도나 중국 사람들도 우러러 받든다. 중국해에서 승객들은 날씨가 돌변하거나 해적이 겁나면 아부 이쓰하끄에게 한바탕 발원(發願, nadhar)하고 저마다의 소원을 적는다. 그들이 안전하게 육지에 도착하면 자위야의 일꾼들이 배에 올라와 책임지고 모든 발원자(nādhir)들의 소원이 적힌 쪽지를 거두어간다. 사실 중국이나 인도에서 오는 배에서는 수천 디나르의 발원금이 걷혀진다. 그래서 자위야측에서는 대리인을 보내 수금한다. 자위야 내 수행자들 가운데서 누구나가 샤이흐에게 와서 연조를 요구하면 샤이흐는 그에게 자신의 은제 인장이 찍힌 영수증을 써준다. 인주는 붉은색으로 영수증에 찍히면 오래도록 남아 있다. 영수증의 내용은 '샤이크 아부 이쓰하끄에게 발원하는 자 … 에게 본인은 … 의 금액을 지급한다"는 것이다. 지급액은 수행자의 신분에 따라 1천 디나르 될 수도 있고 1백 디나르 될 수도 있어 일정치가 않다. 만일 그 수행자가 발원금을 조금이라도 이미 수취한 것이 있다면, 그 수취액을 영수증 뒷면에 기입한다. 한번은 인도왕이 샤이흐 아부 이쓰하끄에 대한 발원금으로 1만 디나르를 내놓은 바가 있다. 이 소식이 자위야의 수행자들에게 전해지자 한 수행자가 곧 바로 인도에 가서 그 발원금을 수령하여 자위야로 가져왔다.

다음으로 우리는 카자룬을 출발해 자이다인(al-Zaidain) 시[102]에 도착하였다. '자이다인'이라고 명명하게 된 것은 여기에 두 성문보사인 자이드 븐 사비트[103]와 자이드 븐 아르깜[104]——두 분께 알라의 영총을——의 묘가 있기

101. 어떤 요구나 희망이 실현된 때나 또는 그 실현을 바랄 때 쓰는 관용어다.
102. 바흐바한(Bahbahān)과 팔라히야(al-Falaḥiyah) 사이에 있는 마을이다.
103. 성문도반으로서 교법과 율법 및 경전 송독에서는 메디나에서 단연 으뜸이었다. 선지자 무함마드와 초대 정통할리파 아부 바크르에게 『꾸란』을 필사해준 바 있다. 665년에 사망했다.

때문이다.[105] 그들은 또한 사자——그에게 평화를——의 성문도반이기도 하다. 이곳은 아름다운 도시로서 화원이 많고 물이 넉넉하며 시장도 볼 만 하고 사원 또한 신기하다. 시민들은 청렴하고 충실하며 신앙도 돈독하다. 그들 중에는 법관 누룻 딘 앗 자이다니가 있다. 그는 인도에 가서 지바툴 마할(Dhībatu'l Mahal) 섬[106]의 법관을 역임한 바 있다. 이곳은 군도로서 국왕은 잘랄룻 딘 븐 쌀라훗 딘 쌀리흐다. 법관은 왕의 여동생과 결혼하였다. 이 왕과 그를 계위한 딸 카디자에 관해서는 후술할 것이다. 법관 누룻 딘은 이 섬에서 타계하였다.

이곳을 떠나서 이른 곳은 호와이자(al-Ḥowaizā')[107]다. 자그마한 도시로서 페르시아인들이 살고 있다. 여기로부터 바스라까지는 4일, 쿠파까지는 5일 거리다. 이곳 출신으로는 독실한 수행자인 샤이흐 자말룻 딘 알 후와이자이가 있는데, 당시 그는 카이로의 사이둣 쑤아다(Sa'īidu'd Su'dā') 자위야의 샤이흐였다.

여기로부터 우리 일행은 쿠파[108]를 향해 황야를 답파해야만 했다. 물이라고는 타르파위(al-Ṭarfāwī)라는 단 한 곳에 밖에 없는 허허벌판이다. 후와이자를 떠나서 3일 만에 이곳에 당도하였다. 다시 이곳을 떠나서 이틀 만에 드디어 쿠파에 도착하였다. 쿠파는 이라크의 주요 도시의 하나로서 특히 사리를 가리는 변론의 도시이고, 성문도반과 성훈전승자들의 안식처이며, 학자들과 수행자들의 거처이며, 신자들의 수령인 알리 븐 아비 똴리브의

104. 성문도반으로서 선지자 무함마드와 함께 17회의 전투에 참가하였으며, 제4대 정통 할리파 알리와 함께 쉿핀전투에도 참가하였다. 70개의 성훈을 전승하였으며 687년 쿠파에서 사망했다.
105. 이 장 주61에서 설명하다시피, 아랍어에서 쌍수는 단수 어미에 주격인 경우는 '-ān'을, 대격이나 속격인 경우는 '-ain'을 접미한다. 본문에 '자이드'(Zaid)가 두 사람이므로 그 소유격은 '자이다인'(Zaidain)이다.
106. 몰디브(Maldives) 제도다.
107. 와씨트와 바스라 사이의 사하(沙河, 물이 마른 강) 한복판에 있다.
108. 쿠파에 관해서는 3장 주207 참고.

경도(京都)였다. 그러나 잇단 침략의 마수와 인근에 사는 하파자(Khafājah)[109] 아랍인들의 강도질 같은 횡포에 시달려 도시는 처참하게 파괴되어버렸다. 원래 이 도시에는 성곽은 없고 건물은 벽돌로 지어졌다. 시장은 번성한데, 주로 건대추야자와 물고기를 팔고 있다.

가장 큰 사원은 웅대하고 성스러운 대사원(Jāmi')인데, 거기에는 7개의 석판(石板)통로가 있다. 이 통로는 잘 다듬은 큰 돌 기둥에 의지하고 있는데, 기둥은 돌을 착착 쌓아서 만들었으며, 돌 사이는 연으로 땜질하였다. 통로는 상당히 길다. 그리고 이 대사원에는 여러 가지 귀중한 유적이 남아 있다. 예컨대 벽감 맞은편에 남쪽을 향해 우측에 방이 하나 있는데, 그곳이 바로 선지자 이브라힘——그에게 알라의 축복을——이 예배하던 곳이라고 한다. 이 방 가까이에 마룰수 가지로 천장을 엮은 높은 벽감이 하나 있는데, 그것은 알리 븐 아비 탈리브——그에게 알라의 영총을——의 벽감이다. 바로 거기에서 흉악무도한 이븐 물잠[110]이 알리를 암살하였다. 사람들은 그곳에 와서 예배를 한다. 석판로의 끝 모퉁이에 작은 사원이 하나 있는데, 역시 마룰수 가지로 천장을 만들었다.

노아——그에게 평화를——의 대홍수 때 바로 그 사원 자리에 놓인 화로에서 불길이 막 솟아올랐다고 한다. 사원의 뒤켠, 즉 사원의 바깥쪽에 있는 방이 바로 노아——그에게 평화를——의 집이라고 한다. 그 맞은편에 있는 방은 선지자 이드리쓰——그에게 평화를——의 수행처라고 한다. 거기로부터 대사원의 남쪽벽까지 사이에는 공지가 있는데, 거기가 바로 노아——그에게 평화를——가 배를 건조하던 곳이라고 한다. 이 공지의 맨 끝에 알리

109. 아드나니야 부족의 한 지족(支族)으로서 아라비아반도와 샴, 유프라테스강안, 쿠파 부근에 산재해 있다.

110. 원래 그는 쉬아파로서 제4대 정통할리파 알리와 함께 쉿핀전투에도 참가했다. 그러나 후일 알리를 배반하고 바르크와 오마르 븐 바크르와 공모해 하룻밤에 알리와 무아위야 오마르 븐 아쉬를 암살하려 하였다. 그렇지만 661년 9월 17일에 알리만을 암살하였다. 그는 즉시 알리 추종자들에게 피살되었다.

븐 아비 퇄리브──그에게 알라의 영총을──의 집과 그가 세정을 하던 방이 있고, 그 방에 이어 노아──그에게 평화를──의 방이 있었다고 한다. 이 모든 것이 사실인지는 알라만이 알 일이다.[111] 대사원의 동편에 높직한 방이 하나 있는데, 올라가보면 그 안에는 무슬림 븐 아낄 븐 아비 퇄리브[112]──그에게 알라의 영총을──의 묘가 있다. 이 방에서 가까운 사원 밖에는 후싸인──그에게 평화를──의 두 딸인 아티카와 싸키나의 묘가 있다.

싸아드 븐 아비 와까스[113]──그에게 알라의 영총을──가 쿠파에 세운 집정궁(執政宮, Qaṣr Imārah)은 기초만 남아 있고 다 허물어졌다. 유프라테스강은 쿠파에서 동쪽으로 반 파르싸흐 거리에 있으며 강을 따라서는 촘촘히 들어선 대추야자수의 원림이 쭉 늘어서 있다. 나는 쿠파의 공동묘지 서쪽에서 편평한 백사장 한가운데에 유난히 꺼먼 곳이 있음을 발견하였다. 누군가가 나에게 그곳이 바로 흉악한 이븐 물잠의 묘인데, 쿠파 사람들은 매해 숱한 땔나무를 가지고 와서는 7일간 그 묘에다가 불을 놓는다고 알려주었다. 그 부근에는 돔이 하나 있는데, 그것이 바로 무크타르 븐 아비 아비드[114]의 묘소이다.

쿠파[115]를 떠나서 우리는 비어룰 말라하(Bi'ru'l Malāḥah)[116]에 이르렀다. 대추야자수 원림 속에 파묻힌 아름다운 읍이다. 우리는 읍 밖에서 투숙하였다. 주민들이 라와피드파에 속해 있기 때문에 나는 읍내에 들어가는 것

111. 이것에 관해서는 3장 주29 참고.

112. 식견있고 용감한 성훈전승자이다. 원래 메카에 거주하고 있었는데, 쿠파의 사정을 잘 알고 있기 때문에 후싸인 븐 알리는 그를 대표로 그곳에 파견하였다. 그는 1만 8천 명의 쿠파 지지자들을 확보하였다. 이에 불만을 가진 아비둘라 븐 지야드는 그를 체포하여 679년에 살해하였다.

113. 그에 관해서는 3장 주213 참고.

114. 퇴이프 출신의 용장으로서 반우마위야조 운동의 주동자 중 한 사람이었다. 쿠파를 장악하고 무함마드 이븐 하나피를 따를 것을 호소하였다. 후싸인 븐 알리를 암살한 일당을 색출해 처단하였다. 그러나 686년에 무스압 븐 주바이르에게 피살되었다.

115. 이곳에 관해서는 3장 주207 참고.

116. 현 카플(kafl)이다.

을 꺼려했다.

우리는 아침 일찍이 이곳을 출발해 할라(al-Ḥallah) 시[117]에 들어섰다. 큰 도시로서 유프라테스강 동안을 따라 길게 뻗어 있다. 화려한 시장에다가 편의시설이나 산업 같은 것을 두루 다 갖추고 있다. 건물이 많고 대추야자수 원림은 시내나 시외의 어느곳에나 즐비하며 주택들은 꽃밭에 묻혀 있다. 강 양안 사이에 배들을 가지런히 이어서 만든 큰 부교(浮橋)가 있다. 배들은 좌우 양측을 가로지르는 쇠살로 고정되어 있고, 그 쇠살은 양안에 박혀 있는 큰 나무기둥에 단단히 매여 있다. 이 도시의 주민들은 모두가 12이맘파[118]에 속한다. 그렇지만 그들은 또 두 파로 나뉘는데, 한 파는 쿠르드인들(al-Akrad)이고, 다른 한 파는 자미인인(al-jāmiīn)들이다. 두 파간의 분쟁은 계속되어 상잔(相殘)까지 일어나고 있다.

이 시에서 가장 큰 시장의 부근에 알리사원이 있다. 문에는 비단 문발이 드리워 있다. 사람들은 이 사원을 솨히붓 자만(Ṣāḥibu'd Zamān)[119] 성소라고 부른다. 관행상 그들은 매일밤 100명의 남자가 손에는 유명한 검을 드는

117. 쿠파와 바그다드 사이에 있는 큰 도시로서 원래는 '자미인'(al-Jāmi'īn)이라고 불렀다. 이 도시의 건설자는 '국가의 검'(Saifu'd Daulah)인 솨다까 븐 만수르 아싸디이다.

118. 12이맘파는 이슬람교 쉬아파의 주요 지파의 하나다. 9세기 이후에 형성되었는데, 제4대 정통할리파 알리와 그의 직계 후예인 12명의 이맘을 신봉·추종하기 때문에 이런 이름이 붙여졌다. 그들은 이맘이란 알라가 선지가 무함마드를 통해 지정한 사람이며, 전체 무슬림들을 관리하고 교리와 교법을 해설할 능력을 가지고 있기 때문에 정신적인 지도자로서 사람들에게 경전을 이해시키는 종교와 정치의 최고수령이다. 따라서 종교상의 모든 문제는 그만이 판단할 수 있다고 주장한다. 그들은 제12대 이맘인 마흐디는 '은둔된 이맘'으로서 앞으로 '구세주'의 신분으로 재림한다고 믿는다. 이 파는 압바쓰조 후기에 장족의 세 확장을 하여 16세기에 이르러서는 이란 싸파위조의 국교로까지 되었다. 오늘의 이란 사회에도 지대한 영향을 미치고 있다. 현재 쉬아파 중에서는 신봉자가 가장 많은 지파이며, 주로 이란, 파키스탄, 이라크, 인도 등지에 분포되어 있다. 12이맘은 알리, 하싼, 후싸인, 알리 자이르 아빗 딘, 무함마드 바끼르, 자이파르 솨디끄, 무싸 카줨, 알리 라돠, 무함마드 자와드, 알리 하디, 하싼 아스카리, 무함마드 문타쥐르 마흐디다.

119. '세계 말일의 주인'이란 뜻으로서 쉬아파, 특히 12이맘파에서도 미래에 구세주로 강림할 자를 일컫는다.

등 전신무장하고 신시예배 후에 시 아미르한테 와서 안장과 굴레를 씌운 말이나 노새 한 마리를 끌고 간다. 그들은 북을 치고 나팔을 부는데, 50명은 이 짐승의 앞에서 가고, 나머지 50명은 뒤를 따른다. 그밖에 따라나선 사람들은 짐승의 좌우에서 걸어간다. 쏴히붓 자만성소에 이르면 문앞에 서서 모두가 "알라의 이름으로, 쏴히붓 자만이시여, 알라의 이름으로 어서 나오시라. 세상은 부패하고 불의가 팽배하니, 이제야말로 그대가 나오실 때일진대, 나오셔서 알라로 하여금 시비곡직(是非曲直)을 가리게 하소서!"라고 외친다. 그들은 계속 북을 치고 나팔을 불면서 저녁예배 때까지 줄곧 이렇게 외쳐댄다. 그들은 말하기를 무함마드 븐 하싼 알 아쓰카리[120]가 이 사원에 들어선 후 어디론가 사라져버렸는데, 앞으로 나타날 것이며, 그래서 그를 그들이 '기다리는 이맘'(al-Imāmu'l Muntaẓir)이라고 한다.

쑬퇀 아부 싸이드가 사망한 후 메카시 아미르인 아미르 무함마드 븐 라미사 븐 아비 나미가 할라시를 공략하여 몇년간 통치하였다. 그는 선정을 베풀어서 이라크 사람들로부터 찬사를 받았다. 그러다가 이라크 쑬퇀인 샤이흐 하싼이 이 도시를 공략하여 그를 괴롭히다가 끝내는 살해해버렸다. 이라크 쑬퇀은 그가 소유한 재산과 진귀품을 몽땅 몰수하였다.

할라를 출발해 이른 곳은 카르발라(Karbalā') 시[121]다. 여기는 후싸인 븐 알리——두 분께 평화를——가 순교한 곳이다. 자그마한 도시로서 사방은 유프라테스강 물로 관개를 하는 대추야자수 원림으로 에워싸여 있고 성소는 시내에 있다. 성소 내에는 큰 마드라싸와 과객들에게 음식을 대접하는

120. 본명은 무함마드 븐 하싼 아쓰카리 븐 알리 하디 아부 까씸이다. 쉬아파의 주요 지파인 12이맘파의 마지막 이맘으로 흔히들 그를 가리켜 '쏴히붓 자만', '마흐디'(al-Mahdī, 정도를 걷는 자) '문타쥐르'(al-Munṭaẓir, 기다리는 자) '훗자'(al-Ḥujjah, 권위자), '쏴히붓 씨르다브'(Ṣāḥibu'd Sirdāb, 지하로의 주인)라고 한다. 그는 아버지의 집 지하로(sirdāb)에 들어갔다가 종시 나오지 않고 잠적해버렸다고 한다. 쉬아파들은 그가 세계의 말일에 나타날 것을 기다리고 있다.

121. 제4대 정통할리파 알리의 둘째 아들 후싸인이 피살된 곳으로서 쉬아파의 순례지의 하나다.

자위야가 있다. 묘소 문앞에는 수위와 안내가 있어 그들의 허락을 얻어야 들어갈 수 있다. 들어서면 우선 거룩한 문지방에 접문(接吻)한다. 성스러운 능묘에는 여러개의 금은제 등이 걸려 있고, 문들에는 비단 문발이 드리워 있다. 시민들은 라히크(Rakhik)의 후손과 파이즈(Fāiz)의 후손 두 파로 나뉘는데, 늘 서로가 다투고 있다. 그렇지만, 크게 보면 그들 모두는 이마미야 파에 속해 있다. 사실 그들간의 분쟁으로 인해 이 도시는 피폐되었다.

## 7. 바그다드시

우리는 카르발라로부터 드디어 바그다드에 도착하였다. 바그다드는 영광스러운 지위와 화려한 업적을 지닌 '평화의 집'(Dāru'd Salām) 도시이자 이슬람의 서울이고, 할리파들의 안식처이며, 학자들의 정착지이다. 아부 하싼 븐 주바이르[122]——그에게 알라의 영총을——는 다음과 같이 말하였다. "이 유구한 도시는 비록 아직은 압바쓰조의 수도이고 꾸라이시족의 영도적 지위를 선전하는 장이 되고 있지만, 이미 유명무실일 따름이다. 수많은 변란과 재앙을 당하다보니 이제는 그저 하나의 사라져간 폐허나 떠오르는 환상으로서, 더이상 사람들의 눈길을 멈추게 하지 않고 지난날을 돌이켜보지도 않게 한다. 그나마도 동서로 흐르는 티그리스강만이 양면을 비추는 거울이나 가슴 한가운데에 놓인 목걸이의 진주처럼 남아 있기에 바그다드는 갈증을 모르고 녹슬지 않는 명경(明鏡)으로 떠오르고 있으며, 그 나름의 공기와 물을 마시며 살아나고 있다."[123]

바그다드[124]에는 두 개의 부교(浮橋)가 있는데, 그 모양은 앞에서 언급한

122. 여행가 이븐 주바이르에 관해서는 2장 주94 참고.
123. 『이븐 주바이르 여행기』(*Riḥlah Ibn Jubair*) 193~94면.
124. 이븐 주자이는 바그다드시에 관해 언급할 때 다음과 같은 시인들의 시문을 인용하

할라시의 부교 모양과 같다. 사람들은 남녀노소 할 것 없이 밤이건 낮이건 그 다리를 거닐며 쉼없는 산책을 즐긴다. 바그다드에는 설교를 하고 금요일예배를 근행하는 대사원이 모두 11개가 있다. 그중 8개는 서안에, 나머지 3개는 동안에 있다. 그외에 사원과 마드라싸도 아주 많았지만 지금은 이미 폐허가 되어버렸다.

바그다드에는 욕탕이 많은데, 모두가 대단히 우아하다. 대부분 욕탕은 바닥까지 역청(瀝青, qār)을 발라서 보는 사람으로 하여금 흑색 대리석을 연상하게 한다. 이 역청은 쿠파와 바그다드 사이에 있는 한 땅구덩이에서 나오는 것을 가져온 것이다. 이 구덩이에서는 역청이 계속 솟아나와 주변에 찰흙처럼 싸인다. 그것을 삽으로 퍼서 바그다드로 가져온다. 욕탕마다 많은

였다. 우선 그 변모에 관한 시인 아부 타맘 하비브 븐 아우쓰의 다음과 같은 시구다.

바그다드는 이미 그 부음(訃音)이 전해졌으니, 세월의 풍상에 허물어진 그 참경 슬피 우노라./티그리스강은 전화(戰火)에 휩싸여도, 불길만 잡히면 곳곳이 우아하였건만/이제 그 찬란했던 과거로 돌아가려 한들, 바라는 그 마음엔 실망만이 자리하네./마냥 일찌감치 청춘을 보내어, 천부(天賦)의 이름다움 날려보낸 노구(老嫗)처럼.

많은 사람들이 바그다드를 찬미하는 시문을 지어 그 훌륭함을 누누이 언급했는데, 이는 이루 다 헤아릴 수 없다. 그러나 그 부정적인 일면도 시구에 담고 있다. 그중에는 말리키야파로 바그다드 출신이고 이맘이며 법관인 아부 무함마드 아부 와하브 븐 알리 븐 나스르의 다음과 같은 시구가 있는데, 나의 선친——그에게 알라의 자비를——은 몇번이고 그 시구를 읊었다.

바그다드의 훈훈한 분위기, 천신만고인들 다가가고 싶어라./어찌 하루라도 그곳을 떠나랴, 온갖 훈훈한 분위기 다 아우러졌는데.

한 시인——그에게 지고한 알라의 자비와 영총을——은 또 이렇게 읊고 있다.

방방곡곡에서 바그다드에 인사드리나니, 나는 꼭 그 몇배의 인사드려야 하리/주여, 나는 그대를 잠깐도 떠난 일 없거늘, 진정 티그리스강 양안의 지인(知人)이어라./그러나 그대의 너그러움이 오히려 나를 괴롭혔으니, 문병은 결코 모든 것 구원 못했어라./그대는 나의 집우(執友), 가까이하려 하나, 그 괴벽(怪癖)으로 나를 등지고 멀어지기만 하는구나.

또 한 시인은 울분에 차 다음과 같이 읊고 있다. 나의 선친——그에게 알라의 자비를——은 이 시구를 한두 번만 읊지 않았다.

바그다드, 부자들에겐 호화저택이나, 빈자들에게는 궁핍한 오막살이/내 거리를 걸어도 누구하나 거들떠보지 않으니, 나는 마냥 이교도 집에서 버림받은 한 권의 경전이어라.

목욕칸을 가지고 있으며, 모든 목욕칸은 역청을 발랐다. 그리고 벽은 땅에서 절반을 역청으로 칠하고 나머지 윗부분은 희멀끔하게 회칠을 하였다. 정말로 상반된 두 색깔이 잘 어울리면서 대조를 이루고 있다.

목욕칸 안에는 대리석 욕조가 있으며, 거기에는 두 개의 관이 있다. 하나는 더운물이 나오는 관이고, 다른 하나는 찬물이 나오는 관이다. 한 사람이 한 칸씩 들어가는데, 원하면 몰라도 그렇지 않고는 누구도 함께 들어갈 수가 없다. 또 목욕칸 한구석에는 전신세정용 욕조가 하나 따로 있다. 여기에도 더운물과 찬물이 나오는 두 개의 관이 설치돼 있다. 욕탕에 들어가는 사람에게는 세 장의 수건이 차려지는데, 하나는 들어갈 때에 아랫도리를 가리고, 다른 하나는 나올 때 아랫도리를 가리며 나머지 것으로는 몸에 있는 물기를 씻어낸다. 물론 다른 곳에서도 이와 비슷하긴 하지만, 바그다드에서처럼 이렇게 완벽하게 하는 곳을 나는 일찍이 본 적이 없다.

바그다드의 서부는 먼저 건설한 곳이어서 지금은 그 대부분이 파괴된 상태다. 그렇지만 아직도 13개 구역(maḥallah)은 남아 있다. 말이 구역이지 실은 도시와 다름없다. 구역마다 2,3개의 욕탕이 있고, 8개 구역에는 대사원이 하나씩 있다. 이들 구역 중에서 바불 바스라(Bābu'l Baṣrah) 구역에는 할리파 아부 자아파르 만수르[125]——그에게 알라의 자비를——대사원이 있다. 바스라문 구역과 티그리스강 거리 구역 사이에 궁궐 같은 병원이 있었

125. 만수르(al-Manṣūr, 713~75, 재위 754~75)는 압바쓰조의 제2대 할리파로서 이복형제인 초대 할리파 쐇파흐(4년간 재위)를 계위하여 등극한 압바쓰조 건국의 실제적 정초자다. 자신의 권력 확립을 위해서 할리파위에 도전한 숙부 압둘라와 공신 아부 무슬림을 처단하고, 압바쓰 일가의 할리파위를 반대한 쉬아파를 무자비하게 탄압하였으며, 페르시아와 북아프리카 베베르인들의 반압바쓰운동도 진압하였다. 762~66년 사이에 신도 바그다드를 건설하고 권력의 중앙집권화를 시도하였다. 동시에 관료기구와 지방행정기구의 정비, 지방총독의 권한하에 있던 법관의 직접임명제의 실시, 역체(驛遞, barīd)제도의 개선, 재정제도의 정비 등 일련의 사회·정치적 개혁을 단행하였다. 그는 성지순례 도중 객사하였으며, 그후 압바쓰조의 할리파들은 모두 그의 직계 후예들이다.

는데, 지금은 잔해밖에 남아 있지 않다.

바그다드 서부의 성소로는 바스라문 구역에 있는 마아루프 알 카르히[126]——그에게 알라의 영총을——의 묘소가 있다. 바스라문으로 가는 길가에 화려한 건물의 성소가 하나 있다. 그 안에는 낙타봉만큼이나 되는 묘가 한 기 있다. 그 묘비에는 '알리 븐 아비 퇄리브의 아들 아운지묘'라고 씌어 있다. 그 바로 곁에는 알리 븐 무싸 라돠의 부친인 무싸 카쥠 븐 자아파르 쏴디끄[127]의 묘가 있고, 그 옆에는 자와르[128]의 묘와 다른 두 기의 묘가 꽃밭 속에 있다. 이 두 기의 묘 위에는 은조각이 붙어 있는 나무판자가 놓여 있다.

바그다드의 동부는 잘 배치된 시장들로 흥성거린다. 가장 큰 시장은 이른바 '화요일시장'이다. 물품들이 죄다 일품이다. 이 시장 한가운데에 수범을 보이고 있는 특수한 니좌미야(al-Niẓāmiyah)[129] 마드라싸가 있다. 이 시장의 끝머리에는 신자들의 수령(할리파)인 좌히르의 아들이고 신자들의 수령인 나쉬르의 손자인 신자들의 수령 무쓰탄쉬르 빌라 아비 자아파르[130]가 세운 문타쉬리야(al-Muntaṣiriyah) 마드라싸가 있다. 이 마드라싸 내에는 4대 법학파가 다 들어가 있는데, 매 파마다에 대청이 한 채씩 있다. 대청에는 예배소와 교실이 있다. 교사는 나무로 지은 자그마한 돔 아래에 있는 방석을 깐 의자에 정숙하고 위엄있게 앉아 있다. 그는 검은 옷에 터번을 쓰고 있

126. 바그다드의 카르흐에서 출생한 독실한 수피파의 수행자이다. 청렴하기로 이름이 나 사람들은 그에게서 영복을 구했다. 815년에 사망하였다.

127. 쉬아파의 한 지파인 12이맘파 제7대 이맘으로서 신앙에 독실함은 물론 학문에도 조예가 깊었다. 압바쓰조 제5대 할리파 라쉬드(재위 786~809)가 그를 바스라에 유치해서 감금한 후 바그다드로 이감하였는데, 옥사하였다. 그가 은둔 이맘이란 일설도 있다.

128. 쉬아파에 속한 12이맘파 제9대 이맘으로서 총명하고 달변이었으며 논리가 정연하여 신망이 두터웠다.

129. 쌀주끄(al-Saljūq) 출신의 재상 니좌무 말리크가 1064년 바그다드에서 이 니좌미야 마드라싸를 건립하기 시작하여 2년 뒤인 1066년에 완공하였다.

130. 압바쓰조 제36대 할리파(재위 1226~42)로서 바그다드의 티그리스강 동안에 문타쉬리야마드라싸를 세웠다. 압바쓰조의 쇠망기(마지막 두번째 할리파)에 선정을 베풀었으나 치세시에 몽골군이 국토의 태반을 공략하였다.

다. 그의 좌우에는 두 명의 조교가 앉아서 그가 말하는 것을 복창하고 있다. 네 파의 강좌는 모두 이런 식으로 진행된다. 마드라싸 내에도 학생들을 위한 욕탕과 부분세정실이 마련되어 있다.

바그다드의 동부에서 금요예배가 근행되는 대사원은 세 군데다. 하나는 할리파대사원인데, 할리파들의 궁정이나 저택들과 연결되어 있다. 큰 사원으로 안에는 많은 음료수 공급처와 부분 및 전신세정을 위한 욕실이 있다. 나는 이 대사원에서 샤이흐이고 이맘이며 청렴한 학자이고 이라크의 전승가[131]인 싸라줏 딘 아부 하프스 오마르 븐 알리 븐 오마르 알 까즈위니[132]를 만났다. 그리고 또 바로 이 사원에서 나는 727년(1326) 7월에 그로부터 아부 무함마드 압둘라 븐 압둘 라흐만 븐 파들 븐 바흐람 앗 다라미[133]의 저서 『전승가』의 전편에 관해 들었다. 그는 다음과 같이 말했다. "청렴한 여샤이흐이며 전승가인 빈트 물루크 파튀마 빈트의 아들 타줏 딘 아비 하싼 알리 븐 알리 븐 아비 바드르가 우리에게 전승하였다. 그녀는 샤이흐 아부 바크르 무함마드 븐 마쓰오드 븐 바흐루즈 퇴비브 알 마르스타니가 우리에게 전승하였다고 말하였다. 샤이흐 아부 바크르는 아부 와끄트 압둘 앗왈 븐 샤이브 앗 샤자리가 우리에게 전승하였다고 말하였다. 아부 와끄트는 이맘 아부 하싼 압둘 라흐만 븐 무즈피르 앗 다와디가 우리에게 전승하였다고 말하였다. 이맘 아부 하싼은 아부 무함마드 압둘라 븐 아흐마드 븐 호마위흐 앗 사르카씨가 우리에게 전승하였는데, 그는 아부 옴라니 이싸 븐 오마

131. 전승가(傳承家, al-Musnid)란 선지자 무함마드의 언행 기록인 『성훈』을 전대로부터 전승받고, 또 그것을 후대에 전승해준 사람을 지칭한다.

132. 당대 이라크의 유명한 성훈학자로서 까즈윈(Qazwin)에서 출생하고 와씨트에서 성장했으며, 바그다드에서 성훈학자로 명성을 떨치고 그곳에서 별세(1349)하였다. 『목록』(目錄, *al-Fibrist*)을 비롯해 다수의 저서를 찬술하였다.

133. 그(797~869)는 싸마르깐드 출신의 성훈학자로서 히자즈와 샴, 이집트, 이라크, 후라싼 등지에서 많은 사람들로부터 성훈을 녹취하였다. 그는 『꾸란』 주석가이자 법학자이기도 하였다. 저서로는 『전승록』(傳承錄, *al-Musnad*), 『정훈집』(*al-Jami'od Ṣaḥīḥ*), 『다라미잠언집』(箴言集, *Sunanu'd Darami*) 등이 있다.

르 븐 압바쓰 앗 사마르깐디로부터, 또 그는 아부 무함마드 압둘라 븐 압둘라흐만 븐 파들 앗 다라미로부터 전승받았다고 말하였다." 두번째 대사원은 쑬퇀대사원인데, 시외에 있으며 쑬퇀궁과 연결되어 있다. 세번째 대사원은 루솨파 대사원인데, 이 사원과 쑬퇀사원 간의 거리는 1마일쯤 된다.

압바쓰조 할리파들——그를 모두에게 알라의 영총을——의 묘는 루솨파(al-Ruṣafah)[134]에 있다. 묘마다 묘주의 이름이 있다. 그들은 마흐디,[135] 하디,[136] 아민,[137] 무아타쉼,[138] 와시끄,[139] 무타왓킬,[140] 문타쉬르,[141] 무쓰타인,[142] 무아탓즈,[143] 무흐타디,[144] 무아타이드,[145] 무아타뒤드,[146] 무크타피,[147] 무끄타디르,[148] 까히르,[149] 라뒤,[150] 무쓰타크피,[151] 무퇴아 릴라,[152] 퇴이아,[153] 까임 까디르,[154] 무쓰타즈히르,[155] 무쓰타르시드,[156] 무끄타피,[157] 무쓰탄지드,[158] 무쓰타

134. 압바쓰조 제3대 할리파 마흐디(재위 775~85)가 바그다드의 동편에 세운 도시로서 대사원만 남아 있고 나머지는 다 파괴되었다. 이 대사원 곁에 바로 압바쓰가문 출신 할리파들의 묘소가 있다.
135. 압바쓰조 제3대 할리파(재위 775~85)다.
136. 압바쓰조 제4대 할리파(재위785~86)다.
137. 압바쓰조 제6대 할리파(재위 809~13)로 피살되었다.
138. 압바쓰조 제8대 할리파(재위 833~42)로 성군이었다.
139. 압바쓰조 제9대 할리파(재위 842~47)다.
140. 압바쓰조 제10대 할리파(재위 847~61)로 암살되었다.
141. 압바쓰조 제11대 할리파(재위 861~62)로 독살되었다.
142. 압바쓰조 제12대 할리파(재위 862~66)로 피살되었다.
143. 압바쓰조 제13대 할리파(재위 866~69)로 치세시는 난세였다.
144. 압바쓰조 제14대 할리파(재위 869~70)다.
145. 압바쓰조 제15대 할리파(재위 870~92)로 치세시는 난세였다.
146. 압바쓰조 제16대 할리파(재위 892~902)다.
147. 압바쓰조 제17대 할리파(재위 902~908)다.
148. 압바쓰조 제18대 할리파(재위 908~32)로 치세시는 난세였다.
149. 압바쓰조 제19대 할리파(재위 932~34)다.
150. 압바쓰조 제20대 할리파(재위 934~40)다.
151. 압바쓰조 제22대 할리파(재위 944~46)로 자칭 '진리의 이맘'이라고 하였다.
152. 압바쓰조 제23대 할리파(재위 946~74)다.
153. 압바쓰조 제24대 할리파(재위 974~91)다.
154. 압바쓰조 제26대 할리파(재위 1031~75)로 선정을 베풀었으나 치세시 바싸씨르난

뒤우,[159] 나쉬르,[160] 좌히르,[161] 무쓰탄쉬르,[162] 무쓰타아쉼[163]이다. 무쓰타아쉼은 마지막 할리파로서 몽골인들은 무력으로 바그다드에 진입한 며칠후에 그를 살해하였다. 이로써 압바쓰조 힐라파계위제란 이름은 바그다드에서 영영 연멸되고 말았다. 때는 654년(1258)이다.

루솨파 부근에는 이맘 아부 하니파[164]——그에게 알라의 영총을——의 묘가 있다. 거기에는 큰 돔과 오가는 사람들에게 음식을 제공하는 자위야가 있다. 오늘날 바그다드에는 이곳말고는 음식을 대접하는 자위야는 한 곳도 없다. 주여, 얼마나 허무하고 큰 변화인가! 그 가까이에 이맘 아부 압둘라 아흐마드 븐 한발——그에게 알라의 영총을——의 묘가 있는데, 거기에는 돔이 없다. 전하는 바에 의하면 이맘 한발의 묘는 몇번 중수(重修)했지만

이 일어났다.

155. 압바쓰조 제28대 할리파(재위 1094~1118)로 덕성은 있었으나 약골이었다.

156. 압바쓰조 제29대 할리파(재위 1118~35)로 치세시 마쓰오드 븐 말리크 샤의 반란이 있었으며 피살되었다.

157. 압바쓰조 제31대 할리파(재위 1136~60)로 치세시 몇차례 전쟁을 치렀다.

158. 압바쓰조 제32대 할리파(재위 1160~70)로 치세시 통행세는 면제하였으나 일반세는 증가하였다. 욕탕에서 질식사하였다.

159. 압바쓰조 제33대 할리파(재위 1170~80)로 인자한 치자였다.

160. 압바쓰조 제34대 할리파(재위 1180~1225)로 만년에는 반신불수였다.

161. 압바쓰조 제35대 할리파(재위 1225~26)로 많은 난국에 부딪쳤다.

162. 압바쓰조 제36대 할리파(재위 1226~42)로 선정을 베풀었으나 많은 영토를 몽골 서정군에게 강점당하였다.

163. 압바쓰조 제37대 할리파(재위 1242~58)로 최후의 할리파이며 몽골 서정군에게 피살되었다.

164. 본명은 누아만 븐 사비트 아부 하니프(699~767)다. 이슬람 쑨니파의 4대 법학파의 하나인 하나피야파의 개조로서 조상은 페르시아인이나 본인은 이라크의 쿠파에서 출생하였다. 전생을 이슬람법학 연구에 바치고 많은 제자들을 배양하였다. 그는 사법의 독립성을 주장하고 위정자의 입법 간섭을 반대하였다. 그의 법학이론은 실천을 중시하고 입법에서의 추리와 공의(公議) 및 유추(類推) 등 방법을 주장하며 건전하고 이지적인 개인 의견도 중시한다. 그리하여 이 파를 일명 '의견파'라고 한다. 그의 법학이론은 비교적 공정하고 관용적이며 영활성을 띠기 때문에 세계의 반수 이상의 무슬림들이 그의 파에 속한다. 만년에는 할리파와의 정견 차이로 인해 박해를 받다가 바그다드에서 옥사하였다. 저서로는 『위대한 법학』(*al-Fiqhu'l Akbar*) 등이 있다.

그때마다 지고한 알라의 전능이런가, 무너지곤 하였다. 사실 대부분의 바그다드 사람들은 그의 파에 속하기 때문에 그의 묘를 존숭(尊崇)하고 있다. 그리고 그 부근에는 수피파 이맘인 아부 바크르 샤불[165]——그에게 알라의 자비를——의 묘와 싸라 싸끄뒤의 묘, 바샤룰 하피[166]의 묘, 다위드 퇴이의 묘, 아부 까씸 자니드의 묘가 있다. 그들 모두에게 알라의 영총이 있기를 기원하는 바이다.

바그다드 사람들은 매주 금요일이면 앞의 샤이흐들 중 한 샤이흐의 묘소를 참배하고, 다음날이면 다른 샤이흐의 묘소를 참배한다. 이렇게 주말[167]까지 하루에 한 묘소씩 찾아간다. 바그다드에는 수많은 수행자들과 학자들——그들 모두에게 알라의 영총을——의 묘가 있다. 바그다드의 동부에는 과실이 나지 않아 과실은 과수원과 화원이 많은 서부에서 반입한다.

내가 바그다드에 도착했을 때 이라크 국왕이 마침 그곳에 있었다. 차제에 그에 관해 좀 언급하려고 한다. 그는 거룩한 쑬퇀인 아부 싸이드 바하두르 한이다. '한'은 왕이란 뜻이다. 이 쑬퇀의 아들은 무함마드 후자반다인데, 그는 몽골왕들 중에서 유일하게 이슬람에 귀의한 왕이다. 그의 정확한 이름에 관해서는 상이한 설이 있다. 일설은 '후다반다'(Khudābandah)인데,이 설에 의하면 그 이름은 '알라의 노복'(Abdu'l Lāh)이란 뜻이다. '후다'는 페르시아어로 '지고의 알라', '반다'는 '아들'이나 '노복'이란 뜻이다.

다른 일설은 '하르반다'(Kharbandah)로서, '하르'는 페르시아어로 '당나귀'란 뜻이다. 따라서 그 이름은 '당나귀 아들'이란 뜻이다. 이렇듯 두 설은 엄청난 차이를 보이고 있지만 '반다'라는 데는 서로 다름이 없다. 그렇지만 뒷설이 더 널리 알려져 있다. 아마 어떤 편견 때문에 앞설이 뒷설로 와전되지 않았나 싶다. 들은 바에 의하면 뒤의 이름으로 부르게 된 것은 다음과 같

165. 그(861~946)는 유명한 수피파의 수행자다.
166. 독실한 수행자이고 금욕주의자로서 841년 바그다드에서 사망하였다.
167. 이슬람 나라에서는 금요일이 휴일(일요일)이기 때문에 주말은 목요일이다.

은 이유에서라고 한다. 통상 몽골인들은 신생아의 이름을 그가 태어날 때 처음으로 집에 들어온 것의 이름을 따서 부른다. 그래서 이 쑬퇀이 출생했을 때 처음으로 집에 들어온 것이 당나귀였기 때문에 그에게 '하라반다'(당나귀 아들)란 이름을 지었는데, 후일 그것으로 계속 불렸다. 그의 동생은 까자간이다. 사람들은 보통 '까잔'이라고 부른다. '까자간'은 '솥'이란 뜻이다. 여종이 솥을 들고 들어섰을 때 바로 그가 태어났기 때문에 그렇게 부른다고 한다.

후자반다는 이슬람에 귀의하였다. 그는 어떻게 사람들의 반대를 무릅쓰고 이슬람에 귀의하였는가와 그의 동료인 법관 마즈듯 딘에 관해 우리에게 알려주었다. 후덕한 선왕의 세자가 서거하자 그의 아들인 아부 싸이드 바하두르 한이 어린 나이에 즉위하였다. 나는 바그다드에서 그를 봤는데, 그는 얼굴에 추호의 그림자도 없는, 알라가 창조한 수절(秀絶) 용모를 가진 완벽한 인물이다. 당시 그의 재상은 아미르 가야슷 딘 무함마드 븐 하와자 라씨드였다. 그의 선친은 유대에서 이민해온 사람으로서 쑬퇀 아부 싸이드의 선친이 그를 재상으로 기용하였다.

어느날 나는 쑬퇀이 티그리스강에서 화선(火船, ḥarrāqah)[168]에 승선하는 것을 봤다. 그들은 이런 화선을 '샤야라'(al-Shayārah)라고 하는데, 마치 씰라우라(sillaurah)[169]와 같다. 그의 앞에는 다마슈끄 하와자 븐 아미르가 있고, 좌우에는 북치고 노래하는 사람들이 탄 두 척의 화선이 따르고 있다. 나는 그날 쑬퇀이 얼마나 너그러운지를 목격하였다. 그날 그는 일군의 장님들을 우연히 만났다. 그들은 저마다 어려운 형편을 하소연하였다. 그러자 쑬퇀은 매 사람에게 옷 한 벌과 필요한 용돈을 하사할 뿐만 아니라, 젊은 애들을 시켜 그들의 길을 안내하도록 하였다.

168. 기름에 묻힌 불덩어리를 적선에 투척하는 일종의 화공선(火攻船)이다.
169. 강물이나 바닷물에서 서식하는 일종의 뱀장어로 길이가 3m에 달한다.

앞에서 이야기한 바와같이 쑬톼 아부 싸이드가 어려서 등극하자 수석아미르 주반이 섭정하면서 쑬톼의 행동을 극력 제한함으로써 사실상 유명무실한 왕이었다. 어느 명절 때 왕은 용돈이 필요한데, 구할 방도가 없어서 한 상인에게 사람을 보냈더니 그가 요구한 것만큼의 돈을 주었다고 한다. 계속 이런 꼴로 보내다가 어느날 계모 둔야 하툰이 그에게 찾아와서 "만약 우리가 남자였더라면 주반과 그의 아들을 이대로 가만 놔두지 않았을 거외다"라고 말하였다. 쑬톼은 그녀에게 도대체 이 말이 무슨 뜻인가고 다그쳐 물었다. 그러자 그녀는 다음과 같이 말하였다. "주반의 아들인 다마슈끄 하와자가 당신 부친의 애처를 범접하였소. 그리고 어제는 톼기 하툰의 집에서 하룻밤 자고 나한테 와서는 '오늘밤을 당신과 함께 자겠소'라고 하는 것이었소. 이런 짓을 보자 아미르들과 군사들이 모여들었지. 그러자 그자는 성새에 올라가 어느 집으론가 숨어들어 체포를 면했지. 그것은 그 애비가 알라께 도와달라고 해서 그런 거겠지."

당시 다마슈끄의 부친 주반은 후라싼에 가고 없었다. 그래서 그는 방탕하게 이곳저곳에서 밤을 보냈다. 주반은 아들이 성새에 갇혀 있다는 소식을 듣고는 아미르들과 군사들에게 사방에서 성새를 물샐틈없이 지키라고 명령하였다. 다음날 다마슈끄는 핫즈 미스리란 사병 한 명과 함께 성새에서 빠져나오려고 하였다. 그런데 문에는 자물쇠까지 잠겨진 쇠사슬이 휘감겨 있어 도저히 뚫고 나갈 수가 없었다. 그러나 핫즈 미스리가 검으로 사슬을 끊고 두 사람은 말을 타고 성문을 나섰다.

바로 이때 병사들이 그들을 포위하였고, 이어 하쉬키야(al-Khāṣikiyah) 아미르인 미스르 하와자와 루어루어란 젊은이가 쫓아왔다. 그들은 다마슈끄를 보자 일격에 처단해버렸다. 그리곤 그의 잘린 머리를 쑬톼 아부 싸이드에게로 가져와서는 그의 말 앞발 사이에 내동댕이쳤다. 이것은 그들이 적의 수괴의 머리를 잘라왔을 때 행하는 관행이다. 쑬톼은 다마슈끄의 가산을 몰수하고 그를 도와 싸운 시종들을 모조리 처단하였다. 이 소식이 후라싼에 있는 그의 부친 주반에게 전해졌다. 그때 그는 장남 미르 하싼과 아들 퇄리쉬 그리고 막내 아들 잘루한과 함께 있었다. 막내는 쑬퇀 아부 싸이드의 누이 아들이다. 주반의 어머니는 쑬퇀 후자반다의 딸인 사퉈 베크다. 주반에게는 몽골인 군사와 친위병들이 있었다. 그들은 쑬퇀 아부 싸이드와의 일전을 작심하고 공격에 나섰다.

양측이 회전하자 몽골인들은 그들의 쑬퇀이 있는 데로 뿔뿔이 줄행랑치고 주반만 홀로 남겨놓았다. 이러한 형국에 처한 주반도 퇴각하여 씨지쓰탄(Sijistān)[170] 사막으로 주찬(走竄)하고 말았다. 그러면서 그는 하라의 왕 가야숟 딘을 찾아가 보호를 청하고 그의 왕도에서 은거하기로 마음먹었다. 일찍이 가야숟 딘은 주반에게서 신세를 진 바가 있다. 그러나 그의 두 아들 하싼과 퇄리쉬는 이에 동의하지 않았다. 그들은 부친 주반에게 "가야숟 딘은 약속을 지키지 않는 사람입니다. 그는 파이루즈 샤에게 의지하였다가는 배반하고 되레 그를 살해까지 하였습니다"라고 진언하였다. 그러나 주반은 듣지 않고 가야숟 딘을 찾아갔다. 두 아들은 부득이 그와 헤어졌다. 주반은 막내아들 잘루한과 동행하였다.

가야숟 딘은 친히 하마(下馬)하여 그를 환영하고 안전하게 왕도로 안내하였다. 그러나 며칠후 그는 일변하여 주반과 그의 두 아들을 살해하고는 머리를 쑬퇀 아부 싸이드에게 보냈다. 주반의 두 아들 하싼과 퇄리쉬는 하와리즘 쑬퇀 무함마드 우즈베크를 찾아갔다. 그 역시 그들에게 안식처를 마련해주고는 때를 기다렸다가 사형을 언도하였다. 주반에게는 다마르타쉬[171]란 넷째 아들이 있었다. 그는 이집트에 피신하여 나쉬르왕의 환대를 받

170. 드넓은 사막지대인데, 중심도시는 준즈(Zūnj)다. 준즈는 히라에서 80파르싸흐 거리에 있는 모래땅으로서 바람이 잘 때가 없다.

171. 사람들은 그를 세계의 말일에 강림할 구세주(al-Mahdi)라고 하였다. 쑬퇀 아부 싸이드가 그의 형을 살해하자 겁을 먹고 이집트의 나쉬르왕에게로 피신하였다. 처음에는 나쉬르왕으로부터 후대받았으나 나중에는 그에게 살해되었다. 나쉬르는 1327년에 아부 싸이드에게 헌괵(獻馘)하였다.

았다. 왕은 그에게 알렉산드리아를 식읍(食邑)으로 주겠다고 하니, 그는 사양하면서 "차라리 아부 싸이드를 죽여버릴 테니 군사나 주십시오"라고 하였다. 나쉬르왕이 그에게 의상을 선물하면 그는 왕을 얕잡아 보고 그 옷을 가져온 사람에게 그보다 더 좋은 의상을 쥐어주곤 하였다. 그러자 나쉬르왕은 그럴싸한 구실을 만들어 끝내 그의 목을 쳐서는 머리를 아부 싸이드에게 바쳤다.

사실 이 이야기와 까라싼꾸르(Qarāsanqūr)의 이야기는 앞에서 이미 한 바 있다. 주반이 피살되자 그와 그의 아들의 시신은 메카의 아라파트에 잠시 정립(停立)하였다가 메디나로 운구되었다. 주반은 생전에 알라의 사자——그에게 평화를——사원 곁에 마련한 땅에 묻어달라고 하였으나 거절당하고 바끼아(al-Baqi')[172]에 매장되었다. 메카——지고한 알라의 영광을——에 물을 끌어들인 사람이 바로 주반이다.

쑬퇀 아부 싸이드는 왕위에 오르자 바그다드 하툰이라는 주반의 딸을 취하려고 하였다. 그녀는 절색이었다. 그러나 당시 그녀는 후일 아부 싸이드 사후 왕위를 찬탈한 샤이흐 하싼의 실인(室人)이었다. 그리고 하싼은 아부 싸이드의 내종사촌이다. 아부 싸이드는 하싼에게 양보하라고 하였고, 하싼이 그렇게 하자 그녀와 결혼하였다. 그녀는 가장 총애를 받는 후궁이었다. 터키인과 몽골인들의 부인은 대단한 행운을 누리고 있다. 칙령 같은 것을 반포할 때면 으레 '쑬퇀과 왕후들의 칙령을 받들어……' 라고 한다. 어느 왕후에게나 많은 식읍과 재원이 주어진다. 그래서 쑬퇀과 함께 출행하는 경우에도 별도의 의장대가 수행한다. 아부 싸이드는 바그다드 하툰에 푹 빠져, 여느 후궁들보다 더 총애하였다. 이렇게 얼마간을 보냈다. 그러다가 아부 싸이드는 달샤드라는 여성과 결혼하고 나서는 그녀만을 무척 사랑하면서 바그다드 하툰을 멀리하였다. 울화가 터진 바그다드 하툰은 그와 잠자

172. 메디나인들의 묘지인 바끼아 가르까드(Baqi'a'l Gharqad)인 것 같다.

리를 함께 한 후에 독약을 묻힌 손수건을 꺼내 닦는 척하다가 그를 독살하였다. 이렇게 아부 싸이드는 비운에 갔다. 그러자 후술하겠지만 왕후들은 산지사방으로 흩어졌다.

아미르들이 바그다드 하툰이 쑬퇀 아부 싸이드를 독살했다는 것을 알고는 그녀를 처단하기로 작정하였다. 이 일은 하와자 루어루어란 룸의 한 젊은이가 수행하기로 하였다. 그는 비록 젊지만 노련한 고위아미르다. 루어루어는 때마침 욕탕에 있는 그녀에게 접근해 곤봉으로 일격에 타살하였다. 그녀는 치부만 탈리쓰(tallis)[173] 조각으로 가려진 채 며칠동안 버려져 있었다. 샤이흐 하싼이 아랍이라크의 왕으로 등극하자 쑬퇀 아부 싸이드의 미망인인 달샤드를 취하였다. 바로 아부 싸이드가 그의 부인이던 바그다드 하툰을 취한 것처럼 말이다.

술퇀 아부 싸이드가 사망한 후 여러 할거지(割據地)의 군왕 자리에 오른 사람들은 다음과 같다. 전술한 바와 같이 그의 내종사촌인 샤이흐 하싼은 아랍이라크의 전역을 차지했고, 아미르 사니타의 아들인 이브라힘 샤는 마우쉴과 바크르 지역을 장악하였다. 아미르 아르타나는 룸이라고 알려진 투르크만(al-Turkmān) 지역을, 주반의 손자인 하싼 하와자 븐 다마르타쉬는 타브리즈[174]와 쑬톼니야(al-Sulṭāniyah), 함잔(Hamdhān),[175] 꿈(Qum), 까샨(Qāshān), 라이(al-Rayy),[176] 라민(Rāmīn), 파르간(Farghān), 카라즈(al-

173. 야자수잎을 엮어 만든 바구니 비슷한 물건을 담는 용기다.
174. 타브리즈(Tibriz, Tabriz)는 아제르바이잔주의 주도(州都)로서 이란의 제2도시이며 사방은 벽돌로 축조된 성벽으로 둘러싸여 있고, 시중을 몇개의 내가 관류하며 주변에는 화원이 즐비하다. 이란과 터키, 코커스를 연결하는 씰크로드 오아시스육로 북단의 요충지로서 3세기에는 아르메니아 왕도였고, 13세기에는 일한왕국의 수도였다. 14세기 말에 티무르군에게 점령된 후 15세기에는 흑양조(黑羊朝)의 도읍이었다. 가자르조(1769~1925) 시대에는 테헤란에 버금가는 요지라고 하여 왕세자가 상주하고 있었다.
175. 산중에 있는 철벽 요새도시로서 물이 풍족하고 수목이 무성하다.
176. 산중도시이며 쏴빌라(al-Ṣābilah) 노상에 있는 성지순례자들의 투숙지로서 과실이 많고 물자도 풍족하다.

Karaj)[177]를 각각 차지하였다.

또 아미르 퇴기타무르는 후라싼의 일부 지역을, 가야슷 딘의 아들인 아미르 하싼은 하라와 대부분의 후라싼 지역을, 말리크 디나르는 무크란(Mukrān)[178]과 카브즈(Kabj) 지방을, 무함마드 샤 븐 무즈피르는 야즈드(Yazd)와 키르만(Kirmān), 와르꾸(Warqū)[179]를, 꾸트붓 딘 얌하툰왕은 호르무즈와 카이시(Kaish),[180] 꾸퇴이프(al-Quṭaif),[181] 바레인, 깔하트(Qalhāt)[182]를, 전술한 쑬퇀 아부 이쓰하끄는 쉬라즈와 아스파한, 아스파한에서 45일 거리에 있는 말리크 파리쓰(Malik Fāris)를, 전술한 쑬퇀 아프라시아브 아타베크는 이자즈(Īdhaj) 등지를 각각 통치하였다.[183]

177. 함잔과 아스파한 사이 중간쯤에 있는 도시이지만, 함잔에 좀더 가깝다.
178. 주도(州都)로서 키르만과 씨지쓰탄 사이에 있다.
179. 싸마르깐드에 있는 읍이다.
180. 섬으로서 페르시아의 파리쓰주에 속한다.
181. 바레인의 수도다.
182. 옴만('Omān) 해안에 있는 항구도시로서 대부분의 출입항 선박은 인도 선박이다.
183. 바그다드(Baghdād, 신의 선물이란 뜻)는 압바쓰조 제2대 할리파 만수르가 762~66년 사이에 티그리스강 동안에 수도로 건설한 도시다. 신도의 공식명칭은 '평화의 도시'이다. 평균 10만 명의 인부가 동원되어 4년간 건설하였는데, 총 공사비는 약 480만 디르함(일설은 1억 디르함, 혹은 1,800만 디나르)이었다. 직경 2km의 정원형 도시로서 외측에는 해자(垓字)가 있고 내측에는 3중 성벽이 동심원으로 구축되었다. 벽돌로 쌓은 가운데 성벽이 주성(主城)인데, 기부의 너비는 50.2m, 높이는 34.14m(일설은 18m)이고, 모두 112개의 고탑이 세워졌다. 외측 해자의 너비는 20.27m이고 내측 외성의 기부 너비는 9m이며 주성과의 거리는 56.9m이다. 주성과 내성(內城)과의 거리는 170.70m이다. 내성의 정중앙에는 넓은 광장이 있으며, 그 한가운데에 할리파의 궁전이 있는데, 궁전 정문은 '금문'(金門, Bābu'd Dhahab)이라고 하였다. 이 문과 나란히 대사원이 있고, 광장 주위에 왕자들의 궁전과 친위대 총감의 저택들이 있다. 성벽에는 같은 거리에 4개의 성문이 있는데, 북동문을 후라싼문, 남동문을 바스라문, 남서문을 쿠파문, 북서문을 시리아문이라고 한다. 그러나 10세기경부터 성벽이 무너지기 시작하여 13세기 중엽에 이르러서는 완전히 자취를 감추었다. 8,9세기에 바그다드는 '동방의 장안(長安), 서방의 바그다드'라고 할 정도로 세계적인 대도시였다. 1258년 몽골 서정군이 침입하여 1주일 이상 무자비한 학살과 약탈, 방화를 자행하여 도시는 거의 폐허가 되었다. 약 80~200만 명이나 학살되었다. 1392년과 1401년 두 차례에 걸친 티무르군의 침공을 받았고, 1683년에는 오스만제국에게 강점되었다.

## 8. 타브리즈와 마우쉴 및 마르딘으로의 여행

나는 쑬퇀 아부 싸이드의 의장대를 따라 바그다드를 떠났다. 내 목적은 이라크왕의 출행(出行)하고 거처(居處)할 때의 의식과 어떻게 이동하고 여행하는가 하는 것을 직접 알아보려는 것이다. 관행상 그들은 동틀 무렵에 출발해서는 점심 때쯤이면 한곳에 머무른다. 의식을 보면 아미르마다 자신의 군사와 함께 북과 기치를 가지고 와서는 좌우의 고정된 자리에 정립한다. 모두가 도착하여 대오가 정돈되면 국왕은 말에 오른다. 이때 출발 고적(鼓笛)이 일제히 울린다. 그러면 아미르들이 다가와 국왕에게 인사하고는 제자리에 돌아간다. 행렬은 왕 앞에서 근시(近侍)와 감독들이 선도하고 그 뒤에 화려한 의상 차림의 백명쯤 되는 고적대가 따르며, 그 다음에 어가(御駕)가 온다. 고적대의 앞에는 10명의 기병이 10개의 북을 메고 있고 다른 5명의 기병은 5개의 쏴르나야(Ṣarnāyah)[184]를 가지고 있다. 쏴르나야는 우리로 말하면 가이톼트(ghaiṭāt)다. 기병들은 일제히 북을 치고 쏴르나야를 불어댄다. 그러다가 일단 멎으면 10명의 가수가 노래를 부른다. 이렇게 고적 연주와 노래를 번갈아 10번 한다. 그렇게 하고는 잠시 멎는다.

쑬퇀이 움직이면 그 좌우에는 약 50명의 아미르들이 서고, 그 바로 뒤에는 기수와 고적수가 선다. 그 뒤에는 쑬퇀의 시종들과 아미르들이 순위대로 선다. 아미르들은 저마다가 전속 기치와 고적을 가지고 있다. 이 모든 의식은 군사령관이 관장하는데, 그에게도 많은 수하 친병들이 있다. 그들의 지시에 어긋나는 자는 곧 처벌을 받게 된다. 처벌인즉 모래가 든 자루를 목에 걸고 두 발로 걸어서 유숙지까지 간다. 그러면 사령관에게 끌고 가서 땅에 엎드려 놓고는 채찍으로 등을 25번 후려친다. 여기에는 귀한 자나, 천한

184. 피리의 일종이다.

자나 꼭 마찬가지로 절대 예외가 없다. 유숙지에 도착하면 쑬퇀은 시종들과 함께 따로 있고, 왕후들은 또 그네들대로 저마다 딴 곳에 자리한다. 왕후들 개개인에게는 이맘과 무앗진, 독경사를 배속시킬 뿐만 아니라 전용 시장도 마련해준다. 대신들과 사사(司事)들, 봉사원들은 한패를 이루어 다른 곳에 있고, 아미르들도 서로 별도의 자리를 잡는다.

신시예배 후에는 모두가 한곳에 모였다가는 마지막 저녁예배가 끝나면 저마다 손에 초롱을 들고 돌아간다. 이때 쑬퇀이 참석했으면 큰북을 치고, 이어 정실(正室) 왕후의 북을 치고, 계속해 후궁들의 북을 친다. 그리곤 재상과 대신들의 북을 한꺼번에 친다. 행렬은 군사들과 함께 선도 아미르가 앞서고, 그뒤에 쑬퇀과 정실 왕후, 후궁들의 어가가 따른다. 후미에 역시 군사들과 함께 다른 한 아미르가 따르는데, 그는 사람들이 쑬퇀이나 후궁들의 어가 사이에 끼여들지 못하도록 단속한다. 맨 뒤에는 여타 사람들이 뒤따른다.

나는 이 행렬을 따라 10일간이나 여행했다. 그리곤 아미르 알라웃 딘 무함마드와 함께 타브리즈 지방으로 갔다. 그는 덕망있는 고위 아미르의 한 사람이다. 우리는 10일간의 여행 끝에 타브리즈시에 도착해서는 교외에 있는 샴(al-Shām)이라는 곳에 머물렀다. 그곳에는 이라크왕 까잔의 묘소가 있다. 묘소에는 훌륭한 마드라싸와 자위야가 있다. 자위야에서는 과객들에게 빵과 고기 유락 볶음밥, 당과 등 음식을 제공한다. 아미르는 나에게 이 자위야에 묵도록 하였다. 자위야는 콸콸 흐르는 내와 우거진 수림 사이에 있다.

다음날 나는 바그다드문이라는 문을 통해 시내로 들어갔다. 우선 까잔이란 시장에 이르렀는데, 이 시장이야말로 세상에서 가장 훌륭한 시장 중 하나다. 점포들이 업종별로 따로따로 있어서 혼잡하지 않다. 보석시장에 들렀는데, 갖가지 보석을 보자 내 눈은 황홀지경에 빠졌다. 화려한 옷에 허리에는 비단 요대를 두른 준수한 얼굴의 터키 노복들(mamālīk)이 손에 보석을 들고 서 있다. 그들은 상인들 앞에서 터키 여인들을 보고 보석을 사라고 한다. 여인들은 앞을 다투어 보석을 사들인다. 나는 이 모든 것을 비행으로 보고, 삼가 알라의 가호를 기원하였다. 이어 우리는 용연향(龍涎香, anbar)[185]과 사향시장에 들렀는데, 사정은 비슷하였다. 아니 더 심했다.

여기를 지나서 질란(Jīlān)이라고 알려진 재상(wazīr) 알리 샤가 세운 대사원에 이르렀다. 사원의 바깥, 돔으로 들어가는 문 오른편에 마드라싸가 있고, 그 왼쪽에 자위야가 있다. 사원 마당은 설화석으로 포장하고 벽은 사기같이 반들반들한 타일을 붙였다. 사원 가운데를 자그마한 내가 지나가고, 사원 내에는 여러 가지 수목과 포도넝쿨, 재스민[186]이 있다. 이곳 사람들의 관행으로는 매일 신시예배 후에 사원 마당에서 경전의 '개경장'(開經章, Ummu'l Qurān)과 '암장'(Sūratu'l 'Am)을 송독한다. 이를 위해 시민들이 모여든다. 우리는 이곳에서 하룻밤을 보냈다. 다음날 쑬퇀 아부 싸이드로부터 아미르 알라웃 딘이 즉시 그에게로 오라는 전갈이 왔다. 그래서 나는 그와 함께 돌아왔다. 그러다보니 타브리즈에서 학자는 한 명도 만나보지 못했다.

우리는 타브리즈를 떠나 쑬퇀이 있는 곳에 이르렀다. 아미르 알라웃 딘이 쑬퇀에게 내가 있는 곳을 알려주자 그는 나를 소견(召見)하였다. 쑬퇀은 내 고향에 관해서 이것저것 묻고는 의상과 승마를 하사했다. 아미르는 내가 성 히자즈에 가고 싶어한다는 것을 쑬퇀에게 알렸다. 그러자 쑬퇀은 나를 위해 교자(轎子, maḥmal)와 함께 유량(留糧)과 탈 것을 마련해주도록 명하고는 바그다드 아미르 하와자 마아루프에게 특별히 부탁한다는 친서

185. 용연향은 향유(香油)고래의 장 안에 있는 회색 또는 갈색의 납상괴(蠟狀塊)로 사향과 비슷한 향을 가지고 있어서 옛날부터 진귀한 향료로 사용됐다. 영어의 앰버그리스(ambergris)나 라틴어의 움베르그레아쎄(umbergrease)는 원래 아랍어의 안바르('anbar)에서 유래된 것이다.

186. 재스민(jasmine, 아랍어로 야싸민yāsamīn)은 물푸레나무과에 속하는 상록교목으로서 열대와 아열대 지방에서 성장하며 약 200여종이 있다. 특유의 향기가 나는 노란색이나 흰색 꽃이 된다. 이 향내 때문에 아랍인들이 이 나무를 무척 즐긴다.

까지 써주었다. 그래서 나는 바그다드에 무사히 돌아왔으며, 쑬퇀이 나에게 지시한 사항들을 원만히 수행하였다. 성지순례단이 떠나려면 아직 두 달 남짓한 시간 여유가 있었다. 그래서 나는 이 기간에 마우쉴과 아드야르 바크르에 가서 그곳을 참관하고 바그다드에 돌아와서 순례단이 떠날 때 함께 히자즈에 가기로 작심하였다.

바그다드를 출발해 두자일(Dujail) 강가에 있는 첫 유숙지에 도착하였다. 이 강은 티그리스강의 지류로서 많은 농촌에 관개수를 대준다. 여기로부터 이틀 후에 우리는 하르바(Ḥarbah)라는 큰 읍에 도착하였다. 비옥하고 널찍한 읍이다. 이곳을 떠나 티그리스강가의 한 곳에 도착했는데, 이 강가에 축조된 마아슈끄(al-Ma'shūq, 현 아쉬끄'Āshiq)보(堡)에서 가깝다. 이 보루의 동쪽에 쑬라 만 라아 시[187]가 있다. 이 도시는 일명 싸마라(Sāmarā)라고도 하고, 또 쌈 라흐(Sām Rāḥ)라고도 한다. '쌈 라흐'란 페르시아어로 '독(毒)있는 길'이란 뜻으로서 '라흐'는 '길'이란 말이다. 이 도시는 옛 흔적이 약간 남아 있을 뿐 죄다 파괴되어버렸다. 기후는 온화하다. 비록 모진 시련을 겪고 옛모습은 사라졌어도 여전히 당당해보인다. 여기에도 할라시처럼 쇄히브 자만[188]의 성소가 있다.

여기로부터 한 구간을 답파해 타크리트(Takrīt) 시[189]에 당도하였다. 큰 도시로서 부지가 넓고 시장이 화려하며 사원도 많다. 시민들은 고상한 도덕을 지닌 것으로서 널리 알려져 있다. 티그리스강은 시의 동쪽을 흐르고, 그 강가에는 견고한 성채가 있다. 건설한 지 오래된 도시로서 성벽으로 에워

187. 쑬라 만 라아(Surra Man Ra'ā)는 '누구나 보기만 해도 기뻐하다'의 뜻이다. 원래 이름은 '싸미라'였는데, 압바쓰조 제8대 할리파 무아타쉼(재위 833~42)이 개축하면서 이렇게 개명하였다. 바그다드와 타크리트 사이의 티그리스강 좌안에 위치하고 있는데, 바그다드로부터의 거리는 30파르싸흐다.

188. 이 장 주119 참고.

189. 바그다드와 마우쉴 사이에 있는 유명지로서, 바그다드가 더 가까운데, 그 거리는 30파르싸흐다. 이곳에는 티그리스강 안쪽으로 견고한 보루가 하나 있다.

싸여 있다. 여기로부터 두 구간을 지나서 도착한 곳은 티그리스 강가에 위치한 아끄르(al-'Aqr)[190]란 읍이다. 읍의 위쪽은 구릉지대인데, 거기에는 원래 보루가 있었다. 그리고 아래쪽에는 하디드 숙관(Khānu'l Ḥadīd)이 있는데, 건물이 웅장하고 첨탑까지 제법 있다. 이곳으로부터 마우쉴까지는 고을과 집들이 실로 쭉 이어져 있다.

이곳을 발정해서는 티그리스강에서 가까운 깟야라(al-Qayyārah)[191]라는 곳에 이르렀다. 그곳 흙색은 거뭇거뭇하며 역청이 솟아나는 역청정(井)이 여러개 있다. 사람들은 구덩이를 파서 그 속에 역청을 저장한다. 역청은 지면에서 보이는 점토와 흡사한데, 칠흑색에 광택이 나고 차지며 냄새가 좋다. 역청정 주변에는 큰 못이 하나씩 있는데 물 색깔은 검다. 물위에 얇은 수면(水綿, ṭuḥlub)[192] 같은 것이 떠오르는데, 그것을 한쪽으로 밀어모으면 그대로 역청이 된다. 까야라 부근에 큰 역청정이 하나 있는데, 역청을 가져가려면 먼저 흘러나온 역청에 불을 지른다. 그러면 불은 수분을 다 거둔다. 바싹 마른 후에 토막토막 쪼개서 운반한다. 앞에서 말한 쿠파와 바스라 사이에 있는 역청정도 사정은 마찬가지다.

이 역청정으로부터 두 구간을 지나서 마우쉴[193]에 도착하였다. 오랜 도시로서 대단히 풍요롭다. 여기에 하드바(al-Ḥadbā')라는 성보가 있는데, 아주 중요하고 든든하기로 소문나 있다. 성보의 주위에는 드문드문 첨탑을 세운 견고한 성벽이 둘러져 있다. 쑬퇀궁이 곧바로 성보와 잇닿아 있고, 성보와 시 사이에는 시내를 상하로 관통한 넓고 긴 거리가 하나 있다. 시내에는 꽤

190. 타크리트와 마우쉴 사이에 있는 읍인데, 마우쉴주(州)의 첫 변방 입구로 대상들이 투숙하는 곳이다.

191. 와씨트로부터 2구간 거리에 있는 순례자들의 유숙지다.

192. 학명은 Spirogyra로 녹조류에 속하는 담수조(淡水藻)의 총칭인데, 일반적으로 빛은 진한 녹색으로 뿌리같은 것은 없고 머리카락 모양의 것이 여러 가닥으로 얽키고 붙어서 수면에 떠 있다.

193. 마우쉴에 관해서는 3장 주202 참고.

탄탄한 성벽이 두 개 있는데, 성벽마다에 첨탑이 촘촘히 서 있다. 성벽 속에는 벽면이 둥그스름한 방들이 몇 개씩 붙어 있다. 성벽이 하도 넓으니까 이렇게 방까지 만든 것이다. 나는 인도왕의 도읍 델리에 있는 성벽을 제외하고는 이런 성벽을 다른 나라에서는 본 적이 없다.

마우쉴에는 큰 관상이 있는데 거기에 사원과 욕탕, 여관과 시장이 몰려 있다. 그곳에 있는 티그리스강 가의 한 대사원은 사면이 철창으로 되어 있고, 그 철창에는 좌석이 붙어 있어 정말로 멋지게 티그리스강을 부감할 수 있다. 대사원 앞에는 병원이 있다. 시내에는 두 개의 대사원이 있는데, 하나는 낡은 것이고, 다른 하나는 새로 지은 것이다. 이 새로 지은 대사원의 마당에는 돔이 하나 있다. 그 속에 들어가보면 대리석 기둥을 받쳐 지은 귀중한 수조(水槽)가 있다. 수조에서 물이 아주 힘차게 한 길 높이까지 뿜어올랐다가는 떨어지는 것이 정말 장관이다. 마우쉴의 차양시장(遮陽市場, qīsāriyah)[194]은 꽤 볼 만하다. 시장에는 철문이 몇개 있으며, 철문 주위에 상점과 튼튼히 지은 층층가옥들이 있다.

마우쉴에는 선지자 자르지쓰——그에게 평화를——의 묘가 있다. 묘소에는 사원이 있으며, 묘는 입구의 오른쪽 모퉁이에 있다. 이 묘는 새로 지은 대사원과 지싸르(al-Jisar) 문 사이에 있다. 우리는 다행히 이곳을 참배하고 사원에서 예배를 드렸다. 참으로 지고한 알라께 감사하는 바이다. 그곳에는 유니쓰——그에게 평화를——구릉이 있다. 구릉에서 약 1마일쯤 떨어진 곳에 유니쓰가 판 우물이 있다. 하루는 유니쓰가 사람들에게 그 우물에서 몸을 깨끗이 씻으라고 권하였다. 그리곤 모두들 언덕빼기에 올라가 기도를 하였다. 그랬더니 알라께서 그들의 고통을 말끔히 덜어주었다고 한다.

이 언덕 가까이에 큰 고을이 하나 있고, 그 부근에 폐지(廢址)가 있다. 이 폐지는 선지자 유니쓰——그에게 평화를——가 세운 도시 니나위(Nīnawī)

194. 상가 사이에 차양지붕을 씌워 햇빛을 막게끔 된 시장을 말한다.

의 터였다고 한다. 사방의 성벽 자리가 뚜렷하고 문들이 있던 곳도 확연하다. 이 구릉에는 준우(峻宇)한 건물과 독방을 비롯한 많은 방과 욕실, 음료수처 등을 갖춘 숙관이 있는데, 출입문은 하나뿐이다. 숙관 한가운데에 비단 장막이 드리워지고 상감세공문(象嵌細工門)이 하나 달린 방이 있다. 이 방이 바로 유니쓰—그에게 평화를—가 머물던 곳이고, 숙관 내 사원의 벽감은 그가 기도하던 방 자리라고 한다. 마우쉴 사람들은 매주 금요일 밤이면 이 숙관에 와서 기도를 하곤 한다. 이곳 사람들은 행실이 고상하고 말씨가 부드럽다. 그리고 외방인을 예로 대하고 사랑하며 친절하다.

내가 마우쉴시에 갔을 때, 그곳 시장은 후덕한 성예 알라웃 딘 븐 샤쑷 딘 무함마드였다. 그의 호는 하이다르다. 중후한 사람으로 나를 자신의 저택에 묵도록 하고는 일체 비용은 그가 부담하였다. 그는 연조와 구휼에 너그러운 사람이다. 그래서 쑬탄 아부 싸이드마저도 그를 존경하여 이 도시와 그 부근을 관장하도록 위임한 것이다. 그가 출행할 때는 많은 종복들과 병사들로 굉장한 의장행렬을 편성한다. 시내의 유지나 요인들은 조석으로 그를 예방한다. 그 자신은 또한 용감하고 지엄한 사람이다. 그의 아들은 내가 이 여행기를 쓸 때 바로 수도 파스[195]에 머물고 있었다. 파스는 명실공히 이방인들의 정주처이고 무의탁자들의 은신처이며 사신들의 도착지다. 신자들의 수령인 우리의 주공대에 알라께서 이 수도 파스에 행복과 기쁨, 광명을 더해주시고 시내외를 공히 보호해주시기를 기원하는 바이다.

마우쉴을 떠나서 머문 곳은 아이눌 라스드('Ainu'l Raṣd)란 읍이다. 강가에 있는데, 강에는 다리가 하나 있다. 읍내에는 큰 숙참(宿站, Khān)이 있다. 이곳 다음에 이른 곳은 무와일리아(al-Muwaili'ah)라는 읍이다. 여기를 떠나서 머문 곳은 자지라투 이븐 오마르(Jazīratu Ibn 'Omar)[196]다. 크고 훌

195. 모로코의 유명한 고도로 베르베르족이 건설하였다.
196. 현 터키의 자싸르(al-Jasar)다.

륭한 도시로서 계곡에 에워싸여 있다. 그래서 '자지라'(Jazīrah, 섬)라고 부른다. 대부분이 이미 파괴되었다. 좋은 시장이 있고 돌로 정교하게 지은 오래된 사원도 있다. 사원은 담도 돌로 축조하였다. 시민들은 점잖으며 외지인들을 반겨 맞는다. 도착하는 날 우리는 『꾸란』[197]에 나오는 주디(al-Judī) 산을 바라보았는데, 이 산이 바로 노아——그에게 평화를——의 방주가 떠올라 머물렀던 산으로서 높고 길게 뻗어 있다.

이곳을 떠난 후, 두 구간을 지나 나쉬바인(Naṣībain) 시[198]에 도착하였다. 중형(中型)의 고도인데, 대부분이 황폐화되었다. 지질이 편편한 벌판에 있으며 강물도 흐르고 무성한 화원과 잘 가꾼 수목 그리고 많은 과실이 있다. 이곳에서는 이를 데 없이 향기로운 장미수를 생산한다. 시의 둘레를 강이 흐르고 있는데, 물줄기가 마치 팔찌처럼 휘어져 있다. 이 강의 수원은 가까이에 있는 산에서 나는 샘이며 강은 여러 갈래로 나뉘어 화원들을 적셔주고 있다. 그중 한 갈래는 시내로 흘러들어와 거리와 주택들에 물을 공급한다. 심지어 대사원의 마당까지 뚫고 들어와 두 개의 수조를 채워준다. 하나는 마당 한복판에 있고, 다른 하나는 동문에 있다. 이 도시에는 병원 하나와 마드라싸 두 개가 있다. 시민들은 청렴하고 독실하며, 정직하고 충실하다. 시인 아부 누와스[199]는 다음과 같이 그 사실을 읊었다.

그 어느날 나쉬바인이 나에게 선의을 베풀었을진대,
나도 그러함에, 이승에서 두 몫[200]이 함께 이어지길 바라도다.[201]

197. 『꾸란』 11장 44절.
198. 마우쉴로부터 샴으로 가는 대상들의 유숙지로서 씬자르까지는 9파르싸흐다.
199. 그(763~814)의 본명은 하싼 븐 하니 마우라 하큼 븐 싸이드 아시라로서 예멘 출신의 다재다능한 시인이다.
200. 지명인 '나쉬바인'은 아랍어로 '두 몫'이란 뜻인데, 여기서는 현세와 내세에서 얻을 '두 몫'을 의미하는 것으로 '현세와 내세'로 의역할 수 있다.
201. 이븐 주자이는 나쉬바인시에 관해서 사람들은 이 도시의 썩은 물과 불결함에 대해

이어 우리는 씬자르(Sīnjār) 시에 이르렀다. 큰 도시로서 과실과 수목이 많으며 마르지 않는 샘과 내들도 있다. 산기슭에 있으며, 내나 화원이 많은 면에서는 다마스쿠스와 비슷하다. 대사원은 길상으로 유명한데, 거기에서 기도하면 응보(應報)가 있다고 한다. 냇물이 사원의 주위를 한바퀴 돌고 시내를 관류한다. 씬자르시민은 용감하고 호방한 쿠르드인들이다. 내가 그곳에서 만난 사람들 중에는 독실한 수행자이고 금욕주의자인 샤이흐 압둘라 쿠르디가 있다. 그는 저명한 샤이흐의 한 사람으로서 존경을 받고 있다. 그는 꼭 40일 후라야 개재식을 하며, 그때의 음식은 고작 보리빵 반 조각이라고 한다. 나는 그를 씬자르산 꼭대기에 있는 숙관에서 만났다. 그는 나를 위해 기도할 뿐만 아니라, 돈까지 주었다. 이 돈은 인도의 불신자(不信者, Kāfir, 즉 이교도—옮긴이)들에게 빼앗길 때까지 내내 지니고 다녔다.

다음으로 발길을 옮긴 곳은 다라(Dārā)[202] 시다. 고도로서 보기에는 꽤 크며 전시를 부감할 수 있는 보루가 하나 있다. 도시는 다 파괴되어 인가는 없다. 다행히 시외에 사람 사는 마을이 하나 있어서 우리는 거기에 머물렀다. 이곳을 출발해서 한참 가다가 마리딘(Māridīn)[203] 시에 이르렀다. 산기슭에 있는 큰 도시로서 이슬람 도시 가운데서는 가장 아름답고 우아하며 정교하고 또 시장도 가장 훌륭한 도시 중 하나다. 이곳에서는 마르아즈(mar'z)라는 융모(絨毛)로 짜는 '마리딘 모직'이 생산된다. 산정에 하늘을 찌를 듯이 솟은 유명한 성보가 있다.[204]

이야기한다고 하면서 한 시인의 다음과 같은 시구를 인용하고 있다.

나쉬바인의 집집마다 병원(病源)을 가지고 있음에 자못 놀랍고/여기 장미는 기껏 자라도 붉지 않고, 사람들 얼굴은 해쓱하기만 하다.

202. 나쉬바인과 마리딘 사이의 산기슭에 있는 도시로서 다라왕의 이름을 따서 명명하였다. 화원이 많고 물도 넉넉하다.

203. 다니르(Danīr)와 다라, 나쉬바인을 수호하는 유명한 보루다. 보루 밖에는 널찍한 관상이 있는데, 거기에는 장터, 상점, 마드라싸, 숙관 등이 있다.

204. 이븐 주자이는 마리딘시에 관해서 마리딘보루는 '샤흐바'(al-Shahbā', '회색의'란 뜻)라고 부른다고 하면서 이라크 시인 쇼팟 딘 압둘 아지즈 븐 싸라야 할리의 다음과 같은

내가 마리딘에 들어섰을 때 그곳 쑬퇀은 앞에서 언급한 만수르왕의 아들인 쏼리흐왕이다. 그는 선왕으로부터 성망예덕(聲望睿德)을 물려받았다. 이라크 땅이나 샴 그리고 이집트, 그 어디에도 쏼리흐왕보다 더 후덕한 사람은 없다. 그래서 많은 시인과 수행자들이 그를 찾아온다. 그러면 그는 부훈(父訓)에 따라 그들을 후사한다. 안달루쓰[205] 출신의 맹인 구술가(marwiq)인 아부 아비둘라 무함마드 븐 자비르가 그를 찾아와 찬사를 드렸더니 당장 은화 2만 디르함을 하사하였다. 그는 연조도 많이 하거니와 여러개의 마드라싸와 음식을 제공하는 자위야를 소유하고 있다. 그에게는 유능한 재상으로 당대의 유일무이한 대학자인 씬자르 출신의 이맘 자말룻 딘이란 사람이 있다. 그는 타브리즈시에서 대학자들의 문하생으로 학문을 깊이 연찬하였다.

이곳 수석법관은 마우쉴 출신의 완벽한 이맘인 부르하눗 딘이다. 그와 현인인 샤이흐 파트흐 마우쉴리는 같은 가문 출신이다. 이 법관은 돈독한 신앙심과 덕행의 소유자로서 10디르함어치도 안되는 거칠은 갖옷을 입고 있다. 터번도 역시 그런 따위다. 그는 자주 그가 수행하던 마드라싸 밖 사원 마당에 앉아서 안건을 처리한다. 모르는 사람이 보면 필경 그를 법관의 시종이나 조수쯤으로 여길 것이다. 들은 바에 의하면, 어느날 웬 부인이 법관을 찾아왔다. 때마침 법관이 사원 밖에 있었는데 부인은 그를 알아보지 못했다. 그래서 그녀가 "여보, 늙은이, 법관은 어디에 있소?"라고 물었다. "그

시구를 인용하고 설명을 덧붙였다.

넓디넓은 힐라의 사람 잊고, 양종(良種)의 자우라* 낙타 자랑 말게./ 고고한 모습에도 멋지 말라, 보루의 밝은 별은 샤흐바니깐.

할라브(Ḥalab)의 보루도 '샤흐바'라고 부른다. 원래 이 시는 미문(美文)으로서 마리딘의 쑬퇀 만수르왕을 찬양하는 내용이다. 만수르는 중후한 사람으로서 그 명성이 높았으며, 약 50년간이나 재위하였다. 몽골의 왕 까잔 치세시 쑬퇀 후자반다의 딸 둔야 하툰을 취하여 그의 부마가 되었다.

*시문에 나오는 '자우라'(al-Zaurā')는 바그다드의 별칭이다.

205. 안달루쓰에 관해서는 1장 주58 참고.

를 찾아 무얼 할 텐데?"라고 되물었다. 그러자 그녀는 "남편이 나를 마구 구타하는데, 그에게는 또다른 부인이 있거든, 그는 우리를 공정하게 대해주지 않는 거예요. 그래서 함께 법관한테로 가자고 하면 거절해요. 나는 구차한 여자로서 그를 법정에 출두시키라고 법관 부하들에게 부탁할 비용이 없거든요"라고 말하였다. "당신 남편의 집은 어디지?"라고 법관이 물었다. "시외의 선원들이 사는 마을이에요." 그녀의 대답이다. "그럼, 당신과 함께 그한테로 가지요"라고 법관이 말하자 여인은 "그렇지만, 나에게는 당신에게 드릴 것이라곤 아무것도 없어요"라고 하였다. 이에 법관은 "난, 당신에게서 아무것도 받지 않을 테니"라고 하면서 "어서 마을에 돌아가 동구 밖에서 나를 기다리시오. 내가 곧 당신 뒤를 따를 테니까"라고 말하였다.

그녀는 시키는 대로 마을 동구에 가서 법관을 기다렸다. 이윽고 법관은 단신으로 그곳에 당도하였다. 법관은 관행상 아무도 따라다니게 하지 않는다. 그녀는 법관을 데리고 남편 집으로 갔다. 남편은 법관을 보자 "너와 함께 온 이 재수없는 영감은 도대체 누구냐?"라고 쳐다보면서 따졌다. 그러자 법관은 그에게 "예, 알고 보면 나는 그저 그런 사람이외다. 그런데 당신의 처가 말이 아니구먼"이라고 말문을 열었다. 이렇게 말이 오가는 사이에 사람들이 모여들었다. 그들은 곧 법관을 알아보고 인사를 하는 것이었다. 그러자 남편은 겁에 질리고 무안해하기도 하였다. 법관은 그에게 "괜찮소, 나는 그저 당신과 당신의 처를 화해시켜주려고 할 뿐이오"라고 다정히 말하였다. 그제서야 남편은 진심으로 처를 반겨 맞았다. 그날 법관은 그들에게 용돈까지 쥐어주고는 돌아왔다. 내가 이 법관을 만났더니, 곧 나를 자기집에 초대하는 것이었다.

나는 마리딘까지 갔다가 다시 바그다드로 돌아왔다.[206] 귀로에 전술한 마

206. 나쉬바인에서 마리딘까지 갔다가 모슬로 돌아오는 노정에서 이븐 바투타는 나쉬바인→씬자르→다라→마리딘→마우쉴 순이라고 했는데, 위치상 씬자르는 마리딘에서 마우쉴로 돌아오는 길에 들른 것으로 사료된다. 지도 참고.

우쉴에 들렀더니 이곳 성지순례단이 지금 막 교외에서 바그다드로 출발하고 있었다. 순례단에는 씻트 자히다라는 독실한 수행녀 가 끼여 있다. 그녀는 할리파의 후예로서 여러번 성지를 순례한 바 있고 평생 금식을 한다. 나는 그녀 곁에 다가가서 인사를 하였다. 그녀를 지후(祗候)하는 몇몇 수행인들이 그녀와 함께 있었다. 그런데 그녀──그녀에게 알라의 자비를──는 그만 이번 길에 별세하고 말았다. 그녀가 별세한 곳은 자루드(Zarūd)이며, 그곳에 매장되었다.

내가 바그다드에 이르렀을 때 순례단은 떠날 채비를 하고 있었다. 나는 시장 마아루프 하와자를 찾아가 쑬퇀이 나를 위해 분부한 일을 처리해달라고 하였다. 그랬더니 그는 낙타가마 자리를 지정해주고 네 사람분의 자량(資糧)과 음료수를 준비해주겠다고 하면서 이에 관한 문서를 나에게 써주었다. 그리곤 나에게 순례단 단장인 바흘라완 무함마드 후와이즈를 찾아가서 부탁하라고 하였다. 나와 단장은 구면이어서 그는 빈틈없이 잘 챙겨주었다. 여행중 나는 내내 그의 곁에 있었다. 그는 시장이 당부한 이상으로 나를 돌봐주었다.

# 제5장

# 홍해 연안과 인도양 및 페르시아만

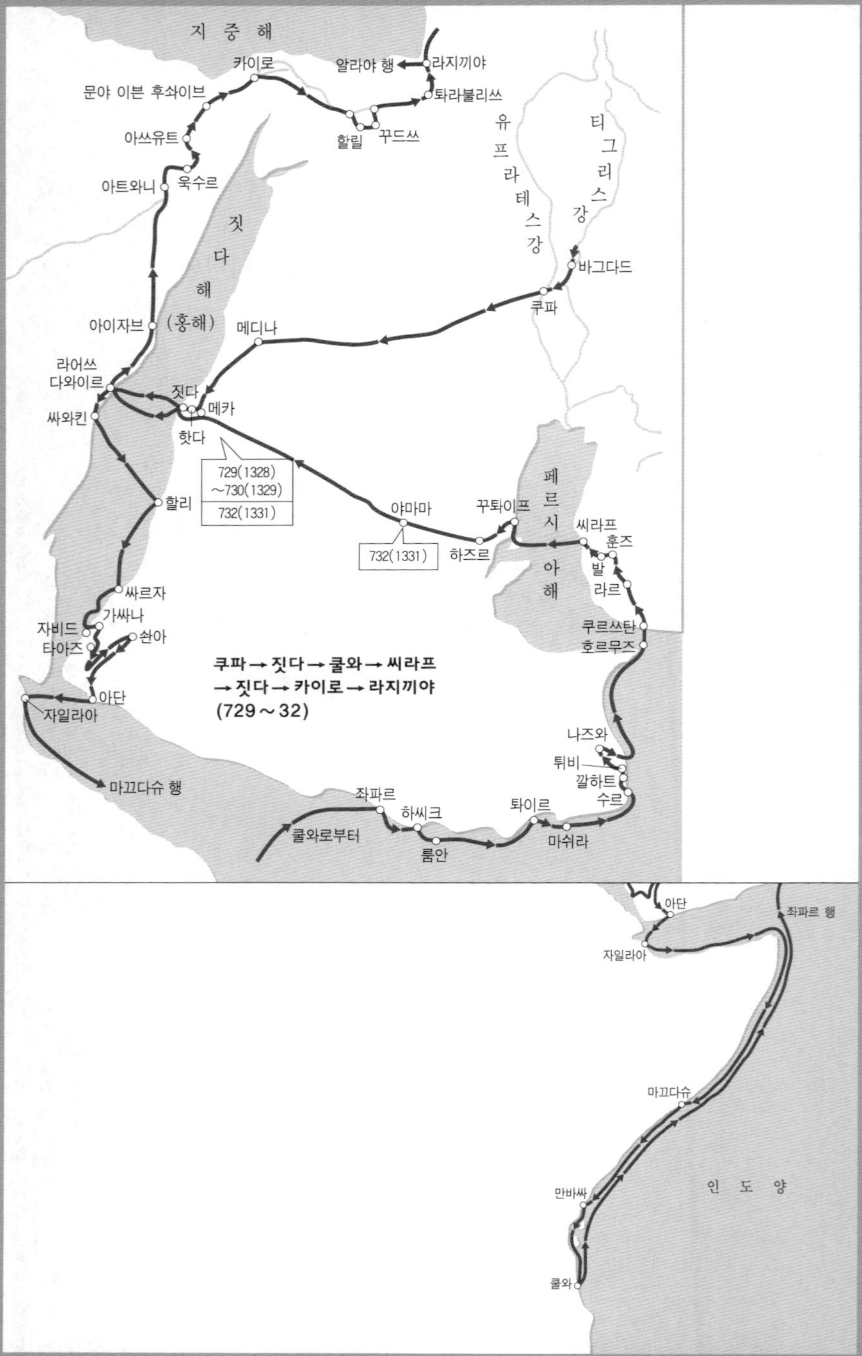

지 중 해
카이로
알라야 행
라지끼야
퇴라불리쓰
문야 이븐 후솨이브
아쓰유트
할릴
꾸드쓰
아트와니
욱수르
유프라테스강
티그리스강
짓다해(홍해)
바그다드
쿠파
아이자브
메디나
라어쓰 다와이르
짓다
메카
싸와킨
핫다
729(1328) ～730(1329)
732(1331)
할리
야마마
732(1331)
꾸퇴이프
하즈르
페르시아해
씨라프
훈즈
발라르
싸르자
가싸나
자비드
솬아
타아즈
쿠르쓰탄
호르무즈
쿠파 → 짓다 → 쿨와 → 씨라프 → 짓다 → 카이로 → 라지끼야 (729～32)
아단
자일라아
마끄다슈 행
나즈와
튀비
깔하트
수르
좌파르
하씨크
퇴이르
쿨와로부터
룸안
마쉬라
아단
좌파르 행
자일라아
마끄다슈
인 도 양
만바싸
쿨와

# 제5장 홍해 연안과 인도양 및 페르시아만

## 1. 쿠파에서 짓다까지

쿠파를 떠나자 마자 나는 설사병에 걸렸다. 일행은 나를 하루에도 몇번씩 낙타교자에서 내려놓곤 하였다. 순례단장은 내내 나의 상황을 알아보고는 여러가지 당부를 하였다. 나는 지고한 알라의 성지인 메카——알라의 영광을——에 도착할 때까지 시름시름 앓았다.

나는 석전——지고한 알라의 혜총을——에서 도착영회를 하였다. 너무나 지쳐서 앉은 채 예배를 하고 영회나 쏴파와 마르와 사이의 질주는 후와이즈 단장의 말을 타고 간신히 했다. 그해 아라파산에서의 정립[1]은 월요일이었다. 미나[2]에 이르자 병이 나을 기미를 보이더니 어느새 씻은듯 나았다.

성지순례가 끝난 후, 그해 나는 메카에 우접(寓接)하였다. 당시 재상인 힐랄의 아들 알라웃 딘 아미르도 그곳에 있었다. 그는 바니 샤이바문에 있

1. 정립에 관해서는 2장 주133 참고.
2. 미나에 관해서는 3장 주111 참고.

는 항수상가 바깥쪽 세정루(洗淨樓)에 머물고 있었다. 그해에는 이집트의 여러 요인들도 그곳에 우접하고 있었다. 그들 중에는 타줏 딘 븐 쿠와이크, 누룻 딘 까뒤, 자이눗 딘 븐 아쉴, 이븐 할릴리, 나쉬룻 딘 아쓰유튀 등 여러 사람이 있었다. 그해 나는 무좟파리야(al-Muẓaffariyah) 마드라싸에 투숙하였다. 알라께서 쾌유를 주셨기에 나는 더없이 편하게 보내면서 열심히 영회와 기도 그리고 옴라[3]를 근행했다. 그해에 상이집트(al-Ṣa'īd)에서도 순례자들이 왔는데, 그중에는 처음으로 순례를 온 청렴한 사이크 나즈뭇 딘 아스푸니와 이집트의 청렴한 법관인 아즈뭇 딘의 두 아들 알라웃 딘 알리와 사라줏 딘 오마르 등 여러 사람이 있었다.

11월 중순에 후덕한 아미르 싸이풋 딘 얄말리크가 도착했는데, 그와 함께 내 고향인 퇀자[4]—알라의 수호를—에서도 여러 사람이 왔다. 그중에는 법학자 무함마드 븐 까뒤 아비 압바쓰 븐 까뒤 카튀브 아비 까씸 자라위, 법학자 아부 압둘라 븐 아퇄라, 법학자 아부 압둘라 알 하드리, 법학자 아부 압둘라 마르시, 아부 압바쓰 븐 파끼흐 아비 알리 발나씨, 아부 무함마드 븐 까빌라, 아부 하싼 바야리, 아부 압바쓰 븐 타푸트, 아부 쇼브르 아유브 파카르, 아흐마드 븐 파카마가 있다. 그리고 까스룰 마자즈(Qaṣru'l Majāz)에서는 법학자 아부 자이드 압둘 라흐만 븐 까뒤 아비 압바쓰 븐 할루프가, 까스룰 카비르(al-Qaṣru'l Kabīr)에서는 법학자 아부 무함마드 븐 무슬림, 아부 이쓰하끄 이브라힘 븐 야히와 그의 아들이 왔다. 그밖에 그해 순례에 온 사람으로는 하쉬키야(al-Khāṣikiyah)의 아미르 싸이풋 딘 타끄자드무르와 아미르 무싸 븐 까르만, 군 총감이며 근위병 사령관인 법관 파크룻 딘, 상인 아부 이쓰하끄, 나쉬르왕의 보모인 하다끄 여사 등이 있다. 그들은 금사에서 많은 연조를 하였는데, 가장 많이 한 사람은 법관 파크룻

3. 옴라에 관해서는 서문 주4 참고.
4. 퇀자에 관해서는 서문 주6 참고.

딘이다. 우리의 정립은 그해, 즉 728년(1327)의 어느 금요일에 있었다.

순례가 끝난 후 나는 729년(1328)에도 메카—알라의 수호를—에 계속 우접하였다. 그해 이라크로부터 아미르 라미사의 아들 아흐마드와 아미르 아튀파의 아들 무바라크가 아미르 무함마드 후와이즈와 샤이흐 자다 하르바위, 샤이흐 다니얄 등과 함께 도착하였다. 그들은 이라크 쑬퇀 아부 싸이드가 메카의 우접자들과 주민들에게 증여하는 다량의 연조품을 가지고 왔다. 그해 설교에서는 나쉬르왕 버금으로 이라크 쑬퇀의 이름이 거명되고[5] 잠잠[6]돔 위에서도 그를 위한 기도가 있었다. 그 다음에 성전(聖戰)하는[7] 왕인 예멘 쑬퇀 누룻 딘[8]의 이름이 거명되었다. 그러자 아미르 아튀파는 그렇게 하는 것이 못마땅하여 형제인 만수르를 나쉬르왕에게 보내 그 사실을 알렸다. 아미르 라미사도 짓다(Jiddah)를 통해 나쉬르왕에게 사람을 보내 그 사실을 알렸다. 그해, 즉 729년(1328)에 우리가 정립한 날은 어느 화요일이었다.

5. 설교에서의 인물의 거명에 관해서는 4장 주85 참고.
6. 잠잠에 관해서는 3장 주108 참고.
7. 무자히드(al-Mujāhid)는 '성전자(聖戰者)'란 뜻이다. 이슬람에서 성전(聖戰), 즉 '지하드'(al-Jihād)란 이슬람세계(Dāru'l Islām)의 확대와 방어를 위해 분투하는 것을 말한다. 아랍어로 '지하드'란 '노력' '투쟁' '분투'라는 뜻이다. 이슬람교법(al-Sharī'ah)에 의하면 세계는 이슬람주권이 확립된 '이슬람세계'와 확립되지 못한 '비이슬람세계', 즉 '전쟁세계'(Dāru'l Ḥarb)로 분립되는데, '비이슬람세계'에서 이슬람주권이 확립될 때까지 무슬림은 분투(지하드)하여야 한다. 따라서 지하드는 무슬림들의 신성한 의무로서 지하드를 수행하는 사람을 '무자히드'(성전자)라고 하며, 지하드를 위해 희생된 자를 '샤히드'(al-Shāhid)라고 한다. '샤히드'는 알라를 위해 헌신한 최고의 명예자로 인정된다. 지하드에는 전투(전쟁)에 직접 참가하는 것뿐만 아니라, 물질적인 지원이나 희사, 지하드를 위한 축력 제공 등 다양한 내용과 형태가 있다. 타종교와의 관계에서는 원칙적으로 유일창조신을 신봉하는 유태교나 기독교 신자들(Ahlu'd Dhimmah, 피보호인)들은 지하드의 대상이 아니나, 우상숭배자나 다신교들은 지하드의 대상이다.
8. 본명은 알리 븐 다위드 무앗야드 븐 유쑤프 무즈파르다. 예멘 라쑬리야조(al-Rasūliyah)의 국왕으로서 721년(1321)에 등위하였는데, 폐위되었다가 재등극한 후 764년(1362)에 사망하였다. 성군으로서 시인이며 학자이기도 하였다. 『시집』(詩集, *Diwān Sha'r*)과 『말, 글 성격과 종류 및 치료』 등의 저서가 있다.

다음해인 730년(1329)에도 나는 순례가 끝나자 메카——알라의 수호를——에 계속 우접하였다. 순례기간에 메카 아미르 아튀파와 쑬퇀 나쉬르의 시위장(侍衛長) 아이다무르 사이에 분쟁이 발생하였다. 원인은 몇몇 예멘 상인이 도둑을 맞자 아이다무르에게 이 일을 고소하였다. 아이다무르는 메카 아미르의 아들 무바라크에게 "그 도둑놈들을 당장 잡아오시오"라고 요구하였다. 그러자 무바라크가 "내가 그들이 누구인지 알지도 못하는데, 어떻게 잡아온다는 말이요. 그리고 예멘 사람들은 우리의 관할하에 있지, 당신의 관할하에 있는 것은 아니지 않소. 만일 이집트나 샴 사람들이 무언가 도둑을 맞았다면, 그때는 나에게 도둑을 잡아오라고 요구하시오"라고 되받았다. "이 기생어미 같은 놈, 네가 감히 나한테 그렇게 말해!" 이렇게 아이다무르는 욕을 퍼부으면서 그의 가슴을 한 대 쳤다. 무바라크는 땅에 곤두박질치면서 터번이 벗겨졌다. 곁에 있던 무바라크의 시종들은 치를 떨었다.

그러자 아이다무르는 황황히 말을 잡아타고 군사들을 부르러갔다. 무바라크와 그의 시종들이 아이다무르를 뒤쫓아가 급기야는 그와 그의 아들을 붙잡아 죽여버렸다. 이 분쟁은 공교롭게도 성지에서 일어났다. 그때 나쉬르왕의 사촌인 아미르 아흐마드가 그곳에 있었다. 설상가상으로 터키인들이 메카사람들을 싸우도록 부추겼다는 이유로 한 여인을 활로 쏴죽였다. 순례단장 하스 투르크를 비롯해 모든 터키인들이 말을 타고 출동태세를 취하였다. 그러자 법관과 이맘들뿐만 아니라, 우접자들까지도 머리에 경전을 이고 화해에 나섰다. 순례자들은 메카에 돌아와 맡겨두었던 물건들을 찾아가지고 곧바로 이집트로 떠났다.

나쉬르왕이 이 소식을 듣자 몹시 난처해하면서 군사를 메카에 급파하였다. 겁에 질린 메카 아미르 아튀파와 아들 무바라크는 어디론가 도망치고, 그의 동생인 아미르 라미사와 그의 아들들은 나흘라계곡으로 피신하였다. 이집트 군사가 메카에 도착하자 라미사는 아들 하나를 군사령관에게 보내 모두의 안전을 청촉(請囑)하였다. 군사령관이 그 부탁을 기꺼이 받아들이

자 라미사는 염포를 손에 들고 사령관을 찾아왔다. 사령관은 그에게 금의(錦衣)를 선사하고 메카 관리를 맡겼다. 그리곤 군사를 이집트로 철회하였다. 나쉬르왕——그에게 알라의 자애를——이야말로 관후장자(寬厚長者)다.

바로 그무렵에 나는 메카를 떠나 예멘지방으로 출발하였다. 우선 도착한 곳은 핫다(Ḥaddah)[9]다. 핫다는 메카와 짓다 사이에 있다. 이어 나는 짓다[10]에 이르렀다. 짓다는 해안에 있는 고도로서 페르시아인(al-Furs)들이 지었다고 한다. 이곳에는 굳은 암석을 파서 만든 심정(深井)이 수없이 있는데, 서로가 연결되어 있다. 그해에는 비가 적게 내려서 물을 하루가 걸리는 먼 곳에 가서 길어온다. 그래서 순례자들은 집집을 찾아다니면서 물을 빌 수밖에 없었다.

나는 짓다에서 참 희한한 일을 당하였다. 내가 머문 집 문앞에 어린애에게 이끌려 다니는 맹인 걸인이 나타나 물을 좀 달라고 하였다. 그는 나에게 인사하고 나서는 내 이름을 부르면서 내 손을 덥석 잡았다. 우리는 서로가 생면부지다. 나는 참으로 놀라지 않을 수 없었다. 그는 손으로 내 손가락을 꼭 잡고서는 "가락지는 어디 갔는가요?"라고 묻는 것이었다. 나는 메카를 떠나 올 때, 한 수행자를 만났는데, 그가 나더러 좀 도와달라고 하였다. 그때 나는 아무것도 가진 것이 없었다. 그래서 가락지를 훌쩍 빼주었다. 바로 그 가락지에 관해 이 맹인이 묻자 나는 "한 수행자에게 주었지"라고 대답하였다. "그것을 도로 찾아오도록 하시오. 거기에는 어떤 비밀이 들어 있는 이름들이 새겨져 있으니깐." 맹인의 말이다. 나는 그 본인에 대하여, 그리고 그가 어떻게 그것을 알고 있을까에 대하여 내내 의아함을 금치 못했다. 그것은 알라만이 알 것이다.[11]

9. 짓다와 메카 사이에 있는 계곡으로서 성보가 있고 대추야자나무와 샘도 있다. 유람지로서 고대에는 '하다'(Ḥadā)라고 불렀다.
10. 짓다에 관해서는 3장 주114 참고.

짓다에는 아브누쓰(al-Abnūs) 대사원(Jāmi')이 있는데, 기도에 수응(酬應)하는 길상으로 유명하다. 당시 짓다시 시장은 아부 야아꾸브 븐 압둘 라자끄이고, 법관 겸 설교사는 메카 출신의 샤피이야파 법학자인 압둘라였다. 금요일이 되면 사람들은 모여서 예배를 근행하는데, 우선 무앗진[12]이 와서 본고장 사람들의 수를 헤아려본다. 40명이 차면 설교를 하고 집단예배를 하지만, 40명이 차지 않으면 4배(拜)의 낮예배만 한다.[13] 아무리 많아도 본고장 사람이 아니면 계산에 넣지 않는다

## 2. 쑤단해안

우리는 짓다에서 질바(al-Jilbah)[14]라는 배를 타고 바다를 건넜다. 선주는 예멘 출신의 라쉬둣 딘 알피인데, 그의 조상은 에티오피아인이다. 성예 만수르 븐 아비 나미는 다른 질바에 탔다. 그는 나더러 자기의 배에 함께 타자고 했으나, 그의 배에는 낙타가 실려 있기 때문에 사양하였다. 나는 바닷길이 처음이라서 못내 걱정스러웠다. 일행 중에는 한무리의 예멘 사람들이 있었는데, 그들은 여행을 준비하면서 식량과 화물을 배에 잔뜩 실었다.

출항하자 성예 만수르는 한 심부름꾼을 불러 예멘인들의 배에 가서 반 함르(ḥaml)[15] 가량 되는 밀가루 한 포대와 버터 한 통(baṭṭah)[16]을 가져오라

11. '알라만이 알 것이다'의 용법에 관해서는 3장 주29 참고.
12. 무앗진에 관해서는 2장 주102 참고.
13. 샤피이야파와 한발리야파에서는 현지인 40명 이상이 참석해야 집단예배를 행하고, 그 수에 미달하면 보통 낮예배를 한다. 본문에서 40명이란 수가 거론되는 점으로 미루어 이곳 무슬림들은 이 두 파 중 어느 한 파에 속한 것으로 추측된다.
14. 예멘이나 홍해 연안 사람들이 만든 중형 선박으로 밑바닥이 깊고 음식물과 음료수, 화물을 넣는 선창(船倉)이 있다.
15. 무게의 단위로 1함르는 약 74.88kg에 해당한다.
16. 작은 금속용기로서 기름이나 치즈, 버터 등을 담는 데 쓰기도 하고, 심지를 만들어 등

고 하였다. 심부름꾼은 시키는 대로 가져왔다. 그러자 상인들이 울면서 나한테 와 그 포대 안에는 은화 1만 디르함이 들어 있으니 제발 성예께 여쭈어서 그 돈만은 돌려주고, 대신 다른 물건을 가져가도록 해달라고 하였다. 내가 성예를 찾아가서 "이 포대 속에는 저 상인들에게 필요한 물건이 있다고 합니다"라고 말했더니, 그는 "만일 그 속에 술이 있다면 돌려줄 수 없고, 그렇지 않고 다른 물건이라면 곧 돌려주겠소"라고 하였다. 포대를 열어보니 과연 돈이 들어 있어 말대로 상인들에게 돌려주었다. 그리곤 나에게 "아즐란[17]의 것이라면 돌려주지 않을 것이오"라고 덧붙였다. 아즐란은 그의 조카로서 라미사의 아들이다. 그 즈음에 아즐란은 예멘으로 막 떠나려고 하는 다마스쿠스 출신의 한 상인의 집에 쳐들어가 집안에 있는 물품을 거의 다 털어갔다. 당시 아즐란은 메카 아미르였다. 다행히 그후 그의 상태가 좀 호전되어 의로움과 덕행을 보이기는 하였다.

우리는 순풍 속에 이틀간 항해했다. 그러다가 바람이 역풍으로 돌변하면서 우리의 항진을 가로막았다. 높은 파도에 바닷물이 배 안으로 들어왔고, 사람들은 갈팡질팡하였다. 우리는 아이자브('Aidhāb)[18]와 싸와킨(Sawākin)[19] 사이에 있는 라어쓰 다와이르(Ra's Dawāir)[20]라는 정박지에 이르기까지 시종 공포에 떨었다. 할 수 없이 하선해서 이곳에 머물렀다. 해안에는 사원모양의 갈대 정자가 하나 있는데, 그 안에는 타조알 껍데기가 수북이 쌓여 있다. 껍데기마다 물이 가득 차 있어 마시기도 하고, 그 물로 요리도 하였다.

나는 이 정박지에서 몇가지 기이한 일을 목격하였다. 이곳은 바다에서

잔으로 쓰기도 한다.

17. 본명은 아즐란 븐 라미사 븐 아비 나미다. 메카 아미르로서 선친의 생전에 그를 대신해 아미르직에 올랐는데, 동생인 사끄바와 공동집정하였다.
18. 홍해 연안에 있는 작은 읍으로 아단에서 상이집트로 가는 배들의 정박소다.
19. 아이자브 가까이의 유명한 고장으로서 짓다에서 오는 배들의 정박소다.
20. 현 다루르(Darūr)다.

뻗어들어온 계곡 같은 자그마한 만이다. 이곳 사람들은 천조각을 들고 와서는 네 귀를 잡고 물속에 담갔다 꺼내기만 하면 금새 물고기가 가득 담겨져나온다. 부리(būrī)[21]라는 팔길이만큼 큰 물고기다. 사람들은 이 물고기로 요리를 하고 사가기도 한다. 한번은 원주민인 부자(al-Bujāh)인 몇명이 찾아왔다. 그들은 검은 피부에 옷이라고는 누런 천을 목에 두른 것이 전부이고, 머리는 손가락 너비만큼의 붉은 띠로 질끈 묶었다. 그들은 대단히 용맹스러운 사람들로서 무기는 창과 검이다. 그들에게는 수흐브(Ṣuhb)라는 낙타가 있는데, 안장을 얹고 타고 다닌다.

우리는 그들에게서 낙타를 빌려타고 함께 영양(羚羊)이 우글거리는 황야를 걸어갔다. 부자인들이 잡아먹지 않아서 그런지 영양은 사람에게 치근거리기까지 하며 종시 피하지 않는다. 이틀을 걸어서 아울라드 카힐(Aulād Kāhil)이란 아랍인 지역에 도착하였다. 아랍인들은 부자인들과 섞여 살면서 그들의 말도 알고 있다. 당일 우리는 싸와킨섬에 도착하였다. 이 섬은 육지에서 약 6마일 떨어진 해상에 있는데, 섬에는 물이나 농작물은 물론, 나무마저도 전혀 없다. 물은 쪽배로 날라오고, 섬에는 빗물을 받아두는 수조가 몇개 있다. 큰 섬으로서 타조와 영양, 야생당나귀가 서식하고 산양도 꽤 많다. 젖과 유락은 메카로 수출한다. 식량은 알이 굵은 옥수수의 일종인 자르주르(jarjūr)다. 이 역시 메카에서 가져온다. 내가 이 섬에 도착했을 때, 이 섬의 쑬탄은 성예인 아비 나미였다. 그의 선친은 일찍이 메카 아미르였으며, 그의 두 형제인 아튀파와 라미사도 부친을 이어 메카 아미르를 역임하였다. 이 두 사람에 관해서는 앞에서 이미 언급한 바 있다. 그가 부자인들 속에서 인기가 있는 것은 그들이 바로 그의 외척(外戚)이기 때문이다. 그는 부자인과 아울라드 카힐 및 자히나(Jahīnah) 아랍인들로 조직된 군사를 거느리고 있다.

21. 숭어의 일종이다.

우리는 싸와킨섬을 떠나 배로 예멘땅을 향해갔다. 이 길에는 암초가 많아서 밤에는 항행할 수 없다. 해가 떠서 질 때까지만 항행하고는 뭍에 배를 대고 하룻밤 묵는다. 날이 밝아 해가 뜨면 다시 승선한다. 현지인들은 선장을 '룻반'(rubbān)이라고 부른다. 선장은 내내 이물에 앉아서 조타수에게 암초를 조심하라고 일깨워준다. 그들은 암초를 '나바트'(nabāt, 풀이란 뜻—옮긴이)라고 한다.

## 3. 예멘

우리는 싸와킨섬을 떠난 후 엿새만에 할리(Khalī)시[22] 에 도착하였다. 이 도시는 일명 이븐 야아꾸브(Ibn Ya'qūb)로 알려져 있다. 옛날에는 이곳에 예멘 쑬퇀들이 거주하고 있었다. 도시는 규모가 크고 건물도 아름다우며 하람(Ḥarām)과 카나나(Kanānah)[23]라는 두 아랍부족이 살고 있다. 이곳에 있는 대사원은 대단히 훌륭한 것으로서 사원 내에는 예배에만 전념하는 일군의 수행자들이 있다. 그중에는 대수행자의 한 사람인 독실한 금욕주의자 샤이흐 까불라 힌디가 있다. 그는 누더기 옷에 펠트(felt) 모자(qalansuwah)를 쓰고 사원과 잇닿아 있는 은거방에 기거하고 있다. 방바닥에는 모래만 깔려 있을 뿐, 방석이나 주단 따위는 아예 없다. 내가 그를 만났을 때 그의 방에 있는 물건이라곤 고작 부분세정(uḍū')용 주전자와 야자잎사귀를 엮어만든 식탁뿐이었다. 식탁 위에는 바싹 마른 보리빵 한 조각과 소금이 담긴 접시 그리고 박하잎 하나가 덩그러니 놓여 있다. 누가 찾아

22. 할리(Khalī) 혹은 할리(Ḥalī)는 예멘의 해안도시로서 메카까지는 8일 거리며, 카나나족의 본향이다.
23. 할리지역의 부족으로 주로 홍해 연안의 할리읍과 그 주변에 모여살고 있다. 지족(支族)으로는 샤와르(al-Shawār)와 바니 야하이(Banī Yaḥayī)가 있다.

오면 그저 이런 것으로 대접한다. 그래서 친구들은 스스럼없이 그를 찾아온다.

신시예배를 하고 나서는 모두가 저녁예배 때까지 이 샤이흐 앞에 모여앉아 염송을 한다. 저녁예배가 끝나면 각자는 마지막 밤예배 때까지 부배(副拜)[24]를 올린다. 밤예배를 마치고는 초경(初更)[25]까지 역시 염송을 하다가 헤어진다. 3경이 되면 다시 사원에 돌아와 새벽까지 심야예배(tahajjud)와 염송을 하다가 새벽예배를 하고서는 돌아간다. 혹자는 사원에 남아서 낮예배까지 한다. 이것이 그들의 일상적인 규범이다. 내 여생을 그들과 함께 보내고 싶었지만, 여의치 않았다. 그저 지고한 알라께서 자애와 만사형통으로 우리를 보살펴주시기를 기원하는 바이다. 할리시의 쑬탄은 카나나족 출신의 아미르 븐 주아이브다. 그는 후덕한 문학가이고 시인이다. 나는 그가 730년(1329)에 성지순례를 할 때 메카에서 짓다까지 그를 수행한 바 있다. 내가 그의 도시에 오자 그는 나에게 잠자리를 마련해주는 등 친절을 베풀기에 그의 대접을 받으면서 나는 이 도시에 며칠간 묵었다.

나는 쑬탄의 배를 타고 출항해서 싸르자(al-Sarjah) 읍에 도착했다. 자그마한 읍인데, 하비(al-Habī) 일족들이 모여살고 있다. 그들은 예멘 상인들로서 대부분은 수아다(Ṣu'dā')란 구역에 몰려 있다. 마음씨가 착하고 너그러우며 여행객들에게 음식을 제공한다. 특히 성지순례자들을 각별히 돌봐주는데, 순례자들을 저들의 배에 공짜로 태워주고는 노자까지 보태준다. 그들의 이런 선행은 널리 알려져 있다. 알라께서는 은총으로 그들의 재화가 늘어나도록 하시고 그들의 선행을 보우해주시기를 기원하는 바이다. 이땅

24. 부배(副拜, al-Ṣalātu'd Nāfilah, Tanafful)란 의무배 이외의 모든 예배를 통칭한다. 규정된 의무배를 근행한 후에 개인의 의사에 따라 근행하는 자원배(自願拜)로서, 근행한 것만큼 알라의 영총을 받는다. 사원에 도착해 드리는 사원축하배(寺院祝賀拜)나 기우배(祈雨拜), 일·월식배(日·月蝕拜) 등이 이에 속하는데 최소한 2배를 한다.

25. 동양에서는 하룻밤을 5등분(5경)하므로 초경은 첫 등분으로 밤 8~10시 사이지만, 아랍에서는 하룻밤을 3등분하기 때문에 초경은 밤 8~11시 사이가 된다.

어디에도 까흐마(al-Qaḥmah) 읍에 사는 샤이흐 바드룻 딘 나까쉬를 제외하고는 하비인들과 같은 사람이 더는 없을 것이다. 이 샤이흐만은 그들처럼 미덕과 구제를 베풀고 있다. 우리는 싸르자에서 그곳 사람들이 대접을 받으면서 하룻밤을 묵었다.

다음으로 우리는 마르쌀 하디스(Marsā'l Ḥādith)[26]에 이르렀는데, 거기서는 묵지 않고 곧바로 마르쌀 아흐와브(Marsā'l Ahwāb)로 갔다. 이어 당도한 곳은 자비드(Zabīd)시[27]다. 예멘에서는 큰 도시다. 자비드와 쏸아(Ṣan'ā')[28] 사이의 거리는 40파르싸흐다. 쏸아는 예멘에서 가장 크고 가장 부유한 도시로서 드넓은 화원에 물이 풍족하고 바나나 등 과실도 흔하다. 해안도시가 아니라 내지의 도시이며 예멘에서는 요지의 하나다. 자비드도 큰 도시로서 건물이 많고 대추야자수 원림은 물론, 물도 넉넉한 편이며, 예멘에서는 가장 아름다운 곳이다. 이곳 사람들은 천성이 어질고 고상한 도덕과 준수한 외모를 갖고 있다. 특히 여성들은 뛰어난 성품을 지니고 있다. 여기가 바로 성훈에 나오는 하쉬브(al-Khaṣīb) 계곡이다. 성훈에 보면 알라의 사자——그에게 평화를——는 무아즈[29]에게 타이르기를 "무아즈여, 하쉬브계곡에 이르면 걸음을 재촉하라"라고 하였다.

이곳 주민들의 대추야자 토요일절(Sabūtu'd Nakhl)은 유명하다. 선(鮮)대추야자가 익을 무렵이면 매주 토요일에 대추야자수 원림에 나들이를 간다. 시내에는 외래인을 포함해 한 사람도 남아 있지 않는다. 그중에는 오락

26. 마르싸(marsā)란 아랍어로 '정박소' '선창' '부두'란 뜻이다.
27. 할리파 마어문(압바쓰조 제7대 할리파, 재위 813~33) 시대에 지은 예멘의 유명한 도시다.
28. 쏸아와 아단 사이의 거리는 60마일이다. 쏸아는 예멘의 수도로서, 이 나라에서는 가장 아름다운 도시이며, 다마스쿠스와 비견된다. 과실이 많고 물도 흔하다. 쏸아 븐 아잘 븐 야끄툰 븐 아비르 븐 샬리흐가 지었다고 하여 '쏸아'라고 이름하였다. 아랍어로 '쏸아'란 '견고한'이란 뜻이다.
29. 본명은 무아즈 븐 주바이르(603~39)다. 성문보사로서 선지자 무함마드가 포교를 위해 그를 예멘에 파견하였다.

을 즐기는 사람도 있고 과실과 당과류를 내다 파는 시장 상인들도 있다. 부녀들은 낙타교자를 타고 가는데, 전술한 바와 같이 그녀들 모두는 그렇게 예쁠 수가 없고 성품도 훌륭하여 인자하기까지 하다. 특이한 것은 이곳 여성들은 우리나라의 여성들과는 달리 외방인과도 흔쾌히 결혼한다. 결혼 후 남편이 출타하면 멀리까지 나와 전송한다. 그들 사이에 아이가 있으면 아버지가 돌아올 때까지 그녀가 책임지고 아이를 부양한다. 그렇다고 부재기간 동안의 비용이나 옷가지 등을 요구하는 것도 아니다. 만일 남편이 함께 있으면 약간의 비용이나 옷가지 따위를 얻는 것으로 만족한다. 그녀들은 절대로 고향을 떠나지 않는다. 고향을 떠나는 대가로 무언가를 얻는 것이 있어도 그녀들은 요지부동이다.

이곳의 학자들과 법학자들은 너나없이 모두가 청렴하고 독실하며 충실하고 인자하며 고상한 도덕의 소유자들이다. 나는 자비드시에서 청렴한 학자인 샤이흐 아부 무함마드 솬아이와 진실한 수피파 법학자인 아부 압바쓰 아브야니, 성훈학자이며 법학자인 아부 알리 자비디 등을 만났다. 나도 그들의 저택에 기숙하여 극진한 대우를 받았다. 또한 그들의 화원을 찾아가기도 하였다. 어느 한 분의 저택에서 법학자이자 법관이며 학자인 아부 자이드 압둘 라흐만 수피를 만났다. 그는 예멘의 대덕(大德) 중 한 사람으로서 우리가 자리를 함께 했을 때 그는 수행자이고 금욕주의자이며 겸허한 예멘 출신의 아흐마드 븐 아질 수피에 관해 언급한 바 있다. 아흐마드는 명류로서 인자한 사람이었다.

전하는 바에 의하면 어느날 자이디야파[30] 법학자들과 요인들이 샤이흐 아흐마드 븐 아질을 방문하였다. 때마침 그는 자위야 밖에 앉아 있어 그의 문도들이 손님을 맞이하였다. 샤이흐는 끝내 자리를 뜨지 않았다. 손님들이 그에게 인사를 하자 그는 손을 내밀어 악수하면서 환영을 표시하였다.

30. 자이디야파에 관해서는 3장 주85 참고.

주객(主客) 사이에는 정명(定命, al-Qadar)[31] 문제를 놓고 말이 오갔다. 손님들은 정명이란 없고, 모든 행위는 행위자의 발의(發意)라고 주장하였다. 그러자 샤이흐는 그들에게 "만사가 자네들이 말하는 대로라면 어디 한번 일어서들 보게"라고 말하였다. 그들은 일어서려고 했으나, 도무지 일어설 수가 없었다. 샤이흐는 그들을 그대로 놔두고 훌쩍 자위야로 들어갔다. 그들은 제자리에 못박힌데다가 혹심한 불볕더위까지 겹쳐 끝내는 아우성을 치고 말았다. 문도들이 샤이흐한테 가서 "저들이 이제야 알라께 회개하고 고약한 주장을 저버린 성싶습니다"라고 아뢰자, 샤이흐는 그제야 그들 앞에 나와서 일일이 손을 잡아주면서 진리에 귀의하고 사설(邪說)을 버릴 것을 약속받았다. 그리곤 그들을 자위야 안으로 안내하였다. 손님들은 거기서 3일간 대접받은 후 고향으로 돌아갔다.

나는 이 청렴한 수행자의 묘소를 참배하기 위해 묘소가 있는 자비드시 교외의 가싸나(Ghasānah)[32]라는 마을로 갔다. 나는 역시 수행자인 그의 아들 아부 왈리드 이쓰마일을 만났다. 그의 안내로 거기서 기숙하고 샤이흐의 묘소도 참배하면서 그와 함께 3일간을 보냈다. 그리고 나서 그와 함께 법학자 아부 하싼 자일라이를 방문하였다. 그는 대수행자의 한 사람으로서, 성지순례가 있을 때마다 순례단을 인솔하곤 한다. 이곳 사람들과 원주민들

31. 이슬람교의 6대 신앙의 하나다. 이슬람교리에 의하면 인간의 모든 운명은 알라가 결정한다. 경전 『꾸란』에는 인간이 모태에 있을 때 알라가 이미 그의 수명이나 귀천 등을 결정한다고 씌어 있다. 이러한 정명관에 대하여 이슬람교법학자들은 서로 다른 견해를 갖고 해석한다. 초기의 숙명론자들은 모든 것은 알라에 의해 '예정'되는 바, 인간에게는 어떠한 자주능력도 없다고 보았으나 8세기에 대두한 무아타질라파(al-Mu'tazilah)를 비롯한 자유의지론자들은 『꾸란』에 선행자(善行者)는 선보(善報)를 얻고, 범행자(犯行者)는 자업자득(自業自得)한다는 등의 내용(『꾸란』 55장 60절, 4장 111절)을 근거로 인간은 어느 정도는 자기의 의지를 선택할 자유가 있으며, 자신의 행위에 대하여 책임진다고 역설한다. 그런가하면, 절충론자들은 정명을 '바다'에, 자유를 '쪽배'에 비유하면서 양자의 상관성을 주장한다. 이 정명문제는 이슬람신학에서 논쟁 가장 많은 문제 중 하나다.
32. 현 바이툴 파끼흐(Baitu'l Faqīh)다.

은 그를 대단히 공경하고 있다. 이어 우리는 자발라[33]에 도착하였다. 자그마한 곳이지만 아름답다. 대추야자수와 과실 그리고 내도 있다. 법학자 아부 하싼 자일라이는 샤이흐 아부 왈리드의 도착소식을 듣자 반가이 그를 맞으면서 그의 자위야에 투숙토록 하였다. 거기서 나는 그와 인사를 나누었다. 우리는 그곳에서 3일동안 편히 보내고 길을 떠났다. 떠날 때 그는 수행자 한 사람을 우리에게 딸려보냈다.

여기서 우리는 예멘 왕도인 타아즈(Ta'z) 시로 향발하였다. 예멘에서는 가장 훌륭하고 큰 도시의 하나이긴 하나 시민들은 오만무례하다. 왕이 사는 왕도사람들은 어디가나 대체로 이 꼴이다. 시는 3개 구역으로 나뉘는데, 첫째 구역은 쑬퇀과 그의 노복 및 시종들 그리고 정부요인들이 사는 구역으로, 이름은 기억나지 않는다.[34] 두번째 구역은 장관들과 사병들이 사는 아디나('Adīnah) 구역이고, 세번째 구역은 서민들이 살며 큰 시장이 있는 마할리브(al-Maḥālib) 구역이다.

예멘 쑬퇀은 성전하는 쑬퇀 누룻 딘 알리[35]다. 그는 지지받는(muaiid) 쑬퇀 하즈바룻 딘 다위드의 아들이고 승리자(muẓaffir)인 쑬퇀 유쑤프 븐 알리 븐 라쑬의 손자다. 그이 조부는 '사자'로서 이름을 날린 사람이다. 왜냐하면 압바쓰조의 한 할리파가 그를 예멘에 파견하여 아미르를 시켰기 때문이다. 그후 그의 아들이 왕위에 올랐다. 이 쑬퇀은 궁전에 앉아 있을 때와 출어(出御)할 때에 늘 유별난 의례의식을 치른다. 내가 샤이흐 아부 하싼 자이라이가 보낸 수행자와 함께 이 도시에 도착했을 때, 그는 메카 출신의 수석법관이고 이맘이며 성훈학자인 쏴퐈 딘 퇴브리에게로 나를 안내했다. 우리가 인사를 하자 그는 환영을 표시했다. 우리는 그의 저택에서 환대를 받

33. 쏴브르(Ṣabr) 산 기슭에 있는 예멘의 도시로서 일명 자틷 나흐라인(Dhāti'd Nahrain)이라고도 하는데, 아주 아름다운 도시다.
34. 마아지야(al-Ma'ziyah)라고 한다.
35. 쑬퇀 누룻 딘 알리에 관해서는 이 장 주8 참고.

으며 3일간 묵었다.

나흘째 날은 마침 목요일로 쑬퇀이 백성들을 만나는 날이어서 대법관은 나를 그에게로 데려갔다. 나는 쑬퇀에게 인사를 했다. 사람들이 그에게 인사하는 방법은 집게손가락으로 땅을 만지고 나서 머리까지 치켜올리면서 "알라께서 당신의 존귀함을 영원토록 해주소서"라고 말한다. 나는 왕의 오른편에서 법관이 하는 대로 따라했다. 쑬퇀이 시키는 대로 나는 그의 앞에 앉았다. 그는 내 고향과 무슬림들의 수령인 우리의 성덕군자 아부 싸이드 ——그에게 알라의 영총을——에 관해, 이집트와 이라크,루르(al-Lūr)의 제왕들에 관해 이것저것 물었다. 나는 그가 묻는 대로 그들의 근황에 관해 수문수답(隨問隋答)하였다. 마침 그의 앞에 재상이 있었는데, 그더러 나를 잘 돌보고 거처를 마련해주라고 지시하였다.

그가 앉아 있는 의례를 보면, 비단천을 깔고, 또 그것으로 장식한 용상(龍床)에 앉아 있다. 좌우에는 우선 총수(銃手)가 서고, 그들을 이어 검수(劍手)와 피돈수(皮盾手), 그다음으로 궁수(弓手)들이 도열하였다. 이들의 앞 좌우에 시종과 정부요인들, 사사(司事)들이 선다. 시위장(侍衛長)은 위병(衛兵)들을 통솔하여 좀 멀찌감치 떨어져 있다. 쑬퇀이 자리에 앉으면 모두는 "알라의 이름으로!"(Bismi'l Lāh)라고 이구동성으로 외친다. 그가 일어설 때도 이와같이 외친다. 그러면 대청(大廳)에 있는 모든 사람들은 쑬퇀이 일어나고 앉고 하는 때를 알게 된다. 일단 쑬퇀이 정좌(定座)하면 한 사람씩 관례대로 그에게 인사를 하고는 정한 대로 좌우에 갈라서는데, 그 누구도 제자리를 뜰 수는 없다. 그리고 누구도 하명이 떨어지기 전에는 앉을 수 없다. 쑬퇀이 시위장에게 "…를 앉도록 하라"고 명한다. 그러면 그 명을 받은 사람은 좌우에 서 있는 사람들의 앞에 펴놓은 주단 위에 잠깐 앉게 된다. 이윽고 일반식과 특별식 두 가지 음식이 나온다. 특별식은 쑬퇀과 수석법관, 주요한 성예와 법학자들 그리고 귀빈들이 먹는 음식이고, 일반식은 기타 성예들과 법학자들, 법관들, 샤이흐들, 아미르들, 군 지휘관들이 먹는 음식이다. 사람마다 음식을 드는 자리가 고정되어 있어서 헷갈리거나 서로 비비대는 일은 없다. 이러한 의례는 인도왕의 음식의례와 신통히도 꼭같다. 도대체 인도 쑬퇀들이 배워간 것인지, 아니면 거꾸로 예멘 쑬퇀들이 인도 쑬퇀들에게서 배워온 것인지 통 알 수가 없다. 나는 예멘 쑬퇀의 대접을 받으면서 며칠 체류하였다. 그는 나를 후대하였다.

이곳을 떠나서 도착한 곳은 예멘[36]의 수도격인 쏸아시다. 큰 도시로서 벽돌과 석회로 지은 건물들은 참 볼 만하다. 수목이 울창하고 과실과 농산물도 풍족하다. 기후는 온화하고 물도 청청하다. 한가지 신기한 것은 인도나 예멘, 에티오피아에서는 비가 한여름에, 그것도 대부분이 매일 오후에 내린다는 사실이다. 그래서 여행자들은 비 피해를 면하기 위해서 비가 내리지 않는 때를 골라서 여행을 한다. 워낙 비가 억수로 퍼붓기 때문에 시민들은 비가 오기 전에 서둘러 귀가한다. 도시전체가 포장이 되어 있어서 일단 비만 내리면 모든 거리와 골목이 깨끗이 씻긴다. 쏸아의 대사원은 아주 멋진 사원이며, 거기에는 한 선지자——그에게 평화를——의 묘가 안치되어 있다.

쏸아로부터 우리는 아단('Adan)[37] 시에 도착하였다. 대해 연안에 자리한 예멘의 항구도시로서 산들로 에워싸여 있고, 입구는 오로지 한 곳뿐이다. 도시가 크기는 한데 농작물이나 수목은 물론, 물마저도 없다. 수조가 몇개 있어 비올 때면 빗물을 받아둔다. 수원은 시에서 멀리 떨어진 곳에 있는데,

36. 예멘(al-Yaman)은 아라비아반도의 서남부에 있는 나라로 광의로는 하드라마우트(al-Ḥadramaut) 지방과 해안저지대, 고원산악지대의 세 지역을 포괄한다. 해발 1500~2500의 고원산악지대에는 하기에 서남계절풍의 영향으로 강우량이 많다. 그리하여 산림과 계곡 등 다채로운 자연생태계가 펼쳐진다. 기원전 1천년경부터 관개용 댐과 저수지가 건설되고 산악지대부터 해안저지대에 이르는 경사지대에는 밀·보리·과실 등 열대성 농작물이 재배되었다. 그리고 예멘은 지중해와 홍해, 인도양을 연결하는 요로에 있기 때문에 역사상 동서교류에서 중요한 중계자 역할을 했다. 따라서 이곳에는 다양한 인종과 문화가 혼재한다.

37. 인도양 해안에 있는 예멘의 교역항구도시다. 현지에는 물이 없어 음료수는 1일 거리에 있는 샘에서 길어온다.

가끔 원주민들이 시민들의 취수를 가로막고 나서기 때문에 돈이나 피륙으로 물과 거래를 하곤 한다. 아주 더운 고장이다. 인도의 항구인 킨바야(Kinbāyah), 타나(Tānah), 카울람(Kaulam), 깔리꾸트(Qāliquṭ), 판다라이나(Fandarāinah), 샬리야트(al-Shāliyāt), 만자루르(Manjarūr), 파카누르(Fākanūr), 힌나우르(Hinnaūr), 싼다부르(Sandābūr) 등지로부터 큰 선박이 입항한다. 그래서 이 도시에는 주로 인도 상인들이 거주하며, 이집트 상인들도 있다.

아단시민들은 상인이 아니면 짐꾼이나 어부들이다. 상인들 중에는 거부들이 있다. 간혹 한 사람이 순수 자기몫으로 대형 선박에 실을 만큼의 자산을 소유하고 있기도 하다. 이것이 그들에게는 큰 자랑이다. 내가 들은 바에 의하면, 어느날 한 상인이 하인더러 양 한 마리를 사오라고 시장에 보냈다. 다른 한 상인도 같은 일로 하인을 시장에 보냈다. 묘하게도 그날 시장에는 양이 한 마리밖에 없었다. 그래서 두 하인 사이에는 경매가 붙었다. 결과 400디나르에 낙착되었다. 양을 사게 된 하인은 '내 재산이라곤 400디나르밖에 없는데, 주인이 그 값을 다 치르면 그런 대로 좋은 일이고, 안 주면 내 재산을 털리겠지만, 기분이나마 상대방을 이겼으니 됐다'라고 자위하였다. 그는 양을 끌고 주인에게로 갔다. 사연을 알게 된 주인은 그에게 1천 디나르를 쥐어주었다. 한편, 경매에서 진 하인은 기가 죽어 주인한테로 갔더니, 아니나 다를까, 주인은 매질하면서 주었던 돈을 빼앗고는 내쫓아버렸다.

아단에 있을 때, 나는 나쉬룻 딘 알 파어리라는 한 상인의 집에 기숙하였다. 그는 매일밤 약 20명의 상인들에게 식사를 대접한다. 그에게는 이보다 더 많은 하인들이 있다. 이렇듯, 그들 모두는 신앙이 돈독하고 겸손하며, 청렴하고 후덕하다. 이방인에게 친절하고 구차한 사람들을 구제하며 천명(天命)인 자카트(Zakāt)[38]도 제대로 꼭꼭 납부한다. 이 도시에서 나는 인도출

38. 자카트에 관해서는 1장 주202 참고.

신의 청렴한 법관 쌀림 븐 압둘라를 만났다. 원래 그의 선친은 짐꾼이었다. 그러나 그의 아들은 학행(學行)에 열중하여 결국 사군자(士君子)가 되었다. 이 사람은 참으로 구덕한 법관으로서 나는 그의 집에 며칠간 묵었다.

## 4. 연안지방

아단에서 배를 타고 나흘 만에 자일라아(Zaila')시[39]에 도착하였다. 이곳은 베르베르족(Berber)[40]들이 사는 도시다. 그들은 흑인으로서 샤피이야파에 속한다. 그들의 나라는 자일라아로부터 마끄다슈(Maqdashū)[41]까지 두 달 여정이나 되는 사막지대다. 가축은 낙타와 비육도로 소문난 양이다. 자일라아 주민은 피부가 검고 그 대부분은 라피뒤야파(al-Rāfiḍiyah)의 추종자들이다. 도시는 크고 굉장한 시장도 있지만 세상에서 가장 지저분하고, 가장 황량하고, 가장 악취가 풍기는 곳이 바로 이 도시다. 악취는 물고기가 많고 거리에서 마구 잡는 낙타의 피 때문이다. 우리는 이곳에 도착해서는

39. 자일라아섬은 예멘에 속한 섬으로서 거기에는 에티오피아에서 수입하는 산양과 산양 가죽이 거래되는 전문시장이 있다. 그리고 에티오피아 쪽 해안에 자일라아읍이 있다.
40. 북아프리카로부터 싸하라사막에서 이르는 광활한 지역에서 베르베르어(아프로-아시아어)를 사용하는 사람들에 대한 총칭이다. '베르베르'란 말은 라틴어의 '베르베루스'(berberus, 로마세계 이외에 거주하는 비문명화인이란 뜻)에서 유래했다. 인종적으로는 코커스로이드(백인종군)에 속하나 이변(異變)이 심하다. 크게는 4대 아인종형(亞人種型)으로 나뉘는데, 남쪽에는 흑인종과의 혼혈종도 있다. 언어상으로는 3대 방언군(方言群)으로 나뉜다. 현재까지 정확한 인구통계는 없지만, 모로코 인구의 30%, 알제리 인구의 20%, 튀니지 인구의 1~2%가 베르베르인으로 알려져 있다. 7세기와 11세기에 있은 두 차례의 아랍인들의 침입과 정복으로 인해 이슬람화와 아랍화가 상당한 정도 진행되었다. 11~12세기에 베르베르인들은 무라비트조(al-Murābiṭ, 1056~1147)와 무왓히둔조(al-Muwaḥḥidūn, 1130~1269)를 건립한 바 있다. 대부분은 이슬람의 쑨니파에 속한다.
41. 아프리카 동안의 항구도시로 여기서부터 흑인지역이 시작된다. 현 쏘말리아의 수도 모가디슈(Mogadishu)다. 이곳에서 대두(大頭)낙타와 흑단(黑檀)·용연향(龍涎香)·상아 등 진귀한 특산품이 수출된다.

시가지가 너무나 지저분하여 비록 위험하기는 하지만, 바닷가에 투숙하고 시내에서는 머물지 않았다.

이곳을 떠나 배편으로 장장 열다섯 밤을 항해해서야 마끄다슈에 당도했다. 대단히 큰 도시다. 낙타가 많은데, 매일 2백 마리씩 도살한다. 양도 많다. 주민들은 억척 같은 장사꾼들이다. 이곳에서 특유의 '마끄다슈천'이 생산되어 이집트 등지로 반출된다. 이곳 주민들의 관행으로는 일단 배가 입항하기만 하면 작은 배(ṣanbūq)를 타고 접근하는데, 거기에 타고 있는 젊은이들이 배 위로 올라온다. 저마다 먹거리가 들어 있는 상자를 상인들에게 내밀면서 "이분은 내 손님이오"라고 맡아둔다. 그러면 그 상인은 이 말을 한 젊은이를 따라 배에서 내려 그의 집에 유숙하게 된다. 단, 자주 오는 사람은 지인이 있기 때문에 묵고 싶은 데 묵는다. 손님이 묵게 되면 주인은 그를 대신해 그의 물건을 팔아주고 필요한 것을 사준다. 물건을 싸게 사준다든가, 혹은 손님이 없는 데서 물건을 판다든가 하면서 주인은 주인대로 이득을 취한다.

젊은이들이 내가 탄 배에 올라왔다. 그중 한 젊은이가 나에게로 다가오자 내 친구들은 그에게 "이분은 장사꾼이 아니라 법학자일세"라고 소개했다. 그러자 그 젊은이는 제 친구들에게 "이분은 법관의 손님이시다"라고 큰 소리로 이르는 것이었다. 마침 그들 중에는 법관의 친구가 있었다. 그는 법관에게 이 사실을 알렸다. 그러자 법관은 몇몇 학생들을 대동하고 해안까지 와서는 학생 한 명을 나한테 보냈다. 나는 친구들과 함께 하선하여 법관과 그의 동료들에게 인사를 건넸다. 그러자 법관은 나에게 "알라의 이름으로 샤이흐에게 경의를 표합시다"라고 말하였다. "아니, 샤이흐라니요, 누구신데?"라고 내가 물으니 "쑬퇀입니다"라고 대답하였다. 관행상 그들은 쑬퇀을 '샤이흐'라고 부른다. 내가 "그럼, 자리나 잡고 가서 뵈어야지요"라고 하니, 법관은 "여기의 관례로는 법관이나 성예, 또는 수행자가 오면 우선 쑬퇀을 진현(進見)하고 나서야 자리를 잡게 되어 있습니다"라고 하였다. 그리하여 그들이 하자는 대로 우선 그들과 함께 쑬퇀한테 갔다.

마끄다슈의 쑬퇀은 전술한 바와 같이 '샤이흐'라고 부른다. 그의 실명은 아부 바크르 븐 샤이흐 오마르이며 베르베르족 출신이다. 말은 마끄다슈어로 하며 아랍어도 할 줄 안다. 그는 늘 선박이 도착하기만 하면 자그마한 쑬퇀의 전용선을 보낸다. 요원은 정막한 선박에 올라가 배는 어디에서 왔고, 선주와 선주장은 누구이며, 무엇을 선적하고 있는지, 또 동행한 상인과 승선자는 누구인지 등을 일일이 캐묻는다. 모든 것을 알아내면 쑬퇀에게 보고한다. 그러면 쑬퇀은 직접 접대할 만한 사람을 손님으로 맞는다.

내가 이집트 출신의 이븐 부르한이라는 법관과 함께 쑬퇀궁에 도착하자, 한 남자시종이 출영하면서 법관에게 인사했다. 법관은 그에게 "안심하시오. 그리고 우리의 주공이신 샤이흐에게 이분은 히자즈땅에서 오셨다고 아뢰시오"라고 하였다. 시종은 잠시후 아뢰고 돌아왔다. 그는 필발 잎사귀와 빈랑(檳榔, fūfil)[42]이 담긴 쟁반을 들고 나왔다. 그는 나에게 필발 잎사귀 10닢과 약간의 빈랑을 주었다. 법관에게도 마찬가지다. 남은 것은 내 친구들과 법관의 학생들에게 나누어주었다. 또한 다마스쿠스 장미수 한 병을 가져다가 나와 법관에게 뿌렸다. 그리곤 "주공께서는 학생 요사(寮舍)에 기숙토록 하명하셨습니다"라고 알려주었다. 그곳은 학생들을 위해 마련한 요사다. 나는 법관을 따라 그 요사로 갔다. 샤이흐의 궁전에서 가까운 곳인데, 필요한 시설들을 다 갖추고 있다.

이윽고 접객을 관장하는 한 대신과 함께 그 시종은 샤이흐궁으로부터 음식을 날라왔다. 대신은 "주공의 인사를 전합니다. 주공께서는 참 잘오셨다고 말씀하셨습니다"라고 나에게 말했다. 우리는 차려놓은 음식을 들었다. 주식은 버터에 볶은 쌀밥인데, 큰 나무쟁반에 담았다. 밥 위에는 쿠샨

42. 빈랑나무의 열매로서 먹거나 약재로 쓴다. 빈랑나무(Areca Catechu)는 야자과에 속하는 상록교목으로서 키는 10~25m 정도이며, 인도나 말레이반도 등 열대 아시아에서 나며 과수로 가꾼다.

(Kūshān)[43]을 얹었다. 쿠샨이란 닭고기와 기타 육류, 물고기와 채소 등으로 만든 일종의 혼성 반찬이다. 그들은 한 그릇에는 덜 익은 바나나를 갓 짜낸 젖에 섞어놓고, 다른 한 그릇에는 발효된 젖을 담는데, 그 위에 절인 레몬과 절여서 시큼짭짤한 후추송이 그리고 푸른 생강과 망고('anbā)를 얹는다. 이곳 망고는 사과 비슷한데, 씨가 있다. 익으면 맛이 대단히 좋아서 과실로 먹으며, 익기 전에는 레몬처럼 시큼하여 식초에 절인다. 그들은 밥을 한입 먹고는 꼭 이러한 신 과실과 시큼하게 절인 채소를 곁들인다. 마끄다슈사람들은 어찌나 많이 먹는지 한 사람이 먹는 양이 보통 우리네 몇몇 사람이 먹는 양에 맞먹는다. 그러다보니 몸집이 크고 비대할 수밖에 없다. 식사가 끝나자 법관은 돌아갔다.

우리는 그곳에 3일간 묵었는데, 매일 세 끼씩 날라왔다. 이것은 그들의 관습이다. 네번째 날은 마침 금요일이어서 법관과 학생들 그리고 샤이흐의 한 대신이 찾아왔는데, 그들은 의상 한 벌을 가지고 왔다. 그중에는 속바지 대용으로 하체의 가운데를 질끈 묶는 데 쓰는 모면(毛棉) 혼방직 수건이 있는데, 그들은 속바지가 무언지 모른다. 또한 의상 중에는 이집트산 천으로 만든 유명한 적삼과 속을 댄 무깟디쓰(al-Muqaddis)산[44] 천으로 만든 겉옷 그리고 이름난 이집트산 머릿수건이 들어 있다. 내 동료들에게도 안성맞춤인 옷가지들을 가져왔다.

우리는 대사원에 가서 샤이흐의 전용실(maqṣūrah) 뒤에서 예배를 드렸다. 샤이흐가 전용실 문에서 나오자 나는 법관과 함께 그에게 인사를 했다. 그는 환영을 표시하면서 법관과는 현지어로 이야기하다가 나에게는 아랍어로 "잘 오셨습니다. 오셔서 우리 고장을 빛내시고 우리를 기쁘게 해주셨습니다"라고 말하였다. 그는 사원 마당에 나와 그곳에 묻혀 있는 선친의 묘

43. 물고기에 쌀밥을 볶은 오만인들의 음식의 하나다.
44. 무깟디쓰산이란 꾸드쓰산(제품)이란 뜻이다. 꾸드쓰는 현 팔레스타인의 예루살렘으로, 일명 '바이트 무깟디쓰'(Baitu'l Muqaddis, 신성한 집)라고도 한다.

앞에 멈춰 서서는 독경하고 기도를 한다. 이윽고 아미르들과 대신들, 군 지휘관들이 따라와서 샤이흐에게 인사를 한다. 그들의 인사법은 예멘인들의 인사법과 마찬가지로 식지(食指)를 땅에 댔다가 머리 위까지 올리면서 "알라께서 당신의 존귀함을 영원토록 해주소서"라고 말한다. 그리고 나서 사원을 나서자 신발을 신는다. 샤이흐 그는 법관과 나에게도 신발을 신으라고 권했다. 그는 사원 가까이에 있는 자택으로 걸어갔다. 사람들은 모두 맨발로 뒤따른다. 그는 채색 비단으로 만든 4개의 양산으로 볕을 가리고 있으며, 모든 양산 꼭대기에는 금으로 만든 새가 한 마리씩 앉아 있다.

그날 샤이흐의 옷차림은 푸른 꾸드쓰산 겉옷에 비단수건을 걸치고 큰 머릿수건을 둘러썼다. 겉옷 밑에는 이집트산 천으로 만든 화사한 속옷을 입었다. 그의 바로 앞에서는 북과 나팔 등 취주악이 울리고 군 지휘관들이 전후를 호위하고 있다. 법관과 법학자들, 성예들이 그와 동행하였다. 이런 식으로 그는 응접전에 들어갔다. 대신들과 아미르들, 군 지휘관들은 거기에 쳐놓은 천막 속에 앉아 있다. 법관에게만은 특정한 자리가 마련되어 있고, 다른 사람은 거기에 앉을 수가 없다. 법학자들과 성예들은 법관의 곁에 앉는다. 이렇게 신시예배 때까지 지내다가 일단 샤이흐와 함께 신시예배를 마치고 나면 전체 군사들이 몰려와서 계급별로 도열한다. 그리고 나면 북과 나팔, 피리 등 취주악이 다시 울린다. 이때에는 움직이거나 제 위치를 이동할 수 없다. 걸어가던 사람도 바로 멈춰서서 조금이라도 움직여서는 안 된다. 취주악이 끝나면 전술한 대로 집게 손가락으로 인사를 하고 헤어진다. 이것은 그들이 매주 금요일마다 행하는 관례다.

토요일이 되면 사람들은 샤이흐의 저택 앞에 모여든다. 그들은 저택 밖에 설치한 천막 속에 들어가 앉는다. 법관과 법학자들, 성예들, 수행자들, 샤이흐들, 순례자들은 별도로 응접전에 들어가 미리 준비한 긴 나무걸상에 앉는다. 법관은 따로 전용 걸상이 있다. 모든 걸상은 고정되어 있어, 헷갈리지 않는다. 이윽고 샤이흐가 참석하면 사람을 보내 법관을 그의 뒤에 앉도록 한다. 이어 법학자들이 들어오는데 고위법학자들은 샤이흐의 앞에 앉고, 그 외 법학자들은 인사만 하고 나간다. 만일 법학자가 손님이라면 그의 옆에 앉힌다. 다음으로 샤이흐들과 순례자들이 들어오는데, 역시 고위급들은 착석하고 나머지는 인사만 하고 나간다. 뒤를 이어 대신들과 아미르들, 고위 장성들이 한 패씩 들어와서는 인사만 하고 물러간다.

그리고 나서 음식이 들어오면 법관과 성예등 자리에 앉은 사람들이 샤이흐와 함께 식사를 한다. 간혹 샤이흐가 어느 고위아미르를 특별히 초대하려고 하면 사람을 보내 그를 데려와서 함께 식사를 한다. 그밖의 사람들은 식당에서 식사를 한다. 식사는 샤이흐를 진현할 때의 순서대로 한다. 식사가 끝나면 샤이흐는 저택으로 돌아가고 법관과 대신들 그리고 사사(司事)와 4명의 고위아미르가 남아서 사람들의 쟁의나 소송건을 처리한다. 만일 사안이 교법에 관한 것이라면 법관이 판정하고, 그외의 것이면 대신들과 아미르들이 협의해 처리한다. 만일 쑬퇀의 유시(諭示)가 필요한 경우에는 서면으로 제기하면 쑬퇀은 즉시 자기의 견해를 서장(書狀) 뒷면에 적어 비답(批答)한다. 이것은 그들의 관례다.

나는 마끄다슈에서 배를 타고 해안을 따라 항진하였다. 목적지는 흑인들의 땅에 있는 쿨와(Kulwā) 시다. 우선 도착한 곳은 만바싸(Manbasā)[45] 섬이다. 뭍에서 배로 이틀 거리에 있는 큰 섬이기는 한데 평지라곤 별로 없다. 수목으로는 바나나와 레몬, 시트론(utruj)이 있고, 과실로는 자문(jamūn)이라는 것이 있다. 자문은 보기에도 감람과 비슷하거니와 씨 역시 꼭 닮았다. 그렇지만 아주 달다. 이 섬 사람들은 농사를 짓지 않고 농산물은 뭍에서 날라온다. 주식은 바나나와 물고기다. 섬사람들은 샤피이야파에 속하며 신앙심이 돈독하고 청렴결백하다. 사원은 잘 지은 목조건물이다. 사원의 모든 문에는 우물이 있는데, 깊이는 한두 완척밖에 안된다. 나무바가지로 물을

45. 현 뭄바싸(Mūmbāsā)로서 케냐의 가장 큰 항구다. 큰 섬에 있는데, 뭍까지는 2일 항행 거리다.

푸는데, 바가지에는 한 완척쯤 되는 가는 손잡이가 꽂혀 있다. 우물이나 사원의 주변은 대체로 평퍼짐한 땅이다. 사원에 들어가려는 사람은 우선 물에 발을 씻고 문 앞에 놓여 있는 두툼한 방석에 발을 닦고 들어간다. 부분세정을 하려는 사람들은 물바가지를 허벅지 사이에 끼우고 손에 물을 부어가면서 제법 세정을 한다. 사람들은 모두가 맨발로 다닌다. 우리는 이 섬에서 하루 묵었다.

계속해서 우리는 배편으로 쿨와시[46]에 도착하였다. 큰 해안도시로서 주민들의 대부분은 진짜 검은 흑인들이다. 그들의 얼굴에는 자나와(Janāwah)의 라임(al-Laim) 족들의 얼굴처럼 줄무늬 문신이 새겨져 있다. 한 상인의 말에 의하면, 쑤팔라(Sufālah)[47] 시는 쿨와시에서 보름 거리에 있고, 쑤팔라와 라임지방의 유피(Yūfi) 간은 한 달 거리라고 한다. 유피의 사금(砂金)은 쑤팔라까지 운반된다. 쿨와는 매우 훌륭한 도시로서 건물도 대단히 단아하다. 모두 목조건물로서 지붕은 디쓰(dīs)[48]로 이었다. 이곳에는 비가 많이 내린다. 주민들은 흑인 이교도들과 함께 살아가야 하는 만큼 모두가 성전자[49]일 수밖에 없다. 그래서 그들은 신앙심이 돈독하고 청렴하며 샤피이야파에 속한다.

내가 쿨와시에 갔을 때 그곳 쑬퇀은 아부 무즈피르 하싼이었다. 그는 혜시혜사(惠施惠賜)를 많이 하기 때문에 일명 혜시지부(惠施之父, Abū'l Mawāhīb)라고도 한다. 그는 자주 흑인들이 사는 고장을 정토하여 전리품을 노획하곤 한다. 노획물 중 2할(1/5)은 성 『꾸란』의 규정[50]대로 쓰고 근척(近戚)분은 국고에 저축했다가 이라크와 히자즈 등지에서 오는 성예들에

46. 현 탄자니아의 수도 다룻 쌀람(Dāru'd Salām)이다.
47. 아프리카 모잠비크의 수도다.
48. 방동사니과(Cyperus)에 속하는 수초(水草)다.
49. 성전자에 관해서는 1장 주10과 이 장 주7 참고.
50. 『꾸란』 8장 41절에는 알라와 사자, 근친과 고아, 빈자와 행인(行人)을 위해 전리품 등 획득물의 1/5은 내놓아야 한다고 규정되어 있다.

게 혜사한다. 나는 쑬톼에게 온 일군의 히자즈 성예들을 만나봤다. 그중에는 무함마드 븐 자마즈, 만수르 븐 라비드 븐 아비 나미, 무함마드 븐 샤밀라 븐 아비 나미가 있다. 일찍이 내가 마끄다슈에 있을 때 아틸 븐 카브쉬 자마즈를 만났는데, 그 역시 이 쑬톼에게 오려고 하였다.

이 쑬톼은 매우 겸손하여 빈민들과 한자리에 앉아서 식사를 하며, 종교인들과 성예들을 존중한다. 나는 그와 함께 금요예배에 참석했다. 쑬톼이 예배가 끝나서 귀가하려고 할 때 헐벗은 한 예멘사람이 길을 막아서면서 "시혜지부시여"라고 하자 "그래, 헐벗은 이여, 필요한 게 무엇인데?"라고 쑬톼이 물었다. "입고 계시는 옷을 주십시오." 그 사람의 대답이다. 쑬톼이 "그럼 주지"라고 말하자 그 사람은 "지금 당장 말입니다"라고 재촉까지 하는 것이었다. "그럼, 당장 줘야지"라고 말하고는 사원에 돌아와서 설교 사방에 들어가 다른 옷으로 갈아입고, 입었던 옷을 벗어서 "어서 들어와서 가져가게"라고 그 예멘사람에게 말하였다. 그 사람은 곧 들어가서 쑬톼이 벗어놓은 옷을 가지고 나와서는 손수건으로 꽁꽁 묶어서 머리에 이고 자리를 떴다.

사람들은 쑬톼의 그러한 겸허함과 인자함에 찬사를 아끼지 않았다. 그런데 그의 후계자인 아들이 그 예멘사람으로부터 옷을 도로 찾아오고 그 대신 10명의 노예를 주었다. 이에 대해서도 사람들이 역시 찬사를 보내자 쑬톼은 다시 그 사람에게 10명의 노예와 두 포대의 상아를 하사하도록 명하였다. 그들의 하사품은 대부분이 상아이고, 황금의 경우는 드물다. 이 후덕한 쑬톼이 서거——그에게 알라의 자비를——하자 엉뚱하게 그의 아우 다위드가 집권하였다. 그는 형과는 정반대의 인물이다. 무얼 좀 요구하는 사람이 오기만 하면 "주기만 하던 사람은 이미 죽었을 뿐만 아니라, 누구에게 줄 만한 것을 뒷사람에게 남겨놓지도 않았다"고 하면서 면박을 주곤 하였다. 찾아온 사람이 여러달 묵어도 주는 것은 고작 쥐꼬리만큼이었다. 그래서 그의 문전에는 사람들의 발길이 뚝 끊겨버렸다.

## 5. 좌파르시

쿨와에서 배를 타고 바다를 건너 인도양 해안에 면한 예멘의 최남단 도시 좌파룰 하부뒤(Ẓafāru'l Ḥabūḍī)에 도착하였다. 이곳으로부터 인도에 준마(駿馬)가 운송되는데, 순풍일 때도 인도까지는 뱃길로 꼭 한 달이 걸린다. 한번은 내가 인도의 깔리꾸트[51]에서 좌파르까지 오는데 순풍으로 밤낮없이 28일이나 걸렸다. 좌파르에서 아단까지는 사막길로 한 달이 걸리고, 하드라마우트(Ḥaḍramaut)[52]까지는 16일, 오만('Omān)[53]까지는 20일 노정이다.

좌파르[54]는 주변 마을도 행적구획도 없는 사막 속의 도시다. 시장은 도시의 하르자(al-Ḥarjā')라는 어귀에 있는데, 과실과 물고기를 많이 거래하기 때문에 어지럽고 악취가 나며 파리가 많다. 가장 흔한 물고기는 정어리(Sardīn)인데, 대단히 기름지다. 괴이한 것은 정어리가 가축이나 양의 사료로 쓰인다는 사실이다. 이러한 현상은 다른 곳에서는 좀처럼 볼 수가 없다. 대부분의 장사꾼은 여자 머슴들로서 그녀들은 검정옷을 입고 있다.

이곳 사람들은 옥수수농사를 짓는데, 깊은 우물에서 물을 퍼내 관수한다. 관수방법은 큰 두레박에 여러 개의 줄을 달아 우물 속에 넣은 다음, 노예나 머슴들이 저마다 한 줄씩 허리에 동여매고는 우물 위에 가로놓인 큰 가름

51. 인도 서남해안에 있는 항구도시(현 캘리컷 Calicut)로서 중국 고적에는 '고리(古里)'로 음사되어 있다.
52. 아단 동쪽의 해안변에 펼쳐진 지역으로서 아흐까프(al-Aḥqāf)라는 사지(死地)다. 후드(Hūd)의 묘소가 있고, 그 부근에는 또 유명한 바르후트(Barhūt) 우물이 있다. 이곳에는 타르얌(Taryam)과 샤밤(Shabām)이라는 두 도시가 있다.
53. 페르시아만 입구에 있는 아랍인 거주지역으로서 여러 지방을 포괄하고 있다. 대추야자수가 많고 농경도 가능하나 덥기로 유명한 곳이다.
54. 페르시아만의 항구도시로서 샤흐르(al-Shaḥr) 주에 속하며 미르바트(Mirbāṭ)까지는 5 파르싸흐다.

대 위로 두레박을 일제히 끌어올린다. 그리곤 그 물을 수조에 넣었다가 관수용으로 쓴다. 그들에게는 알라쓰('alas)[55]라는 밀이 있는데, 사실은 밀이 아니라 쌀라트(salat)라는 일종의 보리다. 쌀은 인도에서 수입해오지만 그들의 주식이다. 이 도시의 통화는 동화(銅貨)와 석화(錫貨)이며, 다른 것은 통용되지 않는다. 원래 그들은 상인으로서 장사로서만 살아간다.

관행상 인도 등지에서 배가 도착하면 쑬퇀의 몇몇 노복이 해안에 나와 작은 배(ṣanbūq)[56]를 타고 정박한 배 위로 올라오는데, 그들은 선주나 대리인 그리고 선장과 선상서기(書記, Karānī)가 갈아입을 의상을 한 벌씩 가지고 온다. 또한 그들이 타고 갈 3필의 말도 끌고 온다. 해안에서 쑬퇀의 저택에 이르기까지 일행의 앞에서는 북을 치고 나팔을 불어댄다. 뱃사람들이 대신과 군 아미르에게 인사를 하고 나면, 이들 대신이나 군 아미르는 모든 선원들을 3일간 초대한다. 사흘 후에는 쑬퇀의 저택에서 식사를 한다. 그들이 이렇게 친절을 베푸는 것은 선객들을 유치하기 위해서다.

현지인들은 겸손하고 예절바르며 선량하고 외방인을 좋아한다. 그들은 면직옷을 입는데, 천은 인도에서 가져온다. 바지 대신에 수건을 허리에 질끈 묶고 있다. 날씨가 몹시 덥기 때문에 대부분 사람들은 수건 하나는 허리에 묶고, 다른 하나는 어깨에 걸치고 다닌다. 그리고 하루에 몇 번씩 목욕을 한다. 사원이 많으며, 사원마다 세정을 위해 여러개의 욕실이 마련되어 있다. 이곳에서는 비단이나 면, 마직천을 생산하는데, 질이 퍽 좋다. 남녀를 막론하고 많은 사람들이 상피병(象皮病, Safil)[57]에 걸려 두 다리가 부어 있고, 대부분 남성들은 고환습진에 시달리고 있다. 알라의 가호가 있기를 바란다. 좋은 관습으로는 사원에서 아침예배나 신시예배가 끝나면 서로가 악수를 나누는 것이다. 앞줄 사람들이 돌아서면 뒷줄 사람들이 그들과 악수를 한

55. 밀의 일종으로서 한 껍데기에 두 알씩 박혀 있다. 예멘 솬아인들의 주요 식량이다.
56. 지금의 쌈바크(Sambak)라는 작고 단단한 배를 말한다.
57. 피부와 피하조직이 부어올라 코끼리 살가죽처럼 되는 만성피부질환이다.

다. 금요예배 때는 모든 사람들이 서로 악수를 나눈다.

이 도시의 특이한 점은 악의를 품고 가는 자는 반드시 저주를 받고 영영 소외되는 신세가 된다는 사실이다. 들은 바에 의하면, 한번은 호르무즈왕 쑬퇀 꾸트붓 딘 타마흐탄 븐 투란 샤가 육·해 양면으로 이 도시를 진공해 왔다. 그러자 은혜로운 알라께서 거센 폭풍을 일으켜 그의 선박들을 박살내고 위공(圍攻)을 포기하게 하였으며 급기야는 좌파르왕과 화의하도록 하였다. 또 한번은 성전하는 왕인 예멘 쑬퇀이 자신의 종제(從弟)에게 대군을 주어 역시 자신의 다른 종제인 좌파르왕이 장악하고 있는 이 도시를 탈환하도록 위촉하였다. 그런데 그 위촉받은 아미르가 집을 나서자마자 담벽이 무너져서 그와 몇몇 수행원들이 압사당했다. 왕은 할 수 없이 위공 탈환하려던 기도를 포기하고야 말았다.

한가지 기이한 것은 이 도시 주민들은 여러가지 방면에서 마그리브인들과 비슷하다는 점이다. 나는 이 도시에서 가장 큰 사원의 설교사 집에 기거하였다. 아이사 븐 알리라는 그는 사회적 지위도 높거니와 마음씨도 수더분한 사람이다. 그에게 여러 명의 여종이 있는데, 이름들이 꼭 마그리브 여종들의 이름과 같다. 예컨대 그중 한 여종의 이름은 '바히타'(Bakhītah)[58]이고, 다른 한 명의 이름은 '자둘 말'(Zādu'l Māl)[59]이었다. 나는 이런 이름들을 다른 곳에서 들은 적이 없다. 대부분 사람들은 맨머리로 머릿수건을 두르지 않고 있다. 집집마다 야자수잎으로 엮은 방석을 벽에 걸어놓고 있는데, 이것은 집주인이 예배할 때 까는 것이다. 마그리브 사람들도 이렇게 한다. 그들도 옥수수를 식용으로 한다. 이러한 모든 상사성은 쏸하자(Ṣanhājah) 등 마그리브 부족들이 원래가 하미르족[60]에 속해 있었음을 강력히 시사해

58. '행운아'란 뜻이다.
59. '재산의 증가'란 뜻이다.
60. 까흐퇀니야(al-Qaḥṭāniyah) 부족의 주요한 지족(支族)으로서 조상은 히미르 븐 싸브어 븐 야쉬자브 븐 까흐퇀이다. 예멘의 샤밤(Shabām), 지마르(Dhimār), 라프아(Raf') 등지에 거주한다.

주고 있다.

이 도시 부근에 있는 한 화원의 한가운데에 좌파르 출신의 독실한 수행자인 샤이흐 아부 무함마드 븐 아비 바크르 븐 아이사의 자위야가 있다. 이 자위야는 사람들의 숭앙의 대상으로서 아침저녁으로 발길이 끊이지 않는다. 피난장소이기도 한데, 일단 피난자가 자위야에 들어가기만 하면 쑬퇀일지라도 속수무책이다. 나는 그곳에서 다년간 피신해 있는 사람을 보았는데, 쑬퇀도 감히 손을 못댄다고 한다. 내가 이 자위야에 있을 때 쑬퇀의 사사가 피신해 있다가 쌍방간에 화해가 이루어지자 나갔다. 나는 위에 말한 샤이흐 아비 바크르의 두 아들인 샤이흐 아부 압바쓰 아흐마드와 샤이흐 아부 압둘라 무함마드의 손님으로서 이 자위야에 묵었다. 두 사람은 대단히 후덕한 사람이다. 우리가 식후에 물로 손을 씻자, 샤이흐 아부 압바쓰는 그 물을 가져다가 마시는 것이었다. 자신뿐만 아니라, 시종더러 나머지 물을 집안 사람들이나 어린애들에게 가져가 마시도록 하였다. 그들은 길조가 있을 성싶은 손님에게는 이렇게 대한다.

나는 이 도시의 청렴한 법관 아부 하쉼 압둘 말리크 앗 자비디의 초대를 받은 바 있는데, 그 역시 친히 내 시중을 들면서 심지어 내 손까지 씻겨주었다. 절대로 다른 사람을 시키지 않았다. 이 자위야 부근에는 쑬퇀 무기스왕의 선조 능묘가 있다. 사람들의 숭앙을 받고 있는 곳으로서 필요한 것이 있는 사람은 여기에 은신하기만 하면 곧 해결된다고 한다. 군인들의 관행으로는 한 달이 찼는데도 봉급이 나오지 않으면 곧장 이곳에 피신하여 봉급이 나올 때까지 이 능묘 곁에 기거한다.

좌파르시에서 반나절 여정에 아흐까프(al-Aḥqāf)시[61]가 있는데, 여기는 아드(ʻĀd)인[62] 들의 본향이다. 그곳의 해안가에는 자위야와 사원이 각각 하나씩 있다. 사원 주위는 어촌이다. 자위야에 있는 한 분묘에는 이러한 비문

61. 아흐까프에 관해서는 2장 주106 참고.
62. 아랍 유목민으로서 아흐까프 일대에 거주하고 있다.

이 있다. "이것은 후드 븐 아비르——그에게 최선의 기도와 평화를——의 묘이다." 내가 앞에서 언급했지만 다마스쿠스 사원 내에도 '후드 븐 아비르의 묘'란 비문이 있다. 보다 신빙성 있는 묘는 아무래도 아흐까프에 있는 묘일 것이다. 왜냐하면 그곳이 바로 후드의 고향이기 때문이다. 진실은 알라만이 알 것이다.

이 도시에 있는 과수원들에는 특히 바나나가 많은데, 굵기까지 하다. 내가 직접 한 개를 달아봤는데, 무게가 12우끼야[63] (448.8g — 옮긴이)까지 나갔다. 맛이 향긋하고 아주 달다. 또한 과수원에는 필발과 인도호두라는 야자(nārjīl)가 있다. 이 두 나무는 인도와 좌파르에만 있다. 이것은 좌파르가 인도에 가까이 있으면서 여러 면에서 비슷하기 때문이다. 단 자비드시의 쑬퇀 과수원에는 몇 그루의 작은 야자나무가 있다.

필발과 야자이야기가 나온 김에 이 두 가지 나무의 특성에 관해 좀 언급하겠다. 필발은 포도나무 가지를 땅속에 심듯 심는 나무로서 포도넝쿨처럼 받침대를 세워준다. 아니면 야자수 곁에 심어서 포도나 후추나무처럼 가지를 따라 뻗어오르게 한다. 필발은 열매가 없고 잎만을 쓴다. 잎은 수리딸기(ollaiq) 잎과 비슷하며, 제일 좋은 것은 누런 잎으로서 잎은 매일 딴다. 인도인들은 이 필발을 대단히 중히 여긴다. 친구의 집에 찾아갔을 때, 친구가 필발잎 다섯 닢만 주어도 이 세상의 모든 것을 주는 성싶다. 더욱이 아미르나 은인으로부터 받았다면 그것은 더더욱 뜻깊은 일로서 금은보화를 주는 것보다 더 은혜로운 일이 된다.

사용방법은 우선 육두구(肉荳蔻, jauzu'd ṭaib)[64] 비슷한 빈랑을 잘게 찧어서 입에 넣고 씹는다. 그리고 필발잎에 약간의 꽃잎을 덧놓은 다음, 입에 넣고 빈랑과 함께 씹는다. 그러면 입안을 깨끗하게 하고 입냄새를 제거하

63. 우끼야에 관해서는 4장 주72 참고.
64. 육두구과(Myristica fragrans)에 속하는 상록교목으로서 키는 20m 가량이다. 잎은 가죽질이고 길이는 10cm쯤이며 표면은 짙은 녹색으로 광택이 있다.

며 음식을 잘 삭인다. 또한 타액에서 오는 질병을 예방하고 입맛을 돋우며 정욕을 북돋기도 한다. 사람들은 밤이면 필발잎을 머리맡에 놓고 자다가 잠에서 깨든가, 아니면 부인이나 여종이 깨우면 곧바로 그것을 입에 넣는다. 그러면 입에서 악취가 없어진다. 들은 바에 의하면 인도의 쑬퇀이나 아미르의 하녀들은 필발만 입에 넣는다고 한다. 인도에 관해 이야기할 때 다시 상술하겠다.

야자는 곧 인도호두다. 이 나무야말로 가장 기괴한 나무다. 대추야자나무와 비슷한데, 차이점이라면 전자는 야자를, 후자는 대추 열매를 맺는다. 야자는 모양새가 인간의 머리와 흡사하여 두 눈과 입 같은 것이 달려 있고, 속에는 뇌수 같은 것이 들어 있다. 푸르고 싱싱할 때는 껍데기 위에 머리카락 같은 섬유가 서려 있다. 현지인들은 이 섬유로 밧줄을 꼬아 쇠못 대신에 선박을 묶는데 쓴다든가, 닻줄로 쓰기도 한다.[65] 특히 지바툴 마할(Dhībatu'l Mahal) 제도[66]의 야자 한 개의 크기는 사람의 머리만 하다.

전하는 바에 의하면 옛날 인도에 한 현자(賢者)가 있었다. 그는 국왕과 가까이하면서 그의 신임을 얻었다. 그런데 국왕의 한 대신과 이 현자 사이에는 원한이 쌓여 있었다. 그래서 이 현자가 국왕에게 이르기를 "만일 이 대신의 머리를 잘라 땅에 파묻으면 거기에서 한 그루의 대추야자나무가 자라나서 많은 열매를 맺을 것입니다"라고 하였다. 그러자 국왕은 그에게 "만약 파묻은 대신의 머리에서 당신이 말한 그러한 것이 나타나지 않으면 어떻게 하지?"라고 물었다. "만일 나타나지 않으면 제가 그의 머리를 자른 것처럼 저의 머리를 자르십시오." 현자의 대답이다. 국왕은 대신의 머리를 자르도록 명하였다. 현자는 그 잘린 머리를 가져다가 슬그머니 뇌 속에 대추야자 씨를 심어놓고 잘 가꾸었다. 드디어 나무로 자라서 야자열매를 맺었다. 물

65. 고대 아랍인들은 배를 무을 때 나무못이나 쇠못을 사용하는 은정접합법(隱釘接合法)을 쓰지 않고 대추야자나무의 섬유로 꼰 밧줄로 접합하는 방법을 썼다.
66. 인도양의 몰디브제도다.

론 이것은 황당무계한 전설이지만, 인도인들에게는 하도 유명한 이야기라서 좀 언급하였다. 야자의 특성은 몸을 튼튼하게 하고 빨리 살이 찌게 하며 얼굴에 홍조를 띠게 한다. 진정제로까지 쓴다니 놀라지 않을 수 없다.

또 한가지 기이한 것은 처음에는 녹색이다가 변색한다는 점이다. 칼로 껍데기를 잘라낸 다음 머리 부분을 빠개서 그속에 있는 아주 달고 시원한 물을 마신다. 물을 마신 다음에는 껍데기 조각으로 숟가락처럼 만들어서 속에 있는 살을 떠낸다. 살을 먹어보면 꼭 계란살 같다. 완전히 익지 않아도 먹을 수가 있다. 내가 지바툴 마할제도에 1년 반 동안 체류하였을 때 이 야자가 나의 주식이었다.

또 하나 기이한 것은 야자로 기름이나 젖, 당밀 같은 것을 만든다는 사실이다. 당밀을 만드는 방법은 파자니야(fāzāniyah)라는 야자수 가꾸는 사람들이 조석으로 야자수에 오른다. 아트와끄(aṭwāq)라는 당밀을 만드는 수액(樹液)을 채취하려면 열매가 돋는 총상(總狀)꽃차례의 꽃('idhg)[67]을 두 손가락 너비만큼 남겨놓고 자른 후 거기에 작은 통을 달아매둔다. 그러면 총상꽃차례의 꽃에서 나오는 수액이 통 안에 모인다. 만일 통을 아침에 매어두었다면 저녁 무렵 나무에 올라간다. 올라갈 때는 야자껍데기로 만든 그릇 두 개를 가지고 오르는데, 하나에는 물이 가득하다. 그리고 매단 통에 모여진 꽃에서 나온 수액을 다른 그릇에 붓는다. 그리곤 그릇에 담긴 물로 꽃을 깨끗이 씻는다. 칼로 다시 꽃을 살짝 베어낸 다음 다시 통을 매달아놓는다. 다음날에도 전날 한 것과 똑같은 일을 한다. 수액을 많이 모아 잼을 만드는 것처럼 끓이면 유용한 당밀이 만들어진다. 인도나 예멘, 중국의 상인들은 이 당밀을 구입해서는 본국에 가지고 가서 당과류를 제조한다.

젖을 만드는 방법을 살펴보면, 집집마다 의자 비슷한 것이 있는데, 그 위에 부녀자가 앉아 있다. 그녀는 한손에 한쪽 끝에 예리한 쇠붙이가 달려 있

67. 긴 꽃대에 꽃꼭지가 있는 여러개의 꽃이 어긋나게 붙어서 밑에서부터 피기 시작하여 끝까지 피는 것을 말한다. 일명 총상화서(總狀花序)라고도 한다.

는 막대기를 잡고 있다. 그리곤 야자에 쇠붙이가 들어갈 만하게 구멍을 뚫고서 쇠붙이를 그속에 넣어 짓찧는다. 짓찧고 휘저으면서 흘러나오는 액즙을 그릇에 받는다. 이렇게 짓찧은 액즙에 물을 타면 흰 우유빛으로 변하는데 맛이 꼭 우유맛이다. 사람들은 이것을 부식으로 삼는다. 기름을 만드는 법을 보면 다 익었거나, 아니면 떨어진 야자를 껍질을 벗겨서 잘게 썬 다음 햇볕에 내놓는다. 바싹 마른 다음 솥에 넣고 찌면 기름이 나온다. 이 기름은 등유로도 쓰고 머리에 바르기도 한다. 이렇게 야자는 쓰임새가 많다.

좌파르의 쑬탄은 예멘왕의 종제(從弟)이자 파이즈국왕의 아들인 쑬탄 무기스왕이다. 원래 그의 선친은 예멘 군주가 좌파르에 파견한 아미르로서 매해 군주에게 진공(進貢)하였다. 그러다가 무기스가 좌파르의 왕이 되자 진공을 거절하였다. 이에 예멘왕은 다른 종제를 보내 그를 정벌하려고 했으나 앞에서 이야기하다시피 그 종제는 벽이 무너지는 바람에 그만 압사당하고 말았다.

좌파르 쑬탄에게는 시내에 히슨(al-Ḥiṣn, 보루라는 뜻)이라는 대단히 넓은 궁궐이 있으며, 그 맞은편에는 대사원이 있다. 관례상 매일 신시예배 후에 그의 궁전문 앞에서는 취주악이 울려퍼진다. 매주 월요일과 목요일에 군사들이 궁전 내 응접전 밖에 와서 한 시간쯤 머물다가 돌아간다. 쑬탄은 외출하지 않기 때문에 누구도 그를 볼 수 없다. 단, 금요일에는 예배차 출궁하였다가 곧 회궁한다. 그러나 누구든 응접전에 들어갈 수 있다. 문앞에 앉아 있는 시위대장에게 필요한 용무나 소송 같은 것을 제기한다. 그러면 그는 쑬탄에게 전달하는데, 비답(批答)이 곧바로 나온다.

만일 쑬탄이 외출을 하면 궁전의장대와 군사, 시종들이 시외까지 배웅한다. 금실로 수놓은 흰 쓰개를 씌운 낙타의 교자에는 쑬탄과 그의 근친이 타고 있다. 밖에서는 교자 안을 전혀 들여다볼 수 없다. 화원으로 갈 때는 낙타교자에서 내려 말을 타고 가기를 좋아한다. 쑬탄의 성격으로는 누구도 길을 방해하거나, 길가에서 본다거나 또는 소송 같은 것을 하는 짓을 용서치 않는다. 누구든 그런 짓을 하면 가차없이 물매를 안긴다. 그래서 사람들은 쑬톼이 출타한다는 소리만 들어도 자구책으로 길가에서 줄행랑을 놓는다. 쑬톼의 재상은 법학자 무함마드 아다니다. 그는 쑬톼의 유년시 교사로서 읽고 쓰는 것을 가르쳤다. 그때 쑬톼이 등극하면 그를 재상에 기용하기로 약조했다. 약조대로 등극하자 재상으로 기용하기는 했지만, 중용(重用)하지는 않았다. 그래서 재상은 이름뿐, 실권은 다른 사람이 쥐고 있다.

## 6. 오만

우리는 좌파르시에서 오만을 향해 뱃길에 올랐다. 우리가 탄 자그마한 배의 주인은 알리 븐 이드리쓰 알 마쉬리라는 사람이다. 그는 마쉬라(Maṣirah) 섬[68] 출신이다. 출항한 이튿날 하씨크(Ḥāsik) 항에 도착했다. 그곳에는 고기잡이를 하면서 살아가는 아랍인들이 살고 있으며, 유향(乳香, Kundur)나무[69]가 있는데, 잎사귀가 보드랍다. 잎사귀를 찢으면 우유 같은 액이 방울방울 솟아나다가 곧 아교처럼 굳어버린다. 이 수교(樹膠)가 바로 유향(lubān)이다. 하씨크에는 유향이 대단히 많다. 그곳 주민은 어로로 생계를 유지한다. 그들이 잡는 물고기 중에는 루흠(lukhm)이란 상어 비슷한 물고기가 있는데, 잘게 썰어서 말렸다가 먹는다. 집은 물고기 뼈로 짓고, 천장은 낙타가죽으로 만들었다.

하씨크항으로부터 4일간 항해하여 해중이 있는 룸안(Lum'ān)[70] 산에 이르렀다. 산꼭대기에 숙참(宿站) 한 채가 있는데, 돌로 지었고 천장은 물고

68. 오만 앞바다에 있는 큰 섬으로서, 그 안에는 여러개의 마을이 있다.
69. 감람과(橄欖科)에 속하는 열대지방의 식물로 열매에 향이 있다. 이 나무의 분비액을 말려 만든 수지(樹脂)가 바로 유향인데, 방부제나 창양(瘡瘍), 복통 등에 약재로도 쓰인다.
70. 쿠리야 무리야(Kūriyā Mūriyā) 군도에 있는 할라니야(al-Ḥalāniyah) 섬으로 추측된다.

기뻐로 만들었다. 숙참 밖에 빗물을 모아둔 수조가 있다. 우리는 산 밑에 배를 대놓고 숙참으로 올라갔다. 마침 거기에는 한 노인이 자고 있었다. 그에게 인사를 하자 그는 벌떡 일어나서 손짓으로 답례를 해왔다. 우리가 그에게 말을 걸자 그는 아무말없이 머리만 절레절레 흔들었다. 뱃사람들이 음식을 가져다가 권해도 사양하였다. 우리가 그에게 기도를 청하자 그는 입술을 놀리기는 하는데, 도대체 무슨 말을 하는지는 통 알 수가 없었다. 그는 더덕더덕 기운 옷에 모전모(毛氈帽)를 쓰고 있다. 그에게는 물주머니나 주전자, 지팡이나 신발[71] 같은 것은 아예 없다.

뱃사람들은 이 산에서 일찍이 이런 사람을 본 적이 없다고 하였다. 그날 밤을 우리는 산기슭 해변가에서 보냈다. 노인과 함께 신시예배와 저녁예배를 하고 나서 그에게 음식을 가져다주었다. 그러나 그는 여전히 사양하였다. 그는 마지막 밤예배시간이 될 때까지 계속 예배를 올리고 있었다. 그리고 나서 그가 예배개시를 알리는 아잔을 하자 우리는 마지막으로 그와 함께 예배를 하였다. 뜻밖에도 그의 독경성은 무진 낭랑하였다. 마지막 밤예배가 끝나자 그는 우리에게 그곳을 떠나라고 하였다. 우리는 그와 작별하고 떠나면서도 내내 그에 대한 의아심을 떨쳐버릴 수가 없었다. 이윽고 나는 발길을 돌려 다시 그에게로 다가갔는데 불현듯 겁이 덜컥 났다. 재빨리 일행한테로 되돌아와 그곳을 빠져나왔다.

우리는 계속 항진하여 이틀만에 톼이르(Ṭair, 새란 뜻—옮긴이) 섬에 도착하였다. 이 섬에는 인가가 없다. 배를 정박해놓고 해안으로 올라가보니 샤까쉬끄(Shaqāshiq) 새보다 약간 크기는 하나 거의 비슷한 새들로 꽉 덮여 있다. 사람들은 그 새알을 주워다가 끓여먹는다. 뿐만 아니라, 새 몇 마리를 잡아다가 도살법(dhakāh)[72]도 무시한 채 끓여먹는다. 그때 좌파르에 살고

71. 물주머니와 주전자, 지팡이, 신발 같은 것이 보통 수행자들의 간소한 생활도구다.
72. 이슬람교의 음식계율의 하나다. 교법에 의하면 손으로 동물을 도살한 때는 반드시 '비쓰밀라!'(Bismi'l Lāh!, 알라의 이름으로!)를 독송해야 하고, 도살 부위는 결후(結喉)와

있는 마쉬라섬 출신의 무슬림이라는 한 상인이 나와 자리를 같이했는데, 그 역시 그들과 함께 새고기를 먹고 있었다. 내가 그것을 나무라자 그는 크게 무안해하면서 하는 소리가 "나는 그들이 도살법대로 잡은 것으로 알고 있는데"라고 딴전을 피웠다. 그가 이렇게 무안을 당하고 난 후부터는 나를 슬슬 피하기만 하고 불러도 다가오지 않는다.

그 배에서 지낸 며칠간은 식량이라곤 고작 건대추야자와 물고기뿐이었다. 이곳 사람들은 조석으로 페르시아어로 쉬르 마히(shīr māhī)란 물고기를 잡고 있다. '쉬르 마히'는 '물고기 사자'란 뜻으로서 '쉬르'는 사자고, '마히'는 물고기다. 우리네의 타르지트(tārzit)란 물고기와 비슷하다. 토막을 쳐서 구운 다음엔 선주든 누구든 배 안에 있는 사람들에게는 차별없이 똑같이 한토막씩 나누어주며, 건대추야자를 곁들여 먹는다. 나에게는 좌파르에서 가져온 빵과 과자가 좀 남아 있었는데, 다 먹고 나서는 그들과 함께 그 물고기에 손을 댔다.

우리는 바다에서 희생절(犧牲節, 'Īdu'l Aḍḥā)[73]을 맞았다. 그날은 날이 밝을 때부터 해가 뜰 때까지 폭풍이 불어닥쳤다. 자칫 고깃밥이 될 뻔했다. 우리 배에는 인도에서 온 하드르(Khaḍr)라는 핫즈(al-Ḥajj, 성지순례자 옮긴이) 한 명이 있었다. 그는 『꾸란』을 암송하고 문필에도 능하기 때문에 모두들 그를 '우리의 주공'이라고 불렀다. 바다가 살벌해짐을 보자 그는 머리에 겉옷을 두르고는 눈을 지긋이 감고 자는 척하는 것이었다. 알라께서 우리에게 내려진 재난을 말끔히 거두어가시자 나는 그에게 넌지시 말을 건넸다. "하드르 주공님, 꿈자리는 어떠하였습니까?" 그러자 그는 다음과 같이

쇄골(鎖骨) 사이여야 하며, 식도와 기관, 목 양측 동맥의 4부위(3부위도 가함)를 잘라야 한다. 현대 법학자들은 '비쓰밀라!'만 독송하면 전기 등 현대적 수단으로 도살해도 무방하다고 주장한다. 활이나 총, 매나 개 등으로 동물을 도살·노획 후 피를 뽑아내면 된다. 도살시 '비쓰밀라!' 독송을 무의식중에 잊었더라도 도살품은 먹어도 되나, 비무슬림이 도살한 것은 먹으면 안된다.

73. 희생절에 관해서는 1장 주44 참고.

대답하였다. "바다가 살벌해질 때 나는 눈을 부릅뜨고 도대체 활살자재(活殺自在)하는 천사(天使)[74]가 왔나 안왔나 살폈지요. 그런데 안왔더군. 그래서 나는 '살았구나, 알라께 감사드립니다. 침몰했으면 분명 영혼을 수습하기 위해 천사들이 왔을 텐데'라고 중얼거렸지요. 그리곤 알라께서 재난을 거두어가실 때까지 눈을 감았다 떴다 하면서 살폈지요." 상인들을 태우고 우리 앞에 가던 배는 끝내 침몰했다. 겨우 한 사람만이 사투 끝에 헤엄쳐나와 구조되었다. 나는 배에서 평생 딱 한번밖에 맛보지 못한 음식을 먹어봤다. 그것은 한 오만상인이 만든 음식인데, 찧지 않은 통옥수수에 대추야자 당밀을 바른 것이다. 모두들 맛있게 먹었다.

이어 우리는 선주의 고향인 마쉬라섬에 도착하였다. 섬의 이름인 마쉬라의 원음은 '마쉬르'(maṣir)[75]인데, 어미에 여성을 표시하는 '타우'(tāu'd ta'nīth)를 첨가하였다.[76] 큰 섬으로서 섬사람들은 어로만으로 생계를 유지한다. 정박소가 해안에서 멀리 떨어져 있었기 때문에 하선하지 않았다. 사실 나는 도살법을 무시하고 바닷새를 잡아먹는 일행을 아니꼽게 여겼다. 우리는 이곳에서 하룻밤 묵었다. 그사이 선주는 집에 들렀다가 돌아왔다.

여기서부터 꼬빡 하루낮, 하룻밤이 걸려 수르(Ṣūr)라는 해안가에 있는 큰 고을의 선착장에 당도하였다. 거기에서 산기슭에 있는 깔하트시[77]가 바라다보였다. 보기에는 가까이에 있는 것 같았다. 우리는 해가 서편으로 기울어지기 시작할 무렵에야 선착장에 도착했다. 일단 도시가 나타나니 걸어서라도 그곳에 가 하룻밤 묵고 싶었다. 나는 선상에 있는 사람들과는 함께 있고 싶지 않았다. 그래서 나는 길을 물어서라도 신시예배 때는 꼭 그 도시에

74. 천사에 관해서는 3장 주94 참고.
75. 아랍어로 '운명'이란 뜻이다.
76. 아랍어에서 보통 생물의 남성명사 뒤에 여성을 표시하는 글자 '타우'를 접미하면 여성명사가 된다. 이 '타우'를 '타웃 타어니스'(tāu'd ta'nith), 혹은 '타울 마르부트'(al-tau'l marbūṭ)라고 한다.
77. 깔하트시에 관해서는 4장 주182 참고.

당도해야 하겠다고 마음먹었다. 나는 바레인사람을 길 안내자로 고용하였다. 앞에 말한 인도의 하드르씨도 나와 동행하였다. 나는 소지품을 배에 그대로 남겨둔 채 일행들과 헤어지면서 다음날 뒤따라오라고 했다. 가지고 다니던 옷가지들을 내가 들고 가기에는 좀 벅차서 안내에게 맡기고 창 한 자루만 손에 잡고 떠났다.

그런데 안내자는 내 옷가지를 가로챌 심상으로 우리를 조수가 드나드는 어떤 만으로 데리고 갔다. 그는 옷가지를 휴대한 채 바다를 건너려고 하였다. 그래서 내가 그에게 "옷가지는 우리에게 돌려주고 자네 혼자서만 건너가게, 우리는 건널 수 있으면 건너고, 그렇지 못하면 다른 길을 찾겠네"라고 말하였다. 그러자 그는 할 수 없이 되돌아오는 것이었다. 몇사람이 헤엄쳐 건너는 것을 목격하기는 하였지만, 아무튼 이 자는 우리를 물에 빠져 죽게 하고는 그 옷가지를 채가려는 심보였다. 일이 이렇게 되자, 나는 기운을 내고 정신을 가다듬고 허리띠를 졸라맸다. 그러면서 창을 이리저리 휘두르니 이 자는 그만 겁에 질리고 말았다. 우리는 그 자리에서 얼마쯤 올라가서 마침내 출로를 찾아냈다. 그러나 우리가 이른 곳은 물 없는 사막이어서 사태는 자못 심각했다. 그렇지만 바로 이때 알라께서는 한 기병을 보내셨다. 기병은 몇몇 사람을 거느리고 왔는데, 그중 한 사람이 물주머니를 들고 있었다. 그는 나와 내 친구에게 물을 건네주었다.

우리는 도시가 가까이에 있는 줄 알고 자리를 떴다. 그러나 도시에 이르자면 몇마일의 깊은 골짜기를 걸어야만 했다. 저녁이 되자 안내자는 우리를 바다쪽으로 끌고가는 것이었다. 해안은 온통 돌밭이어서 길이라곤 전혀 없다. 이 자의 속셈은 우리가 그 돌밭에 빠져 헤맬 때 옷가지를 가지고 달아나려는 것이다. 그래서 내가 그더러 "당신이나 이 길을 따라가시오"라고 한마디 쏘아붙였다. 그곳에서 바다까지는 약 1마일쯤 되었다.

땅거미가 지자 이 자는 우리에게 "도시가 가까이에 있으니 빨리 갑시다. 그리고 교외에서 새벽까지 묵읍시다"라고 하였다. 나는 도중에 어떤 놈에게 당할까봐 겁이 났다. 그리고 도대체 얼마나 더 가야 하는지도 감이 잡히지를 않았다. 그래서 나는 안내에게 "길을 비켜서 자다가 아침에 시내에 들어가는 것이 좋겠소, 인샬라!"라고 말하였다. 바로 그때 나는 몇몇 사람이 저쪽 산기슭에서 어른거리는 것을 발견하였다. 그들이 혹시나 강도가 아닐까 하고 겁부터 났다. "우선 숨읍시다"라고 내가 말하였다. 그러나 갈증에 시달리던 내 친구는 동의하지 않았다. 그렇지만 나는 길을 비켜서 한 그루의 유향수가 있는 곳으로 갔다. 나는 이젠 기진맥진하였다. 그러나 안내자를 경계하여야 했기에 바싹 힘을 냈다. 내 친구도 이미 병이 나서 맥이 다 빠진 상태였다.

나는 안내자를 나와 내 친구 사이에 눕히고는 옷가지를 살에 닿도록 입은 옷 밑에 끼워넣었다. 손에는 창을 꽉 틀어쥐고 있었다. 친구도 잠들고 안내자도 잠이 들었다. 그러나 나만은 뜬눈으로 밤을 지새웠다. 안내자가 조금이라도 뒤척이면 나는 내가 자지 않고 깨어 있다는 것을 보여주기 위해 그에게 말을 걸곤 하였다. 날이 밝을 때까지 우리는 이렇게 하고 있었다. 날이 밝자 다시 길을 떠났다. 사람들은 저마다 필요한 것을 챙겨서 도시로 가고 있었다. 나는 안내자더러 물을 얻어오라고 보냈다. 옷가지는 내 두 친구가 가지고 갔다. 시내까지 가는 데는 많은 심곡(深谷)들이 있었다. 마침 안내자가 물을 가져왔기 때문에 더운 때라 맛있게 마셨다.

천신만고 끝에 드디어 우리는 깔하트시에 당도하였다. 신발이 너무 작아서 발가락 밑에서는 피가 나올 지경이었다. 성문에 이르자 마냥 그간의 간난신고를 결산하듯, 수문장은 "저와 함께 시장님께 가셔서 당신의 사정과 당신이 어디에서 오신 분인지를 알려드려야 합니다"라고 말하였다. 나는 그와 함께 가서 시장을 만나봤다. 시장은 후덕한 사람으로서 내 사정을 두루 알아본 다음에 숙소를 마련해주었다. 나는 심한 통증으로 일어설 수가 없어서 그곳에 6일간이나 체재하였다.

깔하트는 해안도시로서 시가가 훌륭하다. 대단히 좋은 사원이 있는데, 벽은 자기타일 같은 것을 붙였다. 높은 곳에 있어서 바다나 항구가 다 한눈에 내려다보인다. 그 사원은 여수행자 비비 마르얌이 세운 사원이다. '비비'란 현지어로 '자유로운 여자'란 뜻이다. 나는 이곳에서 그 어느곳에서도 맛보지 못한 물고기를 먹어봤다. 다른 물고기보다는 나아서 이 물고기만 먹었다. 나뭇잎 위에 놓고 구운 다음 쌀밥에 얹어먹는다. 쌀은 인도에서 수입한다. 주민은 상인들로서 생활수단은 인도양을 통해 들어오는 것에 전적으로 의존하고 있다. 배만 들어오면 그들은 아주 반가워한다. 주민이 아랍인들이기는 한데, 쓰는 말은 표준아랍어가 아니다. 말하는 단어마다 뒤에는 꼭 '라'(lā)자를 덧붙인다. 예컨대 '당신이 먹고 있다'를 '타어쿨 라'(ta'kul lā), '당신이 걷고 있다'를 '탐쉬 라'(tamshī lā), '당신이 …을 하고 있다'를 '타프알 라'(taf'l lā)라고 하는 식이다. 주민의 대부분은 하와리즈파[78]에 속한다. 그러나 그들은 정통파에 속하는 호르무즈왕 쑬퇀 꾸트붓 딘 타마흐탄의 치하에 있기 때문에 자신의 소속 교파를 공개할 수가 없다.

깔하트 부근에 퇴비(Ṭībī)[79] 마을이 있다. '퇴비'란 이름은 명사 '퇴브'(ṭib, 향수나 향기란 뜻—옮긴이)에 1인칭 단수명사(yi)를 접미한 형태(나의 향수—옮긴이)[80]인 것 같다. 빼어나게 아름다운 마을로서 흐르는 내와 푸르른 수목,

78. 하와리즈파(al-Khawārij)는 초기이슬람의 한 종교적·정치적 분파다. '하와리즈'란 아랍어로 '이탈자' '탈출자'란 뜻이다. 이 파의 창시자는 압둘라 와하브 라시비다. 657년에 제4대 정통할리파 알리와 무아위야 1세 간에 진행된 쉿핀전투에서 쌍방이 정화에 합의하자 판결권은 알라에게 속하므로 인간에 의한 조정은 무리라고 주장하면서 일부 과격파들이 알리로부터 이탈하여 이 분파를 형성하였다. 그들은 초기의 이슬람교의를 회복하고 평등을 실현하며 신앙과 행동의 일치를, 특히 할리파의 자격문제에서 할리파는 이슬람공동체의 이익을 대표하고 보위하는 자로서 공선(公選)으로 선출해야 하며, 신앙이 독실하고 교의를 숙지한 사람은 누구나 할리파가 될 수 있다는 파격적인 주장을 하였다. 죄를 지은 무슬림은 낙원의 행복을 누릴 수 없다고 하면서 일체 사치와 향락을 반대하고 정적(政敵)이나 교적(敎敵)과는 무자비한 투쟁을 해야 한다고 역설하였다. 그리하여 이슬람 정통파나 위정자들로부터 시종 탄압을 받았으며 몇차례의 무장봉기까지 일으켰으나 번번이 진압당하였다. 이 파는 과격파인 아즈라끄파(al-Azraq)와 온건파인 이바뒤야파(al-Ibāḍiyah) 등 몇개의 지파로 분화되었다.

79. 지금의 톼위(Ṭawī)로서 마크하트(Makhāt) 북쪽 10마일 지점에 있다.

많은 화원이 함께하고 있다. 이곳에서 나는 과실이 깔하트로 반출된다. 그리고 이곳에는 '마르와리'(marwārī)라는 바나나가 많이 산출되어 호르무즈 등지로 반출되는데, '마르와리'란 페르시아어로 '보석'이란 뜻이다. 이곳에는 또 필발도 나기는 나는데 잎사귀가 작다. 건대추야자는 오만에서 이 곳으로 반입된다.

우리는 오만지방을 향해 떠났다. 사막을 엿새동안 걸어서 이레만에 오만에 당도하였다. 비옥한 고장으로서 하천과 수목, 과수원과 화원, 대추야자수 그리고 여러 가지 과실들이 많이 자란다. 우리는 오만지방의 수부(首府)인 나즈와(Nazwā) 시[81]에 도착하였다. 도시는 산기슭에 있으며 사방은 화원과 하천들로 에워싸여 있다. 주민들은 있는 대로 가지고 와서는 사원 마당에 모여 함께 식사를 하며, 과객들과도 어울려 식사를 한다. 사람들은 어지간히 맹기(猛氣)가 있어 서로간에 늘 싸움질을 한다. 그들은 이바뒤야파[82]로서 낮예배는 4배를 한다. 4배가 끝나면 이맘이 『꾸란』 중 몇절을 송독하고 설교를 비롯한 연설을 한다. 연설에서 그는 아부 바크르와 오마르는 찬양하나, 오스만과 알리에 대해서는 함구한다. 알리——그에게 알라의 영총을——에 관해 언급하지 않을 수 없을 때는 묵시적으로 '이 사람에 의하면' 혹은 '이 사람이 말하기를……' 하는 식으로 넘어간다. 그런가 하면 저주스런 악당인 이븐 물잠[83]은 도리어 '청렴한 종'이니 '소요의 박멸자'니 하면서 극구 찬양한다. 여자들이 그렇게 방탕한데도 별로 관심이 없고 수치스러운 것도 모른다. 그에 관한 이야기는 뒤에 할 것이다.

80. 아랍어에서 소유격 1인칭 단수명사는'이'(ī)로서 명사에 접미시킨다. 예컨대 '나의 책'에서 '책'(kitāb)에 '나'(ī)를 접미시키면 '키타비'(kitābī)가 된다.
81. 오만에 있는 산 이름이다. 이 산 주위에는 여러개의 마을이 있는데, 통칭 '나즈와'라고 한다.
82. 초기 이슬람의 종교적·정치적 분파의 하나인 하와리즈파의 한 지파로서 창시자는 압둘라 븐 이바드다. 오만·알제리아·리비아·잔지바르 등지에 유포되어 있다.
83. 제4대 정통할리파 알리의 암살자다.

오만의 쑬탄은 아즈드 븐 가우스(al-Azd bin al-Ghauth) 족 출신의 아랍인으로서 아부 무함마드 븐 나브한이라고 한다. '아부 무함마드'는 오만을 통치하는 모든 쑬탄의 공통적인 칭호로서 마치 루르(al-Lūr) 왕들을 일률적으로 '아타비크'(Atābik)라고 칭하는 것과 같다. 관례상 쑬탄은 저택 문밖에 자리를 하나 마련하고 시위나 재상도 없이 홀로 앉아 있다. 이방인이든 누구든 그에게로 갈 수 있다. 그는 아랍인 고유의 풍습대로 손님을 접대하되, 손님의 품위에 따라 접대 내용을 결정하고 사급(賜給)할 것은 사급한다. 정말로 후덕군자(厚德君子)다. 쑬탄의 식탁에는 집당나귀 고기가 올라 있으며, 이런 고기는 시장에서도 판다. 그들은 당나귀 고기가 이슬람 율법상 식용이 허용된 것이라고 말한다. 그러나 손님이 알까봐 못내 걱정을 하면서도 그런 내색은 안한다.

오만의 도시 중에는 자키(Zakī)라는 도시가 있다. 가보지는 않았지만, 큰 도시라고 한다. 그밖에 꾸랏야트(al-Qurayyāt), 샷바(Shabbah), 칼바(Kalbah), 하우르 파칸(Khaur Fakān), 쏴하르(Ṣahār) 등 도시가 있는데, 모든 도시에는 하천과 화원, 여러가지 수목과 대추야자나무가 있다. 대부분 지역은 호르무즈의 관할하에 있다. 어느날 내가 쑬탄 아부 무함마드 븐 나브한과 함께 있는데, 얼굴이 예쁘장하고 환한 한 젊은 부인이 찾아왔다. 그녀는 쑬탄 앞에 서서 "아부 무함마드시여, 사탄이 저의 머리에 침습했습니다"라고 말하자 쑬탄은 "어서 나가서 사탄을 쫓게!"라고 대답하였다. 그러자 그녀가 하는 말이 "아부 무함마드시여, 저는 그렇게 할 수 없습니다. 저는 당신의 이웃입니다"라고 하였다. "어서 나가서 마음대로 하게!" 쑬탄의 응수다. 그녀가 자리를 뜨자 쑬탄은 이러한 여인들은 일단 쑬탄의 이웃이라고 해놓고는 방탕한 짓을 하는데, 그러면 아버지나 친척들은 그녀에 대하여 어찌할 수 없는바, 만일 그녀를 살해하면 그녀가 '쑬탄의 이웃'이란 이유로 가해자는 살해당하게 마련이라고 말한다.

## 7. 호르무즈에서 바레인까지

나의 여정은 오만지방에서 호르무즈 지방으로 이어졌다. 호르무즈는 해안에 있는 도시로서 일명 무그 아쓰탄(Mugh Astān)이라고도 한다. 바다를 사이에 두고 맞은편에 신 호르무즈가 있다. 바다를 사이에 둔 두 도시는 3파르싸흐 떨어져 있는데, 우리는 우선 신 호르무즈에 도착하였다. 하나의 섬으로서 여기에는 자룬(Jarūn)이란 도시가 있다. 아름답고 큰 도시로서 시가도 꽤 흥성거린다. 인도와 씬드[84]에서 오는 선박의 정박지이며, 여기에서 인도의 화물이 이라크나 페르시아, 후라싼으로 운반된다. 쑬퇀이 이 도시에 거처하고 있다 도시가 있는 이 섬의 둘레는 족히 1일 노정이며, 대부분 땅은 염택지(鹽澤地)와 다라비(al-Darābī)[85] 염기성(鹽基性)의 소금산이다. 다라비암염(岩鹽)으로는 여러가지 화려한 기물이나 등잔받침대를 만든다. 식료품은 물고기와 바스라나 오만에서 날라오는 건대추야자다. 그들의 말을 빌면 '카르마 와 마히 루트 바드샤히'라고 한다. 아랍어로 옮기면 '건대추야자와 물고기는 왕들의 음식이다'라는 뜻이다. 섬에서는 물이 귀해서 몇군데에 샘물과 빗물을 모아둔 인공수조가 있기는 한데, 시내에서 멀리 떨어진 곳에 있다. 사람들은 물주머니를 가지고 가서 물을 가득 채워서는 바다까지 짊어지고 와서 쪽배에 싣고 시내로 돌아온다. 나는 대사원의 문 어귀에서 신기한 것을 하나 봤다. 사원의 문과 시장 사이에 마치 언덕 같은 물고기 대가리가 놓여 있는데, 두 눈은 분명 문짝 같았다. 아니나 다를까 사람들이 한 눈으로 들어가고, 다른 눈으로 나오고 있었다.

나는 이 도시에서 여행가이며 청렴한 샤이흐인 아부 하싼 알 아끄솨라니를 만났다. 그는 룸지방 출신이다. 그는 나를 초대하고 방문하기도 했으며

84. 씬드에 관해서는 1장 주69 참고.
85. 바레인 부근의 지명으로서 암염(岩鹽)이 유명하다.

옷도 선물하였다. 그리고 결박대(結縛帶, Kamaru'd Saḥbah)도 나에게 주었는데, 그것은 앉았을 때 등과 두 다리를 묶는 띠로서 앉은 사람으로 하여금 등받이에 기댄 기분이다. 대부분의 아잠(al-'Ajam, 페르시아인) 수행자들이 그것을 사용하고 있다. 시내에서 6마일 떨어진 곳에 선지자 하드르와 일야쓰——그들에게 평화를——와 관련된 사당이 하나 있다. 전하는 바에 의하면, 이 두 사람이 그곳에서 예배를 하고 있는데, 갑자기 길상과 영적(靈迹, burhān)이 현현(顯現)하였다고 한다. 그곳에는 또 자위야가 하나 있는데, 샤이흐 한 사람이 상주하면서 내왕객들을 위해 봉사하고 있다. 우리는 그한테서 하루를 묵었다.

거기에서 수행자 한 사람을 만나려고 이 섬의 맨 끝까지 갔다. 그는 동굴을 파고 그 속에서 살고 있었다. 동굴 안에는 자위야와 객실, 자그마한 방이 하나 있었으며 여종도 한 명 있었다. 동굴 밖에서는 몇몇 머슴들이 그의 소와 양을 방목하고 있었다. 원래 이 사람은 거상(巨商)이었는데, 성지순례를 하고 나서부터는 속세와의 일체 관계를 끊고 여기서 수행하고 있었다. 그는 자기 재산을 한 형제에게 넘겨주고 자기몫으로 장사를 하도록 하였다. 나는 거기서 하룻밤을 묵었는데, 가장 값진 후대를 받았다. 그에게 알라의 영총과 홍택(鴻澤) 그리고 참된 수행이 함께하기를 기원하는 바이다.

호르무즈 쑬퇀은 쑬퇀 꾸트붓 딘 타마흐탄 븐 투란 샤다. 그는 현명한 쑬퇀으로서 대단히 겸손하고 선량하다. 그는 내방한 법학자나 수행자, 성예를 꼭 답방하고 할 도리를 다 지킨다. 우리가 그가 살고 있는 섬에 도착했을 때 그는 그의 형제인 니좌뭇 딘의 두 아들과 전개할 전쟁 준비에 여념이 없었다. 밤마다 싸움이 터지곤 하여 온섬에 긴장이 감돌고 있었다. 그런 와중에서도 쑬퇀의 재상 샴쑷 딘 무함마드 븐 알리와 법관 아마둣 딘 알 슌카리 그리고 몇몇 고위 인사들이 계속 우리를 보러왔다. 그들은 그들이 전쟁을 단행하지 않을 수 없는 사정에 대하여 양지해주기를 바랐다. 거기서 우리는 16일간이나 체류하였다.

떠나려고 할 때 나는 한 친구에게 "우리가 쑬퇀을 만나뵙지도 않고 어떻게 떠날 수 있는가?"라고 말하였다. 우리는 우리가 묵고 있는 자위야 바로 곁에 있는 재상의 집으로 찾아갔다. 재상에게 "국왕에게 인사라도 드리고 싶습니다"라고 말했더니, 그는 "알라의 이름으로"(Bism'l Lāh!)라고 한마디 하고는 내 손을 끌고 쑬퇀의 저택으로 갔다. 저택은 해변가에 있는데, 포도 넝쿨로 뒤덮여 있다. 이윽고 몸에 딱 붙은 허름한 겉옷차림에 머리에는 수건을 얹고 손수건으로 허리를 질끈 묶은 한 늙은이가 나타났다. 재상이 그에게 인사를 하자 나도 엉겁결에 뒤따라 인사를 하였다. 나는 그가 국왕인 줄 전혀 몰랐다. 그의 옆에는 생질인 알라 샤 븐 잘랄룻 딘 알 히지가 있었다. 나와 이 생질 간에는 이미 안면이 있었기 때문에 나는 그와 이야기를 나누었다. 그러면서도 나는 왕을 알아보지 못했다. 그러자 재상이 나에게 왕을 소개하였다. 왕의 면전에서 생질과만 이야기하다니, 이런 창피스러운 일이 또 어디에 있는가. 나는 거듭 사과를 하였다.

왕이 일어나서 저택 안으로 들어가자 아미르들과 대신들, 관헌들이 그 뒤를 따른다. 나는 재상과 함께 들어갔다. 쑬퇀은 용상에 앉았지만 옷은 바꿔입지 않고 그대로이다. 그는 언필칭 희세의 진주로 만든 염주를 손에 들고 있었다. 희세일 수밖에 없는 것은 진주채집장이 바로 그의 관할하에 있기 때문이다. 한 아미르가 왕 곁에 앉았고, 나는 또 그 아미르 곁에 앉게 되었다. 왕이 나에게 근황과 온 곳 그리고 만나본 왕들에 관해 두루 물어보기에 사실대로 대답하였다. 음식이 들어오자 장내에 있는 사람은 다 드는데 유독 왕만은 들지 않는다. 이윽고 그가 일어서자 나는 그에게 작별인사를 하고 물러나왔다.

쑬퇀과 두 조카 간에 발생한 전쟁의 원인은 다음과 같다. 어느날 쑬퇀이 배를 타고 그가 거처하는 새 도시를 떠나 전술한 바와 같이 3파르싸흐 떨어진 구 호르무즈의 화원에 소풍을 갔다. 이 기회를 타서 형제인 니좌뭇 딘이 모반하여 쑬퇀으로 참칭(僭稱)하자, 섬 주민들과 군사들이 그를 쑬퇀으로 옹립하였다. 신변에 위협을 느낀 쑬탄 꾸트븃 딘은 배를 타고 깔하트로 피신하였다. 원래 깔하트는 그의 치하에 있었기 때문에 거기서 몇개월 보냈다. 그리곤 선단을 정비해서 이끌고 이 섬으로 쳐들어왔다. 그러나 섬사람들과 그의 형제인 니좌뭇 딘의 저항에 부딪쳐 패배하자 그만 깔하트로 다시 철수하고 말았다.

이런 일이 몇번 되풀이되었다. 그런 끝에 고안한 계책이 바로 니좌뭇 딘의 한 처첩(妻妾)과 통신으로 내통하여 그를 독살한 것이다. 그리고 나서야 그는 섬으로 되돌아오게 되었다. 이 바람에 두 조카는 재물과 군사를 몽땅 챙겨가지고 주옥의 채집장인 까이쓰(Qais) 섬으로 찬주(竄走)하였다. 거기서 그들은 인도나 씬드로부터 섬에 오는 사람들을 대상으로 쑬탄 치하의 해상 지역을 마구 노략질하니, 마침내 대부분 지역이 폐허가 되고 말았다.

우리는 훈즈 발(Khunj Bāl)에 있는 한 수행자를 만나보기 위해 자룬시를 떠났다. 바다를 건넌 다음 투르크만(Turkmān)인들로부터 타고 갈 가축(말이나 낙타)을 빌렸다. 그들은 현지 주민들로서 용감할 뿐만 아니라, 길도 잘 알고 있기 때문에 이곳을 여행하려면 그들과 동행해야만 한다. 사막을 4일간이나 걸었는데, 그곳에는 아랍원주민들이 강도로 출몰하며, 6,7월 두 달 동안에는 독풍(毒風)까지 불어닥친다. 일단 독풍을 만나게 되면 영락없이 목숨을 잃게 된다. 들은 바에 의하면, 독풍을 만나 횡사(橫死)한 사람의 시체를 곁사람이 세정하려고 하면 독풍 맞은 사지가 뿔뿔이 떨어져나간다고 한다. 그곳에는 독풍에 횡사한 사람들의 묘가 수두룩하다. 그곳에서 우리는 야간에만 길을 떠났다. 일단 해가 뜨면 아라비아 고무나무(Ummu Ghailān) 그늘 밑에서 시간을 보내다가 신시예배 후 해뜰 때까지 야간에만 행동하였다.

이 사막과 그 부근에는 자말 알크라는 유명한 강도 괴수가 있다. 원래 그는 페르시아 출신의 씨지쓰탄[86] 사람이다. '알크'(alk)란 '잘린' '잘린 사람'이란 뜻이다. 그의 손 하나가 전쟁터에서 잘렸다. 그는 일군의 아랍원주민들과 페르시아인 기마병을 거느리고 강도행각을 벌이고 있다. 그러면서 그는 빼앗은 재물로 자위야를 짓고 오가는 사람들에게 식사를 제공한다. 그는 자카트(Zakāt, 종교적 희사)를 하지 않는 사람에게만 손을 댄다고 호언했다고 한다. 실제로 그는 늘 그렇게 하였다. 그와 그의 부하들은 일단 일을 저지르고는 감쪽같이 그들밖에 모르는 황막한 무인지경에 은신하곤 한다. 그들은 그 은신처에 미리 물주머니를 묻어둔다. 관군이 뒤쫓아오면 어느새 사막에 숨어들어가서는 묻어둔 물주머니를 꺼내 쓴다. 관군은 얼마간 뒤쫓다간 죽음에 겁을 먹고 돌아서곤 한다. 그들은 이렇게 한동안을 지탱해왔다. 이라크왕을 비롯해 그 누구도 그들에게는 속수무책이었다. 그러나 훗날 자말 알크는 자신을 참회하고 죽을 때까지 신앙이 돈독했다. 그래서 고향에 있는 그의 묘는 사람들의 참배대상이 되고 있다.

이 사막을 지나 우리는 카우리쓰탄(Kauristān)에 도착하였다. 자그마한 읍으로 냇물도 있고 화원도 있으나 몹시 덥다. 이어서 우리는 앞에 말한 사막과 비슷한 사막을 3일간이나 답파해서 라르(al-Lār) 시에 도착하였다. 큰 도시로서 샘도 여러 곳에 있고 물도 넉넉하며 화원도 많다. 훌륭한 시장도 여러개 있다. 우리는 독실한 수행자인 샤이흐 아부 달프 무함마드의 자위야에 유숙하였다. 그가 바로 우리가 훈즈 발에서 만나려고 찾아온 사람이다. 이 자위야에는 그의 아들인 아부 자이드 압둘 라흐만과 몇몇 수행자들이 함께 있다.

그들의 관행으로는 매일 신시예배 후에 이 자위야에 모였다가 시내의 가가호호를 돌아다닌다. 그러면 집집마다 그들에게 빵 한두 개씩을 주는데, 그들은 그 빵으로 오가는 사람들을 대접한다. 시민들은 이러한 일에 익숙해져서 으레 식량 속에 그러한 몫을 포함시켜 준비해놓기 때문에 제때에 음식을 제공할 수 있다. 매주 금요일 밤에는 시내의 수행자들과 청렴한 사

86. 씨지쓰탄에 관해서는 4장 주170 참고.

람들이 자위야에 모인다. 각자가 성의껏 출자하여 당일 밤의 비용을 충당한다. 밤새껏 예배와 독경으로 신앙을 다지다가 아침예배 후에 흩어진다. 이 도시의 쑬퇀은 투르크만 출신의 잘랄룻 딘이다. 그는 우리에게 후대를 베풀었지만 만나거나 본 일은 없다.

다음으로 도착한 곳이 바로 훈즈 발(Khunj Bāl)시[87] 다. '후'(Khu)는 점 있는(mu'jam) 자모 '흐'(Kh)에 '우' 모음부호(≥)가 붙어 '쿠'(Khu)이나, 어떤 이는 점 없는 자모 '흐'(h)에 '우' 모음부호가 붙은 '후'(hu)라고도 한다.[88] 이 도시에 바로 우리가 만나뵈려고 찾아온 샤이흐 아부 달프의 거처가 있다. 우리는 그의 자위야에 기숙하였다. 자위야에 들어서자 샤이흐를 보았는데, 그는 구석진 곳의 맨땅 위에 앉아 있다. 위에는 털로 짠 허름한 푸른빛 겉옷을 걸치고, 머리에도 역시 털로 짠 검은 머릿수건을 두르고 있다. 내가 인사하자 그는 반갑게 답례하면서 어디서 왔으며, 어느나라 사람인가 등을 두루 묻고는 나의 기숙처를 마련해주었다. 그는 아들을 시켜 나에게 음식과 과실을 보내왔다. 아들은 수행자로서 아주 공손하고 겸허하며 내내 금식을 하고 수없이 많은 예배를 드린다.

샤이흐 아부 달프에게는 한가지 기사이적(奇事異蹟)이 있다. 이 자위야 운영에 쓴 경비가 엄청나고 후사(厚賜)도 이만저만이 아닐 뿐만 아니라, 사람들에게 의상도 선상하고 마필(馬匹)도 장만해주며 과객들도 잘 돌봐주고 있다. 사실 나는 그 나라에서 이같은 사람을 더는 보지 못했다. 그에게 돈줄이라곤 몇몇 형제와 지인들뿐인 것으로 알려져 있다. 그래서 많은 사람들은 '하늘(al-Kaun)에서 가져다 쓴다'고들 한다. 이 자위야에는 청렴한 현인인 샤이흐 꾸트브 단얄의 묘가 있다. 그곳에서 이 현인의 명성과 위신

87. 훈즈와 발(혹은 팔 Fāl)의 두 개 도시다. 발은 훈즈의 서쪽 60마일 지점에 있었으나 지금은 폐허가 되었다.

88. 28개의 아랍어 자모 중에는 점이 있는(1~3개 점, mu'jam) 자모와 점이 없는 자모가 있는데, 'kh' 자모는 한 점이 위에 있고, 'h'자모는 점이 없다. 그리고 아랍어 모음부호에는 '아'(ㅗ) '이'(ㅜ) '우'(≥) 3종의 단순모음부호가 있다.

은 대단히 높다. 묘 위에는 쑬퇀 꾸트붓 딘 타마흐탄 븐 투란 샤가 지은 큰 돔이 있다. 나는 빨리 동행자들을 따라잡아야 했기 때문에 샤이흐 아부 달프한테서는 하루밖에 머물 수가 없었다.

훈즈 발시에도 여러명의 독실한 수행자들이 수행하고 있는 자위야가 있다는 이야기를 듣고 저녁에 찾아갔다. 그곳 샤이흐와 수행자들에게 인사를 건넸다. 나는 수련하는 흔적이 역력한 일군의 축복받은 사람들을 보았다. 그들 모두는 얼굴색이 파리하고 몸이 수척하며 감격에 겨워 눈물이 글썽글썽하였다. 내가 당도하자마자 그들은 음식을 차려왔다. 그들 중 연장자가 "내 아들 무함마드를 좀 불러주게"라고 하였다. 그때 그애는 자위야의 한 구석에 우두커니 서 있었다. 그애가 우리한테로 왔다. 방금 무덤에서 갓 빠져나온 애처럼 모진 수련으로 인해 형편없이 해쓱했다. 우리에게 인사하고는 주저앉았다. 그러자 아버지가 그 애에게 "얘야, 이 손님들과 식사를 함께 하고 그들로부터 영복하여라!"라고 타일렀다. 원래 그애는 금식을 하고 있어서 우리와 함께 개재식(開齋食)만 하였다. 현지인들은 샤피이야파에 속한다. 식사가 끝나자 우리를 위해 기도를 해주는 가운데 그들과 헤어졌다.

이곳을 떠난 우리는 까이쓰(Qais) 시에 이르렀는데, 이곳은 일명 씨라프[89]라고도 한다. 예멘해 및 페르시아해와 연결된 인도해 연안에 있다. 행정상으로는 페르시아 영내에 속한다. 시가는 시원하게 넓고 지세도 좋다. 집집마다 향기 그윽한 화원과 푸르른 수목이 있다. 시민들은 산에서 솟아나는 샘물을 마시고 있다. 그들은 대체로 페르시아의 귀족 출신들이다. 바니 싸파프(Banī Safāf) 부족의 아랍인들도 일부 끼여 있다. 아랍인들은 잠수하여 주옥을 캐낸다. 씨라프와 바레인 사이에 있는 주옥채집장은 마치 큰 계곡과 같은 고요한 만(灣)이다. 4,5월이 되면 잠수부들과 페르시아 바레인, 꾸똬이프(al-Quṭaif)[90] 등지의 상인들을 태운 배들이 폭주(輻輳)한다. 잠수부

89. 까이쓰와 씨라프는 한 도시의 이명(異名)이 아니라, 서로 다른 두 도시다. 저자는 한 도시로 착각하였다.

들은 잠깐만 잠수해도 얼굴에는 귀갑(龜甲)을 쓰고 코도 역시 귀갑으로 만든 가위 같은 것으로 꾹 집고 있다. 줄 한끝으로 허리를 질끈 묶고는 잠수한다. 물속에서 견디는 시간은 서로가 다른바, 어떤 사람은 1시간이나 2시간을 견디지만, 그렇지 못한 사람도 있다. 바다 바닥에 이르면 모래에 붙어 있는 자갈 사이에서 조개를 발견한다. 그러면 손으로 뜯거나 아니면 미리 준비해가지고 간 쇠붙이로 잘라내어 목에 건 가죽주머니 속에 담는다. 더이상 견디기 어려우면 허리에 묶은 줄을 흔들어댄다. 그러면 해변가에서 줄 다른쪽을 잡고 있는 사람이 알아채고 줄을 당겨 그를 배로 끌어올린다. 잠수부에게서 주머니를 넘겨받아 조개를 까고, 조개 속에 붙어 있는 살을 쇠붙이로 긁어낸다. 긁어낸 살은 햇빛만 쐬면 곧 굳어져서 주옥이 된다.[91] 크고 작은 것 할 것 없이 몽땅 모아서 그중 5분의 1은 쑬퇀이 가져가고 나머지는 현장에서 배로 온 상인들이 구입한다. 샴인들 대부분은 잠수부들의 채권주로서 빚이나 혹은 다른 채무로 주옥을 가져간다.

## 8. 바레인에서 짓다 그리고 라지끼야까지

우리는 씨라프를 떠나 바레인시[92]로 갔다. 바레인은 아름다운 대도시로서 화원과 수목이 즐비하고 하천도 여러 개 있으며 지하수가 얕게 있어 손으로 파도 물이 나온다. 대추야자와 석류, 시트론, 레몬 등의 과수원 있고, 목화도 재배한다. 날씨는 무덥고 온통 모래 천지다. 간혹 모래가 집을 뒤덮어버릴 때도 있다. 원래 바레인시와 오만 사이에는 육로가 있었으나 모래

90. 꾸퇴이프에 관해서는 4장 주181 참고.
91. 사실은 조갯살이 아니라, 조개 속에 있는 일종의 침전물이 햇볕을 쐬면 굳어져서 주옥이 된다.
92. 바레인에 관해서는 4장 주31 참고.

가 덮치는 바람에 끊기고 말았다. 그래서 지금은 바다로만 통하고 있다. 부근에 두 개의 큰 산이 있는데, 서쪽에 있는 산을 카씨르(Kasīr), 동쪽에 있는 산을 아위르('Awīr)라고 한다. 이 두 산을 빗대어 '카씨르나 아위르나 그게 그것으로 모두 아무 쓸모도 없다'라는 속담이 있다.

이어 우리는 꾸톼이프시에 도착하였다. '꾸톼이프'(al-Quṭaif)는 '까트프'(qaṭf)의 축소명사[93] 형태다. 아름다운 큰 도시로서 대추야자나무가 많다. 아랍부족들이 살고 있는데, 그들은 과격한 라피뒤야파에 속한다. 그들은 스스럼없이 자기들의 과격한 견해를 공개적으로 내비친다. 무앗진[94]이 아잔을 할 때 두 가지 신앙고백사(al-Shahādah)[95] 뒤에 "저는 알리('Alī)가 알라의 수혜자(受惠者)임을 증언하나이다"라고 하는가 하면, 두 가지 독려사(al-Ḥayāh)[96] 뒤에는 "어서 와 선행(善行)을 할지어다"라는 어구를 첨가하기도 하고, 마지막 타크비르(al-Takbīr, 찬사)[97] 뒤에는 또 "무함마드와 알리는 지고하신 분이며, 그들을 거역하는 자는 이교도이니라"라는 말을 덧붙이기도 한다.

꾸톼이프시에 이어 도착한 곳은 하즈르(Ḥajr)시[98] 인데, 지금은 하싸(al-Ḥasā)[99]라고 한다. 이 도시를 놓고 '하즈르에 건대추야자를 가져오는 격'[100]

93. 아랍어에서의 축소명사 조성법에 관해서는 2장 주70 참고.
94. 무앗진에 관해서는 2장 주102 참고.
95. 샤하다(al-Shahādah)란 단어는 원래 아랍어에서 '증거' '증서' '희생(순교)' 등의 의미를 갖고 있으며, 이러한 의미에서 '신앙고백(사)'이란 종교적 함의가 파생되었다. 즉 초기 이교도들의 이슬람교로의 개종을 입증하는 증거로 삼은 것이 바로 이 '신앙고백(사)'이다. 이슬람교에서 신앙고백은 6신(信) 중 첫째 신앙이며 모든 교리의 근본이다. 그 신앙고백사는 '알라 외에는 신이 없으며, 무함마드는 알라의 사자(使者)다'라는 두 구절이다. 원래 『꾸란』에는 이 두 구절이 따로 있었으나 후일(8세기경) 두 구절을 결합해 하나의 '신앙고백(사)'으로 정립하였다고 한다.
96. 예배시간을 알리는 무앗진이 무슬림들을 예배에 오게 하는 독려의 호소문으로 그 내용은 '어서 예배에 오십시요'(Ḥayyā 'ala'l Ṣalāh) '어서 성공을 위해 오십시오'(Ḥayyā 'ala'l Falāh)라는 두 문장이다.
97. 타크비르에 관해서는 3장 주191 참고.
98. 바레인의 수도다. 때로는 바레인 전체를 지칭하기도 한다.

이란 속담이 있다. 이곳에서는 그 어느곳보다도 건대추야자가 많이 생산된다. 그래서 일부를 가축의 사료로 쓰기도 한다. 주민은 아랍인들로서 그 대부분은 압둘 까이쓰 븐 아프솨(Abdu'l Qais bin Afṣā) 부족[101]에 속한다. 이곳에서 우리는 야마마(al-Yamāmah) 시로 갔다. 일명 하즈르(Ḥajr)라고도 하는 이 도시는 경관이 수려하고 땅이 기름지다. 내도 몇개 관류하고 수목도 많다. 아랍인들이 살고 있는데, 대부분은 바니 하니파(Banī Ḥanīfah)[102]족이며, 이곳이 바로 그들의 본향이다. 족장은 투파일 븐 가님이라는 사람이다.

이곳에서 나는 족장과 함께 다시 성지순례를 떠났다. 때는 732년(1331)이다. 나는 메카——지고한 알라의 영광을——에 도착하였다. 그해에 이집트의 쑬퇀인 나쉬르왕과 몇몇 아미르가 순례를 왔는데, 그것이 왕의 마지막 순례였다. 그는 메카와 메디나 두 성지의 주민들과 우접자들에게 크나큰 은전을 베풀었다. 그러나 그곳에서 나쉬르왕은 친자라고 알려진 아미르 아흐마드[103]와 수석아미르인 바크타무르 싸끼[104]를 살해하였다.

99. 오아시스의 이름이다. 이곳에 있는 가장 큰 도시는 하푸프(al-Hafūf) 시다.
100. 이 속담은 건대추야자로 유명한 하즈르에 오히려 건대추야자를 가져옴으로써 쓸데없는 일을 한다는 뜻이다.
101. 큰 부족으로서 원조는 압둘 까이쓰 븐 아프솨 븐 디아미 븐 오드난이며 그들의 본향은 타하마(al-Tahāmah)다. 후일 바레인으로 천거하였다.
102. 원조는 바크르 아비 와일로서 아드나니야족에 속한다.
103. 본명은 아흐마드 븐 바크타무르 싸끼(1313경~33)다. 이집트의 쑬퇀 나쉬르는 그를 어릴 때부터 무척 총애하였다. 그의 친자(親子)란 일설도 있다. 성장하자 샴 총독 탄카즈의 딸과 결혼하였다. 승승장구하는 과정에 수석아미르 자격으로 쑬퇀과 함께 성지순례를 갔다가 살해되었다. 일설에 의하면 피살년이 1333년이 아니라 1323년이라고 한다.
104. 원래는 무즈파르 비브리쓰의 종복(從僕)이었으나, 이집트 쑬퇀 나쉬르의 궁전에 동거하면서 쑬퇀의 최측근이 되었다. 쑬퇀은 그를 전술한 아흐마드의 어머니(여복女僕)와 결혼시켰다. 그는 용모가 준수하고 언변이 능하며 품성도 좋아 인기가 높았으며 재산도 많이 모았다. 만년에 쑬퇀은 그를 시기하던 끝에 함께 성지순례를 하는 기회에 그를 살해했다. 아흐마드 피살 후 3일 만에 쑬퇀도 피살되었다. 사후 그의 재산은 몰수, 방매되었다.

전하는 바에 의하면 나쉬르왕은 바크타무르에게 여비를 선물하였는데 바크타무르가 여비에게 접근하자 그녀가 "저는 나쉬르왕의 자식을 배고 있습니다"라고 하기에 그녀를 멀리하였다. 얼마후 그녀는 아미르 아흐마드를 낳았다. 아흐마드는 바크타무르의 품속에서 자라나 두각을 나타내면서 나쉬르왕의 친자라는 소문이 자자했다. 아흐마드는 이번 성지순례를 틈타 나쉬르왕을 암살하고 왕위에 오르려고 작심하였다. 바크타무르는 거사를 예견하고 미리 휘장과 북, 어복(御服), 금전 등을 준비해가지고 아흐마드를 수행하였다. 그런데 이 모반이 그만 나쉬르왕에게 탄로났다.

끔찍이 더운 어느날 나쉬르왕은 물그릇 몇개를 들고 아흐마드한테로 갔다. 왕이 한 그릇 마시고 나서 독이 들어 있는 물그릇을 아흐마드에게 권하자 그는 그대로 들이켰다. 왕은 시간이 없다는 구실로 수행원들에게 서둘러 돌아가자고 하였다. 그들이 거처에 돌아오자 아흐마드는 죽고 말았다. 바크타무르는 그의 죽음을 슬퍼하여 옷을 찢고 식음을 전폐하였다. 이 소식을 전해들은 나쉬르왕은 친히 그를 찾아가서 달래고 위로하는 척 하면서 역시 독이 든 물그릇을 그에게 권하였다. 그러면서 "단언컨대, 마시기만 하면 마음의 불이 꺼질 걸세"라고 하였다. 바크타무르도 받아마시고 즉사하였다. 그에게서 준비해온 어복과 금전 등이 발견됨으로써 왕을 암살하려고 하였다는 사실이 드러났다.

순례가 끝나자 나는 배편으로 예멘과 인도로 가려고 짓다에 갔다. 그러나 여의치 않았다. 길동무가 나타나지 않아서 할 수 없이 짓다에서 약 40일간 체재하였다. 그때 그곳에 압둘라 투니씨라는 사람의 배 한 척이 꾸스 지역의 꾸솨이르(al-Quṣair)로 발정할 채비를 하고 있었다. 그 배에 올라가 사정을 알아보았는데, 신통치 않아 그 배를 타고 갈 생각이 별로 들지 않았다. 이것이야말로 지고한 알라의 가호였다. 이 배는 출항해 한참 바다를 헤가르다가 아비 무함마드(Abī Muhammad) 곶에서 그만 침몰하고 말았다. 선주와 일부 상인들은 구사일생으로 구명선('oshārī)[105]을 타고 탈출하려고 하였으나 끝내 구출되지 못하고, 나머지 승객들은 모두 익사하였다. 배에는 약 70명의 순례자들이 타고 있었다. 나는 짓다에서 쪽배(ṣanbūq)를 타고 아이자브('Aidhāb)를 향해 떠났다. 그런데 바람은 우리를 라어쓰 다와이르로 몰고 갔다.

할 수 없이 여기서부터는 부자족들과 함께 육로를 택하였다. 사막을 지나가는데 타조와 산양들이 많이 보였다. 이 사막에는 자히나(Jahīnah)[106]와 바니 카힐(Banī Kāhil)[107] 족 아랍인들이 살고 있는데, 그들은 모두 부자족[108]에게 종속되어 있다. 우리는 이 사막에서 마프루르(Mafrūr)와 자디드(al-Jadīd)라는 두 샘을 만났다. 그래서 물을 제때에 보충할 수 있었다. 부자인들은 이 황량한 사막에서 양을 기르고 있다. 우리는 그들에게서 양고기를 구입하여 식량으로 삼기도 하였다. 나는 이 황막한 곳에서 한 아랍소년을 만났다. 그는 부자인들에게 붙잡혀왔다고 하였다. 소년은 1년간 음식을 제대로 맛보지 못하고 그저 낙타젖만 먹고 살았다고 했다. 우리는 그곳에서 구입한 양고기를 모두 먹고 나니 식량이라곤 남아 있는 것이 별로 없었다. 남은 것이란 내가 친구들에게 선물하자고 마련한 쉬한(al-Ṣiḥān)산과 바란(al-Baran)산 건대추야자가 좀 있었다. 나는 그것마저도 옆사람들에게 나누어주었다. 그것이 3일분 양식이었다.

라어쓰 다와이르에서 9일이나 걸려 비로소 아이자브에 당도하였다. 몇몇 동행자는 우리에 앞서 먼저 도착하였다. 그곳 사람들은 빵과 건대추야자 그리고 물로 우리를 맞아주었다. 우리는 그곳에서 며칠간 묵고 나서 낙타

105. 10명이 승선하는 자그마한 배로서 큰 선박에는 몇개의 오샤리가 따라 다닌다. 일종의 구명선이다.

106. 히자즈의 대부족의 하나로서 본향은 디르 발리(Dir Balī) 남쪽 해안에서 얀바아(Yanba') 일대까지다. 말리크(Mālik)와 무싸(Mūsā)의 두 지족으로 나뉜다.

107. 아드나니야족 아싸드 븐 하지마(Asad bin Khazīmah) 부족의 한 지족이다.

108. 누바인(Ahlu'd Nūbah)에 가까운 인종으로서 홍해 연안에 살던 예멘 원주민의 하나다. 피부색은 갈색이며 성실하고 용맹스럽다. 지금은 이집트 남부와 훌라파(Ḥulafā') 계곡에 그 후예들이 남아 있다.

를 고용해 다김족 아랍인들과 함께 이곳을 떠났다. 도중에 하비브(al-Khabīb)란 샘을 지나고 호마이스라에서 지고한 알라의 수혜자인 아부 하싼 앗 샤즈리의 묘소에 들렀다. 얼마쯤 가다가 우리는 다시 이 묘소로 돌아와서 그 곁에서 하룻밤을 지냈다.

다음에 이른 곳은 아트와니시이다. 이 시는 상이집트의 아드푸시[109]의 맞은편, 나일강변에 있다. 나일강을 건너서 아쓰나시[110]와 아르만트시[111] 그리고 욱수르시[112]에 이르렀다. 욱수르에서 샤이흐 아부 하자즈 알 욱수리를 다시 방문하였다. 이어 꾸쓰시[113]와 까나시[114]에 들렀는데, 까나시에서 샤이흐 압둘라 힘 알 까나위를 다시 찾아뵈었다. 계속해서 후시[115]와 이흐밈시, 아쓰유트시[116] 만팔루트시[117] 만라위시, 아슈무닌(al-Ashmūnīn)시[118] 문야 이븐 후솨이브시[119] 바흐나싸시[120] 부시시[121] 문야툴 까이드시[122]에 차례로 들렀다. 이 도시들에 관해서는 앞에서 이미 언급한 바 있다.

109. 상이집트의 아쓰완과 꾸스 사이의 한 촌락으로 대추야자나무가 많다.
110. 상이집트 나일강변의 번화한 도시로서 상업이 발달하고 대추야자나무와 화원이 즐비하다.
111. 상이집트의 도시로서 꾸스와 아쓰완까지는 각각 두 구간 거리이다.
112. 상이집트의 나일강 동안에 있는 고대도시로서 신전을 비롯한 고대 유적으로 유명하다.
113. 중이집트의 대도시로서 푸쓰톼트(al-Fusṭāṭ)까지는 12일 여정이다. 상업중심지로 아단 상인들이 내왕하며, 날씨는 대단히 덥다. 주민들은 많은 재산을 소유하고 있다.
114. 중이집트에 있는 아담한 도시로서 꾸스까지는 하루 거리다.
115. 중이집트의 서편 구릉지대에 있는 고읍(古邑)이다.
116. 중이집트의 나일강 서안에 있는 도시로서 아편재배로 소문난 고장이다.
117. 중이집트의 나일강 서안에 있으나 강안까지는 꽤 멀다.
118. 하이집트의 나일강 서안에 있는 고대도시로 건설자 아슈문 븐 미스르 븐 바이솨르 븐 함 븐 누하의 이름에서 도시명이 유래했다. 화원과 대추야자나무가 많다.
119. 하이집트의 나일강변에 있는 아름답고 큰 도시로 인구도 상당히 많다.
120. 하이집트의 나일강 서안에 있는 도시로 사람들이 참배하는 성소가 하나 있다. 예수와 그의 어머니가 이곳에서 7년간 살았다고 전한다. 이 도시에는 기이한 신전들도 있다.
121. 하이집트의 나일강 서안에 있는 도시인데, 강으로부터는 멀리 떨어져 있다.
122. 푸쓰톼트(al-Fusṭāṭ)의 남쪽에 있는 도시로 카이로까지는 이틀 거리다.

이어 미스르(Miṣr, 카이로)에 도착해 며칠간 체류하였다. 나는 발비쓰(Balbīs) 로(路)를 따라 샴으로 갔다. 나와 동행한 사람은 핫즈 압둘라 븐 아비 바크르 이븐 파르한 앗 타우자리였다. 그는 그후에 함께 인도를 떠날 때까지 수년간 나와 같이 있다가 싼다부르에서 사망했다. 그에 관해서는 뒤에 이야기할 것이다. 우리는 가자시에 이어 할릴——그에게 평화를——시에 도착하였다. 이곳은 우리가 여러번 찾은 바 있다. 여기를 떠나서 들른 곳은 꾸드쓰와 람라시, 아카시, 타라불리쓰시, 자발라시다. 자발라시에서 이브라힘 븐 아드함——그에게 알라의 영총을——을 다시 방문하였다. 이어 이른 곳은 라지끼야(al-Lādhiqiyah) 시다. 이 도시들에 관해서도 앞에서 이미 언급한 바 있다.

제6장

# 소아시아

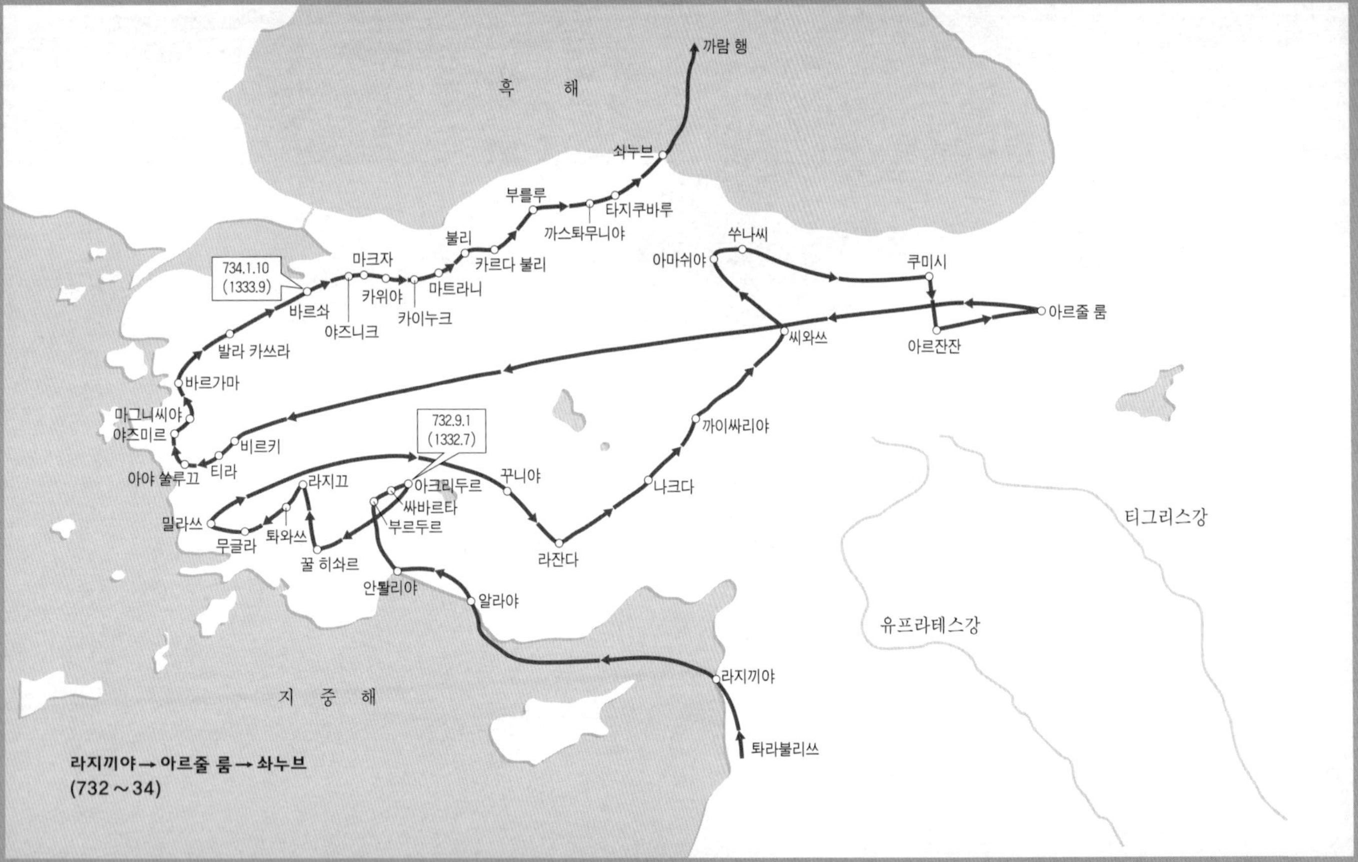

**라지끼야→아르줄 룸→솨누브**
**(732～34)**

# 제6장 소아시아

## 1. 라지끼야에서 아크리두르까지

라지끼야로부터 자나위인(al-Janawiyin)들의 큰 꾸르꾸라(qurqurah)[1]를 타고 룸지역[2]이라고 하는 터키땅으로 갔다. 선주는 이 배를 마르탈민(Martalmin)이라고 부른다. 이곳을 룸지역이라고 하는 것은 옛날에 이곳이 룸인들의 영토였기 때문이다. 그러나 후일 이곳은 고대 룸인들에 이어 그리스인들이 차지하였고, 다음에는 무슬림들이 점령했다. 지금 이곳에 있는 많은 기독교인들은 투르크만 무슬림의 보호하에 있다. 우리는 10일간의 순풍에 편히 항해를 하였으며, 기독교인 선장은 우리를 우대하여 승선료를 받지 않았다.

우리는 10일 만에 룸지역의 첫 관문인 알라야(al-'Alāyah)에 도착하였다. 룸지역에서는 이곳이 가장 훌륭한 곳이다. 마치 알라께서 흩어졌던 모든 미물(美物)을 이 고장에 다시 모아놓은 성싶다. 그러기에 사람들은 그토록

1. 큰 선박을 말한다.
2. 룸에 관해서는 1장 주73 참고.

용모가 준수하고 의상이 정갈할 수가 없다. 음식도 진미일품(珍美一品)이며 사람들의 심성 또한 후정(厚情)스럽다. 그리하여 "길상(吉祥)은 샴[3]에서, 인정(人情)은 룸에서"라는 말이 있나 보다. 이것은 이곳 사람들의 됨됨이를 말해준다. 이곳에서 우리가 머문 자위야나 집집마다에서는 남녀 불문하고 이웃들이 우리를 보살펴주었다. 여성들은 얼굴을 가리지 않는다. 우리가 그들의 곁을 떠날 때면 그들은 일가친척처럼 우리를 위해 기도를 하며 여성들은 석별의 아쉬움에 눈물까지 흘린다.

그들의 관습으로는 1주일치 빵을 한꺼번에 구워서는 1주일 내내 먹는다. 빵을 구운 날에는 남자들이 당일 구운 뜨끈뜨끈한 빵을 맛있는 반찬에 곁들여 선물로 우리한테 가져오곤 하였다. 그러면서 하는 소리가 "아낙네들이 당신에게로 보내는 것인데, 그녀들은 당신들의 기도를 바라고 있습니다"라고 한다. 주민들은 전체가 이맘 아부 하니파[4]——그에게 알라의 영총을——의 주장, 즉 하나피야파를 따르고 쑨니(al-Sunnah, 정통—옮긴이)를 견지한다. 그리하여 그들 중에는 까다리야파(al-Qadariyah),[5] 라피뒤야파, 무아타질라파(al-Mu'tazilah),[6] 하와리즈파(al-Khawārij)는 한 사람도 없고 이단(異

3. 샴에 관해서는 1장 주86 참고.
4. 이맘 아부 하니파에 관해서는 1장 주165 참고.
5. 이슬람교의 한 신학파로서 일명 '자유파(自由派)' '반숙명파(反宿命派)'라고도 한다. 7, 8세기에 출현하였는데, 창시자는 이라크 바스라 출신의 마르바드 주하니(??~699)와 시리아 다마스쿠스 출신의 지라인(??~732)이다. 이 파는 인간은 자신의 행동을 선택할 수 있으며 선행은 상을 받고, 악행은 벌을 받는다 등 『꾸란』 내용에 근거하여 알라는 인간뿐만 아니라, 인간의 의지까지도 창조함으로써 인간에게 의지의 자유를 부여하였다고 주장한다. 그러면서 예정적인 『숙명론』을 반대한다. 이 주장은 후일 무아타질라파가 받아들여 중요 구성요소로 삼았다. 무아타질라파는 변증(辨證)과 논리로 그 정당성을 논증하였는데, 8세기 이후에는 무아타질라파에게 사실상 흡수되었다. 이 파의 활동본거지는 이라크와 시리아 등지였다.
6. 이슬람교의 주요 신학파의 하나로서 일명 '분리파(分離派)' '공정파(公正派)' '통일파(統一派)'라고도 한다. 8세기에 출현하였고, 창시자는 와실 븐 아타와 이븐 아바드이다. 이 파는 고대 그리스철학의 영향을 받아 종교를 인식하는 준칙은 이성(理性)이라고 보고, 인간과 알라의 관계에서 인간의 의지는 무한히 자유로우며 인간의 행위는 자신에 의해 창조되고, 알라는 다만 인간 행위의 선악에 대하여 상벌을 결정할 뿐이라고 주장한다.

端, mubtadi')도 없다. 이것이야말로 지고한 알라께서 그들에게 베푸신 특전이 아닐 수 없다. 그런데 그들은 대마초(ḥashīsh)를 피워도 아무런 비난을 받지 않는다.

앞에 말한 알라야시는 해안에 있는 큰 도시로서 터키인들이 거주하고 있으나 카이로와 알렉산드리아, 샴 등지의 상인들이 오가고 있다. 이곳에서 생산되는 목재는 알렉산드리아나 딤야트(Dimyāṭ)[7] 등 이집트의 여러곳에 반출된다. 이 도시의 가장 높은 곳에는 위대한 쑬퇀 알라웃 딘 알 루미가 지은 신기하고도 든든한 성보가 하나 있다. 나는 이 도시의 법관 잘랄룻 딘 알 아르잔자니를 만났다. 그는 어느 금요일 나를 데리고 이 성보에 가서 함께 예배를 하면서 나에게 후대를 베풀었다. 나는 또한 샴쑷 딘 븐 라지하니의 환대도 받았는데, 그의 선친 알라웃 딘은 쑤단의 말리(Mālī)에서 타계하였다.

어느 토요일, 나는 법관 잘랄룻 딘과 함께 말을 타고 알라야왕을 만나러 갔다. 그는 까라만의 아들인 유쑤프 베크이다. '베크'(bak)는 '왕'이란 뜻이다. 그의 거처는 시에서 10마일 떨어진 곳에 있었다. 왕은 해변가의 나지막한 산위에 홀로 앉아 있었다. 아미르들과 대신들은 그 밑에 있고, 군사들은 좌우에 포진하고 있다. 그는 머리카락을 검게 염색하였다. 내가 인사하자 어디에서 왔는가고 묻기에 대답하고는 자리를 떴다. 왕은 후에 사람을 보내 후의를 표하였다.

이곳을 출발해서 간 곳은 안퇄리야(Anṭāliyah)시[8]다. 샴에 있는 도시 안

알라의 속성에 관해서는 알라는 유일무이한 주재자이고, 본체(本體) 외에는 보거나 듣는 속성은 없다고 인정하며, 이른바 심오한 '신인동형설(神人同形說)'이나 '다신론(多神論)' 그리고 인간 속성의 '예정설(豫定說)' 등을 부정한다. 『꾸란』과 관련된 문제에서는 경전은 알라가 창조한 피조물(被造物)로서 원래부터 존재한 것은 아니라고 주장한다. 압바쓰조 할리파 마어문시대에는 한때 공식 관방교파로까지 인정되었으나, 이라크에서 성행하다가 금지당하였다.

7. 타니스와 카이로 사이의 고대도시로 이슬람 전파 거점의 하나였다.

8. 룸지방에서는 유명한 곳으로서 안톼키야의 자매인 안퇄리야가 이곳에 정착하였다고

톼키야(Anṭakiyah)[9]와는 같은 어형(語形)이나, 다만 자음 '카프'(k)가 자음 '람'(l)을 대체한 것이 다르다. 안톼리야는 아주 훌륭한 도시로서 부지도 대단히 넓다. 이 지역에서는 가장 아름답고, 건물도 가장 많으며, 구획도 가장 잘된 도시다. 주민들은 같은 파(派)끼리 살면서 다른 파와는 격리되어 있다. 기독교 상인들은 미나(Minā)라는 구역에 살고 있으면서 담을 쳐놓고는 야간이나 금요일예배 때는 문을 잠근다. 옛날 이곳 주민이었던 룸인들은 다른 구역에 모여사는데, 그들 역시 담을 쌓아놓고 있다. 그런가 하면 유태인들도 역시 다른 구역에서 담을 쳐놓고 따로 살고 있다. 국왕과 관헌들, 노복들은 주벽(周壁)으로 둘러싸인 구역에 살면서 위의 여러파들과 구별한다. 기타 무슬림들은 시내에 살고 있는데, 대사원과 마드라싸, 욕탕들뿐만 아니라, 잘 짜여진 큰 시장도 몇개 갖고 있다.

앞에 말한 여러 구역을 망라해서 시 주변은 큰 성벽이 에워싸여 있다. 이곳에는 화원이 많고 맛좋은 과실들도 있다. 그중에는 까마룻 딘(Qamaru'd Dīn)이라는 색다른 살구가 있는데, 씨 안에는 달콤한 행인(杏仁)이 들어 있다. 그것을 말린 건행인은 선호품으로 이집트에 수출된다. 여기에는 샘도 여러 군데 있다. 물맛이 좋거니와 여름에도 그렇게 차가울 수가 없다. 우리는 안톼리야에서 시 소속 마드라싸에 투숙하였다. 마드라싸의 샤이흐는 샤하붓 딘 알 함위이다. 이곳 관행으로는 어린이들이 매일 신시예배 후에 대사원이나 마드라싸에 모여 맑은 목소리로 『꾸란』의 '개경장'과 '암장'[10]을 독송한다.

이곳에는 '아히야'(al-Akhiyah)란 조직체가 있다. '아히야'의 단수는 '아히'(akhī)[11]다. '아히'란 발음상에서는 아랍어의 '아흐'(akh, 형제란 뜻)에 소유

하여 그녀의 이름을 따서 명명한 것이다. 해변가에 있는 한 성보로서 견고하고 인구도 많다.

9. 안톼리야의 자매인 안톼키야가 건설한 도시로서 샴지방의 수부(首府)였다. 기후가 좋고 물이 맑으며 과실이 많다.

10. '암'(Am)은 『꾸란』의 제78장이다.

격 1인칭 대명사 'ī'를 접미시킨 것과 같다.[12] 이 조직체의 성원들은 룸이나 터키지방의 도시나 마을 할 것 없이 방방곡곡에 산재해 있다. 이들은 이 세상 그 누구보다도 외방인에게 친절하다. 그들은 만나자마자 스스럼없이 음식을 제공하고 필요한 것을 해결해주며, 불의에 맞서는 의협심(義俠心)도 강하다. '아히'조직에는 직업인들이나 독신 청년들과 함께 소외된 사람들을 묶어세우는 어른이 한 분 있는데, 그들은 그를 두령으로 섬긴다. 이 역시 그들의 일종 의행(義行)이다.

그들은 자위야를 세우고 거기에 필요한 시설이나 등불, 가구를 죄다 갖추어놓는다. 낮에는 생계를 위해 일을 하다가 신시예배 후에는 그날 번 것을 가지고 자위야로 돌아온다. 각자가 번 돈으로 자위야에서 소요되는 과실이나 식료품을 구입한다. 언제든 과객이 오면 그들은 으레 손님을 자기들한테로 안내해서는 떠날 때까지 대접한다. 내객(來客)이 없으면 저희들끼리 모여서 먹고 노래하고 춤추다가 새벽녘이 되면 각자가 일터로 떠난다. 신시예배 후에 다시 각자가 번 것을 가지고 파트얀(fatyān)이라는 두령한테로 돌아온다. 여기에서의 두령이란 아히조직의 두령을 말한다. 나는 이 세상에서 그들보다 더 아름다운 행동을 하는 사람들을 보지 못했다. 쉬라즈[13]나 아스파한[14] 사람들이 이들과 비슷한 선행을 하기는 하나, 내왕자들에 대한 이들의 대접이나 보살핌은 한결 더 지극하다.

우리가 이 도시에 도착한 다음날 한 파트얀이 샤이흐 샤하붓 딘 알 함위한테 와서 터키말로 무언가 이야기하고 있었다. 그때 나는 알아들을 수가

11. 터키어로 '현명한' 혹은 '천당'이란 뜻이다. 이븐 바투타는 이 터키어의 '아히'를 아랍어의 '아흐'로 착각한 것 같다.
12. '아흐'(akh)란 아랍어로 '형제'란 뜻이고 여기에 소유격 1인칭 대명사 'ī' 를 접미시키면 '나의 형제'란 뜻이 된다. 그러나 위의 주에서 보다시피 본문의 '아히'(akhī)와 아랍어의 아흐'(akh)는 의미상 아무런 상관성이 없다.
13. 쉬라즈에 관해서는 4장 주97 참고.
14. 아스파한에 관해서는 4장 주62 참고.

없었다. 그는 허름한 옷에 펠트모자를 썼다. 샤이흐는 나에게 "이 사람이 무슨 말을 했는지 알만 하시오?"라고 묻기에 "무슨 말을 했는지 통 모르겠습니다"라고 대답하였다. 그러자 샤이흐는 "이 사람이 당신과 당신 친구들을 초대한다고 하였소"라고 하였다. 좀 의아하기는 했으나 나는 "예, 그렇게 하죠"라고 나는 응수하였다. 그가 돌아간 후 나는 샤이흐에게 "보아하니, 그 사람은 구차하여 우리를 초대하기에는 어려울 것 같은데, 굳이 그에게 폐를 끼치고 싶지는 않습니다"라고 말하였다. 그러자 샤이흐는 빙그레 웃으면서 "그래 봬도 그는 한 아히조직의 두령이지. 본인은 구두수리공이지만 워낙 마음씨가 착하여 친구만 해도 약 2백명의 각종 직인(職人)들이 있지. 그들은 그를 두령으로 모시고 접객용으로 자위야 하나를 지었지. 낮에 일해서 모은 돈을 밤이면 써버리곤 하지"라고 말하였다.

저녁예배가 끝나자 그 두령이 우리를 찾아왔다. 우리는 그를 따라 그의 자위야로 갔다. 잘 지은 자위야는 화려한 룸산 주단을 깔고 천장에는 많은 이라크제 유리등이 걸려 있다. 바닥에는 5개의 유등(油燈, bīsūs)이 놓여 있다. 유등은 구리로 만든 등대 비슷한 것인데, 다리가 3개 달려 있고 꼭대기에는 구리등갓이 덮여 있으며 중간쯤에는 녹인 유지(油脂)를 쓰는 심지관이 있다. 등 옆에는 유지를 넣어두는 동기(銅器)가 심지 수리용 가위와 함께 놓여 있다. 한 사람이 전문적으로 이 동기를 관리하고 있는데, 그를 자라지(al-Jarājī)라고 한다.

내가 그 자위야에 갔을 때, 일군의 청년들이 바닥에 줄지어 앉아 있었다. 그들은 까바(qabā')[15]를 걸치고 신발은 신은 채 허리에는 요대를 두르고 있다. 허리춤에는 2완척쯤 되는 검을 차고 있고 머리에는 흰색 펠트모자를 쓰고 있다. 모자 꼭대기에는 길이가 1완척, 너비가 두 손가락 너비쯤 되는 천 조각이 매달려 있다. 일단 착석하면 모자는 벗어서 앞에 놓는다. 그런데 머

15. 저고리 위에 입는 겉옷을 말한다.

리에는 비단천 같은 것으로 만든 보기 좋은 모자가 또 하나 있다. 바닥 한가운데는 내객들을 위해 마련한 자리 비슷한 것이 있다.

우리가 착석하자 푸짐한 음식과 함께 과실, 다과 등이 들어왔다. 이윽고 노래와 춤이 시작되었다. 우리의 마음은 못내 즐거웠으며, 그네들의 너그러움과 환대에 경탄을 금할 수가 없었다. 거의 밤을 지새고 나서야 그들을 자위야에 남겨둔 채 우리는 돌아왔다. 당시 안탈리야의 쑬탄은 하드르 베크븐 유니쓰 베크였다. 우리가 그곳에 이르렀을 때 그는 앓고 있었다. 그의 저택에 병문안을 가보니 그는 병상에 누워 있었다. 그럼에도 아주 친절한 어조로 우리와 대화를 나누었다. 작별인사를 하고 돌아오자 그는 사람을 보내 후의를 표하였다.

안탈리야를 떠난 우리 일행은 부르두르(Burdūr)에 도착하였다. 자그마한 읍으로서 화원이 많고 내도 여러개 있으며 우아한 산정에는 보루도 하나 있다. 우리는 이곳 설교사의 집에 머물렀다. 여기서 나는 아히조직 성원들을 만났다. 그들이 우리더러 자기들한테 유숙하라고 하였으나 설교사가 거절하였다. 그러던 어느날 한 성원이 자신의 화원에 우리를 초대하길래 따라갔다. 참으로 신기한 것은 그들이 우리의 말을 모르고, 우리가 그들의 말을 알 수 없으며, 게다가 우리 사이에는 통역도 없었지만, 그들은 우리를 보고 그렇게 기뻐하고 반가워할 수가 없었다. 우리는 그들과 함께 하루를 보내고 떠났다.

다음으로 이른 곳은 싸바르타(Sabartā) 읍이다. 건물이나 거리는 아름답고 화원이나 내도 많으며 높은 산상에는 보루가 하나 있다. 우리는 저녁에 그곳에 도착하여 법관댁에 묵었다. 이곳에서 간 곳은 아크리두르(Akrīdūr)시다. 큰 도시로서 건물이 많고 시가도 정연하며 내와 화원도 여러개 있다. 담수호가 있는데, 거기서 배를 타고 이틀을 가면 아끄샤흐르(Aqshahr)와 바끄샤흐르(Baqshahr) 등 여러 마을에 이르게 된다. 우리는 한 마을에 이르러 대사원 맞은편에 있는 마드라싸에 투숙하였다. 이 마드라싸에는 교사이고 학자이며 우접자인 덕망 높은 핫즈 무슬리훗 딘이 있다. 그는 일찍이 이집트와 샴에서 구학(求學)하고 이라크에 거주한 바 있다. 그는 달변으로 표현력도 우수한 당대의 한 기인(奇人)이다. 그는 우리를 실로 극진히 환대하고 우리를 위해 최선을 다하였다.

아크리두르 쑬퇀은 이 지역 쑬퇀 중에서는 고참인 아부 이쓰하끄 베크븐 단다르 베크이다. 그는 선친의 생존시에 이집트에서 생활한 바 있고, 성지순례도 하였으며 품행도 단정하다. 그는 매일 대사원에 와서 신시예배를 근행하는데, 예배가 끝나면 남쪽벽에 기대어 앉는다. 그러면 독경사들이 그의 앞에 있는 높은 나무상 위에 앉아서 『꾸란』 중의 '개경장'과 '말리크장' '암장'을 낭랑한 목소리로 독송한다. 그 목소리에 사람들은 감동하고 흥분해서 급기야는 눈물까지 흘린다. 독송이 끝나면 쑬퇀은 회궁한다.

나는 금식월[16] 내내 쑬퇀과 함께 보냈다. 그는 매일밤 침대가 아닌 땅에 깐 주단 위에 앉아서 큰 베개에 비스듬히 기대고 있다. 그 옆에는 법학자 무슬리훗 딘이 앉고 나는 또 그의 옆에 앉았다. 그 다음에 관헌들과 아미르들이 앉았다. 이윽고 음식이 들어왔다. 쑬퇀의 첫 개재식은 고깃국(tharid)이다. 자그마한 보시기에 담은 고깃국에는 불콩('adas)[17]을 얹고 유락과 설탕을 섞었다. 고깃국은 영복을 위해 드리는 것이다. 그들의 말로는 "선지자──그에게 평화를──께서는 고깃국을 다른 어떠한 음식보다도 더 즐겼다. 이것을 기리기 위해 우리는 고깃국으로부터 시작한다"고 하였다. 고깃국 다음에 다른 음식들이 나온다. 그들은 금식월 때면 밤마다 이렇게 한다.

어느날 쑬퇀의 아들이 사망하였다. 그러나 사람들은 이집트나 샴사람들 이상으로 비애의 눈물을 흘리지는 않는다. 이것은 전술한 바와 같이 루르사람들이 쑬퇀의 아들이 사망했을 때 하는 행동과는 사뭇 다르다. 매장 후

16. 금식월에 관해서는 1장 주88 참고.
17. 불콩은 아랍어로 '아다쓰'('adas)인데, 꼬투리는 희고 열매는 붉으며 껍질은 얇다. 일명 편두(扁豆)라고도 한다.

쑬퇀과 학생들은 3일간 아침예배가 끝나면 묘소로 간다. 장례 후 이틀 만에 나는 사람들과 함께 묘소를 찾았다. 쑬퇀은 내가 걸어가는 것을 보고 말을 보냈으나 나는 사양하고 마드라싸에 돌아와서 그 말을 돌려보냈다. 그랬더니 쑬퇀은 다시 돌려보내면서 "이 말은 당신에게 선물한 것이지 빌려준 것은 아니다"라고 하였다. 그는 또 나에게 의상과 돈도 보내왔다.

## 2. 꿀 히쏴르에서 밀라쓰까지

아크리두르로부터 우리가 도착한 곳은 꿀 히쏴르(Qul Ḥiṣār) 시다. 자그마한 도시이지만, 곳곳에 물이 있다. 갈대가 무성하여 마치 그 속을 가로지른 다리 같은 길을 따라 그곳에 가게 된다. 길은 갈대밭과 질펀한 물 사이에 나 있는데, 겨우 한 사람이 말을 타고 갈 수 있는 좁은 길이다. 도시는 물 한가운데 우뚝하니 떠 있는 언덕 위에 있으나 말할 수 없이 견고하다. 우리는 아히조직의 한 책임자가 운영하는 자위야에 여장을 풀었다. 이 도시의 쑬퇀은 무함마드 잘라비다. '잘라비'는 룸어로 '나의 주인(주공)'이란 뜻이다. 그는 이크리두르왕 아부 이쓰하끄의 형제다. 우리가 이곳에 당도했을 때, 쑬퇀은 부재중이었으나, 우리가 며칠 묵는 사이에 돌아와서는 우리를 초대하고 마필(馬匹)과 유량(留糧)도 장만해주었다.

이곳을 떠나서는 까라 아가즈(Qara Aghāj) 로(路)를 따라 전진하였다. '까라'란 '검다', '아가즈'는 '목재'란 뜻이다. 연도는 푸르스름한 광야로서 터키인들이 살고 있다. 여기에는 자르미얀(al-Jarmiyān)이라는 패거리들이 무시로 나타나 강도질을 하고 있기 때문에 꿀 히쏴르 쑬퇀은 기병대를 파견해 우리를 라지끼야 시까지 무사히 안내하도록 하였다. 전하는 바에 의하면, 자르미얀은 야지드 븐 무아위야[18]의 후예라고 한다. 그들에게는 쿠타히야(Kūtāhiyah)라는 도시가 따로 있다. 우리는 알라의 명호(冥護)를 기원하였다.

우리는 드디어 라지끼야시에 도착하였다. 일명 '둔 가즐라'(Dūn Ghazlah)라고 하는데, 그 말은 '돼지 고장'이란 뜻이다. 대단히 우아하면서도 웅장한 도시로서 금요예배를 보는 사원만도 일곱 군데나 된다. 수려한 화원과 넘쳐흐르는 하천, 용솟음치는 샘과 잘 가꾼 시장, 이것들이 두루 갖추어져 있는 도시다. 이곳에서는 금박실을 섞은 면천을 짜내는데, 이러한 천은 어디에도 그 유례가 없다. 워낙 솜이 좋고 방적술도 뛰어나기 때문에 천은 대단히 질기며, 이곳 이름을 딴 천으로 널리 알려져 있다. 직공의 대부분은 룸의 여성들이다. 룸인들 중에는 많은 사람들이 종교적 보호(dhimmah)[19]를 받고 있는데, 그 대신 쑬퇀에게 인두세(人頭稅) 등을 납부한다. 룸인들의 특징은 붉은색이나 흰색의 긴 모자를 쓰고 있으며 여인들은 머리에 큼직한 머릿수건을 얹는다.

이 도시 사람들은 부정을 별로 시비하지 않는다. 이것은 이 도시뿐만 아니라, 이 지역 전체가 그렇다. 이곳 사람들은 예쁜 룸족 하녀들을 돈주고 사서는 부화방탕한 짓을 하는 것을 보고도 놔둔다. 하녀마다가 주인을 위해 나름대로 하는 역할이 따로 있다. 하녀들이 남자와 함께 목욕탕에 들어간다는 어처구니없는 소리를 들었다. 곧잘 목욕탕에서 방탕한 짓을 하는데, 그래도 아무런 비난을 받지 않는다고 한다. 이곳 법관도 이런 식으로 몇몇 하녀를 거느리고 있다고 한다.

우리가 이 도시의 어느 시장 앞을 지나갈 때 일이다. 점포에서 사람들이 쏟아져나와 우리가 탄 말고삐를 잡아채는 것이었다. 그러자 다른 사람들이 또 달려나와 옥신각신 실랑이를 벌이는데, 심지어 칼까지 뽑아든다. 그들이

18. 야지드 븐 무아위야(645~83)는 우마위야조의 제2대 할리파이다.

19. 아랍어에서 '짐마'란 '보증' '담보' '보호'라는 뜻인데, 이슬람 정복시대에 피정복지에서 유일신을 믿으면서 인두세를 납부하는 유태교나 기독교 신자들은 이슬람정부의 보호하에 신앙의 자유 등 권리를 누렸다. 그래서 그들을 '피보호인'(Ahlu'd Dhimmah)이라고 한다.

무어라고 말하는지 통 알 수가 없었다. 우리는 그만 겁에 질리고 말았다. 나는 그자들이 바로 강도질을 일삼는 자르미얀인들이고, 이 도시가 곧 그들의 도시라고 생각하였다. 또 틀림없이 그들이 우리에게서 무언가 빼앗으려 할 것이라고 짐작하였다. 그런데 천만다행으로 알라께서는 아랍어를 아는 한 핫즈[20]를 우리에게로 보내셨다.

나는 핫즈에게 그들이 요구하는 것이 도대체 무엇인가고 물었다. 그러자 그는 이렇게 대답하였다. "그들은 아히조직의 성원들입니다. 먼저 나온 사람들은 아히 싸난(Akhī Sanān) 조직의 성원들이고, 후에 나온 사람들은 아히 투만(Akhī Ṭūmān) 조직의 성원들입니다. 서로가 당신들을 모셔가려고 그럽니다." 그들의 그 너그러운 마음씨에 자못 탄복하지 않을 수 없었다. 나중엔 서로 제비를 뽑기로 하였다. 누구든 이기면 우선 그 편에 가서 묵기로 하였다. 결과 싸난 편이 행운을 잡았다. 이것이 두령인 싸난에게 알려지자 그는 몇몇 동료들과 함께 와서 우리에게 인사를 건넸다. 우리가 싸난의 자위야에 투숙하자마자 그들은 여러가지 음식을 만들어왔다. 그리곤 싸난은 우리와 함께 목욕탕에 들어가서는 친히 내 목욕을 거들어주었다. 목욕을 하고 나니 그들은 퍽 푸짐한 음식을 차려왔다. 당과류도 있고 여러가지 과실들도 곁들였다. 식사가 끝나자 독경사가 『꾸란』의 몇장을 독경하였다. 이어 노래부르고 춤추기 시작하였다.

그들은 쑬탄에게 우리의 소식을 알려주었다. 다음날 쑬탄은 사람을 보내 저녁 무렵에 만나자고 하였다. 그래서 우리는 쑬탄과 그의 아들이 있는 곳으로 갔다. 그의 아들에 관해서는 후술할 것이다. 일을 보고 자위야에 돌아오니 투만과 그의 조직 성원들이 기다리고 있었다. 그들은 우리를 데리고 자기들의 자위야로 가서는 앞의 싸난 친구들이 하는 것과 꼭같이 음식을 대접하고 목욕을 시켜주었다. 좀 다른 것은 목욕을 하고 나오자 장미수를

20. 핫즈에 관해서는 1장 주21 참고.

뿌려주는 것이다. 이윽고 다시 우리를 자위야로 데리고 가서는 당과와 과실이 곁들인 식사를 대접하였다. 식후에 『꾸란』을 독경하고 나서는 노래하고 춤추는 등 앞의 싸난 친구들과 똑같은, 아니, 어찌보면 더 훌륭한 행사를 치르는 것이었다. 우리는 그들한테서 며칠간 묵었다.

라지끼야의 쑬퇀은 쑬퇀 야난 베크이다. 그는 룸지방에서는 거물 쑬퇀 중 한 사람이다. 앞에서 이야기한 바와 같이 우리가 아히 싸난의 자위야에 투숙하였을 때, 그는 훈계사(訓誡師, al-Wā'iẓ)이자 학자인 알라웃 딘 알 까쓰퇴무니를 우리에게로 보냈다. 알라웃 딘은 우리 일행의 숫자만큼의 말을 끌고 왔다. 때는 금식월 기간이었다. 우리는 곧바로 쑬퇀에게로 가서 인사를 드렸다. 이 지방의 왕들을 보면 손님에게 겸손하고 언사도 부드러우나 사여(賜與)는 좀 짠 편이다. 우리는 그와 함께 저녁예배를 근행하고 나서 식사가 준비되자 함께 개재식을 하고는 돌아왔다. 그런 후에 그는 얼마간의 금전을 보냈다. 얼마 있다가 그는 시외의 화원에 살고 있는 아들 무라드 베크를 우리에게로 보냈다. 그때는 한창 과실철이었다. 그 역시 아버지처럼, 우리 일행의 숫자만큼의 말을 보내왔다. 우리는 그의 화원에 가서 그날 밤을 보냈다. 한 법학자가 우리의 말을 통역하였다. 우리는 새벽녘에 그곳을 떠났다.

우리는 그곳에서 개재절[21]을 맞이하였다. 그날 우리는 예배장소에 갔다. 쑬퇀은 군사들의 호위 속에 출궁하고, 아히조직 성원들은 일제히 무장하였다. 각종 직인들도 너나 할 것 없이 깃발이나 피리, 북 같은 것을 들었다. 어떤 사람들은 제법 그럴싸한 꾸밈새나 완벽한 무장을 은근히 과시하고 자랑하는 성싶기도 하다. 모든 직인들은 저마다 소나 양을 끌고 나오고 빵도 지참한다. 그들은 우선 묘소에서 끌고 나온 가축을 도살하여 고기를 빵과 함께 구차한 사람들에게 희사한다. 이렇게 그들은 우선 묘소에 들렀다가 예

21. 개재절에 관해서는 1장 주35 참고.

배소에 간다. 명절예배(Ṣalātu'l 'Iidain)[22]를 드린 다음 우리는 쑬톼의 저택으로 갔다. 그는 법학자들과 샤이흐들, 아히조직 성원들을 위해 한상 차리고, 또한 구차한 사람들을 위해서도 한상 차린다. 그날만큼은 그의 저택 문전에는 빈자와 부자가 따로 없다. 우리는 갈길이 염려되어 그곳에 얼마간 체류하였다.

그리고 나서 몇몇 동행자가 나타나자 함께 하루낮, 하룻밤을 걸어 퇴와쓰(Ṭawās) 보에 도착하였다. 꽤 큰 보루다. 전하는 바에 의하면 알라의 사자——그에게 평화를——의 성문도반인 쏴히브[23]——그에게 알라의 영총을——가 바로 이곳 출신이라고 한다. 우리는 이 보루의 외곽에서 자고 다음날 성문에 이르렀다. 성벽 위에 있는 사람이 어디에서 오는가고 묻기에 사실대로 대답하였다. 그때 보루 위장(衛將) 일야쓰 베크가 군사를 거느리고 나왔다. 그는 도둑놈들이 가축을 채가는 것이 염려되어 보루와 도로 주변을 순찰할 참이었다. 순찰이 끝나자 가축을 풀어주었다. 그는 늘 이렇게 하고 있다. 우리는 보루의 관상(關廂)에 있는 한 수행자의 자위야에 머물렀다. 위장 일야쓰는 우리에게 후대를 베풀면서 후량(餱糧)도 보내왔다.

이곳을 떠나서 우리는 무글라(Mughlah)에 이르렀다. 한 샤이흐의 자위야에 유숙하였는데, 그는 인자하고 후덕한 샤이흐로서 자위야에 있는 우리를 자주 찾아왔다. 올 때는 꼭 음식이나 과실, 당과류를 들고 왔다. 이곳에서 밀라쓰(Milās) 시 쑬톼의 아들 이브라힘 베크를 만났다. 그에 관해서는

22. 이슬람교의 2대 명절인 개재절과 희생절(犧牲節, 'Iīdu'l Aḍḥā)에 드리는 예배로서 이는 의무예배(Ṣalātu'l Wājib)에 속한다. 명절 당일 사원에서 이맘의 인도하에 집단적으로 2배를 근행한다. 제1배에서는 '알라는 가장 위대하다'(Allāhu'l Akbar!)를 4번, 제2배에서는 3번 독송한다.

23. 쏴하브 루미라고 알려진 그의 본명은 쏴히브 븐 싸난 븐 말리크(Ṣaḥīb bin Sanān bin Mālik, 572~659)다. 성문도반으로서 룸인 중 최초의 이슬람 귀의자이며, 초기 이슬람 전투에 여러번 참전하였다. 『성훈』에는 "나는 아랍인의 선구자이고, 쏴히브는 룸인의 선구자이며, 쌀만(Salmān)은 페르시아인의 선구자이며, 빌랄(Bilāl)은 에티오피아인의 선구자다"라는 말이 있다.

뒤에 이야기하겠지만 그는 우리를 초대하고 의상까지 선물하였다.

이제 드디어 밀라쓰시에 도착하였다. 룸지방에서 가장 아름답고 웅장한 도시의 하나로서 과실이 흔하고 화원이 많으며 물도 넉넉하다. 우리는 한 아히조직 성원의 자위야에 머물렀다. 그가 우리에게 베푼 너그러움이나 환대, 목욕초대 같은 여러가지 미사선행(美事善行)은 이전에 우리가 같은 조직으로부터 받은 것의 몇갑절이나 되었다. 우리는 밀라쓰시에서 아부 샤슈 타리라는 청렴한 노인 한 분을 만났는데, 그의 연세가 150을 넘었다고 한다. 그런데도 아직 정정하게 활동하고 있으며 사유도 정상적이고 기억력도 좋다. 그는 우리를 위해 기도를 하였으며, 우리는 그로부터 영복하였다.

밀라쓰의 쑬퇀은 만타샤의 아들인 존경받는 쑬퇀 샤자웃 딘 아르칸 베크다. 그는 성군의 한 사람으로서 용모가 준수하고 행실이 단정하다. 그가 상대하는 사람은 법학자들인데, 모두가 그의 존경을 받고 있다. 그의 문전에는 일군의 법학자들이 지켜서 있다. 그들 중에는 예술에도 조예가 깊은 하와리즘의 한 법학자[24]도 있다. 내가 쑬퇀을 만났을 때, 쑬퇀은 이 법학자를 아니꼽게 여기고 있었다. 왜냐하면 아야 쑬루끄(Ayā Sulūq) 시의 쑬퇀으로부터 선물을 받기 위해 그곳에 갔었기 때문이다. 이 법학자는 나더러 쑬퇀에게 그의 화를 풀어줄 수 있는 이야기를 좀 해달라고 부탁하였다. 그래서 나는 쑬퇀 앞에서 그 법학자를 한바탕 추어주고 그의 학문이라든가 덕성에 관해서 아는 대로 쭉 이야기를 하였다. 그랬더니 그에 대한 쑬퇀의 혐의는 사라졌다. 쑬퇀이 우리에 대해서는 호의적이어서 마필과 식량을 보내왔다. 그는 밀라쓰에서 2마일 떨어진 바르진(Barjīn) 읍에 거주하고 있다. 이 읍은 구릉지대에 새로 건설한 읍으로서 좋은 건물과 사원들이 있다. 쑬퇀이 그곳에 대사원을 짓고 있다. 우리는 그곳에서 아히조직 성원인 알리의 자위

24. 하나피야파 법학자인 톼히르 븐 까씸(일명 싸이드 나마다부쉬)을 지칭하는 것 같다. 그는 성지순례를 하고 룸을 방문한 바 있다. 저서로는 이슬람법학을 약술한 『정수』(精髓, *Jawāhir*)가 있으며 1369년에 사망하였다.

야에 투숙하였다.

## 3. 꾸니야에서 아르줌 룸까지

밀라쓰 쑬퇀의 후대를 받고 그곳을 떠나서 당도한 곳은 꾸니야(Qūniyah)시[25]다. 건물이 멋지고 물과 내도 넉넉하며 화원과 과실도 많다. 앞에서도 이야기하였지만, 이곳에는 까마룻 딘(Qamaru'd Dīn)이라는 살구가 나는데, 이집트나 샴에 수출한다. 거리는 꽤 넓고 시장은 잘 정돈되어 있으며, 직종마다 따로따로 자리잡고 있다. 이 도시는 알렉산드로스(al-Iskandar)[26]가 세웠다고 한다. 지금은 쑬퇀 바드룻 딘 븐 까르만의 치하에 있다. 그에 관해서는 뒤에 이야기할 것이다. 이 지역은 이라크에 가깝기 때문에 가끔 이라크왕에게 공략당하기도 하였다.

우리는 이븐 깔람 샤라는 법관의 자위야에 머물렀다. 그는 아히조직의 한 두령으로서 그의 자위야는 대단히 훌륭하며 학생도 많다. 사실 이 조직은 그 연원이 신자들의 수령인 알리 븐 아비 퇄리브——그에게 평화를——까지 소급된다. 이 조직 성원들은 바지를 입고 있는데, 옷이라곤 허름한 모직옷뿐이다. 법관이 우리에게 베푼 환대는 전례없이 열렬하였다. 그는 아들

25. 이곳은 전번 경유지인 밀라쓰에서 너무 먼 거리에 있기 때문에 이븐 바투타가 실제로 갔을까 하는 것이 의문시된다. 이 도시는 룸지방의 이슬람 도시치고는 큰 도시 중의 하나로서 쑬퇀들의 거성(居城)이기도 하다. 대사원 곁에 있는 교회당 내에는 철학자 플라톤의 묘가 있다고 한다.

26. 알렉산드로스(Alexandros, 재위 B.C. 336~23)는 마케도니아왕 필립프스 2세의 아들로서 즉위 후 그리스 제도시의 반란을 진압하고 선왕의 유지를 따라 기원전 334년에 동방원정에 나섰다. 아나토리아와 지중해 동부, 이집트를 공략하고 아케메네스조 페르시아(다리우스 3세시)를 격파한 데 이어 서아시아와 중앙아시아를 석권하고 서북 인도까지 진출하였다. 그는 각지에 자신의 이름을 붙인 '알렉산드리아' 시를 건설하였다. 그의 동방원정을 계기로 동서문명이 융합된 이른바 '헬레니즘시대'가 출현하였다.

을 보내 우리를 목욕탕에 안내까지 하였다. 이 도시에는 '우리의 주공'(Mūlānā)이라고 알려진 청렴한 이맘이며 성덕군자(聖德君子)인 샤이흐 잘랄룻 딘[27]의 묘소가 있다. 그는 권위가 대단했던 사람으로서 룸땅에는 그를 추종하는 사람들이 있는데, 그들을 세칭 '잘랄리야파'(al-Jalāliyah)라고 한다. 이 파는 이라크에 있는 아흐마디야파(al-Aḥmadiyah)나 후라싼에 있는 하이다리야파(al-Ḥaidariyah)와 그 상황이 비슷하다. 샤이흐의 묘소에는 과객들에게 음식을 제공하는 큰 자위야가 있다.

전하는 바에 의하면, 원래 샤이흐 잘랄룻 딘은 법학자이며 교사로서 꾸니야시에 있는 그의 마드라싸에는 문하생으로 많은 학인들이 모여들었다. 어느날 마드라싸에 당과를 파는 한 행상이 들어왔다. 그는 머리에 당과함을 이고 당과 한 조각에 동전 한닢(fals)씩 받고 팔고 있었다. 그가 교실에 들르자 샤이흐는 "그 함을 이리 주게"라고 그에게 말을 건넸다. 행상은 함에서 한 조각을 집어서 샤이흐에게 드렸다. 샤이흐는 손으로 받아서 입에 넣었다. 행상은 샤이흐 외에는 누구에게도 주지 않고 홱 나가버렸다. 그러자 샤이흐는 강의도 마다하고 그를 따라 문을 나섰다. 학생들은 기다리고 또 기다려도 그가 나타나지 않아 그를 찾아나섰으나 도대체 오리무중이었다. 그러다가 몇년 후에 샤이흐가 홀연히 돌아왔는데, 알 수 없는 페르시아의 파운시[28]만 중얼대는 것이다. 그러나 학생들은 여전히 그를 따랐다. 그가 토로하는 시구들을 한데 엮어 『쌍행시』(雙行詩, *al-Mathnawī*)란 시집을 출간하였다. 이곳 사람들은 이 시집을 그의 훈계로 믿고 대단히 소중히 여기면서 매주 금요일 저녁이면 자위야들에서 일제히 독송까지 한다. 이 도시에는 또한 이 샤이흐 잘랄룻 딘의 스승이었다는 법학자 아흐마드의 묘소도

27. 본명은 무함마드 븐 무함마드 븐 후싸인(1207~73)이다. 하나피야파의 법학자이고 은둔시인이며 물라위야파(al-Mūlawiyah)의 창시자다. 저서로는 페르시아어로 쓴 시집 『쌍행시』 등이 있다.

28. 파운시(破韻詩, sha'r mutaghalliq)란 각운(脚韻)을 무시한 시다.

있다.

이어 우리는 라잔다(al-Lāzandah)시[29]에 도착하였다. 아름다운 도시로서 물도 많고 화원도 많다. 이 도시의 쑬탄은 바드룻 딘 븐 까르만이다. 그전에는 그의 형제인 무싸가 쑬탄이었는데, 나쉬르왕에게 양위하였다. 왕은 대리인과 함께 아미르 한명과 군사들을 이곳에 파견하였다. 그러나 후일 쑬탄 바드룻 딘이 이곳을 장악하고 도성을 건설하자 형세가 날로 호전되어 갔다. 나는 시외에서 사냥 갔다 돌아오는 쑬탄과 마주쳤다. 내가 말에서 내리자 그도 따라 말에서 내렸다. 내가 인사를 하자 그는 나에게로 다가왔다. 이곳 제왕들의 관행으로는 손님이 하마하면 그들도 따라 하마하면서 손님의 소행을 칭찬하고 환대도 커진다. 만일 손님이 승마한 채 인사를 하면 이것은 그들을 업신여기는 것으로 보고 불쾌해하며, 따라서 손님은 홀대를 당할 수도 있다. 사실 나에게는 그러한 경험이 있는데, 후술할 것이다. 내가 인사를 마치자 쑬탄은 다시 상마하고 나도 상마하였다. 그는 나의 근황과 어디에서 왔는가 등을 물었다. 나는 그와 함께 입성하였다. 그는 내가 가장 좋은 곳에 묵도록 하고는 은쟁반에다 많은 음식과 과실, 당과류를 담아서 보내왔다. 뿐만 아니라, 초와 의상 그리고 타고 갈 것까지 일일이 챙겨주었다. 정말로 극진한 배려였다. 그러나 그곳에서 오래 머물 수는 없었다.

이곳을 떠나 당도한 곳은 아끄쏴라(Aqṣarā) 시다. 룸지방에서는 가장 단아한 도시의 하나로서 사방에 샘이 있고 화원으로 빙 둘러싸여 있으며, 시내를 3개의 내가 관류하고 있다. 집집마다 물이 흘러들어가고 수목이 우거지며 포도넝쿨이 주렁주렁하다. 시내에는 또 많은 화원이 있다. 이곳 특유의 양모주단을 생산해서 샴이나 이집트, 이라크, 인도, 중국, 터키 등 여러지역에 수출한다. 이 도시는 이라크왕의 치하에 있다. 우리는 아미르 아르타나의 대표인 성예 후싸인의 자위야에 투숙하였다. 아르타나는 룸지방을 다

29. 현 까흐르만(Qahrmān)이다.

스리는 이라크왕의 대표다. 이 성예는 아히조직의 성원으로서 예하에 추종자가 많다. 여타 아히조직 성원들이 해준 것처럼, 그 역시 우리를 극진히 대접하였다.

다음으로 우리는 나크다(Nakdah) 시에 도착하였다. 이곳은 이라크왕의 관할지역이다. 큰 도시로서 건물이 많으나 일부는 이미 폐허가 되었다. 시내에는 흑하(黑河, al-Nahru'l Aswad)라는 강이 흐르고 있다. 흑하는 꽤 큰 강으로서 3개의 다리가 놓여 있다. 하나는 시내에, 다른 두 개는 시외에 있다. 시 내외를 막론하고 강가에는 수차(水車)를 설치하여 과수원에 물을 대고 있다. 그래서 과수가 무성하다. 우리는 아히조직 성원인 자루끄의 자위야에 묵었다. 그는 이 도시의 아미르로서 아히조직 방식대로 우리를 접대하였다. 그곳에서 3일간 체류하였다.

그리고 나서 우리가 도착한 곳은 까이싸리야(Qaisāriyah)시[30]다. 이곳 역시 이라크왕의 관할지다. 이 지역에서는 큰 도시의 하나로서 이라크군이 주둔하고 있으며 앞에서 언급한 아미르 알라웃 딘 아르타나의 후처(Khātūn)가 살고 있다. 그녀는 아미르의 처첩 중에서 가장 너그럽고 후덕한 여인이다. 그녀는 이라크왕의 일족으로서 '아가'(Aghā)라고 부른다. '아가'는 '크다'는 뜻으로, 누구든 쑬퇀과 혈연관계가 있으면 '아가'라고 부른다. 그녀의 실명은 퇴가 하툰이다. 내가 찾아갔을 때, 그녀는 일어나서 친절히 인사하고 이야기를 해주었다. 즉석에서 음식을 차려오게 하여 우리와 함께 들었다. 집에 돌아오자 그녀는 안장과 굴레까지 씌운 말 한 필과 의상 그리고 얼마간의 은화를 시중꾼을 시켜 보냈다. 그러나 나는 정중히 반벽(返璧)하였다.

이곳에서 우리는 아히조직 성원인 아미르 알리의 자위야에 유숙하였다. 그는 이곳 아히조직 내의 고위아미르로서 시의 유지들과 요인들이 그를 따

30. 샴(현 시리아) 해안에 있는 큰 도시로서 팔레스타인의 행정구역에 속한다. 티바리야(Ṭibariyah)로부터 3일 거리에 있으며 바니 쌀주끄(Banī Saljūq) 왕의 본향이다.

르고 있었다. 그의 자위야는 실내장식이나 등불, 푸짐한 음식 그리고 정교함에서 단연 돋보인다. 그의 고관요직 친구들은 매일밤 여기에 모여서는 다른 사람들보다 몇배의 정성으로 손님을 접대한다. 이곳 관례로는 만약 쑬톼이 잠시 부재중이면 아히조직의 두령이 곧 치자(治者)가 되어 손님에게 마필을 제공하고 의상을 선물하는 등 가급적 최선을 다한다. 손님을 보살펴준다든가, 무엇을 선물한다든가, 마필을 갖추어준다든가 하는 그의 조처는 왕들이 취하는 조처 그대로다.

그곳을 떠나 이른 데는 씨와쓰(Sīwās) 시다. 이 도시 역시 이라크왕의 관할지인데, 관할지치고는 이 지역에서 가장 큰 고장이다. 이곳에 아미르들과 세리(稅吏)들의 저택이 있다. 건물들이 훌륭하고 거리는 널찍하며 시장은 사람들로 붐빈다. 이곳에는 마드라싸 비슷한 곳이 있는데 성예원(聖裔院, Dāru'd Siyādah)이라고 한다. 여기에는 성예들만이 머물 수 있으며 원장만 원 내에 거주한다. 성예들이 체류하는 동안에는 숙식과 초 등이 공급되며 떠날 때는 후량도 마련해준다. 우리가 이곳에 도착했을 때 바즈까지(Bajqajī)[31] 아히조직 성원들이 출영하였다. '바즈끄'(bajq)는 터키어로 '칼'이란 뜻으로서 '바즈까지'는 이 말에서 유래된 것이다. 출영자들 중에서 어떤 사람은 말을 타고, 또 어떤 사람은 걸어서 왔다. 이윽고 우리는 잘비(Jalbī) 아히조직 성원들을 만났다. 잘비는 아히조직의 고위 요원으로서 지위상에서는 바즈까지보다 더 높다. 그들은 우리더러 자기들과 함께 있자고 하였으나 바즈까지 패들과 이미 선약을 했기 때문에 그럴 수는 없었다.

우리는 출영자들과 함께 시내에 들어갔다. 그들은 이만저만 좋아하는 게 아니었다. 우리에게 선참으로 온 사람들은 우리가 그들과 함께 있게 된 데

31. 터키어로 '바즈끄'(bajq)는 '칼'이고 '지'(jī)는 '사람'이란 뜻이다. 따라서 '바즈까지'는 '칼 가진 자' 혹은 '칼을 만드는 자'란 뜻이다. 이 터키어의 '지'가 아랍어에 차용되어 하나의 합성어를 이루는 경우가 있다. 예컨대 '까흐와'(커피)와 '지'가 합성하여 '까흐와지'(qahwajī), 즉 '커피 만드는 자'란 합성어가 된다.

대해 그렇게 반가워할 수가 없었다. 그들은 앞사람들과 마찬가지로 음식이나 목욕, 숙소 등에서 봉사를 아끼지 않았다. 우리는 최선의 대우를 받으면서 그들한테서 3일간을 지냈다.

그러던 차에 법관과 몇몇 학생이 우리를 찾아왔다. 그들과 함께 이라크왕의 대표인 아미르 알라웃 딘 아르타나가 보낸 말도 있었다. 우리는 보내온 말을 타고 법관을 따라 떠났다. 아미르 알라웃 딘은 저택 현관에까지 나와서 우리를 맞이하였다. 그는 안부를 묻고 환영을 표시하였는데, 아랍어를 유창하게 하고 있었다. 아미르는 이라크인들과 아스바한(Aṣbahān, 즉 아스파한), 쉬라즈, 키르만, 그리고 쑬퇀들에 관하여 이것저것 물었다. 그는 은근히 내가 너그러운 사람에게는 감사를, 인색한 사람에게는 비난을 할 것을 바랬다. 그러나 나는 그렇게 하지 않고 모두에게 감사하다고 했다. 그랬더니 그는 오히려 기뻐하면서 나에게 사의까지 표하였다.

그러는 사이에 음식이 나와서 우리는 함께 들었다. 그리고 나서 아미르는 "이제는 내가 당신들을 접대해야 하겠습니다"라고 말하였다. 이때 아히 조직의 잘비가 끼여들어 "그분들은 여태껏 저의 자위야에 머문 바 없습니다. 그래서 이젠 저희한테로 가야 하겠습니다. 저희한테까지 안내하는 것으로서 당신의 접대는 족한 것 같습니다"라고 제언하였다. "그럼, 그렇게 하죠." 아미르의 응답이다. 그래서 우리는 잘비의 자위야로 옮겼다. 우리는 잘비와 아미르의 후대를 받으면서 거기에 6일간 머물렀다. 아미르는 우리에게 말과 의상, 은화 등을 보내왔다. 그리고도 여러곳에 있는 자신의 대표들에게 친서를 띄워 우리를 잘 접대하고 후량을 마련해주라고 분부까지 하였다.

여기로부터 우리는 아마쉬야(Amāṣiyah) 시에 도착하였다. 크고 훌륭한 도시로서 내도 있고 화원이나 수목, 과수 등도 제법 있다. 냇가에는 수차를 설치하여 꽃밭에 물을 대고 집집마다 물을 보내고 있으며 거리나 시장은 넓은 편이다. 이곳 통치자는 이라크왕이다.

이 도시의 부근에도 역시 이라크왕의 치하에 있는 쑤나씨(Sūnasī) 읍이 있다. 이 읍에 지고한 알라의 수혜자인 아부 압바쓰 아흐마드 라파이의 자손들이 살고 있다. 그들 중에는 자위야의 샤이흐이며 라파이파(al-Rafā'ī)의 계승자[32]인 샤이흐 잇줏 딘이 있다. 그에게는 알리와 야히란 두 형제 샤이흐가 있는데, 그들 모두는 샤이흐 아흐마드 쿠자크의 아들이다. '쿠자크'(Kūjak)는 '작은'이란 뜻이다. 그들의 조부는 타즛 딘 라파이다. 우리는 그들의 자위야에 체류하였는데, 그들이야말로 출중하게 고상한 사람들이다.

여기로부터 우리는 쿠미시(Kumish) 시에 이르렀다. 이곳 역시 이라크왕의 관할지다. 번화한 큰 도시로서 이라크나 샴 상인들이 내왕한다. 여기에는 은광(銀鑛)이 있다. 여기에서 2일간 거리에 험준한 고산(高山)이 있는데, 나는 가보지는 못했다. 우리는 마즈둣 딘이 이끄는 아히조직의 자위야에 손님으로 3일간 머물렀다. 자위야 사람들도 역시 이 조직의 다른 성원들과 마찬가지로 우리를 환대하였다. 아미르 아르타나의 대표가 친히 찾아와 여러가지 대접을 하고 후량까지 마련해주었다.

다음으로 도착한 곳은 아르잔잔(Arzanjān)시[33]다. 이곳 역시 이라크왕의 관할지다. 큰 도시로서 번화하며 주민의 대부분은 아르메니아인(al-Armān)[34]들이다. 무슬림들도 터키어를 사용하며, 거리는 질서정연하다. 이곳 이름을 딴 질좋은 피륙이 생산되며, 동광(銅鑛)도 있다. 주민들은 동으로 여러가지 명기(皿器)와 앞에서 이야기한 바 있는 유등(油燈)을 만든다.

32. 원문은 '라파이(al-Rafā'ī) 학파의 주단(Sajjadah, 예배용 주단)의 주인'이나, 그 뜻이 전화되어 '라파이학파의 계승자'로 풀이한다.
33. 현지인들은 '아르잔칸'(Arzankān)이라고 발음한다. 아주 아름다운 곳으로서 관광지이며 주민의 대부분은 아르메니아인들이며 무슬림들도 있는데, 그들은 대개 상류층이다.
34. 아르메니아(Armenia)는 카스피해 서남방에 있는 세판, 부안, 우르미야 3개 호수를 중심으로 한 고원지대를 지칭한다. 지금은 터키와 이란에 소속된 부분을 제외하고 구소련에서 독립된 나머지 부분을 지칭한다. 기원전 1세기에 아르메니아왕국이 번성한 바 있다. 아르메니아인의 원조는 기원전 1세기경에 부안호(湖) 부근에 거주한 하이족과 발칸반도에서 동진한 아르멘족과의 혼혈족이다. 여기에 스키타이도 일부 혼혈되었다. 7세기 이슬람세력의 진입을 계기로 이들은 주변 여러나라에 이주하여 주로 상업활동에 종사해왔다.

그 유등은 우리네의 등대 모양새다. 우리는 아히조직의 두령 니좌뭇 딘의 자위야에 투숙하였는데, 그 자위야야말로 일품이다. 니좌뭇 딘은 아히조직의 모범성원이자 고위급에 속하는 인물로서, 우리는 그로부터 최상의 대접을 받았다.

이곳을 떠나서 당도한 곳은 아르주룸(Arzu'l Rūm) 시다. 이 도시 역시 이라크왕의 치하에 있으며 부지는 넓지만 두 파의 터키인들간의 분쟁으로 인해 대부분이 파괴되었다. 시내를 3개의 내가 관통하고 있으며 대부분 가정은 각종 수목과 포도나무가 우거진 화원을 가꾸고 있다. 우리는 고령의 투만이 두령으로 있는 아히조직의 자위야에 머물렀는데, 그의 연세는 130을 넘었다고 한다. 그는 지팡이에 의지해 발걸음을 겨우 떼고 있지만, 정신은 말짱하다. 제시간에 꼭꼭 예배를 근행하며, 단식만 못할 뿐, 별다른 이상은 없다. 그는 친히 우리에게 음식을 대접하였으며, 그의 아들들이 우리의 목욕시중까지 들어주었다. 우리가 머문 이튿날, 그와 작별하려고 하자 그는 퍽 아쉬워하면서 "자네들이 그렇게 하는 것은 곧 내 체면을 깎아내리는 일인즉, 적어도 3일간은 나의 대접을 받아야 하네"라고 말하였다. 그래서 우리는 그와 함께 사흘을 지냈다.

## 4. 비르키시와 쑬퇀

다음으로 우리는 비르키(Birkī) 시로 출발하여 신시 후에 도착하였다. 웬 사람을 만나서 아히조직의 자위야가 어디 있는가고 물으니 그는 "제가 그리로 안내하지요"라고 선뜻 대답하였다. 우리는 그를 따라갔다. 그런데 그는 우리를 자기집으로 데리고 가는 것이 아닌가. 집에는 화원이 하나 딸려 있다. 우리더러 옥상 평대(平臺)에 있으라고 하였다. 몹시 무더운 때이지만, 나무는 무성하다. 주인은 여러가지 과실을 가져다주면서 우리를 친절하게 대해주고 우리가 타고 온 말들에게도 먹이를 주었다. 그날밤은 그의 집에서 보냈다.

우리는 이 도시에 무힛 딘이라는 고명한 교사 한 분이 있다는 것을 알고 있었다. 그 교사의 학생인 집주인은 우리를 마드라싸로 안내하였다. 마드라싸로 막 가는 참인데, 교사는 아주 영리하게 생긴 노새를 타고 우리한테로 오고 있었다. 노복들과 시중꾼들은 양옆에, 학생들은 앞에서 그를 호위하고 있었다. 그는 금실로 수놓은 화려한 돕지(mufarraj, 개금開襟)옷을 입고 있었다. 우리가 그에게 인사를 건네자, 그는 우리를 환영한다고 인사하는데, 인사도 인사거니와 말이 천상유수다. 마드라싸에 오자 그는 내 손을 꼭잡고 자기 곁에 앉히는 것이다. 이윽고 법관 잇줏 딘 파르샤티가 왔다. '파르샤티'(farshatī)는 '천사'란 뜻이다. 그는 신앙이 돈독하고 청렴하며 덕행 또한 고상하기 때문에 이러한 칭호를 얻게 되었다. 그는 교사의 오른켠에 자리하였다.

교사는 기본학문과 파생학문 등에 관해 강술하기 시작하였다. 강술이 끝나자 마드라싸 내의 자그마한 방 하나를 마련해 내부를 꾸미게 하고는 나더러 그 방을 쓰라고 하였다. 그리곤 극진한 환대를 베푸는 것이었다. 저녁 예배 후에는 사람을 보내와 우리를 초청하였다. 내가 그한테로 갔을 때, 그는 화원에 앉아 있었다. 거기에는 수조가 하나 있는데, 타일벽으로 된 흰 대리석 못에서 물이 졸졸 흘러들어가고 있다. 그의 앞 좌우에는 일군의 학생들과 노복들, 시중꾼들이 서 있다. 교사는 화려하게 수놓은 방석 위에 앉아 있는데, 언뜻 보면 어느 왕을 연상케 한다. 그는 나를 보자 일어서 맞이하고서는 나의 손을 잡아 자신의 곁 방석 위에 앉히는 것이었다. 그리곤 음식을 함께 들었다. 식사 후 마드라싸로 돌아왔다. 그날밤에 온 학생들은 모두가 그의 문하생들이라고 한 학생이 귀띔하였다. 관례상 학생들은 매일밤 교사한테 가서 한바탕 얻어먹곤 한다.

이 교사는 쑬퇀에게 서한을 보내 우리의 소식을 전하면서 우리를 칭찬까지 하였다. 쑬퇀은 폭염 때문에 산속에서 피서하고 있었다. 산속이 시원해서 그는 늘 거기서 피서를 한다. 그가 바로 쑬퇀 무함마드 븐 아이딘이다. 그는 관후장자(寬厚長者)다운 훌륭한 쑬퇀이다. 교사가 서한을 보내 내 소식을 알리자 쑬퇀은 대표를 보내 나를 오라고 하였다. 그러나 교사는 재차 사람을 보낼 때까지 잠자코 있으라고 하였다. 기실 당시 교사는 발에 종기가 생겨서 말을 탈 수가 없었다. 그래서 마드라싸에도 발길을 끊었다. 얼마 후 쑬퇀은 다시 사람을 보내와 나를 오라고 하였다. 이에 교사는 안타까움을 금치 못한 채 "나는 말을 탈 수 없지 않소. 원래 내 목적은 당신과 함께 쑬퇀한테 가서 당신에게 필요한 일들을 결정짓자는 것이었소"라고 말하였다. 그리곤 천으로 종기 난 발을 칭칭 감고는 말에 올라탔다. 그러나 발을 등자에 올려놓을 수는 없었다. 나와 동료들도 말에 올랐다.

우리는 잘 닦아놓은 길을 따라 산으로 올라갔다. 해가 기울어서야 쑬퇀의 거처에 당도하였다. 우리는 냇가의 호두나무 그늘 밑에다가 자리를 잡았다. 그런데 공교롭게도 때마침 쑬퇀은 막내아들 쑬라이만이 사위인 쑬퇀 아르한 베크[35]에게 도찬(逃竄)한 일로 하여 근심걱정에 싸여 있었다. 우리의 도착 소식을 들은 쑬퇀은 하드르 베크와 오마르 베크 두 아들을 우리에게 보냈다. 그들은 먼저 법학자(즉 교사—옮긴이)에게 인사를 하였다. 법학자가 나에게 인사를 하라고 시키자 그제서야 나를 보고 인사를 하였다. 그들은 나의 근황과 어디에서 왔는가고 물어보고는 훌쩍 돌아가버렸다. 쑬퇀은 나에게 하르까(Kharqah)라는 이동식 천막을 보냈다. 나뭇가지들을 무어 돔처럼 지은 천막인데 펠트(모전)를 씌우게 되어 있다. 바드한즈(badhanj)와 같이 꼭대기에는 구멍이 있어서 빛이나 바람이 들어오게 하였다. 필요할 때는 그 구멍을 막게 되어 있다. 깔 것도 가져왔기에 바닥에 깔았다. 법학자와 나는 천막 안에 앉고 일행은 모두 바깥 호두나무 그늘 밑에 앉아 있

35. 오스만족의 제2대 정복자로서 모든 오스만 쑬퇀의 시조이다.

었다. 그곳은 어찌나 춥던지, 그날 밤 말 한 필이 얼어죽기까지 하였다.

교사는 얼마나 어진 분이었던지, 다음날 말을 타고 쑬톼한테 가서 나에 관해 이야기를 하였다. 그는 돌아와서야 나에게 그렇게 했다고 알려주었다. 그러자 쑬톼으로부터 소견(召見)하겠다는 전갈이 왔다. 우리가 쑬톼의 관저에 이르자 그는 일어서서 우리를 맞이하였다. 그에게 인사하고 나서 모두 착석하였다. 법학자가 그의 오른쪽에 앉고 나는 법학자 다음석에 앉았다. 쑬톼은 나에게 근황과 어디에서 왔는가고 물었다. 또 히자즈와 이집트, 샴, 예멘, 이라크 그리고 페르시아 지방에 관해 두루 물었다. 이윽고 음식이 들어와서 잘 먹고 자리를 떴다. 쑬톼은 여타 터키인들이 하는 식으로 쌀과 밀가루, 유락을 양의 유위(瘤胃, kirsh)[36]에 싸서 보냈다. 우리는 그곳에서 며칠 보냈는데, 쑬톼이 매일같이 식료품을 보내줘서 그것으로 음식을 만들어먹었다.

어느날 오후에 쑬톼이 우리를 찾아왔다. 법학자가 맨 앞에 앉고 나는 그의 왼편에, 쑬톼은 그의 오른편에 앉았다. 터키인들은 법학자에 대한 존대로 이렇게 자리배치를 한다. 쑬톼은 나더러 사자——그에게 평화를——의 성훈(聖訓)을 몇절 써달라고 하였다. 내가 써내자 법학자는 즉시 그에게 보여드렸다.

쑬톼은 법학자에게 터키어로 해석을 붙여달라고 하고는 자리에서 일어나 나갔다. 그는 호두나무 밑에서 하인들이 우리를 위해 음식을 짓는데, 부식물이나 채소가 변변치 못한 것을 보고는 화가 나서 창고장을 당장 처벌하라고 호통을 쳤다. 그리곤 조미료와 유락을 보내왔다.

산에서 하루하루 무료하게 보내자니 갑갑증이 나서 나는 그만 떠나려고 하였다. 교사 역시 이러한 생활이 지겨웠던지 쑬톼에게 사람을 보내 내가 떠나려 한다고 일러주었다. 다음날 쑬톼은 대표를 보내 교사와 터키어로

36. 새김위의 제1실이다.

무슨 말인가 주고받았다. 그때 나는 터키어를 알지 못했었다. 대표는 교사의 물음에 무언가 대답하고는 자리를 떴다. 교사는 나에게 "그가 무어라고 말했는지 알겠소?"라고 물었다. "그가 말한 것을 저는 통 모르겠습니다." 나의 대답이다. "쑬퇀이 나에게 대표를 보내와 당신에게 무엇을 선사했으면 좋겠는가고 물었소." 교사의 말에 나는 이렇게 응답하였다. "쑬퇀에게는 금이나 은, 말, 노복들이 있으니 내키는 대로 주시지요." 그러자 교사는 쑬퇀한테로 갔다가 돌아와서 하는 말인즉 "쑬퇀은 당신더러 오늘 하루 더 있다가 내일 자기와 함께 하산하여 시내에 있는 관저로 돌아가자고 합니다"라고 하는 것이다. 다음날, 쑬퇀은 준마 한 필을 보냈다. 우리는 그와 함께 시내에 들어갔다. 앞에 이야기한 법관 등 많은 사람들이 출영하였다. 우리는 그와 함께 관저에 도착하였다. 그가 관저 문앞에서 하마하자 나는 교사와 같이 마드라싸쪽으로 발길을 돌렸다. 그랬더니 쑬퇀은 우리더러 함께 관저에 들어가자고 청하는 것이었다.

우리가 관저의 현관에 이르렀을 때 거기에는 약 20명의 시종들이 있었다. 모두가 미끈한 생김새에 비단옷을 입고 약간 홍조를 띤 희멀끔한 피부색에 머리는 양쪽으로 가르마를 탔다. 내가 교사에게 "이 청순한 얼굴들은 다들 어디서 왔습니까?"라고 묻자, 그는 "룸 청년들입니다"라고 대답하였다. 우리는 쑬퇀과 함께 계단을 올라갔다. 화려한 응접실 한가운데에 연못이 있다. 연못의 네 귀에는 구리 사자상이 조각되어 있다. 사자들의 입에서는 물이 뿜어나온다. 응접실에는 주단을 깐 좌대(座臺)들이 빙 둘러 있는데, 제일 높은 좌대는 쑬퇀의 것이다. 우리가 쑬퇀의 좌대 앞에 다가서자 쑬퇀은 손으로 자신의 좌대를 밀어제치고 우리와 함께 평좌대에 앉았다. 교사가 그의 오른쪽에 앉자 법관은 교사의 다음에 그리고 나는 법관의 다음에 착석하였다. 독경사들은 맨 마지막 좌대에 앉았다. 쑬퇀이 가는 곳마다 독경사들이 그림자처럼 따라다닌다.

이윽고 레몬즙과 함께 장미수가 홍건한 금은제 쟁반이 들어왔다. 쟁반에는 조그마한 과자가 담겨져 있고 금은제 숟가락도 놓여 있다. 이러한 쟁반과 함께 꼭같은 물건을 담은 자기쟁반도 들어왔는데, 거기에는 나무숟가락이 놓여 있다. 독실한 신자라면 자기쟁반과 나무숟가락을 쓴다.[37] 나는 쑬퇀에게 감사하다는 인사를 하였고, 교사도 치하를 보냈다. 없지 않아 나는 좀 과장했는데도 쑬퇀은 못내 감탄하면서 기뻐하였다.

어느날, 쑬퇀과 자리를 함께 하고 있는데, 웬 샤이흐 한 사람이 들어왔다. 그는 머릿수건을 했는데, 짧은 앞머리카락이 삐죽이 나와 있다. 쑬퇀은 그에게 인사하고 법관과 교사는 자리에서 일어섰다. 샤이흐는 쑬퇀의 바로 앞 좌대에 앉았다. 독경사들은 그의 다음에 자리하였다. "이 샤이흐는 누구십니까?"라고 내가 교사에게 물었다. 그러나 그는 빙그레 웃기만 하고 묵묵부답이다. 나는 재차 물었다. 그러자 그는 "이 사람은 유태족 의사인데, 우리 모두에게 필요한 사람이기 때문에 당신이 보다시피 우리는 그 앞에서 일어나야만 하는 것이지요"라고 대답하였다. 듣고 보니 울화가 치밀었다. 그래서 그 유태인에게 "이 저주받을 놈아, 이 저주받을 놈의 자식아, 네가 유태인인데 어떻게 감히 『꾸란』 독경사의 앞에 앉는다는 말인가?"라고 하면서 나는 큰 소리로 그를 나무랐다. 그러자 쑬퇀은 어안이 벙벙하여 내 말뜻을 묻기에 교사가 그것을 알려주었다. 화가 난 유태인은 더없이 험상궂은 모습으로 응접실을 휙 빠져나갔다. 우리가 자리를 뜰 때, 교사는 "참 잘하였소. 당신에게 알라의 축복이 있기를 기원하오. 당신 같은 사람이니 감히 그에게 그런 말을 할 수 있지. 당신은 그 사람의 버르장머리를 고쳐주었소"라고 동조하였다.

그자리에서 쑬퇀은 나에게 "하늘에서 떨어진 돌을 본적이 있는지요?"라고 물었다. "보지도 듣지도 못했습니다." 나의 대답이다. 그러자 그는 "우리네 시의 교외에 돌 하나가 하늘에서 떨어진 것이 있습니다"라고 말하고는

37. 이슬람교법에는 사치를 피하기 위해 금은제 그릇을 될수록 사용하지 않도록 하고 있다.

사람들을 시켜 그 돌을 가져오라고 하였다. 가져온 돌은 반들반들 윤택이 나는 아주 단단한 검은 돌인데, 무게는 1낀톼르(qinṭār)[38] 정도 되는 것 같았다. 쑬퇀은 석공을 불러오라고 하였다. 4명의 석공이 오자 돌을 한번 때려보라고 하였다. 철망치로 한 사람이 4번씩 때려댔으나 돌은 끄떡도 하지 않는다. 참, 신기한 일이 아닐 수 없다. 쑬퇀은 돌을 제자리에 가져다놓으라고 하였다.

우리가 쑬퇀과 함께 시내에 돌아온 3일째에 쑬퇀은 큰 잔치를 베풀었다. 수행자들과 샤이흐들, 군 지휘관들과 시내 유지들을 대거 초청하여 음식을 대접하였다. 식후에 독경사는 낭랑한 목소리로 『꾸란』을 독송하였다. 그리고 나서 우리는 마드라싸 내의 숙소로 돌아왔다. 쑬퇀은 매일밤 음식과 과실, 당과류, 초 등을 보냈다. 나에게는 1백 미스깔[39]의 금과 1천냥의 은화 그리고 의상 한 벌과 말 한 필, 미하일(Mikhāiīl)이란 남종 한 사람을 보냈다. 나의 일행에게도 의상과 은화를 보냈다. 이 모든 것은 교사 무핫 딘의 조언에 의한 것이다. 지고한 알라께서 그에게 시사(施捨)하시기를 기원하는 바이다. 우리는 쑬퇀과 작별하고 다시 발정(發程)하였다. 쑬퇀과는 산중과 시내에서를 합쳐 모두 14일간 함께 지냈다.

## 5. 티라에서 바르가마까지

다음으로 티라(Tīrah) 시에 도착하였다. 이곳은 위 쑬퇀의 관할지다. 내와 화원이 있고 과실도 나는 아름다운 도시다. 우리는 아히조직의 두령 무함마드의 자위야에 머물렀다. 무함마드는 대수행자의 한 사람으로서 항시 금식을 하며, 그에게는 도반들이 많다. 그는 우리를 초대하고 우리를 위해

38. 무게단위로 1낀톼르는 44.928kg에 해당한다.
39. 미스깔에 관해서는 3장 주43 참고.

기도도 하였다.

이곳을 떠나 아야 쑬루끄(Ayā Sulūq)시[40]에 이르렀다. 룸인들이 숭앙하는 고도다. 이곳에는 큰 돌로 지은 대교회당(Kanīsah)이 있는데, 돌 하나의 길이가 약 10완척쯤 되지만 아주 정교하게 다듬어져 있다. 이 도시에 있는 대사원은 세상에서 가장 뛰어난 사원의 하나로서 비할 바 없이 아름답다. 원래는 룸인들이 각지에서 몰려와 참배하는 교회당이었으나, 무슬림들이 이 도시를 정복하자 이슬람대사원으로 개조하였다. 벽에는 채색 대리석을 붙이고 바닥은 흰 대리석을 깔았으며, 지붕은 연박(鉛箔)으로 덮었다. 사원 내에는 각양각색의 돔 11개가 있으며, 돔마다의 한가운데에는 연못이 있다. 사원의 가운데를 내가 뚫고 지나가는데, 냇가에는 여러가지 수목이 자라고 포도넝쿨과 재스민 받침대들이 즐비하게 늘어서 있다. 사원에는 15개의 문이 있다.

이 도시의 아미르는 쑬퇀 무함마드 븐 아이딘의 아들인 하드르 베크이다. 나는 라키(Rakī)에서 아버지와 함께 있는 그를 처음으로 본 후 이 도시의 교외에서 그를 다시 만났다. 그때 나는 말을 탄 채로 그에게 인사를 했다. 그랬더니 그는 나를 아니꼽게 보았고, 급기야는 그것이 그가 나를 홀대하는 원인이 되었다. 그들의 관례로는 손님이 말에서 내리면 상대방도 따라 내리면서 이를 흡족하게 여긴다. 아니나 다를까, 아미르는 나흐(nakh)라는 금실로 수놓은 비단옷 한 벌만을 보내왔다. 나는 그곳에서 금화 40디나르를 주고 룸족 처녀 여종을 한 명 구했다.

다음으로 우리는 야즈미르(Yazmīr)시[41]로 갔다. 해변가에 있는 큰 도시이기는 한데, 대부분이 폐허였다. 도시의 위쪽에 보루만 하나 덩그러니 남아 있다. 우리는 샤이흐 야아꾸브의 자위야에 머물렀다. 그는 아흐마디야파의 샤이흐로서 청렴후덕한 사람이다. 우리는 시외에서 샤이흐 앗줏 딘 븐

40. 현 쌀주크(Saljūk)다.
41. 현 아즈미르(Azmīr)다.

아흐마드 라파이를 만났다. 고위샤이흐의 한 명인 샤이흐 자드 아클라튀가 그와 함께 있었다. 또한 1백 명의 심란한 수행자들이 그와 함께 있었는데, 이 도시의 아미르는 그들을 위해 천막 몇개를 지어주었다. 한번은 샤이흐 야아꾸브가 연회를 열었기에 나도 참석하여 그들을 만났다.

이 도시의 아미르는 오마르 베크 븐 쑬퇀 무함마드 븐 아이딘인데, 그의 저택은 보루 안에 있다. 우리가 그곳에 갔을 때 그는 부친한테 가고 부재중이었다. 우리가 그곳에서 5일간 묵자, 그제서야 그가 돌아왔다. 고맙게도 그는 내가 머물고 있는 자위야까지 친히 찾아와 인사를 하면서 미안하다고 하였다. 그는 우리에게 극진한 환대를 베풀었는데, 나에게 니꿀라라는 룸 출신의 늠름한 시종과 캄하(Kamkhā)[42] 두 필을 보냈다. 캄하는 바그다드나 타브리즈, 니싸브르, 중국 등지에서 생산되는 일종의 비단천이다. 아미르의 예배를 인도하는 법학자의 말에 의하면, 아미르에게는 시종이라곤 너그럽게도 나에게 보내온 그 시종 한 사람밖에 없다고 한다. 그에게 알라의 자비가 있기를 기원하는 바이다. 아미르는 샤이흐 앗줏 딘에게도 안장을 갖춘 말 3필과 은화가 가득한 미슈라바(mishrabah)라는 은기(銀器) 그리고 나사(羅紗, malaf), 융단(絨緞, mar'az), 까싸(qasā),[43] 캄하 등 천과 남녀 시종들을 보냈다.

원래 이 아미르는 너그럽고 청렴한 사람으로서 자주 성전(聖戰)을 벌였다. 그는 여러대의 공격용 전함(戰艦)을 소유하고 있어서 대콘스탄티노플 방면에 자주 타격을 가한다. 포로나 전리품은 사급(賜給)에다 써버리고는 다시 성전을 재개하곤 한다. 그가 룸인들을 하도 짓밟으니까 그들은 교황에게 하소연하였다. 그러자 교황은 제노바(Januwah)와 프랑크(Ifrānsah)의 기독교도들에게 이 아미르를 정토하라고 명령하고 루미야(Rūmiyah)[44]에

42. 페르시아어로 단자(緞子)나 화단(花緞)을 말한다.
43. 마와 비단을 섞어서 무늬를 넣어 짠 천이다
44. 룸의 수부(首府)로서 콘스탄티노플의 서북쪽에 있다.

서 정토군을 조직하였다. 그리하여 연일 여러 대의 전함으로 야즈미르시를 야습(夜襲)한 끝에 부두와 시가지 전체를 공략하였다. 아미르 오마르는 보루에서 내려와 싸우다가 진몰(陣沒)하였으며, 그의 부하들도 함께 전사하였다. 기독교도들이 비록 도시는 장악하였으나 보루만은 너무나 튼튼하여 깨뜨릴 수가 없었다.

우리가 야즈미르시[45]를 출발해 도착한 곳은 마그니씨야(Maghnīsiyah)시이다. 우리는 아라파일(Yaumu'l 'Arafah)[46] 저녁에 도착하여 아히조직의 한 두령이 운영하는 자위야에 여장을 풀었다. 산기슭에 있는 크고 아름다운 도시로서 시내에는 여러개의 내와 많은 샘이 있고 화원이나 과실도 흔하다. 쑬퇀은 쏴르한이라는 사람이다. 우리가 이곳에 도착했을 때, 쑬퇀은 몇달 전에 죽은 아들의 묘에 가 있었다. 그와 죽은 아들의 생모는 명절날 밤이나 아침이면 꼭 아들의 묘에 간다. 아들의 시체는 향료방부제로 염을 하여 주석도금한 철피를 씌운 목관에 넣었다. 처음에는 냄새가 빠지라고 관을 천장이 없는 돔 안에 얹어놓았다가 냄새가 빠지자 돔에 천장을 덮고 관을 땅바닥에 내려놓았다. 관 위에는 사자가 생전에 입던 옷이 놓여 있다. 나는 다른 왕들도 이렇게 하는 것을 수차 목격하였다. 우리는 묘지에 찾아가서 쑬퇀에게 인사를 하고 함께 명절예배를 올린 다음 자위야로 돌아왔다.

나의 시종이 내가 타고 온 말을 받아서는 일행의 한 시종과 함께 물을 먹이러 갔다. 그러나 종시 돌아오지 않았다. 저녁때가 다 되었는데도 종무소식이다. 이때 이 도시에는 무슬리훗 딘이라는 훌륭한 법학자이며 교사가 있었다. 그는 나와 함께 쑬퇀에게로 가서 이 일을 알렸다. 쑬퇀이 사람을 보내 그 두 시종을 찾았으나 허사였다. 한창 명절이라 사람들은 겨를이 없었다. 그새 이 두 시종은 해안가에 있는 푸자(Fūjah)라고 하는 이교도들의 도

45. 야즈미르시는 1344년에 기독교인들에게 함락되었다가 훗날 맘루크조의 쑬퇀 바르싸바이에 의해 탈환되었다.

46. 메카 성지순례시 아라파산에 가는 날로서 이슬람력 12월 9일이다.

시로 갔다. 이곳은 마그니씨야에서 1일 거리에 있다. 그곳 이교도들은 요새화된 고장에 살면서 매해 마그니씨야 쑬퇀에게 세공(歲貢)을 바친다. 그들의 요새가 워낙 견고하다보니 쑬퇀은 진공(進貢)에나 만족할 수밖에 없다. 오후에 몇몇 터키인들이 그 두 시종과 말을 끌고 왔다. 그들의 말에 의하면 전날 저녁에 이 두 시종이 자기네 고장을 지나가는데, 행동거지가 수상하여 다그쳐 물었더니 도망치려 했다고 하였다.

마그니씨야를 떠나서는 한창 방목하고 있는 터키인들 속에서 하룻밤을 지냈다. 그들에게는 그날밤 우리들의 말에게 줄 사료가 없었다. 우리 일행은 도둑을 맞을까 걱정이 되어 돌아가면서 당직을 섰다. 법학자 아피풋 딘 앗 타우자리의 순번이 되자, 그는 『꾸란』의 '바끄라장'(Sūratu'l Baqrah)을 염송하였다. 나는 그에게 "졸음이 오면 나에게 알려주시오. 그러면 다른 사람이 대번(代番)하게 해주지요"라고 말하고는 그만 잠에 곯아떨어졌다. 날이 밝아 깨어보니 나의 말 한 필을 도둑맞았다. 그 말은 아피풋 딘이 타고 온 말인데, 안장과 굴레도 몽땅 훔쳐갔다. 그 말은 내가 아야 쑬루끄에서 구입한 좋은 말이다.

다음날 우리는 그곳을 떠나 바르가마(Barghamah) 시에 도착하였다. 시가지는 다 허물어졌으나 산정에는 크고 견고한 성보가 하나 남아 있다. 철학자 플라톤(Aflāṭun)이 이 고장 출신이라고 한다. 그의 고거(故居)는 지금까지도 그의 이름으로 유명하다. 처음에 우리는 아흐마디야파의 한 수행자가 운영하는 자위야에 머물렀다. 그런데 얼마 있다가 시에서 한 명망가가 찾아와서 옮기자고 하기에 그의 집으로 갔다. 주인은 우리를 여러가지로 환대하였다. 이 도시의 쑬퇀은 야흐샤 한이라는 사람이다. 이곳 말로 '한'(Khān)은 '쑬퇀'이고 '야흐샤'는 '우수한'이란 뜻이다. 우리가 갔을 때, 공교롭게도 그는 피서지에 가 있었다. 우리가 왔다는 것을 알자 사람을 보내 후의(厚意)를 표하고 꾸드쓰산 피륙도 보내왔다.

## 6. 바르가마에서 카이누크까지

우리는 길을 안내할 향도 한 사람을 고용하였다. 높고 험준한 산길을 걸어 발라 카쓰라(Balā Kasrā) 시에 당도하였다. 훌륭한 도시로서 건물이 즐비하고 시가도 화려하다. 그런데 모여서 예배를 할 만한 대사원이 하나도 없다. 그래서 주민들이 시내와 잇닿아 있는 교외에 대사원을 짓기로 하였다. 벽까지는 올렸는데, 지붕은 아직 얹지 못하고 있다. 그래도 그 속에서 예배를 하고 나무 그늘 밑에 모이기도 한다. 우리는 아히조직의 한 두령인 싸난의 자위야에 머물렀다. 그는 그곳에서 덕망있는 사람으로 알려져 있다. 그곳 법관이자 설교사인 법학자 무싸가 우리를 찾아왔다. 이 도시의 쑬퇀은 두무르 한이라는 사람이다. 그에게는 선정(善政)이라곤 조금도 찾아볼 수 없다. 그의 선친이 이 도시를 건설하였는데, 그의 대에 와서는 건물을 무턱대고 늘렸을 뿐, 선정 따위는 아예 하지 않았다. 그래서 사람들은 선왕을 사모하고 있다. 나는 한번 그를 본 바 있는데, 나에게 비단의상을 한 벌 보냈다. 나는 이곳에서 마르갈리톼라는 룸족 하녀를 구입하였다.

이곳을 출발하여 간 곳은 바르솨(Barṣā) 시다. 큰 도시로서 훌륭한 시장과 넓은 거리를 가지고 있으며 도시 전체가 화원과 샘에 에워싸여 있다. 시외에 내가 하나 있는데, 물은 뜨끈뜨끈하고 큰 저수지에 흘러들어간다. 저수지 곁에는 각각 남녀 전용의 집 두 채가 있다. 멀리 변방의 끝에서까지 환자들이 찾아와 이 온천물로 치료를 한다. 거기에 바로 내객들을 위한 자위야가 하나 있는데, 그들이 머무르는 기간, 즉 3일간은 음식을 제공한다. 이 자위야는 터키의 한 왕이 지은 것이다. 이 도시에서 우리는 아히조직의 두령인 샴쑷 딘의 자위야에 유숙하였다. 그는 아히조직의 고위두령 중 한 명이다.

바로 이때 우리는 아슈라('Āshūrā')절[47]을 맞았다. 샴쑷 딘은 숱한 음식을 장만해놓고 밤에는 군 지휘관들과 시민들을 초청하였다. 모두 함께 그곳에서 개재식[48]을 하였다. 식사 후 독경사가 낭랑한 목소리로 경전을 독송하였다. 훈계사이자 법학자인 마즈둣 딘 알 꾸나위도 참석했는데, 그의 계유(啓誘)와 염송은 아주 훌륭하였다. 이어 모두들 노래하고 춤을 춘다. 참으로 뜻깊은 밤이었다. 이 훈계사는 청렴한 사람으로서 평생 금식을 한다. 그는 3일에 한번씩만 개재식을 하며 자신의 노력으로 얻는 것만 먹는다. 남의 것은 절대로 입에 대지 않는다고 한다. 그에게는 집도 없으며 물건이란 몸이나 겨우 가릴 정도의 것밖에는 없다. 잠도 묘지에서 잔다. 모임에 참가해서 훈계하고 염송을 하는데, 매번 모일 때면 꼭 몇몇 사람이 그의 앞에서 개과천선(改過遷善)을 다짐한다. 그날밤 이후에 그를 한번 찾아갔으나 만나지 못하였다. 묘지에 가봐도 역시 없었다. 그는 사람들이 깊이 잠든 후라야 묘지에 온다고 한다.

우리는 샴숫 딘 자위야에서 아슈라절 야간행사에 참석하였다. 이 행사에서 마즈둣 딘이 5경쯤에 훈계를 하는데, 갑자기 한 수행자가 고함을 지르며 졸도하였다. 그러자 사람들이 그에게 장미수를 끼얹었지만 그는 정신을 차리지 못하였다. 연거푸 끼얹었으나 종시 깨어나지 못하였다. 사람들 속에서는 그가 사망했다느니 졸도했다느니 하는 등 이견이 분분하였다. 훈계사가 훈계를 마치고 독경사가 독경을 다하자 우리는 아침예배를 올렸다. 어느덧

47. 이슬람교에서 아슈라절(일)은 이슬람력 1월 9일이나, 서로 다른 두 가지 의미가 있다. 하나는 쑨니파의 재계일(齋戒日)이다. 선지자 무함마드는 메디나에 성천한 다음해(623)에 이날을 재개일로 정하였다. 그러나 후일 9월에 금식월이 설정되면서 이 날은 자발적인 재개일로만 되었다. 무함마드는 이날 금식을 하였다고 한다. 쑨니파는 이날이 이슬람 이전에 출현한 아담, 노아, 이브라힘, 모세, 예수 등 10명 선지자들의 활동과 관계가 있는 날이기 때문에 길상스러운 날로 기념하고 있다. 다른 하나는 쉬아파에서의 애도일이다. 쉬아파의 제3대 이맘인 후싸인(제4대 정통할리파 알리의 둘째 아들)이 이날 이라크의 카르발라(Karbalā)에서 우마위야조 군에게 피살되었다. 그리하여 쉬아파는 이날을 애도의 날로 정하고 각종 추모행사를 한다.

48. 개재식에 관해서는 2장 주155 참고.

해가 떴다. 간밤에 졸도한 사람의 소식을 수소문하니 끝내 숨졌다고 한다. 그에게 알라의 자비가 있기를 기원하는 바이다. 그의 시체는 세정을 하고 염까지 하였다. 나는 사람들과 함께 그의 사별예배와 장례에 참석하였다. 이 작고한 수행자를 사람들은 '고함쟁이'(Ṣayyā)라고 불렀다. 전하는 바에 의하면, 그는 그곳의 어느 산중 동굴에서 수행하다가 마즈듯 딘이 신통한 훈계를 한다는 것을 듣고 찾아와서 그의 훈계를 경청하였다. 그 역시 남의 것을 입에 대지 않는다. 그런데 일단 마즈듯 딘이 훈계를 하기만 하면 그는 고함을 지르면서 졸도하곤 하였다. 그러다가도 정신을 차리고 전신세정을 하고 2배(拜)의 예배까지 드린다. 다시 그의 훈계를 듣기만 하면 곧 고함을 지른다. 하룻밤에도 몇번씩 이렇게 하다보니, '고함쟁이'로 불리게 되었다. 원래 그는 고독한 사람으로서 별로 일할 능력도 없었다. 홀어머니 슬하에서 자라다가 어머니가 돌아가자 초근목피로 연명해왔다.

나는 이 도시에서 이집트 출신의 청렴한 수행자이며 여행가인 샤이흐 압둘라를 만났다. 그는 이곳저곳 돌아다녔지만 중국과 싸란디브(Sarandīb)[49] 섬, 마그리브, 안달루쓰, 쑤단지방 등은 가보지 못했다. 나는 그에게 이런 곳들에 가보라고 권유하였다. 바르솨시의 쑬퇀은 이흐티야룻 딘 아르한 베크븐 쑬퇀 오스만 자우끄[50]다. '자우끄'(jauq)는 터키어로 '작은'이라는 뜻이다. 이 도시의 쑬퇀은 터키 제왕들 중에서 가장 유력한 쑬퇀으로서 자산과 영토, 군사를 가장 많이 보유하고 있다. 그에게는 거의 1백 개의 보루가 있으며, 대부분의 시간을 이 보루들을 돌아보는 데 소모한다. 보루마다 며칠씩 묵으면서 상황을 점검하고 업무를 개선해나간다. 그는 어느 한 곳에 한 달 이상 머무는 법이 없다고 한다. 이교도들과는 위공(圍功)작전으로 싸운다. 그의 선친이 바로 바르솨시를 룸인들의 수중에서 탈취하였다. 선친의 묘는

49. 인도 부근에 있는 섬으로서 길이는 80파르싸흐다. 이 섬에는 아담이 하강했다고 하는 산이 있는데, 그 산에는 아담의 발자국이 있다고 한다.
50. 오스만 자우끄(1299~1326)는 오스만제국의 창건자다.

원래 기독교회당이었던 것을 개조한 이슬람사원에 있다. 선친은 야즈니크(Yaznīk) 시를 약 20년간이나 포위하였으나 종시 정복하지 못하고 사망하였다. 그러자 그의 아들인 이흐티야룻 딘이 또다시 12년간 포위한 끝에 마침내 공략하였다. 나는 이 도시에서 그를 만났는데, 나에게 많은 은화를 보내줬다.

이곳을 떠나 도착한 곳은 야즈니크시다. 우리는 이 도시에 도착하기 전에 카를라(Karlah)란 마을에서 한 아히조직 두령의 자위야에서 하룻밤을 보낸 후 꼬박 하루를 걸었다. 몇 개의 내를 지났는데, 냇가에는 멋진 석류수와 레몬수가 쭉 늘어서 있다. 야즈니크시에서 8마일 떨어진 곳에는 갈대숲이 우거진 호수가 있다. 시로 들어가는 길은 다리같이 좁은 길 하나밖에 없다. 말 한 필이 겨우 다닐 만한 길이다. 그래서 이 도시가 철옹성인가보다. 주위에는 호수들이 빙 둘러 있다. 시내는 거의 다 비다시피했는데, 얼마 안 되는 쑬퇀의 시종들만이 살고 있다. 쑬퇀의 비(妃)인 바일룬 하툰이 거기에 기거하면서 시종들을 관리하고 있다. 그녀는 청렴하고 후덕한 여인이다.

시의 사방에는 4중 성벽을 쌓았는데, 두 성벽 사이에는 해자(垓字)를 굴설하였다. 시내는 나무다리를 건너야 들어가게 되는데, 다리는 아무때나 치우고 싶으면 거둬버린다. 시내에는 화원과 주택, 공지(空地)와 밭이 있다. 모든 시민들은 제각기 주택과 밭, 화원을 복합적으로 가지고 있으며, 음료수는 인근 우물에서 퍼온다. 이곳에는 없는 과실이 없다. 자우즈(jauz, 호두)와 까쓰퇄(qasṭal, 밤)은 대단히 많고 값도 싸다. 이곳 사람들은 '까쓰퇄'을 '까쓰퇴나'(qasṭanah, l을 n으로)로, '자우즈'를 '까우즈'(qauz, j를 q로)로 발음한다. 이곳처럼 싱싱한 포도는 다른 곳에서는 본 바 없다. 몹시 달고 알이 굵으며 색깔이 맑고 껍질이 엷다. 한 알에 씨는 하나밖에 없다.

이 도시에서는 법학자이고 이맘이며 우접자인 핫즈 알라웃 딘 앗 쌀퇴니유키가 우리의 숙소를 마련해주었다. 그는 누구보다도 후덕하고 자상한 샤이흐다. 그를 찾아가기만 하면 곧바로 음식이 나온다. 용모가 준수하고 품행도 단정하다. 그는 나를 데리고 전술한 하툰을 찾아갔다. 그녀는 우리를 극진히 환대하고 선의를 표하였다. 우리가 이곳에 도착한 며칠후에 앞에서 말한 쑬퇀 아르칸 베크도 이곳에 왔다. 나는 이 도시에서 약 40일간이나 체류하였다. 원인은 나의 말 한 필이 병이 났기 때문이다. 날짜가 지나도 병이 낫지 않아 나는 병든 말을 버리고 길을 떠났다. 일행은 동료 3명과 남녀 시종 한 명씩이었다. 일행 중에는 터키어를 통역할 만한 사람이 없었다. 원래 통역이 한 명 있었는데, 이곳에서 우리와 헤어졌다.

야즈니크를 빠져나와서는 마크자(Makjā)라는 마을에 당도하여 한 법학자의 집에서 하룻밤을 보냈다. 우리는 그의 극진한 대접을 받았다. 이곳을 떠나서 길을 가고 있는데, 앞에 웬 터키 여성이 하인과 함께 말을 타고 가고 있다. 시종 한 명이 그녀를 따라갔다. 그녀는 얀자(Yanjā)시[51]로 간다고 하기에 우리는 그 뒤를 바싹 좇아갔다. 한참만에 싸까리(Saqarī)라는 큰 계곡에 이르렀다. '싸까리'란 말은 '싸까르'(지옥)란 단어에서 유래된 듯하다.[52] 알라께서 지옥으로부터 우리 모두를 보우해주시기를 기원하는 바이다. 그녀는 계곡물을 건너기 시작하였다. 강 한복판에 와서 물에 잠기게 되자 말은 그녀를 등에서 팽개쳐버렸다. 하인이 그녀를 구출하려고 하였으나 두 사람 다 물살에 휩쓸리고 말았다. 이때 이 광경을 지켜보던 몇몇 사람이 물속에 뛰어들어 헤엄을 치면서 그녀를 간신히 구출했는데, 목숨은 붙어 있었다. 그러나 하인은 끝내 익사하고 말았다. 그에게 알라의 자비가 있기를 기원하는 바이다. 그 사람들이 그곳에서 좀 내려가면 나룻배가 있다고 알려주기에 우리는 그리로 갔다. 나룻배라야 밧줄로 묶은 네 개의 나무토막이다. 그 위에 안장과 짐을 싣고 사람이 올라타면 강 저쪽에서 뱃꾼들이 줄로 끌

51. 현 하르깔리(Harqalī)다.
52. '싸까리'(saqarī)는 '싸까르'(saqar, 지옥)의 관계형용사일 수 있다. 아랍어에서 관계형용사는 명사에 관계형용사 어미 -ī(-yy)를 접미시켜 만든다. 예컨대, 여기에서 '싸까르'는 '지옥'이나 '싸까리'는 '지옥의' '지옥적'이란 관계형용사의 뜻으로 된다.

어당긴다. 가축들은 헤엄쳐 건너게 하였다. 우리는 이런 식으로 겨우 도강하였다.

그날밤으로 우리는 카위야(Kāwiyah)에 도착하였다. 이 이름은 형태상 '카와'(kawā, 지지다)의 여성능동분사(kāwiyah, 지지는 여인)[53]다. 우리는 한 아히조직 성원의 자위야에 유숙하였다. 우리가 주인에게 아랍어로 말하면 그는 알아듣지 못하고, 반대로 그가 터키어로 말하면 우리가 알아듣지 못하였다. 그러자 그는 "법학자를 좀 모셔오시지요. 그가 아랍어를 아니까"이라고 말하였다. 정작 법학자가 왔지만, 그는 우리에게 페르시아어로 말하고 우리는 아랍어로 말하니, 역시 서로가 통할 리 만무였다. 그러자 법학자는 주인에게 "이들은 고전아랍어로 말하지만, 나는 현대아랍어밖에 모릅니다"라고 궁색한 변명을 하였다. 사실 그는 아랍어를 모르는데, 사람들은 알고 있으려니 지레 짐작한 것이다. 그래서 그는 이런 엉뚱한 말을 한 것이다. 주인은 법학자의 말이 사실이라고 여겼다. 어쩌면 그것이 우리에게는 복이 되어 주인으로 하여금 우리를 극진히 환대토록 하였는지도 모른다. 법학자는 "이들을 환대해야 합니다. 왜냐하면 이들은 선지자—그에게 평화를—와 그의 도반들의 언어인 고전아랍어로 말하기 때문입니다"라고 덧붙였다. 기실 당시 우리는 법학자의 말을 알아들을 수가 없었다. 그렇지만 내가 그의 말을 꼼꼼히 기억하였다가 페르시아어를 배운 다음에야 그 뜻을 알게 되었다. 그날밤을 우리는 자위야에서 보냈다.

그래도 그 법학자는 향도를 보내 우리를 얀자로 안내하였다. 얀자는 크고 아름다운 읍이다. 우선 우리는 아히조직의 한 자위야를 찾아갔다. 그곳에서 흐리멍텅한 수행자 한 명을 만나서 "여기가 아히조직의 자위야입니까?"라고 묻자 "예"라고 그는 대답하였다. 나는 아랍어를 아는 사람을 만나게 되어 못내 기뻤다. 그러나 말을 좀 걸어보자 곧 진상이 드러나고 말았다.

53. 아랍어에서 3개 자모로 구성된 1형동사, 예컨대 '카타바'(Kataba, 쓰다)의 능동분사는 '카티브'(Kātib, 여성은 카티바 Kātibah, 쓰는 자, 작가, 서기) 형이다.

그는 아랍어라곤 '예'(na'm) 한마디밖에 모른다. 우리가 이 자위야에 머물자 한 학생이 음식을 가져왔지만 주인은 나타나지 않았다. 이 학생은 친절하기는 한데 아랍어는 모른다.

그는 우리를 읍 대표에게로 가서 사연을 이야기하였다. 그러자 읍 대표는 동료들 중에서 염출(捻出)한 기사 한 명을 나에게 보내서 카이누크(Kainūk)까지 동행하도록 하였다. 카이누크는 작은 읍으로서 무슬림들의 보호하에 룸 이교도들이 살고 있다. 이 읍에 무슬림 집이라곤 한 채밖에 없었다. 그렇지만 이곳은 아르한 베크의 치하에 있기 때문에 치자(治者)는 무슬림이다. 우리는 한 이교도 노파의 집에 투숙하였다. 때마침 눈내리는 겨울철이어서 그 노파에게 후의(厚意)를 표하고 그날밤은 노파의 집에서 보냈다. 이 읍에는 수목도 없고 포도도 없으며 심는 것이란 고작 싸프란(saffran)[54]뿐이다. 노파는 우리를 장사치로 알고 사라고 싸프란을 잔뜩 가져왔다.

## 7. 카이누크에서 부를루까지

이른 아침에 우리는 길을 떠났다. 카이누크의 아히조직에서 다른 기사 한 명을 보내와 우리를 마트라니(Maṭranī) 시까지 안내하도록 하였다. 그날 밤따라 눈이 많이 내려서 길을 뒤덮었다. 그 기사가 선두에 서고 우리는 그를 뒤따랐다. 정오에 터키인들이 사는 한 마을에 도착하였는데, 마을사람들이 음식을 차려와서 잘 먹었다. 기사가 그들에게 무어라고 말하더니 한 사람이 우리와 함께 길을 떠났다. 우리는 그를 따라 험산준령을 넘고 무려 30여 차례나 물을 건넜다. 이러한 험로에서 벗어나자 그는 "돈을 좀 주세요"라

54. 아랍어로 '자아파란'(za'farān)으로 착색 향미료다.

고 하였다. 나는 "일단 도시까지만 가면 넉넉하게 줄 테니까"라고 응수하였다. 그러나 그는 막무가내였다. 어쩌면 우리의 뜻을 이해 못해서인지 한 친구의 활을 채가지고 갔다. 그렇지만, 그는 얼마 안가고 되돌아와서 그 활을 돌려주었다. 내가 그에게 돈을 좀 쥐어주었더니 받아가지고는 줄행랑을 쳐버렸다.

우리는 어디로 가야 할지 막막하기 그지없고, 게다가 길도 통 알 수가 없었다. 할 수 없이 눈 속에 파묻힌 길을 하나하나 더듬어갔다. 해질 무렵에야 겨우 한 산에 당도하였다. 산에는 그나마도 돌이 많기 때문에 길이 어슴프레 나타났다. 그제야 나와 일행은 가까스로 죽음을 면하게 되었다. 보아하니 밤새 눈이 또 내릴 성싶다. 그러나 거기에는 인가라곤 전혀 없었다. 우리가 만일 말에서 내렸다면 틀림없이 얼어죽었을 것이다. 그렇다고 밤을 새워 걷는다 해도 도대체 우리가 어디로 가고 있는지도 헤아릴 수가 없었을 것이다. 그때 나에게는 준마 한 필이 있었다. 어떻게 하든 그놈에 의지해 위험에서 탈출해보려고 하였다. '일단 내가 무사하기만 하면 동료들을 구출할 묘안도 생기련만'이라고 나는 속으로 중얼거렸다. 사실 그랬다. 나는 지고한 알라에게 그들을 맡기고 홀로 걸어갔다.

이곳 사람들은 묘 위에 나무로 집을 짓는다. 그래서 처음에는 사람들이 집이라고 여기지만 곧바로 묘소임을 알게 된다. 나는 이러한 현상을 많이 목격하였다. 저녁예배 후에 나는 한 집에 당도하였다. '제발 사람이 사는 집이었으면' 하고 내심 속삭였다. 아니나 다를까 사람이 사는 집이었다. 지고한 알라께서는 나더러 집을 쉬이 찾을 수 있도록 하셨다. 문앞에는 한 늙은이가 서 있다. 나는 아랍어로, 그는 터키어로 말을 주고받았다. 그는 나보고 들어오라고 손짓을 하였다. 내가 우리 일행의 일에 관해 이야기했으나 그는 통 알아듣지 못하였다. 다행스럽게도 알라의 은총으로 이 집은 바로 수행자들의 자위야이고, 문앞에 서 있는 늙은이는 이 자위야의 샤이흐다. 자위야 안에 있던 수행자들이 내가 샤이흐에게 하는 말을 듣고, 한 사람이 나왔다. 원래 나와 그 사람과는 안면이 있었다. 그가 나에게 먼저 인사를 하자 나는 우리 일행에 관해 알려주었다. 그러면서 수행자들과 함께 가서 일행을 구제해줄 것을 요청하였다. 그들은 흔쾌히 응하여 곧 나와 함께 일행이 있는 곳으로 출발하였다. 실로 알라께 찬미를 보내나니, 우리 모두는 무사히 자위야에 돌아왔다. 그날은 마침 금요일 전날 밤이었다. 마을 사람들은 한자리에 모여 지고한 알라를 염송하면서 밤을 지새웠다. 저마다 음식을 장만해왔다. 이렇게 하여 재난은 물러갔다.

이른 아침에 우리는 길을 떠나 금요집단예배[55]시간에 마트라니시에 도착하였다. 우리는 한 아히조직 두령의 자위야에 여장을 풀었다. 거기에는 이미 일군의 여행자들이 와 있었다. 그런데 가축들을 매어둘 외양간이 없었다. 우리는 우선 금요예배를 근행하였다. 눈이 많이 내리고 날씨가 추우며, 게다가 외양간마저 없는 것이 못내 걱정이 되었다. 다행히 이곳 출신의 한 핫즈를 만났다. 그는 우리를 보고 인사를 하는데, 마침 아랍어를 알고 있었다. 아랍어를 아는 그를 만나니 그저 반갑기만 했다. 나는 그더러 삯을 줄 테니 외양간을 구해달라고 부탁하였다. 그랬더니 그는 "집에 딸린 외양간은 없습니다. 왜냐하면 이곳 집들의 문은 좁아서 짐승들이 들어갈 수가 없으니까요. 하지만 제가 장터에 있는 우리로는 안내할 수 있습니다. 장보러 오는 사람들이 거기에다가 짐승들을 매어놓습니다"라고 하였다. 그는 우리를 그리로 안내했다. 우리는 가축들을 우리에 단단히 매어놓고 나서 일행 중 한 사람을 맞은편 빈 점포에 투숙시켜 가축들을 살피도록 하였다.

그곳에서 한 가지 우스꽝스러운 일이 벌어졌다. 나는 심부름꾼 하나를 보내 짐승들의 먹이건초를 사오라고 하였다. 또다른 한 심부름꾼을 보내서는 유락을 사오라고 하였다. 한 사람은 제대로 건초를 사왔는데, 다른 사람은 웃으면서 빈손으로 돌아왔다. 왜 웃는지 물으니 그는 다음과 같이 대답

55. 금요집단예배에 관해서는 1장 주34 참고.

하는 것이었다. "제가 장터에 있는 한 점포에 다가가서 유락을 달라고 하였습니다. 그랬더니 주인은 잠깐 기다리라고 하고서는 아버지에게 무언가 이야기를 하는 것이었습니다. 저는 아버지에게 돈을 치렀습니다. 그러자 그는 1시간쯤 지나서야 건초를 가져왔습니다. 저는 영문도 모르고 받았습니다. 그리고 나서 저는 "쌈느(samn, 유락)를 구합니다"라고 하니, 주인은 건초를 가리키며 "이것이 '쌈느요'라고 하는 것이었습니다." 사실을 알고 보니 터키 말로는 건초를 '쌈느'라 하고 유락은 '로간'(rawghān)이라고 한다.

우리는 아랍어를 아는 이 핫즈를 만나서 까스퇴무니야(Qaṣṭamūniyah)까지 동행할 것을 제의하였다. 여기서 그곳까지는 10일 거리다. 나는 내가 가지고 있던 이집트 의상을 그에게 선물하고 그간의 가족부양비도 주었다. 그리고 타고 갈 말도 한 필 마련해주고 모든 편의를 봐줄 것을 약속하였다. 그는 우리와 함께 떠났다. 보아하니, 그는 돈놀이를 하는 자산가다. 그렇지만 사람이 열성이 없고 심보도 고약하며 하는 짓도 치졸하다. 우리는 그에게 생활비를 맡겼다. 그는 먹다 남은 빵으로 조미료나 채소, 소금을 바꿔오고는 우리가 물건들을 사라고 준 돈은 슬쩍 제 주머니에 넣어버린다. 그뿐만 아니라, 우리가 맡긴 생활비를 몰래 훔치기도 한다고 한다. 우리는 터키 말을 모르는 데서 오는 수모를 그저 참을 수밖에 없었다.

그러나 끝내는 그의 비리를 폭로하고야 말았다. 하루가 저물 때면 우리는 "핫즈씨, 오늘은 생활비 중에서 얼마나 훔쳤지?"라고 비아냥조로 묻곤 하였다. 그러면 그는 무엇무엇이라고 변명을 늘어놓는다. 우리는 그저 웃기만 하고 넘긴다. 얼마나 너절한 존재인지, 어느날 말이 갑자기 죽자, 제 손으로 껍질을 벗겨 내다파는 것이었다. 우리가 어느 한 마을에 들렀을 때 그의 누이 집에서 하룻밤을 보낸 일이 있다. 누이는 음식과 함께 배, 사과, 살구, 복숭아 등 여러가지 과실을 가져왔는데, 모두가 건과물로서 물에 담가 녹녹하게 된 다음 먹고, 그 우린 물도 마셨다. 우리는 그녀에게 무언가로 보답하려고 하였다. 이 기미를 알아차린 핫즈는 "누이에게는 아무것도 주지 말고,

줄 것이 있으면 나에게 주시지요"라고 말하는 것이었다. 그래서 기분이 상하지 않게 하기 위해 누이에게 주려던 돈을 그에게 주고, 누이에게는 그가 몰래 따로 주었다.

이어 우리는 불리(Būlī) 시에 이르렀다. 이 도시에 거의 다가섰을 때 강 하나가 나타났다. 보기에는 자그마한 강이어서 몇몇 친구가 뛰어들었는데 들어가보니 물살이 이만저만 세차지 않았다. 모두 무사히 건넜으나, 어린 여종 한 명은 못 건넜다. 모두들 그애를 어떻게 건너게 할까 걱정했다. 그때 내가 탄 말이 그중 제일 좋은 말이어서 그애를 내 뒤에 태우고 물을 건너기 시작하였다. 그런데 강 한가운데쯤 와서 나와 그애는 그만 말등에서 떨어지고 말았다. 일행들이 그애를 가까스로 구출했는데, 다행히 숨은 붙어 있었으며, 나도 구제되었다.

우리는 불리시에 이르러 한 아히조직 두령의 자위야를 찾아갔다. 현지인들의 관습으로는 겨우내 자위야 안에서는 화덕에 불을 지핀다. 자위야의 구석마다에 화덕 하나씩을 놓고 자위야를 어지럽히지 않기 위해 연기가 빠져나가는 몇 개의 환기통을 설치하였다. 그들은 이 화덕을 '부하리서'(al-Bukhārī)라고 하는데, 그 복수는 '부하라'(bukhārā)이다. 우리가 자위야에 들어섰을 때 화덕의 불이 막 타고 있었다. 나는 옷을 갈아입고 불을 쬐었다. 이윽고 한 아히조직 성원이 음식과 과실, 그밖의 여러가지를 들고 왔다. 알고 보니 그는 이 조직의 책임자였다. 이곳 사람들은 그렇게 마음이 착하고 너그러우며 이방인을 동정하고 내객들에게 친절할 수가 없다. 그들은 내객들을 극진히 사랑하고 정성껏 돌봐준다. 그래서 외방인이라 이곳에 오면 마치 사랑하는 가족에게로 온 기분이다. 우리는 편히 그날밤을 보냈다.

다음날 아침, 이곳을 떠나 카르다 불리(Kardā Būlī) 시에 도착하였다. 평야지대에 자리한 큰 도시로서 아름다우며, 거리나 시장은 널찍하나 아주 추운 곳이다. 여러 구역으로 나뉘어져 있는데, 구역마다 특정집단이 거주하고 있어서 서로 뒤섞이지는 않는다. 이 도시의 술탄은 샤 베크인데, 이 지역 술탄 중에서는 중간급에 속한다. 잘생긴 용모에 행실이 단정하며 성품은 좋으나, 손이 작은 편이다. 우리는 이곳에서 금요예배를 근행하고 하루 묵었다. 나는 거기에서 다마스쿠스 출신의 한발리야파[56] 소속 설교사 겸 법학자인 샴숫 딘을 만났다. 그는 오래전부터 이곳에 정착하고 있으며, 자식도 몇 있다. 쑬퇀의 전속 법학자이며 설교사로서 신망이 높다. 이 법학자는 갑자기 자위야에 있는 우리를 찾아와서는 쑬퇀이 방문차 벌써 밖에 와 있다고 알려주었다. 나는 그의 이러한 호의에 사의를 표하였다. 나는 쑬퇀을 영접하면서 인사를 드렸다. 자리에 앉자 쑬퇀은 나에게 근황과 어디에서 왔으며, 또 만나본 쑬퇀들은 누구인가 등을 물었다. 나는 묻는 대로 다 알려주었다. 쑬퇀은 1시간쯤 있다가 자리를 떴다. 후에 그는 나에게 안장까지 구비된 말 한 필과 의상 한 벌을 보내왔다.

이곳을 떠나 이른 곳은 부를루(Burlū)시[57]다. 자그마한 도시로서 구릉 위에 있다. 구릉 밑에는 여관과 큰 성보가 하나씩 있다. 그곳에서는 한 마드라싸에 투숙하였는데, 우리와 동행한 그 핫즈는 이 마드라싸의 교사나 학생들과는 구면으로서 그들과 함께 수강하기도 하였다. 그는 하나피야파[58] 소속 학생들과 교제하고 있다. 이곳의 아미르 알리 베크가 우리를 초대하였다. 그는 까스퇴무니야왕인 존경받는 쑬퇀 쑬라이만 바드 샤의 아들이다. 이 왕에 관해서는 후술할 것이다. 우리는 그를 찾아 성보로 갔다. 인사를 하자, 그는 반갑게 맞이하면서 후대하였다. 나의 여행과 근황에 관해 묻기에 그대로 대답하였다. 그는 나를 자신의 곁에 앉도록 배려하였다. 그의 법관이자 사사(司事)이며 대작가인 핫즈 알라웃 딘 무함마드가 동석하였다. 그리고 나자 독경사가 슬픈 목소리와 이상야릇한 어조로 『꾸란』을 독송하였다. 독송이 끝나자 우리는 자리를 떴다.

56. 한발리야파에 관해서는 1장 주166 참고
57. 현 자아파라바눌루(Za'farābanūlū)다.
58. 하나피야파에 관해서 1장 주165 참고.

## 8. 까스톼무니야시와 솨누브시

다음날 우리는 까스톼무니야시로 갔다. 아주 크고 아름다운 도시로서 자원도 풍부하고 물건값도 싸다. 우리는 귀가 어둡다고 해서 아트루시(al-Aṭrūsh)[59]라 불리는 한 샤이흐의 자위야에 머물렀다. 참 신기한 것은 한 학생이 손가락으로 때로는 공중에 대고, 때로는 땅에 대고 무언가 끌적거리면 샤이흐는 곧잘 알아차리고 답변까지 한다. 이렇게 학생이 옛이야기 같은 것을 전하면 그는 다 이해한다.

우리는 이 도시에서 약 40일간 체재했다. 살찐 양고기덩어리를 은화 2디르함, 빵도 역시 2디르함어치를 사면 우리 10명의 하루분 식사거리가 되었다. 밀당(密糖)도 2디르함어치만 사면 충분했다. 호두와 왕밤(qusṭal)은 각각 1디르함어치만 사도 모두가 실컷 먹고도 남아돌았다. 또 그때는 몹시 추운 때인데도 화목 한단에 1디름함씩 주고 구입하였다. 그 어느곳에서도 물가가 이곳보다 싼 도시를 보지 못했다. 나는 그곳에서 대학자이고 이맘이며 무프티[60]이고 교사인 샤이흐 타줏 딘 앗 쑬톼니유키를 만났다. 그는 일찍이 두 이라크[61]와 타브리즈[62]에서 공부하다가 타브리즈에 얼마간 정착하였다. 그러다가 다시 다마스쿠스에 옮겨 취학한 바 있다. 한때 두 성지(메카와 메디나—옮긴이)에 우접하기도 하였다.

나는 룸지방의 파니카(Fanīkah) 출신의 학자이자 교사인 솨드룻 딘 쑬라이만 알 파니키도 만났다. 그는 말시장에 있는 그의 마드라싸에 나를 초대하였다. 나는 또 고령의 청렴한 샤이흐 다다 아미르 알리도 만났다. 말시장

59. 아트루시는 아랍어로 '농아'란 뜻이다.
60. 무프티에 관해서는 4장 주67 참고.
61. 두 이라크에 관해서는 4장 주78 참고.
62. 타브리즈에 관해서는 4장 주174 참고.

부근에 있는 그의 자위야에서 찾아뵈었는데, 내가 갔을 때 그는 반듯이 누워 있었다. 한 시중꾼이 그를 일으켜 앉히고는 두 눈썹을 위로 치켜올리자 그제야 눈을 떴다. 샤이흐는 표준아랍어로 나에게 "잘 오셨소"라고 한마디 하였다. 내가 그의 연세를 물어보니 "나는 할리파 무쓰탄쉬르 빌라[63]시대 사람으로서, 내 나이 서른일 때 그가 붕어하였으니, 지금 내 나이는 163살이오"라고 대답하였다. 나는 그를 위해 기도하였고, 그 역시 나를 위해 기도를 하였다. 그리곤 자리를 떴다.

까스톼무니야시 쑬퇀은 인자한 쑬라이만 바드 샤다. 그는 70세 넘은 고령이나 긴 수염에 풍채 좋고 위엄이 있다. 법학자들이나 청렴한 인사들과 늘 자리를 같이한다. 내가 그의 응접실을 찾아갔을 때 그는 나를 자신의 곁에 앉히고는 나의 근황과 온 곳 그리고 두 성지와 이집트, 샴 등지에 관해 이것저것 물었다. 나는 수문수답하였다. 그는 나더러 자신의 가까이에 투숙하도록 하고, 그날로 밤색 준마 한 필과 의상 한 벌을 보내왔으며 나의 경비와 가축사료도 지정해주었다. 이곳을 떠나 반나절 거리에 있는 이 도시 소속 한 마을에 당도했을 때, 쑬퇀은 밀과 보리쌀을 또 보냈다. 밀과 보리쌀 값이 너무 싼데다가 사자는 사람이 없어서 그만 일행 중의 한 핫즈에게 거저 주고 말았다.

이 쑬퇀은 관행상 매일 신시예배 후에는 응접실에 앉아 있는데, 음식이 들어오면 문을 활짝 열어제친다. 그러면 도시인이건 유목민이건 외래자이건 여행자이건 간에 누구나 다 그 음식을 들 수 있다. 그가 매일 아침 일찍이 정좌하고 있으면 우선 아들이 와서 양손에 입맞춤하고는 제자리에 착석한다. 이어서 시정관헌들이 와서 함께 식사를 하고 돌아간다. 금요일이면 저택에서 멀리 떨어져 있는 사원에 말을 타고 간다. 사원은 3층 목조건물인데, 쑬퇀과 시정관헌들, 법관, 법학자들, 군지휘관들은 하층에서, 쑬퇀의 동

63. 압바쓰조 제36대 할리파로서 재위 기간은 1226~42년이다.

생인 아판디와 그의 수행원들, 시종들, 일부 시민들은 중층에서, 쑬톼의 막내아들이자 계위자인 자와드와 그의 수행원들, 노복들, 시종들, 기타 참석자들은 상층에서 예배를 근행한다.

독경사들은 벽감 앞에 원을 지어 앉는데, 설교사나 법관도 그들 속에 낀다. 쑬퇀은 벽감 맞은편에 앉는다. 독경사들이 낭랑한 목소리로 '카흐프장'(Sūratu'l Kahf)[64]을 반복 독송하는데, 순서가 좀 이상하다. 독경이 끝나면 설교사가 강단에 올라가 설교를 하고 이어 모두가 예배를 한다. 예배가 끝나면 부배(副拜)[65]를 한다. 그러면 독경사가 쑬퇀 앞에서 『꾸란』의 10분의 1을 독송한다. 이것이 끝나면 쑬퇀은 수행원들과 함께 사원을 떠난다. 그가 떠난 후 독경사는 쑬퇀의 아들 앞에서 역시 독경을 한다. 독경이 끝나면 염송자(念誦者, al-Mu'rrif)가 쑬퇀과 그의 아들을 찬미하는 송시(頌詩)를 읊고, 두 사람을 위해 기도한 다음 자리를 뜬다.

쑬퇀의 아들은 길가에 서서 그를 기다리고 있는 삼촌의 손에 입맞춤을 하고 함께 쑬퇀의 저택으로 간다. 저택에 들어서서는 삼촌이 먼저 그의 형인 쑬퇀의 손에 입맞춤을 하고 그의 앞에 앉는다. 그러면 아들이 와서 역시 쑬퇀의 손에 입맞춤을 하고서는 제자리에 가 앉는다. 아들과는 여러사람이 자리를 같이한다. 신시가 되면 모두 함께 예배를 하며, 예배가 끝나면 쑬퇀 동생은 형의 손에 입맞춤을 하고는 떠난다. 그는 다음주 금요일이 돼야 형을 다시 만나볼 수 있다. 그러나 쑬퇀의 아들은 앞에서 이야기하다시피, 매일 아침 아버지를 찾아온다.

이 도시를 떠난 후 이른 곳은 어느 한 마을[66]인데, 투숙은 그 마을에 있는 큰 자위야에서 하였다. 그 지방에서 본 것들 중에서는 가장 훌륭한 자위야다. 이 자위야는 파크룻 딘 이라는 고위아미르——그에게 지고한 알라의 영

64. 『꾸란』 제18장.
65. 부배에 관해서는 5장 주24 참고.
66. 타지쿠바루(Tājikūbarū) 마을로 짐작된다.

총을——가 지은 것으로써 그는 아들더러 이 자위야를 운영하고 자위야에 지숙(止宿)하는 수행자들을 접대하며 이 마을의 수익을 관리하도록 하였다. 그리고 자위야 맞은편에는 길손들의 목욕탕을 지어 오가는 사람들이 자유로이 이용할 수 있도록 하였다. 또 마을에는 대사원 가까이에 시장까지 지었다. 뿐만 아니라, 자위야의 기금을 털어서 두 성지나 샴, 이집트, 두 이라크, 후라싼 등 지방에서 오는 수행자들에게 의상 한 벌 그리고 도착하는 날에는 100디르함을, 떠나는 날에는 300디르함을 지급하도록 하였다. 자위야 체재시 공급되는 식품은 빵, 육류, 유락볶음밥, 당과류 등이다. 단 룸지방에서 오는 수행자들에게는 100디르함을 제공하고 3일간 접대한다.

이 마을을 떠나서 다음날 밤은 인가도 없는 높은 산 속에 자리한 한 자위야에서 보냈다. 이 자위야는 까스퇴무니야 출신의 나좌뭇 딘이라는 아히조직 성원들이 지은 것인데, 인근의 한 마을에서 걷어들이는 조세로 자위야에 들르는 사람들의 경비를 충당한다.

이 자위야를 떠나서 도착한 곳은 쏴누브(Ṣanūb)시[67]다. 번화한 도시로서 든든함과 아름다움을 겸비한 도시다. 동쪽을 제외하고는 3면이 바다로 에워싸여 있다. 동면에는 문이 하나밖에 없는데, 시장의 허가 없이는 얼씬도 못한다. 시장은 앞에서 언급한 쑬퇀 쑬라이만 바드 샤의 아들 이브라힘 베크다. 우리는 입성 허가를 얻고서야 시내에 들어갔다. 우리는 해문(海門, Bābū'l Baḥr) 밖에 있는 잘라비 아히조직의 앗줏 딘 자위야에 머물렀다.

거기로부터 싸브타(Sabtah)[68] 항처럼 바닷속 깊이 쑥 들어간 산에 이르렀다. 산에는 화원과 농경지, 물이 있으며, 가장 흔한 과실은 무화과와 포도이다. 산은 험준하여 오를 수는 없으며 주변에는 11개 마을이 있다. 주민은 무슬림들의 보호하에 있는 룸족 이교도들이다. 산정에는 선지자 하드르와 일야쓰——두 분께 평화를——가 세운 숙관이 있는데, 수행자들의 발길이

67. 쏴누브(Ṣanūb, 혹은 씨누브 Sīnūb)는 흑해 연안의 터키 항구다.
68. 싸브타에 관해서는 3장 주157 참고.

끊이지 않고 있다. 샘이 있는데, 거기서 기도하면 꼭 영험(靈驗)을 얻는다. 이 산기슭에 성문도반이며 청렴한 현자인 빌랄 하바쉬의 묘가 있다. 묘소에는 자위야가 있어 과객들에게 음식을 대접한다.

쏴누브시에 있는 사원은 이를 데 없이 훌륭한 사원이다. 사원 한가운데에 못이 있고, 못 위에는 4개 기둥에 받쳐진 돔이 있다. 각 기둥은 두 조각의 대리석을 이어 만들었다. 못 위에는 또 나무계단을 밟고 올라가는 응접실이 하나 있다. 이 모든 것은 쑬퇀 알라웃 딘 루미의 아들인 쑬퇀 바르와나가 지은 것으로, 돔 위에서 금요예배를 근행하곤 한다. 하대(下代)의 쑬퇀은 그의 아들 가지 잘라비이고, 그가 사망하자 집권한 사람은 앞에 언급한 쑬퇀 쑬라이만이다.

가지 잘라비는 용감무쌍하고 천부적으로 잠수와 수영에 능하였다. 룸인들을 치기 위해 전함을 타고 항해하다가도 일단 상대와 조우하여 격전이 벌어지면, 그 틈을 타서 물밑에 잠수한다. 손에는 쇠망치 같은 것을 잡고 적함을 까부순다. 적들은 무슨 영문인지도 모르고 당한 채 침몰해버린다. 한번은 적함이 한 항구로 쳐들어왔다. 그는 같은 방법으로 적함을 무찌르고 승선원들을 생포하였다. 그가 특별한 재능을 가지고 있었던 만큼이나 그의 죽음에 관해서도 이론이 구구하다. 일설은 대마초를 너무 피운 것이 사인이었다고 하고, 타설은 사냥을 즐기는 그가 어느날 사냥을 나갔다가 영양[69] 한 마리를 뒤쫓았는데, 그놈이 숲으로 들어가버렸다. 그는 말을 더 잽싸게 몰고 뛰다가 나무에 그만 머리가 부딪쳐 즉사했다고 한다. 그러자 쑬퇀 쑬라이만이 그곳을 장악하고 아들 이브라힘을 시장에 임명하였다. 가지 잘라비는 스스럼없이 친구들이 먹는 음식을 먹곤 하였다. 원래 룸지방 사람들은 많이 먹는 편이다.

69. 영양(羚羊, Naemorhedus goral raddeanus)은 아랍어로는 '가잘라'(ghazalah)다. 소과에 속하는 짐승인데 염소와 비슷하다. 뿔이 있고 몸에는 백색의 보드라운 털이 많이 나 있다. 일명 산양(山羊)이라고도 한다.

어느날, 나는 솨누브시에 있었는 대사원 문앞을 지나갔다. 문 밖에는 점포들이 쭉 늘어섰는데, 사람들이 옹기종기 모여앉아 있다. 그중에는 몇몇 장교가 있는데, 그들 앞에는 한 시중꾼이 지갑화(指甲花, ḥinnā', 즉 봉선화—옮긴이) 비슷한 것이 들어 있는 주머니 하나를 손에 들고 있다. 한 사람이 숟가락으로 떠서는 넙죽 입에 넣기에 그 사람을 유심히 봤다. 그 주머니 안에 든 것이 도대체 무엇인지 알길이 없었다. 그래서 함께 간 사람한테 물었더니 대마초라고 하였다. 이 도시의 법관과 시장대표 그리고 이븐 압둘 라자끄라는 교사가 각각 우리를 초대하였다.

이 도시에 있을 때 주민들은 우리가 양손을 아래로 내리고 예배하는 것을 유심히 살피고 있었다. 그들은 하나피야파이기 때문에 말리키야파의 학설이나 예배법을 알 리가 만무하다. 말리키야파에서는 양손을 아래로 드리우고 예배를 한다. 그들 중 어떤 사람은 히자즈나 이라크에서 라와피드파들이 양손을 내리고 예배하는 것을 본 적이 있어서 우리를 라와피드파로 알고 있었다. 사실여부를 묻기에 우리는 말리키야파라고 일러주었지만, 그들은 믿지를 않았다. 얼마나 의심스러웠던지 쑬탄 대표는 우리에게 토끼 한 마리를 보냈다. 그러면서 시종에게 우리가 어떻게 하는가고 곁에서 지켜보라고 당부하였다. 우리는 토끼를 잡아서 요리를 해 맛나게 먹었다. 이를 지켜본 시종은 대표에게 가서 그대로 고하였다. 그제서야 비로소 의심이 풀려 우리에게 인사를 차렸다. 라와피드파는 토끼고기를 먹지 않는다.

우리가 솨누브시에 도착한 지 나흘 만에 시 아미르 이브라힘의 모친이 사망하여 나도 장례에 참석하였다. 아들은 맨발에 머리는 드러내놓고 있다. 아미르들과 노복들도 그렇게 하는데, 모두 옷을 뒤집어입고 있다. 법관과 설교사, 법학자들도 옷을 뒤집어입기는 하나 맨머리는 아니고, 머릿수건 대신에 검은 모직수건을 머리에 두르고 있다. 무려 40일간이나 조객들에게 음식을 제공하는데, 이것은 그들의 애도기간이다.

우리는 이 도시에서 약 40일간 체류하면서 까람(al-Qaram) 시로 가는 배편을 기다렸다. 간신히 룸인의 배 한 척을 빌렸으나, 또 11일간이나 순풍을 기다려야만 하였다. 출항 3일째 한창 항행하고 있는데, 갑자기 광풍이 불어닥쳐 사태는 갈수록 험악해졌다. 죽음이 시시각각으로 닥쳐왔다. 그때 나는 아부 바크르라는 마그리브인 한 사람과 함께 선실에 있었다. 나는 그더러 선상에 올라가 바다 형편이나 보고 오라고 하였다. 그는 올라가보고 선실에 돌아와서 "알라께서 당신을 보우할 테니 안녕히 가십시오"라고 마치 고별인사처럼 말을 던졌다. 나는 생전 처음 느껴보는 공포에 질렸다. 이윽고 바람은 방향을 바꿔 배를 우리가 떠난 솨누브시 부근으로 되돌려놓았다. 한 상인이 그곳 선창에서 하선하려고 하자 나는 선장에게 그를 내려주지 말라고 하였다.

제7장

# 우즈베크 지방과 동유럽

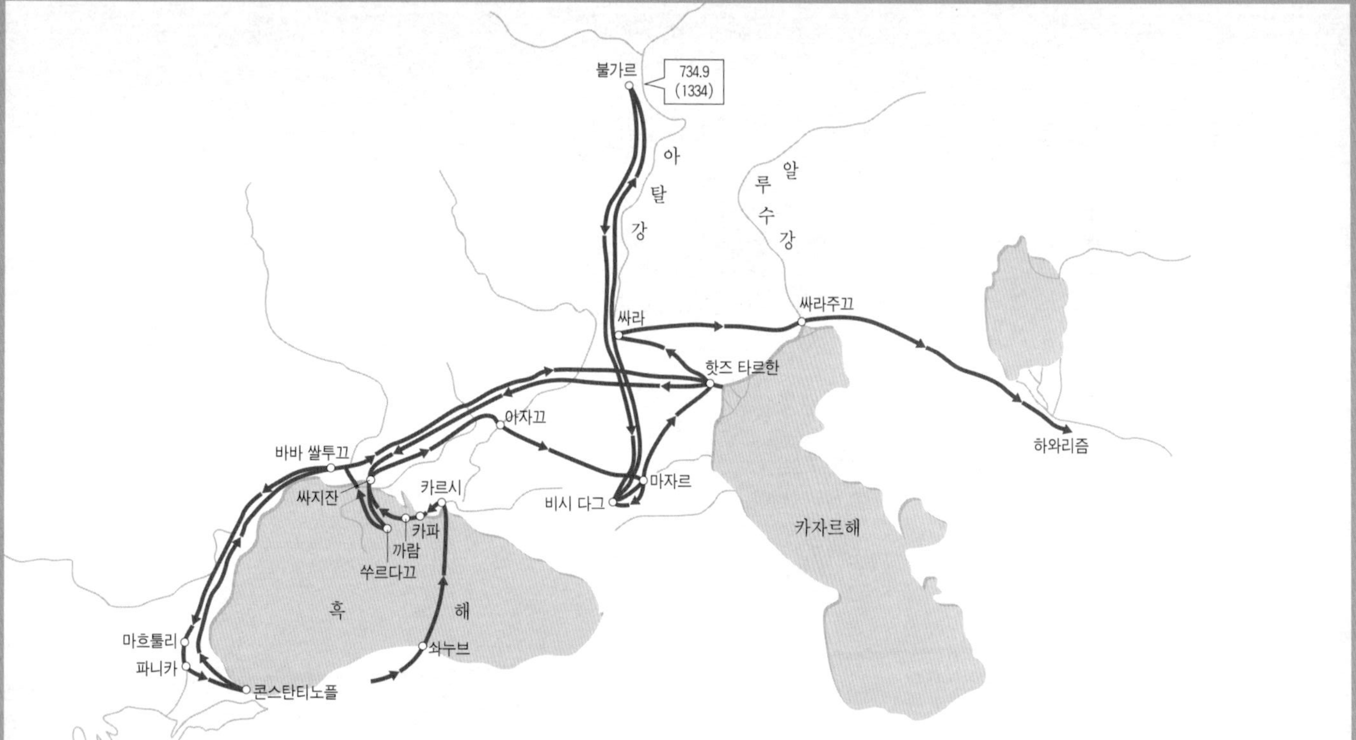


쇄누브 → 불가르 → 콘스탄티노플 → 싸라 → 하와리즘
(734 ~ ?)

# 제7장 우즈베크 지방과 동유럽

## 1. 솨누브에서 까람까지

얼마 후 바람이 잔잔해지자 우리는 다시 출발하였다. 한창 항행하고 있는데 강풍이 또 불어닥쳤다. 첫번째와 꼭같은 사태가 벌어졌다. 그러나 순풍이 일자 육지의 산봉우리가 한눈에 들어왔다. 우리는 카르시(al-Karsh)라는 정박소에 다가가 입항하려고 하였다. 그러자 저만치 산에 있는 사람들이 우리더러 들어오지 말라고 손짓을 하였다. 우리는 거기에 적함(敵艦)이 있는 줄로 알고 퍽 걱정하였다. 그곳에서 배를 돌려 육지에 접안하자 나는 선주에게 "여기서 하선하고 싶소"라고 했더니, 그는 해안가에 내려놓았다.

교회당이 보이기에 찾아갔더니 수사(修士) 한 명이 있고, 교회당의 벽 한면에는 웬 아랍인 초상이 걸려 있다. 주인공은 터번을 두르고 칼을 차고 손에는 창을 들고 있으며 앞에는 불 켜진 유등이 놓여 있다. 내가 그에게 "이것은 누구의 초상입니까?"라고 물으니 "이것은 선지자 알리의 초상입니다"라고 대답하였다. 그의 대답에 나는 짐짓 놀라지 않을 수 없었다. 우리는 그날밤을 교회당에서 보내면서 닭 한 마리를 잡았는데 도저히 먹을 수가 없었다. 왜냐하면 그 닭은 내내 배에서 우리와 함께 지내서 역겨운 바다냄새가 잔뜩 배어 있기 때문이었다.

우리가 하선한 곳은 다슈트 까프자끄(Dasht Qafjaq)라는 사막지대다. '다슈트'는 터키어로 '사막'이란 뜻이다. 이 사막은 나무도, 산도, 구릉도, 건물도, 땔나무도 하나 없는 그야말로 광막한 불모지다. 이곳 사람들은 동물의 배설물을 땔감으로 쓰고 있다. 그 배설물을 '타자크'(tazak)라고 하는데, 어른들이 주워서 옷섶에 싸가지고 간다. 이 사막에서는 수레를 타야만 여행할 수 있다. 여정은 6개월이나 걸리는데, 그중 3개월간은 쑬퇀 무함마드 우즈베크의 관할지이고, 나머지 3개월간은 다른 사람의 관할지다.

이곳에 도착한 다음날 일행 중 한 상인이 이 사막에 사는 기독교도들인 까프자끄족한테 가서 마차 한 대를 빌려왔다. 우리는 그 마차를 타고 카파(al-Kafā)시[1]에 도착하였다. 해안을 따라 길게 늘어선 도시로서 기독교들이 살고 있는데, 그들 대부분은 자누윤(al-Janūyūn, 제노바인)들이며, 이 도시의 아미르는 단디르(al-Dandīr)라고 부르는 사람이다. 우리는 무슬림들의 사원에서 기숙하였다. 사원에 도착해 얼마 지나지 않아 사방에서 징소리가 들렸다. 한번도 들어본 적이 없는 소리라서 은근히 겁부터 났다.

나는 일행들을 선례탑(宣禮塔, al-Ṣauma'ah, 첨탑)[2]에 올라가 『꾸란』을 독송하고 알라를 염송하며 아잔(예배시간의 알림—옮긴이)을 하라고 하였다. 그들은 내가 시키는 대로 하였다. 그런데 갑자기 웬 사람이 갑옷에 손에는 무기를 들고 달려와서 우리에게 인사를 하였다. 영문을 물어보니 그는 그곳 무슬림들의 법관이라고 하였다. 그러면서 그는 "『꾸란』 독송과 아잔 소리를 듣고 당신들이 걱정되어 보다시피 이렇게 달려왔습니다"라고 말하였다. 그는 우리가 무사한 것을 보고서야 돌아갔다. 다음날 시의 아미르가 찾아와

1. 오늘날은 페오도씨아(Feodosia)라고 한다.
2. 이슬람교에서 예배를 알리는 데 쓰는 건물로서 대개 첨탑 형식이다. 첨탑에 관해서는 3장 주131 참고.

서 음식대접을 하기에 우리는 한 끼 잘 얻어먹었다. 그리고서는 시내를 두루 돌아봤는데, 시장은 번화하지만, 시민들은 모두가 이교도들이다. 항구에 가보니 참으로 희한하였다. 약 2백 척의 대소 군·민용 선박이 정박하고 있다. 유명한 항구임에 틀림없다.

이곳에서 수레 한 대를 빌려타고 길을 떠나 까람(al-Qaram)시[3]에 이르렀다. 크고 아름다운 도시로서 거룩한 쑬퇀 무함마드 우즈베크의 영지다. 그가 파견한 이 도시의 아미르는 툴루크타무르라는 사람인데, 그의 한 시종이 우리와 동행하였다. 그래서 그가 아미르에게 우리가 온다는 것을 알렸다. 아미르는 나에게 그의 전속 이맘인 싸아둣 딘과 말 한 필을 보내왔다. 우리는 이 도시의 샤이흐 자다 후라싸니의 자위야에 머물렀다.

샤이흐는 우리를 열렬히 환영하고 친절히 환대하였다. 그는 그곳 사람들로부터 존경을 받고 있었다. 샤이흐는 나에게 시외의 한 수도원에 기독교 수사(修士) 한 명이 있는데, 독실히 수행하고 금식도 많이 한다고 하였다. 때로는 40일간이나 금식을 계속하고도 개재식 때에는 고작 잠두[4] 한 알만 먹는다고 한다.

샤이흐가 나더러 함께 그 수사한테로 가자고 했으나 나는 사절하였다. 그렇지만 그후에 그 사람을 만나보지도 않고, 또 실상을 제대로 알아보지도 않고 지레 사절한 데 대하여 못내 후회하였다. 나는 이 도시에서 대법관인 샴숫 딘 앗 싸일리를 만났는데, 그는 하나피야파 법관이기도 하였다. 또한 하드르라는 샤피이야파의 법관과 법학자이고 교사인 알라웃 딘 알 아쉬, 샤피이야파의 설교사 아부 바크르도 만났다. 아부 바크르는 나쉬르왕——그에게 알라의 자비를——이 이 도시에 세운 대사원에서 설교를 하고 있다.

3. 오늘날은 샤리 카림(Sharī Karīm)이라고 한다.
4. 잠두(蠶豆, Vicia Faba)는 아랍어로 풀(fūl)이라고 하는데, 콩과에 속하는 2년생 풀로 키는 40~80cm 가량 된다. 잎은 깃꼴겹잎이고 잔잎은 4~6개로서 긴 타원형이다. 열매는 식용으로 쓰는데, 이집트를 비롯한 지중해 연안 일원에서는 일종의 기호식품이다. 누에콩이라고도 한다.

그리고 원래는 룸인 기독교 신자였으나 이슬람에 귀의하여 독실한 신자가 된 현명하고 청렴한 샤이흐 무즈파룻 딘과 거룩한 법학자의 한 명인 청렴하고 독실한 샤이흐 무즈파룻 딘도 만났다. 당시 아미르 툴루크타무르는 와병중이었다. 우리가 병문안을 갔더니 환대해주고 친절을 베풀었다.

원래 아미르는 쑬퇀 무함마드 우즈베크의 거성(居城)인 싸라(al-Sarā)[5]에 행차할 채비를 하고 있었다. 나는 그와 함께 떠나기로 하고 수레를 몇대 구입하였다. 현지인들은 수레를 '아라바'('arabah)라고 한다. 수레에는 4개의 큰 바퀴가 달려 있다. 수레에는 두 필의 말이나, 그 이상의 말이 끄는 수레가 있으며, 수레의 경중에 따라 소나 낙타가 끄는 것도 있다. 몰이꾼은 안장까지 갖춘 수레 끄는 말을 타고 채찍을 휘두르며 말들을 몰아가는데, 만일 길을 잘못 들어서면 손에 든 큰 막대기로 방향을 바로잡아준다. 수레에는 가는 가죽끈으로 단단히 묶은 나무막대기로 돔 모양의 가벼운 집을 만들어놓는다. 겉에는 모전이나 보자기를 씌우고 아치형 창구를 뺀다. 안에 있는 사람은 바깥을 내다볼 수 있으나 바깥 사람은 들여다볼 수 없다. 수레가 움직여도 그안에서 마음대로 뒤치락거리고 잠도 자며, 음식도 먹고, 책도 읽고 글씨도 쓸 수 있다. 화물이나 식량운반용 수레와 식품저장 수레에는 자물쇠까지 달린 큰 집채 같은 것을 올려놓고 있다.

나는 나와 여종이 타고 갈 모전을 씌운 수레와 동료인 아피풋 딘 앗 타우자리가 타고 갈 작은 수레, 기타 일행이 타고 갈 큰 수레를 한 대씩 준비하

5. 오늘날은 쓰타리 크림(Stārī Krīm)이라고 한다. 본명은 '싸라이'(Sarai, 아랍어로는 싸라 Sarā)로서 몽골이 서정시 세운 차끄 한(Qipchaq Khān)의 수도였다. 볼가강 하류의 킵차끄초원에 있는 이 도시는 이븐 바투타 등 여행가들의 기록과 19세기 중엽 및 20세기 초엽에 진행된 러시아 고고학자들의 발굴결과에 의해 신·구 두 도시가 있었음이 확인되었다. 신싸라이의 원형을 복원해보면 동서 너비가 약 5천m, 남북 길이가 약 4천m나 되며, 인구는 약 20만 명으로 추산된다. 초원로의 서단(西段)에 자리잡고 있어 동유럽과 이슬람세계, 중앙아시아, 중국을 연결하는 대상무역의 중계도시의 역할을 하였다. 수공업도 발달하여 초원에 형성된 국지적 시장권(局地的 市場圈)의 중추적 기능을 수행하였다. 대체로 동방식 도시형으로 건설되었지만, 도시 전체를 두르는 성벽은 없다.

였다. 큰 수레는 낙타 3마리가 끄는데, 수레몰이꾼이 그중 한 마리를 타고 가기로 하였다. 우리는 아미르 툴루크타무르와 그의 형제 아이싸 그리고 그의 두 아들 까탈루다무르와 쇠루베크 등과 함께 길을 떠났다. 이번 행차의 수행자로는 아미르의 이맘인 싸아둣 딘과 설교사 아부 바크르, 법관 샴숫 딘, 법학자 샤라풋 딘 무싸, 영빈관(迎賓官) 알라웃 딘 등이 있다. 영빈관의 직무는 아미르의 응접실에서 그의 앞에 있다가 내빈의 광림을 아뢰는 일이다. 예컨대, 법관이 오면 다가서서 큰 소리로 "알라의 이름으로, 우리의 수령이시고 주공이신 당신께 법관이 광림했음을 아뢰나이다. 비쓰밀라!"라고 한다. 이렇게 하여 현장에 있는 사람들로 하여금 내빈을 맞을 채비를 하도록 한다. 그러면 모두 일어나서 내빈에게 자리를 내준다.

터키인들의 관행으로는 이 사막을 지나는 것이 마치 순례자들이 히자즈의 길을 답파하는 것과 같다. 새벽예배를 마치고 순례자들이 히자즈의 길을 떠나서는 해가 뜨면 휴식하고, 다시 오후에 떠나서는 저녁 무렵이면 숙영한다. 일단 한곳에 머물기만 하면 말이나 낙타, 소들은 수레에서 풀어줘 밤이건 낮이건 제멋대로 풀을 뜯게 한다. 그 누구도 쑬탄이나 여타 사람들의 가축에 먹이를 주는 법은 없다. 이 사막에서는 목초가 가축의 먹이인 보리를 대신한다. 이것이 이 사막만이 가지고 있는 특성이다. 그래서 이곳에는 가축이 많은가보다. 워낙 도둑에 대한 형벌이 엄하다보니 가축은 구태여 사람이 일일이 방목을 안 해도 되고, 간수(看守)할 필요도 없다. 그들의 법도로는 말 한 필을 훔친 것이 발각되면 그 말을 주인에게 돌려줌은 물론, 그와 똑같은 말 9필을 변상해야 한다. 그럴 능력이 없으면 자녀들을 대신 보내야 하며, 만일 자녀가 없으면 본인이 양처럼 도살된다.

터키인들은 빵이나 거친 식품은 먹지 않는다. 그들은 둣끼(duqqī)라는 안리(anlī)[6] 비슷한 곡식으로 음식을 만든다. 우선 불을 피워 물을 덥히다가

6. 둣끼나 안리는 일종의 곡식으로, 전자는 옥수수, 후자는 보리와 비슷하다.

물이 끓으면 둣끼를 적당량 쏟아넣는다. 고기가 있으면 잘게 썰어서 함께 끓인다. 먹을 때는 제각기 접시에다 담아서는 발효된 우유를 섞어서 먹으며, 꾸미즈(Qumiz)[7]라는 말젖도 마신다. 이곳 주민들은 건장하고 힘도 세지만 선량하기도 하다. 때로는 부르하니(būrkhānī)란 음식도 먹는다. 무슨 반죽인데, 잘게 잘라서는 가운데에 구멍을 낸 다음 솥에 넣어끓인다. 다 끓으면 발효된 우유를 넣어마신다. 위에서 말한 둣끼로 양조한 술이 있다. 그들은 단 음식 먹는 것을 하나의 흠으로 여긴다.

금식월의 어느날 나는 쑬퇀 우즈베크를 찾아갔다. 차린 음식으로는 그들이 가장 즐겨 먹는 육류인 말고기와 양고기 그리고 마카로니(rishtā)가 있었다. 마카로니는 국수(aiṭriyah) 비슷한데, 요리를 해서는 우유에 섞어 먹는다. 그날밤에 한 친구가 만든 단 음식 한 그릇을 가지고 가서 내가 쑬퇀 앞에 내놓았더니, 쑬퇀은 손가락에 묻혀서 입에 갖다 댈 뿐, 먹지는 않았다. 아미르 툴루크티무르의 말에 의하면, 쑬퇀의 한 고참 노예에게는 자식과 손자, 손녀가 약 40명이나 있었다. 어느날 쑬퇀이 그에게 "자네가 단 음식을 먹기만 하면 자네들 모두를 해방시켜줄 거야"라고 말하자, 그 노예는 "천만의 말씀입니다. 설혹 저를 죽일지언정 먹을 수는 없습니다"라고 단호하게 거절하였다고 한다.

## 2. 까람에서 우즈베크 쑬퇀의 거성까지

까람시를 떠나 싸지잔(Sajijān)이란 곳에 있는 아미르 툴루크타무르의 자위야에 투숙하였다. 아미르는 사람을 보내 나를 오라고 하기에 말을 타고 갔다. 그때 나에게는 말이 한 필 있었다. 수레몰이꾼이 끌고 다니지만 내가

7. 미정제의 술로서 마유주(馬乳酒)라고 한다.

필요할 때면 언제나 타고 다닐 수 있었다. 자위야에 도착하니 아미르는 빵을 비롯해 여러가지 음식을 장만해놓았다. 희멀끔한 물을 담은 자그마한 보시기가 들어오니 모두들 쭉 들이키는 것이었다. 샤이흐 무즈파룻 딘이 아미르 다음에 앉았고, 나는 샤이흐 곁에 자리하였다. 샤이흐에게 "이것이 무엇입니까?"고 물으니 "마웃 두흔(māu'd duhn, 지방수脂肪水, 기름물)이오"라고 대답하였다. 그가 하는 말을 나는 이해할 수가 없었다. 맛을 보니 시큼하기에 그만두었다. 자리에서 나오면서 그에게 다시 물었더니 "그것은 듯끼로 빚은 술인데, 그들은 하나피야파이기 때문에 술이 허용(ḥalāl)[8]되는 겁니다"라고 하였다. 듯끼로 빚은 술을 부자(būzah)라고 한다. 사실은 샤이흐 무즈파룻 딘이 '마웃 두흔'(māu'd dukhn), 즉 '속수'(粟水)[9]라고 말했는데, 외방이라 발음이 정확하지 않다 보니 '마웃 두흔'으로 들렸던 것이다.

까랍시를 떠나 18참(manzil) 만에 물이 질퍽한 고장[10]에 당도해 건너는 데만 꼬박 하루가 걸렸다. 짐승이나 수레가 들어가면 들어갈수록 진창길은 더 험해져서 건너기가 더더욱 어려웠다. 아미르는 내곁에 다가와서 나더러 그의 시종과 함께 앞서라고 하였다. 그리곤 나를 위해 아자끄(Azāq) 아미르에게 친서를 보냈는데, 친서에는 내가 왕을 진현(進見)하려고 한다는 것을 알리면서 나를 잘 접대해줄 것을 특별히 당부하였다. 이곳을 빠져나와서는 또다른 강[11]에 이르렀다. 이 강을 건너는 데 또 반나절이나 걸렸다.

그후 3일간이나 걸어서야 아자끄시[12]에 도착하였다. 해안가에 있는 도시로서 건물들이 화려하며 제노바인들을 비롯한 외지인들이 상역차 이곳에 모여든다. 이 도시에는 아히조직의 한 두령인 바즈까지가 살고 있다. 그는

8. 할랄(halāl)이란 아랍어로 '합법적' '정당한'이란 뜻으로서 이슬람교법상 음식을 포함해 허용되는 행위를 말한다. 이에 반해 금지되는 행위는 '하람'(harām)이라고 한다.
9. 조로 빚은 술을 말한다.
10. 무유쓰(al-Muyūs) 강을 지칭하는 것 같다.
11. 돈(al-Dūn) 강을 말한다.
12. 오늘은 아조프(Azov)라고 칭하는데, 아조프해의 동단(東端)에 있다.

세력가로서 오가는 길손들에게 음식을 제공한다. 아자끄시 아미르 무함마드 카와자 알 하와리즈미는 아미르 툴루크타무르의 친서를 받자 법관과 학생들을 대동하고 음식까지 마련해서 나를 출영(出迎)하는 것이었다. 우리는 그와 인사를 나누고 그 자리에서 마련해온 음식을 들었다. 이어 시내에 도착하여 교외에 있는 한 숙관 부근에 머물게 되었다. 이 숙관은 선지자 하드르와 일야쓰——두 분께 평화를——와 인연이 있는 숙관이다. 이 도시에 사는 라자브 앗 나흐르 말라키라는 샤이흐가 우리를 맞이하였다. 그는 원래 이라크의 한 고을 출신이다. 샤이흐는 자신의 자위야에서 우리를 친절하게 환대해주었다.

우리가 도착한 이틀 후에 아미르 툴루크타무르가 왔다. 이 도시의 아미르 무함마드는 법관과 학생들을 대동하고 친히 출영하였을 뿐만 아니라, 환영연회도 열었다. 연회를 위해서 서로 잇닿은 3개의 천막을 쳐놓았는데, 하나는 놀라울 정도로 우아한 갖가지 색깔의 비단천을, 다른 두 개는 아마천을 씌웠다. 천막은 우리나라에서 아프라즈(afrāj)라고 하는 유등으로 둘러쌌다. 그 외곽에는 우리나라 성보(城堡) 모양의 복도를 설치하였다. 아미르가 도착하자 깔아놓은 비단천 위로 밟고 지나가도록 하였다. 예의를 차려 아미르는 나더러 앞서라고 하였다. 그것은 아마 아미르에 대한 나의 위상을 이곳 아미르에게 보여주기 위함이었을 것이다. 우리는 아미르를 위해 마련한 첫 천막에 들어섰다. 맨 앞에는 잘 다듬은 큼직한 나무의자가 하나 있는데, 위에는 화려한 방석이 놓여 있다. 아미르는 나와 샤이흐 무즈파룻딘을 한 발짝 앞서서 그 방석에 올라앉았다. 우리도 그의 좌우에 올라앉았다. 아미르의 법관과 설교사 그리고 이 도시의 법관과 학생들은 의자의 왼쪽에 있는 화려한 주단 위에 모두 착석하였다. 아미르의 두 아들과 형제 그리고 이곳 아미르의 아들들은 서서 손님을 맞이하였다.

이윽고 말고기와 말젖 등 음식이 들어왔고, 이어 부자술이 나왔다. 식사가 끝나자 연단이 꾸며지더니 훈계사가 등단하였다. 독경사들은 그의 앞에 앉아 있다. 훈계사는 달변의 설교를 하고 쑬퇀과 아미르 그리고 참석자들을 위해 기도를 하였다. 그는 아랍어로 말하고는 터키어로 해석하곤 했다. 이때 독경사들은 신기하게도 한목소리로 『꾸란』의 몇몇 장을 반복 독송하고 있었다. 그리고 나서는 노래를 부르기 시작하는데, 아랍어로는 '까울'(al-Qaul)이라 하고, 페르시아어로 부를 때는 '물람마아'(al-Mulamma')라고 한다. 이런 행사들이 끝나니 또 한차례 음식이 들어왔다. 이렇게 저녁까지 보내고 내가 자리를 뜨려고 하자 아미르 무함마드가 만류하는 것이었다. 주인측은 아미르 툴루크타무르와 그의 두 아들 및 형제 그리고 샤이흐 무즈파룻 딘과 나에게 의상 한 벌씩을 선사하였다. 또한, 아미르와 그의 형제에게는 말 10필, 두 아들에게는 6필, 고위 수행원들과 나에게는 1필씩을 보냈다.

이곳에는 흔한 것이 말이어서 값이 싸다. 준마래야 값이 고작 은화 50~60디르함이다. 우리나라의 금화 디나르로 환산하면 약 1디나르밖에 안된다. 여기의 말은 일종의 이집트에서 말하는 아카디시(Akādish) 종 말이다. 말은 이곳 사람들의 자산으로서 우리나라의 양보다도 그 수효가 더 많다. 어떤 이는 수천필의 말을 소유하고 있다. 이곳에 정착한 터키인 말 주인들은 관례상 부인들이 타고 다니는 수레의 한 귀퉁이에 길이 1완척[13] 가량 되는 가는 막대기를 꽂아놓고 거기에 한 뼘(shibr)[14]쯤 되는 모전조각을 달아놓는다. 이 모전조각 하나가 말 1천 필을 의미한다. 어떤 수레는 이러한 모전조각을 10개씩이나 달고 다니는 것을 보았다. 물론 그렇지 못한 것도 있다.

이곳 말은 인도에 수출한다. 한번에 약 6천 필씩 반출하는데, 상인 1인당 100~200필씩이다. 상인들은 매 50필당 말먹이꾼을 한 명씩 고용해서 양처럼 사육한다. 이러한 먹이꾼을 '알까쉬'(alqashī)라고 부른다. 알까쉬는 올가

13. 완척에 관해서는 1장 주127 참고.
14. 한 뼘에 관해서는 1장 주50 참고.

미 끈이 달려 있는 긴 작대기를 손에 쥔 채 말을 타고 다닌다. 만일 낚고 싶은 말이 있으면 말을 타고 접근해서는 올가미 끈을 그 말 목에 걸어서 낚아챈다. 그리곤 그 말을 갈아타고 타던 말은 놔준다. 이러한 말은 씬드[15]땅에 끌고 가면 사료를 따로 먹여야 한다. 왜냐하면, 그곳 식물은 보리 구실을 할 수 없기 때문이다. 이런 탓에 말들은 죽기도 많이 죽거니와 도둑맞기 일쑤다.

씬드의 샤샨가르(Shashanghār)란 곳에서는 말 1필에 은화 7디르함을 세금으로 바쳐야 하고, 심지어 수도 물탄(Multān)에서도 세금을 물어야 한다. 과거에는 수입액의 4분의 1을 납부했어야 했다. 그러나 인도왕 쑬퇀 무함마드는 이러한 비행을 폐지하고 무슬림 상인들에게는 자카트 정도만 받고, 이교도 상인들에게서는 수익의 8분의 1을 징수하도록 하였다. 그렇지만 상인들에게는 여전히 돈벌이할 여지가 많다. 하찮은 말이라도 인도지방에서는 한 필에 100디나르에 팔린다. 마그리브 금화로 환산하면 25디나르다. 말이 그렇지, 어떤 때는 그 1배나 2배의 값으로 팔리기도 한다. 준마면 한 필에 500디나르나 그 이상의 호가다. 인도사람들은 전시에는 자신들이 갑옷을 입을 뿐만 아니라, 말에게도 개갑(鎧甲)을 씌워야 하므로 전시에는 질주나 경마용으로 말을 구입하지는 않는다. 그들이 바라는 것은 오로지 강력한 축력(畜力)이다. 경마용 말은 예멘이나 오만, 페르시아에서 들여오는데, 한 필당 1~4천 디나르다.

아미르 툴루크타무르가 이 도시를 떠난 후 우리는 3일간 더 머물렀다. 그간 아미르 무함마드 카와자는 나의 여행용구들을 하나하나 챙겨주었다. 이곳을 떠나 우리는 마자르(al-Mājar)시[16]에 도착하였다. 터키 도시치고는 대단히 크고 아름답다. 큰 강가에 있으며, 화원이 많고 과실도 풍족하다. 우리

15. 씬드에 관해서는 1장 주69 참고.
16. 오늘날은 부르고마드자흐리(Burgomadzahry)라고 한다. 게오르그페우스크(Georgfewsk) 시의 동북쪽 110km 지점의 쿠마(Kūmā) 강가에 있다.

는 청렴하고 독실하며 고령인 샤이흐 무함마드 알 바톼이히의 자위야에 투숙하였다. 그는 이라크의 바톼이흐(Baṭāiḥ) 출신으로서 샤이흐 아흐마드 라파이──그에게 알라의 영총을──의 후계자다. 자위야에는 약 70명의 아랍과 페르시아, 터키, 룸에서 온 수행자들이 있는데, 기혼자나 독신자들이 섞여 있다. 그들은 외부의 찬조에 의해 생활해나간다. 그곳 사람들은 수행자들에 대해 호감을 갖고 있어 매일밤 자위야에 말이나 소, 양을 끌고 온다. 쑬퇀과 그의 부인들도 샤이흐를 찾아와서는 영복을 빌고 시사(施捨)를 베풀며 사여(賜與)도 많이 한다. 특히 여성들은 연조를 많이 하고 여러가지 선행을 찾아한다.

우리는 마자르시에서 금요예배를 근행하였다. 예배가 끝나자 부하라(Bukhārā)[17]의 법학자이며 고명인사인 훈계사 앗줏 딘이 연단에 올라갔다. 그의 학생들과 독경사들이 그의 앞에서 『꾸란』을 독송하고 있다. 그는 훈계와 함께 염송도 하였다. 그날 예배에는 아미르와 시내 고위인사들이 참석하였다. 샤이흐 무함마드 앗 바톼이히가 일어나서 "법학자인 훈계사께서 곧 길을 떠나려고 합니다. 우리가 후량(餱糧)을 마련해드려야 할 것입니다"라고 말하고는 입었던 융모외투(farajiyan)[18]를 벗으면서 "이것이 내가 그에게 드리는 것입니다"라고 하였다. 그러자 서로 앞다투어 어떤 사람은 옷을 벗고, 어떤 사람은 말이나 은화를 내놓았다. 삽시간에 많은 물건이 모아졌다.

나는 이 도시의 차양시장[19]에서 한 유태인을 만났다. 그는 나에게 인사를 하고 나서 아랍어로 말을 걸어왔다. 내가 어디에서 왔느냐고 물으니 안달

17. 현 우즈베크공화국의 수도다. 중국문헌에는 안국(安國), 포활(布豁), 포화(蒲華), 불화랄(不花剌), 포합립(布哈粒)으로 음사되어 있다. 자라프샨강 하류, 쏘그디아나의 서단(西段)에 있는 씰크로드의 중요한 중계도시다. 일찍이 싸만조(875~999)와 부하라한국(16세기말)의 수도였다. 1500년경 우즈베크족에게 정복되었으며 1868년에 제정러시아의 보호국이 되었다. 시내에는 많은 유적들이 남아 있다.
18. 터키인들이 겉에 입는 덧옷(외투)이다.
19. 차양시장에 관해서는 4장 주 194 참고.

루쓰에서 왔다고 하였다. 그는 바닷길이 아니라 육로로 대콘스탄티노플과 룸지방 및 체르케쓰(al-Cherkes) 지방을 거쳐 이곳에 왔다. 그가 안달루쓰를 떠난 지 4개월이 된다고 하였다. 그와 안면이 있는 행상들은 그의 말이 사실이라고 알려주었다.

이곳에서 내가 목격한 기이한 사실은 여성들을 존대한다는 것이다. 여성의 지위는 남성보다 확실히 높다. 내가 본 첫 아미르의 부인은 까람을 출발할 때 수레 장교(帳轎)를 타고 가는 아미르 살튀야의 부인이다. 장교는 질 좋은 남색 모전(毛氈)으로 씌웠는데, 창구와 문은 열려 있다. 그의 앞에는 화려한 옷차림을 한 4명의 예쁘장한 여종이 앉아 있다. 그녀가 탄 수레를 여러명의 여종이 탄 몇대의 수레가 뒤따르고 있다. 아미르의 집이 가까워오자 부인은 수레에서 내렸다. 그녀와 함께 약 30명의 여종들이 수레에서 내려서는 한결같이 그녀의 옷자락을 잡아든다. 그의 옷에는 숱한 단춧고리가 있는데, 여종마다 하나씩 잡고서는 사방을 거둬올린다. 그런 채로 부인은 의젓하게 걸어간다. 아미르한테 도착하니 아미르는 일어나서 그녀에게 인사를 하고 그 옆에 앉힌다. 부인의 주위에는 여종들이 빙 둘러앉았다. 이윽고 마유주병이 들어오자 부인은 술을 잔에 따른다. 그리곤 아미르 앞에 무릎을 꿇고 앉아 잔을 권하니 아미르는 받아마신다. 이어 아미르의 형제에게도 잔을 권한다. 마지막으로 아미르가 부인에게 잔을 권한다. 음식이 들어오자 그녀는 아미르와 함께 식사를 한다. 식사 후 아미르가 그녀에게 의상을 선물하자, 그녀는 그제야 자리를 뜬다. 아미르 부인들의 행차는 대체로 이런 식이다. 왕비들에 관해서는 후술할 것이다.

상인이나 서민의 부인 행차도 목격한 바 있다. 한번은 웬 부인이 말 한 필이 끄는 수레에 탄 것을 봤다. 그녀 앞에는 3, 4명의 여종이 앉아서 그녀의 옷자락을 쳐들고 있다. 그녀는 보석에 박힌 높은 원추형모자(boghṭāq)를 쓰고 있는데, 모자 꼭대기에는 깃이 달려 있다. 장교의 창구는 열려 있고, 그녀는 얼굴을 드러내놓고 있다. 터키 여성들은 얼굴을 가리지 않는다. 또

다른 여인이 이런 식으로 오고 있었다. 한 남종이 양과 우유를 가지고 그녀를 따라오다가 그 양과 우유로 향료품을 교환한다. 간혹 남편이 이런 식으로 부인을 따라올 때가 있는데, 그럴 때면 사람들은 남편을 부인의 심부름꾼으로 여기기가 십상이다. 남성들이 입는 옷이란 고작 허름한 양가죽옷이고 머리에는 칼라(Kalā)라는 작은 모자를 올려놓고 있다.

우리는 마자르시에서 여장을 단단히 차리고 쑬퇀의 행선지로 향발하였다. 행선지는 마자르에서 4일 거리에 있는 비시 다그(Bish Dagh)[20]란 곳이다. '비시'는 '다섯', '다그'는 '산'이란 뜻이다. 이 비시 다그에는 온천이 있는데, 그 물에 몸을 씻기만 하면 질병에 걸리지 않는다고 한다. 우리는 쑬퇀 일행이 있다는 행궁(行宮)으로 찾아갔다. 그곳에 도착한 것은 금식월 첫날이었다. 그러나 대오는 이미 떠나고 없었다. 그래서 우리는 출발지로 다시 돌아왔다. 대오가 그 부근 어딘가에 있을 것으로 믿었기 때문이다. 나는 언덕 위에 천막을 치고 막 앞에 깃발을 꽂아놓고는 말이나 수레는 그 뒤에 자리하게 하였다. 이윽고 대오가 왔다. 그들은 이러한 대오를 '오르드'(Ordu)라고 한다. 말이 대오지, 실은 주민의 대이동이다. 대오 중에는 사원도 있고 시장도 있으니 말이다. 그런가 하면 대오 중에서는 요리를 하는 연기가 하늘로 뭉게뭉게 피어오르기도 한다. 그들은 행진하면서 음식을 만들고 있다. 사람이 타고 가는 수레는 말이 끌고 있다. 일단 숙영지에 도착하면 가벼운 장교(帳轎)를 수레에서 살짝 들어서 땅에 내려놓고는 사원이나 점포들을 꾸며놓는다.

쑬퇀의 부인들이 우리 곁을 지나갔다. 부인마다 수행원들이 따로 있다. 아미르 아이싸 베크의 딸인 넷째 부인도 지나갔다. 그녀는 관해서는 후술할 것이다. 그녀는 지나가면서 우리가 언덕 위에 세운 천막과 그 앞에 있는 깃발을 발견하였다. 그 깃발은 외래인이란 표지이다. 그녀의 남녀 시종 몇

20. 오늘날은 바티쿠르씨크(Batikūrsik)라고 하는데, 카프카즈산맥 북부에 있다.

사람을 보냈는데, 그들은 나에게 인사를 하고 그녀의 안부를 전했다. 그녀는 가던 길을 멈추고 서서 그들이 돌아오기를 기다리고 있었다. 나는 우리 일행 중 한 명을 보내 그녀에게 선물을 전했다. 아미르 툴르크타무르의 영빈관(mu'rrif)도 그녀와 함께 갔다. 그녀는 영복코자 선물을 흔쾌히 받으면서 내가 그녀의 가까이에 머물 것을 당부하고는 떠났다. 드디어 쑬퇀이 도착하였다. 그는 따로 그의 행궁에 머물렀다.

### 3. 쑬퇀 무함마드 우즈베크와 그의 가족

쑬퇀의 이름은 무함마드 우즈베크 한[21]이다. '한'(Khān)이란 그들 말로는 '쑬퇀'이란 뜻이다. 이 쑬퇀이야말로 군주로서 세력이 막강하고 위세와 권위가 대단하며 알라의 숙적인 대콘스탄티노플인들을 제압하고 그들에 대한 성전에 진력한 쑬퇀이다. 이 나라는 국토가 광활하고 대도시가 여러개 있다. 대도시로는 카파, 까람, 마자르(al-Mājar), 아자끄(Azāq), 싸르다끄(Sardāq), 하와리즘 등이 있다. 수도는 싸라다. 무함마드 우즈베크 한은 세계의 위대한 7대성왕 중 한 명이다. 그 7대성왕은 우선 우리의 주공인데, 그는 신자들의 수령이고 내세에 이르기까지 영원토록 진리만을 추구하는 승자들의 인도자로서 알라께서 영생토록 하시고 지지와 성원을 보내주시기를 우리 모두가 기원하는 성왕이다.[22] 그 다음은 이집트와 샴 쑬퇀, 이라크 쑬퇀, 이 우주베크 쑬퇀, 투르키쓰탄[23]과 마 와라앗 나흐르(Mā Warā'd Nahr)[24] 지방 쑬퇀, 인도 쑬퇀, 중국 쑬퇀이다.

21. 킵차끄한국의 제9대 쑬퇀으로서 742년(1341) 신 싸라에서 서거하였다.
22. 마그리브(모로코) 쑬퇀 아부 오스만을 지칭한다.
23. 투르키쓰탄(Turkistan)이란 투르크민족의 나라라는 뜻으로서 파미르고원의 동서에서 투르크어를 사용하는 종족의 거주지에 대한 총칭이다. 동투르키쓰탄에는 주로 위구르인들이, 서투르키쓰탄에는 우즈베크, 투르크메니아, 카자흐, 키르키즈인들이 살고 있다.

쑬퇀 무함마드 우즈베크가 행차하면 그와 함께 노예들과 정부관헌들은 한곳에 유숙하고, 왕비들은 저마다가 따로 투숙한다. 만일 쑬퇀이 어느 왕비에게 마음을 두면 곧 사람을 보내 알리고는 준비를 시킨다. 쑬퇀의 일거수 일투족에는 기묘한 예식이 따른다. 그는 '금(金)돔'(Qubbatu'd Dhahab)에 앉아 있다. 화려하게 장식된 이 돔은 금박을 씌운 나무기둥으로 지었다. 한가운데는 은박을 씌운 용상(龍上)이 있다. 용상의 네 발은 순은으로 만들고 그 발머리는 보석을 상감하였다.

쑬퇀이 용상에 앉으면 그 오른쪽에는 하툰 퇘이투글라(Ṭaiṭughlā)와 하툰 카브크(Kabk)가 차례로 앉는다. 그의 왼쪽에는 하툰 빌룬(Bīlūn)과 하툰 아르다자(Ardajā)가 차례로 앉는다. 용상 아래쪽 오른편에는 장남 틴 베크가, 왼쪽에는 차남 잔 베크가 서 있다. 그리고 용상 앞에는 딸 아이트 캇자크가 앉아 있다. 하툰이 오면 쑬퇀은 일어나서 그녀의 손을 잡아 용상에 오르도록 한다. 퇘이투글라는 왕후로서 왕비들 중에서는 쑬퇀의 총애를 가장 많이 받고 있다. 쑬퇀은 그녀를 돔 문에서 영접하면서 인사한 다음 손을 잡고 용상에 오르도록 한다. 그녀가 앉아야 쑬퇀도 착석한다.

이 모든 행사는 사람들이 보는 앞에서 공공연히 진행된다. 그 다음에 고위아미르들이 온다. 좌우에 의자들이 놓여 있다. 아미르들 중에서 누구든 쑬퇀이 앉아 있는 곳으로 갈 때는 남자 시종이 의자를 들고 따라간다. 쑬퇀의 앞에는 사촌이나 외조카, 친족 등 왕족들이 서 있고, 그들의 맞은편, 즉 돔의 문쪽에는 고위아미르들의 자식들이 좌우로 나누어 서 있다. 그제서야 사람들은 세 사람씩 짝을 지어 들어와서는 공손하게 인사하고 나가서 먼 발치에 앉는다.

신시예배가 끝나면 왕후는 자리를 뜨는데, 기타 하툰들도 그녀를 따라 자리를 뜬다. 왕후가 거처에 들면 하툰들은 제각기 수레를 타고 거처로 돌

24. 아랍어로 '하외지역(河外地域)'이란 뜻으로서 아무다리아(Amudaria)와 씨르다리아(Syrdaria) 사이의 지역, 즉 트랜스옥시아나(Transoxiana)를 말한다.

아간다. 모든 하툰과는 약 50명의 여시배(女侍陪)들이 말을 타고 수행한다. 또 수레 앞에는 약 20명의 나이 든 여인들이 말을 타고 청년들과 수레 사이에 서며, 맨 뒤에는 약 1백 명의 어린 노예들이 늘어선다. 청년들 앞에도 약 1백 명의 성인 노예들이 말을 타고 가는데, 그들은 마치 기병과 같이 손에는 곤봉을 들고 허리에는 검을 차고 있다. 그들은 기병과 청년들 사이에 자리한다. 이것이 모든 하툰이 오갈 때에 갖추는 행렬이다.

나는 쑬퇀의 아들 잔 베크의 거처 가까이에 기거하게 되었다. 그에 관해서는 뒤에 이야기할 것이다. 도착한 다음날, 신시예배 후에 쑬퇀한테로 갔다. 거기에는 여러 샤이흐, 법관, 법학자, 성예, 수행자들이 이미 모여 있었다. 쑬퇀은 음식을 푸짐하게 마련해놓았다. 우리는 그와 함께 개재식을 하였다. 성예 수장인 이븐 압둘 하미드와 법관 함자가 나를 위해 몇마디 덕담을 하고 나서 쑬퇀에게 나를 잘 접대해 줄 것을 품청(稟請)하였다. 이들 터키인들은 손님을 모신다든가 경비를 지불한다든가 하는 일을 잘 모르는바, 기껏해야 잡아먹으라고 양이나 말을 그리고 마시라고 마유주 병이나 보내는 것이 전부다. 이것이 그들의 손님맞이다. 며칠후 나는 쑬퇀과 함께 신시예배를 하였다. 내가 자리를 뜨고자 하니 쑬퇀은 나더러 좀 앉아 있으라고 하였다. 이윽고 음식과 둣끼로 만든 음료수가 들어왔고 나중에 삶은 양고기와 말고기가 나왔다. 그날밤 나는 단 음식을 한 접시 담아 쑬퇀에게 권하였다. 그는 한 손가락으로 묻혀서 입에 대볼 뿐이었다.

모든 하툰은 장교(帳轎)가 있는 수레를 타고 다니는데, 장교에는 도금한 은박이나 상감한 목판으로 만든 돔이 있다. 수레를 끄는 말들도 금실로 수놓은 비단천으로 단장한다. 말을 탄 수레몰이꾼은 젊은이인데, '까싸'(qasā)라고 부른다. 하툰은 수레의 장교 속에 앉아 있다. 오른쪽에는 울루(ūlū) 하툰이라고 하는 나이든 여인이 앉아 있다. '울루 하툰'은 '여재상(女宰相)'이란 뜻이다. 왼쪽에는 쿠주크(Kujuk) 하툰이라는 나이 든 여인이 앉아 있다. '쿠즈크 하툰'이란 '여근시'(女近侍)란 뜻이다. 앞에는 바나트(al-Banāt, 아랍어로는 처녀라는 뜻—옮긴이)라는 미모를 겸비한 6명의 어린 여종들이 앉아 있으며, 뒤에는 등받이 역을 하는 두 명의 어린 여종이 앉아 있다. 하툰은 머리에 보석을 박은 작은 왕관 비슷한 원추형모자를 쓰고 있는데, 꼭대기에는 공작새 깃이 달려 있다. 위에는 보석을 박은 비단옷을 걸치고 있는데, 룸인들이 입는 마누트(manūt, 망토—옮긴이)와 비슷하다. 여재상과 여근시는 비단천으로 만든 면사포 비슷한 것을 쓰고 있는데, 주변은 금실로 수놓고 보석을 박았다. 바나트들은 아끄루프(aqrūf, 일종의 원추형 모자—옮긴이) 비슷한 모자(Kalā)를 쓰고 있는데, 꼭대기에는 보석을 박은 금환(金環)과 공작새 깃이 달려 있다. 그녀들이 걸친 옷은 나흐(nakh)라는 금실로 수놓은 비단옷이다.

하툰 앞에는 10명 내지 15명의 룸이나 인도 청년들이 서 있다. 그들은 금실로 수놓은 보석을 박은 비단옷을 입고, 손에는 금이나 은 혹은 금은 합금으로 만든 곤봉을 들고 있다. 하툰의 수레 뒤에는 약 1백 대의 수레가 뒤따르며 수레마다 3,4명의 여종이 앉아 있다. 나이가 서로 다른 이 여종들은 비단옷을 입고 모자를 쓰고 있다. 그 뒤에는 낙타나 소가 끄는 약 3백 대의 차량이 뒤따른다. 이 차량들은 하툰 개인의 재물과 의상, 가구, 식품 등을 실어 나른다. 차량마다 남종 몰이꾼이 있는데, 그는 앞에 말한 여종들 중 한 명과 결혼한 자여야 한다. 그들의 관행으로는 여종과 결혼한 남종만이 여종들 사이를 드나들 수 있다. 모든 하툰의 행차는 대체로 이런 식이다. 이제 하툰 개개인을 소개하면 다음과 같다.

가장 큰 하툰, 즉 왕후는 쑬퇀의 두 아들인 잔 베크와 틴 베크의 생모이다. 이 두 아들에 관해서는 뒤에 언급할 것이다. 그녀는 쑬퇀의 딸 아이트캇자크의 생모는 아니다. 딸의 생모는 전 왕후다. 이 하툰이 바로 퇴이투글라다. 그녀는 쑬퇀의 총애를 가장 많이 받는 하툰이다. 쑬퇀은 그녀와 대부분의 밤을 보내며, 쑬퇀이 그녀를 존대하므로 사람들도 그녀를 존대한다. 그러나 그녀는 하툰 중에서 가장 구두쇠다. 이 왕후에 관해 잘 알고 있는 어떤 사람의 말에 의하면 쑬퇀이 그녀를 혹애(惑愛)하는 것은 그녀만이 갖고 있는 독특한 매력 때문이라고 한다. 세월이 지나도 그녀는 밤마다 처녀 같다고 한다. 또한 다른 사람이 전하는 바에 의하면, 쑬라이만——그에게 평화를——이 한 여인 때문에 왕위에서 폐출(廢黜)되었는데, 이 왕후가 바로 그 여인의 가문 출신이라고 한다.[25]

쑬라이만은 복위하자 그녀를 무인지경인 사막으로 추방하라고 하명하였다. 그래서 보내진 곳이 바로 까프자끄(Qafjaq) 사막이다. 하툰 퇴이투글라의 가락지 같은 자궁은 천부적이라고 한다. 쑬라이만이 혹애하던 그녀(자라다)가 낳은 여인들은 다들 그랬다고 한다. 나는 까프자끄 사막이나 다른 어느곳에서도 이러한 여인을 봤다는 사람을 만나보지 못하였다. 이 하툰에 관한 이런 이야기는 금시초문이다. 단, 중국에는 이러한 유의 여인이 있다고 중국사람으로부터 들은 바 있다. 그러나 내 자신은 직접 목격한 바가 없거니와 사실 여부도 알 수가 없다.

쑬퇀을 만난 다음날, 나는 이 하툰을 배견(拜見)하였다. 그는 시배(侍陪) 같은 10명의 나이 든 여인들 속에 앉아 있었다. 앞에는 바나트라는 약 50명의 어린 여종들이 앉아 있다. 그녀들의 앞에는 아주까리(ḥobbu'l mulūk)가 가득 담긴 금은제 그릇이 놓여 있는데, 그녀들은 씨를 고르고 있었다. 하툰 앞에도 아주까리가 가득 찬 금제 쟁반이 놓여 있는데, 그녀 역시 씨를 고르고 있었다. 우리는 그녀에게 인사를 하였다. 일행 중에는 좋은 목소리에 이집트식으로 『꾸란』을 잘 독송하는 독경사 한 명이 있었다. 그가 독경을 마치자 하툰은 마유주를 내오라고 하였다. 아주 섬교하고 가벼운 나무보시기에 담아내왔다. 그녀는 보시기 하나를 손수 잡아 나에게 권하였다. 그들에

25. 쑬라이만왕은 쏴이둔(Ṣaidūn) 왕을 타승한 후 그의 딸 자라다(Jarādah)의 절색에 반해 그녀를 왕비로 맞은 후 가장 총애하였다. 그래서 그는 부왕(쏴이둔)의 동상을 세워 그녀로 하여금 추모케 하였다. 이에 화난 알라는 사탄을 시켜 옥새를 훔쳐오게 함으로써 그를 왕위에서 폐출시켰다. 자신의 잘못을 회개하고 용서를 빌자 알라는 옥새를 돌려주고 복위시켰다고 전한다.

게 있어서 이것은 최상의 후의다. 나는 마유주를 마셔본 적이 없지만, 받아 들지 않을 수 없었다. 입에 대보니 아무맛도 없다. 그래서 나는 친구에게 돌렸다. 그녀는 우리의 여행에 관하여 많은 것을 묻기에 나는 수문수답하고 자리를 떴다. 우리가 그녀를 우선적으로 찾은 것은 쑬퇀으로부터 받고 있는 그녀의 높은 지위 때문이었다.

왕후 다음의 두번째 하툰은 카바크 하툰이다. 카바크는 터키어로 '기울'(nukhālah)이란 뜻이다. 그녀는 아미르 나가퇴의 딸로서 부친은 생존해 있지만 풍습성 관절염을 앓고 있다. 나는 그를 만나봤다. 왕후를 배견한 다음날 우리는 이 하툰한테 갔다. 그녀는 방석에 앉아 경전을 읽고 있었다. 앞에는 약 10명의 나이 든 여인들과 약 20명의 바나트들이 앉아서 옷에 수를 놓고 있었다. 우리가 인사를 하자 반가이 답례를 하고 나서 우리와 이야기를 나누었다. 우리의 독경사가 경전을 독송하자 칭찬해 마지 않았다. 그리곤 마유주를 가져오라고 하였다. 전날 왕후가 한 것처럼 마유주 보시기를 손수 권하는 것이었다. 끝나자 우리는 물러나왔다.

세번째 하툰의 이름은 빌룬이다. 그녀는 대콘스탄티노플왕인 쑬퇀 타크푸르의 딸이다. 우리가 배견할 때 그녀는 다리에 은박을 씌운 침상에 앉아 있었다. 앞에는 약 1백 명의 룸과 터키 그리고 누비(Nūby)[26]의 여종들이 있었는데, 서기도 하고 앉기도 하였다. 맨 위쪽에는 젊은이들이 있고, 앞에는 룸 출신의 근시들이 서 있다. 그녀는 우리의 안부와 온 곳을 알아보고 우리의 고향은 얼마나 먼가도 물었다. 그리곤 마음이 여리고 연민에 겨워 눈물을 흘리면서 손에 들고 있는 손수건으로 연신 눈물을 찍어내고 있었다. 음식을 가져오라고 하자 곧 나왔다. 우리는 그녀의 앞에서 음식을 들었는데, 그녀는 내내 우리를 지켜보고 있었다. 우리가 자리에서 일어서려고 하자 그녀는 "우리를 잊지 말고 자주 찾아오세요. 필요한 것이 있으면, 서슴지 말

26. 누바(Nūbah), 즉 아프리카의 동부 쑤단지방에 거주하는 사람에 대한 지칭이다.

고 요구하세요"라고 말하였다. 어진 마음씨를 그대로 내보였다. 그리곤 곧 여러가지 음식과 많은 빵, 유락, 양, 은화, 질 좋은 의상, 3필의 준마와 보통마 10필을 보냈다. 나는 이 하툰과 함께 대콘스탄티노플로 갔다. 이에 관해서는 후에 이야기할 것이다.

네번째 하툰의 이름은 아르두자다. '아르드'(ard)는 현지어로 '행궁'(行宮, mahallah)이란 뜻이다. 그녀를 그렇게 부르게 된 것은 그녀가 행궁에서 태어났기 때문이다. 그녀는 아미르 알루쓰 아이싸 베크의 딸이다. '아미르 울루쓰'(Amīru'l Ulūs)는 '수좌(首座)아미르'란 뜻이다. 이 아미르는 아직 생존해 있다고 하는데, 쑬퇀 아이트 쿠주크의 딸과 결혼하였다. 아르두자는 하툰 중에서 가장 선량하고 온화하며 동정심 많은 하툰이다. 그녀가 바로 앞에서 이야기하다시피 행궁이 지나갈 때 언덕에 쳐놓은 내 천막을 보고 사람을 보낸 하툰이다. 우리가 그녀를 배견하고 그녀야말로 더 말할나위 없이 선량하고 인자한 하툰이라는 것을 새삼스레 느꼈다. 음식을 차려왔기에 우리는 그녀 앞에서 잘 들었다. 역시 청해 내온 마유주를 일행은 마셨다. 안부를 묻기에 사실대로 대답하였다. 우리는 아미르 알리 븐 아르자끄의 부인인 그녀의 동생도 찾아뵈었다.

위대한 쑬퇀 우즈베크의 딸 이름은 이트 쿠주크인데, 그 뜻은 '강아지'이다. '이트'(it)는 '개'이고, '쿠주크'(kujuk)는 '작은'이라는 뜻이다. 터키인들도 아랍인들처럼 동물명을 인명으로 쓰기도 한다. 우리는 이 쑬퇀의 딸을 찾아갔다. 그녀는 아버지의 행궁에서 약 6마일 떨어진 곳에 따로 거처하고 있었다. 그녀는 법학자들과 법관들, 성예 이븐 압둘 하미드 그리고 몇몇 학생과 샤이흐를 불러왔다. 그녀의 부군인 아미르 아이싸도 참석하였다. 아이싸의 전처의 딸이 곧 쑬퇀의 하툰 중 하나다. 아이싸는 부인과 함께 같은 방석에 앉아 있다. 그는 풍습성 관절염에 걸려 제대로 걸을 수가 없고, 말도 탈 수 없어서 수레만 타고 다닌다. 쑬퇀한테로 갈 때면 시배(侍陪)가 수레에서 내려놓은 후 업고서 응접실로 들어간다. 동병상련의 처지에 있는 사람으로는 쑬퇀의 두번째 하툰의 부친인 아미르 나그튀가 있다. 이러한 질병은 터키인들 사이에 만연해 있다. 이 왕녀야말로 비할 수 없이 너그럽고 선량하여 많은 선행을 베풀었다. 그녀에게 알라의 축복이 있기를 기원하는 바이다.

쑬퇀의 두 아들은 친형제이고, 그들의 생모는 전술한 퇘이투글라다. 형의 이름은 틴 베크다. '베크'(bak)는 '아미르' '장관' '틴'(Tīn)은 '사자' 이란 뜻이다. 그래서 그의 이름은 '사자의 아미르(장관)'란 뜻이 된다. 그의 동생은 잔 베크인데 '잔'(Jān)은 '정신' '영혼'이란 뜻으로서 그의 이름은 곧 '영혼의 아미르'란 말이 된다. 그들에게는 행궁(行宮)이 따로따로 있다. 알라께서 틴 베크를 더 준수하게 창조하셨기 때문에 아버지는 그를 후계자로 지목하였다. 그는 아버지로부터 총애를 한몸에 받았다. 비록 선친이 사망하자 그 후광으로 쉽게 등극했지만, 얼마 안가서 추잡한 일에 휘말려 살해되고 말았다. 이에 동생 잔 베크가 계위하였는데, 그는 형보다 훨씬 나은 인물이었다. 원래 성예 이븐 압둘 하미드가 잔 베크의 교육을 담당하고 있었다. 그래서 내가 왔을 때 이 성예와 법관 함자, 이맘 마드룻 딘 까와미, 이맘이며 독경사인 후사뭇 딘 알 부카리 등은 나더러 인품이 좋은 잔 베크의 행궁에 머물라고 하였다. 나는 그대로 하였다.

## 4. 북방땅과 줄마[27]지방

나는 일찍이 불가르(Bulghār)시[28]에 관해서 들은 바가 있는데, 그에 의하면, 그곳은 계절에 따라 밤과 낮의 길이가 변한다고 한다. 그래서 그것을 보

27. 줄마국에서 줄마(al-Julmah)는 아랍어로 '암흑'이란 뜻이다. 따라서 줄마지방은 '암흑지방', 즉 동토지방(凍土地方, 동토국)이란 뜻으로 볼가강 중류의 러시아지방을 가리키는 듯하다.

고 싶어 이 도시로 향발하였다. 이 도시와 쑬퇀의 행궁 사이는 10일 거리다. 내가 쑬퇀에게 안내할 사람을 보내달라고 요청했더니, 한 사람을 보내와 함께 쑬퇀한테로 갔다. 우리는 금식월에 행궁에 도착하였다. 황혼예배(黃昏禮拜, Ṣalātu'l Maghrib)[29]를 마치고 개재식을 하는데, 밤예배(Ṣalātu'l 'Ishā')[30] 시간을 알려오기에 그만 식사를 채 못하고 예배에 들어갔다. 밤예배 후에는 타라위흐(al-Tarāwiḥ)와 우수배 및 기수배[31]를 올렸다. 그랬더니 어느덧 날이 밝았다. 그때는 낮이 짧아지는 계절이었다. 우리는 그곳에 3일간 체류하였다.

본래 나는 불가르에서 줄마땅으로 들어가려고 했었다. 두 곳 사이는 40일 거리다. 그러나 가는 데 하도 어려움이 많고, 또 가봐야 별로 소득이 없을 성싶어 가는 것을 포기하였다. 그곳은 큰 개들이 끄는 작은 수레(눈썰매—옮긴이)로만 갈 수 있으며, 광막한 황야로서 얼음으로 뒤덮여 있다. 넓적한 발을 가진 인간이나 기제류(奇蹄類)의 집짐승 같은 것은 도저히 딛고 설 수가 없다. 날카로운 발톱을 가진 개 따위만이 얼음 위로 갈 수 있는 것이다. 거상(巨商)들만 그곳에 들어가는데, 한 사람이 1백 대 가량의 썰매에 식품과 음료수, 땔나무까지 잔뜩 싣고 간다. 그곳에는 나무는 물론, 들이나 마다르(madar)[32]마저도 없다. 그곳으로의 안내자는 여러번 드나든 개다. 그런 개의 값은 약 1천 디나르에 달한다. 썰매 채를 개 한 마리의 목에 걸고 다른 3마리 개와 함께 끌게 한다. 이 안내견이 앞서면 그 뒤에 다른 개들이 썰매를 끌고 따라오는데, 안내견이 멈춰서면 다른 개들도 선다. 주인은 이

28. 불가르시의 유적이 불가르 싸크위(Bulghār Sakwī)란 읍에서 발견되었다. 이곳은 까잔시 남쪽 115km 지점에 있는데, 볼가강 동안에서 7km 떨어져 있다. 슬라브족들이 살고 있는데, 겨울이 따로 없이 여름에도 눈이 내릴 만큼 1년 내내 대단히 추운 고장이다. 건물은 목조건물이고 과실이나 지하자원 같은 것은 별로 없다.
29. 매일 5회 예배 중 하나로서 해진 후 땅거미가 질 무렵에 행하는 예배로 5배를 한다.
30. 밤예배에 관해서는 1장 주164 참고.
31. 우수배와 기수배에 관해서는 3장 주186 참고.
32. 원래는 '진흙'을 뜻하는데, 여기서는 촌락이나 인가를 의미한다.

안내견을 때리거나 욕하지 않는다. 음식이 오면 사람에 앞서 개들을 먼저 먹여야 한다. 그렇지 않으면 안내견이 화가 나서 도망치기 때문에 결국 주인이 골탕먹게 된다.

행객(行客)들은 이 황야를 40일 동안 지나가야 줄마땅에 이른다. 그들은 가지고 온 화물들을 땅바닥에 나누어놓고 상주하는 숙소에 돌아온다. 다음 날 화물을 놔둔 데 가보면 화물마다 맞은편에 검은 담비(sammūr)나 다람쥐(sinjāb), 흰 족제비(gāgum) 가죽이 놓여 있다. 만일 화주가 자기의 화물 맞은편에 있는 물건이 마음에 들면 가져가고, 마음에 들지 않으면 그대로 놔둔다. 그러면 원주민들은 물건을 더 가져다놓기도 한다. 그러나 때로는 물건을 도로 찾아가고 상인들의 물건은 그대로 방치하는 경우도 있다. 이런 식으로 거래가 진행된다. 그곳에 가는 사람들은 도대체 누구하고 물건을 팔고 사는지, 거래자가 정령(精靈, al-Jīnnu)인지, 아니면 사람인지조차 모른다. 한 사람도 만나본 일이 없으니까.

흰 족제비가죽은 가장 진귀한 모피로서 인도에서는 그 모피옷 한 벌에 금화 1천 디나르씩이나 한다. 우리의 금화로 환산하면 250디나르다. 한 뼘 길이의 자그마한 짐승 가죽인데, 색깔은 아주 희며 긴 꼬리는 지은 옷에도 그대로 달려 있다. 다람쥐가죽은 흰 족제비가죽만은 못하지만, 그 모피옷 한 벌에 400디나르 정도다. 이러한 짐승 가죽의 특성 중 하나 이가 끼지 않는다는 것이다. 중국의 달관요인(達官要人)들은 이런 짐승의 가죽을 통째로 목도리를 만들어쓴다. 페르시아나 두 이라크[33]의 상인들도 그렇게 한다.

나는 쑬퇀이 파견한 아미르와 함께 불가르시에서 바시 다그에 있는 쑬퇀의 행궁에 돌아왔다. 그날은 금식월 28일이었다. 나는 쑬퇀과 함께 명절예배를 올렸는데, 이날은 마침 금요일이었다.

33. 두 이라크에 관해서는 4장 주78 참고.

## 5. 우즈베크의 명절행사

명절날[34] 아침 쑬퇀은 굉장한 의장대를 거느리고 승마 행차를 하였다. 하툰들도 저마다 의장대의 호위하에 수레를 타고 뒤따른다. 쑬퇀의 딸도 수레를 타고 가는데, 그녀는 왕관을 쓰고 있다. 왜냐하면 그녀는 어머니로부터 왕위를 물려받은 여왕이기 때문이다. 쑬퇀의 아들들도 저마다 의장대의 호위하에 말을 타고 뒤따른다. 명절예배에 참석하기 위하여 수석법관 샤하붓 딘 앗 싸이리가 일군의 법학자들과 샤이흐들을 대동하고 도착했다. 그들은 모두가 말을 타고 왔다. 그리고 법관 함자와 이맘 바드룻 딘 까와미, 성예 이븐 압둘 하미드도 말을 타고 왔다. 몇몇 법학자들은 세자 틴 베크와 함께 말을 타고 깃발을 들고 북을 치면서 왔다.

수석법관 샤하붓 딘이 예배를 인도하고 훌륭한 설교까지 하였다. 예배가 끝나자 쑬퇀은 말을 타고 쿠슈크(al-Kushk)라는 나무정자(亭子)에 가서 하툰들과 함께 앉았다. 그 앞에 세워진 두번째 정자에는 세자와 왕관을 쓴 딸이 앉아 있다. 그 앞 좌우에는 쑬퇀의 자식들과 친지들이 앉아 있다. 정자 좌우에는 아미르나 왕자들이 앉는 솬달리야(Ṣandaliyah)라는 의자가 놓여 있다. 저마다 하나씩 차지하고 있고, 거기에는 투구대(投球臺)도 놓여 있다. 투만(tūmān) 사령관들에게는 탁자가 따로 있다. 투만사령관이란 1만 명의 기병을 거느린 사람을 가리킨다. 17명의 투만사령관이 참석했으니, 그들은 도합 17만 명의 기병을 거느린다는 소리다. 그러나 실제로는 사령관 예하에 이보다 더 많은 군사가 있다. 모든 아미르 앞에는 연단 비슷한 것이 놓여 있는데, 그들은 그 위에 앉아 있으며 그 앞에서는 친구들이 놀이를 하고 있다.

34. 금식월이 끝나는 개재절을 말한다.

이렇게 얼마쯤 지난 후 쑬퇀은 의상을 가져와서 아미르들에게 한 벌씩 하사한다. 그들은 하사받은 옷을 입고서는 쑬퇀의 정자 앞에 가서 사은례(謝恩禮)를 올린다. 예식을 보면 오른쪽 무릎은 땅에 붙이고 왼쪽 무릎은 세우고 있노라면 안장을 하고 자갈을 물린 말이 나온다. 말이 발굽을 쳐들면 아미르들은 발굽에 접문(接吻)한다. 그리곤 말을 끌고 제자리에 돌아와서는 자신의 군사들과 함께 정돈해 서 있다. 모든 아미르들은 다 이런 행사를 치른다.

끝나면 쑬퇀은 정자에서 내려와 말을 탄다. 그의 오른쪽에는 세자가, 세자 다음에는 딸인 여왕 아이트 캇자크가 서고, 그의 왼쪽에는 둘째 아들이 서며 그의 앞에는 4명의 하툰이 수레를 타고 있다. 수레는 금실로 수놓은 비단천으로 가려져 있고, 수레를 끄는 말도 역시 금실로 수놓은 비단천으로 장식되어 있다. 대소 아미르들과 왕자들, 대신들, 수위들, 관헌들은 모두가 걸어서 쑬퇀의 앞을 지나 천막(wiṭāq)에 온다. 거기에는 바리카(bārikah)라는 큰 방이 하나 있다. 방을 지탱하는 4개의 나무기둥은 도금한 은박편으로 씌워져 있고, 모든 기둥에는 도금한 은제주두(銀製柱頭)가 있는데, 번쩍번쩍 빛난다. 멀리서 보면 이 방은 마치 사람의 앞니와 같다. 그 좌우에는 면이나 아마천을 씌운 천막이 몇개 있는데, 안은 몽땅 비단천을 깔았다.

방 한가운데는 타흐트(takht)라고 부르는 큰 침상이 하나 있다. 침상은 목재를 양감(鑲嵌)하여 만든 것인데, 네 귀는 도금한 은박편을 씌우고, 다리는 도금한 순은으로 만들었다. 침상에는 큰 주단을 깔았으며 가운데에 방석이 있는데, 쑬퇀과 제일 큰 하툰이 앉아 있다. 쑬퇀의 오른쪽에 있는 방석에는 딸인 아이트 캇자크와 하툰 아르두자가 함께 앉아 있다. 왼쪽에 있는 방석에는 하툰 빌룬과 하툰 카바크가 함께 앉아 있다. 침상의 오른쪽에 놓여 있는 의자에는 쑬퇀의 장자 틴 베크가 앉아 있고, 왼쪽에 있는 의자에는 차자 잔 베크가 앉아 있다. 침상의 좌우에는 또 여러개의 의자가 놓여 있는데, 거기에는 고위왕손들과 하자라(Hazārah) 사령관과 같은 소부대 사령관들이 앉아 있다. 소부대 사령관이란 군사 1천 명을 거느리는 지휘관을 말한다.

이윽고 음식이 담긴 금은제 식탁이 들어오는데, 식탁은 4명 이상의 남자가 들고 들어왔다. 음식은 삶은 말고기와 양고기다. 아미르 앞에 식탁이 하나씩 놓인다. 금의(錦衣)를 입은 바와르지(al-bāwarjī)[35]가 와서 고기를 썰어놓는다. 허리에 비단수건을 두르고 요대에는 갖가지 식칼이 든 칼집을 차고 있다. 각 아미르마다 한명의 바와르지가 봉사하는데, 식탁이 들어오면 그는 아미르 앞에 앉는다. 소금물이 담긴 자그마한 금은제 보시기가 식탁에 놓이면 바와르지는 고기를 잘게 썬다. 그들이 뼈를 붙여 고기를 써는 솜씨가 일품이다. 그들은 뼈가 붙은 고기만 먹는다. 그 다음은 역시 금은제 그릇에 마실 것이 들어오는데, 그것은 봉밀주(蜂蜜酒)다. 그들은 하나피야파에 속하기 때문에 음주가 허용된다. 만일 쑬퇀이 한 잔 들고자 하면 딸이 손수 잔을 받아서 무릎을 꿇고 따라올린다. 그러면 쑬퇀이 받아마신다. 그녀는 다른 잔을 들어 대하툰에게 권하면 대하툰도 받아마신다. 이렇게 다른 하툰들도 순서대로 마신다. 세자도 아버지에게 잔을 올린다. 세자는 하툰과 누이 모두에게도 이렇게 잔을 올린다. 쑬퇀의 차남이 잔을 들어 형에게 올린다. 다음은 고위 아미르들과 왕손들이 제각기 잔을 들어 세자에게 올린다. 이러는 동안에는 내내 노랫소리가 이어진다.

사원 맞은편에는 법관과 설교사, 성예, 법학자, 샤이흐들을 위해 큰 돔이 세워져 있다. 나는 그들과 함께 돔 속에 있었다. 우리에게도 금은제 식탁이 들어왔다. 4명의 건장한 터키남자가 식탁을 들고 왔다. 사실 그날 쑬퇀 앞에 얼굴을 내민 사람은 모두가 고관대작들이다. 그래서 쑬퇀은 그들에게 식탁에 차린 음식을 줄 사람이 있으면 주라고 하였다. 법학자들 중에는 주는 대로 먹는 사람도 있었지만, 개중에는 은이나 금으로 만든 식탁에서 음

35. 터키어로 식탁 웨이터(봉사원)를 말한다.

식을 먹는 것이 어쩐지 꺼림칙해하는 사람도 있었다. 좌우를 둘러보니 사방에 마유주를 실어온 차들이 눈에 띄었다. 술탄은 그 술을 사람들에게 나누어주라고 하였다. 나도 한 차나 받았는데, 곁에 있는 터키인들에게 주고 말았다. 그리고 나서 사원으로 왔다.

금요예배를 하려고 기다리고 있었으나 술탄은 나타나지 않았다. 어떤 사람은 그가 술에 만취됐기 때문에 오지 않을 것이라고 하고, 어떤 사람은 그가 금요예배를 거르는 일은 없었다고 한다. 아니나다를까, 시간이 꽤 지나서야 술탄은 비틀거리며 왔다. 성예 수장에게 히쭉 웃으면서 인사를 건네고는 그를 '아퇴'(Āṭā)라고 부르는 것이었다. '아퇴'란 터키말로 '아버지'란 뜻이다. 금요예배를 마치자 사람들은 집으로 돌아갔다. 술탄은 바리카로 들어가서 그 꼴로 신시예배까지 치렀다. 예배가 끝나자 함께 있던 사람들은 모두 자리를 떴다. 그날밤 하툰들과 딸만이 술탄과 함께 그곳에 남았다.

## 6. 핫즈 타르한시에서 콘스탄티노플까지

명절이 지나자 우리는 술탄의 행궁을 떠나서 핫즈 타르한(al-Ḥajj Tarkhān) 시[36]에 도착하였다. '타르한'이란 현지어로 '세납(稅納) 면제지'란 뜻이다. 그 연유을 보면, 원래 시골이었던 이곳에는 한 청렴한 터키인 핫즈[37]가 살고 있었다. 술탄이 그에게 세납을 면제토록 하였더니 이 시골은 대뜸 번성하여 도시가 되었다. 오늘 이 도시는 대단히 훌륭한 도시로서 시장도 번화하다. 세계 대강(大江)의 하나인 이틸(Itil) 강가[38]에 있다. 술탄은 엄동설한이 닥쳐올 때까지 이곳에 머문다. 강과 지류들이 꽁꽁 얼어붙으면 술

36. 오늘날에는 아쓰타르한(Astarkhān)이라고 하는데, 볼가강변에 있다.
37. 핫즈에 관해서는 1장 주21 참고.
38. 아탈강을 러시아인들은 볼가강이라고 부른다.

톤은 주민들더러 수천수만 단의 짚을 가져다가 얼어붙은 강바닥에 깔도록 한다. 인도지방에서처럼 이곳에서도 짚이 해롭다고 하여 집짐승의 먹이로 쓰지 않는다. 워낙 땅이 기름지다 보니 집짐승들은 청초(靑草)만 먹는다. 수레를 타고 아탈강과 그 지류를 건너자면 3일이나 걸린다. 가끔 겨울철 말미에 행인들이 강을 건너다가 강물에 빠져 목숨을 잃는 경우도 있다.

핫즈 타르한시에 도착했을 때, 룸왕의 딸인 하툰 빌룬이 쑬톤에게 친정으로 아버지를 찾아가서 분만하겠으니 허락해달라고 간청하였다. 술탄은 쾌히 승낙하였다. 그러면서 하툰은 내가 대콘스탄티노플을 구경할 겸 동행할 것도 아울러 허락해달라고 하였다. 그러나 쑬톤은 내가 걱정되어 처음에는 안된다고 했으나, 내가 온유하게 "당신의 존엄과 가호를 믿고 가는 이상 아무도 두렵지 않습니다"라고 말하자 쑬톤은 곧 허락하였다. 우리는 쑬톤과 작별하였다. 쑬톤은 나에게 금화 1,500디나르와 의상 한 벌, 여러 필의 말을 사급하였으며, 하툰들은 저마다가 은괴(銀塊)를 보내왔다. 그들은 일반적으로 은괴를 '숨'(Ṣūm)이라 하고, 한덩어리면 '수마'(Ṣūmah)라고 한다. 쑬톤의 딸은 하툰들보다 더 많은 은괴와 의상을 보내왔고, 또 탈 것까지 마련해주었다. 그러다보니 나는 말과 의상, 다람쥐와 담비가죽 등 여러가지 물건을 많이 챙기게 되었다.

10월 10일, 우리는 하툰 빌룬과 함께, 아니, 그녀의 비호하에 그곳을 떠났다. 쑬톤과 왕후, 세자는 1역참(驛站)까지, 다른 하툰들은 2역참까지 그녀를 전송하고 돌아갔다. 아미르 바이다라가 군사 5천 명을 이끌고 그녀를 끝까지 호송하기로 하였다. 하툰 예하의 병력은 약 500명의 기병인데, 그중 약 200명은 노예와 룸 출신의 남시종들이고, 나머지는 터키인들이다. 그녀의 여시종은 약 200명인데, 대부분이 룸 여인들이다. 그리고 그녀에게는 수레가 약 4백 대 있고, 수레를 끄는 말과 타는 말이 도합 약 2천 필, 또 수레를 끄는 소와 낙타가 각각 약 300두와 200두가 있다. 그녀의 수행원 중에는 룸청년 10명과 같은 수의 인도청년도 있다. 인도청년들의 대장은 싼발 알

힌디란 사람이고, 룸청년들의 대장은 미하일이란 사람이다. 미하일을 터키인들은 루어루어라고도 부르는데, 그는 대단히 용감한 사람이다. 하툰 빌룬은 이번 걸음이 친정방문과 분만이 목적이기 때문에 여시종들과 집물(什物)들은 쑬톼의 행궁에 다 두고 떠났다.

이곳에서 우리는 아카크(Akak)시[39]를 향해 발정(發程)하였다. 중급 도시로서 건물이 아름답고 매우 그윽하나 되게 추운 고장이다. 쑬톼의 거성(居城) 싸라까지는 10일간의 여정이다. 이 도시로부터 하루 거리에 루쓰(al-Rūs) 산맥이 있다. 주민들은 기독교 신자들로서 적발벽안(赤髮碧眼)이고 추상(醜相)에 심보마저 고약하다. 이곳에는 은광(銀鑛)이 있어 은괴가 매매되는데, 은괴 하나의 무게는 5우끼야[40]다.

이곳을 떠나 10일 후에 쑤르다끄(Surdāq)시[41]에 이르렀다. 까프자끄(Qafjaq) 지역에 있는 해안도시로서 항구는 대단히 크고 훌륭하다. 시외에는 화원도 있고 물도 많다. 터키인들과 그들의 보호하에 있는 룸인들이 살고 있는데, 모두가 장인(匠人)들이며 집은 대부분이 목조건물이다. 본래 이 도시는 큰 도시였는데, 룸인과 터키인들 간의 분쟁으로 인해 대부분이 파괴되었다. 일찍이 룸인들이 득세하였으나 후일 터키인들이 우방의 지원을 받아 룸인들을 무참하게 학살하였다. 그통에 대부분의 룸인들은 도망치고 일부만이 오늘까지도 터키인들의 보호하에 남아 있다. 하툰이 머무는 곳마다 환대의 표시로 말, 양, 소, 둣끼, 마유주, 소젖과 양젖 등을 보내온다. 이 지역에서는 조석으로 여행을 계속했는데, 모든 관할지역 변방까지 호송하곤 하였다. 이것은 그녀에 대한 굴경에서 비롯된 것이지, 결코 그녀의 신변이 걱정되어서 행해진 것은 아니다. 왜냐하면 이 지역은 안전한 곳이기 때문이

39. 일명 로카치(Locachi)라고 하는데, 아조프 호숫가에 있다.
40. 무게단위인 우끼야에 관해서는 4장 주72 참고.
41. 일명 쑬다이아(Suldaia)라고 하는데, 오늘의 쑤다크(Sūdāk)로서 까람반도 중심부에 있다.

다.

이어 도착한 곳은 바바 쌀투끄(Babā Salṭūq)[42]라는 읍이다. '바바'는 베르베르인들의 '바바'와 뜻이 같으나 후자는 '비'(b)음을 좀 강하게 발음한다. '쌀투끄'는 이 지방의 한 읍장(邑長)의 이름이라고 전해오지만, 그렇지 않다는 반론도 있다. 이곳은 터키인들의 최변방지로서, 이곳을 지나 룸인들의 첫 관문('amālah)에 이르려면 18일간 인가도 없는 황야를 걸어가야 한다. 그중 8일간 걸어가는 곳에는 물이라곤 없기 때문에 물을 준비해야 하므로, 물통이나 물병을 수레에 싣고 간다. 우리가 이 황야에 들어섰을 때는 마침 추운 때라서 물이 많이 필요하지 않았다. 터키인들은 우유를 물통에 넣어 두었다가 볶은 둣끼가루에 타서 마시곤 한다. 그래서 별로 갈증을 느끼지 않는다. 우리는 읍에서 이 황야를 돌파할 채비를 단단히 하였다. 우선 말을 더 준비할 필요가 있었다. 그래서 나는 하툰한테 가서 이 사실을 알렸다. 그때 나는 아침저녁으로 그녀에게 문안인사를 하였는데, 내가 가서 이야기만 하면 그녀는 말 2,3필과 양을 보내주곤 하였다. 나는 말은 손대지 않고 남겨두었다. 나의 시배(侍陪) 몇몇을 터키 친구들과 함께 식사를 하게 하였더니 약 50필이나 되는 말을 여분으로 모으게 되었다. 하툰은 나에게 추가로 말 15필을 또 보내왔다. 그녀의 대리인인 사루자 알 루미는 그중 살찐 놈들을 골라 잡아먹으라고 하면서 "걱정하지 마세요. 필요하면 더 보내줄 테니까"라고 말하였다.

우리는 11월 중순께 이 황야에 들어섰다. 쑬퇀과 작별한 날로부터 황야의 어구에 이르기까지는 꼭 29일이나 걸렸다. 그중 5일은 중간에서 휴식을 취하였다. 우리는 이 황야를 조석으로 18일간 걸려서 답파하였다. 알라께 감사하나니 여로에는 희사(喜事)만이 있었다.

여기를 지난 후, 우리는 룸의 첫 관문인 마흐툴리(Mahtūlī)[43] 보(堡)에 당

42. 디나바르(Dīnābar) 강가의 읍이다.

도하였다. 룸인들은 하툰이 친정나들이를 한다는 것을 미리 알고 있었다. 우리가 이 성보에 도착하자, 카팔리(Kafālī)[44] 니꿀라 루미가 대군을 이끌고 와 융숭히 영접하였다. 아버지인 콘스탄티노플왕의 가문에서 보낸 하툰들과 산파들도 함께 왔다. 마흐툴리에서 콘스탄티노플까지는 22일간의 여정이다. 그중 16일간 걸으면 해만(海灣)에 당도하고, 거기로부터 6일간 더 걸어야 드디어 콘스탄티노플에 도착한다. 이 성보에서부터는 험한 산길이기 때문에 수레는 그곳에 맡기고 말이나 노새를 타고 갔다. 룸의 카팔리는 많은 노새를 몰고 왔는데, 그중 6필을 하툰이 나에게 보내왔다. 하툰이 그 성보의 아미르에게 내가 수레나 짐과 함께 그곳에 남겨두는 동료나 시배(侍陪)들을 잘 돌봐줄 것을 당부하였더니 아미르는 그들을 한집에 있도록 하였다.

아미르 바이다라는 군사를 거느리고 돌아갔다. 이제 예하 사람들만이 그녀를 수행하게 되었다. 하툰이 이 성보에 있는 사원을 떠나자 예배시간을 알리는 아잔소리가 울렸다. 도중에 그녀를 대접하는 자리에서 술이 들어오자 그녀는 받아마셨다. 그리고 들어온 돼지고기도 먹었다고 그녀의 한 근시(近侍)가 나에게 귀띔하였다. 그녀와 함께 예배를 하는 사람은 우리와 함께 예배를 하던 그 터키인 한 명뿐이다. 우리가 이교도 지역에 들어섬으로써 모든 환경이 바뀌었다. 그렇지만 하툰은 카팔리에게 나를 잘 돌봐줄 것을 신신당부하였다. 한번은 한 시종이 우리가 예배하는 것을 보고 웃었다고 하여 카팔리가 그자를 때려준 일도 있다.

이곳을 떠나 우리는 마쓸라마 븐 압둘 말리크(Maslamah bin Abdu'l Malik)[45] 보에 도착하였다. 이 성보는 물이 도도히 흐르는 아스튀낄리(Aṣṭiqīlī)란 강가의 산기슭에 있다. 지금은 성보가 유적만 조금 남아 있으며

43. 그리스어로 디야마불린(Diyāmabulin)이라고 한다.
44. 터키어로 '수령' '두목'이라는 뜻이다.
45. 다마스쿠스 우마위야가문의 명장으로 '황(黃)누리'란 별명이 있다. 누리는 메뚜기과에

성보 밖에는 큰 마을이 하나 있다.

여기에서 이틀을 걸어서 해만에 도착하였는데, 해안가에는 큰 마을이 하나 있다. 마침 밀물이 들어오길래, 썰물이 될 때까지 기다렸다가 바다를 건넜다. 만의 너비는 약 2마일쯤 된다. 바다를 건너 4마일쯤 모랫길을 걸어가니 다시 두번째 만이 나타났으나 무사히 건넜다. 이 만의 너비는 약 3마일쯤 된다. 이 만을 건넌 후, 돌과 모래가 깔린 길을 2마일쯤 걸어서 세번째 만에 당도하였다. 당도하자마자 밀물이 들이닥쳐 건너는 데 애를 먹었다. 이 만의 너비는 1마일이다. 이렇게 바다와 육지를 합치면 세 만의 너비는 총 12마일쯤 된다. 그런데 우기가 되면 온통 물판이라서 배로만 건널 수 있다.

세번째 해만 가에 파니카(al-Fanīkah)시[46]가 있다. 자그마하지만, 아름답고 견고하다. 교회당과 건물들은 화려하며 내가 시내를 관류하고 주위는 화원으로 둘러싸여 있다. 이곳에서 나는 포도나 자두, 사과, 마르멜로[47]는 다음해까지 저장하였다가 먹는다. 우리는 그곳에서 3일간 체류하였다. 하툰은 거기에 있는 아버지의 별궁에 기거하였다. 그녀의 친동생인 카팔리 까라쓰가 무장한 5천 명의 기병을 이끌고 찾아왔다. 하툰을 만나러올 때 동생은 회색 말을 타고 흰옷에 보석을 박은 관을 썼다. 좌우에는 역시 흰옷을 입고 금으로 수놓은 양산을 든 5명의 왕자가 서 있다. 앞에는 각각 1백 명의 보병과 기병이 선도하는데, 군사들은 갑옷을 입고 말들에게는 개갑(鎧甲)을 씌웠다. 기병들은 모두 안장과 개갑이 갖추어진 말 한 필씩을 몰고 있다. 그들은 제법 기병다운 무장을 하고 있는데 보석을 박은 투구에 갑옷을 입

속하는 곤충으로서 농산물에 큰 해를 끼친다. 일명 황충(蝗蟲)이라고도 한다. 그는 콘스탄티노플과 씬드 등 여러지방에 대한 정복을 진두 지휘하고 두 이라크와 아르메니아의 총독을 역임하였다. 120년(737)에 사망하였다.

46. 오늘의 아가또미케(Agathomikē)다.

47. 마르멜로(marmelo, 아랍어로는 싸파르잘 safarjal)는 장미과에 속하는 낙엽교목으로서 키는 5~8m이고 잎은 난형 또는 타원형이다. 흰빛 또는 연분홍빛 꽃이 피며 열매는 과실로 식용한다.

고 화살통을 차고 활과 도검도 지니고 있다. 손에는 끝에 깃발이 달린 창을 들고 있으며, 대부분의 창대는 금박이나 은박을 씌웠다. 끌고 온 말들은 쑬퇀 아들의 의장용 기마들이다.

동생은 기병을 몇 대로 나누었는데, 각 대마다에는 아미르가 한 명씩 배치되어 있다. 아미르 앞에는 10명의 무장한 기병이 서 있는데, 한 사람이 말 한 필씩 끌고 있다. 아미르 뒤는 손에 채기(彩旗)를 든 10명의 기병과 북을 멘 10명의 기병이 따르고 있다. 10명의 고수와 함께 6명의 나팔수와 날라리수도 뒤따르고 있다. 하툰은 약 500명의 노예와 시녀, 청년들과 시배들을 이끌고 길을 떠났다. 그들은 모두가 금실로 수놓은 의상을 입고 있다. 하툰은 보석이 박힌 낙흐(al-nakhkh) 혹은 나씨즈(al-nasīj)라고 하는 장의(長衣)를 걸치고 있으며, 머리에는 칠보관(七寶冠)을 쓰고 있다. 그녀의 말은 금실로 수놓은 비단으로 단장하고 있다. 말의 앞뒤 발목에는 금제 발찌가 끼여 있고, 목에는 상감한 목걸이가 걸려 있으며, 안장들은 보석을 박은 금박을 씌웠다. 오누이의 상봉은 시내에서 1마일쯤 떨어진 평원에서 이루어졌다. 동생은 손아래이므로 말에서 내려 걸어와 누이가 탄 말의 등자에 입을 맞추자 누이는 동생의 머리에 입을 맞추었다. 아미르들이나 왕자들도 말에서 내려 걸어와서는 그녀가 탄 말의 등자에 입을 맞추었다. 하툰은 아우와 함께 그곳을 떠났다.

다음날 우리는 해변가에 있는 큰 도시에 당도하였는데, 지금 그 도시의 이름은 기억나지 않는다. 그 도시에는 여러 개의 내와 무성한 수목이 있다. 우리는 교외에 여장을 풀었다. 하툰의 형제인 세자가 대규모의 의장대를 이끌고 도착하였다. 군사만 해도 갑병(甲兵) 1만 명이나 되었다. 그는 왕관을 쓰고 좌우에 약 20명의 왕자들을 거느리고 있다. 기병들의 의장형식은 동생의 그것과 별로 다를 바가 없으나, 더 성대하고 참가자도 더 많다. 하툰은 먼저와 같은 옷차림으로 형제와 상봉하였다. 두 사람은 걸어서 비단천막에 이른 후 안으로 들어갔다. 서로가 어떻게 인사를 나누는지는 알길이 없었다.

우리는 콘스탄티노플에서 10마일 떨어진 곳에 머물렀다. 다음날 시민들은 남녀노소 할 것 없이 최상의 차림새를 하고 타는 사람은 타고, 걷는 사람은 걸어서 환영에 나섰다. 이른 새벽부터 군사들이 북을 치고 나팔을 불면서 행렬을 짓고 있었다. 쑬퇀과 왕후, 즉 하툰의 어머니와 정부요인들, 근시들이 출영하였다. 쑬퇀의 머리 위에는 몇몇 기병들이 받쳐든 장막(帳幕) 같은 보산(寶傘)이 드리워져 있다. 기병들은 저마다 긴 막대기를 하나씩 손에 들고 있는데, 막대기 끝에는 둥근 가죽공 같은 것이 달려 있어, 그것으로 보산을 받치고 있다. 보산의 중앙은 돔 비슷한데, 역시 기병이 막대기로 받쳐들고 있다. 쑬퇀이 도착하자 군사들이 밀려들고 함성이 더욱 커진다. 나는 그들 속을 비집고 들어갈 수가 없었다. 여러가지가 걱정되어 할 수 없이 먼 발치에서 하툰의 재물관리자와 함께 서 있었다. 전하는 바에 의하면, 하툰은 양친에게 가까워지자 곧 말에서 내려 걸어가서는 그들 앞에서 땅에 대고 입맞춤을 하였으며, 그리고는 양친이 탄 말의 발굽에 접문(接吻)하였다고 한다. 고위수행원들도 그녀와 똑같이 하였다.

## 7. 콘스탄티노플시[48]

우리는 해가 기울어질 무렵에 대콘스탄티노플에 입성하였다. 교회당에서 일제히 만종(晩鐘)이 울려 종소리가 천지에 메아리치고 있다. 우리가 쑬

48. 콘스탄티노플(현 이스탄불Istanbul)은 현 터키공화국에서 가장 큰 상업 및 문화도시로서 인구는 약 250만(1975)이다. 기원전 7세기경에 비잔티움이란 이름으로 건설된 후, 기원후 330년 로마황제 콘스탄티누스가 수도를 이곳에 옮긴 후 콘스탄티노플로 개명하였다. 로마제국이 동서로 분열된 후에는 비잔틴제국의 수도로서 동방기독교 세력의 중심지였다. 이슬람세력이 흥기한 후 장기간에 걸쳐 이 도시를 공략하였으나 끝내 성공하지 못하였다. 1453년 5월 오스만제국의 쑬퇀 무함마드 2세가 이곳에 정도한 후

퇀궁의 첫 문에 도착했을 때, 그곳에는 100명쯤 되는 수위들이 몰려 있었다. 수위대장은 높은 대 위에 앉아 있다. 나는 그들이 "싸라카누(sarākanū)! 싸라카누!"라고 하는 소리를 들었다. '싸라카누'는 무슬림이란 뜻이다. 그들은 우리를 들어가지 못하게 하였다. 하툰의 한 수행원이 "그분은 우리의 일행입니다"라고 하자 "허가 없이는 못 들어갑니다"라고 하면서 막무가내였다. 할 수 없이 우리는 문앞에서 서성거렸다. 하툰의 한 수행원이 들어가서 부친 앞에 앉아 있는 그녀에게 이 사실을 알렸다. 그녀가 아버지에게 우리의 사정에 관해 이야기하자 그는 들어오게 할 것을 명하였다. 쑬퇀은 하툰의 집 가까이에 우리의 거처를 마련해주었다. 뿐만 아니라, 우리를 위한 칙령까지 내려 시내에서 우리가 가는 곳을 제한하거나 피해를 당하는 일이 없도록 하였다. 우리는 그곳에서 3일간 보냈다. 그간 쑬퇀은 환대의 표시로 밀가루와 빵, 기타 농산물, 닭, 유락, 과실, 물고기 그리고 은화와 가구들을 보내왔다.

나흘째 되는 날, 우리는 쑬퇀을 궁전에서 진현하였다. 그의 이름은 타크푸르 븐 쑬퇀 자르지쓰[49]이며, 선친은 쑬퇀 자르지쓰인인데, 아직 생존해 있다. 그는 독실한 수도승으로서 교회당에서 수도에만 전념하고 있다. 그래서 왕위를 아들에게 넘겨주었다. 그에 관해서는 뒤에 다시 이야기할 것이다. 우리가 콘스탄티노플에 도착한 지 나흘째 되는 날에 하툰은 시종인 인도청년 싼발을 나에게 보냈다. 그는 내 손을 이끌고 궁전으로 안내하였다. 우리는 문 4개를 지났는데, 문마다 차일막(遮日幕)이 있고, 무장한 수위들이 서

이스탄불로 다시 개명하였다. 오스만제국의 개국시대부터 이슬람문화의 중심지가 되어오다가 1517년 쌀림 1세가 이집트를 정복한 것을 계기로 쑬퇀이 할리파의 속성을 획득함으로써 이곳은 명실상부한 이슬람세계의 정치적 중심지가 되었다. 16세기 중엽부터 인구 45만을 가진 대도시로서 동서남북 교역의 중계지 역할을 하였다. 1923년 터키공화국이 성립된 후 수도를 앙카라로 옮겼지만 여전히 상공업과 문화의 중심지로서 오늘에 이르고 있다.

49. 타크푸르(takfūr)는 별호로서 '왕'이란 뜻이다.

있다. 수위대장은 주단을 깐 높은 대 위에 앉아 있다. 다섯번째 문에 이르렀을 때, 싼발은 나를 그곳에 남겨놓고 혼자 문 안으로 들어갔다. 이윽고 그와 함께 4명의 룸 청년이 나와서 내가 도검 따위를 소지하고 있지 않나 몸수색을 하였다. 대장이 나에게 "이것이 관행입니다. 사무(私務)건 공무(公務)건, 이방인이건 현지인이건 간에 왕을 진현하는 사람은 반드시 검문검색을 거쳐야 합니다"라고 말하였다. 인도땅에서도 바로 이렇게 한다.

수색이 끝나자 수문장이 일어나서 내 손을 잡은 채 문을 열었다. 4명이 내 주위를 에워쌌는데, 두 사람은 내 옷소매를 잡고 두 사람은 뒤에서 따라왔다. 그들은 나를 응접전으로 데리고 갔다. 모자이크(fusaifisā')한 네 벽에는 갖가지 생물과 미생물 그림이 조각되어 있다. 응접전 한가운데는 연못이 있고 그 주위에는 나무가 있다. 사람들은 좌우에 갈라서서 일언반구도 없이 쥐죽은 듯하다. 응접전 중앙에 세 사람이 서 있다. 나를 안내해온 그 네 사람이 나를 그들에게 인계하였다. 그들 역시 그 네 사람들처럼 내 옷자락을 잡고 한 사람의 신호에 따라 나를 앞으로 안내하였다. 그중 한 명은 유태인인데, 나에게 아랍어로 "두려워하지 마십시오. 이것은 손님에 대한 그네들의 관행입니다"라고 하였다. 내가 그에게 어떻게 인사하느냐고 묻자 그는 "쌀람 알라이쿰![50]이라고 하십시오"라고 대답하였다.

얼마후 나는 큰 돔에 안내되었다. 그곳에서 쑬퇀은 용상(龍床)에 앉아 있고, 하툰의 어머니인 왕후는 그 앞에 그리고 하툰과 그녀의 형제들은 용상 아래에 앉아 있다. 쑬퇀의 오른편에는 6명의, 왼편에는 4명의 무장한 시위가 서 있다. 앉아 있는 그에게 다가가서 인사하기 전에 잠깐 서서 마음을 진정시키라고 누군가가 나에게 일러주었다. 그래서 나는 그대로 하였다. 이윽고 나는 쑬퇀에게 다가가서 인사를 하였다. 나더러 앉으라고 했지만 나

50. '쌀람 알라이쿰!'(al-Salām 'Alaikum!)은 아랍어로 '평화가 당신에게 있기를!'라는 뜻으로서 무슬림들 간에 언제 어디서 누구에게나 할 수 있는 가장 보편적인 인사말이다. 이에 대한 대답은 '알라이쿰 쌀람!'(당신에게도 평화가 있기를!)이다.

는 앉지를 않았다. 그는 예루살렘과 성석(聖石), 꾸마마(al-Qumāmah)[51], 예수의 요람지, 바이트 라함(Bait Laḥam), 할릴——그에게 평화를——시에 관해 그리고 다마스쿠스, 이집트, 이라크, 룸 등 지방에 관해 세세히 물었다. 나는 내키는 대로 수문수답하였다. 그 유태인이 나와 쑬퇀 사이의 통역을 맡았다. 쑬퇀은 내 대답이 퍽 마음에 들었던지, 아들들에게 "이분을 안전하게 잘 접대하여라"라고 당부까지 하였다. 그리곤 금의(錦衣)를 하사하고, 마구를 갖춘 말 한 필과 왕의 머리 위에 쓰고 다니는 보산도 보내왔다. 기실 보산은 안전의 표지다.

나는 쑬퇀에게 매일 사람을 지정해 나와 함께 말을 타고 시내를 돌아다니면서 기물이적(奇物異蹟)을 관람한 후, 그것을 고국에 돌아가 전할 수 있도록 해달라고 청을 드렸다. 그는 곧바로 그런 사람을 지정해주었다. 그곳 관습으로는 왕으로부터 금의나 말을 하사받은 사람은 사람들에게 그 사실을 알리기 위해 하사받은 말을 타고 나팔을 불고 북을 치면서 시가를 돌아다녀야 한다. 특히 쑬퇀 우즈베크 치하의 지역에서 온 터키인들은 선의로 이러한 일을 많이 한다. 그들은 나를 데리고 시가를 한바퀴 돌아다녔다.

콘스탄티노플은 대단히 큰 도시로서 두 부분으로 나뉘는데, 가운데를 밀물과 썰물이 심한 강이 흐르고 있다. 그 지형이 마그리브의 쌀라[52]계곡과 흡사하다. 원래 강 위에는 다리가 하나 있었으나 이미 파괴되어 지금은 배를 타고 건너다닌다. 강명은 아브쑤미(Absumī)다. 시의 두 부분 중 한 부분을 아스퇀불(Asṭanbul)이라고 하는데, 강 동안에 있으며, 여기에는 쑬퇀과 정부관헌들, 기타 서민들의 주택이 있다. 시장과 거리는 석판을 깔고 널찍하며, 직종별로 구획되어 있어 서로가 뒤섞이지 않는다. 시장마다 문이 있어 밤이 되면 잠그며, 공장(工匠)과 매점상은 대부분 여성들이다. 도시는 바다 쪽으로 9마일쯤 뻗어들어간 산기슭에 있다. 산의 너비는 9마일이나 혹은

51. 예루살렘의 한 교회당의 이름이다.
52. 쌀라에 관해서는 4장 주45 참고.

좀더 되는 것 같다. 산꼭대기에는 작은 보루와 쑬퇀의 궁전이 있다. 산에는 든든한 성벽이 둘러싸여 있어 바다로부터는 누구도 잠입할 수 없다. 산중에는 약 13개의 촌락이 있다. 가장 큰 성당이 이 부분의 중앙에 있다.

도시의 두번째 부분은 갈라똬(al-Ghalaṭah)라고 하는데, 강 서안에 있다. 강 가까이에 있다는 점에서는 리바툴 파트흐(Ribātu'l Fatḥ)[53]와 비슷하다. 이 부분에는 유럽(al-Ifranj)인들만이 살고 있다. 유럽인들이란 여러 인종인데, 그중에는 자누윤들, 베네찌아인들(al-Banādiqah), 룸인들(Rūmiyah), 프랑스인들(Ifransah)이 있다. 그들은 콘스탄티노플왕의 치하에 있기는 하나 인종마다 그들이 원하는 사람을 수령으로 모시고 있다. 그러한 수령을 대사제(大司祭, qummuṣ)라고 한다. 그들은 해마다 콘스탄티노플왕에게 세공(歲貢)을 바치지만, 때로는 왕에게 반기를 들어 전쟁이 일어나기도 한다. 그러면 교황(al-Bābā)이 나서서 화해시키곤 한다. 모두가 상인들이다. 항구가 대단히 큰데, 대형선박만도 약 1백 척이나 있으며, 기타 소형선박은 부지기수다. 이 부분에 있는 시장들은 번화하기는 하지만, 지저분하기 짝이 없으며, 더럽고 자그마한 강이 관류하고 있다. 성당이란 별 볼 것이 없다.

대성당에 관해서는 안에 들어가 보지 못했으니깐 외형밖에 이야기할 수 없다. 현지인들은 성당을 아야쑤피야(Ayāsūfiyā)라고 부른다. 전하는 바에 의하면, 이 성당은 쑬라이만——그에게 평화를——의 이모 아들인 아쉬프븐 바르하야가 지은 것이라고 한다. 룸인들의 가장 큰 성당으로 사방에는 벽이 둘러 있어 마치 하나의 도시를 방불케 한다. 성당에는 모두 13개의 문이 있으며 길이가 1마일쯤 되는 정원이 있다. 정원에는 큰 문이 하나 있는데, 누구나 들어갈 수 있다. 나는 방금 이야기한 왕(쑬퇀)의 아버지와 함께 이 문에 들어섰다. 말이 문이지 흡사 대리석을 깐 응접전과도 같다. 성당에서 나오는 도랑이 이 문을 지나가고 있다. 1완척 높이의 도랑벽은 대단히

53. 현 모로코의 수도 라바트(Rabat)를 지칭한다.

섬교하게 다듬은 무늬대리석으로 쌓고 도랑 양측에는 나무를 일렬로 심었다. 성당문으로부터 이 정원문에 이르는 사이에는 나무받침대가 높이 서 있는데, 그 위로는 포도넝쿨이 줄줄이 뻗어 있고, 밑에는 재스민과 여러가지 향초(香草)가 자라고 있다.

이 정원문 밖에는 나무로 지은 큰 돔이 있다. 그 안에는 역시 나무로 만든 여러개의 자리가 있는데, 문지기들이 앉아 있다. 돔의 오른쪽에는 모두가 나무로 만든 걸상과 점포들이 설치되어 있다. 거기에는 법관들과 서장관(書狀官)들이 앉아 있다. 이 점포들의 한가운데에 목제 돔이 하나 있다. 계단을 밟고 올라가면 크고 두툼한 의자가 하나 있는데, 거기에 법관이 앉아 있다. 이에 관해서는 뒤에 이야기할 것이다. 이 정원의 문에 있는 돔 왼쪽에 향료시장이 있다. 위에 말한 물도랑은 두 갈래로 갈라진다. 하나는 향료시장을 지나고, 다른 하나는 법관들과 서장관들이 앉아 있는 시장을 지나간다.

성당문 곁에는 장막이 몇개 쳐져 있는데, 길을 청소한다든가 등잔에 불을 붙인다든가 성당문을 닫는다든가 하는 잡역부들이 거기에 앉아 있다. 성스러운 십자가에 경배(敬拜)를 드리는 사람만이 그 장막 안으로 들어갈 수 있다. 그들이 경배하는 십자가는 예수——그에게 평화를——와 비슷한 사람이 못박힌 십자가의 잔해라고 한다. 성당문 곁에 있는 이 십자가는 길이가 10완척쯤 되는 금제곽 안에 넣었는데, 보통 십자가와 꼭같다. 성당문은 은이나 금으로 상감했고 문고리 두 개는 순금으로 만들었다. 내가 들은 바에 의하면 성당 안에 있는 수도사나 목사는 수천 명에 달하며, 그들 중에는 예수의 12사도(al-Ḥawāriyu) 후예들도 있다고 한다. 또한 안에는 1천여 명의 수녀들만을 위한 성당도 있다. 거기에 있는 늙은 여수행자들의 숫자는 그보다 더 많다고 한다. 왕이나 정부요인들 그리고 서민들까지도 매일 아침 이 성당을 참배하는 것이 일종의 관행으로 되어 있다. 교황은 1년에 한번씩 이 성당을 찾는다. 교황이 시내에서 4일 거리에 있는 지점에 왔을 때 왕이 그곳까지 가 출영하는데, 걸어서 그를 맞이한다. 교황이 입성할 때면 국왕은 그의 앞에서 걸어간다. 교황이 시내에 머무른 첫날부터 떠날 때까지 왕은 조석으로 그에게 문안인사를 드린다.

마니쓰타르(al-mānistār)는 마리쓰탄(al-māristān)[54]과 발음이 비슷하다. 다만 자모 '눈'(n)이 앞에 오고 자모 '르'(r)가 뒤에 온 엇바뀔 뿐이다. 마니쓰타르(수도원)는 무슬림들의 '자위야'격으로서 여러 곳에 있다. 그중에는 콘스탄티노플왕의 아버지인 자르지스가 세운 마니쓰타르가 있는데, 아스퇀불 외곽, 갈라퇴 맞은편에 있다. 또 대성당 바깥쪽, 들어가는 길 오른쪽에 2개의 마니쓰타르가 있다. 하나는 남자용이고, 다른 하나는 여자용인 이 두 마니쓰타르는 화원 속에 묻혀 있는데, 가운데에 물이 흐른다. 마니쓰타르 안에는 성당이 하나씩 있다. 한 국왕이 세운 이 두 마니쓰타르에서는 수행자들의 옷과 생활비를 무료로 제공하고 있다.

대성당으로 들어가는 길 왼쪽에도 앞의 두 마니쓰타르와 비슷한 두 개의 마니쓰타르가 있다. 주택들로 에워싸여 있는데, 한 마니쓰타르에는 장님들이 그리고 다른 하나에는 이순(耳順)쯤 되어 일할 수 없는 늙은이들이 살고 있다. 이 두 마니쓰타르에서의 옷이나 생활비는 제정된 종교기금에서 충당한다. 마니쓰타르마다 건립자인 왕에게 기도하는 방이 따로 마련되어 있다. 대체로 국왕들은 나이가 60, 70세가 되면 제각기 마니쓰타르를 세우고 조모의(粗毛衣, 거친 모직옷mish̩)를 입고 다니며 아들에게 양위하고 죽을 때까지 수도에 전념한다. 그들은 이러한 마니쓰타르 건립에 정성을 드린 나머지 대리석을 재료로 쓰고 모자이크까지 한다. 그래서 콘탄티노플에는 많은 마니쓰타르가 있다.

나는 국왕이 나의 시배(侍陪)로 지명한 룸인과 함께 한 마니쓰타르에 들어갔다. 물이 한가운데를 흐르는 이 마니쓰타르에는 성당이 하나 있다. 이

54. 마니쓰타르는 터키어로 '수도원'이고, 마리쓰탄은 페르시아어로 '병원'이다.

곳에는 약 500명의 조모의를 입은 수녀들이 수용되어 있다. 머리를 빡빡 깎은 그녀들은 펠트모를 쓰고 있다. 한결같이 미녀들인데 수도의 흔적이 역력하다. 한 소년이 연단 위에 앉아서 그녀들을 향해 낭랑한 목소리로 『신약성서』(*al-Injīl*)를 독송하고 있다. 그 목소리야말로 내가 일찍이 들어보지 못한 아름다운 목소리이다. 그의 주위에는 또다른 8명의 소년들이 각기 연단 위에 앉아 있는데, 목사(qissīs) 한 명이 그들과 함께 있다. 한 소년이 독송하면 다른 소년이 받아 독송한다. 동행한 룸인이 나에게 말하기를 "여기의 몇몇 소녀들은 이 성당을 위해 헌신봉사하는 여러 국왕의 딸들이며, 독경하고 있는 소년들도 마찬가지입니다"라고 하였다. 사실 이 소년소녀들에게는 이 성당 밖에 따로 그들만의 성당이 있다.

나는 또한 화원 내에 있는 한 성당에 들렀다. 여기에는 500여명의 수녀들이 있는데, 역시 한 소년이 연단 위에 앉아 그녀들을 향해 독경하고 있다. 앞 경우와 마찬가지로 몇몇 소년들이 그와 함께 연단 위에 앉아 있다. 룸인이 나에게 "이 소녀들은 이 성당에서 수행하는 대신이나 아미르들의 딸들입니다"라고 하였다. 나는 또한 시내 명류들의 집안 처녀들만 다니는 성당과 노부(老婦)들만이 다니는 성당 그리고 수도사들만 있는 성당도 여러곳 들렀다. 성당마다에는 보통 1백 명 가량의 남자들이 있다. 콘스탄티노플이야말로 수도사와 수행자, 목사들이 가장 많이 운집해 있는 곳으로, 성당은 그 수를 이루 헤아릴 수 없을 정도로 많다. 시민들은 병사건 아니건, 또 노소할 것 없이 남자는 겨울과 여름에는 꼭 큰 양산을 받쳐들고 다니며 여성들은 큰 터번을 쓰고 있다.

수도사 자르지스왕은 아들에게 양위하고는 수도에 전념하면서, 앞에서 이야기한 바와 같이, 시외의 해안가에 마니쓰타르를 하나 세웠다. 어느날 나의 시배로 지명된 룸인과 함께 말을 타고 가는데, 해후상봉(邂逅相逢)이라고 할까, 자르지스왕이 걸어가는 것을 봤다. 그는 조모의(粗毛衣)를 걸치고 머리에는 펠트모를 쓰고 있다. 흰 수염을 길게 드리우고 얼굴색은 그런

대로 괜찮지만 어딘가 모르게 수행의 흔적이 역력하다. 앞뒤에도 몇몇 수도자들이 서 있다. 손에는 지팡이를 짚고 목에는 염주를 걸었다. 룸인이 그를 보자마자 말에서 황급히 내리면서 나에게 "어서 내리십시오. 이분은 왕의 부친이십니다"라고 말하였다.

룸인이 그에게 인사를 하자 나에 관해 물어왔다. 그는 멈춰서서 사람을 보내기에 나는 그에게 다가갔다. 왕은 내 손을 잡고 아랍어를 알고 있는 룸인에게 "이 싸라카누(al-Sarākanū)에게 한번 여쭈어보게"라고 말을 꺼냈다. '싸라카누'는 무슬림이란 뜻이다. 그리곤 "나는 예루살렘에 들어가본 손과 현석전(玄石殿, al-Ṣakhrah)과 꾸야마(꾸마마?—옮긴이)라는 대성당 그리고 바이트 라함을 밟아본 발을 한번 잡고 싶습니다"라고 하였다. 그러면서 손을 내 발 위에 놓았다가는 그 손으로 얼굴을 문지르는 것이었다. 이교도인 내가 그런 곳에 들른 것을 그토록 존중해 마지않는 데 대하여 자못 탄복하지 않을 수 없었다.

그는 내 손을 잡고 함께 걸어가면서 예루살렘과 그곳에 있는 기독교도들에 대하여 이것저것 물었다. 어느새 그와 함께 위에서 말한 그 성당의 정원에 들어왔다. 대문 앞에 이르렀을 때 몇몇 목사와 수도자들이 나와 그에게 인사를 하였다. 그는 수도에서 이미 원로격이다. 그는 출영자들을 보자 내 손을 잡았다. 나는 그에게 "당신과 함께 성당 안으로 들어가보고 싶습니다"라고 말하자, 그는 통역에게 "이르게. 성당에 들어가는 사람은 꼭 대십자가에 경배를 표해야 하는바, 이것은 선인들의 규례(規例)이기 때문에 결코 어길 수는 없다는 것을"이라고 말하였다. 그래서 나는 그와 작별하고 그는 홀로 성당에 들어갔다. 그 이후로는 다시 그를 만날 수가 없었다.

이 수도왕과 헤어진 후, 나는 서장관(書狀官) 거리에 갔다. 한 법관이 나를 보더니 조수 한 사람을 보내 수행하는 그 룸인에게 무언가 물어보는 것이었다. 룸인이 "이분은 무슬림학자입니다"라고 대답하였다. 조수가 돌아가서 법관에게 그대로 알리자 법관은 다시 조수를 보냈다. 그들은 법관을 나즈쉬 카팔리(al-najshī kafālī)라고 부른다. 그 조수는 "법관께서 당신을 초대합니다"라고 나에게 말하였다. 앞에서 이야기한 대로 돔에 올라가니 얼굴과 살쩍이 밋밋한 한 늙은이가 앉아 있다. 그는 검정색 나사천으로 지은 수도승복을 입고 있다. 앞에는 약 10명이 서장관이 앉아서 무언가 쓰고 있었다. 내가 들어서자 법관과 동료들이 모두 일어섰다. 법관은 나에게 "당신은 왕의 귀빈인 만큼 우리가 잘 대접할 것입니다"라고 하였다. 그는 나에게 예루살렘과 이집트, 샴에 관해 장황하게 물어왔다. 찾아오는 사람들로 무척 붐볐다. "제가 초대할 테니, 우리집에 꼭 오셔야 합니다." 그의 말이다. 그 말을 듣고 나는 자리를 떴다. 그러나 그후 그를 다시 만나지 못했다.

하툰을 수행한 터키인들은 하툰이 이미 부친의 종교를 따라 신봉하고 부친과 함께 있기를 원하고 있음을 알아채자, 그녀에게 제고장으로 돌아가게 해달라고 요청하였다. 그러자 그녀는 흔쾌히 동의하고 그들에게 사품도 넉넉히 하사하였다. 뿐만 아니라, 소(小)사루자라는 아미르에게 명해 500명 기병을 이끌고 그들을 고향까지 호송하도록 했다. 그녀는 사람을 시켜 나에게 금화 300디나르를 보냈다. 그들은 이 금화를 '바르바라'(al-barbarah)라고 하는데, 주조가 정밀하지는 못하다. 그밖에 2천 베네찌아 디나르와 처녀들이 짠 가장 질좋은 나사천 1필, 비단과 마직 및 모직물로 지은 옷 10벌 그리고 말 2필을 보냈다. 사실, 이 모든 것은 그녀의 부친이 보낸 것이다. 그녀는 사루자 아미르에게 나를 잘 돌봐주라고 신신당부하였다. 나는 그녀와 작별하고 그곳을 떠났다. 그곳에 나는 한달 엿새 동안이나 체류하였다.

## 8. 콘스탄티노플에서 하와리즘까지

우리는 사루자와 함께 귀로에 올랐다. 우리가 일행과 차량을 맡겨놓은 국경지대에 당도할 때까지 사루자는 나를 잘 보살펴주었다. 그곳으로부터 수레를 타고 광막한 황야에 들어섰다. 사루자는 우리와 함께 바바 쌀투끄까지 왔다. 그는 날씨가 점점 추워지자 그곳에서 3일간만 대접을 받고 되돌아갔다. 나는 가죽상의 세 벌에 바지 두 벌을 껴입었는데, 바지 하나는 속까지 넣은 것이다. 발에는 털양말에 아마천을 댄 버선을 덧신고 그 위에 승냥이가죽을 댄 말가죽신을 신었다. 나는 화로 가까이에서 더운물에 부분세정을 하였다. 그런데도 물방울이 맺히기만 하면 즉시 얼어버린다. 물로 세수를 하는데, 물이 턱수염에 닿기 바쁘게 얼어버리곤 한다. 얼어붙은 수염을 툭툭 털면 마냥 눈이 내리며 흐르는 콧물은 콧수염에 얼어붙기가 일쑤다. 나는 어찌나 옷을 많이 껴입었던지 홀로는 말에 오를 수가 없어 동료들이 태워주곤 하였다.

이어 이른 곳은 우리가 쑬퇀 우즈베크와 작별한 핫즈 타르한시다. 쑬퇀은 이미 이곳을 떠나 왕성으로 돌아갔다. 우리는 얼어붙은 아탈강과 그 수역을 3일간이나 지나갔다. 가다가 물이 필요하면 얼음을 깨 덩어리를 솥에 넣어 녹인 다음 그 물을 마시기도 하고 그 물로 밥을 짓기도 하였다.

다음으로 우리는 쑬퇀 우즈베크의 거성 싸라, 일명 싸라베르케[55]라는 도시에 도착하여 쑬퇀을 진현하였다. 그 자리에서 쑬퇀이 우리의 여행과 룸왕 및 그의 거성에 관해 묻기에 자세히 알려주었다. 그는 우리의 생활비를 대주고 싸라시에 거처까지 마련하여 주었다. 평원에 있는 이 도시는 대단히 아름답고 크며 사람들로 흥성거린다. 시장은 번화하고 거리는 널찍하다. 어느날, 나는 한 고위인사와 함께 말을 타고 도대체 얼마나 큰가 한번 돌아보기로 하였다. 우리의 거처는 시내의 한쪽 끝자락에 있었다.

아침 일찍이 말을 타고 나섰는데, 반대쪽 끝에 다다르니 이미 오후가 되었다. 정오예배를 한 다음 점심을 먹고 바로 돌아서서 집에 오니 어느새 해질 무렵이었다. 어느날은 도시의 너비를 알려고 걸어봤더니, 가고 오는 데

55. 신 싸라인데, 핫즈 타르한시 북쪽 225마일 지점, 즉 오늘의 타싸리프(Tasārīf) 시 부근에 있다. 50여km의 넓은 지역에 도시 유적이 남아 있다.

꼭 반나절이나 걸렸다. 길가에는 건물이 즐비하고 파괴된 곳이나 화원 같은 것은 없다. 이 도시에는 금요집단예배를 하는 대사원만도 13개나 있다. 그중 한 개는 샤피이야파의 전용사원이다. 그밖에도 많은 사원이 있다. 시민들은 여러 인종인데, 그중에는 우선 세도가문인 몽골인(al-Maghal, 혹은 al-Maghūl)들이 있는데, 그들 일부는 무슬림들이다. 다음으로 무슬림들인 아스인(al-Āṣ)들이 있다. 그밖에 까프자끄인들과 자르키쓰인(al-Jarkis, 키르키즈인?—옮긴이), 러시아인(al-Rūs), 룸인들이 있는데, 이들은 모두가 크리스천들이다. 인종마다 자기들만이 시장을 가진 구역에 서로 갈라져 살고 있다. 이라크나 이집트, 샴 등지에서 온 상인들이나 외방인들은 상품을 보호하기 위해 벽을 둘러친 구역에 따로 거주하고 있다.

쑬퇀의 궁전을 '알툰 톼시'(Alṭūn Ṭāsh)라고 한다. '알툰'은 '황금', '톼시'는 '돌'이란 뜻이다. 수도의 법관은 고명한 바드룻 딘 알 아아라즈이며, 샤피이야파의 교사로는 구덕한 법학자이자 이맘인 솨드룻 딘 쑬라이만 알 라크지가 있다. 말리키야파의 교사로는 이집트 출신의 샴쑷 딘이 있는데, 신앙에서 만큼은 대단한 경륜이 있는 사람이다. 이곳에는 청렴한 핫즈 니좌뭇 딘이 운영하는 자위야가 있는데, 그는 우리를 초청해 환대를 베푼 바 있다.

거기에는 또한 하와리즘 출신의 법학자이자 이맘이며 학자인 누아만 딘이 운영하는 자위야도 있다. 나는 이 자위야에서 그를 만나봤다. 그는 선량하고 너그러우며 퍽 겸허하여 사람들 속에서 위신이 대단한 샤이흐다. 쑬퇀 우즈베크는 매주 금요일에 꼭 그를 찾아온다. 쑬퇀이 와도 샤이흐는 출영하거나 일어서지 않는다. 쑬퇀은 그의 앞에 앉아서 겸손하게 최대의 부드러운 말로 그와 대화를 나눈다. 그러나 샤이흐는 그와 정반대다. 그가 세궁민(細窮民)들과 손님들에게 대하는 태도는 쑬퇀에게 대하는 태도와는 판이하다. 그들 앞에서는 겸손하고 최대의 부드러운 말로 이야기하며 대접도 마다하지 않는다. 샤이흐—그에게 알라의 축복을—는 나를 초대했을 뿐만 아니라, 터키 시종도 한 명 보내왔다. 나는 그의 길상을 보증했다.

내가 싸라를 떠나 하와리즘으로 가려 하자 샤이흐는 만류하면서 '며칠 더 있다가 떠나게'라고 권유하였다. 나는 내심 불안해졌다. 많은 동료들이 길 떠날 채비를 하고 있는데, 그들 중에는 내가 아는 상인들도 있다. 나는 그들과 함께 떠나기로 약속하였다. 샤이흐에게 이 사실을 여쭈었더니 "꼭 더 있어야 하네"라고 잘라 말하는 것이었다. 그러나 나는 떠나기로 작심하였다. 그런데 공교롭게도 그가 보낸 시종이 어디론가 도망쳐버렸다. 그래서 나는 할 수 없이 더 묵게 되었다. 이것이야말로 하나의 명명백백한 영적(靈迹)이 아닌다.

3일후에 나의 한 동료가 그 도망친 시종을 핫즈 타르한에서 찾아내어 나한테 데리고 왔다. 나는 즉시 하와리즘으로 떠났다. 왕도 싸라와 하와리즘 사이에는 40일 여정의 사막이 가로놓여 있다. 이 사막에는 먹이풀이 적기 때문에 말은 이용할 수가 없어서 낙타가 수레를 끌고 갔다. 싸라를 떠나 열흘 만에 싸라주끄(Sarājūq)시[56]에 도착하였다. '주끄'(jūq)는 '작은'이라는 뜻으로서 '싸라주끄'는 '작은 나라'라고 한다. 이 도시는 울루수(Ulūṣū)[57]라는 수량이 풍부한 큰 강가에 위치하고 있다. '알루수'는 '맑은 물'이라는 뜻이다. 강 위에는 바그다드의 부교(浮橋)처럼 배로 만든 부교가 하나 걸쳐져 있다. 여기까지는 말이 끄는 수레를 타고 갔다.

말 한 필에 은화 4디나르도 못 받고 팔아버렸다. 말이 힘이 약하다보니 이 도시에서 말값은 쌀 수밖에 없다. 대신 낙타를 고용해 수레를 끌도록 하였다. 이 도시에는 다들 '아똬'(Aṭā)라고 부르는 청렴한 고령의 한 터키인이 운영하는 자위야가 있다. '아똬'란 '아버지'란 뜻이다. 그는 우리를 초대하고 우리를 위해 기도까지 하였다. 이 도시의 법관도 우리를 한번 초대했는데, 그의 이름은 기억나지 않는다.

56. 도시의 유적이 쿠르이프(Kūryīf) 시 부근, 카스피해(Baḥru'l Khazar) 연안에서 출토되었다.
57. 오늘날의 우랄강이다.

이곳을 떠나 우리는 30일간 강행군을 하였다. 하루에 두 번씩, 아침과 황혼께 잠깐 휴식을 취할 뿐이었다. 휴식시간은 얼마 동안에 듯끼를 만들어 마시는가에 따라 결정되었다. 듯끼는 한번 살짝 끓이기만 하면 되는데, 거기에다가 휴대하고 있는 육적(肉炙)[58]을 띄워놓고 우유를 붓는다. 사람들은 가면서 수레 안에서 자고 먹는다. 내가 탄 수레에는 3명의 시중꾼이 있었다. 통상 이 황막한 곳을 여행하는 사람들은 청초(靑草)가 적다보니 갈길을 다그치게 된다. 이곳을 뚫고 가는 낙타는 나중에 대개 지쳐서 죽고 만다. 간신히 살아남은 놈들은 다음해에 살을 찌워 다시 써먹는다. 이 황야에서 물이란 몇몇 알려진 음료수 공급소에만 있는데, 2,3일 가야 한군데 있을까 말까 하다. 그것마저도 빗물이나 소택지에 고인 물이다.

58. 잘게 썰어 양념해 구운 고기로서 흔히 가죽통에 넣어 여행할 때 식품으로 가지고 다닌다.

제8장

# 중앙아시아

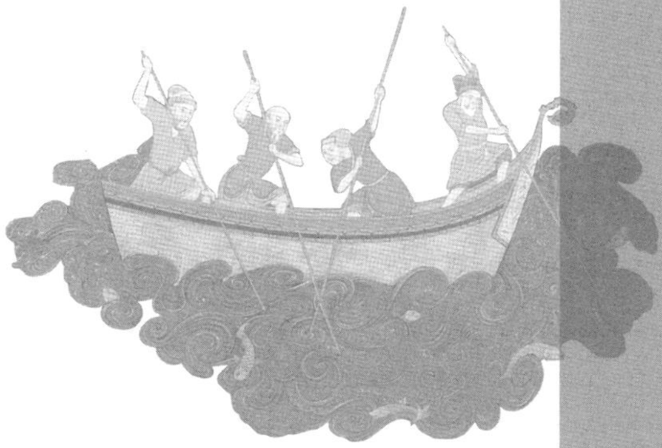

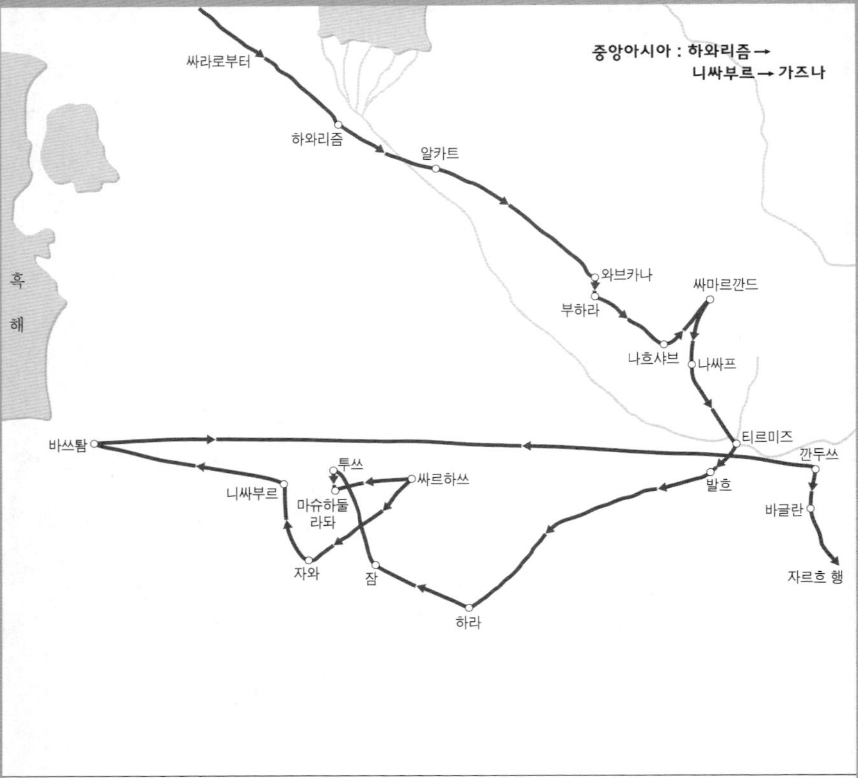
중앙아시아 : 하와리즘 →
니싸부르 → 가즈나
싸라로부터
하와리즘
알카트
와브카나
부하라
싸마르깐드
나흐샤브
나싸프
흑
해
티르미즈
깐두쓰
바쓰톼
투쓰
싸르하쓰
발흐
니싸부르
마슈하둘
라톼
바글란
자와
잠
자르흐 행
하라

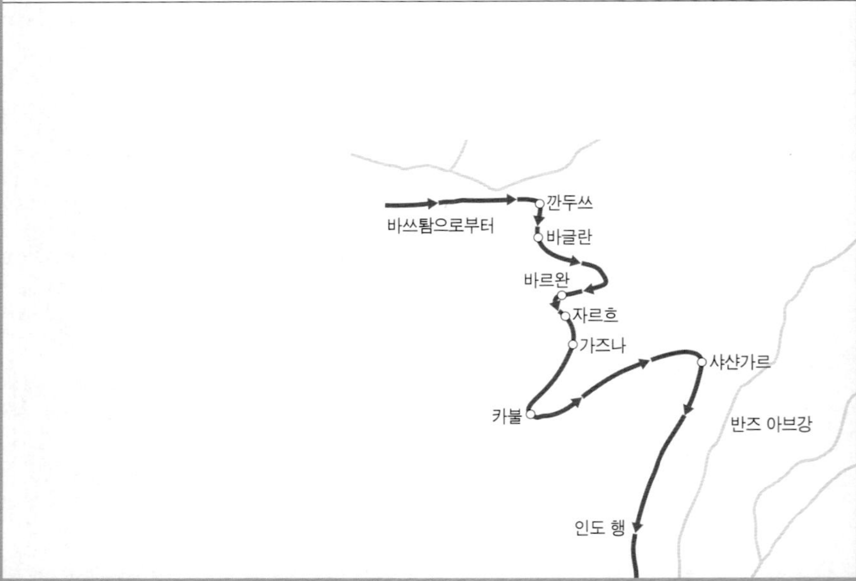
깐두쓰
바쓰톼으로부터
바글란
바르완
자르흐
가즈나
샤샨가르
카불
반즈 아브강
인도 행

# 제8장 중앙아시아

## 1. 하와리즘시

앞서 이야기한 바와 같이 우리는 이 황막한 광야를 지나서 드디어 하와리즘(Khawārizm)[1]에 도착하였다. 터키에서 가장 크고, 가장 위대하고, 가장 아름답고, 가장 웅장한 도시다. 시장은 번화하고 거리는 널찍하며 건물이 즐비하고 재화가 풍족하다. 주민이 얼마나 많은지 그야말로 사람들로 물결치고 있다. 어느날 말을 타고 시장에 들어갔다. 한복판에 들어섰는데,

1. 중앙아시아의 아무다리아(Amu-Dariya) 하류 유역에 대한 범칭이다. 자고로 동서문명 교류의 요충지이고 페르시아문화의 중심지의 하나였다. 8세기초에 우마위야조 이슬람군에게 정복된 이래, 8세기 말엽부터 이슬람화가 진행되어 이슬람문화 중심지의 하나가 되었으며, 하와리즈미나 비루니 같은 이슬람 대학자들을 배출하였다. 그러다가 11세기에는 가즈니조, 이어서는 셀주크조의 지배를 받음으로써 점차 터키화가 추진되었다. 그 과정에서 13세기초, 셀주크조의 터키계 노예를 시조로 한 하와리즘 샤조가 흥기하여 이란과 하외지역(河外地域)을 치하에 두었다. 그러나 1221년 몽골 서정군(西征軍)에게 점령되어 심한 파괴를 당한 후에 차례로 킵차끄한국, 티무르조(14세기 후반), 우즈베크의 히바한국(16세기)의 지배를 받았다. 1873년 러시아군에게 점령된 후, 1924년에는 우즈베크와 투르크메니아공화국 양국으로 분리되어 쏘비에뜨연맹에 가입하였다.

슈후르(al-Shuhūr)라는 곳에서는 도대체 발을 옮겨놓을 수가 없었다. 어찌나 붐비는지 도저히 그곳을 빠져나올 수도 없었다. 돌아서려고 해도 하도 사람이 많아 돌아설 수가 없었다. 한참 멍하니 서 있다가 간신히 돌아왔다. 이 시장은 금요일이면 덜 붐빈다고 누군가가 나에게 일러주었다. 나는 그날 대사원과 마드라싸에 갔다. 이 도시는 쑬퇀 우즈베크의 관할하에 있으나 꾸퇄루 두무르라는 고위아미르가 수임 통치한다. 그가 이 마드라싸와 그 부속건물들을 지었으며 그의 부인인 청렴한 하툰 투라베크가 대사원을 지었다. 하와리즘에는 병원이 하나 있는데, 거기에는 쉬흐유니(al-Ṣīhyunī)라는 샴지방의 쉬흐윤(Ṣīhyun)[2] 출신의 의사 한 명이 있다.

나는 세상에서 하와리즘 사람들처럼 성품이 착하고 마음씨가 무던하며 타향인을 극진히 사랑하는 사람들을 일찍이 본 적이 없다. 또한 다른 사람들에게서는 찾아볼 수 없는 좋은 예배관행이 그들에게 있다. 모든 사원의 무앗진들은 사원 주변의 가가호호를 돌아다니며 예배시간이 다가왔음을 알린다. 그리고 집단예배에 참석하지 않는 사람은 대중 앞에서 이맘으로부터 매를 맞는다. 그래서 사원마다 채찍(dirah)이 하나씩 걸려 있다. 뿐만 아니라, 사원의 경비를 충당하거나 구차하고 어려운 사람들에게 음식을 제공하기 위하여 5디나르씩 벌금을 물게 한다. 그들의 이러한 관행은 오래 전부터 이어져왔다고 한다.

하와리즘 시외에는 낙원에서 발원하는 4대강의 하나인 지훈(Jīḥūn)강[3]이 있다. 아탈강은 겨울철에는 얼어붙어 그 위로 걸어다니는데, 결빙기는 5개월이나 된다. 얼음이 녹기 시작할 때 걸어다니다가 자칫 참변을 당하기도 한다. 여름철에는 배를 타고 티르미즈(Tirmidh)[4]까지 가서 밀이나 보리를

2. 샴(현 시리아)의 훔스(Ḥumṣ) 주(州)에 속하는 보루로서 해안가 산기슭에 있다.
3. 지훈강에 관해서는 1장 주134 참조.
4. 지훈강 동안에 있는 유명한 고도로 사방이 성벽으로 둘러싸여 있고 시장바닥은 벽돌을 깔아놓았다.

실어오는데, 왕복 10일이 걸린다. 하와리즘 교외에 자리한 대수행자였던 샤이흐 니좌뭇 딘 바크리의 묘소에는 자위야가 있는데, 오가는 사람들에게 음식을 제공한다. 이 자위야의 샤이흐는 하와리즘의 명류인 교사 싸이풋 딘 븐 아드바다. 이곳에 또 하나의 자위야가 있는데, 샤이흐는 대수행자이며 청렴한 우접자인 잘랄룻 딘 앗 싸마르깐디다. 그는 우리를 초대한 바 있다. 시외에는 대학자인 이맘 아부 까씸 마흐무드 븐 오마르 앗 자마흐샤리[5]의 묘가 있으며, 묘 위에는 돔이 있다. 자마흐샤르는 하와리즘에서 4마일 떨어진 곳에 있는 한 마을이다.

나는 이 도시에 도착해서 교외에 유숙하였다. 나의 한 동료가 수석법관 아비 하프스 오마르 알 바크리를 찾아갔다. 그러자 법관은 대표 누르 이쓸람을 나에게 보냈다. 그는 인사만 하고 되돌아가더니, 이윽고 법관이 몇몇 동료들을 대동하고 와서 인사를 하는 것이었다. 이 법관은 비록 나이는 젊으나 위세가 대단하다. 그에게는 2명의 대표가 있는데, 한 사람은 앞에 말한 누르 이쓸람이고, 다른 한 사람은 대법학자인 누룻 딘 알 카르마니다. 법관은 법리(法理)에 엄정하고 지고의 알라에 대한 믿음이 철석 같다. 그는 만나자마자 나에게 "이 도시는 대단히 붐빕니다. 대낮에 들어가려고 하지는 마십시오. 누르 이쓸람이 올 테니, 무야(戊夜)에 그와 함께 들어가십시오"라고 하였다. 우리는 그대로 하였다. 그리곤 아무도 없는 새 마드라싸에 투숙하게 되었다. 아침예배 후에 법관은 시내의 몇몇 요인을 대동하고 우리한테 왔다. 그들 중에는 히마뭇 딘, 자이둣 딘 알 마끄다씨, 라뒷 딘 야흐야,

5. 본명은 마흐무드 븐 오마르 븐 무함마드 븐 아흐마드 알 하와리즈미 앗 자마흐샤리(al-Zamakhsharī, 1075~1143)이며, 우즈베크의 자마흐샤르 태생이다. 그는 이슬람학, 특히 『꾸란』 주석학과 언어·문법·문학 등 다양한 학문영역을 천착한 대학자로서 주저(主著)로 『꾸란 진실의 천명』(*al-Kashshāf 'an Ḥaqāiqi'l Tanzīl*), 『수사학 기초』(*Asāsu'l Balāghah*), 『문법상해(詳解)』(*al-Mufassal fi'd Naḥwi*), 『산지수(山地水)』(*al-Jibāl wa'l Amkinah wa'l Miyāh*) 등 명저가 있다. 무아타질라파의 신봉자로서 신비주의(수피즘)를 극구 배척하였다.

파둘라 알 라스위, 잘랄룻 딘 알 아마디, 그리고 시장의 이맘인 샴숫 딘 알 싼자리 등 여러 주공(主公, maulānā)들이 망라되어 있었다. 그들 모두는 인자하고 후덕한 분들이며 대부분은 무아타질라파[6]에 속해 있다. 그러나 그러한 내색을 좀처럼 하지 않는다. 왜냐하면 그들의 상전인 쑬퇀 우즈베크와 아미르 꾸퇄루 두무르는 쑨니파[7]에 속해 있기 때문이다.

내가 이 도시에 체류하는 동안에는 내내 법관 아부 하프스와 함께 그의 사원에서 금요예배를 하였다. 예배가 끝나면 그와 함께 사원 가까이에 있는 그의 저택에 가곤 하였다. 그의 저택에 가면 우선 아주 우아하고 화려하게 꾸민 응접실에 들어간다. 네 벽에는 모전이 가득 걸려 있고 벽에는 아치형 벽감들을 여러개 설치하였다. 벽감마다 도금한 은제 그릇과 이라크산 그릇들이 놓여 있다. 이곳 관습으로는 음식은 꼭 집에서 만든다. 응접실에 들어가 잠깐만 앉아 있으면 푸짐한 음식이 나온다. 법관은 많은 자산과 부동산을 소유하고 있는 부호일 뿐만 아니라, 아미르 꾸퇄루 두무르와는 동서지간이다. 그는 지자 아가라는 아미르의 처제와 결혼하였다. 이 도시에는

6. 무아타질라파에 관해서는 6장 주6 참고.
7. 이슬람교 2대 교파의 하나로서 정통파 혹은 주류파라고 한다. 정식명칭은 '쑨나와 공동체의 성원'(Ahlu'd Sunnah wa'l Jamā'ah)이다. '쑨나'는 아랍어로 '교범' '관행' '행위'라는 뜻이나 이슬람교에서는 '교법' '율법' '성훈'으로 의미가 전화되어 사용된다. 쑨니파는 이슬람교에서 절대다수파로서 무슬림의 90%가 이 파에 속한다. 이 파는 제3대 정통할리파 오스만시대부터 형성되기 시작하였는데 그 주장을 살펴보면, 정치상에서는 4대할리파를 선지자 무함마드의 합법적 계승자로 인정할 뿐만 아니라, 우마위야조나 압바쓰조의 모든 할리파도 그 합법적 계승성을 인정한다. 그리하여 역대 이슬람정권의 지지와 보호를 받아왔다. 경전문제에서는 『꾸란』을 이슬람교의 근본으로, 『성훈』을 『꾸란』의 보충으로 간주하며, '6대성훈집'은 무함마드의 언행기록이기 때문에 입법의 주요한 준거의 하나로 인정한다. 신학면에서 보면 초기에는 경전파(經典派, 일명 성훈파 聖訓派)와 의견파(意見派)로 나뉘어 논쟁을 거듭해오다가 10세기에 이르러 아슈아리와 안싸리에 의해 이 파의 신학이론의 기본이 정립되었다. 교법에서는 『꾸란』과 『성훈』을 입법의 근본적 준거로 하되, 이 두 법원(法源)에 명문기록이 없는 사항에 대해서는 합의(ijmā')와 유추(類推, qiyās)의 방법으로 입법할 수 있다고 주장한다. 그러나 기본적으로 이 법원에 대한 해석의 차이로 인해 이 교파는 하나피야파와 한발리야파, 말리키야파, 샤피이야파의 이른바 4대법학파로 나뉘어졌다.

소문난 훈계사들이 몇몇 있는데, 가장 유명한 이는 주공 자이둣 딘 알 마끄다씨다. 설교사로는 주공 하싸뭇 딘 마샤튀가 있는데, 그는 이 세상에서 가장 훌륭한 4대 설교사의 한 명으로서 그야말로 달변가다.

꾸틀루 두무르는 하와리즘의 대아미르다. 그의 이름은 '축복받은 철' 이라는 뜻이다. '꾸틀루'는 '축복받는' '경사로운'이고, '두무르'는 '철'이란 뜻이다. 그는 거룩한 쑬탄 무함마드 우즈베크와는 이종사촌간이며, 수석아미르로서 후라싼[8]의 집정관이기도 하다. 그의 아들 하룬 베크는 쑬탄의 딸과 결혼하였다. 그녀의 어머니는 앞에서 이야기한 왕후 퇴이투글라다. 하와리즘 아미르의 부인은 인자하기로 이름난 하툰 타라바크이다. 앞에서 언급한 바와 같이 법관이 인사차 나에게 왔을 때 말하기를 "아미르께서는 당신이 오신 것을 알고 계십니다만, 병이 아직 완쾌치 않아 당신한테 오실 수 없습니다"라고 하였다.

나는 법관과 함께 말을 타고 병문안을 갔다. 그의 관저에 이르러 큰 응접실에 들어갔다. 방은 대부분 목재로 지었다. 거기로부터 다시 자그마한 응접실에 들어가니 화려하게 장식한 목조돔이 나타났다. 돔의 네 벽은 채색 모전으로 꾸미고 천장은 금실을 수놓은 비단천을 씌웠다. 아미르는 비단방석에 앉아 있는데, 터키 풍토병의 하나인 풍습성 관절염 때문에 두 발은 덮고 있었다. 내가 인사를 하자 곁에 와 앉으라고 했다. 법관과 법학자들이 착

8. 현 이란 동북부의 한 주(州)이나, 역사상으로는 아프가니스탄의 힌두쿠시산맥 북록(北麓)지방과 구소련의 투르크메니아공화국을 포함한 지역이다. 651년 이슬람군이 점령한 이래 이슬람화가 진행되었고 우마위야조 말기에는 아부 무슬림 휘하의 이슬람군이 압바쓰조를 창건하기 위한 운동의 본거지였다. 9세기에는 페르시아 문화 부흥의 중심지로서 현대 이란어의 근간인 타리어가 이곳에서 형성되었다. 압바쓰조의 중앙집권체제가 느슨해지자 이곳에 이란계의 지방왕조인 톼히르조(821)와 쏴파르조(867)가 연속 출현하였다. 900년에는 하외지역(河外地域)의 싸만조에게 병합되어 그의 보호하에 이란문화가 발달하였으며 994년 가즈나조에게 점령된 후에는 터키계 유목민의 지배가 시작되었다. 1381년에 티무르에게 정복되었으며 1507년에는 우즈베크인들에게 일시 점령되기도 하였다.

석하자 나에게 쑬톼이자 왕인 무함마드 우즈베크와 하툰 빌룬 그리고 이 두 사람의 부친에 관해, 또 콘스탄티노플에 관해 일일이 물어왔다. 나는 아는 대로 알려주었다. 이윽고 식탁이 들어왔는데, 식단으로는 구운 닭고기, 쿠르키(Kurkī)[9] 고기, 비둘기새끼 고기, 칼리자(Kalījā)라는 유락을 섞은 빵, 과자, 당과류 등이다. 이어 과실그릇이 들어왔다. 과실로는 우선 금은제 쟁반에 담은 먹음직스러운 석류인데, 금제 숟가락과 같이 들어왔다. 어떤 석류는 이라크산 유리그릇에 담았는데, 여기에는 나무숟가락이 놓여 있다. 그 밖에 과실로는 포도와 진기한 수박이 있었다.

이 아미르의 관행으로는 매일 법관을 접견실로 불러들인다. 법관은 법학자들이나 서장관(書狀官)과 함께 와서 미리 준비한 좌석에 정좌한다. 그의 맞은편에는 한 고위아미르가 앉아 있는데, 그는 8명의 터키 수석아미르와 아르가지야(al-Arghajiyah)라는 샤이흐들을 대동하고 있다. 그들은 사람들의 소송을 판결해야 하는데, 교법에 관련된 안건은 법관이 직접 재판하고, 기타 안건들은 이들 아미르들이 판단한다. 그들의 판결은 정확하고 공정하다. 왜냐하면 그들은 어떠한 편견에도 사로잡히지 않고 여하의 뇌물도 받지 않기 때문이다. 어느날 우리가 아미르와 자리를 함께하고 나서 마드라싸에 돌아오니 그는 우리에게 쌀과 밀가루, 유락, 조미료, 땔나무 등을 보냈다. 이곳도 인도나 후라싼, 페르시아와 마찬가지로 숯(faḥm)이 뭔지 모른다. 그런데 중국에서만은 숯에 불을 붙이듯, 일종의 돌에 불을 붙인다. 타서 재가 되면 물로 반죽을 한 다음 햇볕에 말린다. 다 타서 없어질 때까지 그것으로 음식을 끓인다.

어느 금요일, 나는 나대로 법관 아부 하프스의 사원에서 예배를 근행하고 있었다. 그때 법관은 나에게 "아미르가 당신에게 500디르함을 보내고, 다

9. 학의 일종인 회학(灰鶴)이다. 회색 빛깔에 꼬리는 없고 목과 다리는 길다. 살은 별로 없고 뼈는 단단하며, 때로는 잠수도 한다. 아랍어로 단수는 쿠르키고, 복수는 카라키(Karākī)다.

른 500디르함으로는 당신을 위해 샤이흐들이나 법학자들, 기타 요인들이 참석하는 연회를 열라고 하였습니다. 그래서 제가 그에게 '아미르시여, 연회를 베풀었댔자 참석자들이 한두 끼 군입질이나 하는 것에 불과하니, 차라리 그럴 바엔 그에게 돈으로 몽땅 주는 것이 더 좋을 성싶습니다'라고 하였더니 '그럼, 그렇게 하지'라고 하였습니다. 그리곤 당신에게 1천 디르함을 보내셨습니다"라고 말하였다. 아미르는 자신의 이맘인 샴쑷 딘 싼자리를 시켜 이 돈을 보내왔다. 돈은 한 시종이 전대(錢袋)에 넣어 짊어지고 왔는데, 마그리브 금화로 환산하면 300디나르다.

그날로 나는 35디르함을 주고 검정색 말 한 필을 구입하였다. 나는 그 말을 타고 사원에 가서 받기로 한 1천 디르함 중에서 말값을 치렀다. 그 이후 마필이 계속 늘어났다. 허풍친다고 할 것 같아 몇필이나 늘었는지 숫자를 밝히지는 않겠지만, 아무튼 인도땅에 들어갈 때까지 말 수효는 계속 늘었다. 그때 나에게는 많은 말이 있었지만, 그 검정색 말을 가장 좋아했고, 귀히 여겼다. 그래서 모든 말 앞에다 따로 매어두곤 하였다. 이 말이 나와 함께 3년을 보내다가 그만 죽었다. 법관의 부인 하툰 지자 아가는 나에게 1백 디르함을 보냈다.

이 부인의 언니인 아미르의 부인 타라바크는 자신이 지은 자위야에서 초대연을 베풀었는데, 법학자들과 시내 명사들이 다수 참석하였다. 이 자위야는 내객을 위해 음식을 장만해놓고 있다. 그녀는 나에게 흑담비가죽옷 한 벌과 준마 한 필을 보냈다. 그녀는 그 누구보다도 후덕하고 청렴하며 인자한 여성이다. 그녀에게 알라의 축복이 있기를 기원하는 바이다. 그녀가 나를 위해 차린 이 향연을 마치고 자위야에서 나오는데, 문어귀에서 우연히 한 여인과 마주쳤다. 그녀는 허름한 옷에 머리에는 면사포를 쓰고 있었으며 몇명인지는 기억이 안 나나 여러 여인들과 함께 있었다. 그녀가 나에게 인사하기에 나도 엉겁결에 답례를 하였다. 그렇지만 나는 그녀 곁에 멈춰서지도 않고 쳐다보지도 않았다. 그런데 문을 나서자 웬 사람이 따라와서 방금 인사를 나눈 분이 바로 하툰 타라바크라고 알려주었다. 나는 너무나 황송하여 그자리에서 그녀에게로 돌아가려고 하였다. 그러나 그녀는 이미 떠나고 없었다. 나는 그녀의 시종들을 통해 인사를 전하고 알아보지 못한 실수에 대해 용서를 빌었다.

부하라와 아스파한의 수박을 제외하고는 동서 어디에 가서도 하와리즘의 수박처럼, 그렇게 좋은 수박을 보지 못할 것이다. 껍질은 푸릇푸릇하고 속은 빨가며, 진짜 달고 단단하다. 특이한 것은 잘게 썰어서 대바구니에 넣어 햇볕에 말린다. 마치 우리나라에서 무화과말랭이를 만드는 법과 같다. 이 수박말랭이는 하와리즘에서 멀리 인도나 중국에까지 수출된다. 과실말랭이치고 이보다 더 좋은 것은 없다. 내가 인도의 델리에 머물고 있을 때, 여행자들이 오기만 하면 사람을 보내 수박말랭이를 사오도록 하였다. 인도왕은 내가 수박말랭이를 좋아하는 것을 알고 있기 때문에 누가 그에게 조금이라도 가져오기만 하면 나에게 꼭 보내주곤 하였다. 그의 관행으로는 이방인이 오면 꼭 그의 고향 과실로 접대하는데, 이로써 그에 대한 예우를 표시한다.

싸라에서 하와리즘까지 알리 븐 만수르라는 카르발라[10] 출신의 한 성예가 동행하였다. 그는 상역(商易)에 종사하고 있었다. 내가 그에게 옷가지나 기타 물건들을 사다 달라고 부탁하면, 예컨대 그는 10디나르를 주고 옷을 구입하고서는 "8디나르를 주고 샀는데요"라고 말한다. 나에게서는 8디나르를 받아가고 2디나르는 사재에서 털어낸다. 나는 사람들에게서 듣고서야 비로소 이런 사실을 알게 되었다. 그러면서도 나에게 돈을 꾸어주기도 하였는데, 나는 하와리즘 아미르의 연조를 받아서 그 빚을 갚았다. 그후 그의 이러한 선행에 대해 어떻게든 보답하려고 하였다. 그럴 때마다 그는 사양하면서 절대 그러지 말라고 하였다. 카푸르라는 그의 젊은 시배에게나마

10. 카르발라에 관해서는 4장 주121 참고.

무얼 좀 해주려고 해도 한사코 그러지 말라고 하였다. 그야말로 내가 만난 이라크 사람들 중에서는 가장 어진 사람이었다.

원래 그는 나와 함께 인도지방까지 갈 작정이었다. 그러던 중 중국으로 가는 몇몇 고향 사람들이 하와리즘에 당도하자 그들과 함께 떠나고 말았다. 떠나는 이유에 관해 물으니 "그들은 고향 사람들입니다. 그들이 돌아가서 내 가족과 친지들에게 내가 예물이나 구하려고 인도에 갔다고 할 것 아닙니까. 나로서는 이것이 하나의 욕된 일입니다. 그러니 그렇게는 할 수 없는 일이지요"라고 대답하였다. 그는 고향사람들과 함께 중국으로 떠났다. 그후 내가 인도땅에 있을 때 들은 소식인데, 그는 하외(河外)[11] 주(州)의 동단(東端)이자 중국의 입구인 알말릭(Almāliq) 시에 도착하여 체류하고 있었다. 그런데 짐을 운반하는 시배가 끝내 도착하지 않았다. 그때 마침 그의 고향에서 한 상인이 그곳에 도착하여 같은 숙관에 투숙하게 되었다. 성예알리는 그에게 시배가 도착할 때까지만이라도 용돈을 좀 빌려달라고 하였다. 그런데 동향인은 거절하는 것이었다. 게다가 그는 무례하게도 숙관 내에 성예보다 더 큰 방을 요구하고 나섰다. 이것을 알게 된 성예는 비통함을 금치 못하고 끝내는 방에 돌아와 자해를 하였다. 사람들이 몰려왔을 때 그는 마지막 숨을 몰아쉬고 있었다. 사람들이 성예의 한 시종이 시해했다고 하자, 그는 "다들 그를 무고(誣告)하지 마십시오. 내 자신이 저지른 일입니다"라고 해명하였다. 그날로 그는 영면하였다. 그에 대한 알라의 관용을 비는 바이다.

언젠가 성예는 내게 자신에 관한 이야기 한 토막을 들려주었다. 성예는 다마스쿠스에서 한 상인으로부터 6천 디르함을 빌려쓴 일이 있었다. 우연히 샴의 하마(Ḥamāh)시[12]에서 그 상인을 만났다. 그는 돈을 갚으라고 하였는데 당시 성예는 구입한 물건을 외상으로 팔다보니 현금이 없었다. 그로

11. 하외주(州, 혹은 지역)에 관해서는 7장 주24 참고.

서는 전주(錢主) 앞에서 얼굴을 들 수가 없었다. 집에 돌아와서 머릿수건을 천장에 매달고 자살하려고 하였다. 그 순간 금고를 관리하는 한 친구의 생각이 퍼뜩 떠올랐다. 그래서 그에게 한걸음에 달려가 사실을 이야기하였더니 그 친구가 대뜸 돈을 꾸어주어 그 상인에게 빚을 갚아주었다고 한다.

## 2. 하와리즘에서 나흐샤브까지

하와리즘을 떠날 채비로 낙타는 고용하고 교자(轎子)는 구입하였다. 나와 같은 교자를 탄 사람은 아피프 딘 타우라지이고, 시배(侍陪)는 말을 타고 뒤따랐다. 남은 말들은 날씨가 차서 씌우개를 씌웠다. 우리는 하와리즘과 부하라 사이의 황야를 답파했는데, 18일이나 걸렸다. 황야는 모래뿐이고 한곳을 제외하고는 인가라곤 전혀 없다. 내가 아미르 꾸뢀루 두무르와 작별할 때, 그는 나에게 의상 한 벌을 사여하였으며, 법관도 나에게 의상 한 벌을 선사하였다. 법관은 법학자들을 대동하고 나와 우리 일행을 전송하였다.

우리는 4일을 걸어서 알카트(Alkāt)시[13]에 도착했는데, 우리가 가는 길에는 이곳밖에 인가가 없다. 자그마하고 아담한 도시다. 우리는 시외의 한 못가에 머물렀다. 물은 꽁꽁 얼어붙어 있었다. 꼬마들이 얼음 위에서 놀면서 얼음을 지치기도 한다. 솨드룻 샤리아라는 이 도시의 법관이 내가 왔다는 소식을 듣고 학생들과 이 도시의 독실하고 청렴한 샤이흐인 마흐무드 후유피와 함께 인사차 찾아왔다. 나는 하와리즘의 법관댁에서 그를 만난 적이 있다. 법관은 나더러 이 도시의 아미르한테로 가자고 하였다. 그러자 샤이

12. 샴의 큰 도시로서 사위에 성벽이 둘러 있고 시장이 여러곳에 있다. 아쉬(al-ʿĀṣī) 강가에 대사원이 있다.
13. 현 핫즈 압바쓰 왈리(al-Ḥājj Abbās Walī)다.

흐 마흐무드가 그에게 "손님은 의당 방문을 받게 되어 있는 법이야. 생각이 있다면 우리가 아미르한테 가서 그를 데리고 와야지"라고 말하였다. 그들은 샤이흐의 말대로 하였다. 한참 있다가 아미르가 동료들과 시종들을 대동하고 왔기에 그와 인사를 나누었다. 우리의 의향은 한시 바삐 길을 떠나는 것이었으나, 아미르는 더 있으라고 만류하였다. 그리곤 향연을 베풀었는데, 법학자들과 군요인들을 비롯해 여러사람들이 참석했다. 참석한 시인들은 일어서서 아미르를 칭송하는 시를 읊조리기도 하였다. 아미르는 나에게 의상 한 벌과 준마 한 필을 보냈다.

우리는 이 사막에서 씨바야(Sībāyah)라고 부르는 물 한 방울 없는 길을 따라 6일간이나 걸었다. 그리하여 이른 곳이 와브카나(Wabkanah) 읍[14]이다. 부하라에서 하루 여정에 있는 이 읍은 여러개의 내와 화원을 가지고 있는 아름다운 고장이다. 현지인들은 포도를 다음해까지 저장해둔다. 이곳에는 알루(al-'alū)라는 과실이 나는데, 말려서 인도나 중국으로 수출한다. 이 건과에 물을 넣어 우러나온 즙을 마신다. 싱싱할 때는 푸른색에 달지만 일단 말리면 맛이 시큼하며 살이 많다. 안달루쓰나 마그리브, 샴 그 어디에서도 이런 과실을 본 적이 없다.

여기로부터 우리는 면면이 이어진 화원 사이로 하천과 수림 그리고 즐비한 건물들을 지나 꼭 하루 만에 부하라시[15]에 이르렀다. 성훈학자들의 이맘인 아부 압둘라 무함마드 븐 이쓰마일 알 부하리[16]가 바로 이 고장 출신이

14. 현 와파깐드(Wāfaqand)다.
15. 부하라에 관해서는 2장 주78 참고.
16. 본명은 무함마드 븐 이쓰마일 알 부하리(810~69(70?))이고, 부하라에서 탄생한 이란계 가문의 대성훈학자다. 10세 때 메카로 성지순례를 가서 메카와 메디나에서 성훈을 연찬하였다. 그는 성훈 수집을 위해 16년간이나 이집트와 이라크, 시리아, 페르시아 등 여러나라와 지역을 전전하면서 1천여명의 샤이흐를 만나 무려 60만 조의 성훈을 수집하였다. 그중 엄선한 9,397조를 97개 부문으로 나누어 명저 『정훈집』(正訓集, *al-Jāmi'o'd Ṣaḥīb*)에 채록하였다. '6대성훈집' 중 첫편으로서 신빙성이 가장 높은 성훈집이다. 『꾸란』다음 가는 권위를 지닌 입법준거서로 평가되고 있으며, 따라서 후세의 성

다. 원래 이 도시는 지훈강 이동 지역의 수부(首府)였으나 이라크왕들의 조상인 가증스러운 몽골인 틴키즈(Tinkīz)[17]가 파괴해버렸다. 원래의 사원이나 마드라싸, 시장들은 흔적만 약간 남아있을 뿐이다. 이곳 주민들은 어쩐지 좀 치졸하다. 그들은 너무나 배타적이고 허황한 일만을 주장하며 진리를 거부하기 때문에 하와리즘이나 기타 지역에서 행하는 당당한 증언마저도 부정되고 만다. 그러다보니 오늘날에는 학문의 '학'자 하나 제대로 아는 사람이 없고, 학문에 관심을 두고 있는 사람도 없다.

원래 틴키즈 한은 하톼(al-Khaṭā)[18] 지방의 대장장이였는데, 마음씨가 어질고 체구가 건장하여 힘깨나 썼다. 그는 사람들을 모아놓고는 음식을 대접하기도 하였다. 그래서 사람들이 그의 주위에 모이게 되고, 급기야는 그를 자신들의 두령으로 추대하였다. 그러자 제고장을 장악하고 힘을 키웠다. 그의 위력이 일취월장(日就月將) 강화되자 드디어 거란왕과 중국왕을 차례로 통제하기에 이르렀다. 아울러 병력이 증강되자 후탄(al-Khutan)[19]과 카쉬가르(Kāshighar)[20], 알말릭 등지를 공략하였다.

당시 하와리즘과 후라싼, 하외지역의 왕(샤)이던 잘랄룻 딘 싼자르 븐 하와리즘에게도 막강한 힘과 권세가 있었다. 그래서 틴키즈도 그를 두려워하고 경계하며 함부로 범접하지 못하였다. 한번은 틴키즈가 의도적으로 중국과 거란산 비단천 등 화물을 지참한 상인들을 잘랄룻 딘 치하의 주(州) 변방거점인 오트라르(Oṭrār) 시에 보냈다. 그랬더니 주지사는 잘랄룻 딘에게

훈 편찬의 전범(典範)으로 되고 있다.

17. 틴키즈는 칭기즈칸을 말한다.
18. 하톼 혹은 하톼이(al-Khaṭāi)는 거란(契丹)을 지칭한다.
19. 한명(漢名)으로 우기(于闐), 화기(和闐)이라고 한다. 타림분지 남부에 있는 씰크로드 오아시스육로의 남도상 요지다. 백옥하(白玉河)와 흑옥하(黑玉河) 사이에 있는 오아시스 도시로서 옥의 산지로 유명하다. 주변에는 불교유적이 다수 있다.
20. 한명으로 소륵(疏勒)이라고 한다. 타림분지 서부에 있는 씰크로드 오아시스육로의 북도상 요지로서 여기에서 파미르고원을 넘어간다. 10세기 후반에 카라한조에 정복됨으로써 타림분지 터키화가 이곳으로부터 시작되었다.

사람을 보내 이 사실을 알리면서 상인들에 대해 나름대로 조처하겠으니 허락해달라고 품고하였다. 왕은 지사에게 서한을 보내 상인들의 재물을 몰수하고 사지(四肢)를 잘라 폐인으로 만들어 돌려보내라는 엄명을 내렸다. 비록 이것은 아랍동방[21]인들로 하여금 재앙과 시련을 면하게 하기 위한 알라의 뜻이라고 핑계를 댔지만, 분명 하나의 살인적인 발상이며 사악하고 불길한 조처다. 이러한 사태가 발생하자 틴키즈는 차제에 이슬람국가들을 공략하기 위해 헤아릴 수 없이 많은 군사를 친히 초모하였다.

오트라르 지사는 틴키즈의 출동 소식을 듣고 실태를 알아오라고 정탐꾼을 밀파하였다. 전하는 바에 의하면 한 정탐꾼이 거지로 변장하고 틴키즈의 한 아미르가 살고 있는 저택에 잠입하였다. 그러나 아무도 그에게 동냥을 주는 사람이 없었다. 그 옆집에 들렀는데 식량이라곤 눈을 비벼봐도 안 띄니 동냥을 줄 리가 만무하였다. 저녁이 되자 주인은 마른 창자(腸子)를 꺼내 물에 축이고 나서 말피를 뽑아 빨갛게 묻혀서는 끓이기도 하고, 불에 굽기도 하였다. 그것이 고작 그의 저녁거리였다. 이 정탐꾼은 아트라르에 돌아와서 지사에게 사실을 보고하면서 누구도 그들과는 싸워 이길 수 없을 것이라고 단언하였다. 그래서 이 지사가 국왕인 잘랄룻 딘에게 구원을 요청했더니 왕은 그의 휘하에 있는 병사 외에 6만대군을 증파하였다.

양군이 교전하자 틴키즈는 상대방을 일격에 격파하고 무력으로 아트라르시에 입성하여 닥치는 대로 남정네들을 학살하고 부녀자들을 포로로 삼았다. 잘랄룻 딘도 직접 와서 참전하였다. 이슬람 사상 유례 없는 격전이 벌어졌다. 결과 틴키즈는 하외지역을 석권하고 부하라와 싸마르깐드[22], 티르미즈를 잇달아 파괴한 다음 지훈강을 건너 발흐(Balkh)시[23]를 장악하였다.

21. 마슈리끄(al-Mashriq)란 아랍어로 '해뜨는 곳', 곧 '동방'이라는 뜻인데, 여기서는 '마그리브'(al-Maghrib)의 대칭어로 '아랍동방'(서아시아 지역의 아랍국)을 지칭한다.
22. 한명으로 강국(康國)이다. 자라프샨강 변에 위치한 소그디아나의 중심도시다. 씰크로드 오아시스육로상의 요지이며 사원과 묘당을 비롯한 티무르조의 화려한 유적들이 남아 있다.

계속하여 바미얀(Bamiyān)을 공략하고 후라싼과 페르시아, 이라크에 진주하였다.

발호와 하외지역에서 무슬림들이 항전에 분기했지만, 그럴수록 틴키즈는 무슬림들을 더욱 무자비하게 탄압하고 발흐에 무력 입성하여 시내를 온통 폐허로 만들었다. 티르미즈에서도 사정은 마찬가지었다. 파괴된 시가는 아직 복구가 되지 못하고 있다. 그런데 구지(舊址)에서 2마일 떨어진 곳에 새 도시가 섰는데, 오늘날에는 그곳을 역시 '티르미즈'라고 부른다. 바미얀시에서도 시민들이 학살되고 시 전체가 폐허가 되었다. 다만 대사원의 첨탑만이 덩그러니 남아 있다. 단, 몽골군은 부하라와 싸마르깐드사람들만은 별로 해치지 않고 곧 바로 이라크로 회군하였다. 몽골인들은 이슬람세계의 수도이며 할리파의 거성인 바그다드에 무력으로 입성[24]하여 압바쓰조의 할리파 무쓰타아쉼 빌라[25]——그에게 알라의 자비를——를 살해[26]하였다.

부하라에서 우리는 파트흐 아바드(Fatḥ Abād)라는 관상에 머물렀다. 여

23. 발흐는 현 아프가니스탄 북부 마자리샤리프의 서북향 19km 지점에 있는 고대도시다. 박트리아(대하大夏)의 왕도였다는 일설이 있다. 동은 파미르, 서는 이란, 북은 소그디아나, 남은 인도를 연결하는 씰크로드 오아시스육로의 십자로상에 있어 자고로 동서교류의 중심지 역할을 하였다. 몽골군과 티무르군의 침공을 잇달아 받아 폐허가 되었다. 발흐에 관해서는 2장 주79 참고 보충.
24. 1258년 12월 훌레구 지휘하의 몽골군은 쇠뇌(노포弩砲)로 바그다드성곽을 공파하고 입성하였다. 압바쓰조의 마지막 할리파 무쓰타아쉼(재위 1242~58)과 3백 명 신하들이 무조건 항복하였으나 몽골군은 10일 후에 그들 모두를 무참히 살해했을 뿐만 아니라 바그다드 시민들도 무자비하게 살육하고 재물을 약탈하였으며 시가를 소각·파괴하였다.
25. 압바쓰조의 마지막 할리파(1192~1258)다. 그는 이븐 할깜을 재상에 서임하였는데, 그는 간신으로서 몽골침략군 사령관 훌레구와 내통하여 몽골군의 바그다드 공략과 할리파의 피살 등에 일조하였다.
26. 이븐 주자이는 바그다드에서 몽골군이 자행한 살육에 관해 다음과 같이 언급하고 있다. "우리의 샤이흐며 수석법관인 아부 바라카트 븐 핫즈——그에게 알라의 사랑을——는 이렇게 말하였다. '설교사 아부 압둘라 븐 라씨드의 말에 의하면 그는 메카에서 이라크 학자인 누룻 딘 븐 자자즈와 그의 조카를 만나서 이야기를 주고받았는데, 이 학자는 타타르인들의 이라크 침탈에서 무려 2만 4천 명이나 되는 학자들이 살해되었다고 하고는 자기 조카를 가리키면서 생존자는 나와 저 사람뿐이라고 말하였다'."

기에는 대현인이며 학자이고 수행자이며 금욕주의자인 샤이흐 싸이풋 딘 알 바하라지의 묘소가 있다. 우리가 투숙한 자위야는 이 샤이흐가 지은 것인데, 대단히 크다. 이 자위야에는 종교기금이 엄청나게 많아서 오가는 사람들에게 음식을 제공하고 있다. 자위야의 샤이흐는 싸이풋 딘이 후손인 여행가 핫즈 야흐야 앗 바하라지다. 샤이흐는 저택에서 우리를 초대하였다. 시내 명류들이 모두 모였는데, 독경사들은 낭랑한 목소리로 독송하고, 훈계사들은 일장 훈계를 내렸다. 참석자들은 터키어와 페르시아어로 구성지게 노래를 부르기도 하였다. 거기서 참으로 훌륭하고 뜻깊은 하룻밤을 보냈다.

나는 그곳에서 덕망있는 학자이며 법학자인 솨드룻 샤리아를 만났다. 그는 청렴하고 인품이 훌륭한 사람으로서 방금 하라에서 돌아왔다. 나는 부하라에 있을 때, 『정훈집』[27]의 저자이고 무슬림들의 샤이흐이며 학자이고 이맘인 아부 압둘라 부하리――그에게 알라의 영총을――의 묘소를 참배하였다. 묘비에는 "무함마드 븐 이쓰마일 알 부하리의 묘. 그는 … 서적을 저술하였다"고 명기되어 있다. 기타 부하라 출신 학자들의 묘에도 이런 식으로 망자의 이름과 저서명이 씌어 있다. 나는 많은 것을 수택본(手澤本)에 기입했는데, 바다에서 인도 이교도들에게 강도를 당하는 바람에 다른 물건들과 함께 이 수택본도 그만 분실하고 말았다.

우리는 부하라를 떠나 청렴한 성군인 알라웃 딘 퇴르마쉬린[28]의 야차(野次)로 향발하였다. 그에 관해서는 뒤에 이야기할 것이다. 우리는 도중에 샤이흐 아부 투라브 앗 나흐샤비의 고향인 나흐샤브(Nakhshab)[29]를 지나갔다. 자그마한 읍인데 화원과 하천으로 에워싸여 있다. 우리는 읍 밖에 있는 아미르의 저택에 머물렀다. 그때 나에게는 한 여종이 있었는데, 분만 때가

27. 『정훈집』은 이슬람교의 대성훈학자인 부하리의 대표 저작이다. 이에 관해서는 이 장 주16 참고.

28. 싸마르깐드와 발흐의 쑬퇀으로서 독실한 이슬람교 신자다. 이슬람교법을 준수하고 통행세를 폐지하였으며 '왕국제'를 반대하였다. 735년(1334)에 시해되었다.

29. 현 까리쉬(Qārishī)다.

가까웠다. 나는 그녀를 싸마르깐드까지 데리고 가서 분만시키려고 하였다. 그래서 그녀를 교자에 앉힌 채로 교자를 낙타에 올려놓았다. 동료들은 그녀와 함께 밤길을 떠났다. 식량과 내 소지품 등은 그녀가 탄 낙타 교자와 함께 보냈다. 나는 남아 있다가 낮이 되자 한 동료와 함께 출발하였다. 그들과 나는 서로 다른 길로 걸어갔다.

### 3. 쑬퇀 톼르마쉬린

우리는 그날 저녁 무렵에 앞에 말한 쑬퇀의 야차(野次)에 도착하였다. 모두들 시장기가 들었다. 우리는 시장에서 꽤 떨어진 곳에 여장을 풀었다. 한 동료가 나가더니 허기를 채울 먹거리를 사들고 왔다. 어떤 상인이 천막 하나를 빌려줘서 그날밤은 그 속에서 보냈다. 다음날 일행은 앞서 간 낙타와 동료들을 찾아 길을 떠났다. 저녁녘에야 찾아서 데리고 왔다. 쑬퇀이 사냥을 나가 야차에는 없길래, 나는 그의 대표인 아미르 타끄바가를 만났다. 그는 우리를 자신의 사원 가까이에 묵도록 하고 천막 비슷한 히르까(khirqah)를 보내왔다. 히르까가 무엇인가에 관해서는 앞에서 이미 언급한 바 있다.

나는 여종을 그 천막에 묵도록 했는데, 그날밤 분만을 하였다. 기실은 아닌데, 남자애라고 전해왔다가 얼마후 한 동료가 여자애라고 알려주었다. 미덥지 않아서 여종 몇몇을 불러다 물었더니 여자애라고 했다. 이 애는 길시(吉時)에 태어났다. 그래서 나는 그애가 태어난 후부터는 마음이 그렇게 흐뭇할 수가 없었다. 그런데 아쉽게도 내가 인도에 도착한 두 달 후에 그애는 그만 요절하고 말았다. 이에 관해서는 뒤에 다시 이야기할 것이다.

이 야차에서 나는 법학자이고 수행자이며 주공(主公)인 샤이흐 후싸뭇 딘 알 야기를 만났다. '야기'(al-yāghi)는 터키어로 '봉기자'란 뜻이다. 그는 오트라르 출신이다. 또한 이곳에서 샤이흐인 쑬퇀의 사위도 만났다. 하외지역의 쑬퇀은 거룩한 쑬퇀 알라웃 딘 퇴르마쉬린인데, 권세가 대단하고 많은 군사를 소유하고 있으며 영토가 광활하고 국력도 막강하다. 게다가 치세도 공정하다. 그는 세계의 4웅(雄) 반열에 끼여 있다. 4웅은 중국왕과 인도왕, 이라크왕, 우즈베크왕이다. 이들 모두는 그와 예물을 교환하고 그를 존경하며 존대한다. 그는 형 자카퇴(al-Jakaṭā)[30]의 뒤를 이어 등극하였다. 자카퇴는 이교도로서 맏형 케베크(Kebek)의 후계자였다. 카브크 역시 이교도이기는 하였으나 치세가 공정하고 학대받는 자들을 공평상대(公平相待)하며 무슬림들도 존대하였다.

전하는 바에 의하면, 어느날 카브크왕이 법학자이며 훈계사인 바드룻 딘 알 마이다니와 이야기를 나누다가 "알라는 그의 경전에서 모든 것에 관해 죄다 언급했다고 당신은 말한다지요?"라고 하자, 법학자는 "예, 그렇습니다"라고 대답하였다. 그러자 왕은 "그럼, 내 이름은 그 속 어디에 있지?"라고 되묻자, "그대의 이름은 '그대의 대상(隊商)이 원하는 모양대로'[31]라는 지고한 알라의 말씀 중에 있습니다"라고 법학자는 대답하였다. 이에 왕은 흡족해하면서 연신 "야흐샤"(yakhshā)라고 말하는 것이었다. 터키어로 그 뜻은 '훌륭하다!'이다. 그후 왕은 이 법학자를 극진히 대접하고 무슬림들을 더더욱 거룩하게 여기게 되었다.

카브크에 관한 또 한가지 전설로는, 웬 부인이 그에게 한 아미르를 고소하였다. 그녀의 말로는 그녀는 구차한 살림에 애들도 여럿 딸려 있다. 그녀에게는 우유가 좀 있길래 팔아서 애들이나 먹여살리려고 들고 나갔는데, 한 아미르가 나타나 우유를 몽땅 빼앗아가서는 한입에 마셔버렸다는 것이다.

30. 칭기즈칸의 둘째아들 차가이다이칸국의 군주이다.
31. 이 구절 중에서 '그대의 대상(隊商)'은 아랍어로 '라크부카'(rakbuka)인데, 이 말 중 '크부카'가 '카브크'(kabk)와 발음상 유사한 까닭에 『꾸란』에 역시 카브크왕의 이름도 있다는 것을 시사하려 하였다.

이 말을 들은 왕은 "내가 그 사람의 배를 갈라봐서 우유가 나오면 그 사람은 그대로 황천객이 될 것이고, 그렇지 않으면 당신의 배를 가를 것이오"라고 말하였다. 이에 그녀는 "당신이 그를 공정하게만 처리한다면 나는 그에게서 아무것도 요구하지 않겠습니다"라고 잘라 말했다. 왕은 그 아미르의 배를 가르라고 하명하였다. 아니나 다를까, 배에서는 우유가 흘러나왔다고 한다. 이제, 쑬퇀 톼르마쉬린에 관한 이야기로 돌아가기로 하자.

나는 아르드(al-Ard)라는 쑬퇀의 야차에 며칠간 머물렀다. 어느날, 여느 때와 마찬가지로 아침예배를 보기 위해 사원으로 갔다. 내가 예배를 끝마치자 웬 사람이 나에게 쑬퇀이 지금 사원 내에 와 있다고 알려주었다. 쑬퇀이 예배를 마치고 일어섰을 때 나는 그에게 다가가서 인사를 하였다. 샤이흐 하싼도 따라 일어섰다. 법학자 후싸뭇 딘 알 야기가 쑬퇀에게 나의 근황과 온지 며칠 되었다는 것을 알려주었다. 그러자 쑬퇀은 터키어로 무어라고 말하였는데, 그 뜻은 "무고한지요? 당신의 왕림은 경사스러운 일입니다"이다. 그때 그는 푸른색 꾸드쓰제 도포를 입고 머리에는 같은색의 작은 모자(shāshiyah)를 쓰고 있었다. 그리고 나서 그는 걸어서 응접실로 갔다. 가는 길에 사람들은 너도나도 그에게 갖가지 소송을 제기하였다. 그는 남녀노소할 것 없이 소송자 앞에서는 꼭 멈춰 서서 경청하곤 하였다.

얼마후 쑬퇀은 사람을 보내 오라고 하기에 나는 그의 천막으로 갔다. 천막 밖에는 사람들이 좌우로 쭉 늘어서고 아미르들은 의자에 앉아 있으며, 쑬퇀의 동료들은 아미르들의 앞뒤에 서 있다. 병사들은 줄지어 앉았는데, 병사마다 앞에는 무기가 놓여 있다. 그들은 당직병사들로서 신시(申時)까지 거기에 앉아 있고, 다른 교대자들은 5경(更)까지 앉아 있다. 거기에는 몇 개의 면포(綿布)천막(천장만 있는)을 쳐놓아 당식병사들이 이용하고 있다.

내가 천막 안에 들어가 왕을 알현했는데, 그때 그는 금실로 수놓은 비단천을 씌운 연단 비슷한 큰 의자에 앉아 있었다. 천막 내부도 금실로 수놓은 비단천으로 꾸몄다. 주보(珠寶)를 상감한 왕관은 쑬퇀의 머리 위에서 1완척쯤 되는 곳에 걸려 있다. 그의 좌우에는 고위아미르들이 의자에 앉아 있으며 왕자들은 손에 총채를 들고 그의 앞에 서 있다. 천막 입구에는 쑬탄의 대표와 재상, 시위장(侍衛長), 통역이 서 있다. 통역을 그들은 '알 탐가'(al-ṭamghā)[32]라고 한다. '알'은 '붉은', '탐가'는 '표지'란 뜻이다. 내가 천막에 들어서자 이들 네 사람은 모두 일어나서 나에게 다가왔다. 우리는 함께 천막 안으로 들어갔다.

내가 쑬탄에게 인사를 하자, 그는 메카와 메디나, 꾸드쓰——모든 곳에 알라의 영광을——에 관해, 할릴——그에게 평화를——시에 관해, 다마스쿠스와 이집트 및 나쉬르왕에 관해, 두 이라크와 그 왕들 그리고 페르시아 지역에 관해 두루 물었다. 통역관이 우리의 대화를 통역하였다. 이때 무앗진이 정오예배를 알리므로 우리는 자리를 떴다. 우리는 여러번 쑬탄과 함께 예배를 근행하였다. 때는 정말로 살인적인 혹한기였다. 그렇지만 쑬탄은 새벽과 저녁 집단예배 참석을 거르는 법이 없었다. 그는 새벽예배 후에는 해뜰 때까지 앉아서 터키어로 염송을 계속한다. 염송이 끝나면 사원에 있는 사람들은 저마다 다가와서 쑬탄과 악수를 하고는 서로가 손을 굳게 잡곤 한다. 신시예배 때에도 이렇게 한다. 건포도나 대추야자를 누가 선물로 가져오면 쑬탄은 사원에 있는 사람들에게 손수 집어준다. 그들에게 있어서 대추야자는 원봉길경(願逢吉慶)이다.

이 왕의 인품에 관해 한 가지 언급한다면, 어느날 나는 신시예배에 참석하였는데, 아직 쑬탄이 도착하지 않았다. 그의 남시종이 예배용 주단 한 장을 벽감 맞은편에 펴놓았다. 그곳은 쑬탄이 늘 예배하는 자리다. 그 시종이 이맘 후싸뭇 딘 알 야기에게 "우리의 주공께서 부분세정을 하므로 잠깐 기다려 달라고 하십니다"라고 말하였다. 그러자 이맘은 벌떡 일어서서 "도대체 예배는 알라를 위한 것인가, 아니면 퇴르마쉬린을 위한 것인가?"라고 정

32. 몽골제국 시대에 사용된 '붉은 인장' 또는 그것을 관장하는 사람을 가리킨다. 여기서는 통역관을 지칭한다.

색해서 말하였다. 그리곤 무앗진더러 예배 시작을 고하라고 하였다.

때마침 쑬톼이 들어왔다. 그러나 2배가 이미 끝난 뒤였다. 그래서 쑬톼은 사원 출입문에 있는 신발장에서 이미 끝난 2배를 보충하였다. 그리고 나서야 이맘 앞에 와서 웃으면서 그와 악수를 하고 벽감 맞은편 자리에 앉았다. 샤이흐 이맘이 그의 곁에 그리고 나는 이맘의 곁에 앉았다. 이맘은 나에게 "귀국하면 페르시아의 한 수행자가 터키 쑬톼을 이렇게 대하고 있다는 사실을 남들에게 이야기해주십시오"라고 부탁하였다. 이 샤이흐는 매주 금요일이면 사람들에게 한바탕 훈계를 하곤 한다. 쑬톼에게 선행을 하고 비행을 금하라고 계유(啓誘)하면서 거친 말도 마다하지 않는다. 그렇지만, 쑬톼은 그의 말을 경청하고 감격의 눈물마저 흘린다. 이 샤이흐는 쑬톼으로부터의 사여물(賜與物)은 애당초 받지 않고 쑬톼에게서 밥 한 끼 얻어먹지 않으며 옷 한 벌 받아 입지 않는다. 이 샤이흐야말로 오로지 알라만을 믿는 청렴경건한 수행자다.

나는 그가 솜을 넣어 누빈 면도포를 입고 있는 것을 자주 목격했는데, 이미 낡을 대로 낡아 해지기까지 하였다. 머리에는 1끼라트(qīrāṭ)[33]가 될까 말까 한 모자를 쓰고 머릿수건은 안 두른다. 어느날 그에게 이렇게 여쭈었다. "주공이시여, 당신이 입고 있는 도포가 도대체 무슨 꼴입니까. 참으로 말이 아닙니다." 그러자 샤이흐는 "젊은이, 이것은 내 도포가 아니라 딸녀석의 것이라네"라고 응수하였다. 나는 그가 내 옷가지 중에서 무언가 하나 받았으면 하였다. 그랬더니 "나는 50년 전에 이미 누구한테서나 아무것도 받지 않기로 알라께 약속하였네. 내가 일찍이 누구한테서 무언가 하나라도 받은 것이 있었더라면 자네 것도 쾌히 받았을 거네"라고 그는 말하는 것이었다.

내가 이곳에서 54일간 체류하고 떠나려고 하자 쑬톼은 나에게 700디나

33. 끼라트는 도량형 단위이다. 길이의 단위로는 2.83cm이고, 면적의 단위로는 175.035m²이며, 황금의 단위로는 16분의 1디르함이며, 중량의 단위로는 0.641리터다. 또한 어떠한 물체의 24분의 1을 가리키기도 한다.

르와 흑담비가죽 도포를 보냈다. 이 가죽도포는 원래 내가 날씨가 추우니 한 벌 달라고 했던 것이다. 내가 가죽도포 이야기를 꺼내자 쑬퇀은 내 옷소매를 잡고 뒤적거렸다. 그의 얼굴에는 측은하고 동정어린 빛이 역력하였다. 쑬퇀은 그밖에 말과 낙타도 두 필씩 보내왔다. 나는 작별인사를 하려고 사냥길에 나선 그를 뒤쫓아갔다. 그날은 대단히 추운 날이었다. 얼마나 추웠던지 나는 입조차 제대로 벌릴 수가 없었다. 그것을 알아차린 쑬퇀은 넌지시 웃으면서 손을 내밀길래 그 손에 대충 입맞춤을 하고 그와 헤어졌다.

내가 인도땅에 도착한 2년 후에 들려온 소식에 의하면, 쑬퇀 치하의 백성들과 아미르들이 그의 대부분 병력이 집결되어 있는 중국과의 접경지에 모여 부준 오글루[34]라는 그의 사촌을 왕위에 옹위하였다고 한다. 현지에서는 왕자라면 너나없이 '오글루'(oghlu)라고 부른다. 부준은 무슬림이기는 하나 신앙이 엉망이고 행동거지가 사악하기까지 하다. 사람들이 이러한 그를 옹위하고 퇴르마쉬린을 폐위시킨 이유는 후자가 틴키즈의 제반 법규를 위반했다는 것이다. 앞에서 언급한 바와 같이 틴키즈는 이슬람제국을 무참히 파괴한 저주스러운 몽골인들의 조상이다. 그는 『야싸끄』[35]라는 법전(法典)을 찬술하였는데, 이 법전 속에 제정된 법규를 위반하는 자는 응당 폐출되어야 한다.

이 법규 중의 일례로는 1년에 한 번씩 전체가 모인다. 이날을 '토이'(al-Ṭoy)라고 하는데, '초대의 날'이란 뜻이다. 전국 각지에서 틴키즈의 자손들과 아미르들이 모이고, 하툰과 군 요인들이 참석한다. 만일 어떤 쑬퇀이든지 이 법규 중에서 조금이라도 자의로 변경한 사실이 있으면 대표가 일어서서 그를 향해 "당신은 무엇을 변경했고, 또 무엇을 어떻게 했으니 퇴위해야 하겠소"라고 단죄하고는 그의 손을 잡아 보좌에서 끌어내린다. 그리곤

34. 본명은 부준 븐 두라 야트무르로서 재위기간은 1334~38년이다.
35. 야싸끄(Yasāq)는 『대맹약(大盟約)』이라는 몽골의 법전(法典)이다.

틴키즈의 다른 자손을 대신 보좌에 앉힌다. 아무리 쟁쟁한 아미르라도 일단 죄만 지으면 응분의 법적 제재를 받게 된다. 쑬톼 톼르마쉬린은 이날의 단죄와 판정을 무시하였다. 그러자 사람들은 그를 더없이 비난하였다. 심지어 그가 4년간이나 후라싼 부근에 체재하면서 중국 변방까지 한번도 행차하지 않은 일에 대해서까지 비난을 퍼부었다. 관행상 왕은 매해 한번씩은 변방지대에 행차하여 그곳 상황이라든가 주둔군의 형편을 점검한다. 왜냐하면 왕권이나 왕가의 기반이 바로 그곳에 있는 말리끄시이기 때문이다.

부준은 등극하자 대군을 이끌고 입성하였다. 톼르마쉬린은 부준의 아미르들로부터 있을 가해가 우려되어 15명의 기병과 함께 가즈나(Ghaznah)[36]로 피신하였다. 가즈나는 원래 그의 관할하의 한 주로서 주지사는 그의 고위아미르이자 지우(知友)인 부룬톼이흐다. 이 아미르는 이슬람과 무슬림들에 대하여 애착을 가지고 있었기 때문에 주 내에 약 40개소의 자위야를 세워 오가는 사람들에게 음식을 제공하고 있으며 예하의 군사도 막강하다. 나는 이 세상 어디에서도 그처럼 몸집이 우람한 사람을 본 적이 없다. 톼르마쉬린이 지훈강을 건너 발흐[37]로 향발하고 있을 때 얀끼의 한 터키 동료가 그를 발견하였다. 얀끼는 톼르마쉬린의 형 카브크의 아들이며, 쑬톼 톼르마쉬린은 카브크를 살해한 장본인이다. 당시 얀끼는 발흐에 은신하고 있었다. 그 터키 동료가 얀끼에게 만난 사실을 알리면서 "분명 무슨 변고(變故)가 생겨서 쑬톼이 도망치고 있는 것 같습니다"라고 말하였다. 이말을 들은 얀끼는 동료들과 함께 곧 출동하여 쑬톼을 생포 구금하였다.

부준이 싸마르깐드와 부하라에 이르자 사람들은 그를 새 쑬톼으로 옹위하였다. 이 즈음 얀끼는 톼르마쉬린을 압송하고 있었다. 압송 도중 싸마르깐드의 교외에 있는 나싸프(Nasaf)에 당도했을 때 톼르마쉬린은 그만 피살

36. 후라싼(현 아프가니스탄)에 있는 큰 도시로서 인도와의 변경에 있다. 가즈나조(977~1186)의 수도였다.
37. 발흐에 관해서는 이 장 주23 참고.

되어 그곳에 묻혔다고 하며, 그의 묘소는 샤이흐 샴쑷 딘 쿠르단 바리다가 돌봤다고 전한다. 그렇지만 일설에는 그가 살해되지 않았다고 한다. 이에 관해서는 뒤에 이야기할 것이다. '쿠르단'(Kurdan)은 '목', '바리다'(barīdā)는 '잘린'이란 뜻이다. 이 샤이흐가 '잘린 목'(쿠르단 바리다)이라고 불린 것은 그의 목에 한방 얻어맞은 흉터가 있기 때문이다. 나는 인도에서 그를 만나 봤다. 이에 관해서는 후술할 것이다.

부춘이 등극하자 톼르마쉬린의 아들 바샤이 아글과 여동생 및 그녀의 남편 피루즈는 인도왕을 찾아갔다. 인도왕은 그들을 존대하고 높은 직위까지 하사하였다. 왜냐하면 인도왕과 톼르마쉬린 사이에는 우정을 맺고 서한과 예물도 주고받으면서 서로를 '형제'라고까지 불러왔기 때문이다. 그런데 얼마후 씬드[38]땅에 웬 사람이 와서 자신이 바로 톼르마쉬린이라고 하였다. 이에 사람들간의 의견이 엇갈렸다. 이 이야기를 인도왕의 시위인 아마드 알 말리크 싸르티즈와 말리크 아르드라는 씬드지방 총독이 전해들었다. 이 총독은 인도군대의 대권을 장악하고 있는 사람으로서 그의 본거지는 씬드의 수부(首府) 물탄(Multān)이다.

총독이 톼르마쉬린을 알고 있는 몇몇 터키인을 그에게로 보냈더니, 그들이 돌아와서는 그가 톼르마쉬린이 틀림없다고 확언하였다. 그러자 총독은 시외에 천막을 쳐놓고 적격(適格)한 영접행사를 준비토록 하였다. 총독은 출영길에 말에서 내려 걸어가면서 그에게 인사를 드렸다. 톼르마쉬린은 시배들과 함께 천막에 도착해서는 국왕들의 의례대로 말을 탄 채 천막 안으로 들어갔다. 따라서 그 누구도 그가 바로 톼르마쉬린임을 의심치 않았다. 총독은 사람을 파견해 인도왕에게 이 사실을 품고하였다. 그러자 왕은 아미르들을 보내 손님을 융숭하게 맞도록 하였다.

그때 인도왕의 시종 중에는 전에 톼르마쉬린에게도 봉사한 바 있는 어의

38. 씬드에 관해서는 1장 주69 참고.

(御醫) 한 명이 있었다. 그는 왕에게 "제가 그한테로 가려고 합니다. 저는 진상을 판명할 수 있습니다. 왜냐하면 일찍이 제가 그의 무릎 밑에 난 창상을 치료해준 적이 있는데 흉터가 그대로 남아 있습니다. 그것으로 여부를 판가름할 수 있을 것입니다"라고 하였다. 의사가 도착하자 퇴르마쉬린은 아미르들과 함께 그를 맞이했다. 의사는 천막 안에 들어가서 기왕 서로가 알고 있는 처지라 가까이 가서 두 다리를 훑어보고는 창상자리를 찾아냈다. 그러자 퇴르마쉬린은 약간 나무라는 어조로 "당신이 치료해준 그 창상자리를 찾아보려고 하는 거죠? 자, 이것 아니오!"라고 창상자리를 짚으면서 말하였다. 의사는 그 자리를 보았다. 드디어 그가 다름아닌 퇴르마쉬린임을 확인하였다. 의사는 돌아가서 국왕에게 이 사실을 알렸다.

얼마후 재상 하와자 지한 아흐마드 븐 아야쓰와 국왕의 어릴적 교사인 수석아미르 까퇄루한이 왕에게 들어가서 "훈드 알람(Khūnd 'Ālam)[39]이시여, 쑬퇀 퇴르마쉬린이 이곳에 도착했습니다. 그가 틀림없습니다. 이곳에 그의 추종자들 약 4만 명과 아들, 사위가 있습니다. 폐하, 그들이 그의 주위에 뭉치기만 하면 과연 무슨 일인들 저지르지 못하겠습니까?"라고 귀띔했다. 이 말에 크게 자극을 받은 왕은 퇴르마쉬린을 급히 불러오라고 엄명하였다. 그가 입궁하자 보통 내객처럼 대하고 예우란 전혀 없었다. 왕은 그를 보자마자 "야, 마디르 카니(상스러운 욕설의 하나다—옮긴이) 어떻게 네가 감히 퇴르마쉬린이라고 거짓말을 한다는 말인가. 퇴르마쉬린은 이미 피살되었어. 그의 묘지가 여기 우리한테 와 있어. 욕된 일이 아니었던들, 내가 진작 너를 죽여버렸을 거야"라고 엄포를 놓았다.

그러면서도 왕은 5천 디나르를 줘서 바샤이 아글과 그의 여동생이 있는 집에 보냈다. 그 두 사람은 퇴르마쉬린의 두 자녀다. 그를 데리고 온 사람이 두 자녀에게 "이 거짓말쟁이가 당신의 아버지라고 모칭(冒稱)합니다"라고

39. 인도 현지어로 '세계의 주'란 뜻이다.

능청을 떨었다. 아버지는 두 자녀의 집에 들어갔다. 두 자녀는 물론 그를 알아봤다. 톼르마쉬린은 삼엄한 감시 속에서 묵묵히 자녀들과 함께 하룻밤을 보내고 나서 다음날로 쫓겨났다. 두 자녀는 그로 인해 입을 화가 걱정되어 모르는 척하였다.[40] 끝내 톼르마쉬린은 인도와 씬드에서 추방되고 말았다.

그렇지만 카브즈(Kabj)와 무크란[41]으로 가는 귀로에 오르자 곳곳에서 사람들이 그를 환대하고 선물까지 했다. 쉬라즈[42]에 도착해서는 그곳 쑬퇀 아부 이쓰하끄의 환영을 받았으며 쑬퇀은 그에게 충분한 생활비를 마련해주었다. 내가 인도로부터 쉬라즈에 당도했을 때 그가 그곳에 여전히 남아 있다고 들었다. 그래서 그를 한번 만나보려고 하였지만 여의치 않았다. 왜냐하면 쑬퇀 아부 이쓰하끄의 허가없이는 그 누구도 그의 집에 들어갈 수가 없기 때문이었다. 나로서도 섣불리 만나는 데서 오는 후환을 걱정하지 않을 수 없었다. 하지만 그를 만나보지 못한 데 대해서는 후회막급(後悔莫及)이다.

부준이 왕위에 오르자 그는 무슬림들은 닦달하고, 백성들은 억압하는 한편, 기독교와 유태교인들에게는 교회 건립을 허용하였다. 그래서 무슬림들이 자주 소요를 일으키고 기회만 있으면 들고일어났다. 부준에 관한 이러한 풍문이 할릴에게 전해졌다. 그는 후라싼에서 폐출된 쑬퇀 알리수르의 아들이다. 할릴은 하라[43]왕 후싸인 븐 쑬퇀 가야숫 딘 알 가우리를 찾아가 속셈을 털어놓았다. 그리곤 일이 성사되면 공동집권하기로 하고 군사적 및 재정적 지원을 요청하였다. 후싸인왕은 할릴과 함께 대군을 파견하였다. 하라와 티르미즈 사이는 9일 거리다.

티르미즈 쑬퇀의 아미르들은 할릴이 온다는 소식을 듣고 모두 떨쳐나와

40. 이 이야기는 『진주 속에 감추어진 톼르마쉬린의 생애』란 책 중에 나오는 관련이야기와는 그 내용이 다르다.
41. 무크란에 관해서는 4장 주178 참고.
42. 쉬라즈에 관해서는 4장 주97 참고.
43. 하라에 관해서는 4장 주9 참고.

맞이하고 적에 대한 성전을 다짐하였다. 제일 먼저 그를 맞이하기 위해 온 사람은 티르미즈의 아미르 알라웃 말리크 후다완드다. 그는 고위아미르이자 후싸인 가문의 성예로서 4천 명의 무슬림을 대동하고 왔다. 할릴은 이를 반기면서 후다완드를 재상에 임명하고 국사를 대리관장토록 하였다. 사실 그는 영웅다운 인물이었다. 4면 8방에서 아미르들이 할릴한테 모여들었다. 드디어 부준과 한판 겨루더니 부준의 군사들이 할릴쪽으로 기울어지는 것이었다. 그들은 부준을 배반하고 생포해서 끌고 왔다. 부준은 활끈으로 묶는 교수형에 처해졌다. 그들의 관행에 의하면 왕자는 교수형으로만 처형하게 되어 있다.

할릴이 왕위에 복위하는 날 싸마르깐드에서 8만의 군사를 사열했는데, 병사와 군마들이 모두 개갑(鎧甲)을 착용하였다. 할릴은 하라에서 함께 온 군사들을 돌려보내고 나서 알말릭지방으로 출발하였다. 이때 몽골인들은 두령 한 명을 내세워 그의 휘하에 알말릭으로부터 3일 거리에 있는 오트라르 부근에서 할릴군과 일대 접전을 벌였다. 전투는 치열하고 자웅을 가릴 수가 없었다. 바로 이때 할릴의 재상인 후다완드 자다가 2만의 무슬림을 동원하였다. 몽골인들은 전혀 예기치 못했던 일이라 참패를 당해 숱한 사람이 사상되었다. 할릴은 알말릭에 3일간 체류하면서 몽골 잔당들을 발본색원(拔本塞源)하였다. 이로써 몽골인들은 그에게 완전히 순종하지 않을 수 없었다.

할릴은 거란과 중국의 변경을 지나 까라꾸룸(Qarāqūrum)시[44]와 바시 발리그(Bash Bāligh) 시를 공략하였다. 거란왕은 대항코자 파병하였으나 쌍방은 화의하기에 이르렀다. 할릴의 위세가 드높아지자 주변국 왕들은 못내

44. 한명으로 화림(和林)이라고 하는 카라코룸인데, 몽골제국의 태종(太宗), 정종(定宗), 헌종(憲宗) 때의 수도다. 오르혼강 우안에 있었는데, 지금은 라마교묘당 유적만 남아 있다. 원(元)대 초기에는 그곳에서 중국까지 역체(驛遞)로 연결되어 있었으며, 동서방의 직인공장(職人工匠)들이 모여 있었다고 한다.

겁을 먹었다. 그러나 그는 어디까지나 공정성을 잃지 않고 말리끄에도 군사를 잘 안배해놓았다. 그는 재상 후다완드에게 말리끄를 맡기고 싸마르깐드와 부하라로 돌아왔다.

얼마후 터키인들이 소요를 획책하였다. 그들은 할릴의 면전에서 재상 후다완드가 자신은 선지자——그에게 평화를——의 후예이며 인자하고 용감하기 때문에 누구보다도 왕위에 오를 자격이 있는 사람이라고 하면서 모반하려 한다고 그를 중상하였다. 이러한 낭설을 듣고 할릴은 재상 대신에 다른 사람을 말리끄의 집정관으로 파견하고 재상은 수행원 몇명만 대동하고 급귀(急歸)할 것을 명하였다. 재상이 도착하자, 사실 여부도 확인없이 살해하였다. 이것이 후일 그의 천하가 무너진 원인이 되었다. 할릴은 권세가 늘어나자 그가 왕위를 계승할 수 있도록 하고 그에게 군사적 및 재정적 지원을 제공한 하라의 왕을 도리어 박해하였다. 할릴은 그에게 서한을 보내 관할지역에서 연설할 때면 반드시 자신을 거명토록 하며 금은주화에는 자신의 이름을 넣어 주조하라고 하였다. 이에 후싸인왕[45]은 대노하여 그를 비열한 인간이라고 맹비난하면서 아주 험악한 내용의 회신을 보냈다. 회신을 받은 할릴은 후싸인왕을 정토할 채비를 했으나 무슬림군사들이 호응하지 않았다. 그들은 그를 후안무치(厚顔無恥)한 폭군으로 보고 있었다.

이러한 소식에 접한 후싸인왕은 사촌인 와르나왕과 함께 군사를 출진시켰다. 양군이 접전 끝에 할릴군은 패하고 할릴 자신도 후싸인왕한테 붙잡혔다. 왕은 그의 목숨만은 살려주었다. 집 한 채를 장만해주고 여종 한 명도 보냈으며 생활비도 대주었다. 내가 747년(1346)에 인도를 떠날 때까지 그는 이러한 처지에서 소일하고 있었다. 각설(却說)하고, 이제 해야 할 이야기로 돌아가자.

45. 하라지방의 왕이다.

## 4. 싸마르깐드시

나는 쑬탄 퇴르마쉬린(아부 이스하끄의 오기—옮긴이)과 작별하고 나서 싸마르깐드시[46]로 향발하였다. 싸마르깐드는 대단히 크고 아름다운 도시다. 까솨린(al-Qaṣārīn)이라는 강가에 있는데, 수차로 화원에 물을 대고 있다. 신시예배가 끝나면 사람들은 이 강가에 나와 산책을 즐긴다. 거기에는 앉을 자리가 많이 마련되어 있다. 또한 점포들도 있어 과실과 기타 먹거리를 팔고 있다. 원래 강가에는 이곳 사람들의 높은 기개를 말해주는 웅장한 궁전과 건물들이 있었으나 지금은 그 대부분이 파괴되어버렸다. 도시도 마찬가지로 많이 파괴되어 성벽이나 성문은 남은 것이 없다. 시내에는 화원이 여러개 있다. 싸마르깐드인들은 심성이 선량하고 외방인에게도 친절하다. 이런면에서 그들은 부하라인들보다 한결 낫다.

싸마르깐드 교외에 까슴 븐 압바쓰 븐 압둘 마틀리브[47]——까슴과 압바쓰

46. 이 장 주22의 싸마르깐드에 관한 내용을 보충하자면, 이 도시는 샤르 아부 카르브(Shamr Abū Karb)가 건설하였다고 전한다. 이 건설자의 이름에서 싸마르칸드(Samarkand, 아랍어로는 싸마르깐드Samarqand)란 지명이 유래되었다고 한다. 현 중앙아시아 우즈베크공화국의 고도로서 인구는 약 27만명(1970)이다. 기원전 10세기경부터 중앙아시아 유수의 도시로서 번영해왔으며 원주민인 소그디아나인들은 자고로 국제무역에 능했다. 8세기초에 우마위야조 아랍제국의 지배하에 들어간 후, 9~10세기 싸만조에 이르러서는 이슬람화가 완성되었다. 그러나 11~13세기의 하라 한조와 셀주크조, 하라 키타이조, 하와리즘 샤조 지배시대에는 터키화가 진행되어 터키계 무슬림들이 거주하는 도시로 되었다. 1220년 몽골군의 침입으로 인해 시가와 성벽이 파괴되자 이 폐허의 남서쪽에 새로운 도시를 건설하였다. 14~15세기 티무르제국시대에는 제국의 수도로서 전례 없는 번영을 누렸다. 16세기에 우즈베크의 부하라 한조의 지배하에 들어가 한때는 이 조의 수도였다. 1868년에 러시아에 정복되어 그 치하에 있다가 1924년부터 우즈베크공화국의 도시로 다시 편입되었다.
47. 본명은 까슴 븐 압바쓰 븐 압둘 마틀라브 알 하쉬미다. 제4대 정통할리파 알리에 의해 메디나 아미르로 임명되어 봉직하다가 알리가 피살되자 사직하고 싸마르깐드에 천거했고 거기서 677년에 진몰(陣歿)하였다. 선지자 무함마드와 모습이 비슷했다고 한다.

그리고 그 아들에게 알라의 영총을——의 묘소가 있는데, 그는 이 도시를 정복할 때 전몰(戰歿)하였다. 싸마르깐드 사람들은 매주 월요일과 금요일이면 이곳을 참배한다. 몽골인들도 나름대로 참배를 와서는 그를 향해 많은 발원(發願)을 한다. 참배객들은 소나 양 그리고 금은주화 같은 것을 가지고 오는데, 그것들은 내왕자들의 접대비와 자위야 및 묘소 관리원들의 급료 등에 충당한다. 묘 위에는 네 발 가진 돔이 하나 서 있는데 다리마다 대리석으로 된 보조기둥이 두 개씩 있다. 기둥의 색깔은 푸른색, 검은색, 흰색, 붉은색 등 다양하다. 돔의 벽은 금을 상감한 무늬대리석이고 돔의 천장은 연으로 만들었다. 묘혈은 네 귀를 은으로 상감한 흑단목(黑檀木) 널판으로 덮여 있고 그 위에는 3개의 은등잔이 걸려 있다. 돔 바닥은 모직물이나 면직물로 깔았다.

돔 밖에는 꽤 큰 내가 흐르고 있는데, 그곳에 있는 자위야를 뚫고 지나간다. 냇가에는 각종 수목과 포도나무, 재스민 등이 무성하다. 자위야에는 과객들이 묵는 숙소가 있다. 몽골인들이 이곳을 강점하던 때에도 이러한 천혜의 환경을 조금도 변경시킬 수는 없었다. 그들은 이곳에 어떤 영적(靈迹)이 있다고 믿으면서 영복코자 하였던 것이다. 이 축복받은 묘소와 우리가 묵은 그 부속건물을 계속 관리해온 사람은 압바쓰조 할리파 무쓰탄쉬르 빌라의 후손인 아미르 가야쑷 딘 무함마드 븐 압둘 까디르 븐 압둘 아지즈 븐 유쑤프이다. 쑬퇀 톼르마쉬린은 그가 이라크에서 왔기 때문에 그에게 이러한 관리직을 추천하였던 것이다. 지금 그는 인도왕한테 있는데, 그에 관해서는 후술할 것이다.

나는 싸마르깐드에서 쇄드룰 지한(Ṣadru'l Jihān)이라는 현지 법관을 만났다. 그는 선량하고 후덕한 사람으로 내가 인도로 떠난 후에 그도 인도로 갔다. 그런데 그는 씬드의 수부 물탄에서 그만 서거하고 말았다. 이 법관이 물탄에서 서거하였을 때 한 통신관이 인도왕에게 이 사실을 아뢰었다. 사실 법관은 인도왕을 찾아온 사람인데 그만 뜻을 이루지 못하고 객사하였다. 왕이 이 비보를 접하자 망자의 자녀들에게 지금은 그 확실한 숫자가 기억나지 않지만, 수천 디나르를 하사하였다. 또한 그의 동료들에게도 그가 살아서 함께 왔을 때 줄 만큼의 선물을 하사하였다.

인도왕은 곳곳에 통신관을 두고 있다. 통신관은 왕에게 지방에서 일어나는 일들과 내객들을 일일이 품고한다. 내객만 보면 그가 어디에서 왔는지와 그의 성명, 특징, 의상, 수행원, 마필, 시종, 심지어 앉은 자세와 음식, 장단점 등 그의 신상과 품행에 관한 모든 것을 서면으로 상보(詳報)한다. 어떠한 내객도 왕이 그에 관한 모든 것을 파악하기 전에는 왕을 찾아뵐 수 없다. 따라서 내객에게는 상황이 참작된 적절한 격에서 왕택(王澤)이 베풀어지는 것이다.

## 5. 싸마르깐드에서 하라까지

우리는 싸마르깐드를 출발해 나싸프읍을 지났다. 이곳은 『4대법학자간의 분쟁문제에 관한 시문(詩文)』(*al-Manẓṅūmah fil Masāilī'l Khilāfiyah baina'l Fuqahā 'il Arba'ah*)의 저자인 아부 하프스 오마르 앗 나사피[48]——그에게 알라의 영총을——의 고향이다.

이어 우리는 티르미즈시에 도착하였다. 이곳은 『성훈대집』(聖訓大集, *al-Jāmi'o'l kabīr fī'd sunan*)의 저자인 이맘 아부 이싸 무함마드 븐 이싸 이븐 쑤라 앗 티르미지[49]의 고향이다. 큰 도시로서 건물이 화려하고 시장들

48. 본명은 오마르 븐 무함마드 븐 아흐마드 븐 이쓰마일 아부 하프스(1068~1142)다. 『꾸란』 주석학과 문학, 역사 등에 조예가 깊은 하나피야파의 학자였다. 이 절에 소재된 『4대 법학자간의 분쟁문제에 관한 시문』 외에 『최상의 완결(完結)』(*al-Akmalu'l Aṭwal*) 등 근 1백 권의 저서를 남겼다.

49. 본명은 무함마드 븐 이싸 븐 쑤라 븐 무싸 앗 티르미지(824~92)다. 대성훈학자 부하리의 제자로서 성훈학의 대가였다. 『대집록』(大集錄, *al-Jāmi'o'l Kabīr*), 『선지적 천

도 번화하며 하천이 시내를 관류하고 있다. 많은 화원이 있으며 포도와 그 맛이 일품인 마르멜로(safarjal)도 있다. 육류나 젖류도 흔하다. 주민들은 목욕탕에서 다른 세발제(洗髮劑)[50] 대신에 우유로 머리를 감는다. 목욕탕 주인은 우유가 가득 찬 큰 그릇을 여러개 마련해놓고 있다. 욕객마다 작은 그릇에 우유를 담아가지고 들어가서 머리를 감는다. 그러면 머리가 부드럽고 윤기가 돈다. 인도사람들은 쉬리즈(shirij)라는 참깨기름을 머리카락에 바른 후에 세발제로 머리를 감는다. 그러면 피부가 부드러워지고 머리카락에 윤기가 돌며 머리카락이 빠지지도 않는다. 그래서 인도인들이나 그들과 함께 사는 사람들의 수염은 그토록 긴가보다.

원래 티르미즈시의 구성(舊城)은 지훈강가에 건설되었는데, 틴키즈가 파괴해버리자 강가에서 2마일 떨어진 곳에 지금의 신성(新城)을 건설하였다. 우리는 이 도시에서 경건한 샤이흐 아지잔의 자위야에 머물렀다. 그는 인자한 대샤이흐로서 금전과 부동산, 화원을 많이 소유하고 있으며 과객들을 위해 사재를 기꺼이 소비하고 있다. 나는 이 도시에 도착하기 전에 시장 알라울 말리크 후다완드 자다를 만났다. 그는 우리를 잘 접대하라는 내용의 서한을 시청에 보냈다. 그리하여 우리가 체류하는 동안, 시청에서는 매일 음식을 보내왔다. 나는 이 도시의 법관 까와뭇 딘을 만났다. 때마침 그는 인도행 허락을 받기 위해 쑬퇀 톼르마쉬린을 알현하러 가려던 참이었다. 그후 그와 그의 두 형제인 뒤야웃 딘과 부르한 딘을 물탄에서 만나 함께 인도에 간 이야기와 그의 다른 두 형제인 아마둣 딘과 싸이퓻 딘을 인도 왕성에서 만난 이야기는 뒤에 할 것이다. 또한 그의 두 아들과 그들의 아버지가 피살된 후 인도에 가서 재상 하와자 지한의 두 딸과 결혼한 일 등 여러 관련사실도 뒤에 이야기할 것이다. 인샬라!

성』(先知的 天性, *al-Shamāilu'd Nabawiyah*), 『역사』(歷史, *al-Tārīkh*) 등의 저서가 있다.

50. 아랍어로 '톼플'(ṭafl)이라고 하는데, 머리카락을 부드럽게 하는 물건이라는 뜻이다.

우리는 지훈강을 건너 후라싼지방으로 향하였다. 티르미즈를 떠나 계곡 하나를 지난 후 인적 하나 없이 모래만 있는 사막을 하루 반 동안 걸어서 발흐시에 당도하였다. 이 도시는 이미 황폐해져 인적이라곤 없지만 워낙 건물을 단단하게 지은 터라 얼핏 보아서는 사람들이 살고 있는 것 같았다. 원래 도시는 웅장하고 넓었는바, 사원과 마드라싸들의 잔해는 지금도 남아 있다. 구색맞게 잘 지은 건물들은 산뜻한 천청석(天青石)[51] 색채로 칠했다. 다들 천청석은 후라싼에서 채석되는 것으로 알고 있는데, 사실은 바다흐샨(Badakhshān)[52] 산에서 가져온다. 이곳은 야꾸트 알 바드하시의 고향이다. 일반적으로는 그를 '발라흐시'(Balakhshi)라고 하는데, 그에 관해서는 후술할 것이다. 인샬라!

저주스런 틴키즈가 이 도시를 몽땅 파괴하였는데, 그중에는 사원도 하나 있다. 그는 이 사원의 한 기둥 밑에 보물고가 있다고 하여 사원의 3분의 1을 파헤쳤다. 이 사원이야말로 세상에서 가장 아름답고 가장 큰 사원 중 하나다. 마그리브의 리바툴 파트흐[53]사원과는 기둥의 크기에서는 비견되나, 기타 방면에서는 발흐사원이 훨신 더 화려하다. 한 역사가가 나에게 이야기하기를 발흐사원은 한 부인이 지은 것이라고 한다. 그녀의 남편은 압바쓰 가계의 다와드 븐 알리라고 하는 발흐 아미르다.

한번은 발흐인들이 일으킨 사고에 대해 할리파가 크게 노하여 벌금을 중히 매기고 징수관을 현지에 파견하였다. 징수관이 발흐에 도착하자 부녀들과 젊은이들이 이 사원을 세운 여인, 즉 그들 아미르의 부인에게 찾아가서 벌금을 물게 된 억울한 사연을 하소연하였다. 그러자 부인은 벌금액수보다도 더 값이 나가는 보석으로 수놓은 자신의 의상을 벌금 징수관 아미르에

51. 아랍어로 라주라드(lāzaūrad)인데 금속 스트론티움(strontium)의 중요한 광석으로서 산뜻한 청색을 띠고 있다.
52. 투하리스탄에 있는 도시로 보통 발하샨(Balkhashān)이라고 부른다.
53. 현 모르코의 수도 라바트를 말한다.

게 보냈다. 그러면서 그 징수관에게 "이 의상을 할리파한테로 가져가시오. 내가 살림이 구차한 발흐사람들을 대신해 그에게 희사하는 연조금이니까" 라고 말하였다. 징수관은 그 의상을 가지고 할리파에게로 가서 앞에 내놓으면서 자초지종을 이야기하였다. 순간 할리파는 부끄러움을 금할 길이 없어 "과연 그 부인이야말로 우리보다 더 너그럽지 않은가!"라고 개탄하였다. 그리곤 당장 발흐사람들에게 부과한 벌금을 취소하고 그녀에게 그 의상을 돌려주라고 명하였다. 뿐만 아니라, 그들에게 한해의 지조(地租)도 면제해 주었다.

하명을 받은 징수관 아미르는 발흐에 다시가서 그녀에게 할리파의 말을 전하고 의상을 돌려주었다. 그러자 그녀는 "할리파께서 이 의상을 보셨습니까?"라고 물었다. "예, 보셨습니다"라고 징수관이 대답하였다. "저는 지친(至親)이 아닌 사람의 눈길이 간 의상은 입지 않는 법입니다"라고 그녀는 말하면서 의상을 당장 팔아치우라고 하였다. 그녀는 의상을 판 돈으로 사원과 자위야를 지었다. 또 사원 맞은편에 카잔(Kadhān)[54]으로 숙관 한 채를 지었는데 아직까지도 쓰고 있다. 의상을 판 돈에서 3분의 1은 쓰고 남았다. 전하는 바에 의하면, 그녀는 그 남은 돈은 앞으로 필요할 때 꺼내 쓸 수 있도록 사원의 한 기둥 밑에 파묻도록 하였다. 이런 이야기를 전해들은 텐키즈는 사원의 기둥을 죄다 헐어버리라고 명령하였다. 3분의 1쯤 헐었는데도 아무것도 나오지 않자 나머지 기둥들은 그대로 내버려두었다.

발흐 교외에 묘 한 기가 있는데, 오카샤 븐 무하쉰 알 아싸디[55]의 묘라고 한다. 그는 사자——그에게 평화를——의 문도로서 최후심판 없이 낙원에 들어가기를 기원하는 바이다. 묘소에는 큰 자위야가 있는데, 우리는 거기에 머물렀다. 자위야 밖에는 아주 신기한 연못이 있다. 거기에는 큰 호두나무

54. 풍화나 부식된 무른 돌이다.
55. 바니 가남(Banī Ghanam) 족 출신으로서 성문도반이다. 633년 배교자들을 정토하는 전쟁(Ḥarbu'l Riddah) 중 나즈드의 바자하(Bazākhah)에서 전사하였다.

가 한 그루 있는데, 여름에 과객들이 그 나무그늘 아래에서 바람을 쐰다. 이 자위야의 샤이흐는 핫즈 하드르인데, 체구는 왜소하지만 후덕한 사람이다. 그는 우리와 함께 말을 타고 시내의 명소들을 구경시켜주었다. 그중에는 선지자 하주낄——그에게 평화를——의 묘소가 있는데, 거기에는 훌륭한 돔이 하나 세워져 있다. 우리는 또한 많은 수행자들의 묘소도 참배하였으나 지금은 그들의 이름이 기억나지 않는다. 우리는 이브라힘 븐 아드함——그에게 알라의 영총을——의 고거(故居)도 탐방하였다. 카잔 비슷한 흰돌로 지은 큰 집이다. 대사원 부근의 자위야는 텃밭 속에 있는데, 문이 잠겨 있어 들어가보지 못하였다.

발흐를 출발한 후 꾸 이쓰탄(Qūh Istān) 산악지대를 7일간 걸었다. 이 지대에는 그런 대로 사람 사는 마을이 많이 있다. 도처에 물이 흐르고 나무들이 무성하다. 나무는 대부분 무화과나무다. 오로지 지고한 알라를 위해 헌신하는 수행자들이 사는 자위야도 여러개 있다.

## 6. 하라시와 그 쑬탄

다음으로 우리가 도착한 곳은 하라시다. 후라싼에서는 가장 큰 살아 있는 도시[56]다. 후라싼에는 4개의 큰 도시가 있는데, 그중 두 개는 살아 있는 도시로서 하라와 니싸부르[57]이고, 다른 두 개는 피폐된 도시로서 발흐와 마

56. '살아 있는 도시'란 파괴되었어도 다시 복구되어 계속 번영을 누리는 고도를 말한다.
57. 이란의 후라싼주(州) 서부에 있는 고도로서 라이에서 160파르싸흐, 싸르하쓰(Sarkhas)에서 40파르싸흐 거리에 있다. 페르시아어로 '선량한(nai) 도시'란 의미를 지녔다는 일설이 있다. 도시의 건설에 관해서는 사산조의 사부르 2세가 4세기에 재건하였다는 설이 유력하다. 후라싼의 제1도시로서 동서교통의 요로에 있으며 물산과 과실이 풍부하다. 특히 도자기가 명산물로 알려져 있다. 일찍부터 이슬람화가 되어 이슬람문화의 중심지의 하나로 번영하였으나 3차례의 지진(1145, 1208, 1280)과 몽골군의 파괴로 인해 폐허로 되어버렸다.

루(Marū)[58]이다. 하라는 건물도 많은 큰 도시로서 주민들은 경건하고 정결하며 신앙심도 돈독하다. 그들은 이맘 아부 하니파——그에게 알라의 영총을——의 학설을 추종한다. 부패가 일소된 고장이다.

하라의 쑬퇀은 쑬퇀 가야슷 딘 알 가우리의 아들인 거룩한 쑬퇀 후싸인이다. 그는 전설적인 용감성과 알라의 지지를 한몸에 지닌 사람이다. 그가 지고한 알라의 구원과 지지를 받았다는 것은 다음과 같은 두 가지 경이로운 사실에서 그대로 나타난다. 그 하나는 그의 군사가 그를 구박해온 쑬퇀 할릴의 군과 교전한 끝에 마침내 할릴를 생포한 사실이다. 다른 하나는 그 자신이 라피뒤야파의 쑬퇀 마쓰오디와 교전한 끝에 그를 풍비박산시키고 급기야는 도망치게 함으로써 그의 천하가 무너지게 한 사실이다. 쑬퇀 후싸인은 하피즈라는 그의 형제를 뒤이어 등극하였으며 하피즈는 선친 가야슷 딘의 계위자였다.

당시 후라싼에는 악명 높은 두 작자가 있었는데, 한 작자는 마쓰오디라 하고 다른 작자는 무함마드라고 하였다. 그들에게는 5명의 패거리가 있었다. 그들은 살인폭도들로서 이라크에서는 샤똬르(al-Shaṭār) 혹은 쏴꾸르(al-Ṣaqūr)라고 부르고, 후라싼에서는 싸라바다란(Sarābadārān)이라고 하였다. 이 일곱 놈은 작당하여 부화방탕하고 강도질을 하며 재물을 마구 약탈하곤 하였다. 자기들에 관한 소문이 퍼지자 바이하끄(Baihaq)시[59] 부근에

58. 투르크메니아공화국에 있는 중앙아시아의 가장 오래된 도시의 하나다. 19세기말 이후에 진행된 도성지(都城址)에 대한 일련의 고고학적 발굴조사 결과 그 면모가 밝혀지고 있다. 기원전 1천년부터 도시의 면모를 갖추고 있었으며, 파르시아(Parthia, 안식安息) 시대부터 사산조 초기(기원전 3~기원후 3세기)까지의 도시규모는 현재의 규모와 비슷하였다. 3세기 이후에는 사산조의 치하에 있다가 7세기 이슬람군에게 정복되었다. 12세기 전반은 최전성기로서 셀주크조의 수도였다가 12세기말부터 13세기 초엽까지 하와리즘 샤조의 중심도시였다. 1222년 몽골군에게 함락되어 크게 파괴되었다가 14세기에 복구되기는 하였으나 원상복구는 이루어지지 못하였다. 1510~24년과 1601~1747년 기간에 페르시아의 지배를 받았다. 이곳에는 불탑을 비롯한 다수의 불교유적도 있다. 니싸부르까지는 7파르싸흐, 싸르하쓰까지는 30파르싸흐, 발흐까지는 122파르싸흐다.

있는 험준한 산속에 숨어 살고 있다. 바이하끄는 일명 쉬라즈시[60]라고도 한다. 놈들은 한낮에는 숨어 있다가 저녁이나 밤이 되면 곧 나타나서 마을을 털고 노략질하며 재물을 빼앗아간다. 그들과 같은 패덕악한(悖德惡漢)들이 그들에게로 벌떼처럼 모여들어 일당의 수효는 늘어나고 힘은 점점 커져서 사람들에게 공포의 대상이 되었다.

그들은 바이하끄시를 공략한 후에 다른 도시들도 잇달아 장악하였다. 많은 재물을 획득하고 병사들도 초모하여 기병대도 조직하였다. 마쓰오드는 쑬퇀으로 참칭(僭稱)하였다. 노예들은 주인 몰래 그에게로 도망갔다. 일단 도망쳐온 노예에게는 말과 돈을 주고, 용감성만 있으면 한 집단의 우두머리로 기용하기도 하였다. 그리하여 날이 갈수록 군사는 늘어나고 세력은 방대해졌다. 그들 모두는 라피뒤야파를 신봉하면서 후라싼에서 정통파를 뿌리 뽑고 라피뒤야파 일색으로 만들려고 기도하였다.

투쓰시[61]의 묘소에는 하싼이라는 라피뒤야파의 한 샤이흐가 안장되어 있다. 원래 그는 청렴한 사람이었지만 폭도들의 행위에 동의하고 나섰다. 그래서 그들은 그를 '할리파'라고 불렀다. 샤이흐는 그들에게 공정하라고 누누이 타일렀다. 그 결과 그들은 그의 뜻을 따랐기에 병영 속에 돈이 떨어져도 누구 하나 줍지 않아 나중에 주인이 다시 와서 찾아가곤 하였다. 그들이 니싸부르를 공략했을 때, 쑬퇀 퇘기타무르가 파병, 저항했지만 패배하고 말았다. 쑬퇀은 대리인 아르군 샤를 다시 보냈으나 역시 고배를 마시고 생포·살해되었다. 그러자 퇘기타무르가 몽골병 5만을 이끌고 공격해왔으나 역시 참패를 당했다.

마쓰오드 일당은 전역을 장악하고 싸르하쓰(Sarkhas)[62]와 자와(al-

59. 니싸부르에서 60파르싸흐 떨어진 도시로 주변에 321개의 촌락이 널려 있다.
60. 쉬라즈에 관해서는 4장 주97 참고.
61. 투쓰에 관해서는 4장 주7 참고.
62. 후라싼의 고도로서 니싸부르와 마루 사이에 있는데, 각각 6역참(驛站) 거리다. 건조

Zāwah)[63], 투쓰를 일격에 공략하였다. 투쓰는 후라싼 지방에서 대도시에 속한다. 그들은 그들의 할리파를 이 도시에 있는 알리 븐 무싸 라돠[64]의 묘지에 안장하였다. 그들은 또한 하라를 향해 발정하는 길에 잠(al-Jām)시[65] 를 공략하고 그 교외에 주둔하였다. 그곳에서 하라까지는 6일 거리다. 하라의 후싸인왕은 그들의 발정소식을 듣고서는 아미르들과 군사들, 시민들을 일제히 소집하여 협의를 했다. 그들이 오기를 기다리고만 있을 것인가, 아니면 맞받아 선제 타격을 가할 것인가를 협의에 붙인 결과 모두들 후자에 합의하였다. 그들은 가우리야(al-Ghuriyah)라는 한 부족집단인데, 본향은 가우룻 샴(Ghauru'd Shām)이라는 일설도 있다. 부족성원들은 한결같이 동원되어 각지에서 모여들었다. 당시 그들은 여러 마을과 마르기쓰(Marghīs) 사막에 흩어져 살고 있었다. 이 사막을 지나는 데는 4일이나 걸린다. 이 사막은 말이 사막이지 풀과 나무가 자라고 있어서 가축이나 말을 방목하고 있다. 이곳에서 가장 많이 자라는 나무는 아월혼(阿月渾, fustuq) 나무인데 열매는 이라크 지방에 수출한다. 씸난(Simnān)[66] 시민들이 그들을 지원해 나갔다.

12만의 보병과 기병이 후싸인왕의 지휘하에 라피뒤야파인들을 향해 돌진하였다. 라피뒤야파는 15만의 기병을 동원하였다. 쌍방은 부샨즈[67]사막에서 서로 대치하고 있었다. 그러나 전황이 라피뒤야파에게 불리하게 전개되자 이 파의 쑬퇀 마쓰오드는 줄행랑을 쳤다. 그의 후임자인 하싼이 2만 병력을 가지고 대항했으나 그 자신과 대부분 병력이 전몰(戰歿)하고 약 4천

한 곳으로서 여름에는 샘물밖에 없으나 토질은 비옥하고 목장이 많다.

63. 하라와 니싸부르 사이에 있는 마을로서 행정상으로는 니싸부르주(州)에 속한다.

64. 본명은 알리 븐 무싸 카쥠 븐 자아파르 쏴디끄(765~817)이고 별호는 라돠다. 이슬람 쉬아파의 12이맘파 제8대 이맘이며 압바쓰조 제7대 할리파 마어문의 사위다.

65. 현 샤이흐 잠이다.

66. 마루와 다미간(Dāmighān) 사이의 읍으로 수목과 화원이 많으며 하천도 있다. 손수건 제작으로 유명한 곳이다.

67. 부샨즈에 관해서는 2장 주162 참고.

명은 포로가 되었다. 이 전투에 참전한 사람의 이야기에 의하며, 전투는 이른아침에 시작되었는데, 해가 기울어질 무렵이 되자 라피뒤야파의 패전이 결정되었다. 오후에 후싸인왕이 와서 예배를 하고 음식상을 차려놓고 주요 막료(幕僚)들과 함께 식사를 하였다. 이때 한켠에서는 다른 사람들이 포로들의 목을 치고 있었다. 왕은 이 대첩(大捷)을 마치고 귀경하였다. 참말로 알라께서는 그의 두 손을 빌려 정통파를 성원하시고 반역의 불을 끄셨다. 이 전투는 내가 인도로 떠난 후인 748년(1347)에 발발하였다.

하라에 니좌뭇 딘 마울라나라는 아주 청렴하고 금욕주의적인 사람이 살고 있었다. 하라인들은 그를 사랑하고 그의 말을 믿고 따랐다. 한편, 그는 시민들을 훈계하고 계유(啓誘)하였고, 그들은 그가 부정을 바로잡는 데 대하여 일제히 찬성을 보냈다. 말리크 와르나라고 하는 시의 설교사도 이에 동감이었다. 이 설교사는 후싸인왕과는 사촌지간으로서 왕의 계모와 결혼하였다. 그녀는 용모와 행실이 출중한 현부(賢婦)였다. 그래서 왕은 은근히 설교사를 두려워하였다. 이 설교사에 관해서는 뒤에 다시 이야기할 것이다. 하라인들은 설혹 왕일지라도 부정을 범했다는 것을 알기만 하면 가차 없이 바로잡아주곤 하였다. 전하는 바에 의하면, 어느날 후싸인 왕궁에서 모종의 부정이 발생하였다는 것을 알게 된 이들은 그것을 바로잡아주기 위해 모였다. 왕은 궁내에 은신하였다. 6천 명이나 되는 사람들이 궁전문 밖에 모이자 왕은 겁에 질렸다. 그래서 법학자니 지방요인들이니 하는 사람들을 두루 불러들였다. 알고 보니 왕은 술을 마셨던 것이다. 결국 그에게는 궁내 근신 처벌이 내려졌다.[68] 그것을 보고서야 사람들은 궁을 떠났다.

하라 부근의 5만 명 터키인들은 사막에서 살고 있다. 그들의 왕은 위에 말한 가이타무르이다. 후싸인왕은 그들이 못내 걱정되어 매해 선물을 보내 달래고 있었다. 그러나 이는 그가 라피뒤야파를 출격하기 이전의 일이고,

68. 이슬람교 율법에 의하면 음주자는 80대의 태형을 맞게 되어 있다.

일단 격파한 뒤에는 그들을 나름대로 통제할 수 있었다. 터키인들은 자주 하라시에 드나들다보니 때로는 술을 마시게 되고, 개중에는 취한 자가 생긴다. 니좌뭇 딘은 술취한 자를 보기만 하면 영락없이 처벌한다. 이들 터키인들은 용감무쌍하여 무시로 인도지방에 쳐들어가서는 사람을 잡아오고 죽이기도 한다. 가끔 인도의 이교도들 속에서 사는 무슬림 여성들을 붙잡아오기도 한다. 그녀들을 데리고 후라싼으로 오기만 하면 니좌뭇 딘은 터키인들의 손에서 그녀들을 풀어준다. 인도지방에서 무슬림 여성이란 표지는 귀고리구멍이 없는 것이다. 왜냐하면 이교도 여성들은 죄다 귀고리구멍을 뚫기 때문이다.

어느날 타무르 퇴이라는 터키인 아미르가 여자 하나를 붙잡아왔는데, 그녀에게 푹 빠져 있었다. 그녀는 자신이 무슬림이라고 하였다. 그래서 법학자는 아미르의 손에서 그녀를 빼앗아왔다. 이에 그 터키인 아미르는 노발대발하여 수천 명의 예하 기병대를 끌고 와서 마르기쓰사막에 방목중인 하라시의 말들을 기습, 몽땅 몰고 달아났다. 하라시민들이 타고 다닐 말 한 필도, 젖을 짜낼 말 한 필도 남겨놓지 않았다. 그들은 말들을 끌고 험준한 산속으로 숨어들어갔다. 쑬퇀이나 병사들에게는 그들을 추격할 만한 말 한 필도 없었다. 할 수 없이 사신을 보내 가져간 가축과 말들을 돌려달라고 간청하면서 서로 간에 맺은 약속을 상기시켰다. 그러자 그쪽의 대답인즉 법학자 니좌뭇 딘이 출두하기 전에는 돌려줄 수 없다는 것이다. 이에 쑬퇀은 "그럴 수는 없다"고 응대하였다.

당시 샤이흐 마우두둘 알 자싸티의 손자인 샤이흐 아부 아흐마드 알 자싸티는 후라싼에서 명망이 높아 그의 말이라면 모두 믿어주었다. 그는 몇몇 동료들 및 시종들과 함께 말을 타고서는 "내가 법학자 나좌뭇 딘을 모시고 터키인들한테 가서 그들로 하여금 만족하게 한 다음 다시 모시고 돌아오겠습니다"라고 말하자 사람들은 그의 말을 믿었다. 니좌뭇 딘은 사람들이 이에 동의하는 것을 보고서는 샤이흐 아부 아흐마드와 함께 말을 타고 터키인들에게로 떠났다. 터키인 아미르 타무르 톼이는 그를 보자 일어서 다가오면서 "네놈이 내 부인을 채갔지"라고 한마디하고는 다짜고짜로 낭아봉(狼牙棒)[69]을 휘둘러 단번에 니좌뭇 딘의 머리통을 까부셨다. 그는 즉사했다. 샤이흐의 면전에서 쓰러진 채 주검이 되어 돌아왔다. 그제서야 터키인들은 끌고간 말과 가축들을 되돌려주었다. 얼마후 법학자 니좌뭇 딘을 타살한 이 터키인 아미르가 하라시에 나타났다. 법학자의 몇몇 친구가 우연히 그를 만났다. 옷속에 칼을 품은 그들은 그에게 다가가서 인사를 하는 척하면서 단칼에 쳐죽였다. 아미르 일행은 혼비백산하여 줄행랑을 쳤다.

이 일이 있은 후, 후싸인왕은 법학자 니좌뭇 딘과 더불어 부정을 바로잡는 데 앞장섰던 사촌인 와르나왕을 씨지쓰탄 왕에게 특사로 파견하였다. 와르나가 그곳에 도착하자 후싸인왕은 사람을 보내 돌아오지 말고 그곳에 머물러 있으라고 하였다. 그러나 와르나는 그곳에 있지 않고 인도로 갔다. 나는 인도를 떠난 후 씬드의 싸유쓰탄시에서 그를 만났다. 그는 덕망있는 사람이기는 하나 성격상 점잖은 체하기와 사냥, 앞에 나서기와 말타기, 시종, 사교, 화려한 어복(御服) 등을 지나치게 즐긴다. 이러한 행실은 인도땅에서는 도저히 어울리지 않는다. 이러한 작태 때문에 인도왕은 그에게 자그마한 곳만을 채읍(采邑)으로 봉하였다. 결국 그는 그곳에서 여종 때문에 인도에 거주하는 한 하라인에게 살해되고 말았다. 일설에 의하면 인도왕이 후싸인왕의 청을 받아들여 그를 음해했다고 한다. 사실 이 와르나왕이 피살된 후 후싸인왕은 인도왕 편에 서게 되었으며, 인도왕은 그에게 씬드 지방의 바카르(Bakār) 시를 하사하였다. 이 도시의 연간 징세액은 금화 5만 디나르에 달한다. 이제 다시 본론으로 돌아가자.

69. 아랍어로 닷부스(dabbūs)인데, 옛 병기의 일종(낭아봉)으로 많은 못끝이 밖으로 튀어 나오게 박아놓은 곤봉이다.

## 7. 잠에서 바쓰툄까지

우리는 하라로부터 잠시에 도착하였다. 중등 규모의 도시로서 아름다우며 시내에는 많은 화원과 수목, 샘, 하천들이 있다. 가장 많은 나무는 뽕나무(tūt)며, 비단천도 흔하다. 이 고장은 독실한 수행자이며 현인인 샤하붓 딘 아흐마드 알 자미의 고향이다. 그에 관해서는 뒤에 언급할 것이다. 그의 손자는 자다로 알려진 샤이흐 아흐마드인데 인도왕에게 살해되었다. 지금 이 도시에는 그의 후손들이 살고 있다. 그들은 쑬퇀으로부터 면세 혜택까지 받고 있어서 그야말로 다복다재(多福多財)한 후손들이다.

믿을 만한 사람의 말에 의하면, 언젠가 이라크왕 쑬퇀 아부 싸이드가 후라싼에 왔을 때, 이 도시에 머문 바 있다. 그때 여기에 샤이흐 아흐마드의 자위야가 있어서 이라크왕을 대단히 후대하였다. 병영 천막마다에 양 한 마리씩을 보냈으니, 결국 4명당 한 마리씩 차려진 셈이다. 또한 병영에 있는 말이나 노새, 당나귀 등 가축에게는 하룻밤 분의 사료도 공급하였다. 이렇게 보면 병영에서 그의 대접을 받지 않은 생물이란 하나도 없었다.

잠시가 고향인 샤이흐 샤하붓 딘에 관한 전언에 의하면, 그는 풍류를 즐기는 술꾼으로서 그에게는 약 60명의 술친구(nadīm)들이 있었다. 각자의 집에 하루씩 돌아가며 모이다보니 순번은 두 달에 한번 꼴로 돌아온다. 이렇게 얼마간 지내다가 어느날 샤이흐 샤하붓 딘의 차례가 다가왔다. 그러자 그는 갑자기 이러한 짓에 대해 참회를 하고 주와 함께 이러한 비행을 개선해보려고 작심하였다. 그렇지만 속으로는 "만일 내가 친구들에게 오늘 우리집에 모이기 전에 참회를 했다고 하면 틀림없이 그들은 내가 대접할 음식이 없으니깐 하는 수작으로 여길 것이 아닌가"고 되물었다. 그래서 전례대로 먹거리와 마실 것을 차려놓았다. 술은 가죽주머니 몇개에 가득 넣었다.

이윽고 친구들이 왔다. 그들이 술을 마시고자 주머니 하나를 열어 맛을 보니 웬걸 달콤하지 않는가. 두번째 주머니를 여니 역시 그맛이고, 세번째 주머니도 마찬가지다. 모두들 샤이흐에게 어찌된 영문인지를 물었다. 그제서야 샤이흐는 그들에게 사실을 털어놓고 자신의 의도와 참회에 대해 그들을 설득했다. 그리곤 그들에게 "참, 이거야말로 당신들이 원래부터 마셔온 음료가 아니겠는가!"라고 말하였다. 그 말을 들은 술친구들은 모두가 지고한 알라께 참회하면서 자위야를 짓고 거기서 오로지 지고한 알라만을 위해 정진하였다. 그후로 이 샤이흐에게 많은 영적(靈迹)이 현현하였다.

이어 우리는 잠시에서 투쓰시로 갔다. 후라싼 일원에서는 가장 큰 도시이다. 이곳은 유명한 이맘 아부 하미드 알 가잘리[70]——그에게 알라의 영총을——의 고향이며, 여기에 그의 묘소가 있다.

이곳을 떠나 도착한 곳은 마슈하둘 라돠(Mashhadu'l Raḍā)시[71]다. 라돠는 곧 알리 븐 무싸 카쥠 븐 자아파르 솨디끄 븐 무함마드 바끼르 븐 알리 지눌 아비딘 븐 후싸인 샤히드 븐 아미르 무어미닌 알리 븐 아비 톨리브——그들 모두에게 알라의 영총을——다. 아주 큰 도시로서 과실과 물이 흔

70. 알 가자리(al-Ghazālī, 1058~1111)는 라틴어로 '알가젤'(Algazel)이라고 한다. 이슬람 사상 가장 위대한 사상가의 한 사람이다. 후라싼의 투쓰에서 출생하여 니싸부르의 니좌미야마드라싸에서 당대의 석학 이맘 알 하라마인으로부터 샤피이야파의 법학과 아슈아리파의 신학 등 이슬람관련 여러 학문을 수학하였다. 1091년에는 당대 이슬람세계의 최고학부인 바그다드의 니좌미야마드라싸 교수로 부임하여 쑨니파 이슬람을 대표하는 학자로서 강의를 하면서 이쓰마일파나 철학에서의 이단(異端)을 비판하였다. 그러나 회의주의에 빠져 1095년에는 교수직을 사퇴하고 고향에 돌아와 수피(신비주의자)로서 각지를 방랑하였다. 2년 후에는 고향에 은거하여 수피즘 수행에 몰입하고 약간명의 제자를 지도하면서 저술에 전념하였다. 그는 아리스토텔레스의 논리학을 수용하고 이슬람철학에 대하여 비판을 가하였으며, 이슬람신비주의 수행론을 정립하였다. 2백여종의 저서를 찬술했는데 그중 유명한 것으로는 『종교학의 부흥』(*Iḥyā' 'Olūmu'd Dīn*), 『철학자의 의도』(*Maqāṣidu'l Falāsifah*) 『철학자의 몰입』(*Tahāfut'u'l Falāsifah*), 『미로로부터의 구원』(*al-Munqidh Mina'd Dalāl*) 등이 있다.

71. '라돠의 묘소가 있는 도시'라는 뜻인데, 라돠는 제4대 정통할리파 알리의 제7대 손이다.

하고 제분소도 많다. 일찍이 이 도시에 톼히르(al-Ṭāhir)[72] 무함마드 샤가 살고 있었다. 이곳에서 '톼히르'란 말은 이집트나 샴, 이라크에서 쓰는 '나끼브'(al-naqīb), 즉 '성예총감(聖裔總監)'이란 말과 같은 뜻이다. 인도나 씬드, 투르키쓰탄에서는 '가장 거룩한 성예'(al-Saidu'l Ajall)라고 한다. 이 도시에서 산 사람으로는 법관이며 성예인 잘랄룻 딘이 있는데, 나는 그를 인도에서 만나봤다. 성예 알리와 그의 두 아들 아미르 힌두와 다울라 샤는 티르미즈에서 인도까지 나와 함께 여행하였다. 모두들 구덕한 사람들이다.

이 도시에 있는 거룩한 묘소 내의 자위야 안에는 웅대한 돔이 하나 있으며, 자위야 곁에는 마드라싸와 사원이 하나씩 있다. 모두 단아한 건물에 벽은 타일을 붙였다. 묘 위에는 은박을 씌운 목제 고대(高臺)가 놓여 있고, 그 위에는 은제 등이 걸려 있다. 돔의 문지방도 은으로 만들었고, 돔의 문은 금실로 수놓은 비단천씌우개로 덮여 있으며, 바닥에는 여러가지 주단이 깔려 있다. 이 묘의 맞은편에는 신자들의 수령인 하룬 라쉬드[73]——그에게 알라의 영총을——의 묘가 있다. 묘 위에는 고대가 있는데, 사람들은 거기에다가 촛대를 놓는다. 이러한 촛대를 마그리브 사람들은 '하싸크'(ḥasak)나 '마나이르'(manāir)라고 한다. 라피뒤야파 사람들은 이 묘소에 들어오기만 하면 라쉬드묘는 발로 한번 차버리나, 라돠묘는 제법 참배한다.

이어 우리는 싸르하쓰(Sarkhas) 시로 갔다. 여기는 수행자인 샤이흐 루끄만 앗 싸르하씨——그에게 알라의 영총을——의 고향이다. 이곳을 떠나 이른 곳은 자와(Zāwah)시[74]다. 이 도시는 수행자인 샤이흐 꾸트붓 하이다르의 고향인데, 그는 이른바 하이다리야파(al-Ḥaidariyah)의 창시자다. 이 파의 사람들은 손이나 목, 귀에 쇠고리를 끼고 다닌다. 심지어 성교를 할 수 없도록 남자들의 성기에까지 끼운다.

72. 아랍어로 '결백한' '청정한'이란 뜻이다.
73. 하룬 라쉬드(766~809, 재위 786~809)는 압바쓰조의 제5대 할리파로서 압바쓰조의 전성기를 이끈 성군(聖君)이다. 『천일야』의 등장인물로도 유명하다.

이곳을 떠나 당도한 곳은 니싸부르(Nisābūr) 시다. 니싸부르는 후라싼의 4대중진 도시 중 하나다. 과실이나 화원이 많고 물도 풍족하며 아름답기도 하기 때문에 작은 다마스쿠스라고 한다. 4개의 하천이 도시를 관류한다. 시장들은 모두가 번화하고 널찍하며, 시장 한가운데에 아담한 사원이 하나 있다. 사원 부근에는 4개의 마드라싸가 있는데, 교정으로 물이 콸콸 흐르고 있다. 이 나라에서는 우수한 학당으로 꼽히는 이 학당에서는 많은 학생들이 『꾸란』과 교법(教法, al-Fiqh)을 공부하고 있다.

후라싼이나 두 이라크, 다마스쿠스와 바그다드, 이집트의 마드라싸들은 비록 정교함이나 아름다움에서 극치를 이루고 있다고는 하지만, 우리의 주공 아부 아난께서 수도 파스——지고한 알라의 보호를——에 세운 마드라싸에 비하면 미치지 못하는 점이 있다. 그것은 비할 수 없는 넓음과 높음이며, 아랍동방인(Ahlu'l Mashriq)들로서는 도저히 불가한 석회조각술이다. 우리의 주공이야말로 믿는 자들의 수령으로서 알라의 신탁을 받고 알라를 위해 성전하는 제왕(諸王) 중의 지자(智者)이고 정의로운 할리파들의 중추시다. 그에게 만복이 깃들고, 그의 군사에게 상승(常勝)이 있기를 기원하는 바이다.

니싸부르에서 생산되는 사금화단(絲錦花緞) 등 천은 인도에 수출한다. 이 도시에는 이맘이고 학자이며 수행자들의 도사인 샤이흐 꾸트붓 딘 앗 니싸부리의 자위야가 있다. 그는 경건한 학자이자 훈계사의 한 명이다. 나는 그의 집에 기거하면서 극진한 환대를 받았고, 그의 신기한 영적을 목격하였다. 니싸부르에 있을 때 나는 터키인 시종 한 명을 구입하였다. 샤이흐는 나와 함께 그 시종을 보고 나서는 "이 애는 당신에게 적합치를 않으니 도로 팔아버리시오"라고 조언하기에 나는 "예, 그렇게 하지요"라고 대답하고는 다음날 한 상인에게 팔아넘겼다. 나는 샤이흐와 작별인사를 하고 길을 떠났다. 내가 바쓰탐(Basṭām)시[75]에 도착했을 때 니싸부르의 한 친구로부터 엽서가 한 장 날아왔다. 엽서에는 그 시종이 한 터키애를 살해했기 때문에 처형되었다고 써 있었다. 이것이야말로 그 샤이흐——그에게 알라의 영총을——의 뚜렷한 영적이 아닐 수 없다.

우리의 여로는 니싸부르에서 바쓰퇌시로 이어졌다. 이 고장은 유명한 샤이흐 아부 야지드 알 바쓰퇴미[76]——그에게 알라의 영총을——의 고향이며, 이곳에 그의 묘가 있다. 그의 묘와 함께 같은 돔 밑에는 자아파르 쏴디끄[77]——그에게 알라의 영총을——의 한 아들 묘도 있다. 바쓰퇌에는 수행자이고 현인인 샤이흐 아부 하싼 알 하르까니의 묘도 있다. 나는 이 도시에 있을 때 샤이흐 아부 야지드 앗 바쓰퇌——그에게 알라의 영총을——의 자위야에 투숙하였다.

## 8. 후라싼에서 인도까지

나는 바쓰퇌시를 떠나서 힌드 하이르(Hind Khair) 대로를 따라 꾼두쓰(Qundūs)와 바글란(Baghlān)에 도착하였다. 이 두 곳은 시골 마을로 샤이흐들과 수행자들이 기거하고 있으며 화원과 하천도 여러 개 있다. 우리는 꾼두쓰에서 냇가의 한 수행 샤이흐의 자위야에 머물렀다. 그는 바쉬르 시야흐라는 이집트인이다. '바쉬르 시야흐'란 '검은 사자'란 뜻이다. 마우쉴[78] 출

74. 현 투르바트 하이다르(Turbat Ḥaidar)다.
75. 니싸부르로 가는 도중에 있는 큰 읍이다. 사과 산지로 유명하다.
76. 본명은 퇴이푸르 븐 이싸 알 바쓰퇴미인데, 세칭 아부 야지드, 혹은 바야지드라고 한다. 그는 일원론자(一元論者)로서 그의 추종자들을 '퇴이푸리야'(al-Ṭaifūriyah), 또는 '바쓰퇴미야'(al-Basṭamiyah)라고 한다.
77. 본명은 자아파르 븐 무함마드 바끼르 븐 알리 지눌 아비딘 븐 후싸인 싸브트(??~765)이다. 거짓이란 모르고 오로지 진실하기만 하기 때문에 그의 별호는 '쏴디끄'(Ṣadiq, 진실한 자)이다. 꾸라이시부족의 하쉬미가문 출신으로서 쉬아파의 12이맘파 제6대 이맘이다.
78. 마우쉴에 관해서는 3장 주202 참고.

신의 그곳 행정관이 우리를 큰 화원으로 초대하였다. 우리는 낙타와 말들을 방목하기 위해 이 마을 밖에서 약 40일간이나 머물렀다. 이곳에는 좋은 목장이 있고 청초도 많으며, 게다가 아미르 부룬톼이흐의 엄한 법치(法治) 때문에 완벽한 안전이 보장되어 있다.

앞에서도 이야기했지만, 터키인들의 행형법(行刑法)에 따르면 말 한 필을 도둑질하였을 때는 비슷한 말 9필을 물어야 한다. 말이 없으면 자식 하나를 내놓아야 하고, 자식이 없으면 양처럼 도살된다. 이곳 사람들은 가축마다 다리에 식별낙인을 찍고 몰이꾼 없이 자유로이 방목한다. 이곳에서 우리도 그렇게 하였다. 우리가 이곳에 머문 지 10일 만에 말들을 점검해보니 3필이 없어졌다. 그러다가 보름후에 타타르인들이 범법이 두려웠던지 그 3필의 말을 고스란히 끌고 우리가 있는 곳에 왔다. 우리는 밤중에 일어날 수 있는 사고에 대비해 밤마다 천막 앞에 두 필의 말을 매두곤 하였다. 그런데 어느날 밤 이 두 필의 말이 온데간데 없어졌다. 우리가 이곳을 떠난 후 22일 만에 타타르인들은 도중에서 우리에게 그 두 필의 말을 돌려주었다.

우리가 그곳에 그렇게 오랫동안 체류하게 된 원인의 하나는 설해(雪害)가 걱정스러워서였다. 도중에 힌두쿠시(Hindu Kush)라는 산이 있는데 '힌두쿠시'란 '인도인들을 죽이는 자'란 뜻이다. 그것은 인도지방에서 데려오는 노비들이 엄동설한에 이곳에서 많이 얼어죽기 때문이라고 한다. 이 산을 지나는 데는 꼭 하루가 걸린다. 우리는 몸을 훈훈하게 덥힌 후 5경(更)에 이 산에 들어서서 한나절을 걸으니 해질 무렵에서야 비로소 빠져나왔다. 우리는 낙타가 눈속에 빠질세라 앞발 앞에 모전을 깔아놓아 밟고 넘어가도록 하였다.

산을 넘어서 우리는 안다르(Andar)[79]란 곳에 당도하였다. 본래 여기에는

79. 현 안다라브(Andarāb)다.

도시가 있었는데, 지금은 흔적조차 없다. 우리는 꽤 큰 마을에 머물렀다. 이 마을에는 무함마드 알 마흐라위라는 유덕한 사람이 운영하는 자위야가 있다. 우리는 그와 함께 있으면서 대접을 받았다. 식사 후 우리가 손을 씻으면 그는 선의와 존경의 뜻으로 손씻은 물을 받아마시곤 하였다. 우리는 그의 안내를 받으며 힌두쿠시산에 올라갔다. 산상에 온천이 있는데, 멋모르고 그 물에 얼굴을 닦았더니 당장 낯가죽이 벗겨지면서 쓰리기까지 하였다.

하산하여 반즈 히르(Banj Hīr)란 곳에 이르렀다. '반즈'란 '다섯', '히르'는 '산'이란 뜻이다. 그러니 '반즈 히르'는 '5대산'이란 뜻이다. 거기에는 건물도 많은 아름다운 도시가 있는데, 바다흐샨(Badakhshān) 산에서 흘러내리는 한 강가에 있다. 강이 어찌나 크고 푸르던지 꼭 바다와 같다. 이 산에서는 발하시(balkhash)라는 보석이 채석된다. 이곳은 타타르왕 틴키즈가 파괴했는데, 아직 복구되지 않고 있다. 이곳에 존경받는 샤이흐 싸이드 알 맛키의 묘가 있다.

이어 우리는 부샤이(Bushāy) 산에 도착하였다. 여기에는 수행자인 샤이흐 아톼 아울리야의 자위야가 있다. '아톼'(aṭā)는 터키어로 '아버지', '아울리야'(auliyā')는 아랍어로 '현인들'이란 뜻이다. 그래서 '아톼 아울리야'는 '현인들의 아버지'란 뜻이다. 일명 시솨드 쌀라흐라고도 한다. 페르시아어로 '시솨드'는 '3백', '쌀라흐'는 '연(年)'이란 뜻이다. 현지인들의 말에 의하면, 샤이흐의 나이는 350살이라고 한다. 샤이흐는 그곳 사람들로부터 높은 신망을 얻고 있다. 그래서 성시나 시골을 막론하고 사람들은 그를 방문하고 쑬퇀이나 하툰들도 찾아온다. 우리는 그의 환대를 받고 강가에 있는 그의 자위야에 투숙하였다. 그를 찾아가 인사를 하니 껴안는데, 몸집이 그렇게 유연할 수가 없다. 겉으로 봐서는 50살밖에 안된 것 같았다. 내가 듣기로는 100세에 한번씩 머리카락과 이가 새로 난다고 한다. 샤이흐는 씬드의 물탄[80]에

80. 현 파키스탄의 큰 도시의 하나로서 화원과 공원, 과수가 많은 관광도시다.

묘가 있는 선친을 친견(親見)하였다고도 한다. 나는 궁금해서 그에게 떠도는 이야기들에 관해 물었더니, 여러가지 이야기를 들려주었다. 그러나 그 실상에 대해서는 의심하지 않을 수 없었다. 알라만이 진실을 알 것이다.

다음에 이른 곳은 바르완(Barwan)이다. 거기서 나는 아미르 부룬톼이흐를 만났다. 그는 나에게 친절을 베풀고 대접도 잘 해주었다. 가즈나시에 있는 그의 대표들에게 서한을 보내 나를 잘 접대하라고 당부까지 하였다. 앞에서 그에 관해 언급한 바 있는데, 그는 몸차림이 너무나 소박한 사람이다. 그때 그는 자위야 성원들인 몇몇 샤이흐와 수행자들과 함께 있었다.

이어 우리는 자르흐(al-Jarkh)[81] 읍에 갔다. 큰 고을로서 화원이 많고 과실도 맛이 좋았다. 우리가 갈 때는 여름철이라, 그곳에는 일군의 수행자들과 학생들이 있었다. 거기서 우리는 금요예배를 근행하고 아미르 무함마드 알 자르키의 초대를 받았다. 후일 나는 인도에서 그를 다시 만났다.

여기를 떠나 이른 곳은 가즈나(Ghaznah)시[82]다. 이곳은 유명한 성전자인 쑬퇀 마흐무드 븐 싸브카트킨[83]의 고향이다. 그는 대쑬퇀의 한 명으로서 야민 다울라(Yamīnu'd Daulah, 조선시대의 우의정격—옮긴이)라는 별호를 가지고 있다. 수차에 걸쳐 인도를 공격하여 여러 도시와 보루들을 공략하였다. 이 도시에 바로 그의 묘가 있고, 거기에는 자위야도 하나 있다. 원래 가즈나는 큰 도시였으나, 대부분이 파괴되어 남은 것이란 별로 없다. 매우 추운 곳으로 겨울이 되면 주민들은 이곳을 떠나 깐다하르(al-Qandahār)시[84]로 간다. 꾼두하르시도 역시 크고 비옥하나, 나는 그곳에 들르지는 않았다. 두 곳

81. 현 샤르카르(Sharkār)다.
82. 가즈나에 관해서는 이 장 주36 참고.
83. 본명은 마흐무드 븐 싸브카트킨 알 가즈나위이나, 아부 까씸으로 알려져 있다. 인도 정복자로서 인도로부터 가즈나조의 수도 니싸부르까지의 지역을 통치한 쑬퇀이었다. 정론(正論)을 펴는 강직한 쑬퇀으로서 학자들과의 대좌(對座)를 즐겼다. 저서로는 하나피야파의 법학에 관한 『은거』(隱居, *Tafrīd*)가 있다.
84. 씬드의 유명한 도시다.

사이의 거리는 3일 여정이다. 우리는 가즈나시 교외의 한 마을에 머물렀는데 마을은 성보 밑을 흐르는 강가에 있다. 우리는 촌장 마르자크 아가의 초대를 받았다. '마르자크'(mardhak)는 '작은', '아가'(aghā)는 '고관 출신'이란 뜻이다.

가즈나시를 떠나 도착한 곳은 카불(Kābul)[85]이다. 예전에는 큰 도시였으나 지금은 아프간(al-Afghān)이라는 한 외방(外邦)집단이 살고 있는 마을이다. 이곳의 산세는 험하고 사람들은 웅강(雄强)하나 대부분은 강도질을 해먹고 산다. 이곳에 있는 큰 산을 쿠 쑬라이만(Kūh Sulaimān) 산이라고 한다. 전하는 바에 의하면, 선지자 쑬라이만(솔로몬)——그에게 평화를——이 이 산에 올라가 인도땅을 굽어보니 온통 암흑천지인지라 그곳에 들어가지 않고 되돌아왔다. 그래서 이 산에 그러한 이름이 붙여졌다고 한다. 이 산속에 아프간왕이 살고 있다. 카불에는 샤이흐 압바쓰의 제자이자 현인인 샤이흐 이쓰마일 알 아프가니의 자위야가 있다.

이어서 우리는 카르마시(Karmāsh)에 도착하였다. 두 산 사이에 있는 보루인데, 아프간인들이 이곳에서 곧잘 강도질을 한다. 우리가 이곳을 지날 때, 그들과 한바탕 접전이 벌어졌는데, 우리가 활을 쏘아대자 그냥 도망쳐 버렸다. 사실 우리 일행은 얼마 안되고, 그네들은 말만 해도 약 4천 필이나 가지고 있었다. 그때 내가 가지고 있던 낙타 몇마리가 이 전투 때문에 대상(隊商)에서 낙오되고 말았다. 우리 일행중에는 아프간인도 몇 명 있었다. 우리는 식량을 일부 덜어서 먼길에 지쳐버린 낙타들이 지고 오던 짐과 함께 길가에 내버려두었다가 이튿날 말을 보내 운반해왔다. 저녁녘에야 우리 모두는 대상을 따라잡고, 터키지방의 마지막 관문인 샤샨가르(Shashanghār)[86]에서 하룻밤 묵었다.

이곳으로부터 우리는 무려 15일간이나 걸려 답파한 대황야에 들어섰다.

85. 인도와 싸지쓰탄 사이에 있는 지역명이다.
86. 현 바샤위르(Bashāwir) 부근의 하슈탄카르(Hāshtankar)다.

이곳은 씬드와 인도에서 우기가 지난 7월 초순, 한 절기에만 드나들 수 있다. 이 황야에는 인체를 썩게 하는 치명적인 독풍(毒風)이 부는데, 사람이 죽기만 하면 사지가 곧바로 뿔뿔이 떨어져나간다. 우리는 앞에서 호르무즈와 쉬라즈 사이에 있는 황야에서도 이러한 독풍이 불어닥친다는 이야기를 한 바 있다. 그때 티르미즈 법관 쿠다완드 자다를 포함해 많은 동료들이 우리에 앞서 이 황야를 지나가기는 했으나 끌고 가던 낙타와 말들이 많이 죽어버렸다.

지고한 알라께 감사를 드리나니, 우리 일행은 씬드의 하천(河川) 고장인 반즈 아브(Banj Āb)[87]에 무사히 안착(安着)하였다. '반즈'(banj)는 '다섯', '아브'(Āb)는 '하'(河)라는 뜻으로서 '반즈 아브'는 '5하(河)'라는 말이다. 이 '5하'는 한 대강(大江)으로 흘러들어가 그 지대의 땅을 관개한다. 이에 관해선 뒤에 이야기할 것이다. 인샬라! 우리가 이 대강에 도착한 것은 섣달이 지나고 새해 734년(1333) 1월 초승달이 막 떠오르던 날 밤이었다. 통신관들은 거기로부터 인도땅에 우리의 소식을 전했고, 인도왕에게도 우리의 상황을 보고하였다.

여기까지로 우리의 여행이야기는 한단락 지을 것이다. 세계의 화육자(化育者)이신 알라께 삼가 찬미를 드리는 바이다.

87. 오늘날의 펀잡(Punjab)이다.

# 인명 찾아보기

### ㅇ

ㅈ



ㅊ



ㅋ

# 지명 찾아보기

### ㅂ

ㅅ

**ㅊ**



**ㅋ**

# 사항 찾아보기

## ㄴ



## ㄷ

### ㅇ

### ㅊ



### ㅋ

**이븐 바투타 여행기 1**

여러 지방과 여로의 기사이적을 본 자의 진귀한 기록

초판 1쇄 발행 / 2001년 9월 20일
초판 20쇄 발행 / 2025년 3월 24일

지은이 / 이븐 바투타
옮긴이 / 정수일
펴낸이 / 염종선
편집 / 김정혜 김민경 임현미 최혜란
펴낸곳 / (주)창비

등록 / 1986년 8월 5일 제85호
주소 / 10881 경기도 파주시 회동길 184
전화 / 031-955-3333
팩시밀리 / 영업 031-955-3399 편집 031-955-3400
홈페이지 / www.changbi.com
전자우편 / human@changbi.com


ISBN 978-89-364-7066-1 03890
978-89-364-7993-0 (전2권)

* 책값은 뒤표지에 표시되어 있습니다.